LA PIQUE DU JOUR

DU MÊME AUTEUR

Romans

WEEK-END À ZUYDCOOTE, NRF, Prix Goncourt, 1949.
LA MORT EST MON MÉTIER, NRF, 1952.
L'ÎLE, NRF, 1962.
UN ANIMAL DOUÉ DE RAISON, NRF, 1967.
DERRIÈRE LA VITRE, 1970.
MALEVIL, NRF, 1972.
LES HOMMES PROTÉGÉS, NRF, 1974.
MADRAPOUR, Le Seuil, 1976.

FORTUNE DE FRANCE :

FORTUNE DE FRANCE, Plon, 1977.
EN NOS VERTES ANNÉES, Plon, 1979.
PARIS MA BONNE VILLE, Plon, 1980.
LE PRINCE QUE VOILÀ, Plon, 1982.
LA VIOLENTE AMOUR, Plon, 1983.
LA PIQUE DU JOUR, Plon, 1985.

Histoire contemporaine

MONCADA, PREMIER COMBAT DE FIDEL CASTRO, Laffont, 1965.
AHMED BEN BELLA, NRF, 1965.

Théâtre

Tome I. SISYPHE ET LA MORT, FLAMINEO, LES SONDERLING, NRF, 1950.
Tome II. NOUVEAU SISYPHE, JUSTICE À MIRAMAR, L'ASSEMBLÉE DES FEMMES, NRF, 1957.

Biographie

VITTORIA, PRINCESSE ORSINI, Éditions mondiales, 1959.

Essais

OSCAR WILDE, Appréciation d'une œuvre et d'une destinée, Hachette, 1948 (épuisé).
OSCAR WILDE OU LA « DESTINÉE » DE L'HOMOSEXUEL, NRF, 1955.
OSCAR WILDE, Perrin, 1984.

Traductions

John Webster : LE DÉMON BLANC, Aubier, 1945.
Erskine Caldwell : LES VOIES DU SEIGNEUR, NRF, 1950.
Jonathan Swift : VOYAGES DE GULLIVER (Lilliput, Brobdingnag, Houyhnhnms), EFR, 1956-1960.

En collaboration avec Magali Merle :

Ernesto « Che » Guevara, SOUVENIRS DE LA GUERRE RÉVOLUTIONNAIRE, Maspero, 1967.
Ralph Ellison : HOMME INVISIBLE, POUR QUI CHANTES-TU ? Grasset, 1969.
P. Collier et D. Horowitz : LES ROCKEFELLER, Le Seuil, 1976.

ROBERT MERLE

LA PIQUE DU JOUR

PLON

ISBN 2-266-01821-3

A Victor

AVANT-PROPOS

La Pique du Jour est le sixième et dernier volume d'une série de romans historiques dont j'ai écrit la première ligne le 24 mars 1976. Comme je n'avais pas pensé alors à donner un nom à la série — n'étant pas sûr de l'achever — l'habitude s'est prise de la désigner par le titre du premier roman paru : *Fortune de France*.

Neuf ans plus tard, je mets la dernière main à ce monument. Et pas plus que je n'ai su, au moment de sa conception, si j'allais le mener à bien, je ne puis évidemment prédire « s'il abordera heureusement aux rivages futurs ». Dans l'immédiat, son exemple et son succès ont du moins encouragé la renaissance du genre littéraire auquel il appartient, ce qui, à une époque où l'Histoire événementielle n'était plus en faveur, a pu passer pour une bonne chose.

L'idée d'adapter le langage d'un roman historique au temps où le héros a vécu n'est pas une idée neuve en littérature. La nouveauté vient plutôt d'avoir soutenu cette gageure au long de trois mille pages et d'avoir assimilé ce style archaïque au point de lui donner un timbre personnel. Le pari n'était pas gagné d'avance et il est tout à l'honneur du lecteur qu'il ne se soit pas laissé rebuter.

La plus grande difficulté du roman historique réside dans son apparente facilité. Le scénario semble vous être donné tout cuit : on dirait qu'on n'a plus qu'à le réchauffer. Las ! C'est tout le contraire ! Tout est à recréer : le décor, la langue, les dialogues, les personnages.

Une autre difficulté de ce genre littéraire, c'est qu'on se trouve confronté à une double et contradictoire exigence : dans la reconstruction qu'il implique, il faut lâcher la bride à son imagination, mais en même temps, par respect pour l'Histoire, se défendre d'inventer. Toutefois, de cette difficulté même, pour peu qu'on la surmonte, naît un grand avantage, c'est que l'événement historique replacé dans le concret du quotidien devient plus proche du lecteur.

Ce qui m'a attiré dans le demi-siècle que j'ai décrit, c'est que, s'il s'y passe des choses horribles, il finit bien, du moins momentanément : j'entends par la paix, la tolérance, la liberté de conscience... Les méchants sont punis, les bons récompensés, et le *villain* comme disent les Anglo-Saxons, meurt, terrifié par l'idée de l'Enfer. Cette fin est réconfortante, surtout en notre époque d'avant-guerre nucléaire. Mais n'était que l'Histoire me l'a imposée, je n'aurais jamais osé l'inventer.

Robert Merle

1

— MON Pierre, me dit Miroul quand il me vint désommeiller à l'aube du vendredi 25 mars, quérez-vous d'apprendre de moi ce que je me suis apensé tout le jour de devant et le long de la nuit passée ?

— Monsieur l'Ecuyer, dis-je avec un bâillement qui finit en souris, est-il utile que je le quière, puisque de toute manière, vous me l'allez apprendre.

— Or sus, voici : Henri Quatrième a retrouvé le 22e jour de mars sa capitale et son Louvre. Mais vous-même, Monsieur le Marquis, êtes couillasse comme devant, votre logis s'encontrant ès mains ligueuses depuis les barricades.

— Mal heur des uns. Bon heur des autres. Je gage qu'un petit *Seize* de merde y a fait, comme le coucou, son nid, et comme dit le roi « je m'en va » le requérir par huissier à verge de se déloger de mon bien.

— Moussu, ce ne sera pas utile.

— Tiens donc !

— Avez-vous ouï dire que trois femmes ligueuses avaient beaucoup pâti de l'ennui et fâcherie que leur donna la reddition de Paris à Henri ?

— *Diga me.*

— La première, dame Lebrun, tenant boutique de drap en la grand'rue Saint-Denis, de saisissement de voir le roi intra-muros, incontinent décéda. La deuxième, chambrière de l'archiligueux Beri, se retrouva sans voix. La troisième, qui était la femme de l'avocat Choppin, perdit l'esprit. Sur quoi M. de L'Etoile, qui m'abreuva hier de ses nouvelles, observa que celle-là, du moins, n'avait pas perdu grand-chose.

— Bonne gausserie ! Poursuis. Je sens que nous approchons à pas menus de mon logis...

— Nous y sommes, Moussu. Ledit Choppin se trouve que d'être l'oncle d'un nommé Bahuet, lequel traîtreusement et proditoirement occupe ce jour votre maison par la grâce des *Seize*.

— Que petit est le monde !

— Petitime ! Car savez-vous ce que c'est que ce Bahuet ?

— Je t'ois.

— Le secrétaire du chevalier d'Aumale !

— Cornedebœuf : Il est heureux que le roi m'ait contraint au silence quant à mon dépêchement du chevalier. Sans cela on pourrait s'apenser que mon pistolet en a voulu tirer vengeance pour mon particulier. Quant à ce Bahuet, je cours le bouter hors de mon terrier.

— Moussu, ce ne sera pas utile.

— Miroul, tu répètes tes effets.

— Que nenni ! Celui-là est le final et commande tous les autres : J'ai ouï hier que ce Bahuet se trouve inscrit sur la liste des 140 que le roi bannit de sa bonne ville pour avoir été des plus avant dans la faction des *Seize*. L'Edit est exécutoire ce jour 25 mars à midi.

— Il n'est donc pas nécessaire d'y courre si tôt.

— Moussu, bien le rebours. La ville abonde en officiers royaux qui depuis avant-hier se cherchent un toit, et d'aucuns, voyant cette maison vide, pourraient bien s'y escargoter.

— Monsieur l'Ecuyer, c'est bien pensé.

— Monsieur le Marquis, peux-je vous ramentevoir que nous sommes convenus dans le particulier à ne pas tant y aller à la cérémonie. Pour moi, je veux être pour vous « Miroul » comme devant, et non M. de La Surie, ou M. l'Ecuyer.

— Et moi, pour toi, « mon Pierre » et non « Moussu », lequel Moussu sent par trop encore son valet périgordin. Et je ne veux point être vousseyé non plus : *Usted esta d'accuerdo ?*

— *Si, señor. Quiero decir : si, Pedro.*

— *Esta bien* (1).

— Mon Pierre, reprit Miroul pour demeurer dans l'espagnol, qu'allez-vous faire de Doña Clara ?

— J'y ai rêvé. S'il lui plaît, elle demeurera céans, rue des Filles-Dieu. Je ne veux point la mettre au hasard d'encontrer mon Angelina, s'il prend fantaisie à mon épouse de quitter ma seigneurie du Chêne Rogneux pour venir demeurer en ma maison de ville.

— Et Héloïse ?

— Ha ! Miroul ! Fripon que tu es ! Elle restera au service de Doña Clara. Et Lisette aussi.

— Pour Lisette, mon Pierre, ce n'est pas moi que tu accommodes. C'est M. de L'Etoile. Et tout cela, Dieu bon ! à vos dépens et débours, vu que vous continuerez à payer loyer pour un logis où vous n'habiterez pas.

— A quoi sert un ami sinon à le servir ?

— Mon Pierre, cela est profond. Je l'inscrirai sur mes tablettes.

— De qui tiens-tu que ce Bahuet est banni ?

— Du maître-menuisier Tronson à qui il doit pécunes. Raison pourquoi, appétant à se les faire repayer avant que le Bahuet ne saille de nos murs, il requiert de nous accompagner.

— Ne peut-il l'encontrer seul ?

— Il le craint. Ce Bahuet est un violent et s'entoure d'hommes de basse mine.

— Fidèle en cela aux mânes du chevalier d'Aumale.

— Ha ! mon Pierre ! « aux mânes d'Aumale » ! *Quel giòco di parole* (2) !

— Je ne l'ai pas fait expressément. Adonc, je le tiens pour tien.

— Adonc je le retiens pour mon futur usage.

— Barguin conclu. Quant à moi, c'est assez « faire l'accouchée au lit », comme le roi aime à dire. Dépêche Pissebœuf au « capitaine Tronson » qu'il soit céans dès que se peut. Et mande-moi Lisette qu'elle m'habille.

— Cela, mon Pierre, je le peux faire.

— Fi donc ! Un écuyer a licence de m'armer en

(1) — Etes-vous d'accord ?
— Oui, Monsieur. Je veux dire : Oui, Pierre.
— Voilà qui est bien. (Esp.)

(2) Jeu de mots. (Ital.)

guerre, mais non de me passer mes chausses : c'est là devoir de chambrière.

— Le beau devoir ! dit Miroul, son œil marron quasi autant pétillant que son œil bleu. Et sur cette piqûre, élégant et fluet, et la taille comme guêpe, il s'envola.

Mon voisin de la rue Saint-Denis, le « capitaine Tronson » (il ne l'était que de la milice, ces messieurs de la Basoche et de la Boutique s'étant donné entre eux ces titres militaires pour avoir défendu, lors du siège de Paris, des murailles que le roi n'avait mie attaquées), le « capitaine » donc, si le lecteur se ramentoit, était une vraie montagne d'homme (ce qui faisait dire à Miroul, que si c'était là le Tronson, comment donc serait le tronc ?) créature tant large que haute, plus bedondainante que moine, plus piaffante et paonnante que pas un fils de bonne mère en France. De son état menuisier, mais étant chiche-face, tirant clicailles de tout, et fort inquiet de la paix revenue, pour ce que les cercueils qu'il façonnait ne seraient plus, le siège levé, si plaisamment nombreux. De reste, Parisien de souche, lequel avait flotté comme tant d'autres sans sombrer mie dans les marées de nos guerres civiles, épousant leurs flux et reflux : Saint-Barthélemisard sous Charles IX ; barricadeux sous Henri Troisième, ligueux sous Mayenne, papiste sans être pieux, rêvant avec les *Seize* d'un grand massacre des *Politiques* de la bonne ville et de la subséquente, succulente picorée de leurs belles maisons ; mais la Ligue perdant pied, et Navarre gagnant terrain et qui plus est se convertissant, Tronson s'était converti lui aussi, dépouillant sa vieille peau de ligueux, se muant en *Politique,* se mettant l'écharpe blanche et mêlé à la parfin à ceux qui ouvrirent nuitamment aux troupes du roi les portes de la capitale. Ce qui avait fait de lui, du moins dans la rue Saint-Denis, un héros dans les siècles des siècles...

Les six heures sonnant à l'église des Filles-Dieu, notre héros apparut à mon huis, cuirassé de cap à pié, suivi de deux de ses compagnons, armés, eux aussi, quoique de bric et de broc.

— Hé quoi ! Monsieur le Marquis ? dit-il sur un ton de familiarité qui ne fut pas sans me piquer : en pourpoint ? Et avec votre seule épée pour affronter ces désespérés marauds ? C'est vous mettre prou au hasard de votre vie !

— Maître-menuisier, dis-je, j'ai mon épée et mon droit : cela devrait suffire.

— Voire ! Ce Bahuet fut un des *Seize !* Engeance assoiffée de sang !

— Et en effet, dis-je d'un ton gaussant, qui les connaît mieux que vous, compère ? Il fut une époque où vous faisiez aux *Seize* des révérences à cul ouvert.

— Les temps ont changé, dit Tronson avec dignité.

— Et qui change avec eux se nomme girouette.

— Monsieur le Marquis, dit Tronson gravement, ce n'est pas la faute de la girouette si elle tourne : c'est la faute du vent...

Cette friponnerie m'amusa et je ris, mais voulant me mettre à quelque distance de cet effronté maraud qui le prenait quasiment de haut avec moi quand je portais ma déguisure de maître-drapier, je pressai le pas, sachant bien que sa rotondité ne lui permettrait point de se maintenir à mon niveau, et me retrouvai, bientôt, à deux toises au-devant de lui et de ses compagnons, Miroul à mon côté, Pissebœuf et Poussevent me suivant, lesquels, ayant été arquebusiers dans la troupe huguenote de M. de Châtillon, avaient condescendu à être de mes valets, à condition qu'ils n'en portassent pas le nom. J'observai, à la roideur de leur démarche, que Miroul, qui les commandait, avait dû leur ordonner de mettre une cotte de maille sous leur vêture.

— Monsieur le Marquis, dit Miroul qui à portée d'oreille des deux guillaumes ne me nommait jamais autrement, je suis tracassé d'un point d'honneur que je ne sais comment résoudre.

— *Diga me.*

— Vous n'ignorez pas combien j'étais habile au lancer du cotel.

— Ne le sais-je ? Ce lancer-là m'a plus d'une fois sauvé la vie.

— La merci à vous de cette remembrance.

— La merci à vous, Monsieur de La Surie. Poursuivez, de grâce.

— Cependant, reprit Miroul, le cotel est arme de mauvais garçon et le lancer du cotel, un art de la truanderie, lequel j'appris (poursuivit-il en baissant la voix) au temps de mes folles avoines. Mais maintenant que j'ai une terre, que j'en ai pris le nom, et que le roi m'a fait gentilhomme, non point de cloche, mais d'épée, je me demande si je ne dois pas de tric et de trac répudier l'usage du cotel comme ignoble, malséant et tout à plein disconvenable à un homme de bien.

— C'est à considérer, dis-je gravement. Une arme, après tout, est une arme. C'est son emploi qui la rend mauvaise, non son principe. Que si un vaunéant a un pistolet en chaque main, et vous tire de l'un à cinq toises de vous, et fault à vous atteindre, je ne vois pas qui vous pourrait blâmer de lui lancer le cotel avant qu'il ne vous tire de l'autre ? Autre exemple : si en mon duel avec la Vasselière en l'hôtel de Montpensier, elle m'avait blessé, mis sur le carreau, et s'apprêtait disgracieusement à me daguer, ne lui aurais-tu pas mis le cotel entre les deux épaules ?

— Avec joie, dit Miroul en serrant les dents.

— Ou bien, repris-je, toute arme est réputée ignoble, et alors il nous faudra marcher nus parmi les loups — ou bien toute arme est bonne qui nous préserve des méchants. En vain, de reste, l'Eglise a-t-elle attenté d'interdire l'arbalète comme perfide et traîtreuse : quatre siècles plus tard, elle était encore en usance. Et qu'est-ce qu'une arbalète, Monsieur de La Surie, sinon un trait qu'on lance à distance comme un cotel ?

— C'est raison, dit La Surie. Monsieur le Marquis, votre opinion assouage immensément ma conscience et m'ôte ce petit caillou de mes bottes que les Latins appelaient *scrupulum*. D'ores en avant, je saurai que je peux lancer mes cotels sans discontinuer d'être noble...

Le logis que les *Seize* m'avaient robé, quand je dus fuir la capitale six ans plus tôt, après les barricades qui en chassèrent mon bien-aimé maître le roi Henri Troisième (que mon crime était d'avoir trop bien servi), se trouvait fort commodément sis à deux pas du Louvre dans la rue du Champ Fleuri qui courait (qui court encore) parallèle à la rue de l'Autruche, laquelle est le boulevard qui sur le château débouche. D'aucuns Parisiens, ignorant sans doute ce qu'est une autruche — grande bestiole originaire des déserts d'Afrique —, préfèrent dire Autriche, mot qui leur est plus familier, mais c'est fallace. Je n'ai mie lu le nom ainsi.

Quant à ma rue du Champ Fleuri, elle faisait, se peut, partie des jardins du château, avant qu'on ne la bâtit, l'espace en la capitale s'encontrant si resserré. Pour moi, j'avais acquis ce beau logis avec les pécunes que m'avait baillées pour récompenser mes missions secrètes Henri Troisième, le plus donnant et libéral des princes. Non que je veuille laisser entendre céans que Henri Quatrième, comme on l'a prétendu, fût chiche-face. Tout au plus pourrait-on dire qu'ayant tant besoin de clicailles pour poursuivre la guerre contre la Ligue et l'Espagne, il en fut davantage ménager, et aussi qu'il donnait moins à sa noblesse et davantage à ses soldats invalides — fussent-ils roturiers — et à leurs veuves.

Pas plus qu'aucune rue de Paris (hormis le Pont Notre-Dame) la rue du Champ Fleuri ne comporte de numéro, ce qui rend impossible qu'un courrier vous trouve sans s'enquérir de vous auprès des voisins, les adresses sur les lettres missives devenant, de ce fait, d'une complication à frémir. Voici quelle était la mienne, du temps où je n'étais encore que chevalier :

Monsieur le Chevalier de Siorac
Noble homme
Habitant en Paris rue du Champ Fleuri
Face à l'ancienne Aiguillerie

Le piquant de cette adresse étant que l'Aiguillerie, ayant fermé boutique, cessé commerce et enlevé son enseigne, on ne la trouvait pas plus aisément que mon logis. Cependant, l'indiscrétion des Parisiens passant l'imagination, je recommandai de prime à mes visiteurs de s'enquérir de l'Aiguillerie. Peine perdue : on les y accompagnait pour voir d'où ils iraient de là...

De tout le temps que je vécus en Paris, pendant le siège, sous ma déguisure de marchand-drapier, je n'avais osé mettre le pied dans la rue du Champ Fleuri, de peur d'être reconnu par les commères, jasant d'un bord à l'autre sous le prétexte d'arroser leurs fleurs, et aussi vives de l'œil que de la langue. Aussi est-ce le nœud de la gorge serré et le cœur fort toquant contre les côtes que je m'y engageaï en ce clair matin, et vis, en m'approchant, que la porte cochère était tout à trac déclose. Je m'apensai donc que le Bahuet faisait ses paquets dans ma cour, et soufflai à Miroul de passer devant ladite porte sans s'arrêter afin que de jeter un œil, et de me revenir dire ce qu'il avait vu. Ce qu'il fit avec sa coutumière prestesse.

— Moussu, dit-il à son retour, incapable de résister à un *giòco*, ce ne sont pas *ses* paquets qu'il fait, ce sont les *vôtres*.

— Que dis-tu ?

— Ma foi, Moussu, rien que la vérité : ce Bahuet bahute vos meubles, tentures, tapis, coffres et cabinets ; il charge le tout sur deux grands chariots.

— Cornedebœuf, l'impudent vilain ! Je m'en va lui tirer l'oreille.

— Ha ! Moussu, dit Miroul, bridez un peu. Il y a avec lui dans votre cour une bonne quinzaine de vaunéants, de mine sanguinaire assez, et tous armés.

— Qu'ois-je ? dit le « capitaine Tronson », en survenant, à bout de souffle, ses deux guillaumes sur ses talons ? Quinze ? Monsieur l'Ecuyer, vous avez dit quinze ! Et nous ne sommes que six !

— Mamie, dis-je à une accorte fillette qui passait en la rue, allant à la moutarde, si du moins j'en croyais le panier qu'elle portait au bout de son bras rond, sais-tu qui sont ces hommes que je vois dans la cour du sieur Bahuet ?

— Vramy ! dit-elle en son parler de Paris, vif et précipiteux, mais en baissant la voix, rien n'en vaut ! Vous pouvez m'en croire ! Ce sont crocheteurs, mazeliers et bateliers de rivière, tous mauvais garçons. C'est pitié de voir cette cour des miracles en rue si noble, à deux pas du Louvre. Mais Monsieur, reprit-elle, l'œil à' steure sur ma face, à' steure sur ma vêture, encore que vous ayez un air de noblesse et portiez l'épée, votre pourpoint est de cuir grossier. Etes-vous ou n'êtes-vous pas gentilhomme ? Que quérez-vous en notre rue ? Qui sont ceux-là ? Et que voulez-vous au sieur Bahuet ?

— Mamie, dis-je en lui caressant la joue de la main, tu as bon bec, ce me semble. Ceux-là sont bonnes gens, et moi aussi. Voici un sol pour t'acheter une oublie et la gloutir à ma santé.

— Un sol ! dit-elle en ouvrant tout grand son bel œil noir. Ha ! Monsieur mon maître, à ce prix, je vous dirai tout ce que je sais sur tous les manants et habitants de notre rue ! Mais Monsieur, reprit-elle, si vous défaut un jour une chambrière, pensez à moi, je me nomme Guillemette, je loge en la maison à la dextre de l'ancienne Aiguillerie. Ma bonne maîtresse ayant péri pendant le siège, je suis désoccupée, et il ne me plaît point, à seize ans, d'être à la charge de mes parents.

Là-dessus, elle me fit un souris, une belle révérence et s'en alla.

— Voilà une bonne garce ! dit Pissebœuf à Poussevent. Et dans laquelle il ferait bon s'enconner.

— Arquebusier, dit Miroul qui, depuis que le roi l'avait anobli, aimait à prendre un ton moral, que voilà des paroles sales et fâcheuses ! Monsieur le Marquis, dit-il en se tournant vers moi, que faisons-nous ?

— Miroul, dis-je (et le prenant par le bras, je l'entraînai à l'écart), pour te dire le vrai, je n'aime guère la physionomie de la chose : ces vaunéants ont la tripe aussi fière que nos mignons de cour, lesquels s'entrégorgent pour un regard de travers. Tu n'ignores pas comme le guet les craint. Et d'un autre côtel, si l'on en vient au chamaillis, le Tronson a les ongles trop pâles pour faire rien qui vaille. Ses compagnons moins encore. Ainsi nous serons quatre contre quinze, et, quinze, Miroul, c'est prou ! Vais-je mettre au hasard nos carcasses et nos vies pour quelques petits meubles, si précieux qu'ils me soient ?

— Que faire donc ? dit Miroul. Les leur laisser ?

— Que nenni ! Miroul, tu vas courir au Louvre trouver Vitry, lui mettre puce au poitrail, et le prier de venir en renfort avec une douzaine d'arquebusiers.

— Mon Pierre, dit Miroul, son œil bleu soupçonneux et son œil marron fort inquiet, que feras-tu durant que je serai ainsi occupé ?

— Je prendrai langue avec Bahuet.

— Mon Pierre, il y a péril, surtout si tu vas fourre la patte dans ce piège à rat.

— Je m'en suis avisé. Cours, mon Miroul.

Là-dessus, voyant que Guillemette, curieuse comme belette, était revenue sur ses pas, son panier vide, et rôdait dans nos alentours, j'allai à elle, la saisis par son bras nu, lequel était rond, ferme et frais, et lui dis à l'oreille :

— Mamie, deux sols pour toi, si tu me procures une écritoire et un petit *vas-y dire*.

— Ha ! Monsieur ! Deux sols, c'est prou ! Vramy, vous n'êtes pas pleure-pain ! J'y cours ! Vous me verrez à peine partie que je serai jà revenue !

Oyant quoi, le « capitaine » Tronson s'approcha de moi, paonnant et poussant devant lui sa bedondaine cuirassée.

— Monsieur le Marquis, dit-il avec plus de respect qu'il n'en avait jamais marqué, je n'entends goutte à ces pas et démarches. Plaise à vous d'éclairer ma lanterne.

— Je vais dépêcher un poulet au Bahuet pour lui mander de m'encontrer céans.

— Monsieur le Marquis, il y a danger.

— Lequel je ne te demande pas de partager. De toute manière, je lui veux parler bec à bec.

— Plaise alors à vous, Monsieur le Marquis, de lui ramentevoir ma petite créance.

— Laquelle se monte à combien ?

— A cent écus qu'il eût dû me repayer ces trois ans écoulés.

— Cornedebœuf ! Trois ans ! Que n'as-tu contre lui procéduré ?

— Monsieur le Marquis, vous gaussez ! La Cour n'aurait jamais osé me donner raison contre un *Seize*, surtout après l'exécution du président Brisson. Et quant au Bahuet, il m'aurait fait embastiller !

— Et de présent que le vent a tourné ?

— La Cour est lente. Le Bahuet sera de belle lurette parti avant qu'elle ait tranché ! Et comment le contraindre au corps, quand il sera réfugié chez Mayenne ou dans les Flandres avec les Espagnols ?

— C'est raison. Compère, j'en toucherai un mot au guillaume, si j'en ai l'occasion.

Quoi disant, voyant revenir Guillemette avec un petit *vas-y dire* et une écritoire, je tournai le dos au capitaine Tronson, baillai deux sols à la mignote, et m'asseyant sur une de ces bornes qui défendent les portes cochères contre les roues des carrosses, j'écrivis ce qui suit :

Maître Bahuet,

Votre charroi et vous-même allez courir de grands hasards, dès que vous serez hors les murs. Que si vous m'encontrez sur l'heure devant l'ancienne Aiguillerie, je peux vous donner un avis qui vous pourra remparer contre ces périls.

S.

— Monsieur mon maître, dit Guillemette penchée par-dessus mon épaule, je ne sais lire, mais c'est merveille comme bien vous écrivez. Cependant, maugré votre épée, vous n'êtes pas gentilhomme.

— Pourquoi cela ?

— Si vous l'étiez, vous dicteriez ce billet à un secrétaire, au lieu de vous mettre à tant de peine.

— C'est bien pensé. Ensauve-toi, mignonne. J'ai affaire. Voici ton écritoire.

Elle la mit dans son panier, contrefeignit de s'en aller, mais une maison plus loin, s'arrêta et se mit dans une encoignure, comme je le vis en l'espinchant du coin de l'œil.

— *Vas-y dire,* dis-je au petit galapian qui n'avait pas dix ans d'âge, et l'air éveillé assez, va porter ce billet au sieur Bahuet, et ne le remets qu'à lui-même, parlant à sa personne. Voici un sol.

— Un sol ! dit Guillemette en sortant de sa cachette. Monsieur, c'est trop ! Un demi-sol suffirait pour une commission aussi courte !

— Voyez donc cette grande folieuse qui me veut rogner mon salaire ! dit le petit *vas-y dire,* dressé comme un serpent.

— Folieuse ! hucha Guillemette en s'avançant, la main levée. Je m'en vais te frotter l'oreille, vermisseau !

— Paix-là ! dis-je, et la saisissant par le bras, je lui fis faire demi-tour. Va à ta moutarde, Guillemette, et ne fourre plus ton nez céans !

Mais comme devant, elle ne fit que quelques pas et se cacha derechef, étant attirée à cette scène comme limaille à l'aimant. A quoi elle n'était pas seule, car le premier soleil du matin dorant les pignons et bretèches de la rue du Champ Fleuri, les Parisiennes les plus tôt levées ouvraient leurs verrières et se penchant à leurs fenêtres, par-dessus les pots de basilic et de marjolaine qu'elles y entretenaient, envisageaient notre petite troupe sans mot dire, mais sans perdre une œillée. D'autant plus que de notre côté, ce n'étaient qu'allées et venues, chuchotis et jaseries au bec à bec, sans qu'aucun de nous passât devant la porte cochère large déclose de mon logis, de peur d'être aperçu des quinze vaunéants armés qui chargeaient mes meubles sur un chariot.

Cependant, le petit *vas-y dire* expédié, je commandai à Tronson et à mes gens de se reculer davantage encore et de s'escamoter de leur mieux, afin que de non pas être vus par le Bahuet s'il me venait trouver, leur commandant encore de ne branler mie que je ne les appelasse. Quoi fait, j'allai me poster devant la porte piétonne de l'ancienne Aiguillerie, bien en vue de ces mauvais garçons, et m'appuyant nonchalamment contre le bois de la porte, commençai à me couper les ongles avec une paire de petits ciseaux. Lecteur, bien je te concède qu'il y avait quelque théâtre dans cette posture — d'autant qu'avant de me placer ainsi, j'avais, sous mon mantelet, fait jouer les deux dagues à l'italienne dans leurs fourreaux (lesquelles je porte dans mon dos), sachant bien que dans un soudain corps à corps, n'ayant le temps ni l'espace pour dégainer une épée, seule une dague est sûre. Me méfiant pour la même raison des cottes de maille qui vous ôtent au chamaillis souplesse et vivacité, j'avais endossé un pourpoint en cuir de buffle qu'une lame, en mon opinion, ne pourrait pas si aisément tailler, ni percer, le coup étant porté de près. Et enfin, j'avais pris position dans l'encoignure de la porte piétonne, laquelle encoignure, étant étroite et profonde, me protégeait à demi de dextre et de senestre, la porte elle-même garantissant mon dos. Et pourquoi diantre je m'exposai ainsi au pire péril au lieu d'attendre le retour de Miroul et l'arrivée de Vitry et de ses hommes, je ne sais, sinon que lorsqu'on a mené comme moi de la quinzième à la quarantième année une vie aventureuse, on prend l'habitude de lancer des défis à sa propre vaillance, pour s'assurer que l'âge ne l'a point escouillée.

Quant aux petits ciseaux et à mes ongles, les premiers coupant les seconds, je les destinais à me persuader que mes mains ne trémulaient pas et à convaincre Bahuet de ma sérénité. Cependant, l'ayant vu saillir de ma cour, et se diriger vers moi, flanqué de deux truands de basse mine, dès qu'il fut à deux toises de moi, j'empochai mesdits ciseaux, et enfilai mes gants, lesquels étaient aussi de cuir et me pouvaient garantir des estafilades, le mauvais d'une dague, comme on sait, étant qu'elle ne comporte pas de garde.

Ce Bahuet que j'eus tout le loisir d'envisager, tandis qu'il s'avançait vers moi, était un gautier de moyenne taille, mais carré assez de l'épaule, la mine chafouine et renardière, le nez camus, la lèvre mince, l'œil faux et fuyant, et une grosse moustache noire dont les deux bouts retombaient autour des commissures des lèvres. J'observai qu'il marchait quelque peu de côté à la façon des crabes, la prunelle épiante de dextre et de senestre. Il portait dague, et ses acolytes, des coutelas passés à la ceinture. N'est-ce pas scandale, lecteur, je le demande à toi, qu'une grande ville comme Paris soit si mal policée, et le guet si couard et si insuffisant que de tels coupe-jarrets se peuvent trantoler, armés, à deux pas du Louvre sans qu'on les envoie tout bottés au gibet ?

— Compère, dis-je avec un sourire et en reprenant ma pose nonchalante, mais une main derrière le dos sur la poignée d'une de mes dagues, peu importe mon nom, puisque je sais le tien : tu te nommes Bahuet, tu fus de son vivant secrétaire de feu le chevalier d'Aumale (que Dieu le tienne au ciel en sa sainte garde !), tu occupes par la grâce des *Seize* la maison de M. de Siorac, *politique* notoire, laquelle tu vas quitter ce jour, étant banni de Paris par Navarre.

Je dis « Navarre » et non « le roi » pour lui donner à penser que j'étais, comme lui, poisson des mêmes eaux ligueuses. Et pour la même raison, j'avais recommandé au ciel l'âme du chevalier d'Aumale, bien persuadé que j'étais que Miroul et moi l'avions en tout autre lieu dépêché.

— Compère, dit le Bahuet, son œil faux noircissant, tout un chacun sait cela.

— Mais je sais choses, en outre, dis-je d'un air fort connivent, qui te seraient très utiles à connaître en ton présent prédicament : lesquelles, compagnon, te coûteront cinq écus.

— Cinq écus ! dit le Bahuet avec un rire de dérision et en jetant un œil gaussant à ses sbires : vous avez ouï, compains ? le maraud me réclame cinq écus ! Il me veut vendre ce qu'il me doit bailler !

Quoi disant, il fit jaillir sa dague de son fourreau et en appuya la pointe contre mon pourpoint. Ce qui me laissa pantois, n'ayant mis en avant ces cinq écus que pour donner à ma démarche couleur plus vraisemblable.

— Compère, dis-je, c'est mal me payer de la peine que je me suis donnée pour te venir prévenir des périls qui t'attendent. Que diantre t'ai-je fait pour que tu menaces ma vie, alors même que j'attente à garantir la tienne ?

— Oui-dà ! dit Bahuet, tu es bien fendu de gueule, à ce que je vois, et la langue bien frétillante ! Mais je n'aime guère qu'on vienne fourre le nez dans mes petites affaires. Et si décrois-je que tu sois céans pour me servir.

— Fort bien donc, dis-je, les tempes me battant quelque peu de voir sa lame à si peu de distance de mon poitrail, si vous rebutez mon aide, je m'accoise et m'en vais.

— Tudieu ! Le prompt exit ! s'écria Bahuet en s'esbouffant, et un fort vilain éclair passant dans ses yeux faux. Vous avez ouï, compains ! Le maraud veut s'ensauver à l'anglaise ! Sans nous dire son nom, ni son état, ni le message dont il se dit porteur.

Et ce disant, il appuya davantage sa dague sur mon pourpoint, tant est que sans qu'il le perçât vraiment, je sentais néanmoins sa pointe à travers le cuir, à pas même un pouce du toquement de mon cœur.

— Voire mais ! dit le truand à ma dextre (lequel puait effroyablement l'ail et la sueur). Par la mort Christ, Bahuet, frappe à la gorge ! et ne gâte point, je te prie, ce bon pourpoint de buffle : j'ai eu l'œil sur lui de prime, et le réclame pour ma part de picorée, quand tu auras expédié le guillaume.

— Et moi, ses bottes, dit le truand à ma senestre.

— Et moi, l'épée, dit Bahuet en souriant du coin de la bouche. Nous voilà donc bien d'accord.

— Cornedebœuf ! dis-je, Messieurs, que pensez-vous faire là ? Dépêcher un honnête garçon en plein jour à deux pas du Louvre et devant tant de témoins ?

— Sottard de merde ! dit Bahuet. Dans une heure, je serai hors Paris, et ces braves gens aussi.

— Hors Paris, mais non pas tant saints et gaillards que de présent vous l'êtes, dis-je promptement, car le marquis de Siorac, de qui vous avez six ans occupé la maison et dont vous emportez les meubles, a fait poster des espions à toutes les portes de Paris, et dès qu'il saura votre chemin, vous courra sus avec un fort parti de cavaliers pour vous exterminer.

— Coquin ! s'écria Bahuet en pâlissant, d'où sais-tu cela ?

— D'une chambrière du marquis dont je suis l'amant.

— Et qui es-tu, par la Mort Dieu !

— Franz Muller, Lorrain, anciennement sergent du duc de Guise à Reims et de présent désoccupé.

— Voilà qui explique l'épée et le pourpoint, dit le truand à ma dextre.

— Mais non point qu'il me veuille rendre service, dit Bahuet.

— Moyennant pécunes, dis-je.

— J'ai ouï ta chanson, et la décrois, scélérat. C'est tout fallace. Tu n'as pas mine à courre après cinq écus. J'en donnerais mon vit à couper. Compains, c'est assez languir. Serrons le maraud prisonnier au logis. Nous y serons plus à l'aise pour le mettre à la question et trier le grain de la paille. Suis-nous, vilain ! reprit-il en me mettant la main au collet.

A quoi je vis bien qu'il fallait à la parfin passer du miel au vinaigre, et m'arc-boutant du dos contre la porte piétonne, je lui décochai dans le ventre un fort coup de botte qui l'envoya rouler au milieu de la rue. Quoi fait, je saisis derrière mon dos mes deux dagues à l'italienne et penché en avant, bien campé sur mes gambes, je les dardai de dextre et de senestre, en huchant à gorge rompue :

— A moi, mes gens !

Mes deux beaux truands voulurent alors mettre la main à leurs coutelas, mais jetant mes griffes de part et d'autre comme un chat, je leur fis à chacun de telles estafilades aux bras qu'elles leur ôtèrent le goût de se frotter à moi, et d'autant que Pisseboeuf et Poussevent, leur courant sus, l'épée à la main, leur donnèrent sur la tête de telles platissades que changeant leur retraite en vauderoute, ils s'ensauvèrent comme lièvres débusqués. Ce que voyant Bahuet, qui s'était relevé, mais en deux plié et se tenant les tripes, il se réfugia dans ma cour dont il fit incontinent clore la porte cochère par ses *spadaccini*.

— Tudieu, Monsieur le Marquis ! s'écria Tronson qui, survenant à petits pas, sa bedondaine tressautante, volait au secours de la victoire, fort paonnant et l'épée dégainée, voilà qui est chié chanté ! Nous les avons bien battus dos et ventre ! Et les voilà retirés dans leur trou !

— La merci à toi, compère, dis-je froidureusement, pour ton aide opportune.

— Moussu lou Marquis, dit Pisseboeuf en oc, donnerai-je aussi à ce dindon du plat de mon épée ?

— Nenni. Il n'est point là pour l'usance, mais pour la décoration. Pisseboeuf, cours au Louvre et vois le qu'est-ce et le pourquoi du délayement de M. l'Ecuyer.

— Moussu, il n'est besoin, dit Pisseboeuf, le voilà qui rondit en courant le tournant de la rue de l'Autruche, précédant de peu M. de Vitry et ses arquebusiers.

— Louée soit la Benoîte Vierge ! dit Tronson.

— Laquelle n'a rien à voir à l'affaire, dit tout bas Pisseboeuf en oc, lequel Pisseboeuf était grand et maigre comme un échassier déplumé (au rebours du gros Poussevent) et quoique fort gaillard avec les mignotes, huguenot de forte racine.

— Monsieur le Marquis ! cria Miroul en courant à moi, son œil marron étincelant et son œil bleu froid comme glace, qu'est cela ? Qui vous a lacéré le pourpoint ? Ha ! Moussu ! ajouta-t-il en oc, vous êtes-vous aventuré sans moi contre ces droles ? Sans moi ! Serez-vous toujours tant étourdi qu'un hanneton ?

— Paix-là, Miroul, dis-je en oc à voix basse. Voici Vitry ! Mais non, Cornedeboeuf ce n'est pas Vitry ! C'est Vic !

A quoi je ris, pour ce que M. de Vic était gouverneur de Saint-Denis quand le chevalier d'Aumale attaqua la ville, et y ayant pris pied, et la croyant gagnée, laissa là ses troupes pour aller coqueliquer avec la Raverie, putain de haute graisse dont le béjaune était raffolé. Ce qui fit que Vic, contre-attaquant, mit à vauderoute les ligueux privés de leur général, celui-là étant tué en embûche par Miroul et moi : le plaisant de la chose étant que le dépêchement n'ayant pas eu de témoin, et le roi me défendant de le revendiquer, M. de Vic s'en paonna et reçut en gratification l'abbaye du Bec, dont le chevalier était titulaire, et où, de reste, il n'avait jamais mis le pied, sauf pour empocher les pécunes. Cependant, quand le roi me remboursa les dix mille écus que je lui avais avancés pour gagner à lui M. de Vitry — je dis M. de Vitry et non M. de Vic — il tripla la somme.

— Ha ! Sire, dis-je, c'est trop !

— Barbu, dit-il (car tel était le surnom qu'il m'avait baillé, pour ce que j'avais laissé pousser mon poil pour bien jouer mon rollet de marchand-drapier en mes missions secrètes), Barbu, dit-il me parlant bec à bec — voilà qui te va oindre la navrure de n'être pas abbé du Bec...

— Ha ! Monsieur de Vic ! dis-je, allant au « vainqueur du chevalier d'Aumale » avec un visage riant et lui donnant une forte brassée, votre arrivée est la très bien venue : ces coquins se sont remparés dans ma cour derrière le portail clos. Ils sont quinze, et bien armés, et me veulent rober mes meubles.

— Marquis, dit M. de Vic, le verbe haut, gaillard et militaire, l'affaire est claire comme eau de roche et simple comme Evangile : Je vais fourrer un pétard sous le portail, et ledit portail en miettes, mordieu ! Je vais tout tuer et tout pendre.

— Hé ! Monsieur l'Abbé du Bec ! dis-je avec un souris, voilà qui serait peu chrétien, outre que le roi n'aimerait guère un massacre si près de son Louvre, lui qui tient tant à la clémence. De reste, votre pétard détruirait ma porte et mettrait mes meubles à dol, lesquels justement j'entends bien préserver. Sa Majesté me saurait gré, je crois, d'employer des moyens plus doux.

— Et quels, Tudieu ? Quels ? s'écria de sa voix de stentor M. de Vic, qui était tout aussi paonnant que Tronson, mais, au rebours du menuisier, la vaillance même au combat. Différence qui, en mon opinion, ne tenait qu'à l'entretainement qu'il avait subi dès l'enfance, ayant été élevé par son père dans le culte du courage, comme Tronson par le sien dans celui des clicailles. Il est vrai qu'à celles-ci nos beaux guerriers ne sont pas non plus de glace, mais ils y tendent par l'épée, et non par les arts mécaniques. A chacun sa picorée, comme disait notre berger Jonas à Mespech.

— Monsieur de Vic, j'ai sur ces moyens doux quelque petite idée, dis-je, et plaise à vous de me lâcher la bride que je la puisse mettre à l'épreuve.

— A votre guise, dit M. de Vic, d'un air mal'engroin assez, mais ramentez-vous, Siorac, que si elle défaut, je vous les rends tous pendus en un battement de cil.

J'appelai alors Pissebœuf et lui dis de courre jusqu'à la rue du Chantre sur laquelle donnait un des murs de ma cour afin que de surveiller ledit mur et de me mander par un petit *vas-y dire* combien de ces vaunéants s'en sauveraient par là, dès que j'aurais fait mon annonce. Quoi fait, et Pissebœuf departi comme carreau d'arbalète, je m'approchai de mon portail et criai d'une voix forte :

— Bahuet ! L'homme dont tu as lacéré le pourpoint, c'est je ! Je, le marquis de Siorac, dont tu occupes proditoirement le logis et dont tu attentes, au déguerpir, de rober les meubles. Bahuet, j'ai là avec moi M. de Vic, gouverneur de Saint-Denis, dont le monde entier connaît la vaillance, et une bonne vingtaine d'arquebusiers. M. de Vic se propose de mettre un pétard sous la porte et de vous rendre tous tués ou pendus pour rébellion. Toutefois, si tu viens à résipiscence et remets mes meubles en place et nous ouvre, j'ai obtenu de lui de t'accorder vie sauve, et à tes acolytes aussi, hormis à ceux qui sont en coquetterie avec le lieutenant de police. C'est juré sur ma parole de gentilhomme !

Ayant dit, ou plutôt huché à gorge déployée, je fis un grand geste des deux bras pour réclamer le silence, toutefois inutilement, car non seulement nos gens, les arquebusiers, Tronson, Miroul et Vic s'accoisaient, mais toute la rue — j'entends les commères et compères aux fenêtres, personne ne se hasardant à mettre le pié sur le pavé de peur d'être mêlé au chamaillis — restait bec bée à tendre l'oreille pour ouïr la réponse de Bahuet — et la tendit en vain, car durant les longues minutes qui suivirent, le drole ne répondit ni mot ni miette.

— Mordié ! Le vaunéant nous lanterne ! dit à la parfin M. de Vic en se retroussant la moustache. Arquebusier, un pétard ! Là ! Sous cette porte de merde ! Et vite !

— Ha ! Monsieur le Marquis ! Monsieur de Vic ! Messieurs ! s'écria Tronson en poussant tout soudain sa grosse bedondaine entre Vic et moi, faire sauter une tant belle porte, c'est le crime des crimes ! Je vous le dis, moi, maître-menuisier Tronson de la rue Saint-Denis ! Façonnée qu'elle est en beau chêne sans nœud, le grain serré et de forte texture, avec bonnes moulures, lesquelles ne sont point rapportées, mais creusées dans l'épais du bois, sans compter que l'explosion risque aussi de tordre vos ferrures, lesquelles sont de haute graisse et fort bien travaillées, et au surplus, d'ébranler votre mur, voire même d'écrouler votre linteau de belles pierres, si la clef de voûte est le moindrement navrée ! Messieurs, il faut cent ans d'âge pour rendre une porte tant saisonnée, drue et dure que celle-ci, tant est que vous n'y pourriez même enfoncer un clou, si vous le vouliez. Et dissiper en une seconde l'ouvrage de tant de temps, mordié ! c'est pitié, et que m'oie la Benoîte Vierge, très sacrilégieux gaspillement !

— La peste soit du grand jaseur ! dit M. de Vic. Allons-nous faire éternellement le pied de grue devant une porte, pour ce qu'un vaunéant l'a remparée de l'intérieur ?

— Monsieur de Vic, cria d'une fenêtre de la rue un compère dont les moustaches valaient bien celles du gouverneur de Saint-Denis, oyez le maître-menuisier, il parle raison ! C'est je, maître-charpentier Gaillardet, dit gambe de bois, qui le dis ! Plus belle porte que celle-là il n'y a pas dans la rue du Champ Fleuri !

— Monsieur de Vic ! cria d'une autre fenêtre une forte matrone, dont les tétins appuyés sur son balcon pendaient là quasiment comme deux sacs de blé. Bien savons-nous, Monsieur de Vic, que vous êtes un vaillant ! Mais un pétard dans la rue du Champ Fleuri, vous n'y pensez point ! Nos verrières voleraient en éclats, et Jésus ! qui les paiera ? Et où trouver le verre de présent ? Et à quel prix ?

Cette apostrophe fut de tous côtés tant applaudie que je vis bientôt poindre le moment où pour défendre ma belle porte et leurs verrières, mes bons voisins m'allaient défendre de rentrer chez moi...

— Henri Quatrième dit bien, grommela Vic à mon oreille. Un peuple est une bête, principalement le parisien. Il n'y a pas plus rebelle et maillotinier. Les marauds me feraient un tumulte, si j'allumais ce pétard de merde ! Et s'ils me font un tumulte, que dira le roi ?

— Se peut, maître Gaillardet, criai-je au moustachu compère qui avait de prime opiné, qu'une hache de charpentier ferait l'affaire pour défoncer un panneau du portail, et passant la main par le trou, la déverrouiller. Ce serait moindre mal.

— Se peut, dit Maître Gaillardet.

— Cinq sols pour toi, si tu le fais !

— Dix, Monsieur le Marquis, vu la dureté du bois.

— Tope !

— Monsieur le Marquis, dit à voix basse Guillemette en me tirant la manche, dix, c'est trop. On vous gruge.

— Toi encore, Guillemette ! dis-je *sotto voce*, ne la voulant faire gronder de ses parents, s'ils étaient aux fenêtres. Que fais-tu donc céans au lieu de courre à la moutarde ?

— C'est que ce n'est pas tous les jours qu'on voit dans notre rue un remuement comme celui-là ! dit la friponne en passant sa petite langue rose sur ses lèvres. Se peut même qu'on verra des morts...

— Monsieur le Marquis, hucha Gaillardet en encadrant dans ses fenêtres ses larges épaules et lissant ses terribles moustaches, le temps d'attacher ma gambe de bois et de quérir ma hache, et je suis vôtre !

Dès qu'il eut disparu, le « capitaine » Tronson dit sur un ton d'infini déprisement, mais cependant à mi-voix, n'ayant garde d'être ouï, et qu'on répétât son propos à l'intéressé :

— Un charpentier laboure à la hache et à l'herminette. Un menuisier, à la scie. C'est toute la différence.

— Cornedebœuf, Moussu ! dit Miroul à mon oreille, que fait donc Pissebœuf ? Il est departi il y a jà une grosse demi-heure, et de petit *vas-y dire* pour nous apprendre ce qui se passe dans la rue du Chantre, pas la queue d'un !

— Espère un petit, dis-je. Pissebœuf n'est pas manchot.

— Monsieur le Marquis, cria d'une fenêtre une accorte garcelette, laquelle portait un corps de cotte fort décolleté, me reconnaissez-vous ? C'est je, Jeannette. Je fus chez vous, il y a six ans, la bonnetière de Demoiselle Angelina.

— Vramy ! dit la commère aux tétins monstrueux, à voir la manière dont l'éhontée montre sa peau, je gage qu'elle y façonnait bien d'autres choses que des bonnets.

— Voyez-vous la jaleuse ! hucha la garcelette, son œil bleu noircissant. Montre qui peut ! Cache qui doit ! J'en sais, moi, que si elles ne mettaient pas leurs tétins en sac, ils leur couleraient sur les genoux !

A quoi, de fenêtre en fenêtre, toute la rue s'esbouffa, tant est que Jeannette, sentant tout son avantage, poursuivit, fort paonnante devant nos voisins d'avoir été quasiment de mon domestique.

— Monsieur le Marquis, comment va le maître en fait d'armes Giacomi ?

— Tué, hélas, en nos batailles.

— Et Madame son épouse Demoiselle Larissa ?

— Morte, hélas, d'un soudain trouble des méninges.

— Et Demoiselle Angelina ?

— Saine et gaillarde. Et nos enfants aussi.

Nouvelles qui firent incontinent le tour de la rue du Champ Fleuri, laquelle comptait nombre de bourgeois étoffés et de gentilshommes de bonne maison, lesquels, lecteur, si tu ne les as vus encore dans ce récit apparaître, c'est qu'ils déprisaient, comme à leur dignité disconvenable, de se montrer aux fenêtres et d'y faire, bec bée, les badauds, mais toutefois déléguaient à cette tâche leurs nombreux domestiques, n'étant pas moins curieux qu'eux de leurs voisins, toute rue en ce grand Paris étant un petit village où l'on s'occupe fort du prochain, noble ou non.

— Mordié ! dit M. de Vic en carrant l'épaule et en redressant sa moustache, que diantre fait ce charpentier de merde ? Et quel temps lui faut-il pour quérir sa hache ?

— Ma fé, Monsieur de Vic ! cria la commère mafflue de sa fenêtre, que si vous aviez comme Gaillardet une gambe de bois, se peut que vous mettriez quelque temps aussi à descendre les degrés...

Cela fit rire, et à peine sous cape, que la gaillarde eût trouvé le moyen de rebuffer un grand officier du roi, sans qu'il pût rien reprendre à son dire. A quoi, en effet, le pauvre Vic, mortifié assez, mais ne voulant pas se mettre au hasard d'un duel verbal avec un bon bec de Paris, tourna pour la première fois casaque devant l'ennemi, et me prenant par le bras, m'entraîna à l'écart et me dit à l'oreille :

— Siorac, j'enrage ! Je regrette ma Guyenne tous les jours ! Ces Parisiens sont le peuple le plus effronté de la création, ne respectant rien, ni nobles ni roi. Et il le faut bien endurer, ne pouvant les rendre tous pendus.

— Priez, Vic ! dis-je en souriant, priez que le ciel change un jour leurs instincts rebelutes ! Priez, puisque vous êtes abbé du Bec !

— Mais je ne suis pas abbé du Bec ! dit Vic, fort exaspéré, c'est à mon fils que le roi, à ma prière, a baillé l'abbaye. Et ma mère n'était pas non plus la comtesse de Sarret ! Comtesse était son prénom ! Et je ne suis pas non plus amiral de France. Je suis vice-amiral.

— Où est la différence ?

— C'est que je ne mettrai mie le pied sur un bateau, ne pouvant supporter la mer.

— Monsieur le Marquis, dit Miroul, voilà enfin le Gaillardet.

Et en effet, majestueux et claudiquant, le maître-charpentier, sailli de sa maison, s'avançait cahin-caha sur le pavé de la rue, une grande hache à la main, et ayant fait un salut des plus brefs à Vic et à moi (sous le prétexte, je suppose, de sa gambe de bois qu'une courbette eût déséquilibrée), s'avança vers mon portail, et y promena longuement les doigts, qu'il avait forts et spatulés, et cependant merveilleusement légers dans la caresse qu'ils faisaient au bois.

— Ce chêne, dit-il à la parfin non sans un air de pompe, et tant grave que révérend docteur médecin jargonnant en latin sa diagnostique, ce chêne a au moins cent ans d'âge et tant dur que fer.

— Ne l'ai-je pas dit jà ? dit Tronson en jetant à la ronde un regard satisfait.

— Bride un peu, compère, dit froidureusement Gaillardet. C'est je, Gaillardet, qui parle. En outre, poursuivit-il, outre qu'il est fort dur, il est fort épais. Et je cours grand hasard en le voulant attaquer à la hache, de fausser le fil du tranchant.

— Un fil se refait, compère, dit Tronson.

— Sauf si des éclats s'en sont détachés.

— Lesquels entraîneront seulement, dit Tronson, un refaçonnement du fil en prenant sur le gras de la lame.

— S'ils sont petits, oui-dà ! S'ils sont grands, point du tout ! La lame est alors à jeter. Et par les temps qui courent, où trouverai-je à acheter une lame tant bonne que celle-là ? Et à quel prix, tout étant de présent tant renchéri.

— Je l'avais bien dit ! s'écria M. de Vic tout à plein hors ses gonds. Tudieu, arquebusier, pète-moi cette porte sans plus languir !

Mais à ces mots, un si grand murmure de colère et de menace s'enfla et courut de fenêtre en fenêtre que l'arquebusier balança, bien se ramentevant sans doute qu'au moment des barricades qui chassèrent Henri Troisième, les Parisiens avaient massacré je ne sais combien de pauvres Suisses pour le seul crime de défiler dans leurs rues avec les mèches de leurs arquebuses allumées.

Et pour moi, ne voulant pas que ma rentrée au bercail fût l'occasion d'un sanglant tumulte où d'aucuns de mes voisins seraient navrés et leurs verrières détruites, je posai vivement la main sur le bras de M. de Vic et dis :

— Plaise à vous, M. le Vice-Amiral de France, de surseoir à votre ordre. Il n'y a pas urgence. Tant que la porte restera close, le Bahuet ne pourra rober mes meubles, et se peut que Maître Gaillardet consente à hasarder le fil de sa hache moyennant un écu.

Cette libéralité, à la vérité excessive, fit grand effet

sur tous les manants et habitants de la rue, et en particulier sur le maître-charpentier.

— Quoi ? dit Gaillardet, la moustache frémissante, Monsieur le Marquis, un écu ? Qu'appelez-vous un écu ? Un Carolus ?

— Un Carolus ! Fi donc ! Un Henricus ! Franc et non rogné ! Le voici ! dis-je en le tirant de mon escarcelle. Qu'en êtes-vous apensé ? Lui trouves-tu bonne mine ?

— Le peux-je tâter ? dit Gaillardet.

— Tâter, pastisser, mignonner, et mordre ! dis-je, cette petite gausserie faisant rire le populaire et l'affectionnant à moi plus avant.

— Attrape ! poursuivis-je et je jetai la pièce à Gaillardet, qui la reçut dans ses vastes paumes tannées comme cuir, et lui fit tout ce que j'avais dit, ce qui redoubla l'esbouffade, ces Parisiens étant d'esprit si volatile qu'ils passent en un battement de cil de l'ire la plus menaçante à la plus débridée gaieté.

— Vramy ! dit à la parfin Gaillardet en s'inclinant la tête de côté d'un air mélancolique, la grand merci à vous, Monsieur le Marquis. Mais me voilà couillasse comme jamais, contraint de baisser modestement les yeux devant un bel écu. Car, pour dire le vrai, toute bonne que soit cette hache, laquelle me vient de mon défunt père, je doute qu'elle vienne à bout de cette porte, ou alors ce serait miracle !

A peine avait-il prononcé que ledit miracle se fit, le portail s'ouvrant de soi et les deux battants s'écartant l'un de l'autre, sans qu'on pût voir du tout qui les déclouit, la cour du logis, hormis les deux chariots et les chevaux attelés, étant vide. Tant est que Miroul, me voyant avancer le pied, me retint par le bras en disant en oc :

— Espère un petit. Se peut que ce soit embûche.

Mais au même moment, une voix que je connaissais bien cria de derrière un des vantaux :

— Monsieur de Vic, c'est je, Pissebœuf, arquebusier de M. de Siorac. Plaise à vous de commander à vos hommes de non point me tirer dessus, quand j'apparaîtrai aux vues.

— Apparais, Tudieu ! apparais ! cria Vic de sa voix stentorienne. Mais mordié ! qui est celui-là que je vois sortir de derrière l'autre battant ?

— C'est Caboche, le cuisinier de Sieur Bahuet, dit Pisseboeuf, lequel, clochant d'une gambe, n'a pu sauter le mur de la rue du Chantre, comme ils firent tous l'un après l'autre, après l'annonce de M. de Siorac.

— Le cuisinier de Bahuet! Ventredieu! Je le vais pendre! hucha Vic.

— Plaise à vous que non, Monsieur de Vic, cria Pisseboeuf. Il n'était point armé, et je lui ai promis vie sauve! En outre, on ne peut point pendre ce pauvre Caboche pour le seul crime de n'avoir point songé à empoisonner Bahuet du temps qu'il cuisait son rôt.

Cette petite gausserie prononcée en français teinté d'accent gascon (lequel était devenu fort à la mode qui trotte, dès lors que Navarre se trouvait le maître de Paris) ébaudit fort le populaire des fenêtres, immensément soulagé qu'il était, de reste, que l'affaire se terminât sans arquebusade, sans pétard, et sans verrières éclatées.

— Grâce accordée! dit M. de Vic, lequel se tournant vers moi, ajouta : Siorac, je suis bien aise d'être venu à bout de cette traverse en vous contentant sans toutefois mécontenter Sa Majesté, à laquelle je vais incontinent dire ce qu'il en fut.

— La grand merci à vous, Monsieur le Vice-Amiral!

— De mes esteufs, dit Pisseboeuf en oc, mais à voix basse, suspicionnant que Vic, qui était natif de Guyenne, pourrait entendre notre parladure.

— Fi donc, Pisseboeuf! dit Miroul, mais toutefois à demi fâché, n'aimant pas Vic pour la raison qu'il nous avait robé la gloire d'avoir dépêché le chevalier d'Aumale.

— Poussevent, poursuivit Pisseboeuf en oc, mais plus haut (voyant que Vic, s'éloignant, était maintenant hors oreille), as-tu observé que l'amiral a dit qu'il était « venu à bout de cette traverse » ? Cornedeboeuf! Qui en est venu à bout sinon le marquis et je? Le marquis en me dépêchant rue du Chantre, et moi-même m'avisant, au vu de ces vaunéants sautant le mur, que je le pourrai sauter à l'inverse et la porte déclore.

— Pissebœuf, dit le gros Poussevent avec humilité, bien sais-je qu'il y a plus d'esprit, comme tu le dis, dans le petit doigt de ta dextre que dans tout mon grand corps.

— Babillebahou, qu'y peux-je ? Et qu'y peux-tu ? dit Pissebœuf. N'en parlons plus ! C'est la nature qui a voulu cela ! Il n'empêche que je les ai tous envoyés cul sur pointe en ouvrant, sans me montrer, cette porte de merde. Tant est que ces coquefredouilles papistes ont de prime cru que c'était la Benoîte Vierge, comme ils disent, qui le faisait.

— Monsieur le Marquis, dit le « capitaine » Tronson à mon côté, y a-t-il bien là tous vos meubles ?

— Tous, à ce que je crois, dis-je, achevant de faire le tour des deux chariots.

— Adonc, dit Tronson, non seulement vous retrouvez vos biens, mais faites en outre une belle picorée, avec ces deux chariots, et ces quatre chevaux, lesquels vous demeurent, ce Bahuet étant à la fuite et hors d'état de vous les jamais réclamer.

— Se peut, dis-je froidureusement, voyant bien à quoi ce discours tendait, se peut que je fasse une belle picorée, du moins si mon logis n'est point trop gâté par l'incurie de ce coquin.

Ce disant, j'y pénétrai, et fis de toutes les pièces, l'une après l'autre, une revue exacte et vétilleuse, le Tronson ne quittant pas mes talons, non plus que Miroul, mes deux arquebusiers, et qui ? Lecteur, qui ? sinon la Guillemette qui, l'anse de son panier toujours vide passée dans son bras, sa petite taille redressée, se faufilait derrière le gros Poussevent, l'oreille alerte, et son bel œil noir, tant vif que celui d'un écureuil, épiant toutes choses de tous côtés.

— Ce logis, dis-je à la parfin, est fort sale, mais rien n'y est à reprendre vraiment.

— Adonc, dit le « capitaine » Tronson, votre picorée est tout profit pour vous, laquelle se pourrait monter avec les quatre chevaux, ceux-là étant jeunes et bien membrés, à mille écus et pour les deux chariots à cinq cents. Au total cela fera choir pas moins de mille cinq cents écus en votre escarcelle.

— Compère, dis-je avec un sourire, appètes-tu à devenir le gardien de mes trésors ?

— Rien n'en vaut, dit Tronson, j'ai mon état de menuisier, lequel est bel et bon et je m'y tiens. Mais plaise à vous de vous ramentevoir, Monsieur le Marquis, que je détiens une créance sur le sieur Bahuet...

— Laquelle, dis-je froidureusement, je ne suis pas tenu de te payer, n'étant pas l'héritier dudit, et n'entrant en possession de ses biens que par action de guerre et droit de coutumière pillerie.

— Cela est vrai, dit Tronson en avalant sa salive, mais d'un autre côtel, j'ai tissé avec votre seigneurie durant le siège quelque honnête lien de commerce et d'amitié que Monsieur le Marquis, si je le connais bien, aura à cœur d'honorer.

— Bien me connais-tu, Tronson, dis-je. Nomme donc ta créance sur Bahuet.

— Deux cents écus.

— Cornedebœuf ! Deux cents ! Nous voilà maintenant à deux cents ! Ta créance a pris du ventre depuis une heure, maître-menuisier ! Car elle n'était alors que de cent !

— C'est, Monsieur le Marquis, que je comptais alors sans les intérêts qui ont couru ces trois ans écoulés.

— Peste ! Ces intérêts ont doublé en trois ans le principal ! Il n'est juif qui oserait prêter à taux si abusif ! Et ne me dis point que ce Bahuet l'accepta jamais !

— Monsieur le Marquis, peux-je vous comparer à Bahuet, nourrissant pour vous tant d'humble, reconnaissante et respectueuse amitié ?

— Ventre Saint Antoine, ton amitié prou me coûte ! Mais passons. Le temps me presse. Je ne veux point barguigner plus avant. De ces quatre chevaux, prends le noir pour tien, et ensauve-toi, avant que je me ravise. Poussevent ! Pissebœuf ! allez aider maître Tronson à le dételer.

— Ha ! La grand merci à vous, Monsieur le Marquis ! cria Tronson qui, n'étaient sa bedondaine et sa cuirasse, m'aurait salué jusqu'à terre.

— Mon Pierre, dit Miroul, dès que le maître-menuisier fut hors, c'est folie ! Tu ne devais rien à ce pleure-pain !

— Ce pleure-pain est voisin de mon logis de la rue des Filles-Dieu et fort écouté du voisinage. Raison pourquoi, gardant ledit logis à loyer, je ne veux point m'en faire un ennemi.

— Le bel ennemi ! Il est si bas de poil !

— Mais la langue si parleresse !

— N'empêche, mon Pierre, depuis que tu t'es fait papiste, je te vois sur le chemin de perdre ta bonne économie huguenote. Bailler à ce chiche-face le cheval noir ! Lequel est le plus beau des quatre !

— Vous l'avez mal examiné, Monsieur l'Ecuyer, dis-je d'un air fort picanier, le cheval noir a une coquetterie dans l'œil et un mauvais aplomb des gambes arrière. Le Tronson n'en tirera pas cent écus.

— Cornedebœuf, mon Pierre, tu es profond !

— A mau chat mau rat !

— Que veut dire cette parladure ? dit Guillemette, en venant audacieusement mettre son joli museau entre Miroul et moi.

— Que si, dis-je, le chat est mauvais, le rat doit l'être aussi. Et toi, souriceau, peux-tu me dire ce que tu viens grignoter céans ?

— Monsieur mon maître, à bien voir pièce après pièce, je me suis apensée qu'il me faudra bien huit jours pour approprier ce logis, car tout, céans, est gras, souillard, charbonné, sale, orde et puant.

— Huit jours, Guillemette ? dis-je en levant le sourcil. T'aurais-je donc à mon service embauchée ? Est-ce chose faite ?

— Oui-dà, Monsieur le Marquis ! dit la mignote sans battre un cil, mais à des conditions.

— Tiens donc ! dis-je en riant à gueule bec, des conditions ! Tu me fais de présent des conditions ! Et quelles ?

— Que vous me donniez quatre écus le mois, avec le vivre et le coucher.

— C'est raisonnable assez.

— Et que vous commandiez à vos deux arquebusiers de ne me point pastisser les arrières, comme jà ils ont attenté de faire.

— Que farouche ! Serais-tu donc pucelle ?

— Nenni, Monsieur mon maître. Pucelle ne suis, mais ne me baille pas non plus à tout venant.

— Adonc, point de Pissebœuf ni de Poussevent. Et M. de La Surie ?

— Non plus.

— Voyez-vous l'effrontée ! s'écria Miroul en riant, mais d'un seul côté du bec.

— Et moi ? dis-je.

— Ce sera à considérer, dit Guillemette en m'envisageant de cap à pié.

— Ha ! mon Pierre ! dit Miroul en oc, que voilà mignote résolute, et qui parle au maître quasiment en maîtresse. Est-ce bien sage de l'embaucher ?

— Se peut que non. Mais est-ce raison d'être sage toujours ?

A la fin mars, je reçus, écrite de la main d'Angelina — je dis bien de sa main, et le lecteur n'ignore pas pourquoi —, une lettre fort bien troussée, où elle me mandait son intention de ne point venir vivre en Paris avec nos enfants tant que l'envitaillement y serait si difficultueux — alors qu'il était si aisé en ma seigneurie du Chêne Rogneux — et aussi tant que sévirait en la capitale cette épidémie des fièvres chaudes dont on disait qu'elle avait jà tué plus de monde que la faim, pendant le siège, n'en avait dépêché. Je ne pouvais, certes, blâmer Angelina de cette décision, laquelle j'avais laissée à son meilleur jugement et d'autant qu'elle me priait et suppliait avec la plus douce insistance de la venir voir en Montfort l'Amaury le plus souvent que je pusse, pour ce que mon absence, disait-elle joliment, « engrisaillait ses jours et déconfortait ses nuits ».

Je cachai sa non-venue à Doña Clara pour la raison que si elle l'avait sue, elle eût, à coup sûr, exigé de moi, ou que je revinsse vivre rue des Filles-Dieu avec elle, ou que je l'acceptasse rue du Champ Fleuri.

Car encore que je n'eusse jamais consenti à dépasser avec elle, comme dit saint Augustin, le seuil lumineux de l'amitié, j'étais à elle fort affectionné et elle à moi, tant est qu'elle m'eût désiré tout à soi. Ce que je noulais, tant pour ne pas offenser mon Angelina que parce que Doña Clara, maugré les nobles qualités de son cœur, s'averrait, à l'usance, assez malcommode à vivre, étant de ces passionnées et impérieuses dames qui, se trouvant piquées de tout, ne se peuvent empêcher de piquer à leur tour, laissant leurs dards s'envenimer dans les navrures qu'elles vous font.

Cependant, je n'eusse pas voulu non plus discontinuer de la voir, ni qu'elle repartît en ses Espagnes : raison pourquoi, comme j'ai dit, j'avais retenu à loyer mon ancien logis de la rue des Filles-Dieu et maintenu à son service et en mon emploi Héloïse et Lisette, la première parce qu'elle consolait mon Miroul de l'absence de sa Florine, dame d'atour de mon Angelina, et la seconde pour ce que M. de L'Etoile, qui ne la pouvait garder chez lui vu la jaleuseté de son épouse, m'avait prié de l'embaucher chez moi, où il la venait quotidiennement visiter. A vrai dire, je plaignais quelque peu en mon cœur huguenot les dépens et débours qu'entraînait ce deuxième logis. Mais qu'y pouvais-je ? Et qui pourra prétendre que l'amitié n'a pas sur nous quelques droits qu'il nous faut à toutes forces honorer à peine de chasser de son cœur d'aucunes des plus douces aménités de la vie ?

Bien me ramentois-je à ce jour que c'est le 24 mai de l'année 1594 que je reçus de Mme de Guise (la veuve de l'assassiné de Blois) une lettre missive me priant de la venir voir en son hôtel, et si je me ramentois si bien, et du jour, et même du moment, c'est qu'une heure auparavant, à onze heures précises, alors que je me préparais à prendre ma repue de la mi-journée, j'avais appris que, la veille, se trompant quasiment de saison, une affreuse et mortelle gelée s'était abattue sur les vignes des alentours de Paris, les séchant et flétrissant sur pied. J'avais incontinent prié prou Miroul de galoper jusqu'à celles qui s'étageaient sur le coteau de Montmartre pour me dire ce qu'il en était et sur la triste annonce qu'il me fit à son tour qu'il n'en restait plus miette, j'en conclus que les nôtres, celles du Chêne Rogneux, et celles de La Surie, étaient, elles aussi, perdues : crainte qui ne tarda point à se vérifier, le désastre, comme nous l'apprîmes dans le mois qui suivit, s'étendant quasi à toute la France, hormis la Provence et le Languedoc.

Au Chêne Rogneux, je ne cultivais de vigne que ce qui était nécessaire aux besoins de ma seigneurie, et ce n'est point en l'occurrence tant ma table que je plaignais, car je ne suis guère adonné à la dive bouteille, tant de par ma naturelle tempérance que parce que je tiens Bacchus pour le pire ennemi de Vénus, au point que je ne peux comprendre qu'un homme soit assez bas de poil pour préférer le plaisir d'un pot de vin aux délices que nous partageons sur notre couche avec la plus belle moitié de l'humanité.

Mais il ne m'échappait pas que cette impiteuse gelée allait plonger un nombre infini de vignerons dans la misère, et avec eux le royaume entier, le vin étant une des principales marchandises dont nous faisions commerce avec l'Anglais, le Hollandais et l'Allemand. Adonc, comble de malheur et surcroît de dol pour notre pauvre pays, déjà si appauvri par un demi-siècle de guerres civiles.

C'est donc sur le coup de cette nouvelle et dans des sentiments chagrins que ce 24 mai, je me mis à ma repue de douze heures avec Miroul, tous deux silencieux assez et plus inattentifs à Guillemette qui nous servait que si elle eût été escabelle ou cancan, ayant l'esprit tout occupé des extrêmes nécessités où tant de bonnes gens s'allaient retrouver dans le plat pays, sans même compter que les moissons cette année non plus ne promettaient guère et que les laboureurs, exaspérés, et exagités par l'excès de leurs souffrances, se rebellaient jà dans le Périgord — mon natal Mespech ayant dû se remparer contre les « croquants ».

C'est dans ces mélenconiques dispositions qu'un petit *vas-y dire,* toquant à mon huis, me remit un billet étonnant.

Monsieur de Siorac,

Me ramentevant que sous la déguisure du maître-drapier Coulondre, vous aviez travaillé, d'ordre de mon cousin le roi, à m'envitailler durant le siège de Paris, ainsi que mes parentes Mesdames de Nemours et Montpensier, et ayant admiré alors l'émerveillable dextérité avec laquelle vous vous étiez acquitté de cette tâche difficile, j'aimerais que vous me veniez visiter cette après-midi même — si vous le tenez pour agréable — afin que je puisse quérir et recevoir vos avisés conseils touchant une question qui me tient fort à cœur.

Votre bien bonne amie.
Catherine, Duchesse de Guise.

Ce billet me laissa béant et ne sachant de prime qu'en penser, je le passai à M. de La Surie, qui le lut en levant le sourcil.

— Ventre Saint Antoine ! dit-il, il faut bien avouer que ces hautes dames ont des façons très civiles de vous commander. « J'aimerais que vous me fassiez la grâce » ou encore « si vous le tenez pour agréable » ou encore « votre bien bonne amie ».

— « Votre bien bonne amie », dis-je, n'est pas tant expression aimable que coutumière, s'agissant d'un prince ou d'une princesse s'adressant à un gentilhomme. Henri Troisième, quand il lui arrivait de m'écrire, ne signait pas autrement. Cependant, ajoutai-je, après avoir repris et relu le poulet, Mme de Guise y met, en effet, des formes, si pressant et si impérieux même que soit son appel.

— Mais où est donc l'urgence ? Que te veut-elle ? Et quelle est donc cette question qui lui tient tant à cœur ?

— Elle me le dira, j'espère, dans une petite heure.

— Tu iras donc ?

— Certes ! Sur l'instant ! Il faudrait beau voir que je désobéisse à si haute dame !

— Et, mon Pierre, m'emmèneras-tu ?

— Nenni, Miroul, dis-je, sachant que je l'allais bien désoler. La duchesse pourrait craindre de me parler devant témoin. Et en particulier devant un témoin amené par moi.

Les trois princesses lorraines, encore que deux d'entre elles ne le fussent que par alliance, ne pouvaient qu'elles n'appartinssent à la Ligue, mais maugré qu'elles fussent dans le camp ennemi, le roi m'avait prié, en effet, de les envitailler pendant le siège tant de par sa naturelle bénignité et grande amour des femmes que par habileté politique et sage ménagement de l'avenir. Pour moi, si fidèlement que j'eusse accompli pour les trois cette mission, je nourrissais pour chacune d'elles des sentiments bien différents. J'adorais la première, j'abhorrais la deuxième. Et encore que la troisième — celle qui requérait mon aide — me plût prou, je la connaissais peu.

Mme de Nemours — l'objet de ma très ardente et platonique adoration — avait été surnommée par le peuple de Paris qui aime à gausser de tout, la *reine mère,* pour la raison qu'elle avait été épouse, mère et grand-mère de trois ducs de Guise qui, tous trois sous l'égide de la Sainte Ligue, avaient aspiré au trône de France, le seul survivant de cette dynastie étant son petit-fils, Charles, âgé de vingt-trois ans, lequel était justement le fils de la duchesse que j'allais visiter.

La deuxième, la fille de Mme de Nemours, la Montpensier, dite la Boiteuse par les *Politiques,* m'avait quasi contraint à coqueliquer avec elle en notre première encontre, mais apprenant par Mlle de La Vasselière avec quel zèle je servais Henri Troisième, attenta vainement ensuite de me faire dépêcher, et machina, quelques années plus tard, l'assassination de mon bien-aimé maître, scélérate entreprise qui ne réussit que trop bien.

La troisième — mais est-il bien nécessaire que j'en touche au préalable un mot, alors que me voilà toquant à son huis, et que je suis tout de gob introduit en sa présence par deux grands faquins de laquais portant livrée aux couleurs des Guise, lesquelles comportaient dans le dos une grande croix de Lorraine.

La duchesse m'attendait non point dans son grand salon, mais dans un petit cabinet attenant, où brûlait un beau feu — ce mois de mai étant quasiment hivernal — et j'oserais dire que pour une dame de son rang, elle était fort modestement attifurée d'une robe de brocart vert pâle brodée de losanges or et d'un corps de cotte sans fraise, ouverte sur le devant et comportant un grand col en point de Venise relevé derrière la nuque. Et tandis que les robes d'apparat de nos hautes dames à la Cour sont si chargées de pierreries que les pauvrettes peuvent à peine bouger et doivent demeurer droites et sans branler, cette vêture que j'ai dite, laissait à la duchesse toute liberté de mouvement, et d'autant que Mme de Guise, pour se sentir chez soi plus à l'aise, n'avait point voulu, à ce qui me sembla, se laisser lacer par ses chambrières dans une de ces inhumaines basquines qui ont pour but d'amincir la taille de nos belles, de remonter leurs tétins et d'évaser leurs hanches.

Quant à ses bijoux — un gros rubis entouré de diamants à la main dextre, un collier à trois rangs de perles autour de son cou suave, des boucles d'or trémulant à ses mignonnes oreilles —, vous voudrez bien consentir, belle lectrice, que c'était là peu de chose pour une duchesse, et que Mme de Guise donnait ce matin-là à ses semblables — j'entends les autres princesses de la Cour — l'exemple d'une émerveillable simplicité...

Etant mon aînée de trois ans, elle avait alors quarante-six ans, et encore que nos beaux muguets de cour prétendent qu'après trente ans, une femme n'est plus digne de leurs attentions, j'oserais dire que si j'avais été duc, j'aurais fort volontiers dirigé les miennes de son côté. Sa taille tirait plutôt vers le petit — petitesse dont Charles de Guise avait par malheur hérité —, mais chez elle, c'était un charme de plus, sa personne étant mince et cependant rondie, vive et frisquette en ses mouvements, pétulante en ses manières, l'œil bleu lavande, et quasi naïf en sa franchise, une bouche qui annonçait de la bonté, et d'admirables cheveux blonds, abondants et bouclés, où l'on eût aimé fourrager tendrement des deux mains.

— Ha ! Monsieur ! me dit-elle, dès qu'elle m'eut donné sa main à baiser, laquelle était douce, potelée et très petite, que je vous sais gré d'avoir répondu si vite à mon appel ! Et d'autant, ajouta-t-elle à sa façon primesautière, que je vous ai vu fort peu souvent pendant le siège, sauf pour m'envitailler, car vous étiez alors trop assidu chez Madame ma bien-aimée belle-mère pour condescendre à me venir visiter. Mais, Marquis, prenez place, de grâce, je ne saurais vous entretenir debout.

Je m'inclinai derechef et m'avisant en mon for que la femme en ce discours paraissait l'emporter sur la duchesse, puisqu'elle me mettait d'entrée de jeu dans mon tort — ce qui était adroit, mais trahissait en même temps quelque jaleuseté de Mme de Nemours —, ce qui était pour le moins ingénu, je n'allais pas m'asseoir sur le cancan qu'elle me désignait, mais saisissant d'une main un de ces tabourets où nos dames aiment à reposer leurs gambes, je le portai quasiment à l'aplomb du vertugadin de Mme de Guise, et m'assis à ses pieds, avec tout ensemble une effronterie et une humilité qui l'exagitèrent, à ce que je vis, de sentiments mêlés, lesquels toutefois tournèrent en ma faveur, comme bien j'y comptais de prime.

— Madame la Duchesse, dis-je d'une voix basse et modeste, mais en la baignant de mes regards, je suis, en effet, très affectionné à Mme de Nemours pour la raison qu'elle requit de moi des services qui nous mirent l'un et l'autre en affaires davantage qu'avec vous-même ou Mme de Montpensier. Mais je proteste que je vous eusse visitée tout aussi souvent, et avec autant de joie (ce disant mon œil laissait entendre que cette joie eût été plus grande) si vous aviez fait appel, alors, à mon dévouement. Ma personnelle inclination m'y eût porté tout autant que mon devoir, sachant bien la grandissime affection que mon maître nourrit pour vous.

— Quoi ? Vous l'a-t-il dit ? s'écria la petite duchesse qui rougit sous l'assaut de mes compliments, ceux-ci s'avançant comme les gens de pié sous le couvert de la cavalerie du roi.

— Ha ! Madame ! dis-je, j'ai ouï dire plus d'une fois à Sa Majesté qu'il n'y a pas une dame à la Cour qu'il aimât plus que vous.

— Marquis, est-ce vrai ? s'écria-t-elle au comble de la joie.

— Vrai comme l'Evangile, Madame, dis-je. Je vous le jure sur mon honneur.

La duchesse s'accoisa alors le temps qu'il lui fallut pour laper ce petit lait dont toutefois je ne lui baillai pas tout, le roi ayant ajouté à son portrait une petite touche que je jugeais bon de taire, mais que je voudrais consigner ici pour le divertissement de mon lecteur : « Ma bonne cousine, avait dit le roi à cette occasion, avec un fin regard (Mme de Guise était en effet sa cousine germaine par sa mère Marguerite de Bourbon) montre en ce qu'elle dit et fait de certaines naïvetés, lesquelles proviennent plutôt de sa gentillesse et désir de complaire que de lourderie, niaiserie ou volonté d'offenser, tant est que ces simplicités mêmes rendent sa compagnie des plus douces et des plus agréables. »

— Ha ! Monsieur ! reprit la petite duchesse, encore toute trémulante des éloges du roi, que me plaisent les affectionnées dispositions de Sa Majesté à mon endroit ! Qu'elles m'assouagent et me donnent espérance ! Pour ne pas vous le celer plus outre, je me fais un souci à mes ongles ronger pour mon pauvre aîné Charles qui ne peut qu'il ne soit mal vu du roi, pour ce que les Etats Généraux, durant le siège, l'ont élu roi pour lui faire pièce. Un roi de France élu ! Est-ce là Dieu possible ! Et sur l'instigation, je devrais dire sur l'injonction, du duc de Feria et du légat du pape ! Un Espagnol ! Un Italien ! Cela n'est-il pas beau ? Monsieur mon fils, lui ai-je dit, si vous consentez à ce que ces sottards de Parisiens vous appellent « Sire », de ma vie je ne vous reverrai ! Un roi de France élu ! Et par un croupion d'Etats Généraux ! Sous l'égide de deux étrangers ! Où est votre armée, dites-moi ! Où sont vos victoires ? Combien avez-vous de noblesse derrière vous ? Etes-vous comme Navarre, un grand capitaine, cousu dans sa cuirasse depuis vingt ans ? A quoi se monte votre trésor de guerre ? Je m'en vais vous le dire : à quatre cent mille écus de dettes que votre défunt père vous a laissés. Et que tirez-vous de votre governorat de Champagne que vous usurpez, de reste, l'exécré Henri Troisième l'ayant donné au duc de Nevers après l'assassination de votre pauvre père. Et dites-moi qui commande véritablement à Reims ? Vous ou le capitaine de Saint-Paul, qui est plus espagnol que le duc de Feria ? Et à supposer même que Philippe II réussisse à vous pousser sur le trône de France, ignorez-vous qu'il vous colloquera en mariage à sa fille Claire Eugénie Isabelle. Jusque sur votre coite vous serez espagnolisé ! Vertudieu ! *Que dolor ! Que vergogna* (1) ! Souffrirez-vous que le con castillan l'emporte sur le vit français ? Et ne pouvez-vous entendre à la parfin que cette ridicule élection au trône de France vous vaut la jaleuseté et l'exécration de tous les vôtres ? De votre oncle Mayenne qui l'eût voulu pour lui-même ou à tout le moins pour son fils ! De votre tante Montpensier qui ne jure que par son frère Mayenne ! De votre grand-mère Nemours qui, elle

(1) Quelle douleur ! Quelle honte ! (Esp.)

aussi, convoitait le sceptre mais pour son fils Nemours ! Et comme s'il n'était pas assez que les royalistes et les *Politiques* se gaussent de vous à gorge rompue, votre propre famille ouvertement vous brocarde. Votre bonne grand-mère vous appelle « le petit morveux sans nez ». Et votre bonne tante Montpensier prétend que lorsque vous couchez chez elle avec ses dames d'atour, vous chiez au lit !...

Tout ce discours fut débité par la duchesse avec une pétulance qui me laissa pantois, et quasi sans reprendre souffle, l'œil bleu étincelant, et le rouge envahissant par degrés son cou mollet et ses joues. Cependant, le vent et haleine lui revenant, elle reprit, mais un octave plus bas.

— Pour la chierie au lit, c'est vrai. Un infortuné incident, Marquis, dû à un subit dérèglement des boyaux, qui ne laissa pas le temps au pauvret de se lever et de gagner la chaise percée. Mais pour son nez, Monsieur, vous qui avez vu le prince de Joinville, n'est-ce pas calomnie toute pure ?

— Assurément, Madame la Duchesse, dis-je avec gravité, le duc de Guise a un nez — un nez moins volumineux, moins long, et moins courbe que celui de Sa Majesté — mais cependant un nez.

— Diriez-vous, s'exclama la petite duchesse, sa physionomie vive et ouverte trahissant quelque inquiétude, que le duc a le nez camus ?

— Mais point du tout ! dis-je vivement. Le duc a, se peut, un nez un peu abrégé au bout, mais qui contribue justement à donner à sa physionomie je ne sais quoi d'aimable et de spirituel.

— Ha ! Monsieur ! dit la duchesse, comme cela est joliment tourné ! Et m'envisageant avec gratitude, assis que j'étais à ses pieds, mon menton à la hauteur de son genou, elle me tendit sa dextre, et moi, tout ensemble ébaudi et atendrézi par ses naïvetés, et prenant entre mes fortes mains sa suave menotte, je la poutounai à la fureur ; mignonneries que cette haute dame souffrit d'un air distrait, avant que de me retirer ses doigts d'un air de contrefeinte confusion et de reprendre tout de gob le fil de son passionné discours.

La Dieu merci, dit-elle, sans prendre les armes contre le roi, Charles est départi pour la Champagne se remettre en la possession de Reims avant que le capitaine de Saint-Paul en ait par trop espagnolisé la garnison. Mais, Marquis, cela ne suffit pas. Il faudra tout à trac réconcilier mon fils Charles avec Sa Majesté afin qu'il retrouve dedans le royaume et à la Cour la place à laquelle son grand nom lui donne droit.

— Madame, dis-je, le nom de Guise est grand, en effet. Il a retenti dans l'univers et il a été si longtemps la caution, le soutien et l'étendard de la prétendue Sainte Ligue que Sa Majesté serait assurément dans le ravissement de voir se rallier à lui le prince de Joinville, mais encore faudrait-il que ce ralliement ne se fît pas trop tard, j'entends après que Reims et la Champagne ne se donnent de soi à Sa Majesté, passant par-dessus la tête de Monsieur votre fils, le laissant sans gage aucun et grosjean comme devant.

— C'est là précisément où le bât me blesse, s'écria la petite duchesse qui ne me parut plus si naïve maintenant qu'on en venait aux faits, mais vous me concéderez cependant, Marquis, que si le duc de Guise apporte au roi, outre son nom, Reims et la Champagne, il y faudra quelques compensations.

— Assurément, mais que le jeune duc garde bien de faire des demandes aussi démesurées que celles de son oncle Mayenne, lequel n'a pas demandé moins pour se soumettre au roi que la lieutenance générale du royaume ! Essuyant aussitôt là-dessus un refus des plus nets ! Cependant, Madame, la négociation se poursuit et si l'oncle, qui a une armée, se soumet, la soumission du neveu perdra quelque peu de son prix aux yeux du roi.

— C'est vrai encore, dit la duchesse, mais toutefois, Marquis, vous voudrez bien admettre, touchant lesdites compensations, que mon pauvre Charles ne peut aller nu dans le royaume.

— Madame, dis-je en souriant, je le concède un million de fois. Il faut bien vêtir le duc de Guise, mais tout le point est d'acertainer à quelle vêture il appète...

— Je ne sais, dit la duchesse qui me parut le savoir fort bien, le duc vous le dira lui-même, si vous me faites la grâce, Monsieur, de l'aller visiter à Reims, pour peu que mon cousin le roi le tienne pour agréable.

Je fus tant béant de la brusquerie et l'ingénuité de cette demande que je fus pris sans vert et m'accoisai.

— Madame, dis-je, quand j'eus repris ma voix, Reims n'est pas à deux lieues de Paris, mais en plein pays ligueux, infesté au surplus de soldats espagnols qui des proches Flandres y vont et viennent comme chez eux ; ce n'est donc pas une petite affaire que d'atteindre la bonne ville et, une fois ses murs atteints, d'y pénétrer et approcher le duc de Guise, le capitaine de Saint-Paul étant si haut à la main et se tenant pour le seul maître de la ville.

— Monsieur, dit la duchesse avec une moue des plus charmantes, je connais trop votre vaillance en vos missions secrètes pour douter que vous acceptiez celle-ci, s'agissant de servir et le roi et moi-même. A moins, ajouta-t-elle en souriant et en me tendant derechef sa main menue, qu'on m'ait menti en me disant que vous êtes fait de telle étoffe que les dames, pour peu qu'elles vous prient, sont toutes-puissantes sur votre cœur.

Voilà qui était cousu d'un gros fil, et qui pourtant ne laissa pas de me flatter. Lecteur, tu le sais comme moi : du fait de l'empire que la beauté de ce doux sexe a sur nous, tant plus ses artifices sont évidents et tant plus ils nous prennent.

— Madame, dis-je après avoir poutouné sa main, mais avec plus de réserve que devant, le don qu'elle m'en faisait étant sans aucune mesure avec les inouïs périls où elle m'allait jeter, assurément on ne vous a pas menti. Souffrez toutefois qu'avant que d'accepter la mission dont vous me voulez charger, je consulte le roi mon maître sur son opportunité.

— Mais le roi, dit la duchesse avec une petite moue (se trouvant quelque peu dépitée de n'être pas tout de gob obéie) se trouve à 'steure assiéger Laon qui, étant ligueuse, se refuse encore à lui.

— Laon, dis-je, n'est point si éloignée de Reims que je ne puisse, Sa Majesté étant consentante, porter à Monsieur votre fils une lettre de votre main qui puisse m'accréditer auprès de sa personne.

— La voici, dit-elle, en la sortant de son giron et en me la mettant toute tiède entre les mains. Pour que Monsieur mon fils ne doute point qu'elle soit de moi, je l'ai écrite de ma propre plume et de ma propre orthographiature, laquelle est si singulière que nul ne saurait l'imiter, s'encontrant plus fautive encore, selon mon défunt mari, que celle de Catherine de Médicis.

— Hé, quoi, Madame la Duchesse ! dis-je béant, vous aviez donc anticipé sur ma décision !

— Marquis, dit-elle en souriant et en se levant pour me signifier gracieusement de mon congé, je n'ignore pas qu'à la Cour, on me tient pour simplette, pour ce que je parle tout dret, sans feintise ni déguisure. Mais je ne suis point si sotte que je ne sache juger les hommes, et je les juge, non à leurs paroles, mais à leurs yeux. Les vôtres, marquis, sont à 'steure tendres et à 'steure fripons, mais toujours francs.

Ce disant et pour ajouter encore aux caresses dont elle m'accablait, la petite duchesse condescendit à mettre son bras familièrement dans le mien et à m'accompagner jusqu'à la porte de son cabinet.

Je fis le voyage de Paris à Laon avec M. de Rosny (1), ce dont je fus fort aise, son escorte étant si puissante et la mienne si fluette que sans la sienne il m'eût fallu fuir à brides avalées à la vue du moindre peloton ligueux battant le plat pays, ou comme on dit en parladure militaire « battant l'estrade ».

Je trouvai les fortifications par lesquelles le roi avait circonclos la ville de Laon pour en faire le siège fort avancées jà, et M. de Vitry (avec qui, comme le lecteur se ramentoit, j'avais négocié la reddition de Meaux), nous encontrant aux avant-postes, nous voulut bien accompagner jusqu'à la tente du roi et nous dit en chemin que Sa Majesté ayant couru et tracassé par les penchants et déclins de la montagne par laquelle la ville est sise, afin que de visiter et rectifier les tranchées qu'on y avait tracées, il se trouvait au lit — sain et gaillard — assurément, mais les pieds cloqués, ampoulés, et saigneux d'avoir tant marché.

M. de Rosny, qui malgré ses hautes vertus ne manquait pas de piaffe, eût bien voulu, à ce que je crois, voir le roi le premier, mais Vitry (qui m'aimait fort) ayant dit à Sa Majesté que j'étais avec lui advenu, elle voulut bien nous recevoir ensemble tous les deux. Et se trouvant, en effet, étendu sur deux paillasses

(1) Le futur duc de Sully.

l'une sur l'autre placées, mais sans bois de lit (Henri Quatrième étant toujours à la guerre tant spartiate qu'un simple capitaine), il nous fit apporter par un valet deux carreaux, sur lesquels nous pûmes nous agenouiller commodément à son chevet pour l'ouïr. Comme avait dit Vitry, nous le trouvâmes, Dieu merci, dru, gai et vigoureux, la face tannée comme cuir, l'œil vif, et dessous son long nez bourbonien, la lèvre gaussante, gourmande et goguelue.

— Ha ! mes amis ! dit-il, vous êtes les très bien venus, et d'autant que je vous vois à tous deux la face par le vent fouettée et plus contents que grives en vigne. Pour moi, je vais aussi bien que possible et m'assure que vous n'êtes pas peu étonnés de me voir où je suis, sachant bien que je ne suis pas accoutumé à faire l'accouchée au lit, tenant, bien au rebours, les grands dormeurs et les grands mangeurs pour incapables de rien de grand. Car une âme que le trop dormir et le trop gloutir ensevelissent dans la masse de la chair ne peut avoir de mouvements nobles et généreux.

A quoi il rit et nous rîmes aussi, sachant bien qu'il faisait là le portrait de Mayenne, lequel était énorme, podagre et goutteux, et passait plus de temps à table que Henri au lit.

— Mais Ventre Saint Gris ! reprit-il, pour que vous ne pensiez pas que je fasse céans le douillet et le dorlotteur, je veux que vous voyiez mes piés.

Quoi disant, il tira ses gambes du lit, lesquelles étaient sèches et musculeuses, et commandant au valet de lever les emplâtres qui les couvraient, il nous montra ses piés, qui n'étaient, en effet, que fentes et crevasses, cloches et cloques, toutes tatouillées de sang.

— Voilà, dit-il non sans un mélange de paonnement et de bonhomie qui me ravit, voilà ce que j'ai gagné à tracasser tout le jour de devant et le long de la dernière nuit passée à courre les chemins âpres et précipiteux de la montagne de Laon pour visiter et corriger le travail d'un chacun. Car je veux mes fortifications aussi fortes que se peut, tant pour circonclore la ville que pour me protéger des assauts de Mayenne et des Espagnols de Mansfeld, lesquels je sais qu'ils vont me tomber sus, soit pour jeter vivres et renforts dans la ville, soit pour me déloger tout à plein du siège. Mon ami, poursuivit-il en se tournant vers M. de Rosny, il faut que vous alliez voir incontinent ce que j'ai fait en nos attaquements depuis mon advenue céans, les forts et redoutes que j'ai fait hausser pour couvrir les enfilures, et surtout les places de batteries, plates-formes, embrasures et autres logements de pièces que j'ai ordonné de pratiquer, car je vous sais fort curieux de vous instruire en tous les arts de la guerre, et en particulier du meilleur usage du canon où, comme bien vous savez, je voudrais vous voir exceller...

Oyant quoi, M. de Rosny, à qui le roi avait laissé jà entrevoir qu'il songeait à le nommer grand maître de son artillerie, dès que le poste vaquerait, se leva avec promptitude et, sans dire mot ni miette, s'en fut.

— Barbu, me dit le roi avec un fin sourire dès que Rosny fut hors, j'imagine que ce n'est pas sans raison que te voilà céans, t'ayant ordonné de demeurer en Paris, afin que de garder les yeux et les oreilles ouverts quant aux brouilleries qu'on m'y pourrait faire en mon absence.

Je contai alors au roi ma ratelée touchant mon entretien avec Mme de Guise et encore que je susse que le roi aimait que ses serviteurs fussent brefs et prompts en leurs rapports, j'enrichis mon récit quasiment de tous les détails que le lecteur vient de lire, n'ignorant pas que, s'agissant d'une femme (lui qui en était si raffolé) et au surplus de sa bonne et bien-aimée cousine, son oreille serait patiente. Quand j'eus fini, je lui tendis la lettre dont Mme de Guise m'avait chargé pour son fils, tenant pour assuré que si elle ne l'avait ni close ni scellée, c'est qu'elle désirait que le roi y jetât les yeux avant que d'autoriser ma mission.

— Barbu, dit le roi en souriant, dès qu'il l'eut parcourue, c'est pitié que nos princes n'éduquent pas mieux leurs filles, car c'est à peine si je peux déchiffrer ce gribouillis, tant l'orthographe est fautive et l'écriture informe. Mais ma bonne cousine n'est point sotte ; et elle s'entend mieux aux affaires que son fils.

— Sire, dis-je béant, plaise à vous de me dire ce qui vous en fait juger ?

— De prime, l'excellent choix qu'elle a fait de son ambassadeur. Ensuite, le fait qu'elle a appris que les manants et habitants de Troyes en Champagne ont chassé son fils et les ligueux hors les murs et se sont à moi donnés.

— Mais, Sire, elle ne m'en a pas touché mot ! Se peut qu'elle ne le savait point !

— Elle le savait. Je le lui avais mandé par Vic.

A quoi je fus si interdit d'avoir été emberlucoqué par la petite duchesse que je restai coi.

— Pends-toi, Barbu ! dit le roi en riant à gueulebec. Tu as appris ce jour que la plus simple a ses petites ruses...

— Sire, dis-je, m'étant repris, je n'en garde assurément aucune mauvaise dent à Mme de Guise de s'être tue touchant Troyes, pour la raison qu'elle s'est sans doute apensée qu'en m'annonçant la reddition de la ville, elle affaiblirait prou sa cause et, partant, mon appétit à la servir, mais Sire, si vous jugez que la mission qu'elle m'a confiée n'a plus lieu d'être, comme je ne l'ai acceptée que pour vous être utile, et sous réserve de votre agrément, je me désisterai tout de gob.

— N'en fais rien, Barbu, dit le roi avec gravité. A la guerre, on n'est jamais assuré de vaincre. Et même si je bats Mayenne et Mansfeld, et prends Laon, et si les autres villes de Picardie se donnent à moi, il n'est point certain que Reims les imite, surtout tant que le capitaine de Saint-Paul y supplantera le duc de Guise. Il est donc bon que tu ailles prendre langue avec le duc et travailler à son ralliement, lequel, même s'il ne m'apporte pas Reims, sera d'immense conséquence, et en France, et à Rome, où le pape se fait prou tirer l'oreille pour m'absoudre de mon excommunication et reconnaître ma conversion.

— Sire, dis-je, tout flambéux que Sa Majesté fît en définitive tant de cas de ma mission, je pars demain.

— Après-demain, dit le roi. Car il te faut de prime quérir de ton beau-frère Quéribus qu'il t'accompagne pour ce qu'il est parent du Guise et possède une tant forte et belle escorte. Et ayant fait, que tu pries le duc de Nevers de te dire ce qu'il en est du capitaine Saint-Paul, car bien le connaît-il et bien peu l'aime...

[illegible] et lamentable de l'armée en [illegible] chassé son fils et [illegible] hors les murs et se sont [illegible] donnés.

— Mais, Sire, elle ne m'a pas touché [illegible]. Se peut qu'elle ne le sache point.

— Elle le savait. Je le lui ai fait mander par Vic. À quoi je [illegible] la petite duchesse [illegible].

— [illegible], Barbu ! dit le roi en riant à gorge déployée. Tu as appris ce jour que la plus simple a ses ruses.

— Sire, dis-je, [illegible] une partie assez [illegible] aucune [illegible] dont la mère de Guise [illegible] touchant Troyes pour la raison qu'elle est sans doute [illegible] en annonçant [illegible] de la ville, elle [illegible] sa cause et, parlant [illegible], à la [illegible]. Mais, Sire, si vous jugez que la [illegible] comme je ne l'ai [illegible] que pour vous être utile, [illegible] de votre [illegible].

— N'en fais rien, Barbu, dit le roi avec gravité. [illegible] n'est jamais assuré de vaincre. Et même si [illegible] Mayenne et Mansfeld [illegible] prendre Laon, et si les autres villes de Picardie se donnent à moi, il est [illegible] certain que [illegible] surtout tant que le [illegible] de Saint-Paul [illegible] le duc de Guise. Il [illegible] que tu ailles prendre langue avec le duc [illegible] lequel [illegible] n'a pas [illegible] conséquences en France et à Rome, où le pape se fait [illegible] pour m'absoudre [illegible] ma conversion.

— Sire, dis-je, [illegible] que Sa Majesté [illegible] définitive tant de ces [illegible].

— Après-demain, dit le roi. Car il te faut [illegible] la duchesse de Guise [illegible] le duc de Nevers [illegible] il est du capitaine [illegible] bien peu l'aime.

2

ENCORE que j'aie jà cité son nom en ces mémoires, Louis de Gonzague, duc de Nevers y apparaît pour la première fois en sa corporelle enveloppe. Certes, je l'avais souvent encontré à la Cour, où il taillait du temps d'Henri Troisième un personnage tout ensemble considérable et hors du commun, fort catholique sans être ligueux, fort hostile aux huguenots sans vouloir les massacrer, et fort révérencieux du pape sans cependant lui vouloir sacrifier les droits de l'Eglise gallicane.

Il était italien par son père, le duc de Mantoue, mais devint duc de Nevers par son mariage avec Henriette de Clèves qui avait hérité dudit duché. Dès lors, il vécut en France et à la Cour, dans l'entourage de Catherine de Médicis et se considérant à la parfin comme français, il avait servi loyalement Henri III et Henri IV, celui-ci depuis sa conversion, laquelle en novembre de l'année écoulée, il avait attenté de faire avaliser par le pape, mais en vain : ce qui n'avait pas failli de l'aigrir prou : aigreur dont il n'avait guère besoin, étant jà de sa composition vinaigreux et vétilleux en diable, très imbu de son haut rang, rancuneux à frémir, homme en bref à brouilleries, querelles et procès. A ce que j'avais souvent imaginé, son caractère avait moulé de l'intérieur et sa face, et son corps, car de son physique il était petit, estéquit, tordu, le visage maigre et ridé, la lèvre déprisante, la langue acide, et l'œil fulgurant. Vêtu perpétuellement de noir, il s'accoisait volontiers même en compagnie mais l'oreille aux aguets, dardant de dextre et de senestre ses regards aigus. Quand il n'était point en procès avec tel ou tel, il entrait en querelle avec sa propre conscience, avec laquelle il avait interminablement débattu s'il devait servir Henri III après sa réconciliation avec Henri IV, ou servir Henri IV avant sa conversion. Au demeurant, c'était un homme de beaucoup d'esprit, et fort docte, surtout en engéniérie, ayant consacré beaucoup de temps et d'étude à l'art des sièges et des fortifications.

— Monsieur, me dit-il roidement, quand il eut consenti enfin à me recevoir après m'avoir contraint une grosse heure à faire antichambre, n'était l'instante prière de Sa Majesté, je ne vous eusse pas reçu pour la raison que votre père est un huguenot opiniâtre et que vous-même êtes un huguenot à peine repeint aux couleurs catholiques.

— Monseigneur, dis-je avec un salut des plus brefs et non sans quelque véhémence, mon père a servi fort vaillamment, tout huguenot qu'il est, Henri II et Charles IX sur les champs de bataille. Il n'a jamais consenti à prendre les armes contre Henri III, maugré toutes les sollicitations des chefs réformés. Et enfin, au lendemain de l'avènement d'Henri IV, il a, en dépit de son âge, servi de son bras et de ses deniers, libéralement, le légitime souverain de ce royaume. Force vous est donc de considérer le baron de Mespech comme entrant dans la catégorie des « huguenots non séditieux » pour lesquels, dans votre fameux rapport de 1572, vous n'avez prévu qu'une fort léniente sanction : La saisie d'un sixième de leurs biens. Or, Monseigneur, c'est beaucoup plus qu'un sixième de ceux-là que mon père a de soi donné à Henri Quatrième pour soutenir ses armes contre la Ligue et l'Espagnol. Quant aux quatre enfants vivants du baron de Mespech, et de ma mère née Isabelle de Caumont, ils sont tous, à ce jour, moi compris, convertis au catholicisme. Et j'ose dire, Monseigneur, avec tout le respect que je vous dois, qu'il n'y a pas de raisons de contester davantage que celle du roi la sincérité de leur conversion.

Le duc de Nevers ouit ce discours la face imperscrutable et l'œil comme dardé dans le mien. Mais celui-ci, dès que j'eus fini, me parut s'adoucir, sa voix, dès qu'il parla, perdant un petit de son premier vinaigre.

— Monsieur, dit-il, votre discours est tout à la fois habile et honnête, et vous y employez le mot « raison » auquel je ne laisse pas que d'être sensible, tâchant toujours d'éclairer mes jugements par sa lumière. Toutefois, Henri Troisième, à ce qu'il m'a dit, vous tenait pour un gentilhomme qui, pour le servir, avait consenti à « caler la voile » et « aller à contrainte ».

— Mon pauvre bien-aimé maître, dis-je avec un sourire, les a jugés ainsi, parce qu'il était lui-même excessivement dévot, comme bien vous savez, Monseigneur. Il pèlerinait, il processionnait, il se flagellait, il faisait retraite dans les couvents. Mais pour moi qui étais huguenot des plus tièdes, comment serais-je devenu, en me convertissant, catholique fervent, alors même que ma famille et moi-même avions été cruellement persécutés par les prêtres ? Et enfin, Monseigneur, puisque vous êtes sensible à la raison, peux-je vous demander si c'est raison de vouloir si exactement sonder ma foi, alors qu'en votre récente ambassade à Rome, vous avez, à juste titre, interdit aux trois évêques qui vous accompagnaient de se soumettre à l'examen du cardinal de l'Inquisition, comme le Saint Père vous l'avait ordonné ?

— Il y a une grande différence, dit le duc de Nevers, la crête haute et l'œil jetant des éclairs. Déférer trois évêques français à l'Inquisition papale, pour le seul crime d'avoir aidé à la conversion du roi, c'était mortellement offenser et le roi de France et moi-même, son ambassadeur.

— Assurément, dis-je, mais quant à moi, je ne vole pas si haut. Et ma présente mission n'étant pas spirituelle, je ne vois pas que la ferveur de ma foi catholique soit légitimement débattable.

— Elle le sera, si j'en décide ainsi, dit le duc de Nevers, l'œil aussi noir que sa vêture et avec un air de hautesse qui me laissa béant.

— En ce cas, dis-je, quand je me fus repris, plaise à Votre Excellence de me donner mon congé, ne sachant pas si le roi mon maître lui a baillé qualité pour me soumettre à son Inquisition.

Ayant dit, je fis à ce diable noir de duc un profond

salut, et sans attendre le congé que je quérais de lui, j'allais tourner les talons quand il s'écria :

— De grâce, Monsieur, asseyez-vous. Ce que j'en ai dit n'était que pour éprouver votre métal, et je suis content que votre fer ait répondu au mien sans ployer.

Cornedebœuf, m'apensai-je, *se la scusa non è vera, è bene trovata* (1), et montre un esprit prompt. Mais pour moi, j'incline à m'apenser que ce petit escalabreux de duc a plutôt craint de déplaire au roi en me rebuffant davantage. Sur cette pensée, je m'assis promptement, répondant à la tardive courtoisie de Nevers, après quoi, la face tout ensemble ferme et avenante, j'attendis son bon vouloir avec un air de gracieuse fierté.

— Monsieur, reprit-il, la voix aussi suave que ruisseau doux-coulant, mais sans pouvoir garder qu'un je ne sais quoi de pointu et de picanier apparût dans son œil, je voudrais de prime vous ramentevoir que vous me devez appeler « Votre Altesse » et non « Votre Excellence », puisque je suis duc régnant.

— Monseigneur, dis-je avec un salut, je croyais que vous aviez baillé votre duché du Rethelois à Monsieur votre fils.

— Je le lui ai baillé en apanage, dit le duc de Nevers, mais j'en demeure souverain.

— Je fais donc toutes mes excusations à Votre Altesse, dis-je avec un nouveau salut. Aussi bien, poursuivis-je, ne voulant point lui laisser plus avant l'initiative de l'entretien, c'est bien au sujet de la Champagne et du Rethelois que j'ai requis audience de Votre Altesse, cette province du Nord étant d'une importance immense pour Sa Majesté, puisqu'elle ouvre un chemin à l'invasion des Espagnols des Flandres, et qu'elle s'encontre de présent aux mains du duc de Mayenne, du jeune duc de Guise et de M. de Saint-Paul.

— Monsieur de Saint-Paul ! hucha tout soudain le duc ivre de rage, en levant les deux bras au ciel, Monsieur de Saint-Paul ! répéta-t-il en se dressant et se mettant à tourner et retourner sur soi comme un petit insecte noir dans un bocal et en même temps claquant des doigts comme fol, Ha ! Monsieur de Siorac ! Ha !

(1) Si l'excuse n'est pas vraie, elle est bien trouvée. (Ital.)

Marquis ! C'est faire d'un diable deux, et de deux diables trois que d'appeler *Monsieur, de* et *Saint,* cet excrémenteux personnage qui n'est ni *Monsieur,* ni *de,* ni *saint,* ni même peut-être *Paul,* mais la plus pernicieuse et insufférable petite vermine à qui Dieu ait jamais permis de ramper sur la surface de la terre !

Voilà, comme aurait dit Tronson, qui était « chié chanté » et à cette première esquisse de Saint-Paul, augurant mieux du portrait achevé, je conjurai tout de gob le duc de me le peindre de cap à pié, Sa Majesté ne voulant pas de bien au quidam, comme bien il le pensait, et moi-même n'étant en cette affaire que son œil et son bras, le premier devant être par ses soins éclairé, et le second, armé. Ce qui n'est pas à dire, lecteur, que j'avais le projet d'expédier ledit sire, si triste qu'il fût. Je ne suis pas l'homme de telles missions. Et si Miroul et moi avions dépêché le chevalier d'Aumale en Saint-Denis, c'est qu'il avait tiré sur moi avant que j'eusse le temps de le provoquer en loyal duel, lui gardant une fort mauvaise dent d'avoir forcé, au cours du sac de Saint-Symphorien de Tours, la pauvre demoiselle de R., alors âgée de douze années.

— Le goujat, reprit le duc de Nevers en se rasseyant et en me faisant signe de l'imiter (car par respect je m'étais levé, quand il s'était dressé comme diable hors de sa boîte), le goujat est sans foi, ni loi, ni nom, ni biens, étant le fils d'un maître d'hôtel du seigneur de Nangis, lequel ayant eu la faiblesse de le prendre pour page, le dressa au métier des armes où le coquin réussit fort bien, n'étant pas sans hardiesse ni esprit, ni manège. Tant est que par la faveur de feu le duc de Guise, j'entends le Balafré, il devint à la parfin colonel dans les armées ligueuses et épousa — sous le nom de seigneur de Saint-Paul — une veuve accorte, riche et de très bonne maison. Mais vous souriez, Monsieur, dit le duc en m'interrompant et en me lançant un regard furieux.

— Plaise à Votre Altesse, dis-je, de ne se point piquer de ce sourire, je m'apense que nombreux, hélas, sont les ligueux qui, grâce à nos guerres civiles, sont montés comme l'écume dont ils ont la consistance. Témoins : *les Seize,* les vrais rois de Paris durant le siège.

— Qu'est cela ? dit le duc. Il y a pis et bien pis ! Au

lendemain de l'exécution du Balafré à Blois, et de l'arrestation de son fils, le prince de Joinville, Henri III me nomma gouverneur de la Champagne tant pour récompenser ma fidélité que parce que mon duché du Rethelois jouxte cette province. Mais je ne pus prendre possession de mon governorat, Mayenne et ses alliés espagnols des proches Flandres tenant Reims et tout le pays à l'alentour, ni même pour la même raison me hasarder jusqu'à Rethel que j'avais, comme j'ai dit de reste, baillé en apanage à mon fils ! Or, en l'absence du prince de Joinville que Henri III, puis Henri IV retenaient prisonnier, Mayenne nomma ledit nauséeux et cauteleux Saint-Paul lieutenant général de Champagne, et peu après, maréchal de France. Vous m'avez bien ouï ! Il nomma maréchal de France cet homme de peu, lequel, enivré de sa neuve gloire, et de son ascension inouïe, fit trembler la Champagne, se rendit maître de bon nombre des places fortes de mon fils, et usurpant le titre qu'il tenait de moi, se proclama duc du Rethelois.

— Cornedebœuf ! m'écriai-je, béant. L'extraordinaire effronterie !

— Ha ! Monsieur ! rugit le petit duc en faisant des bonds sur son cancan, les deux mains crispées sur les accoudoirs, le vaunéant a fait mieux dans l'immodérée impudence ! Il m'a écrit ! Il a eu le front de m'écrire ce billet que voici, poursuivit-il en le tirant de son pourpoint : « Monsieur (observez, Marquis, que pour ce goujat d'écurie un duc régnant n'est pas même " Monseigneur "), Monsieur, si vous désirez que les vôtres jouissent en paix du Rethelois, vous avez un fils et une fille à marier. J'en ai autant. En les mariant ensemble, nous pourrions nous accommoder. » Vous m'avez bien ouï ! Non content de rober mon duché à mon fils, ce vermisseau voulait entrer dans mon alliance !...

— Et que lui répondit Votre Altesse ? dis-je. Que les Gonzague sont une illustre famille princière italienne dont les origines se perdent dans la nuit des temps ?

— Oh que nenni ! dit le duc, c'eût été faire trop d'honneur à ce faquin ! Marquis, reprit-il d'un air grave, je suis chrétien et chrétien conséquent, mais je tiens cependant qu'il est des prédicaments où le chrétien en moi le doit céder au duc.

— C'est raison, dis-je, accordant ma mine à la sienne.

— Je lui répondis donc ceci, dit le duc en se levant (il va sans dire que je l'imitai aussitôt). Capitaine (vous pensez bien que je n'allais pas lui donner du Maréchal, ce titre ne lui ayant pas été conféré par le roi), capitaine, je vous ferai rentrer dans la gorge votre billet si je mets la main sur vous. Après quoi je commanderai à mes hommes de vous pendre au premier chêne venu avec une couronne ducale en carton sur la tête. Hélas, Marquis, je tendis dans la suite plus d'une embuscade à ce scélérat, mais il en réchappa toujours. Et de présent il est devenu si puissant en ladite province de Champagne que même le prince de Joinville qui l'a rejoint, après s'être évadé de nos prisons, ne peut arriver à bout de se faire obéir de lui.

Quand je rapportai, en bref, ces propos le lendemain à Sa Majesté, il m'ouït sans cesser de marcher qui-cy qui-là dans sa tente sur ses gambes courtes et musculeuses (ne se pouvant tenir assis plus d'une minute) et quand j'eus fini ma ratelée, il s'arrêta et, tournant vers moi son long nez, il me dit, l'œil vif et épiant :

— Barbu, qu'es-tu donc de présent apensé de Saint-Paul ?

— Qu'un jour, Sire, le jeune duc de Guise se ralliera à vous et un jour, se peut, le duc de Mayenne, mais jamais, jamais le capitaine de Saint-Paul.

— Pourquoi, Barbu ?

— Pour ce que, venu de si bas, il est monté si haut. Le voilà Maréchal de France, lieutenant général d'une province, et quasi duc du Rethelois. Le guillaume sait bien qu'il ne peut, pour le petit estoc de sa maison, conserver tous ses titres en traitant avec vous. Raison pourquoi il s'est fait espagnol.

— C'est bien raisonné, dit le roi. Et le duc de Nevers ? reprit-il, avec un petit brillement de l'œil et la lèvre gaussante sous son long nez. Comment t'es-tu à lui accommodé ?

— Mal de prime. Bien ensuite.

— Nevers est une châtaigne, dit le roi en riant. La bogue n'est que piquants. Mais l'intérieur est savoureux. Il est, de plus, le seul grand de ce royaume qui, en toute loyauté, me serve. Ha ! Barbu ! Les grands ! Les grands ! Tant plus je leur fais service, et tant plus ils me font d'algardes ! Le duc de Bouillon, qui me doit tant, remue mes huguenots contre moi du fait de ma conversion. Le duc de Mercœur, avec l'aide espagnole, travaille à séparer la Bretagne de la France, attentant en sa folie de mettre l'horloge d'un bon siècle en arrière. Le duc d'Epernon, appelant mes ennemis à rescous, laboure à se tailler, en Provence, un duché indépendant. Et il n'est pas jusqu'au maréchal de Biron...

— Quoi, Sire ? Biron ?

— Ha ! Biron ! s'écria le roi. Biron, Barbu, n'est que vanités et vanteries et tient, à qui veut l'ouïr, des propos extravagants ! A peu qu'il ne tâche de persuader au monde qu'il m'a mis la couronne sur la tête ! Et quasi exige de moi le governorat de Laon, quand j'aurai pris la bonne ville, parle jà des fortifications qu'il y fera, et me menace d'une escapade, si je la lui refuse ! Ce que je ferai de reste, ne voulant pas de ce présomptueux dans une ville tant proche des Flandres, car je le tiens pour capable, au moindre dépit, de m'y faire, aidé par l'Espagnol, des brouilleries infinies... Ha ! Barbu, régner n'est pas simple, principalement en ce pays que voilà.

— Mais le peuple vous aime, Sire.

— Ce peuple est un peuple, dit le roi en secouant la tête et l'air tout soudain amer. Hier, il me chantait pouilles. Ce jour d'hui il m'acclame. Mais si j'étais battu demain, il acclamerait mon vainqueur. Non, Barbu, il n'y a pas à se fier au peuple, ni aux grands, ni, ajouta-t-il à mi-voix, et en jetant un œil autour de lui, aux jésuites...

— Sire, dis-je, vous n'avez pas manqué de très bons serviteurs et à vous très affectionnés, et très fidèles.

— Certes ! Certes ! s'écria Henri, oubliant que cet adverbe trahissait le huguenot, mais c'est une fidélité personnelle : Très peu de ces gens que tu dis ont véritablement le sens des grands intérêts du royaume.

— J'espère, Sire, dis-je avec un sourire et un salut, que vous me permettrez de me compter un jour parmi ceux-là.

— Je te le dirai à ton retour de Reims ! et reprenant son air vif et alerte, le roi dit en riant :

— A cheval, Barbu, à cheval ! Pars à brides avalées ! Et laboure bien où tu cours pour le bien du royaume !

J'y courus, en effet, avec mon beau-frère Quéribus et sa « forte et belle escorte » dont il m'avait donné le commandement. Forte, elle l'était par le nombre, comptant bien quarante chevaux, et si véloces qu'ayant envoyé au-devant de moi, et aussi à dextre et à senestre, des batteurs d'estrade pour m'éclairer, et un de ceux-là étant revenu me dire, haletant, que nous allions donner du nez sur un gros escadron ligueux, je me mis à la fuite et je le contournai, sans qu'il nous pût, nous ayant vus, nous rattraper, parvenant mie à manger de nous autre chose que la poussière de nos sabots...

Après cette fâcheuse encontre, nous n'y allâmes plus que d'une fesse, et très à la prudence, et combien que la route de Laon à Reims ne soit pas une grande affaire, se pouvant, se peut parcourir en un jour (du moins avec nos brillantes montures), nous prîmes autant que nous pûmes par les taillis et les forêts, trottant avant l'aube et à la nuit tombante, bivouaquant à la fraîche durant le jour et quant aux bourgs et villages, rondissant notre chemin afin que de les éviter.

Il s'en fallait prou que le jour fût levé quand nous pûmes, d'un petit tertre, apercevoir à l'horizon, noyés dans une brume grisâtre, les murailles de Reims. Je commandai incontinent à l'escorte de mettre pied à terre et de se décuirasser, ne voulant point apparaître devant Reims, armés la guerre, afin qu'on ne nous tirât pas sus du haut des remparts.

— Tudieu, mon frère ! dit Quéribus, voilà qui est bel et bon ! Mais comment comptez-vous pénétrer en la bonne ville ?

— Comme tout un chacun : en quérant l'entrant au châtelet d'entrée.

— Quoi ? Au risque de nous faire étriper dès l'advenue, ou à tout le moins jeter en geôle pour tirer de nous rançon ?

— En cette sorte de mission, dis-je avec un sourire, il faut prou hasarder. Cependant, nous avons deux avantages : le premier, c'est que vous êtes cousin du jeune duc de Guise. Le second, c'est que je suis porteur pour lui d'une lettre de sa mère.

— Le premier, dit Quéribus, ne serait un avantage que si Saint-Paul était gentilhomme. Mais un faquin de cette farine ne respecte pas les liens du sang !

— Et quant au second, dit M. de La Surie, je gage que le Saint-Paul nous commandera, le cotel sur la gorge, de lui remettre la lettre, et que sitôt lue, il la mettra en pièces, et se peut, nous tuera ensuite, comme suppôts d'hérétiques.

A quoi je ne répondis rien et allai presser l'escorte d'achever le décuirassage et de se remettre en selle au plus vite, voulant atteindre la ville à la pique du jour. A vrai dire, je me serais volontiers attardé sur ce tertre, la brise y étant vive et faisant joliment trémuler les petites feuilles neuves des peupliers. Tandis que les hommes se hâtaient et qu'on attachait les cuirasses sur les mulets, je fis distribuer aux soldats pain et vin, et leur recommandai de mettre un bœuf sur leur langue, de ne point allumer les mèches des arquebuses et de montrer aux manants et habitants une mine modeste et amicale, sans sourciller du tout, ni faire les bravaches, ni mettre la main sur la poignée de l'épée. A la parfin, la dernière mule bâtée et la dernière bouchée gloutie, je commandai le boute-selle, mais sans trompette, et remontant moi-même, je gagnai les devants, Quéribus à ma dextre, M. de La Surie à ma senestre, et tous trois au botte à botte.

— Miroul, dis-je, à la réflexion, je m'apense que tu as raison : il ne faut point parler de prime de la missive de la duchesse : ce serait se fourrer de soi dans la nasse. Mais, par exemple, des immenses embarras de pécunes de la dame et du secours que de son fils elle quiert, ce que le prince de Joinville ne pourra que croire — lui-même, à ce que m'a dit le roi, ayant quatre cent mille écus de dettes.

— Cinq cent mille, dit Quéribus, qui lui ont été légués par son grand-père et son père. Il en a coûté fort cher aux Guise d'avoir voulu devenir rois de France.

— Outre, dit Miroul, ce petit désavantage d'avoir été l'un après l'autre assassinés.

— Quant à cette lettre, repris-je, qui nous pourrait,

elle aussi, expédier aux couteaux, je vais en disposer au mieux.

Et les laissant tous deux cheminer au botte à botte vers Reims, je trottai en fin de colonne jusqu'à Pissebœuf et, le tirant à l'écart, lui dis en oc *sotto voce :*

— Pissebœuf, je suis porteur pour le jeune duc de Guise d'une lettre de sa mère, laquelle, si elle tombait entre les mains de Saint-Paul, lui ferait battre le briquet beaucoup trop près de la poudre. Voudrais-tu t'en charger ? Il n'y a pas apparence que les ligueux fouillent jamais un à un les quarante hommes de notre escorte.

— Même alors, dit Pissebœuf, je défie bien qu'on la trouve. Où est l'objet ?

— Espère un peu que notre escorte ait rondi le tournant que tu vois dret devant, afin que nul ne voie que je te le remets. Mais sais-tu bien, toi, où le dissimuler ?

— Cap de Diou ! dit Pissebœuf, je serais de présent pauvre comme Job si je n'avais pas appris, après le combat, à mettre mes petites picorées hors d'atteinte des voleries. Hé quoi ! poursuivit-il, quand, le tournant nous ayant dérobé aux vues, je lui eus remis la lettre, ce n'est que cela ? C'est petite affaire. Les écus sont bien plus mal aisés à dissimuler, étant lourds, brillants à la lumière et l'un sur l'autre trébuchants.

Ayant dit, nous rejoignîmes au salon le gros de l'escorte, où Poussevent, quasi alarmé de l'absence de son immutable compain, ne manqua pas d'en quérir de lui la raison en oc.

— Compère, dit Pissebœuf, mets un bœuf, toi aussi, sur ta langue, si tu ne veux point que je te compisse là où poussent tes vents.

A quoi sans malice, comme sans rancune, Poussevent s'esbouffa.

— Monsieur mon frère, dis-je à Quéribus, de grâce, un mot avec vous au bec à bec.

Ce qu'oyant M. de La Surie, jaleux et renfroigné, il brida son cheval jusqu'à ce que l'escorte le rattrapât, nous laissant prendre les devants d'un jet de pierre.

— Monsieur mon frère, fis-je, dirais-je vrai, en opinant que vous me dépassez prou en beauté, en élégance, en manières, en vêture, en quartiers de noblesse, en escrime, à la paume, et en tous les arts de la guerre ?

— Assurément, dit Quéribus qui ne manquait pas d'esprit, mais...

— Comment « mais » ?

— Ce « mais » attend le fiel qu'annonce tant de miel.

— C'est joliment dit. Mais le susdit fiel n'est point si offensant. Le voilà : Conviendrez-vous que je vous surpasse — en revanche — par une certaine adresse à ménager ou manéger les personnes difficiles ?

— Et si je vous accorde et ménage et manège ?

— Je pourrais quérir de vous, dès lors, de me laisser jeter les dés et tailler les cartes avec Saint-Paul, contrefeignant, quant à vous, quelque malaise ou intempérie, pour avoir le prétexte de vous accoiser et de me laisser la main.

— C'est donc que vous me cuidez — *en revanche* — bon comédien ?

— Oui-dà, je vous ai vu quasiment vous pâmer pour susciter la pitié des belles.

— Monsieur, dit Quéribus avec un sourire, à la réflexion, je vous laisserai la haute main avec Saint-Paul : vous me manègez si bien.

— La grand merci à vous !

— Vais-je appeler M. de La Surie ? reprit Quéribus. Il boude. Et je le voudrais mettre moi-même au courant.

— Mais faites ! dis-je, tandis que se retournant sur sa selle, il faisait signe à Miroul de nous rejoindre, auquel, dès qu'il fut au botte à botte avec nous, il dit :

— Monsieur de La Surie, j'ai convenu avec le marquis de Siorac de contrefeindre quelque intempérie, sitôt que l'entretien avec Saint-Paul deviendra délicat, et ne voulant pas pâmer au point de choir, j'aimerais que vous vous teniez près de moi pour m'apporter le rescous de votre bras.

— Monsieur le Marquis, je le ferai, dit Miroul d'une voix allègre, entendant tout de gob que je n'avais point voulu faire devant témoin mes demandes à Quéribus afin que de ne le point piquer.

Nous étions alors à une demi-lieue de Reims, cheminant en pourpoint trois par trois, ce qui assurément n'avait rien de belliqueux, et encore que le soleil ne fût point levé, on pouvait pressentir à une petite lumière blanchâtre à l'est qu'il n'allait pas tarder à poindre.

— C'est proprement saisir le loup par les oreilles, dit Quéribus, que de s'aller jeter sous la patte de Saint-Paul.

— Prions, dit Miroul en riant, prions que la main du Guise nous sauve de cette patte !

Etant un homme d'une rare impavidité et prêt à me suivre par affection jusque dans les dents de la mort (dont il m'avait plus d'une fois tiré), Miroul était à cette minute alerte et gai comme un pinson. Quéribus, serein, quoique un peu pâle. Et quant à moi, je ressentais ce bizarre mélange d'appréhension et d'exaltation que me donne l'approche du péril : émotion qui fait, depuis tant d'années, l'étoffe de ma vie qu'elle me faillirait, je crois, le jour où elle deviendrait de moi déconnue.

Notre approche se trouvait dérobée aux guetteurs par un rideau d'arbres et quant à moi, observant que si nous poursuivions tout dret nous allions donner dans une porte flanquée d'un château, je m'avisai que dans ledit château Saint-Paul avait dû loger ses Espagnols, et jugeai bon de faire un grand détour hors vues pour nous présenter à une porte côté ouest qui se peut ne serait gardée que par les milices bourgeoises. Et bien fis-je, car encore que ladite porte fût surmontée d'un châtelet d'entrée et flanquée de remparts qui à notre vue se hérissèrent de mousquets, on ne nous tira pas sus : ce qui me laissa le loisir de m'avancer vers ledit châtelet où je voyais, nous espinchant à une lucarne, une face surmontée d'un morion. Là, bridant mon cheval, je saluai de mon chapeau à plumes et dis d'une voix forte :

— Messieurs les habitants et manants de Reims, M. le marquis de Quéribus, par ma voix, a l'honneur de vous demander l'entrant, dans le dessein qu'il a de visiter Monseigneur de Guise dont il est le parent.

— Monsieur, dit l'homme au casque, je ne peux n'étant que sergent, prendre sur moi de vous déclore. Mais plaise à vous d'espérer un petit. Je vais envoyer quérir le lieutenant du peuple.

Ayant dit, il retira sa face de la lucarne, et je

demeurai seul, j'entends seul avec les mousquets qui me visaient par les créneaux des remparts et qui, de reste, se redressèrent l'un après l'autre, les paroles prenant fort heureusement le relais de la poudre, à en juger par les questions criées dont je fus assailli.

— Monsieur, d'où venez-vous ? Etes-vous de la Ligue ? Etes-vous à Navarre ? Qu'en est-il de Paris ? Fûtes-vous à Laon ?

— Messieurs de Reims, dis-je, en les saluant amplement derechef de mon chapeau, plaise à vous de souffrir que j'attende le lieutenant de la prévôté pour répondre à vos questions.

— Monsieur, qui êtes-vous ? cria une voix stentorienne.

— Monsieur, dis-je, après un moment de silence, je suis Français naturel, et par les temps qui courent, je m'en paonne assez.

Cette phrase, qui n'était point sans pointe ni intention — visant les hôtes indésirés de la ville —, fut accueillie par des rires et des marques d'approbation, lesquels me convainquirent que Saint-Paul ne régnait dans les murs que par force et contrainte.

— Monsieur, reprit la voix, êtes-vous gentilhomme ?

— Oui-dà, Monsieur !

— A quoi appartenez-vous ?

Mais à cette question-là, j'avais ma réponse prête.

— A Madame la duchesse de Guise, que Dieu la garde !

— Que Dieu la garde ! reprirent quelques voix sur les remparts, mais non pas toutes.

Ha ! m'apensai-je, même les Guise ne sont plus tant populaires en leur governorat ! Se peut que ce fruit-là soit mûr pour mon maître.

— Monsieur ! reprit une autre voix, plus aiguë et moins stentorienne que la précédente, venez-vous nous délivrer de qui vous savez ?

A cette question, qui fit le silence sur les remparts et me parut fort périlleuse pour nos sûretés — que j'y répondisse ou non — je dis :

— Monsieur, je ne connais pas qui vous savez.

Là-dessus, voulant couper court à un interrogatoire qui prenait une telle pente, j'imaginai de faire caracoler ma jument, laquelle, fatiguée de son immobilité, fut tant ravie de s'ébattre qu'elle n'y alla pas de la moitié d'une croupe, et faillit me désarçonner, ce qui m'engagea à la remettre dans le droit chemin en la faisant passer par tous les exercices d'école auxquels je l'avais dressée : spectacle qui captiva tant les milices bourgeoises qu'elles s'accoisèrent jusqu'à ce qu'une face, apparaissant à la lucarne du châtelet d'entrée, me criât :

— Monsieur, de grâce, démontez et passez par la porte piétonnière que nous allons déclore, et venez avec moi vous entretenir. Je suis le lieutenant Rousselet.

Je ne pus que je n'obéisse, encore que de fort mauvaise dent. Cornedebœuf ! m'apensai-je en mon for. Voilà à quoi la Ligue a réduit notre France. N'y circule pas qui veut. Toute ville y est de présent un royaume avec ses petits rois, et ses petites frontières, et ses petites lois.

Je passai donc la porte piétonnière, tenant ma Pompée par la bride qu'un valet vint me prendre, à qui je baillai tout de gob deux sols, en lui recommandant de bien la bichonner, la pauvrette étant tout en eau du labour où je l'avais soumise. Et un sergent m'amenant poliment assez jusqu'au corps de garde, j'y encontrai à la parfin le lieutenant du peuple qui, renvoyant ses hommes, me voulut parler bec à bec, et de prime m'envisagea un moment, moi-même le contrenvisageant, et chacun de nous, semble-t-il, aimant ce qu'il voyait, pour ce qu'à la fin, il me sourit et je lui contresouris.

Le lieutenant du Peuple est à Reims une sorte de prévôt des marchands ou de maire, lequel est élu par les manants et habitants de la bonne ville, et qui se trouve en grande autorité parmi eux. A ce que j'avais appris à Laon, son prédécesseur en cet office, le lieutenant Julien Pillois, fort archiligueux et fort espagnol, avait en trahison de ceux qui l'avaient choisi (et qui voulaient se livrer au roi après sa conversion) mis Saint-Paul par un subterfuge en possession de Reims. Raison pourquoi les Rémois, à la mort du traître, en 93, avaient élu Rousselet que Saint-Paul tenait, à ce que j'avais ouï, en grande suspicion.

Ce bon Rousselet était un homme dont je dirais qu'il

avait les manières carrées et la charnure ronde, l'œil étant noisette et fort vif, la face halée, mais tirant sur le rouge, et un air de gaieté qui m'agréa, car pas plus que Henri Quatrième je ne suis raffolé des gens mélancoliques, me disant que si un guillaume ne s'aime pas lui-même, comment pourrait-il aimer et servir son prochain ? En bref, je trouvais ce Rousselet à mon goût et, obéissant à mon instinct qui me disait d'avoir fiance en sa bonne face, je lui dis mon nom et d'où je venais.

— Mon Dieu, Monsieur le Lieutenant, ajoutai-je, que d'embarras et de traverses pour admettre des Français naturels dans une ville française ! Et qui plus est, un parent de votre gouverneur !

— C'est que gouverneur, Monsieur le Marquis, le duc de Guise ne l'est, hélas, que de nom, du moins tant qu'il n'aura pas persuadé M. de Saint-Paul de retirer les deux cents Espagnols qu'il a placés dans le Château de la Porte-Mars sous les ordres de quatre capitaines, eux aussi espagnols. Tour que M. de Saint-Paul nous a contraints de bâtir pour les loger, son intention étant d'en élever quatre autres aux quatre portes de la ville pour y recevoir des garnisons de même farine. Dessein qui nous alarme fort, nous, manants et habitants de Reims. Car si M. de Saint-Paul y parvient, il pourra nous assujettir tout à plein à son joug, qui n'est pas léger, et à celui de Philippe II, qui sera pis. Et c'en sera bien fini alors des franchises de notre bonne ville.

— Mais le duc, dis-je, n'est pas venu seul à Reims.

— Bah ! dit Rousselet, avec une suite de soixante hommes à peine ! Ce qui est peu pour rebuffer les deux cents arquebusiers de la Porte-Mars, lesquels, en outre, sont espagnols : autant dire, les meilleurs soldats au monde.

— Monsieur Rousselet, dis-je, si j'entends bien les propos que me tenez, vos milices bourgeoises pourraient, dans les occasions, prêter la main à M. de Guise par haine de l'oppresseur.

— Ha ! Monsieur le Marquis ! dit Rousselet en secouant ses épaules rondes et en levant au ciel son œil noisette, mes bourgeois de Reims sont de bons hommes assez pour tirer derrière de bons murs, mais non point pour réganier l'infanterie castillane...

— Toutefois, dis-je après un moment de silence,

l'escorte de M. de Quéribus, lequel est tout acquis à son cousin de Guise, monte à quarante arquebusiers, ceux-là fort aguerris, lesquels ajoutés aux soixante hommes de Mgr le duc...

— Ha ! Monsieur ! dit Rousselet en secouant la tête, vos quarante soldats ne viennent hélas ! ni à compte ni à recette, vu que du commandement formel de M. de Saint-Paul, ils ne recevront pas l'entrant dedans nos murs. D'ores en avant, nul ne pénètre ici qui ne soit espagnol ! Et c'est à peine si M. de Saint-Paul consentira à entrebâiller la porte piétonnière à M. de Quéribus, à vous-même, et à deux ou trois de vos gens.

— Cornedebœuf ! criai-je, quelle tyrannie !

Mais je ne pus en dire davantage, car on toqua à la porte, et le sergent qui m'avait admis dedans les murs, passant sa tête par l'entrebâillure, dit d'une voix haletante :

— Monsieur le Lieutenant, voici venir le baron de La Tour !

— Déjà, Tudieu ! s'écria Rousselet en se levant, l'œil effaré assez. Monsieur le Marquis, poursuivit-il à voix basse, prenez grand'garde à ce La Tour. Tout vrai baron qu'il soit, il est à M. de Saint-Paul. Et comme lui vrai Espagnol, quoique Français.

Il achevait quand, sans toquer le moindre, ce La Tour entra, la crête haute, l'œil sourcilleux, et le chapeau imperturbablement sur la tête, tandis que nous le saluions, Rousselet et moi. Outre ce peu gracieux accueil, le discourtois guillaume me déplut de prime, non que sa face fût laide, mais elle portait cet air d'insufférable arrogance que d'aucuns de nos archiligueux empruntent aux maîtres espagnols dont ils se sont faits les valets.

— Monsieur le Baron, dit Rousselet, ce gentilhomme est de la suite du marquis de Quéribus, lequel est un cousin de Mgr le duc de Guise, et demande l'entrant pour lui-même, ses gentilshommes et son escorte.

— Monsieur, dit le baron en attachant sur moi un regard hautain, j'espère que vous pourrez m'expliquer pourquoi, venant de Paris, vous avez contourné la ville pour vous présenter à la porte Ouest, au lieu que de vous présenter à la Porte-Mars comme le voulait le chemin le plus court.

— Mais, Monsieur, dis-je d'un air quasi naïf, et avec un nouveau salut, ayant observé que la Porte-Mars était occupée par des soldats espagnols, et aucun d'entre nous ne parlant leur langue, nous avons pensé nous faire mieux entendre des Français naturels en nous adressant à une autre porte.

Maugré qu'il gardât un air d'insolente hautesse, je vis bien que cette réponse déconcertait le baron, ne sachant s'il devait y discerner rebuffade et gausserie, ou l'attribuer à ma simplicité. Tant est que n'arrivant pas à décider, il rempocha son grief et dit d'un air fort rogue :

— Monsieur, le commandement du duc de Rethelois (c'est ainsi que le faquin appela Saint-Paul) ne souffre pas d'exception. L'escorte du marquis de Quéribus n'entrera point dedans nos murs. Et ledit marquis ne sera lui-même admis qu'avec quatre de ses gens. Sergent, ajouta-t-il, le verbe bref et le geste impérieux, raccompagnez incontinent ce gentilhomme à la porte piétonnière, afin qu'il instruise M. de Quéribus de cette décision.

Cela fut dit d'un ton dont j'eusse en toute autre occasion demandé raison. Mais hélas, il ne s'agissait point de forcer le sanglier dans sa bauge, mais d'avoir accès au duc de Guise, ce dont, à vue de pays, je commençais à craindre de faillir.

Mon Quéribus, qui s'impatientait à faire le héron au bord des douves, s'encoléra comme fol à ouïr de ma bouche le repoussis de notre escorte, étant fort renfroigné à l'idée de se présenter à son cousin le duc avec une suite si maigrelette que même un bourgeois en eût rougi. Je n'envisageai pas la chose du même œil. Sans nos hommes, Quéribus se voyait nu. Sans eux, je me voyais désarmé. Mais à la parfin, je l'assouageai et lui réitérant mes insistantes prières de me confier le ménage et manège de nos ennemis, je le persuadai de laisser bivouaquer nos arquebusiers sous les murs de Reims, et d'entrer avec quatre de nos gens. Il choisit deux gentilshommes. Je choisis Pissebœuf et Poussevent et, avec l'agrément de Quéribus, je confiai l'escorte au commandement de M. de La Surie, lequel fut au désespoir de me laisser pénétrer seul dans la gueule du loup, mais entendit bien qu'il serait, dans les occasions, notre recours et rescous, et d'autant que je le garnis abondamment en pécunes, afin qu'il pût acheter les complaisances, et se peut, les complicités des milices qui surveillaient la Porte Ouest, ne doutant pas que sa naturelle adresse pût tirer prou de ce commerce. A la parfin, après je ne sais combien de fortes brassées, de toquements d'épaule et de dos, et de poutounes sur nos rêches barbes, on se quitta, la gorge fort nouée quant à moi, et quant à lui, la larme au bord du cil.

Le baron de La Tour, au vu du marquis de Quéribus, lui fit, à l'espagnole, un salut des plus maigres, auquel Quéribus squelettiquement répondit, et nous entourant aussitôt d'un fort peloton d'arquebusiers castillans, nous conduisit dans un dédale de rues (dont je pris grand soin, toutefois, d'étudier en cheminant la configuration) jusqu'à une grande maison de fort bonne apparence, où il nous logea au deuxième étage.

— Messieurs, dit-il, le ton rogue et la crête haute, cet étage est à vous, et vous n'y manquerez de rien. Mais gardez-vous de descendre au rez-de-chaussée, ni de vouloir saillir ès rues : vous ne trouverez devant vous que soldats castillans, lesquels, n'entendant pas votre langue, ne vous laisseront pas passer.

— Monsieur ! s'écria Quéribus avec indignation, dois-je entendre que nous sommes prisonniers et qui pis est, gardés par des Espagnols ?

— Pas précisément, Monsieur, dit le baron de La Tour avec la dernière froidure. Mais s'agissant de gentilshommes qui viennent d'où vous venez et servent qui vous servez, il y faut quelques précautions, du moins tant que le duc ne vous aura pas entretenus.

— Et quand, Monsieur, verrons-nous le duc ? dis-je du ton le plus uni, ne voulant pas laisser mon Quéribus s'indigner plus outre.

— Mais ce jour d'hui même, Messieurs, dit La Tour en souriant pour la première fois, mais avec un sourire qui me parut plus menaçant encore que sa hargne.

Ce n'est pas que les appartements où il nous avait mis fussent mesquins ou manquassent des commodités que commandait notre rang, le seul désavantage étant d'évidence que nous n'en pouvions bouger mie, comme je m'en assurais, aussitôt que La Tour fut départi, en saillant hors sur le palier de l'escalier, où je m'encontrai *cara a cara* (1)avec une bonne douzaine de hallebardiers espagnols, dont le sergent me dit civilement assez dans sa parladure qu'il avait ordre de ne point nous laisser passer. Et comme pour sauver la face, je m'enquérais de lui au sujet de Pissebœuf et Poussevent, le quidam me dit qu'ils étaient aux écuries à panser nos chevaux et qu'il me les enverrait dès leur tâche achevée.

Je retournai donc dans notre geôle dorée, et trouvant que mon Quéribus, muet de rage, faisait cependant toilette, aidé de ses gentilshommes, afin que d'accueillir dignement la visite du duc de Guise, je décidai de l'imiter et le laissant, passai dans ma chambre, laquelle faisait l'angle du bâtiment, et comportait en un de ses coins un gros arrondi qui me parut annoncer à l'extérieur une sorte de tour dans laquelle un viret devait mener à l'étage au-dessous, et se peut au rez-de-chaussée. Ce qui me conforta dans cette idée fut la petite porte basse en anse de panier que j'aperçus au milieu de l'arrondi que j'ai dit, laquelle était en chêne vieilli, aspé de fer. L'ayant en vain secouée, j'en conclus qu'elle était fermée à clef de l'extérieur, et assurément regrettai de n'avoir point emporté un pétard avec moi, lequel eut fort bien fait mon affaire en ce prédicament, encore que la noise et vacarme eût mis à nos trousses la bonne vingtaine de soldats espagnols qui gardait l'ensemble du logis. C'est du moins le chiffre que me donna Pissebœuf, quand il revint des écuries, opinant en oc, que même pour des vaillants comme nous les bélîtres étaient trop. Là-dessus, voyant que je me dévêtais, il s'offrit à me servir de chambrière, fonctions dont il s'acquitta de son mieux, faillant toutefois de fort loin à égaler ma frisquette Guillemette, laquelle m'égayait, ce faisant, de ses mignonneries et de ses taquinades.

Toutefois, il ne laissait pas que d'avoir l'œil aux alentours, et il vit bien que le mien souvent tournait du côté de la petite porte basse qui s'ouvrait dans l'arrondi que j'ai dit.

— Moussu, dit-il en oc, il y a là un viret.

(1) Face à face. (Esp.)

— Oui-dà ! dis-je. Le hic est que la porte est close !

— A verrou ou à clef ? dit Pissebœuf d'un air sagace.

— Je ne sais.

— Moussu, c'est que cela fait toute la différence, comme disait la femme du ferronnier, quand en l'absence de son mari, elle se faisait limer la serrure par un guillaume des mieux membrés.

Ce disant, il lâcha tout de gob l'extrémité de mes chausses, et me laissant les enfiler seul, il tira vers ladite porte, et se penchant, y colla un œil, puis l'autre, et se relevant, me dit d'un air triomphant :

— Moussu, espérez un petit. Je me fais fort de la déclore.

— Vramy ?

— Vramy ! Comme disait le maître-menuisier Tronson : elle n'avait pas soulevé le pied que jà je lui voyais la semelle.

— C'est de la serrure que tu jases ainsi ?

— Oui-dà ! D'elle-même ! Moussu, poursuivit-il avec un air d'immense piaffe, Pissebœuf ne serait plus Pissebœuf s'il se laissait rebuffer par une petite serrure de merde. Moussu, comment se dit en espagnol : il me faut retourner à l'écurie ?

— *Tengo que regressar a la caballeriza.*

— Moussu, avec votre permission et celle de nos geôliers, j'y va ! Et serai de retour avec ce qu'il me faut en un battement de cil.

Lequel battement dura bien dix bonnes minutes, au cours desquelles survint un incident qui changea mes pensées, car de la fenêtre à meneaux, que j'avais dès l'entrant ouverte à une belle matine tissée de soleil (comme l'avaient laissé prévoir les brumes de la pique du jour) me vint, accompagné des accords d'une viole et d'un luth, un chant féminin tant frais et délicieux que le plus babillard gazouil d'un ruisseau doux-coulant. Ayant la tête toute chaffourée des traverses de notre prédicament je m'en sentis d'un coup délivré et nettoyé par ces cristallins accents. Et ravi, le cœur me toquant, la tête me clochant, et le sang courant plus jeune et plus vif par toutes les avenues de mon corps, je courus à la fenêtre à demi vêtu, et tâchai d'apercevoir la sirène qui m'enchantait. Et ne voyant rien devant moi qu'une large place où roulaient des charrois, je conclus, en me penchant hors, que le rossignol qui me charmait était perché dans les appartements dessous le mien, son chant me parvenant par ses propres verrières, elles aussi au soleil décloses.

L'ouïe alerte, j'achevai d'endosser ma vêture — laquelle, pour honorer le duc, se trouvait la plus belle de celles que j'avais emportées, le pourpoint étant de satin bleu pâle garni de deux rangées de perles — et l'esprit de présent moins occupé des périls de l'heure (lesquels pourtant n'avaient point décru) que charmé par la mélanconique chanson de l'inconnue, je me mis à rêver furieusement, étant bien assuré qu'en ce qui la concernait, cette émerveillable voix ne pouvait saillir que de la plus belle des gorges. Ainsi va trottant toujours l'imagination des hommes qui sont du sexe raffolés : je le dis sans vanterie et sans *mea culpa*, bien persuadé que je suis, que si l'on me mettait la tête sur le billot — comme cela se pourrait bien arriver ici même à Reims — je ne faillirai pas, marchant ès rues à mon dernier supplice, les mains liées derrière le dos, d'avoir l'œil accroché, au mitan des badauds, par une face fraîchelette et un tétin rondi.

J'en étais là quand la porte de ma chambre s'ouvrit.

— Moussu, dit Pissebœuf, derrière lequel le bedondainant Poussevent soufflait de l'exercitation qu'il s'était donnée à gravir les deux étages, j'ai tout le nécessaire.

— Qu'est cela ? dis-je, béant. Je ne vois qu'un peu de farine, un fort papier, et un fil de fer.

— Moussu, c'en est assez, dit Pissebœuf ajoutant : « *Credite mihi experto* (1) », car il se piquait fort de son latin, ayant été clerc, comme j'ai dit, avant que de tourner huguenot et de choisir le métier des armes.

— Monsieur le Marquis, dit un des gentilshommes de Quéribus en apparaissant à ma porte, un capitaine espagnol vient d'annoncer en son jargon l'arrivée de Monseigneur le duc, et Monsieur votre frère requiert votre présence.

— La merci à vous, Monsieur, dis-je civilement. Pissebœuf, clos bien l'huis sur moi et vaque à ton affaire.

(1) Croyez-en celui qui en a l'expérience. (Lat.)

Cependant, avant de passer le seuil, je me bridai et tendis l'ouïe et la tendis en vain. Luth, viole et chant, tout s'était tu.

Le plumage de Quéribus, mon beau muguet de cour, dépassait le mien en splendeur, comme le lecteur bien s'en doute, et dès que je fus à sa dextre, il fit placer les deux gentilshommes derrière nous, se désolant de cette tant maigre et mesquine suite qu'il tenait à déshonneur, étant un homme tout entier du règne précédent (dont il avait gardé le langage), aimant la pompe et la cérémonie, et trouvant fort à redire à la rugueuse simplicité de Navarre.

— Messieurs, dit-il, j'enrage de ne pas recevoir le duc plus dignement ! *En ma conscience ! Il en faudrait mourir !* (Ces expressions qu'il prononçait d'une voix aiguë et flûtée ayant été, sous Henri III, à la mode qui trotte.) Deux gentilshommes pour deux marquis ! Tudieu ! Cela est beau ! Vous pouvez croire que jusqu'à la fin du temps je garderai une fort mauvaise dent à ce faquin de basse maison qui ose se dire duc du Rethelois ! Le pis étant, à mes yeux, que, grâce au Balafré, il a pu épouser une Demoiselle de très bon lieu, belle comme les amours, riche comme Crésus et de manières parfaites.

— La connaissez-vous ? dis-je avec un sourire.

— Nenni ! Mais de ses parents, elle est Caumont.

— Quoi ? criai-je, une Caumont ! Une Caumont du Périgord ?

— Je le crois.

— Mais dans ce cas, dis-je, ma mère étant aussi Caumont, elle serait donc quelque peu ma parente ?

— Cela vous fera une belle gambe ! dit Quéribus, fort en groigne. *En ma conscience,* vous ne la verrez mie ! Le Saint-Paul est jaleux comme Turc et, dit-on, cloître la pauvrette au logis. Messieurs, poursuivit-il en s'adressant aux gentilshommes qui, à eux deux, faisaient toute notre suite, de grâce faites comme moi, mettez vos chapeaux, afin que de les pouvoir comme moi retirer quand le duc entrera, et ramentez-vous, je vous prie, que le duc étant duc, et prince de Joinville, et prétendant, comme tous les Guise, descendre de Charlemagne, vous lui devez, comme le marquis de Siorac et moi-même, un salut à peine moins profond d'un degré que celui que vous faites au roi, à savoir le buste à demi plié, et les plumes du chapeau à dix pouces du sol. En outre, à son entrée, le visage grave et les yeux baissés, lesquels il ne faut relever que lorsqu'il nous adressera la parole.

— Monsieur mon frère, lui dis-je à l'oreille, peux-je à vous-même rappeler que si le duc, par une question ou un propos, vous jette dans l'embarras, vous devez contrefeindre une intempérie ou une pâmoison qui me permette de prendre le relais.

— Ventredieu ! dit Quéribus, je n'aurais garde de l'oublier ! Et du diantre si j'entends comment vous pouvez vous sentir à l'aise au milieu des infinies brouilleries de vos missions ! *Il en faudrait mourir !*

— J'aimerais mieux que non pas, dis-je en riant.

Mais mon rire fut coupé net, car la porte se déclouit avec fracas, et le baron de La Tour, apparaissant, hucha d'une voix forte :

— Messieurs ! Le duc !

Ayant dit, il se plaça à côté de l'huis, se découvrit, le buste, comme avait si bien dit Quéribus, à demi plié, l'œil baissé, les plumes du chapeau à dix pouces du sol. Nous l'imitâmes incontinent.

— Messieurs, dit une voix nasale et de moi tout à plein déconnue, je vous salue bien.

Je levai les yeux. C'était le « duc du Rethelois » ! Cornedebœuf ! Quelle indigne ruse ! Dans quelle poêle on nous faisait tomber ! Roulés que nous étions dans quelle odieuse farine ! Je vis mon Quéribus et pâlir, et rougir, et je crus un moment qu'il allait mettre la main sur la poignée de son épée, ce qui eût été folie, car le « duc » était fortement accompagné, et n'attendait, à ce que je crois, qu'un geste menaçant ou une parole fâcheuse de notre part pour achever de nous faire frire. Par bonheur, mon Quéribus, se ramentevant mes objurgations, choisit de se pâmer, ce qu'il fit à merveille, les narines pincées, l'œil révulsé et les lèvres trémulantes ! Feintes qu'il avait apprises, comme j'ai dit, pour atendrézir, à la Cour, le cœur des cruelles. Me détournant alors, je fis signe à ses gentilshommes de le bien vouloir soutenir et mener jusqu'à un cancan qui se trouvait là et quant à moi, faisant face au Saint-Paul, je lui fis de prime un second salut, pour me donner le temps de réfléchir comme je l'allais adresser, trouvant indigne de moi de l'appeler « Monseigneur » et fort imprudent, étant donné l'immense présomption du guillaume, de lui dire un « Monsieur » tout sec.

— Monsieur le Maréchal de France, dis-je à la parfin (préférant, s'il fallait faire la part du feu, reconnaître un titre militaire, plutôt qu'un titre de noblesse), je vous fais toutes mes excusations pour la soudaine intempérie de mon beau-frère le marquis de Quéribus, lequel, dès ses plus vertes années, a été sujet à ces fâcheux malaises...

Je n'en restai pas là. Entendant bien qu'avec un gautier de cet acabit, la courtoisie était ma meilleure défense, j'étirai mes compliments à l'aune de sa vanité, et discourus dans cette veine pendant cinq bonnes minutes, l'envisageant cependant fort curieusement, quoique avec un apparent respect. Sa taille, comme celle du jeune duc de Guise, tirait vers le petit, mais alors que le prince de Joinville m'avait paru quelque peu estéquit en son torse, ce Saint-Paul était dru, râblé et musculeux, son cou et ses épaules annonçant beaucoup de force. En outre, sa face était imposante assez, avec un front large et bossué, un nez gros et courbe, un menton qui tendait vers le prognathe (comme celui de son maître le roi d'Espagne), des cheveux abondants, ondulés, rejetés en arrière et si bien testonnés que pas un poil ne passait l'autre ; une barbe fort bien taillée au carré, et une grosse moustache virilement relevée en crocs aux deux bouts : le tout posé sur une fraise très large, comme celles qu'affectaient les archiligueux pour moquer les petites fraises austères des huguenots. J'oserais dire que les soins et les labours qui avaient façonné et léché cette majestueuse apparence trahissaient à vue de pays la folle arrogance du « duc du Rethelois ». Mais l'œil ne manquait pas d'esprit, quoique le regard fût menaçant et suspicionneux, toutefois point tant cruel que déprisant de tout le genre humain. Et qu'il fallût au guillaume peu de scrupules et prou d'audace pour archiducher le vrai duc, gouverner son gouverneur, et séquestrer la parentèle dudit, voilà qui me laissait songeard sur ce qui pourrait nous advenir céans...

Je sentis bien, tandis que je discourais, que le Saint-

Paul buvait mes compliments et ma déférence comme petit-lait, mais sans en être cependant aveuglé, son œil renardier ne cessant de scruter le mien. Et à peine eus-je fini de dévider mon courtois cocon qu'il dit d'une voix nasale, et sur un ton abrupt et militaire :

— Monsieur, nous sommes en guerre. Vous venez du camp ennemi. Vous servez le roi de Navarre. Pour moi, jouissant de l'entière confiance de la Sainte Ligue et de Philippe II, nommé par le duc de Mayenne lieutenant général de Reims et de la Champagne, je suis, en fait, le maître dans la bonne ville, puisque je commande à la garnison espagnole qu'il m'a plu d'y introduire. Je suis donc en droit de quérir de vous ce que vous venez faire céans.

— Mais Monsieur le Maréchal de France, dis-je le plus doucement que je pus, n'est-ce pas à Monseigneur le duc de Guise, à savoir au gouverneur de Reims, de quérir cela du marquis de Quéribus, lequel, au surplus, est son parent ?

— Nenni, Monsieur, dit Saint-Paul d'un ton coupant, et en levant fort haut la crête. Chez qui êtes-vous logé à Reims ? Je vais vous le dire : chez moi ! Qui vous garde ? Mes hallebardiers. Qui commande à Reims intra muros et extra muros ? Moi ! A qui obéit la milice ? A moi ! Qui occupe le Rethelois dont je me suis fait le duc ? Moi, encore ! Moi, qui ne suis ni l'ami ni le parent du marquis de Quéribus.

Ici Quéribus fit entendre sur son cancan une sorte de groignement, mais comme je me retournai pour lui jeter un œil objurgateur, il ferma sagement le sien (qui jetait des flammes) et retourna à son évanouissou.

— Monsieur le Maréchal, dis-je, je suis béant que le duc de Guise, qui est le rejeton d'une très grande famille et le neveu du duc de Mayenne, compte si peu pour vous...

— Il compterait prou, dit Saint-Paul sèchement, si sa mère ne s'était pas ralliée à Navarre et ne travaillait, à ce que je crois, à raccommoder son fils à lui. Monsieur, reprit-il en fichant son œil noir et brillant dans le mien. C'est assez finaudé ! Je vous parlerai sans feintise : est-ce pour cela que vous êtes céans ?

L'avantage d'un œil bleu, c'est qu'il peut exprimer,

dans les occasions, une extraordinaire innocence, et la Dieu merci, le mien, en l'occurrence, ne me faillit pas.

— Monsieur le Maréchal ! m'écriai-je, mais point du tout ! C'est là une étrange méprise ! Nous sommes céans pour délivrer au duc de Guise, de la part de sa mère, un message qui n'a rien à voir avec les affaires du royaume, mais touche, si j'ai bien entendu, les grands embarras de pécunes de Mme de Guise.

— En ce cas-là, Monsieur, dit Saint-Paul avec un regard fort pointu, vous n'aurez aucune objection, j'ose croire, à ce que mon capitaine espagnol vous fasse fouiller après mon départir, afin d'acertainer que vous n'avez point sur vous de missive, message, ou document dont la Sainte Ligue pourrait s'alarmer.

— Nous fouiller, Monsieur le Maréchal ! dis-je, comme indigné.

— Vous m'avez ouï, Monsieur ! dit Saint-Paul, ces quatre mots dans sa bouche claquant comme balles de mousquet.

Là-dessus, avec un salut des plus brefs, il tourna les talons et s'en fut, carrant les épaules, et faisant sonner ses bottes sur le carreau, le baron de La Tour suivant comme chacal sur les traces d'un lion. La porte close, je me jetai sur Quéribus et lui mis la main sur la bouche.

— Pour l'amour de Dieu, lui dis-je, à l'oreille, ne dites rien ! Cette porte a des oreilles. Il y va de notre vie !

Il me signifia de l'œil qu'il avait entendu mon propos, et je le lâchai, non sans qu'il eût quelque peu mordu ma paume pour se revenger de ma petite violence. C'était là mon Quéribus tout crachi-craché : A quarante ans passés, joueur comme un chaton.

— Monsieur, me dit-il d'une voix mi-fâchée mi-amusée, n'avez-vous point honte et vergogne d'appeler ce maraud « Monsieur le Maréchal de France » ?

— Ha bah ! dis-je, j'appelle maréchal quiconque a le pouvoir de me faire fouiller. Au reste, je ne désire rien tant que ça : le renard ne tirera rien de ce poulailler-là. Espérez-moi un petit. Je vais prévenir Pissebœuf.

Lequel, fort sagement assis sur le tapis, jouait aux dés avec Poussevent, ayant bien entendu que le moment était mal choisi pour crocheter une porte.

— Moussu, dit Pissebœuf en se levant pour me marquer quelque respect, mais gardant son ton badin sans lequel il eût cru perdre l'honneur, si Pissebœuf cachait les chiots d'une chienne, même la mère ne les retrouverait pas, eût-elle le meilleur nez du monde.

Tout gasconnant qu'il fût, il n'errait pas, car la fouille, qui fut lente, pesante et méthodique — autant dire espagnole — et inclut même nos deux valets, ne donna rien, encore que nos geôliers allassent jusqu'à inspecter, à l'écurie, le harnachement de nos chevaux.

— Et pourquoi pas aussi leurs culs ? dit Pissebœuf.

Nos inquisiteurs départis, j'allais retrouver Pissebœuf en ma chambre, et me jetant sur un cancan, étant quelque peu lassé de ma nocturne chevauchée, j'observais, l'œil mi-clos, demi sommeillant, mais de reste fort curieux, ses ingénieux labours. Belle lectrice, si un jour votre méchant mari, suspicionnant à tort votre adamantine fidélité, vous serre prisonnière en vos appartements et vous y clôt à double tour, laissant toutefois, à l'extérieur, la clef, voici la recette pissebœuvienne de votre liberté : ayant pris un peu de farine, vous la pétrissez avec de l'eau, afin que d'en faire une pâte bien collante que vous étalez sur une feuille de papier, laquelle vous glissez sous la porte à l'aplomb de la serrure. Après quoi, armé d'un fil de fer, vous l'introduisez dans ladite serrure et par degrés, poussez doucement la clef hors. Si votre main est aussi habile que celle de Pissebœuf, ladite clef doit tomber sur le papier où la farine gluante doit la garder de rouler hors d'atteinte. Vous tirez alors vers vous précautionneusement le papier, et la clef des champs et des ébats champêtres est vôtre, laquelle vous permet, à la nuit tombante, et masquée, d'aller conter à votre confesseur l'outrage que ce fol de mari vous a fait. J'entends bien qu'il faut que la fente sous la porte soit grande assez pour laisser passer et la feuille et la clef. Et j'entends aussi que le difficile, une fois que vous serez revenue au logis, est de remettre les choses en leur primitif état, et de vous reverrouiller vous-même en vos appartements, la clef restant à l'extérieur. Il se peut, toutefois, que vous puissiez alors trouver une personne connivente pour vous raccompagner jusqu'à votre porte et vous enfermer. Quant à moi, je me permets de suggérer que cette personne soit votre confesseur, puisque ayant jà la charge de votre âme, il doit désirer préserver votre joli corps des brutalités d'un mari.

Je fis à Pisseboeuf tous les merciements et les compliments que demandaient et son exploit et sa piaffe, et lui baillant, en outre, un écu pour sa peine, je l'envoyai ainsi que Poussevent, se reposer des fatigues de sa nocturne chevauchée. Et resté seul, la clef de la petite porte basse dans la main, je balançai à l'utiliser tout de gob, mais à la parfin me ravisai et voulant de prime me défatiguer de ma nuit, je me jetai sur la coite, ayant tout juste le temps, devant que de m'ensommeiller, de regretter l'absence de mon Miroul, qui ayant été avec moi, depuis nos quinze ans, en tous les périls que j'avais encourus, m'avait immensément assisté de ses conseils et de son bras.

A ma montre-horloge (celle que j'arborais en sautoir du temps que je portais ma déguisure de marchand-drapier), je vis à mon réveil, que j'avais dormi deux heures à peine et me sentant encore tout chaffouré de sommeil, je me passai un peu d'eau sur la face et allai quérir Pisseboeuf en sa soupente pour fixer dans mon dos et sous mon mantelet mes dagues à l'italienne.

Je noulus qu'il m'accompagnât, comme il l'offrit aussitôt, et lui demandai de rester céans, afin de prévenir M. de Quéribus de ma part de ne bouger ni orteil ni petit doigt dès que je serais hors.

Je suis bien assuré que mon Pisseboeuf eût aimé, à cette occasion, jouer les Miroul, mais je ne l'avais jamais mis sur ce pied-là avec moi, et encore que sa longue et maigre face trahissait la déception de ne point m'accompagner en mon équipée, il s'accoisa, et sous son œil déquiet et désapprobateur, mais sans qu'il ne pipât mot ni miette, j'introduisis dans la serrure la clé que je tenais de son art, lequel, à vrai dire, sentait quelque peu son truand, les frontières entre le soldat et le truand étant de reste, par essence, confuses. La différence que j'y discerne est que l'on loue l'arquebusier pour des exploits qui vaudraient la corde au mauvais garçon.

Le cœur me toquant quelque peu, je tournai ladite clé, saillis hors sur le viret et tout de gob reverrouillai la porte, non point tant que Pissebœuf ne me suivît que par crainte que le geôlier vînt éprouver, en mon absence, la fermeture de l'huis.

Comme je l'avais conjecturé, le viret que je descendais à pas de chat desservait, *primo*, l'étage où nous étions serrés ; *secundo*, l'étage au-dessous d'où venaient les chants que j'ai dits. Et *tertio*, le rez-de-chaussée. Si le viret comportait deux portes : l'une, sans doute, donnait sur les appartements d'apparat et de réception, et l'autre dans une ruelle, comme je m'en avisai en poussant fort doucement le judas et en collant un œil par la fente. Par malheur, la porte était fermée à clé et, à ce que je vis, celle que j'avais en main ne l'ouvrait pas. Je restai béant de cette précaution. Voilà qui sentait furieusement le jaleux, et s'adressait bien davantage au rossignol que j'avais ouï qu'à nous-mêmes. Je refermai sans bruit le judas et, m'adossant au mur, tâchai de réfléchir.

Assurément je trouvai quelque clarté dans le plan de cette demeure, lequel je connaissais bien pour l'avoir plus d'une fois observé dans les maisons de la noblesse : L'escalier, dit d'honneur, s'ouvrait du côté le plus long et, desservant les deux étages, donnait au rez-de-chaussée sur une cour, laquelle était flanquée, à dextre et à senestre, d'écuries, et close sur la rue par un haut mur percé d'une porte cochère. C'est par là que nous étions entrés et c'est par là que nous ne pouvions saillir, les lieux grouillant d'Espagnols. En revanche, il n'y en avait point, pour garder la petite tour d'angle où j'étais, laquelle donnait sur une ruelle derrière la maison et devait, j'imagine, être de quelque commodité, soit pour recevoir un visiteur à la discrétion, soit pour s'échapper soi-même à la dérobée. Mais quant à tenter l'exit par ce petit viret, il fallait, de toute évidence, en commander la clé.

Je butais toujours là-dessus et j'y butais si bien que je me mis à remonter les marches, pensif et marmiteux, jusqu'à ma geôle et m'arrêtant, comme maugré moi, à la cage de mon rossignol, au premier étage, l'idée me vint d'essayer ma clé sur sa serrure, laquelle, à ma très grande béance, elle déverrouilla sans peine. Et pourquoi fus-je si béant, je ne sais, car il y avait une sorte de logique d'avoir la même clé pour le premier et deuxième étage et une clé différente pour la porte qui donnait sur la ruelle, celle-ci étant la plus conséquente des trois, puisqu'elle ouvrait sur la liberté.

Lecteur, je ne te veux point cacher que, tout vaillant que je croie être, je balançai à pénétrer en cet étage. C'est là, me disais-je, jeter ma vie bien au hasard et bien inutilement, car ce n'est pas par là que je pourrai saillir hors. En revanche, si j'encontre le Saint-Paul dans ses appartements privés, il aura les meilleures raisons du monde de me dépêcher. Eh bien donc ! me dis-je, n'y entre point !

A cet instant, j'ouïs, s'élevant à deux pas de moi, viole, luth et chant de nouveau et compris à ce charmant concert qu'il s'était interrompu à l'arrivée de Saint-Paul, épiée dans la cour par une des chambrières, et qu'il reprenait, une fois qu'on était bien sûr de son départir. Ce qui me donnait à penser que le guillaume ne goûtait guère le divertissement qui me charmait.

Qu'elle fût fondée ou non, cette intuition me décida. Belle lectrice, vous voudrez bien me concéder qu'à tout le moins, je m'étais donné une bonne raison pour agir comme j'avais appétit à faire... Je poussai donc ladite porte et, de l'intérieur la reverrouillant, je tournai la clé, me serrant moi-même en prison. Mais il y a geôle et geôle, et celle-là me convenait mieux que mon deuxième étage et d'autant que les liens de parenté que je me flattais d'avoir avec Mme de Saint-Paul la pouvaient adoucir davantage.

Comme disent les capitaines, je marchais « le petit pas » le long d'un passage fort obscur, craignant à tout instant de me trouver nez à nez avec un grand rustaud de laquais vaquant à son office. Et en l'impossibilité où je serais d'expliquer ma présence là, je me demandais, vramy, ce que je pourrais faire. Daguer le pauvre manant me paraissait impiteux. Me colleter avec lui, pis encore.

La pensée toute pleine de cette possible encontre, j'ouïs quelque noise devant moi, et me jetai dans la première pièce venue, qui se trouva être une chambrette fort claire, et la clarté me faisant parpaléger, je ne vis pas de prime, mais je vis fort bien ensuite, une jeune chambrière qui me tournait le dos et qui, à demi vêtue, se lavait la face dans une petite bassine.

Je fermai l'huis sur moi et au bruit que le verrou fit, la mignote jeta un œil sur un bout de miroir devant elle et m'apercevant, sa bouche, de peur et de stupeur, s'arrondit en un O parfait. Je craignis qu'elle huchât et fus sur elle en un battement de cil, lui clouis les lèvres de ma main, et comme elle se débattait avec une vigueur que je n'eusse pas attendue d'elle, si bien membrée qu'elle fût, je finis, pour en venir à bout, par la jeter à la renverse sur la coite et me jetai moi-même sur elle, afin qu'elle se tînt quiète.

— Mamie, lui soufflai-je à l'oreille, je ne te veux point de mal. Je suis un des deux gentilshommes que M. de Saint-Paul a serrés cette matine au deuxième étage, et si tu appelles, il y va de ma vie.

Quoi disant, pour protester plus outre de mes intentions pacifiques, je lui piquai quelques petits poutounes dans le cou et derrière l'oreille. Et sentant qu'en effet, elle mollissait sous moi, je crus que je pourrais avantageusement remplacer par mes lèvres la main qui fermait sa bouche. Ce que je fis, et y trouvai merveille, car le baiser ne fut pas plus tôt donné que rendu, et bel et bien rendu, en même temps qu'elle serrait ses robustes bras rouges autour de ma taille, comme si trouvant à la parfin quelque agrément dans le poids de mon corps, elle eût aspiré à l'accroître. Entendant alors que le traité de paix entre nous était par là signé, je me sentis si content de cette rapide conclusion — surtout venant après des négociations si courtes — que je remis la parladure à plus tard. Et la bonne volonté s'avérant égale des deux parts, je scellai incontinent notre alliance, comme le lieu, l'heure, le verrou tiré, sa vêture, et nos communes dispositions nous y invitaient. Toutefois, la voyant si jeune et d'humeur si ployable, je m'arrangeai pour que nos transports n'eussent point pour elle de suite, ce dont elle me mercia ensuite quand, nos tumultes apaisés, la parole nous revint.

— Monsieur, poursuivit-elle, sa jolie tête posée sur mon épaule comme un enfantelet, j'aurais honte et vergogne que vous m'apensiez fille si facile qu'elle baille son devant au premier venu. Je suis bonne et honnête garce, et si pucelle ne suis, c'est que ces choses-là, dans mon village, se font par surprise, et quasiment sans y penser. Et quant à moi, seulement une fois, tant est que par bonheur, et la Benoîte Vierge aussi me protégeant, je ne suis pas tombée grosse.

— Quoi ? Une fois ? Une fois seulement ? Et pourquoi le maraud n'a-t-il pas recommencé, ta face étant si fraîchelette et ta charnure si bien rondie ?

— Il ne l'a pu, dit-elle, parce que mon père me donna à Mme de Saint-Paul, et le duc est tant jaleux que nous sommes, comme elle, recluses au logis comme nonnettes au couvent, sans un seul laquais, ou valet, ou cocher à notre service, le duc ne tolérant que des femmes autour de la sienne. Ha ! Monsieur ! C'est grande famine de ne point voir une moustache de tout le jour, ou que de loin, et par la fenêtre ! Et, sur l'Evangile, vous êtes le premier homme sur qui, depuis trois mois, j'ai jeté l'œil d'un peu près...

Naïveté à laquelle je ris à gueule bec, encore qu'elle me parût diminuer grandement le mérite de ma conquête.

— Mamie, dis-je en envisageant ses yeux candides avec un attendrissou mêlé de gausserie, je suis très heureux que tu te sois plue à moi. Mais, vrai comme Evangile, tu ne t'es pas baillée au premier venu ! Je suis le marquis de Siorac, allié, par ma mère, aux Caumont du Périgord.

— Aux Caumont ! dit Louison, mais ma maîtresse est née Caumont ! Et Dieu sait si elle parle d'eux, n'ayant que leur nom à la bouche, tant elle se paonne de sa parentèle et n'a que dépris pour le petit estoc de son époux.

— Raison pourquoi tu me vois céans, ma mie, dis-je, maugré le péril que j'y cours. Je cuide que ta maîtresse est quelque peu ma cousine et je te prie de lui aller dire au bec à bec que j'aimerais qu'elle me fasse la grâce de m'entretenir.

— Monsieur le Marquis, dit-elle, son petit visage devenant triste et marmiteux, je ferai comme vous avez dit.

— Tiens donc, Louison, comme tu dis cela ! Et pourquoi cette pauvre mine et ce long nez !

— C'est que, Monsieur, dès que vous aurez vu ma maîtresse, vous ne voudrez plus de moi. Elle est tant belle ! Encore, dit-elle avec un petit revanchement de l'œil, qu'elle ne soit point tant jeune que moi et point du tout tant bénigne.

— Mamie, dis-je en riant, va, va sans tant languir. Et sois bien assurée que je te garderai toujours en très bonne amitié pour l'aimable accueil que tu m'as fait.

Devant que de m'obéir, elle prit soin néanmoins de se vêtir et de se recoiffer avec soin, non sans quelque petite moue contrite, et aussi quelque petit regard en dessous pour voir si les miens s'attachaient à ses charmes. En quoi elle fut tout à trac rassurée, pour ce que je ne la perdais pas de l'œil, aimant à la fureur ces petites mines-là.

La chambrette me parut moins claire et moins gaie, dès qu'elle s'en alla, laissant derrière elle une trace brillante et dans l'air je ne sais quelle douceur. Mais, se peut que cette douceur fût en moi, car ayant rajusté ma vêture et voulant me testonner le cheveu, je me regardai dans le bout de miroir qui pendait au-dessus de la petite bassine, et fus fort surpris de m'y trouver l'air rebiscoulé et gaillard, maugré les périls de l'heure.

Mme de Saint-Paul, qui avait renvoyé ses joueuses de flûte et de viole, me reçut dans un petit cabinet, sans pimplochement aucun, le cheveu ni lavé ni coiffé, et vêtue d'un de ces vêtements que nos dames appellent un « déshabillé », sans doute parce qu'ils ne laissent rien voir, en laissant tout deviner. Mais, à vrai dire, ledit déshabillé était court assez et Mme de Saint-Paul se trouvant très négligemment allongée sur un cancan, elle laissait apercevoir une petite partie de sa gambe et un pied en son entièreté, lequel, ayant laissé échapper sa mule, me parut, à vrai dire, fait au moule, joliment cambré, la peau blanche, et à vue de nez, fort douce. Pour tout dire, il m'émut fort. Et si la politesse m'empêchait de n'avoir d'yeux que pour lui, cependant, de temps en temps, mon regard s'y coulait, attiré à lui comme limaille par aimant.

Ce n'est pas que le reste de la personne ne fût aussi très agréable à contempler, Mme de Saint-Paul ayant de fort beaux cheveux châtain clair, un front blanc et bombé, un nez droit, des lèvres dessinées à ravir, et que vous ne pouviez voir sans qu'elles vous donnassent appétit à les mesurer sur les vôtres. Avec cela, les plus beaux yeux du monde, fort grands, d'un bleu azuréen, bordés de cils noirs, et qui vous regardaient d'une façon bien particulière car, pour vous envisager, Mme de Saint-Paul tournait son cou (qui était long et gracieux) et vous aguignait de côté, le bleu de l'iris remplissant le coin de l'œil. Tant est qu'elle vous tirait ainsi à l'avantage quelques flèches mortelles, comme ces Parthes qui jadis se mettaient de profil sur leurs chevaux pour vous décocher, au départir, leurs traits. Quant à sa charnure et à son embonpoint, je dirais, pour aller au plus court, qu'il n'y avait rien à y reprendre, Mme de Saint-Paul étant parfaite, là encore, de cap à pié. Comme on voit, je reviens toujours à ce pié.

— Monsieur, dit-elle avec une hautesse qui me parut quelque peu contrefeinte, je suis béante qu'avec une clé que vous avez pêchée je ne sais où, vous ayez le front de vous introduire chez moi, et pis encore, sur le prétexte d'être mon parent.

— Madame, dis-je d'un ton modeste et en lui faisant un profond salut, je vous fais toutes mes excusations d'avoir, pressé par mon prédicament, contrevenu aux règles de la courtoisie. Etant venu céans, mon beau-frère et moi, pour voir le duc de Guise, M. de Saint-Paul nous a serrés prisonniers dans l'étage du dessus, d'où j'ai ouï, par une verrière ouverte, la plus céleste des voix. Je me suis alors apensé que c'était celle de Mme de Saint-Paul et apprenant par mon beau-frère, le marquis de Quéribus, que vous étiez née Caumont du Périgord, et ma mère étant née Isabelle de Caumont, j'ai cru...

— Et vous avez eu tort de croire, me coupa-t-elle, la crête haute, car je suis Caumont, assurément, mais non point du Périgord. Et encore que j'aie ouï parler de ceux-là comme étant de bonne maison, nous n'avons en commun avec eux que le nom.

— Ha ! Madame ! dis-je, je suis dans la désolation de renoncer à l'espoir dont je m'étais flatté d'être votre cousin, lequel espoir, étant né dans le même instant où j'ai ouï votre divine voix, a crû immensément à jeter l'œil sur vous ! Mais puisque, poursuivis-je, donnant à mon regard une expression mélancolique, je ne suis rien pour vous qu'un gentilhomme que votre mari a cru bon de serrer chez lui prisonnier, plaise à vous, Madame, de bien vouloir me bailler mon congé.

Ayant dit, et sans attendre de réponse, et feignant d'être quelque peu piqué, je lui fis un grand salut et gagnai la porte.

— Tout doux, cria-t-elle, usant elle-même d'un ton plus doux, si vous êtes, à l'étage au-dessus, le prisonnier de mon mari, vous êtes céans le mien. Et vous ne partirez point que vous ne m'ayez expliqué comment, pour parvenir à moi, vous êtes passé au travers d'une porte à double tour close.

Je lui contai alors ma ratelée sur la façon dont mon valet m'avait procuré la clé qui ouvrait sa porte et la mienne, mais non, hélas, celle qui donnait sur le rez-de-chaussée dans la ruelle. Cependant, tandis que je lui faisais ce récit, elle m'envisageait en sa bien particulière guise, en penchant sa jolie tête de côté et en m'espinchant du coin des yeux, ce qui avait, je gage, pour but, de mettre en valeur la beauté de ses prunelles, et pour effet de donner à son regard je ne sais quoi d'aigu et de dardé qui devait retenir sur eux l'attention de ses admirateurs. Quant à mon propre regard, si fort qu'il fût attiré par le sien, je dois confesser qu'il s'égarait parfois, comme je le dis plus haut : ce qu'elle ne laissa pas d'apercevoir.

— Marquis, dit-elle, quand j'en eus fini sur la question des clés, à quoi elle avait marqué, maugré son petit manège, un très grand intérêt, Marquis, poursuivit-elle en ouvrant tout grand son œil azuréen, que vous êtes donc étrange ! Que regardez-vous là ?

— Pour tout vous dire, Madame, dis-je en m'inclinant, votre pié ! Lequel est le plus friand petit pié de la création !

— Hé ! Monsieur ! Laissez là mon pié ! dit Mme de Saint-Paul avec tout ensemble un œil sourcilleux et une moue ravie.

Par quoi elle me parut exprimer dans le même temps des sentiments contradictoires ; talent que je n'ai jamais vu qu'aux femmes et qui me fait croire à l'infinie subtilité de ce sexe.

— De reste, ajouta-t-elle, peu disposée en dépit de

son dire, à passer à un autre sujet, tout un chacun possède un pié !

— Madame, dis-je, saisissant l'esteuf au bond, il y a pié et pié ! Avant de connaître le vôtre, quand mon regard s'attardait aux beautés d'une dame, je rêvais à sa face, à ses longs cheveux, à son parpal rondi, à son ventre douillet, que sais-je encore ! Mais jusqu'à ce jour d'hui, je ne suis jamais descendu si bas en mon adoration.

— Monsieur, dit-elle en souriant, vous devez plaire auxdites dames : votre langue est si habile !

— Il est de fait, Madame, dis-je d'un ton modeste mais connivent, qu'on ne m'a jamais fait de plainte touchant l'habileté de ma langue.

— Ha ! Monsieur ! cria Mme de Saint-Paul d'un air fort titillé et riant comme une nonnette, c'en est trop ! Vous dépassez les bornes ! Louison, as-tu ouï ?

— Madame, dit Louison, qui debout derrière le cancan de sa maîtresse ne paraissait guère goûter le tour que prenait mon entretien avec elle, j'ai ouï. Et je dois confesser que c'est bien de l'impertinence de la part de Monsieur le Marquis de parler ainsi du pié de Madame, lequel, après tout, n'est qu'un pié, fait pour marcher comme tous les piés ! Rien de plus !

— Paix-là, coquefredouille ! dit Mme de Saint-Paul d'un air fort dépit, tu es une sotte embéguinée et tu n'entends rien à ces choses-là, lesquelles sont bien trop délicates pour ta petite jugeote !

— Madame, dit Louison d'un ton piqué, je ne suis point tant rustaude que Madame veut dire ! J'entends ce que j'entends ! Et je trouve bien de la patience à Madame de souffrir que Monsieur le Marquis, qui n'est même pas son parent, lui conte fleurette sur son pié ! Pourquoi pas aussi sur la gambe ! Et sur le reste, pendant qu'il est en train !

— Niquedouille ! s'écria Mme de Saint-Paul, en rougissant du fait de son ire et de sa vergogne. C'est toi et ton babil que je ne peux souffrir ! Hors d'ici, sotte caillette ! A l'instant ! Et va clabauder dans les communs avec tes pairs !

— Madame, dit Louison en se retirant, mais par degrés, et l'œil aussi respectueux que son ton l'était peu, je demande bien pardon à Madame, mes *pères* étaient bonnes et honnêtes gens qui n'eussent pas permis au premier gautier venu, fût-il gentilhomme, de trop caresser de la langue les abattis de leur fille !

— Pour le coup, c'en est trop ! dit Mme de Saint-Paul qui, avec une émerveillable vivacité, saisit la seule mule qui lui restait et la lança à la volée à la face de sa chambrière, ce qui précipita quelque peu sa retraite, encore que je sois bien assuré que l'huis reclos en un tournemain sur elle, Louison demeura derrière lui pour ouïr plus outre.

J'étais en mon for très ébaudi de cette petite scène qui me rappelait celles qui rebéquaient si souvent l'une contre l'autre ma mère, née Caumont, et sa chambrière Cathau. Et pour cacher le sourire qui, maugré moi, me venait aux lèvres, j'allai ramasser la petite mule rouge et or qui avait chu devant la porte que Louison avait fermée sur soi, et la ramassant, toquai de l'index à la porte, comme par mégarde, pour faire entendre à la bachelette que je savais où se trouvait sa mignonne oreille. Quoi fait, je revins, la mule à la main, vers Mme de Saint-Paul, laquelle, haletante, les deux mains posées sur son parpal houleux, et perdant quasiment son vent et haleine, me dit secouée encore par sa vengeresse ire :

— La peste emporte la pécore ! Ma fé ! Demain, c'est résolu ! Je la renvoie dans la crotte de son village !

— Hé ! Madame, dis-je d'une voix haute assez, je vous supplie de n'en rien faire ! Louison n'a parlé qu'en sa simplicité, sans feintise ni méchantise ! En outre, elle vous aime et n'a pas tari sur vos beautés, quand elle m'a amené jusqu'à vous.

Quoi disant, sous le prétexte de lui rendre sa mule, je m'approchai d'elle au bec à bec, ma moustache effleurant son cou, et je lui dis *sotto voce* — Madame, gardez-vous de la renvoyer ! La garcelette pourrait jaser à M. de Saint-Paul sur ma présence céans et mon entretien avec vous !

Battant alors du cil, soit de l'effroi que lui donnait mon propos, soit de l'émoi que lui baillait la chattemitesse caresse de ma moustache, Mme de Saint-Paul me fit du chef un signe d'assentiment et s'accoisa, silence que je trouvai trop périlleux, notre porte ayant des oreilles, pour le laisser durer plus outre.

— Madame, dis-je, puisque par ma faute vous n'avez plus de chambrière, je vous prie de me laisser m'acquitter de son office et de vous rechausser.

Ce à quoi elle voulut bien de la tête consentir, trop oppressée encore pour retrouver sa voix. Et lecteur, tu peux bien penser que, m'agenouillant devant elle, je pris tout mon temps pour remettre dedans ses mules ses piés, lesquels je mignonnais, baisottais, et pastissais à gueule bec, sous le prétexte, comme je le lui dis, de les réchauffer de leur froidure.

— Les voilà de présent chauds assez ! dit à la parfin Mme de Saint-Paul, qui ne manquait pas d'esprit. Marquis, relevez-vous et prenez place sur cette escabelle, là, devant moi. Et plaise à vous de m'expliquer pourquoi vous voulez jeter tant de choses au hasard en attendant de prendre le large.

— Madame, dis-je, comment souffrir que M. de Saint-Paul nous serre prisonniers en son logis, alors que c'est M. le duc de Guise que nous sommes céans pour voir ?

— Je suis bien prisonnière, moi ! dit Mme de Saint-Paul avec une moue amère. Et cela depuis le jour où, par mon père contrainte, j'ai marié ce funeste faquin, n'ayant fait, de père en mari, que changer de tyran. Or, de présent, mon père qui fit tout mon malheur est mort. J'ai hérité de sa fortune qui est considérable et je la tiens là, dans ce petit cabinet, dit-elle (désignant de la main un coffre en bois poli orné de cuir noir et de ferrures d'argent). Mais je n'en peux toucher un sol, même pour mon attifure, M. de Saint-Paul s'en réservant l'usance. Tant est que je ne sais pas si c'est de moi ou de ce cabinet qu'il est le plus jaleux, passant, lorsqu'il s'encontre céans à compter mes écus, plus de temps qu'à me mignonner, ce qui n'est, de reste, que petite perte, car le maraud fait tout à la rustaude. Toutefois, me voulant à la parfin, dans mon dégoût et mon désespoir, évader de cette geôle-ci, je tirai un jour avantage du sommeil où l'avait jeté quelque excès de vin pour le fouiller et lui rober sa clé, laquelle, à son désommeillou, il chercha en vain, pour ce que je l'avais cousue dans ce petit carreau de satin que vous voyez sur mon cancan. Hélas ! A son départir, je le décousis et essayai la clé sur la petite porte basse qui donne sur le viret. Elle n'allait point !

— Madame, dis-je, le cœur me toquant comme fol à cette nouvelle, il se peut que la raison pour laquelle elle n'allait point sur cette porte-ci, c'est qu'elle allait sur celle qui donne sur la ruelle. Dans ce cas, Madame, poursuivis-je, haletant, il se peut que nous soyons sauvés, moi-même détenant la clé de l'étage et vous celle du rez-de-chaussée.

— Il se peut que *vous* soyez sauvé, Monsieur, dit Mme de Saint-Paul, froidureusement assez, mais pour moi j'ai réfléchi que ce serait folie de fuir sans ce petit cabinet qui contient tout mon bien. Et comment le peux-je emporter sans mon carrosse et mes chevaux que gardent dans nos écuries les arquebusiers espagnols ? Et à supposer même que je réussisse à saillir des murs, en cette coche, qui sera le cocher ? Comment atteindre Paris sans une forte escorte ? Comment me défendre contre les troupes que Saint-Paul ne faillira pas de lancer à ma poursuite ?

J'entendis bien à ces désespérées paroles qu'il serait pour le moins malgracieux de quérir tout de gob de Mme de Saint-Paul qu'elle me remît la clé, afin que de pourvoir à mon seul salut. Et après l'avoir envisagée quelques instants en silence, je dis avec gravité :

— Madame, votre mal heur ne me laisse pas impiteux. J'en vois toute l'étendue. Mais de grâce, ouvrez les yeux : les temps changent. M. de Guise est arrivé céans pour recouvrer en Reims une autorité que M. de Saint-Paul avait usurpée, et n'est point décidé du tout à lui laisser reprendre. Tant est que le combat qui s'engage entre eux sera encharné et se peut, pour l'un ou l'autre, mortel. Je vous en ai dit assez, Madame, repris-je à voix basse, pour que vous entendiez de quel parti je suis et à quoi je vais céans, et de toutes mes forces, labourer, si je trouve l'occasion de saillir de cette geôle. Et, Madame, si je ne faillis pas en cette entreprise, je vous fais céans serment sur mon honneur de ne pas connaître de repos avant d'avoir mené à bien votre évasion, que votre mari soit mort ou vif.

— Ha ! Monsieur ! dit Mme de Saint-Paul en se levant avec vivacité et en venant à moi les deux mains tendues, ses yeux azuréens paraissant plus lumineux du grand espoir dont je l'avais nourrie, vous aurez cette clé, et peux-je dire encore que mon instinct ne m'a pas trompée en m'inspirant pour vous, et sur-le-champ, une amitié dont je sens qu'elle ne pourra que croître...

Quoi disant, elle serra ses mains avec force, disant de par ce serrement et le regard qui l'accompagnait ce que ses paroles laissaient inachevé. Et qu'elle eût désiré par là, son avenir dépendant de lui, roborer le serment que je venais de lui faire en allumant en moi un sentiment encore plus exigeant que celui de l'honneur, le lecteur avisé serait excusable, en sa mondaine sagesse, de l'apenser. Quant à moi, cependant, je m'y refuse. Quand une dame me donne à croire qu'elle se prépare à me chérir, elle fait naître en moi un émeuvement si délicieux que je préfère, plutôt que de l'étouffer au berceau, suspendre, au moins pour quelques jours, le prudent scepticisme que j'ai appris à observer dans le commerce des hommes. Ce n'est pas là aveuglement mais, bien le rebours, clairvoyant ménage de mes émotions. Car il me paraît que je gagne davantage en bonheur par la fiance que par la défiance. J'aurais, à tout le moins, connu cet émerveillable moment où l'amour vous est promis. Et que si un jour le suave regard de la belle s'avère mensonger, et trompeuses ses mains caressantes, il sera bien assez temps, alors, de la décroire et de la désaimer.

3

JE ne sais pourquoi l'on s'apense, parce qu'un homme est un coquin, qu'il doit faire preuve d'une extrême circonspection. Il est constant, bien au rebours, qu'il y a des coquins imprudents, et follement imprudents de par un excès de fiance en soi, laquelle était, chez Saint-Paul, le talon d'Achille, comme bien, de reste, il le montra dans les incrédibles braveries qu'il fit dans la suite au duc de Guise. Pour moi, si j'avais été — ce qu'à Dieu ne plaise — dedans sa peau, je me serais fort alarmé de la disparition de la clef qui fermait la porte du rez-de-chaussée, et même si j'en avais conservé un double, ce qui assurément était le cas, j'eusse fait changer la serrure, ce qu'il ne fit pas, confiant dans ce fait qu'il verrouillait les portes des étages. Il est vrai que l'évasion de Mme de Saint-Paul hors de ses maritales griffes devait lui apparaître, comme à elle-même, tout à plein impossible sans coche, sans cocher, sans chevaux, sans escorte et sans même de prime le pouvoir de se faire ouvrir les portes de la ville.

Quand la clef que m'avait remise Mme de Saint-Paul, ménagée par ma main trémulante, ouvrit sans la moindre noise la porte du rez-de-chaussée, et que, le loquet abaissé, je vis l'huis pivoter sur soi et se déclore sur la ruelle, je le reclouis aussitôt sans mettre le pied hors, et le reverrouillai, et m'appuyant le front contre la porte, à peu que je ne défaillis de la joie qui me saisit. Car, lecteur, non seulement je touchais pour moi-même et mes cinq compagnons à la liberté, du moins dedans les murs de Reims, mais cette liberté, si furieusement désirée au surplus, je l'allais atteindre par l'évasion la plus élégante et, pour Saint-Paul, la plus confondante du siècle, pour la raison qu'il ne pourrait jamais savoir comment nous l'avions réussie. Car si tu veux bien, lecteur, sauter par la pensée les quelques heures qui nous séparaient de la nuit tombante, heure choisie par moi pour sortir de la nasse, tu me verras faire ce que tu eusses fait toi-même, une fois tes compagnons et toi dans le viret, le chapeau fort rabattu sur l'œil et le nez bouché dans les manteaux : clore à double tour la porte de Mme de Saint-Paul, monter à l'étage au-dessus reverrouiller notre porte et laisser dans la serrure la clé, ensuite avec l'autre clé, ouvrir la porte de la rue, et après que nous serons tous six à pas de chat sortis dans la ruelle, reclore l'huis, lui aussi, à double tour, le cœur me battant comme fol, et la tripe immensément réjouie de la béance de Saint-Paul quand, au lendemain, il trouverait les oiseaux envolés, et la cage aussi close que devant, tout exit, par le fait, étant tout à trac impossible, et par le viret verrouillé, et par les fenêtres donnant dans la cour remparée d'Espagnols et par l'escalier d'honneur où ils étaient aussi nombreux que les marches.

Mon père, qui était orfèvre en la matière, assurait que la première qualité d'un homme de guerre était la sagacité; la deuxième, la vaillance; la troisième, la chance. A quoi il ajoutait que lorsqu'on possédait les deux premières, la troisième souvent vous était donnée par surcroît. Je ne saurais ni infirmer ni confirmer ce propos, car, au contraire du baron de Mespech, je n'ai été mêlé qu'à une seule bataille — il est vrai terrible : celle d'Ivry — et point en chef, mais en soldat. Cependant, il est constant qu'en mes missions j'ai encontré, pour peu que je fusse bien avisé, des hasards heureux, et à Reims tout particulièrement. Car, à parler sans voile ni feintise, notre prédicament dans une ville infestée de ligueux et d'Espagnols, s'avérait encore fort précaire et même si nous avions réussi à saillir de notre geôle dorée, nous n'étions pas pour autant sortis de l'héberge, ce que me dit Pissebœuf à l'oreille en oc, et me répéta à l'autre oreille

Quéribus, quand nous nous arrêtâmes pour conciliabuler à l'ombre d'une porte cochère.

— Hé bien ! chuchota d'un air fort picanier mon beau muguet de cour, vous êtes content ! Nous voici hors ! et où allons-nous de là ?

— Mais, dis-je, cela va sans dire : au logis du duc de Guise.

— Et où s'encontre ledit logis ?

— Selon Louison, du côté de l'église cathédrale.

— Voilà, groigna Quéribus, qui est précis autant que l'aune d'un tailleur juif.

— Moussu, dit Pisseboeuf, je me permets de m'apenser qu'il faudrait plutôt retracer nos pas jusqu'à la Porte de ville par où nous sommes entrés, afin que de retrouver langue avec le lieutenant Rousselet, lequel nous pourrait conduire où nous allons.

— Lequel, dis-je, avait promis d'avertir Guise de notre présence céans et, d'évidence, ne l'a pas fait. Adonc, il ne l'a lui-même pas pu. Adonc, on l'en a empêché, se peut en le jetant lui-même en geôle. Adonc, j'opine qu'il ne faut pas aller fourrer le nez à ladite porte, mais tirer vers l'église cathédrale, se mettre sous le porche et attendre de voir passer quelque valet ou laquais aux couleurs des Guise, lequel nous désignera de soi le logis de son maître, soit qu'il s'en aille, soit qu'il y rentre.

— Voilà qui est chié chanté, dit Pisseboeuf.

— En ma conscience, ces brouilleries me tuent ! grommela Quéribus, plus rebéqué et malengroin que jamais, ayant peu de goût, comme j'ai dit déjà, aux peu glorieux hasards des missions secrètes. Et à dire le vrai, si affectionné que je fusse à lui, son déportement rebelute, en ces minutes, m'aggravait fort, autant que me poignait le regret de mon Miroul, toujours si dru et si gaillard dans les dents de l'adversité, et plus riche de ressources que femme grosse, de bedondaine.

— Et à qui, reprit Quéribus d'un air maussade, osera-t-on sans se découvrir quérir le chemin de l'église cathédrale ?

— Mais à moi, Monsieur le Marquis, dit Pisseboeuf. Ayez fiance en mon nez : avant que de tourner huguenot, je fus clerc, et je vous sens et hume le fumet d'une église à une lieue d'où je suis.

Le gasconnant Pissebœuf n'eut pas à humer bien loin pour trouver la cathédrale, celle-ci étant quasiment sous son nez, comme nous nous en aperçûmes en tournant le coin de la rue, le logis de Saint-Paul étant accolé à son cloître. Nous n'eûmes donc que quelques pas à faire pour gagner le portail où, toutefois, notre soudaine advenue fit gronder comme dogues à l'attache une demi-douzaine d'hommes de basse et sanguinaire mine qui s'apensaient être là chez eux.

— Compagnons, dis-je, qu'est cela ? Le porche est-il à vous ? Avez-vous loué la protection des anges et des saints dont je vois ici les statues ? L'ange Gabriel ne sourit-il que pour vous ? Reçûtes-vous quitus de la Benoîte Vierge et d'Elisabeth de rester céans ? Cornedebœuf ! Faut-il en découdre avec vous pour gagner le gîte d'un quart d'heure ? En ce cas, Dieu vous garde ! poursuivis-je en mettant tout soudain à mes poings mes dagues à l'italienne, nous sommes guêpes et piquons si nous sommes taquinés.

En même temps, Pissebœuf, qui avait l'esprit prompt, se déboucha de son manteau, et mettant les deux mains sur les hanches, révéla les deux pistolets qu'il portait, passés à sa ceinture. Poussevent, quoique plus lentement, l'imita. Et quant à Quéribus et ses deux gentilshommes, ils dégainèrent l'épée, ce qui montra le peu d'expérience qu'ils avaient de ces combats rapprochés où ces messieurs de la truanderie excellent, et qui ne sont que feintes, contrefeintes et traîtrises. Ha ! m'apensai-je, prou me défaut ici mon Miroul, et son prodigieux lancer du cotel !

Ces vaunéants, à nous voir si redressés et la crête si haute, groignèrent de plus belle, étant tout aussi chatouilleux sur le chapitre de l'honneur et de la virilité que nos bons gentilshommes, et je crus qu'il faudrait décidément y aller des griffes avec eux et du bec, et se peut, y laisser des plumes. Mais après qu'on fut un moment à se montrer les dents comme dogues de combat, le chef de ces mauvais garçons, une sorte de grand squelette dépenaillé aux cheveux roux, calma sa meute des deux mains, et dit d'une voix traînante :

— Par saint Rémi, Messieurs, on voit bien que vous n'êtes point d'ici, car vous n'oseriez nous disputer ce porche, qui est à nous et à nous seuls, dès les prières de vesprées finies. Mais ayant ce soir mieux à faire qu'à vous tomber sus, nous vous faisons la grâce de remettre à plus tard notre petit chamaillis.

Ayant dit, suivi de ses coquins (dont pas un, à le voir, ne valait la hart pour le pendre) il nous fit de son chapeau troué un petit salut gaussant, et se retira à pas de chat, à reculons, ajoutant *in fine* :

— Messieurs, pour le temps qu'elles vous resteront dedans le ventre, je vous souhaite de bonnes et chaudes tripes.

— Et à toi, dit Pissebœuf, deux esteufs entre tes maigres cuisses, tant que nous ne t'aurons pas escouillé.

Après ces échanges gracieux, (mais les héros de l'*Iliade*, tout grands princes qu'ils fussent, n'étaient pas mieux disants) le rouquin et ses hommes se rencoignèrent dans le porche latéral à notre dextre, nous laissant maîtres et seigneurs du portail central. Je laissai mon Pissebœuf au bord le plus proche d'eux, les pistolets en main et amorcés, afin qu'il prévînt de leur part un assaut par surprise, et je me résignai à une longue et inquiète attente, car plus la nuit tombait, et plus les passants devenaient rares, tant est que je commençais à me dire que l'obscurité faite tout à plein, je ne distinguerais même plus les couleurs de la livrée des Guise, si l'une d'elles venait à apparaître.

Cependant, les truands, dont nous n'étions séparés que par la courbure dextre du mur de notre porche, demeuraient en leur coin si parfaitement cois et quiets que la pensée me vint qu'ils se tenaient, tout comme nous, à l'affût, mais de qui et de quoi, je n'aurais su dire. Cependant, à me ramentevoir leurs mines, je conclus qu'ils étaient aux aguets de quelque riche marchand qu'ils voulaient rober. En quoi, tout à trac, j'errais.

Notre attente dura bien une grosse heure et, la nuit aidant, nous commencions à nous ensommeiller, quand apparut sur la place, à notre main senestre, la lumière trémulante d'une torche, puis la torche elle-même, tenue à bout de bras par un laquais aux couleurs de Guise, lequel, tout courant, éclairait un gentilhomme qui cheminait derrière lui, d'un pas très vif et précipiteux, l'épée nue, suivi de deux soldats, eux-mêmes dégainés. Ce qui me convainquit que les rues de Reims, le soleil couché, n'étaient guère plus sûres que celles de Paris. Je ne vis pas de prime la face du gentilhomme pour ce que la petite brume blanche qui stagnait à cet endroit de la place me la dérobait mais quand il en saillit et dans sa marche rapide se rapprocha de nous, je l'aperçus fort bien et, béant, je reconnus Péricard, non que ce fût très étonnant de le voir là, car ayant fidèlement servi Henri de Guise, il n'était pas pour surprendre qu'il fût devenu le secrétaire de son fils, mais parce que la dernière fois que je l'aperçus, ce fut à Blois, le jour où son maître fut assassiné.

Au même instant que je le reconnus, et fort heureux à l'idée qu'il saurait mieux que quiconque, nous connaissant, nous mener au prince de Joinville, Quéribus, fort réveillé, me glissa à l'oreille, d'une voix elle aussi fort étonnée :

— Mais c'est Péricard !

Il ne put en dire davantage, car du porche latéral, à notre dextre, jaillirent, courant sus audit Péricard, les truands que j'ai dits, précédés de leur chef roux, brandissant un cotel et huchant à gorge rompue :

— Tue, mordieu, tue !

A ces cris, le laquais jeta sa torche à terre et à toutes jambes s'enfuit : en quoi il fut mal inspiré car un des vaunéants, se détachant des autres, le rattrapa et lui coupa la gorge, tandis que Péricard et les deux soldats, courant eux au mur le plus proche, s'y adossaient et fort vaillamment faisaient face.

— Tudieu ! Allons-nous laisser faire ? cria Quéribus, pour une fois plus prompt que moi, et dégainant, il bondit dans le dos des assaillants, suivi par deux de ses gentilshommes, par moi-même, Poussevent et Pissebœuf à qui je criai :

— Pissebœuf, la torche !

Ordre qu'il comprit à mi-mot, pour ce qu'il dépêcha le truand qui avait occis le laquais et ramassa la torche dont il usa à la fois pour nous éclairer et pour assommer et brûler ceux qu'il trouvait devant lui.

Les truands étaient si échauffés à la curée qu'aucun ne consentit à tourner bride quand nous arrivâmes à rescous, et il s'ensuivit un chamaillis traîtreux d'épées, de dagues et de cotels qui dura bien cinq grosses minutes avant qu'on les réduisît, le grand roux étant navré au bras dextre, désarmé et, sur mon commandement, le gros Poussevent s'asseyant sur son ventre pour l'immobiliser, les autres qui morts, qui mourants, et parmi les nôtres, trois blessés : un gentilhomme de Quéribus, et les deux gentilshommes de Péricard, lequel Péricard, dès qu'il nous eut reconnus, se jeta dans nos bras, et nous fit des serments et merciements à l'infini.

Mais j'y coupai court, lui disant à l'oreille que j'aimerais qu'il nous fît entrer chez le duc de Guise par une porte dérobée, ayant quelque raison de me cacher, même en l'hôtel de Guise où, se peut, des espions s'étaient glissés. Il y consentit, et retournant au grand roux qui me paraissait le moins mal en point de la bande, je commandai à Poussevent et Pissebœuf de le faire entrer avec nous, le voulant panser sur l'heure.

— Cap de Diou ! dit Pissebœuf. Le panser ! Moussu, oubliez-vous qu'il nous a souhaité de bonnes et chaudes tripes, tant qu'elles seraient dedans nos ventres ! Mordiou ! J'ai plus appétit à faire prendre l'air aux siennes qu'à le panser !

— Paix-là, Pissebœuf ! dis-je, c'est moi qui le vais panser, et tout de gob. Et sache que sa vie, de présent, est aussi précieuse que la tienne.

Le truand, qui à ce que j'appris, de prime, s'appelait Malevault, ouït ce dialogue sans battre un cil ni marquer le moindre émeuvement, s'étant sans doute par point d'honneur résolu à garder la face imperscrutable jusqu'au dernier supplice.

Cependant, quand il m'eut vu retiré avec lui dans une petite salle, le seul Pissebœuf étant présent, occupé à nettoyer ses plaies avec de l'esprit de vin et le panser dans les règles, il dit d'une voix rauque et basse :

— Monsieur, qu'avez-vous affaire à me curer si bien, me devant envoyer tout botté au gibet ?

— Babillebahou ! dis-je. Qui a parlé de gibet ? Si après le combat, j'encontre à terre une épée, vais-je la briser pour la punir d'avoir servi à mon ennemi, ou en user moi-même si je la trouve bien à ma main ?

— Je crois entendre, dit le Malevault avec un petit brillement dans son œil vert, que vous avez espoir de m'employer à votre usance.

— Oui-dà.

— Et comment ?

— En vous posant questions.

— Nous y voilà ! dit Malevault, la lèvre amère. Et mes réponses m'enverront au gibet.

— Nenni. Elles te vaudront la vie. C'est juré sur mon honneur. Que Pisseboeuf, ici présent, m'en soit témoin.

— Celui-là, dit Malevault avec un fin sourire, et en inclinant sa tête rouquine sur son épaule décharnée, tout soldat qu'il est, à ouïr son langage, il pourrait être des nôtres.

— Nous avons tous eu nos péchés et jeunesses ! dit Pisseboeuf avec un contrefeint soupir. Mais tu peux avoir fiance en ce gentilhomme, compain : un serment de lui vaut cent écus.

— Ecus dont il sera question aussi, dis-je, si je te trouve à ma main.

— Voyons donc ces questions, dit Malevault, la paupière à demi baissée sur son œil.

— Savais-tu qui était l'homme que tu avais reçu mission de dépêcher ?

— Nenni, dit Malevault. Mais on me l'avait montré hier matin à messe et on m'avait dit l'endroit où je l'encontrerais ce jour à la nuitée.

— Quel est le nom de ce « on » ?

— Je ne sais, dit Malevault.

— Je ne sais, dis-je en envisageant Pisseboeuf d'un œil connivent, si cette épée-là va bien se trouver à ma main.

— En revanche, dit Malevault promptement, je vous peux décrire le guillaume.

— Voilà qui est mieux. Je t'ois.

— Il est de taille moyenne, mais carré assez de l'épaule, le nez camus, pas plus de lèvres que moi, et une grosse moustache noire qui retombe sur les coins de sa bouche.

— Cap de Diou ! s'écria Pisseboeuf, mais je lui fis signe de mettre ledit bœuf sur sa langue, ayant à la description reconnu, comme lui, Bahuet, le *Seize* qui avait proditoirement occupé ma maison de Paris, et qui, forcé de s'exiler à l'entrée du roi en sa capitale, avait attenté d'emporter mes meubles avec lui à Reims.

— Malevault, repris-je, sais-tu quand est advenu ce quidam à Reims ?

— Fin mars, de Paris, dont il a l'accent. Et avec une bande de truands que nous avons dû expédier.

— Et pourquoi cela ?

— Nous n'avons pas le même saint patron, dit le Malevault d'un air pieux. Ceux de Paris honorent sainte Geneviève. Et nous de Reims vénérons saint Rémi. En outre, le négoce est rare et nous n'aimons pas d'autres chiens près de nos écuelles.

— Mais le guillaume que tu dis ?

— Il ne nous portait pas ombrage, n'étant pas poisson des mêmes eaux.

— Qu'entends-tu par là ?

— Je l'ai vu dans la suite du baron de La Tour.

— Cap de Diou ! s'écria Pissebœuf, à qui derechef je fis signe de s'accoiser, lui disant à haute voix d'aller quérir Péricard, lequel, si tôt qu'il fut là, je prévins en latin de n'avoir l'air de s'étonner de rien de ce que Malevault, sur mon ordre, allait lui répéter. Toutefois, le pauvre Péricard ne put se retenir de pâlir, en particulier quand le nom de La Tour fut prononcé, je dirai plus loin pourquoi.

Ce Péricard, qui, ayant si fidèlement servi le père, servait maintenant le fils, était un homme grand, bien fait, fort beau de face, quoique le poil grison, courtois en ses manières, et au surplus, homme de beaucoup d'esprit, d'adresse et de manège, très peu attaché à la Ligue, prou dévoué à la maison des Guise, laquelle, pour sauver du désastre, il eût voulu, comme Mme de Guise, accommoder au roi. Raison pourquoi, j'imagine, M. de Saint-Paul avait ce jour attenté son assassination par le moyen d'une chaîne scélérate dont le premier maillon s'appelait La Tour, le deuxième Bahuet, le troisième, Malevault.

Ledit Malevault, dès que Péricard fut parti instruire le prince de Joinville du qu'est-ce et du comment de la chose, et demander pour moi un entretien au bec à bec, me dit de sa voix rauque et basse, et souriant d'un seul côté de la bouche :

— Se pourrait bien que j'aie mis le pied dans tout un nid de frelons. Mais que suis-je, moi, Monsieur mon maître ? Une épée. Laquelle a fait de son mieux pour se mettre à votre main. Adonc suis-je libre ?

— Espère un peu. Le gautier qui t'a commandé d'expédier ce gentilhomme t'a-t-il tout de gob payé ?

— Que nenni. La moitié à la commande. La moitié après l'exécution.

— Tu perds donc cette moitié-là.

— Oui-dà. Cinquante écus.

— C'est grosse perte.

— Sans compter la navrure de mon bras dextre, dit Malevault avec un mince sourire, mais par bonne chance je suis gaucher.

— Quand vois-tu le gautier ?

— Ce matin à six heures en l'église Saint-Rémi.

— Se peut, dis-je, qu'il ne vienne pas seul.

— Se peut que moi non plus, dit Malevault, sa lourde paupière voilant à demi son œil.

— Se peut que son pistolet soit plus prompt que ton cotel.

— Se peut, dit Malevault sans battre un cil.

— Je n'aimerais pas cela, dis-je. Je plains les dépenses que fait le baron de La Tour pour les hommes de sa suite. Ce gautier que tu dis doit lui coûter fort cher.

— Il lui en coûtera moins si vous m'y encouragez, dit Malevault avec un petit brillement de l'œil.

— A quelle aune ?

— Cinquante écus.

— Vingt-cinq : si ton cotel siffle dans l'air avant sa balle, ses armes te feront une belle picorée.

— C'est bien pensé.

— Tope donc !

Incontinent, je jetai mon escarcelle à Pissebœuf qui compta à Malevault vingt-cinq écus. Après quoi, j'allai ouvrir moi-même au truand la porte dérobée pour qu'il saillît hors.

— Eh bien, Pissebœuf, dis-je quand je revins. Le fera-t-il ?

— Assurément. Ces mauvais garçons ont leur point d'honneur. Et Moussu, n'est-ce pas calamiteuse coïncidence que nous retrouvions céans ce Bahuet ?

— Mais point du tout. Où pouvait-il aller, quittant Paris ? Chez Mayenne ? Mais Mayenne déteste les *Seize* et en a pendu quatre ou cinq pour l'exécution du président Brisson. Nenni, Nenni ! Bahuet ne se pouvait réfugier que chez le plus espagnol des archiligueux. *Asinus asinum fricat* (1).

— Paix à son âme, dit Pissebœuf, puisqu'elle est pour perdre son corps. Toutefois Moussu, je m'étonne que vous, Marquis de Siorac, qui êtes plus humain, bénin et chrétien que pas un fils de bonne mère en France, vous commandiez son assassination !

— Hélas, Pissebœuf, dis-je, encore que ma conscience là-dessus me poigne prou, je vois bien qu'il faut en passer par là.

Et à vous, belle lectrice, qui lisez les présents mémoires je voudrais vous dire le pourquoi de ma décision, afin que vous ne perdiez pas la bonne opinion que je voudrais que vous ayez de moi. Comme vous savez, je n'appète pas au sang, et encore que ce Bahuet soit un franc scélérat, je n'eusse pas levé le petit doigt pour l'envoyer à la mort sans des considérations qui tenaient à l'intérêt de l'Etat. Plaise à vous, belle lectrice, de m'excuser de me répéter, mais Paris prise, le royaume n'était pas revenu de soi à Henri Quatrième. Faillaient, entre autres, des pièces maîtresses : les provinces du Nord et de l'Est, lesquelles la prétendue Sainte Ligue occupait et par elle pouvait appeler en France à volonté l'Espagnol des Flandres. Laon et Reims se trouvaient donc être les boulevards qui pouvaient mener l'étranger derechef devant Paris. Raison pourquoi le roi assiégeait Laon, et se voulait accommoder au duc de Guise en Reims : gros morceau où se cachait un os peu machellable : Saint-Paul, lequel nous eût, Quéribus et moi, tout dret occis, s'il avait été sûr que nous fussions envoyés par le roi pour engager cette négociation. Mais nourrissant là-dessus malgré tout quelque doutance, et si arrogant qu'il fût, hésitant à tuer un cousin du duc de Guise, il avait imaginé de faire dépêcher Péricard, lequel, de tous les serviteurs du prince de Joinville, avait seul assez

(1) L'âne frotte l'âne. (Lat.) Le semblable recherche le semblable.

d'esprit pour mener à bien un accommodement entre Henri Quatrième et la maison de Guise. Ne pouvant frapper en amont il avait frappé en aval, dans l'espoir d'intimider le duc. Il était donc de la plus grande conséquence de le contr'intimider en expédiant Bahuet, et puisqu'il avait engagé le fer, de lui en donner tout de gob quelques pouces, en faisant occire l'avant-dernier maillon de sa chaîne scélérate par le dernier.

Ayant dit à Péricard que je voulais parler au duc bec à bec, il parut surpris de me voir prendre avec moi Pissebœuf quand il me vint chercher pour cet entretien, mais sans en montrer le moindrement d'humeur, ni question poser. Il m'amena au premier étage du logis dans une chambre richement ornée où je trouvai le jeune prince en ses chausses et chemise, l'air furieux et l'épée à la main, en train de larder de coups une sorte de mannequin, lequel était attaché par les pieds au parquet et par le cou au plafond par une cordelette.

Cette exercitation me parut si étrange et si peu profitable à l'art de l'escrime — le mannequin qui laissait échapper du crin par ses navrures, ne pouvant ni branler, ni parer les coups, ni riposter — que je m'arrêtai, béant, sur le seuil de la pièce et considérai longuement le duc, lequel était si encharné à sa folle besogne qu'il ne m'aperçut pas.

Il n'avait pas, à dire le vrai, grande allure, n'ayant hérité de son père ni la haute taille, ni la beauté, ni la féline grâce, étant petit, estéquit et gauche, la face ni belle ni laide, et encore que sa grand-mère Nemours eût fort exagéré en l'appelant un « morveux sans nez », il faut bien avouer que son nez était fort bref et donnait à sa physionomie un air infantin, auquel concouraient encore l'œil bleu lavande et un certain air de simplicité naïve qu'il tenait de sa mère.

— Qu'est-ce donc que ce mannequin? dis-je à l'oreille de Péricard qui se tenait à mon côté, n'osant interrompre son maître en ses emportements.

— Je ne sais, mais je gage qu'en son esprit, c'est Saint-Paul, dit Péricard *sotto voce,* mais si bas qu'il eût parlé, le nom de Saint-Paul dut frapper l'ouïe du prince de Joinville, car il se retourna, nous vit, et jetant son épée sur sa coite, il s'aquiéta tout soudain, vint à moi, les mains tendues, et avec une amabilité et une simplicité des plus touchantes (lesquelles me ramenturent sa mère) me fit des merciements à l'infini pour avoir volé avec les miens au secours de son secrétaire. Quéribus, ajouta-t-il, était à sa toilette et nous ne le reverrions qu'au souper, tant est qu'il me pouvait de présent consacrer son oreille, ayant su de son cousin que je lui apportai de sa mère, et une lettre missive, et un message oral.

— Pour la lettre, Monseigneur, dis-je, plaise à vous d'être quelque peu patient, pour ce que mon arquebusier, Pissebœuf, l'a dû cacher sur soi, pour échapper à la fouille, et la doit de présent décacher.

Quoi oyant, mon Pissebœuf, après avoir salué le prince jusqu'à terre s'assit sans façon sur une escabelle, se retira du pied la botte dextre, et y enfonça la main, en retira de prime une semelle de liège, ensuite une semelle de feutre, et enfin la lettre missive, laquelle il me tendit ; laquelle je remis à Péricard ; laquelle, s'étant génuflexé, Péricard tendit au prince ; laquelle le prince rendit aussitôt à Péricard en disant :

— Tudieu ! Elle pue ! Lisez-la, Péricard !

Péricard, qui aimait prou les dames, mais n'avait jamais reçu d'elles billet ainsi parfumé, la déplia du bout des doigts et la tenant le plus loin qu'il put de son nez, il lut :

Monsieur mon fils,

Le porteur de cette lettre est un gentilhomme qui m'envitailla pendant le siège de Paris et sans qui, assurément, je serais morte de verte faim. Il vous dira les traverses et les embarras où je suis quant à notre maison, lesquels me font des soucis à mes ongles ronger. De grâce, oyez-le bien. Il a toute ma fiance, et ne vous dira rien que je ne vous eusse dit moi-même si les fatigues d'une chevauchée jusqu'à Reims n'avaient été trop grandes pour mon petit corps. Charles, aimez-moi comme je vous aime, et songez, tant qu'il est temps encore, à redresser la fortune de notre maison. Le ciel vous garde !

Catherine, Duchesse de Guise

Le prince eut tout soudain la larme au bord du cil en oyant ces mots, et avec une impétuosité et une condescension qui ne laissèrent pas de me flatter, il tira à moi et me donnant une forte brassée, me dit :

— Ha, Siorac ! Toujours je me ramentevrai les peines et les périls auxquels vous vous êtes mis pour servir ma mère et ma maison, et d'autant que je n'ignore pas que vous êtes fidèle au roi.

— C'est que, Monseigneur, dis-je, entrant dans le vif aussitôt, il n'y a pas contradiction, et bien ainsi l'entend Madame votre mère qui désire que vous fassiez incontinent votre paix avec Sa Majesté. C'est là l'alpha et l'omega du message que je dois de sa part vous délivrer.

— Mais je ne désire rien davantage ! s'écria le duc en marchant qui-cy qui-là dans la pièce à petits pas rapides, et s'arrêtant tout soudain, il se tourna vers moi et élevant sa main dextre, il s'écria d'une voix forte :

— Toutefois, il y faut des conditions !

— Monseigneur, dis-je en lui faisant un salut, s'il est vrai que je sois céans avec l'aveu de mon maître, toutefois je ne suis point du tout habilité à débattre des conditions d'un accommodement entre Sa Majesté et vous-même.

— Dites-les-lui cependant, Péricard ! dit le duc avec une infantine impatience.

Péricard, qui avait de prime bien mieux entendu que son maître les limites de ma mission, me marqua par un bref regard combien il trouvait le débat hors propos, puis s'inclinant devant le duc, il dit d'une voix neutre et la face imperscrutable :

— Monseigneur le duc de Guise entend être maintenu, comme son père, dans le governorat de la Champagne. Il désire être comme son père avant lui, grand maître de la maison du roi. Il désire recevoir les bénéfices de son oncle, feu le cardinal de Guise, en particulier ceux afférant à l'archevêché de Reims. Il voudrait, enfin, que le roi paye ses dettes, lesquelles se montent à quatre cent mille écus.

Si l'on excepte la dernière, ces demandes me parurent si excessives, et pour mieux dire, si exorbitantes de raison et de sens commun, que je décidai incontinent de ne pas opinioner sur elles.

— Monseigneur, dis-je avec un salut, je répéterai ces conditions au roi et je ne doute pas que vos envoyés pourront, le moment venu, en discuter avec les siens. De présent, il vous faut parer au plus pressé, et vous remettre sans perdre une heure en votre governorat de Reims que M. de Saint-Paul vous robe sous votre nez.

J'eus tort de parler de nez, car le duc porta aussitôt la main d'un air fort vergogné au sien, lequel, à bien le considérer, était véritablement une ellipse de nez dont il paraissait souffrir prou, tant on l'avait brocardé là-dessus et jusqu'au sein de sa famille.

— Et en mon opinion, Monseigneur, poursuivis-je en toute hâteté, il y faudra des résolutions immédiates, cette nuit même : vous rendre maître de la Porte Ouest, laquelle est gardée par la milice bourgeoise, et faire rentrer dedans les murs notre escorte, laquelle étant forte de quarante hommes, fortifiera d'autant votre suite. Rechercher ensuite le lieutenant Rousselet que M. de Saint-Paul a fait serrer quelque part en geôle pour l'empêcher de vous prévenir de notre présence dedans les murs, et le libérer. Enfin, exiger de M. de Saint-Paul qu'il fasse saillir la garnison espagnole de la Porte-Mars pour la raison que vous ne serez jamais le maître ni de la ville ni de Saint-Paul tant qu'elle sera là.

— Mais je l'ai fait ! s'écria le duc de Guise avec un renouveau de sa fureur. Ce matin même ! Au jeu de paume ! En jouant avec lui ! Le voyant de bonne humeur, m'ayant gagné dix écus, je lui ai dit : « ma taille — je l'appelle " ma taille " pour ce qu'il est de la même hauteur que moi — donne-moi ce plaisir et au peuple ce contentement : fais sortir de Reims la garnison espagnole. — Mon maître, me répondit-il aussitôt avec une incrédible hautaineté, ne me parlez point de cela ! Car il ne s'en fera rien. »

« En bref, Siorac, poursuivit le duc, l'œil enflammé, il a osé me rebuter, moi, le duc de Guise ! lui, ce fils de laquais sorti de je ne sais quelles fanges ! Et le jour même, multipliant les écornes à mon endroit, il a attenté de séquestrer un de mes parents et d'occire mon secrétaire.

Là-dessus, au comble de son ire, le duc, avec une émerveillable agilité, et une promptitude de gestes qui me laissa béant, saisit l'épée qu'il avait le moment d'avant jetée sur sa coite et en porta au mannequin un coup terrible qui le transperça de part en part.

— Observe, Péricard, dit le prince en retirant sa lame. Observe, je te prie, quels progrès j'ai faits : De présent je la lui fourre à tous les coups dedans le cœur.

Le prince de Joinville ayant laissé à Péricard et à moi-même le ménagement de notre expédition nocturne, nous convînmes *primo*, les forces ducales montant à une soixantaine d'hommes, que nous n'en prendrions avec nous qu'une moitié, laissant l'autre au logis, avec mission de s'y remparer et de serrer aussitôt prisonnier quiconque — soldat, laquais ou chambrière — attenterait d'en saillir, pour ce qu'il y aurait alors grande suspicion que celui-là serait un espion qui voudrait courre prévenir Saint-Paul de nos mouvements. *Secundo*, que les deux gentilshommes de Quéribus, lesquels étaient navrés, mais point grièvement, seraient gardés ès chambres secrètes, sans autre communication que le barbier-chirurgien qui les pansait. *Tertio*, que Quéribus et moi-même (ceci au grand dol de Quéribus) recevraient des pourpoints de buffle et se mettraient sur le chef des morions, afin que de passer pour de simples officiers du prince. *Quarto* (et pour les mêmes raisons), que Pissebœuf et Poussevent seraient (à leur inexprimable indignation) vêtus aux couleurs de Guise et confondus avec ses gardes.

Le souper expédié, la lune, qui était pleine et brillante et éclairait une nuit froidureuse qui se ressentait fort peu du printemps, nous conduisit sans torche jusqu'à la Porte Ouest, où nous trouvâmes nos vaillantes milices bourgeoises tout à plein ensommeillées, sans qu'un seul homme fût posté en sentinelle sur ses remparts.

— Vramy ! dit le duc en faisant irruption dans le corps de garde ; si le roi avait attaqué cette nuit par la Porte Ouest, il prenait la ville ! Sergent, poursuivit-il en posant sa dague sur la poitrine dudit (le même qui m'avait déclos la porte piétonne à mon advenue à Reims), dis-moi sur ta vie où s'encontre le lieutenant Rousselet.

— Mais céans, Monseigneur, dit le sergent, les lèvres trémulantes. M. de Saint-Paul le tient serré dans la cellule que voilà depuis hier matin, laquelle est close d'un cadenas dont il a emporté la clef.

— Et qui diantre ! cria le duc, vous a retenu de faire sauter ce misérable cadenas d'un coup de masse pour libérer votre lieutenant ?

— Monseigneur, dit le sergent, un homme n'a qu'un cou pour faire passer son vent et haleine, le boire et le manger.

— Lequel cou, dit Péricard, va te faillir incontinent, si tu ne déclos cette porte.

— Monseigneur, dit le sergent au duc de Guise, m'en donnez-vous l'ordre ?

— Oui-dà !

— Sur ma vie ?

— Dois-je te l'ôter pour t'en convaincre ?

— Compères, dit le sergent aux quatre ou cinq hommes des milices qui se trouvaient dans le corps de garde, vous m'êtes témoins que Mgr le duc de Guise m'a donné l'ordre sur ma vie de rompre ce cadenas ? Rabourdin, va quérir une masse !

— Compère, dit Rabourdin, me le commandes-tu sur ma vie ?

— Oui-dà !

— C'est bon ! J'y cours dret !

— Que formalistes sont ces gens ! dit le duc.

— Ou terrorisés, dit Péricard, *sotto voce*. Compagnons, reprit-il en s'adressant aux hommes des milices, qu'a dit M. de Saint-Paul quand il a serré le lieutenant Rousselet en geôle ?

— Des paroles sales et fâcheuses, dit au bout d'un moment l'un des hommes, que nous aurions vergogne à répéter.

— C'est bien pourquoi, dit Péricard, Monsieur le Duc les veut ouïr.

— Monseigneur le Duc nous en donne-t-il l'ordre ?

— Sur ta vie ! dit le duc dont je vis bien qu'en son infantine humeur, il avait envie de rire de ces répétitions.

— Compagnons, vous m'êtes témoins, dit l'homme. Voici donc, Monseigneur, en protestant de mon respect pour vous, et de votre maison, ce qu'a dit le duc du Rethelois.

— Le duc du Rethelois ! dit le prince de Joinville en grinçant des dents.

— Monseigneur, dois-je poursuivre ?

— Oui-dà, sur ta vie !

— M. de Saint-Paul, qui advint céans peu après que M. le Baron de La Tour eut emmené les deux gentilshommes qui se disaient parents de Monsieur le Duc, de prime arrêta le lieutenant Rousselet, disant qu'il fallait que ledit Rousselet fût bien traîtreux pour avoir admis dedans les murs des guillaumes qui n'étaient point connus de la Sainte Ligue, fussent-ils vos parents.

— Poursuis ! dit le duc, l'œil étincelant.

— Il dit ensuite qu'il ne souffrirait pas que les manants et habitants de Reims lui dictassent sa conduite : qu'il savait bien qu'ils poussaient tous les jours ce béjaune de duc de Guise — avec votre pardon, Monseigneur — à quérir de lui le retrait de la garnison étrangère, mais qu'il le noulait du tout, et que si le duc insistait, au lieu de deux cents Espagnols, il en fourrerait deux mille dedans nos murs !...

— Tudieu ! dit le duc en se mettant un poing dans la bouche pour s'empêcher d'en dire plus.

— Voici la masse, Monseigneur, dit Rabourdin en survenant, hors de souffle, mais plaise à vous de commander à un de vos hommes de rompre le cadenas. Je me suis compromis assez en allant quérir la masse.

— Poussevent, dis-je à l'oreille de Péricard.

— Poussevent ! dit Péricard à haute voix.

Et encore que Poussevent ne fût pas tant géantin que le maître-menuisier Tronson, la masse parut plume dans ses mains, et d'un seul coup décadenassa l'huis.

Le pauvre Rousselet saillit de sa cellule, l'œil clignant à la lumière, et fort flageolant sur ses courtes gambes, n'ayant rien bu ni glouti depuis la veille à l'aube. Le duc, qui n'avait pas la tripe impiteuse, voyant ce qu'il en était de sa faiblesse, commanda qu'on lui apportât pain, vin et jambon pour le roborer ; festin sur lequel mon Rousselet tomba comme loup sur agnelle, et reprenant vie à vue d'œil et m'oyant déplorer de ne pouvoir franchir ces murs pour prévenir Miroul, me dit que Saint-Paul, le serrant prisonnier, avait négligé de le fouiller et qu'il avait dans ses chausses la clef de la porte piétonne. J'en rugis de contentement et expédiai incontinent Pissebœuf dire à M. de La Surie de laisser les chevaux et les bagues à la garde de cinq de nos hommes, d'armer le reste en guerre et de nous venir rejoindre dedans les murs, en toute célérité et silence. Ce qu'il accomplit heureusement, le duc se trouvant fort conforté de voir ces aguerris soldats venir à rescous des siens.

On dit qu'un bonheur ne vient jamais seul. Il en est de cette superstition comme de toutes autres : il suffit qu'elle se vérifie une fois pour qu'on y croie toujours : ce que je fais à la minute où j'écris ceci, pour ce que cette nuit-là, à peine nos hommes dans nos murs et Miroul à moi revenu, à notre grand et réciproque contentement, surgit un chevaucheur apportant mot au prince de Joinville que son oncle le duc de Mayenne (lequel était, comme on sait, chef de la Sainte Ligue, mais point tant espagnol qu'il l'avait été) le viendrait visiter le lendemain à Reims avec une forte escorte ; qu'il priait son neveu, dès son advenue, de mettre un terme à l'insufférable hautaineté de Saint-Paul. Ce renfort et cet encouragement mirent le duc en telle juvénile ébullition qu'à peu qu'il ne voulût courre à Saint-Paul au milieu de la nuit pour le mettre à demeure de renvoyer la garnison espagnole. Il ne le fit toutefois, Péricard réussissant à lui passer la bride.

Comme il avait été décidé que les trente hommes de Guise demeureraient avec Rousselet pour le protéger, et que les trente miens se rempareraient dans le logis du duc, je laissai le duc prendre les devants avec Péricard et restai quelques instants avec le lieutenant, lequel, tout mangeant et buvant, me fit des merciements à l'infini pour sa délivrance, sachant bien qu'il ne la devait qu'à moi.

J'affectionnais ce petit Rousselet tout rondelet dont l'œil noisette reprenait son éclat et sa joyeuseté, tandis qu'il machellait ses viandes. Et comme j'étais alors seul à sa table, avec lui trinquant, je lui annonçai bec à bec l'advenue de Mayenne pour que, le disant à ses hommes — lesquels vivaient à ce que j'avais vu, en grande terreur de Saint-Paul — il leur fît reprendre cœur, l'étoile de leur tyranneau pâlissant. Ce que bien il entendit, mais cependant, comme je lui vis faire la lippe au nom de Mayenne, j'entrepris de tâter, à travers lui, le pouls des Rémois, voyant bien que Rousselet était en grande autorité parmi eux.

— Vramy, Monsieur le Marquis, me dit-il à voix basse en jetant un œil aux alentours, vous vous doutez bien de ce que sont apensés les Rémois céans, et qui tient en deux mots : paix et négoce. Nous sommes fatigués de ces curés, qui, plus catholiques que le Primat des Gaules, disent pis que pendre de la conversion du roi, et ne prêchent que sang et massacre. Nous sommes excédés de ces Espagnols et du gautier qui les a chez nous introduits. Pour dire le vrai, nous n'aimons pas davantage les Mayenne et autres Guise dont la turbulence depuis un demi-siècle a causé tous nos maux. Et par-dessus tout, Monsieur le Marquis, nous haïssons cette interminable guerre civile qui nous ruine trestous en nous empêchant de vendre nos laines en Paris. En bref...

Et comme sur ces mots il s'accoisait, je dis en l'interrogeant de l'œil.

— En bref ?

— *Paucis verbis* (1), reprit Rousselet en approchant sa face de la mienne et me parlant à voix très basse, nous n'appétons qu'à une chose : nous donner au roi ; et qu'il nous avantage des immunités et franchises qu'il a baillées à celles des villes ligueuses qui à lui se rendent.

— Eh bien, dis-je sur le même ton, que ne prenez-vous ladite chose en main ? Et que ne dépêchez-vous quelques-uns des vôtres à la Cour, pour prendre langue avec le roi ?

— Avec le roi ! dit Rousselet en haussant ses rondes épaules et en portant au ciel ses yeux noisette, comment oserions-nous ?

— Mais, dis-je tout uniment, en passant par moi qui vous recommanderai à M. de Rosny, lequel vous oirra à doubles oreilles. Mon ami, poursuivis-je en lui

(1) — En peu de mots. (Lat.)

mettant la main sur le bras, je demeure en Paris près du Louvre, rue du Champ Fleuri, et ma porte vous sera déclose au seul bruit de votre nom.

— Je m'en ramentevrai, dit Rousselet, non sans quelque émeuvement.

Après quoi, m'envisageant un instant en silence, son œil tout soudain brilla de gaieté, et sa ronde face fendue d'un sourire, il dit d'un ton gaussant :

— Avouez, Monsieur le Marquis, que le Saint-Paul ne s'est guère trompé en vous serrant en geôle...

— Et vous en cellule ! dis-je en riant.

Là-dessus, me levant pour départir, il se leva aussi pour me marquer quelque respect, mais moi me ramentevant comment se déportait mon maître Henri Quatrième avec les manants et habitants des villes, et de quelle émerveillable simplicité il usait avec eux (se les attachant prou par là) je lui donnai une forte brassée : condescension qui le fit rougir de plaisir et scella notre connivence.

Je n'avais pas voulu que mon Miroul assistât à ce bec à bec, de peur que sa présence ne cousît les lèvres de Rousselet, mais j'étais si content de cet entretien que sur le chemin du retour, je lui en dis ma ratelée, Quéribus avec nous marchant, mais ne m'écoutant que de la moitié d'une oreille.

— Cornedebœuf, Moussu ! me dit Miroul, voilà qui est machiavellien ! Vous venez céans pour aider le petit Guise à se défaire du Saint-Paul, et une fois sur place, vous poussez Rousselet à traiter avec le roi par-dessus la tête du Guise.

— Dans les deux cas, c'est le roi que je sers, dis-je avec un sourire. Je mets pour lui deux fers au feu ; traiter avec Guise ou traiter avec les Rémois.

— Et si Rousselet vient à Paris s'aboucher avec M. de Rosny ?

— Sans pour autant le nommer, je ne faillirai pas à en avertir Guise.

— Cornedebœuf ! Machiavel encore ! Et pourquoi donc ?

— Pour que Guise, craignant que les Rémois ne lui coupent l'herbe sous le pied, rabatte prou de ses demandes au roi.

— Moussu, m'est avis que si fine que soit votre mission, vous raffinez encore sur elle. Pourquoi cela ?

— J'aimerais, Miroul, dis-je contrefeignant un ton léger et gaussant, que le roi me dise, à mon retour, que moi aussi, comme Nevers, j'ai le sens des grands intérêts de l'Etat...

— Monsieur mon frère, dit Quéribus de son air le plus mal engroin, fasse le ciel, dans tous les cas, qu'on en finisse céans au plus vite ! Je n'ai vécu qu'un seul bon moment en cette mission : quand, l'épée au poing, j'ai couru sus aux assassins de Péricard. Pour le reste, je n'entends rien à ces brouilleries et je suis bien étonné que vous y preniez plaisir.

Le duc au logis était jà couché, mais Péricard nous attendait pour boire avec nous la dernière coupe avant de dormir. Laquelle toutefois, M. de La Surie refusa, s'allant tout droit à sa coite. Je tirai avantage de cet instant pour quérir de Péricard quand le prince de Joinville devait le lendemain encontrer le Saint-Paul.

— Après messe, à l'église Saint-Rémi.

— Plaise à vous, Péricard, de me faire désommeiller à six heures et de me bailler un homme qui puisse me guider jusqu'à ladite église. J'aimerais avec quelques-uns des miens aller voir la face des lieux avant ladite encontre. Quand le duc de Mayenne a-t-il dit, dans son message, qu'il serait céans ?

— A la pique du jour. En conséquence, j'ai fait aposter des hommes de place en place sur les remparts avec mission de m'informer incontinent de son advenue.

— Péricard, dis-je gravement, de grâce, veillez à ce que le duc aille à messe très fortement accompagné. Il se pourrait que le Saint-Paul, dont la hardiesse est sans limites, tente quelque action désespérée avant l'arrivée de M. de Mayenne.

— J'y ai songé, dit Péricard.

Je trempai mes lèvres dans la coupe, laquelle contenait un vin léger et pétillant que je ne trouvai pas « des pires », comme eût dit Rabelais, et ce faisant, j'envisageai Péricard. Voilà un homme, m'apensai-je, à qui la nature a quasi tout donné : l'esprit, la sagesse, la prudence, la force du corps, la beauté de la face, tout, hors la bonne fortune d'être né duc; position qu'il occuperait pourtant avec beaucoup plus d'éclat que son maître.

Péricard, qui était la finesse même, dut deviner mon pensement, car tout soudain il me sourit, et moi encouragé par l'amitié de ce sourire, je lui posai, toute imprudente qu'elle fût, la question qui me brûlait le bec.

— Savez-vous pourquoi Mayenne soutient son neveu contre Saint-Paul ? Ce n'est pourtant pas l'intérêt de la Ligue, Saint-Paul étant assurément meilleur ligueux que Guise.

— C'est que, pour M. de Mayenne, dit Péricard, avec un sourire du coin de la bouche, pour le duc de Mayenne... le sang passe avant la Ligue. Il a poignardé de sa main un de ses propres capitaines, pourtant fort vaillant, qui avait eu l'audace de prétendre à la main de sa fille : prétention à ses yeux criminelle. Que penser alors d'un roturier comme Saint-Paul qui a l'audace de vouloir supplanter son neveu ?

— Saint-Paul s'en doute-t-il ?

— Point du tout. Le pouvoir espagnol l'a grisé. Il se prend pour ce qu'il prétend être : le duc du Rethelois.

— Je bois au duc de Guise, dit Quéribus qui jusque-là avait paru s'ensommeiller sur pié.

— Je bois à ses sûretés, dis-je en écho en levant ma coupe, et tout soudain je fus saisi d'un sentiment fort pénétrant d'irraisonnable étrangeté, me ramentevant que cinq ans plus tôt, au château de Blois, caché derrière un rideau, aux côtés d'Henri Troisième, j'avais vu tomber sous les coups des *quarante-cinq* le père du haut seigneur dont je buvais cette nuit la santé en formant pour sa vie menacée les vœux les plus sincères.

L'honnête Péricard en personne vint le lendemain me désommeiller, et je quis de lui, outre le guide promis, deux de ses soldats, lesquels se trouvant, comme Pissebœuf et Poussevent, habillés aux couleurs de Guise, prêteraient quelque vraisemblance à mes matinales déambulations, et d'autant que Miroul et moi étions vêtus de nos pourpoints de buffle, vêture coutumière des capitaines, de quelque parti qu'ils fussent.

— Plaise à vous, me dit Péricard, de laisser une sentinelle devant la mise au tombeau du Christ, laquelle se trouve en l'église Saint-Rémi dans l'absidiole du transept Sud, afin que, si je vous dépêche un messager, il vous trouve sans encombre.

Ce que je fis, ladite mise au tombeau qui s'élève dans un renflement, et que je découvris en battant un briquet, étant un groupe de sept statues grandeur nature entourant le Christ mort qu'on se prépare à envelopper dans un linceul, avant que de le mettre dedans le tombeau sur lequel il gît. Je laissai là Poussevent et Pissebœuf, et Miroul et moi, suivis par nos trois soldats guisards, nous fîmes à pas de chat et quasi à tâtons le tour de l'église, laquelle me parut lugubre et marmiteuse, le jour étant gris, à peine levé et obscurci encore par les vitraux. Tant est que, nous trouvant dans le transept Nord, nous faillîmes donner du pié contre trois ou quatre guillaumes, lesquels, à croupetons, lavaient les dalles avec des brosses et de l'eau. Battant le briquet et voyant que j'avais affaire à des frères convers et étonné de les voir ainsi employés, et en si petit nombre (car il eût bien fallu une centaine d'entre eux pour approprier le sol de l'abbaye), je leur demandai la raison de cet étrange labour : question à laquelle, sans même relever la tête, ils ne répondirent miette.

— Capitaine, dit soudain une voix derrière mon dos, qui servez-vous et que quérez-vous céans ?

Me retournant, je vis alors, se détachant d'un pilier et à moi venant, un moine de haute et majestueuse stature, quoique fort maigre, à en juger par le flottement de sa robe de bure autour de son corps, et dont la présence ne fut pas sans me troubler prou, pour ce que, mon briquet s'éteignant, je ne distinguais pas sa face, tant en raison de la pénombre que de la capuche qui couvrait son chef.

— Mon très révérend père, dis-je avec un profond salut, je suis un des capitaines de Monseigneur le duc de Guise, et ayant ouï qu'il y a eu à l'aube quelque trouble en cette église, je suis céans pour m'en informer.

— Hélas, mon fils ! dit le moine de sa voix grave et profonde. C'est bien pis. Dedans cette vénérable église, assurément la plus vénérable de France puisqu'elle a vu le baptême de Clovis par saint Rémi, s'est perpétrée à la pique du jour une très horrible et très sacrilégieuse assassination. Le sieur Bahuet, secrétaire de M. le Baron de La Tour et comme lui très bon catholique et très fidèle défenseur de la Sainte Ligue, y a trouvé la mort. Ses serviteurs viennent d'emporter son corps et les frères convers que vous voyez là lavent le sang répandu afin que les dalles n'en soient pas imprégnées.

— Ha, mon très révérend père, dis-je, que voilà une piteuse nouvelle ! Et sait-on qui a fait ce méchant coup ?

— D'après ses serviteurs, quelque mauvais garçon à qui le sieur Bahuet avait, en sa chrétienne charité, coutume de bailler l'aumône. Mon fils, peux-je requérir de vous une prière pour ce frère nôtre qui a passé ?

— Mon très révérend père, dis-je (sachant bien ce que parler veut dire), je la ferai du bon du cœur, et plaise à vous d'accepter de moi pour la vôtre cette modeste obole.

— Mon fils, dit le moine en retirant vivement ses mains de ses profondes manches et en tendant vers moi des doigts squelettiques qui, au toucher, me parurent froids comme glace, vous avez dans ce transept Nord une statue du Christ de pitié, piés et mains ès liens, et le chef couronné d'épines. Que si pour le salut du trépassé, vous récitez devant ladite statue trois *Pater,* vous obtiendrez en même temps pour vous trois cents jours d'indulgence. La chose n'est pas sue de tous, et je ne la dis qu'aux très bons catholiques. Vous trouverez cette vénérée statue sur votre main dextre. Pour moi, votre obole me fait un saint devoir de dire ma messe ce jour pour le repos de l'âme du malheureux Bahuet. Je vais m'y préparer. Mon fils, le Ciel vous garde !

Quoi disant, il commanda aux frères convers d'un ton roide assez de ne point tant languir à la tâche, et s'en alla si promptement qu'il me parut se fondre en un battement de cil dans la pénombre de l'abbaye.

— Cornedebœuf ! dit Miroul, à le voir sans face et les mains dans les manches, je l'eusse pris pour un fantôme, s'il n'avait empoché vos pécunes. Moussu, les moines disent-ils la messe ?

— Oui-dà, s'ils suivent les coutumes de Cluny et ont reçu le sacerdoce.

— Moussu, où allez-vous ?

— Je veux voir, Miroul, cette statue du Christ de pitié.

— Moussu, dit Miroul sur un ton de reproche, allez-vous prier devant une idole ?

— Nenni.

Je trouvai la statue, laquelle se trouvait sur un socle, dans un renfoncement en plein cintre et, battant le briquet, je l'envisageai à loisir et la trouvai émouvante assez, le Christ étant représenté comme sans doute il l'avait été en ses dernières heures, maigre et malheureux, et le reflet de sa proche mort déjà sur lui.

— Qu'en dis-tu, Miroul ?

— Il me ramentoit, par l'émaciation de son corps et la mélanconie de sa face, l'abbé athée Cabassus quand on le mena au bûcher...

Cette remembrance, que j'avais crue enfouie en la gibecière de ma mémoire, me revint en son âpreté et me poignit le cœur : les princes des prêtres avaient quis la mort de Jésus, parce qu'ils ne croyaient pas en sa divinité. Et parce qu'il n'y croyait pas non plus, les grands Inquisiteurs avaient brûlé sous nos fenêtres de Montpellier l'abbé athée Cabassus. Les bourreaux avaient changé de camp, mais c'était la même folie.

Je tournai les talons et Miroul marchant à mes côtés, pareillement rêveux et songeard, je regagnai le transept Sud où Pissebœuf, dès qu'il m'aperçut, me dit :

— Moussu, un messager de M. Péricard vous cherche dans le déambulatoire par où je vous avais vu partir. Mais il n'est que d'espérer. Ne vous trouvant pas, il doit céans en revenir.

Je m'adossai alors, non loin d'eux à un pilier, et fermant les yeux, je fis une prière en mon for, pour quérir le pardon de Dieu pour la part non petite que j'avais prise en la meurtrerie du Bahuet, regrettant que le bien du royaume m'eût imposé ce dessein. Cependant, mon oraison finie, mon oreille s'ouvrit aux propos que Pissebœuf et Poussevent échangeaient à voix basse en oc devant la mise au tombeau du Christ, ces deux bons huguenots étant aussi paillards que le premier papiste venu, et de surcroît ne nourrissant aucun respect pour les « idoles » de marbre des églises catholiques, se peut même ayant été de ces malheureux réformés qui, au cours de nos guerres civiles, s'étaient livrés ès lesdites églises à une bien funeste iconoclastie : sacrilège en mon opinion, non point tant à l'égard de la Sainte Famille — laquelle a l'éternité pour Elle — mais à l'égard de l'art périssable du statuaire et du peintre.

Il faut dire que ce groupe de statues entourant le Christ gisant était d'autant plus vivant qu'il se dressait en grandeur nature dans cette absidiole, vêtu de nos contemporaines vêtures et placé, non point sur quelque socle qui l'eût surélevé, mais de plain-pied avec les fidèles et sans aucune grille ou barrière qui le séparât d'eux. Tant est qu'on le pouvait approcher et palper. Trois de ces personnages étaient des hommes, deux qui étaient vieils et maigrelets, se préparant à envelopper Jésus dans son suaire, et le troisième, jeune et beau, soutenant par-derrière Marie, laquelle, étant penchée douloureusement sur le divin fils, dérobait sa face sous ses voiles. Aussi bien n'était-ce pas à ceux-ci que s'intéressaient Pissebœuf et Poussevent, mais à trois femmes qui étaient mêlées à ce groupe et dont la corporelle enveloppe, du moins telle que le statuaire l'avait fait saillir du marbre par son ciseau, ne faillait ni en grâce ni en élégance.

— Et qui c'est, cette drola, disait Poussevent, laquelle s'encontre à la dextre de Marie, et qui porte au bras senestre de tant beaux bracelets ?

— M'est avis que c'est Elisabeth, dit Pissebœuf, qui ayant été clerc, se piquait de saint savoir.

— Et qui c'est cette Elisabeth ?

— La cousine de Marie.

— Elle a belle face, dit Poussevent, mais sévère.

— Tu ne voudrais pas qu'elle s'ébaudisse, voyant ce qu'elle voit ?

— Quand même ! Elle me plaît moins que la commère, à la dextre de Marie, la celle qui a des tétins comme des melons, un gros ventre bien rondelet, et un gros nœud sur le cas.

— M'est avis que celle-là, c'est Anne, la mère de Marie.

— Sa mère ! dit Poussevent qui pour une fois se rebéqua contre l'infaillibilité de Pissebœuf. Sa mère, compain ! As-tu vu sa face fraîchelette ?

— Les saintes ne vieillissent pas, dit Pissebœuf avec autorité. C'est là le bon d'être une sainte. A-t-on jamais représenté Marie autrement que jeune et belle, alors qu'à la mort de son fils elle avait près de cinquante années ?

— Quand même ! dit Poussevent. Si Anne il y a, elle est bien accorte, vu son âge. Mais la mignote à sa senestre, cap de Diou ! Que voilà un friand morceau !

— Celle-là, dit Pissebœuf, à voir la petite coupe de parfum en sa main dont elle asperge Jésus, doit être Marie-Madeleine, la folieuse.

— Une folieuse ! dit Poussevent. Une folieuse céans ! Que dévergognés sont ces papistes de placer en leur temple une garce qui vendait son devant ès étuves ! Et d'autant que son corps de cotte est décolleté si bas qu'il montre la moitié de son mignon tétin !

Ce disant, il battit son briquet, et avançant la flamme, envisagea à loisir l'objet de son indignation, et ne put qu'il n'avançât, quoique hésitante et trémulante, la main pour en acertainer le contour.

— Fi donc, Poussevent ! dit Pissebœuf, me voyant jeter un œil de leur côté. Même papiste, un temple est un temple, Mordiou ! Et c'est le profaner que d'y nourrir un pensement paillard !

— Et davantage encore d'y jurer le saint nom de Dieu, même en oc ! dit M. de La Surie avec le ton et quasiment la voix qu'eût pris le pauvre Sauveterre pour gourmander nos gens.

— Holà ! Quelqu'un vient ! dit Poussevent.

C'était le messager de Péricard, lequel, m'accostant, me remit un billet de son maître, en me priant à l'oreille de le détruire dès que je l'aurais lu. Je le dépliai, mais dus battre le briquet pour en distinguer le contenu.

Monsieur le Marquis,

M. de Mayenne est advenu peu après votre départir avec cent cinquante hommes, lesquels sont de présent dedans nos murs. Toutefois, on nous a rapporté que Saint-Paul, hier soir, avait prononcé des paroles fort hautaines sur les demandes de M. de Guise et qu'il avait commandé à toutes ses troupes de gens de guerre, notamment à celles de Mézières, où il a fait ériger une forte citadelle, de s'acheminer vers Reims, désirant les y faire entrer sur l'après-dîner, afin que de tenir la bride au col, et aux Rémois, et à M. de Guise.

M. de Guise est donc résolu d'agir sans délayer plus outre. Et M. de Mayenne voulant ouïr la messe ce matin à l'abbaye de Saint-Pierre-les-Dames dont l'abbesse, Mme Renée de Lorraine, est sa tante, c'est donc là que le duc de Guise doit renouveler ses demandes à Saint-Paul, après messe, en le raccompagnant à son logis du cloître Notre-Dame. De grâce, soyez-y. Votre humble et dévoué serviteur.

Péricard.

Ayant lu, je tendis le billet à M. de La Surie, mais sans le lâcher, pour qu'il le lût aussi à la flamme de mon briquet, et dès qu'il eut fini, j'approchai ladite flamme du papier, ne le lâchant que lorsque le feu me lécha les doigts.

— Mon ami, dis-je au messager, dis à Péricard que nous y serons.

Et là-dessus je lui baillai un sol. Libéralité que M. de La Surie blâma, la trouvant inutile, le gautier n'ayant fait qu'obéir à son maître.

Une fois atteinte l'abbaye de Saint-Pierre-les-Dames (ainsi appelée, me dit le guide, pour ce que des religieuses bénédictines y logeaient), je pénétrai en l'église et postai ma petite troupe assez près de l'huis pour la faire saillir hors promptement, le *ite missa est* à peine prononcé.

Je n'eus du reste pas à attendre prou pour voir nos grands survenir, M. de Mayenne arrivant, chose surprenante, bon premier, mais en litière, marchant difficilement, étant bedondainant, goutteux et même podagre, combien qu'il fût mon cadet, ayant à peine quarante ans. Mais il mangeait à gorge gloute, en outre, tôt couché, tard levé, il dormait comme marmotte, tant est que Henri Quatrième disait de lui pour expliquer qu'il l'eût toujours battu en ses guerres : « Mon cousin Mayenne est un grand capitaine, mais je me lève bien plus matin que lui. »

Encore que Mayenne, depuis l'assassination de ses frères au château de Blois, fût le chef incontesté de la Ligue et par la grâce des Parisiens révoltés lieutenant général de France, il était fort mal vu des *Seize* depuis qu'il avait fait pendre ceux d'entre eux qui avaient trempé dans l'exécution du président Brisson. Et depuis ce jour, en leurs houleuses délibérations, ils ne l'appelaient pas autrement que « ce gros pourceau de Mayenne qui s'apparesse sur sa putain ».

Quant aux Espagnols qui, au nom de la Sainte Ligue, étaient censés le soutenir de leurs armes et de leurs pécunes, leur aide s'avérait parcimonieuse et réticente pour la raison qu'ils le suspicionnaient de se vouloir rallier au roi. Ce que Mayenne eût fait, de reste, dès la conversion de mon maître, si le roi avait consenti à le confirmer dans cette lieutenance générale du royaume qu'il tenait de sujets rebelles, et non de son souverain. Quant au populaire qui avait adoré François son père, et Henri son frère, pour ce qu'ils étaient grands, élégants, la taille fine, les manières aimables et la face belle, il n'aimait guère ce duc tonneau, renfroigné, imbu de son sang et de son rang, et fort chiche en salutations et en libéralités. Cependant, Mayenne ne manquait ni d'esprit, ni de renardière ruse, ni de sagesse militaire, ni de finesse politique. Mais ne croyant à rien qu'à son intérêt propre, son ambition même était petite, passive, irrésolue, et pour ainsi parler, paralysée par sa goutte et engluée dans le gras de sa chair.

A peine se fut-il assis au premier rang à la dextre de sa tante abbesse, dans un cancan préparé tout exprès pour lui (car ses fesses eussent débordé d'une chaire ordinaire et elles en eussent menacé la solidité), que j'ouis quelque noise à l'entrée dont je ne pus percevoir la cause, une colonne me la cachant. Je vis fort bien, en revanche, s'avancer au milieu de la nef, au côte à côte et tous deux de même taille, Guise et Saint-Paul, le vrai duc et le faux, chacun des deux attentant sournoisement de devancer l'autre et de se présenter premier au premier rang : ridicule empoignade dont je ne vis pas l'issue, mais qui me ramentut ma quinzième année et ma rentrée à l'école de Médecine en Montpellier, quand le chancelier Saporta et le doyen Bazin luttèrent à celui des deux qui écrirait son nom le plus près de la dernière ligne de l'*ordo lecturarum* (1), afin que le nom de l'un, venant avant le nom de l'autre, établît aux yeux de tous la prééminence de sa fonction. Il est vrai que si âpre que fût la lutte, l'enjeu ne tirait guère à conséquence, ni Saporta ni Bazin, la Dieu merci, ne portant épée au côté, et ne se pouvant pourfendre qu'avec la langue ou la plume.

Un je-ne-sais-quoi de roide dans l'allure de Saint-Paul me donnant quelque suspicion, je me glissai, quand la messe fut proche de sa fin, jusqu'aux côtés de Péricard, et lui soufflai à l'oreille :

— Dites à votre maître d'acertainer si Saint-Paul ne porte pas une cotte de mailles avant de le quereller.

Péricard fit « oui » de la tête. Je regagnai ma place à côté du bénitier, et comme la messe était achevée, les deux ducs repassant non loin de nous dans la travée centrale, je vis Guise se laisser devancer par Saint-Paul, tendre l'oreille à ce que lui murmurait Péricard, faire « oui » du chef, et la face imperscrutable, accepter l'eau bénite que Saint-Paul lui offrait chrétiennement du bout des doigts.

Si prompts que nous fussions pour saillir de l'église après eux, nous fûmes devancés par quelques-uns de la suite de Guise, la suite de Saint-Paul nous marchant quasi sur les talons, emmenée par le baron de La Tour, à la tête de quelques Suisses. Le baron avait l'air assez déquiété (se peut en raison de l'assassination de son Bahuet) et je le fus moi-même à la vue de ses Suisses, que je signalai de l'œil à Pissebœuf, comme étant le plus gros morcel que les nôtres auraient à macheller, si l'affaire tournait comme on pouvait s'apenser.

Pour moi, je poussai effrontément au premier rang de la suite de Guise, où je trouvai mon Quéribus marchant entre deux gentilshommes que bien je connaissais : François d'Esparbès et le vicomte d'Aubeterre (depuis maréchal de France) lequel, ne me reconnaissant point en raison de ma vêture, et indigné de se

(1) Le programme des études. (Lat.)

voir au coude à coude avec un capitaine, se retourna et dit avec hauteur :

— Tudieu ! Que nous veut celui-là ? Et que fait-il céans ?

A quoi Quéribus lui serrant le coude sous le sien, lui dit à voix basse :

— Je le connais. Il est où il doit être.

D'Aubeterre me jeta alors un œil plus attentif, me reconnut et s'accoisa. Ce qui fit que d'Esparbès, à son tour, me reconnut aussi, et regardant en arrière et observant combien M. de La Surie et nos hommes nous suivaient de près, dit à voix basse :

— Nous sommes bien peu. Où est Mayenne ?

— Il est demeuré en l'abbaye, dit Quéribus, pour s'entretenir avec sa tante.

— Tiens donc ! dit d'Esparbès entre ses dents. Le vieux renard se garde d'apparaître en cette affaire.

Mais d'Aubeterre, du regard, lui ayant commandé le silence, d'Esparbès s'accoisa et nous pûmes ouïr ce qui se disait entre les ducs, tandis qu'ils cheminaient dans la direction du cloître Notre-Dame, à la maison duquel, comme j'ai dit, le logis de Saint-Paul était accolé.

A en juger par l'attitude des deux seigneurs, l'entretien, durant ce long chemin, paraissait amical, le duc de Guise poussant même la condescension jusqu'à appuyer familièrement en marchant sa main senestre sur l'épaule de Saint-Paul. Mais pour moi, ayant soufflé ce qu'on sait pendant la messe dans l'oreille de Péricard, j'entendis bien la raison de cette affectueuse palpation. Et je me dis incontinent que je n'allais pas tarder à savoir, par le tour quiet ou tracasseux que l'entretien allait prendre, ce que Guise en avait conclu. Et point déçu ne fus, pour ce que les voix de nos deux amis se mirent tout soudain à monter.

— Ma taille, dit le duc de Guise, je te prie, donne ce contentement au peuple : fais sortir de la Porte-Mars les garnisons espagnoles.

— Mon maître, dit Saint-Paul roidement, cela ne peut se faire et cela ne se fera point.

Un silence tomba qui eût pu faire croire que Guise digérait cette rebuffade sans réagir, alors que dans la réalité des choses, comme la suite bien le montra, il gardait son vinaigre dans un coin de sa bouche pour en rincer sa colère et la garder fraîche.

— Ma taille, reprit-il au bout d'un moment sans se départir de son ton amical, tu n'aurais pas dû en premier lieu augmenter la garnison sans mon avis.

— C'était mon devoir, repartit roidement Saint-Paul. Je devais, en votre absence, pourvoir aux sûretés de la ville.

Derechef, un silence tomba et j'entendis mieux l'arrogance de Saint-Paul et les raisons de son inflexibilité : il s'apensait que Mayenne, demeurant en retrait, et n'appuyant pas les demandes de son neveu, resterait neutre en l'affaire. Et quant au seul neveu, il y avait apparence qu'il devait dépriser ce béjaune, ce morveux sans nez qui n'avait jamais hasardé ses moustaches sur un champ de bataille. Saint-Paul raisonnait en soldat. Sa suite valait bien celle du prince, et quant à lui, il valait bien dix petits Guise, l'épée au poing.

— Avant que de le faire, reprit le duc d'une voix plus incisive, tu aurais dû prendre mes ordres.

Si Saint-Paul avait eu autant de finesse qu'il avait de vanité et de fiance en soi, il eût dressé l'oreille à ce ton nouveau. Mais une fois de plus, il ne vit dans le duc qu'un muguet de cour qui voulait faire le petit glorieux avec un vieux soldat : il n'y avait qu'un remède à cela : c'était de prendre ledit morveux par le bec et de lui mettre le nez dedans son bren. Ce qu'il fit sans tant languir.

Il arrêta sa marche et, la crête haute, les épaules carrées, bien campé sur ses gambes musculeuses, il dit :

— Un Maréchal de France n'a pas à prendre les ordres d'un gouverneur de province. C'est tout le rebours.

Là-dessus, pour appuyer son dire, il mit la main sur la poignée de son épée, mais sans intention de la tirer du tout, j'en jurerais. Cette esquisse de geste, toutefois, suffit. Le petit duc, blanc de rage, recula d'une demi-toise. Avec une rapidité inouïe, il dégaina et dans un assaut aussi furieux que précis, perça Saint-Paul de part en part sous la mamelle gauche. Saint-Paul hoqueta, aspira l'air violemment de ses lèvres trémulantes et chut. Il était mort.

Ce qui suivit fut si confus et rapide que je ne suis pas certain d'en dire ma ratelée sans être contredit par d'autres témoins de cette scène. Bien cependant me ramentois-je que Guise fut si béant de voir tomber Saint-Paul, qu'il lâcha la poignée de son épée, laquelle resta fichée dans le corps du gisant. Tant est que se trouvant désarmé, et le baron de La Tour courant sus à lui, la lame haute, il aurait été à son tour percé, si ma lame n'avait pas jailli de son fourreau et n'avait pas toqué et détourné la lame du baron avec qui, incontinent, je me mis à ferrailler, tandis que Quéribus, d'Aubeterre et d'Esparbès, dégainés, entourèrent le duc pour le protéger, et que Pissebœuf et Poussevent, entraînant le reste de sa suite, affrontaient les Suisses, lesquels les eussent taillés, je crois, s'ils n'avaient été si déconcertés par ce soudain chamaillis entre leur duc et le nôtre qui, l'instant d'avant, oyaient la messe côte à côte, se baillaient main à main de l'eau bénite, et marchaient sur le chemin, l'un à l'autre accolés. Aussi bien les Suisses firent-ils une sorte de combat en retraite jusqu'à la maison de Saint-Paul où, se faisant déclore la porte piétonnière, ils se réfugièrent.

Pendant ce temps, je fus heureux assez pour faire sauter l'épée du baron à deux toises, et Miroul courant tout de gob mettre le pié dessus, le guillaume tourna le dos et s'ensauva, non sans que je lui eusse fait une petite conduite en lui piquant par gausserie le gras de la fesse, mais rien de plus, ne voulant pas me mettre sur la conscience une meurtrerie de plus.

Nous nous crûmes maîtres du terrain : en quoi nous errions prou, car les Espagnols cantonnés en le logis de Saint-Paul, ayant appris son assassination des lèvres des Suisses, et entreprenant de le venger, saillirent dudit logis et nous eussent sous le nombre accablés, si la suite de Mayenne n'était advenue à rescous, ainsi que le populaire, lequel, au bruit que Saint-Paul était mort, releva la tête, s'arma en un battement de cil et vint nous prêter main-forte. Tant est que les Espagnols à la parfin s'escargotèrent dans leur logis, hissèrent le drapeau blanc, et quirent de se retirer, armes et bagues sauves, au château de la Porte-Mars : ce qui, sur le conseil du sage Péricard, leur fut accordé, nos hommes les escortant jusque-là pour les préserver des griffes de la commune, dont le zèle, une fois le tyran mort, ne connaissait plus la bride.

Retiré en son logis après ces échauffourées, le duc de Guise convia ses gentilshommes et nous-mêmes à partager ses coupes et reçut les plus délirants compliments, auxquels il va sans dire que je joignis les miens, encore que je m'étonnasse en mon for que ce qui passait pour crime chez un gentilhomme — dépêcher un adversaire avant qu'il ait pu dégainer — devînt vertu chez un duc. Par le fait, les langues, dans l'éloge de cet émerveillable exploit, allaient si bon train et si loin qu'à peu qu'on ne considérât que le duc avait fait presque trop d'honneur à Saint-Paul en lui passant à travers le corps son épée princière.

C'est du moins ce que laissa entendre Mayenne, quand il advint à la fin des fins, bedondainant et majestueux, les laquais lui apportant aussitôt un cancan dans lequel il carra son énorme charnure, y siégeant comme sur un trône, entouré tout de gob avec respect par tous les nobles guisards : encens qui titillait ses puissantes narines, le « lieutenant général » se prenant pour le roi de France (dont il assurait, à vrai dire, les fonctions dans les villes aux mains de la Ligue), à telle enseigne que lorsque les Etats généraux croupions réunis à Paris avaient, sur l'instigation espagnole, élu roi le jeune duc de Guise, il avait pris son neveu en grande jaleuseté et détestation : haine qui n'avait cessé qu'après que la prise de Paris par Henri Quatrième eut achevé de tuer dans l'œuf ce titre ridicule.

— Mon bien-aimé neveu, dit-il, dès qu'il eut pris place sur le cancan, n'a fait que châtier la présomption et l'arrogance de Saint-Paul. Et pour moi, je ne regrette qu'une chose : c'est que le goujat soit mort par la main d'un prince, et non pas d'un bourreau.

On pouvait s'étonner après cela qu'il n'eût rien fait lui-même pour débarrasser son « bien-aimé neveu » de ce goujat (qu'il avait nommé maréchal de France). Pour moi, il ne m'échappait pas que cette neutralité avait pour lui l'avantage de se faire blanc comme neige aux yeux de ses alliés espagnols, qui de toute évidence allaient prou jérémier sur le dépêchement de Saint-Paul et d'autant que Guise, maintenant qu'il était le maître en Reims, ne pouvait faillir à renvoyer dans les Flandres les deux cents arquebusiers castillans qui tenaient le château de la Porte-Mars.

Le duc de Guise, voyant que Quéribus et moi-même restions, par fidélité au roi, quelque peu à l'écart de la cour révérentielle dont Mayenne était l'objet, vint à nous, et avec les manières aimables et pétulantes qu'il tenait de sa mère, nous prit chacun par le bras, et nous entraîna dans une embrasure de fenêtre, où il nous fit des caresses innumérables pour le rollet providentiel que nous avions joué depuis notre advenue à Reims, fortifiant sa résolution, sauvant la vie de Péricard, et quant à moi, sauvant la sienne au cours du chamaillis.

— Siorac, me dit-il en me donnant une forte brassée et la larme au bord du cil, ma vie est la vôtre, puisque vous l'avez préservée. Disposez d'elle, je vous en supplie, d'ores en avant : mes amis, mes alliances, mes biens, mon épée, tout est à vous. Il n'est rien que vous puissiez quérir de moi sans que je vous le baille sur l'heure.

Je n'ignore pas ce que vaut l'aune de ces compliments de cour qui tant plus sont hyperboliques, tant vite tombent dans l'oubli — bulles qui crèvent quasiment le jour même où elles sortent du bec — mais connaissant les us, et saluant profondément le prince, je lui fis des mercis à l'infini de ses merciements, protestant pour lui de ma perdurable amour. Tant est, belle lectrice, que vous auriez cru ouïr « *mutatis mutandis* » (1) un galant soupirer aux pieds de sa mignote.

Péricard me sauva de ce langage rhétorique en survenant et en disant au duc, non sans quelque déquiétude sur sa belle et honnête face, que la populace, se voyant maîtresse de la rue, avait enfoncé les portes du logis de Saint-Paul et pillait tout, nouvelle qui m'émut fort, et tout autant que Quéribus, mais point pour les mêmes raisons.

— Pardieu ! dit le duc, en gaussant. Laissez faire ! Qu'au moins la commune ait cette picorée-là, ayant tout pâti de ce tyran ! Pour moi, n'était qu'elle se trouve accolée au cloître, je ne voudrais pas qu'il restât pierre sur pierre de cette maison-là !

(1) En changeant ce qu'il faut changer. (Lat.)

— Hé ! Monsieur mon cousin ! s'écria Quéribus fort exagité, vous n'y pensez pas ! Peu me chaut tous les biens mis bout à bout de Mme de Saint-Paul, mais pour nous, nous avons dedans le logis tous nos grands chevaux et, au deuxième étage, nos bagues, lesquelles, nous étant évadés, nous n'avons pu emporter. Et je doute que la commune, en pillant, fasse la différence entre ce qui est à la veuve et ce qui est à nous.

— En outre, dis-je, Mme de Saint-Paul, étant née Caumont d'une très ancienne famille périgordine, se trouve être ma parente et je lui ai, au surplus, de grandes obligations d'amitié, puisqu'elle m'a confié la clef que voilà (ce disant je la tirai de mes chausses) sans laquelle je n'eusse pu ni saillir de geôle, ni secourir Péricard, ni vous servir, Monseigneur. Devant ma liberté à Mme de Saint-Paul, je lui ai fait le serment de travailler à la sienne, son mari étant vif, et après sa mort, je ne peux que je n'attente de voler à son rescous, si vous m'en donnez le congé, afin que de la sauver, elle et son bien, du pillage de la populace.

Je vis fort bien, à la mine du prince, qu'il était rechignant assez à ce que la femme de son ennemi s'en tirât à si bon compte, emportant même avec elle ce petit cabinet qui contenait, avait-elle dit, une fortune des plus conséquentes. Mais ses protestations de me servir en toute occasion étaient trop fraîchement envolées de sa bouche — voletant encore dans l'air aux alentours de nos oreilles — pour qu'il pût contrefeindre de les avoir si tôt oubliées. Par surcroît, ce que j'avais dit de la parentèle de Mme de Saint-Paul n'avait pas laissé de faire quelque impression sur lui.

— J'ignorais, dit-il, que Mme de Saint-Paul fût si bien née. Il va sans dire que cela change tout et que je ne pourrais, moi duc de Guise, la laisser dépouiller par ces marauds sans offenser une noble famille. Siorac, vous avez raison. Vous avez même deux fois raison, puisque votre raison vous vient tout dret du cœur. Courez, Marquis. Courez rassembler vos hommes. Je vous donne Péricard pour vous assister, et tous ceux de ma suite qui vous seront nécessaires.

Je pris le temps d'armer en guerre et moi-même et les trente-cinq hommes de notre escorte auxquels Péricard adjoignit dix des siens et, les mèches des arquebuses allumées, notre troupe se dirigea vers la maison du cloître Notre-Dame où nous vîmes du premier coup d'œil que nous serions trop peu pour affronter les marauds qui grouillaient comme rats en fromage, tous mauvais garçons à ce que me dit Péricard, lequel envoya incontinent un *vas-y dire* demander à Rousselet d'accourir avec les milices bourgeoises de la Porte Ouest et les trente soldats que le duc y avait laissés pendant la nuit pour le protéger.

Quant à moi, voyant les basses mines de cette truandaille, je craignis le pis pour Mme de Saint-Paul et prenant avec moi Miroul, Pissebœuf, Poussevent et six de nos plus aguerris soldats, je laissai le commandement du gros à Quéribus (lequel se faisait, pour ses grands chevaux et ses bagues, un souci à ses ongles ronger) et je passai par le derrière de la maison où, ma clé ouvrant l'huis du bas, Miroul monta jusqu'au deuxième étage pour prendre celle que nous avions laissée sur la serrure et qui, si le lecteur s'en ramentoit, nous donnait accès à l'étage qu'occupaient les appartements de Mme de Saint-Paul.

A peine entré en tapinois, je vérifiai les amorces de mes pistolets, mais les remis incontinent à la ceinture, et saisis dans mon dos mes dagues à l'italienne, ne voulant pas faire de noise dans les approches, afin de surprendre ceux des truands que j'encontrai dans le cabinet de Mme de Saint-Paul. Ma petite troupe, sur mon commandement, en fit autant, mais dans ces sortes d'entreprises, comme dit le roi « il faut jeter beaucoup de choses au hasard ». Et s'il nous sourit de prime, deux truands encontrés sur le chemin étant silencieusement expédiés, le troisième, en revanche, avant que d'expirer, eut le temps de crier « à moi ! », tant est que l'alerte étant donnée, nous trouvâmes, à l'entrée du petit salon de Mme de Saint-Paul, la pauvrette terrorisée, quasi morte de peur, le dos appuyé contre un mur et un truand, de sa main senestre, appuyant un pistolet contre son parpal.

— Malevault ! criai-je, béant, en faisant signe à ma petite troupe de s'arrêter derrière moi. Du diantre si je croyais t'encontrer céans !

— L'étonnant, dit Malevault, eût été de ne point m'y encontrer. Plaise à vous de ne point porter vos mains à vos pistolets, Marquis, si vous ne désirez point que Mme de Saint-Paul ait le tétin troué, ce qui, assurément, n'ajouterait rien à ses charmes.

A quoi je laissai pendre mes mains et, au bout de mes mains, mes dagues inutiles. Il n'y avait pourtant là que cinq ou six mauvais garçons, lesquels étaient armés de mauvais couteaux, et armés comme nous l'étions en guerre, nous les eussions défaits en un tournemain sans ce pistolet flambant neuf brandi par ce squelette roux, et surtout sans la cible qu'il s'était donnée.

— Voilà qui est chié chanté! dit Malevault, sa lourde paupière retombant à demi sur son œil. Il n'est que de s'entendre!

— S'entendre, dis-je, et sur quoi?

— Mais, sur ce petit cabinet, dit Malevault, sur lequel je vis, en effet, qu'il avait posé le pied, et que j'ai grand appétit à emporter pour ma part de picorée.

— Mais c'est tout mon bien! cria Mme de Saint-Paul, blanche comme craie.

— *C'était* votre bien, Madame, dit Malevault avec une politesse gaussante, mais sans branler d'un pouce le canon de son arme.

— Malevault, dis-je en contrefeignant quelque simplicité, je ne vois pas comment tu pourrais rober ce coffre à Mme de Saint-Paul, moi présent.

— Au rebours, moi, je le vois fort bien, dit Malevault.

— Jette un œil à la fenêtre, dis-je, le logis est cerné par nos gens.

— Mais il reste une issue, dit Malevault avec un mince sourire : celle par où vous êtes passé et dont vous avez apparemment la clé.

— Je l'ai, en effet.

— Fort bien. Vous me baillez cette clé, et nous laissez passer, nous, le cabinet et Mme de Saint-Paul, laquelle, une fois en sûreté, je relâcherai.

— Mon Pierre, dit tout bas derrière moi une voix en oc que bien je reconnus, amuse en jaserie ce drole, et quand je poserai la main sur ton épaule, baisse-toi tout soudain.

— Malevault, dis-je, je suis béant de ton ingratitude : hier soir, j'ai curé et pansé ta navrure, je t'ai sauvé de la hart, je t'ai baillé vingt-cinq écus, et cette matine, tu as le front de me faire cette écorne.

— Ha ! Marquis ! dit Malevault avec un petit rire, vous gaussez. J'ai bien et loyalement gagné ces vingt-cinq écus, mon vieux cotel ayant été plus prompt que le bel et bon pistolet de Bahuet, poursuivit-il en le décollant quelque peu du parpal de Mme de Saint-Paul pour faire valoir sa beauté. Adonc tant promis, tant tenu, mais à chaque jour son barguin. Et ce jour d'hui, voici le mien : Mme de Saint-Paul contre ce petit cabinet.

— Malevault, dis-je, qui m'assure qu'une fois hors, tu relâcheras Mme de Saint-Paul ?

— Marquis, dit Malevault en se redressant, la crête haute, et m'envisageant d'un air mi-sérieux mi-gaussant, aussi vrai que je vénère saint Rémi, j'ai mon honneur.

A ce moment, je sentis une main se poser par-derrière sur mon épaule, je me baissai, j'ouïs au-dessus de ma tête un sifflement suivi d'un toquement mat et je vis le cotel de Miroul fiché dans la poitrine de Malevault, lequel déclouit tout grand les yeux, lâcha son pistolet et chut sans un soupir. Mes gens tiraillèrent alors comme fols sur lui et sur les truands, mais j'arrêtai aussitôt cette mousqueterie, et je fis bien, car ceux qui n'étaient pas navrés se ruant par la porte, et criant qu'ils étaient pris à revers, semèrent la panique parmi tous ceux qui s'encontraient à l'étage, tant est qu'on le trouva vide quand on voulut le dégager. J'ordonnai alors à mes arquebusiers d'apparaître chacun à une fenêtre, leurs armes à la main, mais sans tirer, m'apensant que Rousselet, plutôt que d'affronter cette populace, préférerait entrer en composition avec elle et lui laisser le passage ouvert afin que de se retirer, pour peu qu'elle ne touchât pas à nos grands chevaux. Ce qu'il fut assez avisé pour faire, n'appétant pas au sang, étant le lieutenant du peuple.

Mais si nous sauvâmes nos montures (et celles qui tiraient la coche de Mme de Saint-Paul, mais non pas celles de son mari), en revanche, nos bagues, au deuxième étage, avaient été si impiteusement pillées que mon pauvre Quéribus y perdit toutes ses belles attifures, dont un pourpoint de satin bleu pâle orné de trois rangées de vraies perles qu'il avait fait façonner lors du couronnement du roi et que la Cour entière avait admiré ; en outre, ses bijoux les plus chers — en particulier une paire de boucles d'oreilles en or serties de gros diamants à lui offerte par le roi Henri Troisième — s'étaient envolés ès mains de ces sacrilégieux sacripans.

Mon pauvre Quéribus, à cette funeste découverte pantelant et quasi pâmé sur sa coite, à 'steure huchait sa rage (déclarant qu'il allait tout tuer de cette vile populace), à 'steure versait des torrents de larmes et celles-ci, grosses comme des pois. Belle lectrice, si vous me permettez céans de parenthériser, j'aimerais vous ramentevoir que ce n'est point mon bien-aimé maître Henri III qui désira le premier orner ainsi les oreilles de ses courtisans, mais son frère aîné Charles IX, pour ce qu'il voulut acclimater en France cette mode italienne, lequel frère, comme de reste mon gentil Quéribus, eût dégainé au seul nom de « bougre », n'aimant et ne courant que le cotillon. Un muguet n'est pas un mignon, la Dieu merci ! Je le dis tout dret, et rondement, ayant été quelque peu muguet en mes années plus vertes, et même à quarante ans, prenant de ma vêture le soin le plus exquis. Cependant, *ausus vana contemnere*(1) et revêtant dans les occasions ma méchante déguisure de marchand-drapier, j'ai accepté aussi de m'enlaidir pour servir de roi.

Je laissai mon Quéribus à son inconsolable dol et courus à l'étage au-dessous renouer langue avec Mme de Saint-Paul, le cœur me toquant fort de la délicieuse appréhension de cette proche entrevue, pour ce que, lui ayant sauvé la vie, conservé son bien et aidé à la débarrasser d'un mari tyrannique, je m'apensai avoir quelques droits à sa gratitude et d'autant qu'à mon départir, quand elle me bailla la clef de la liberté, elle l'avait accompagnée de regards si suaves et de serrements de mains si affectionnés que l'homme le moins fat du monde y aurait lu quelques promesses. Ha ! lecteur, quelle trahison ! J'avais quitté une caressante Circé. Je retrouvai une gorgone, dont chaque mèche de cheveux se dressait comme un serpent et qui fichait sur moi un regard médusant.

— Marquis, me dit-elle m'envisageant de côté de ses

(1) Osant mépriser les vanités. (Lat.)

yeux froidureux à sa bien particulière guise, c'était folie, à mon sentiment, de laisser votre écuyer lancer son couteau contre ce vilain. S'il avait failli, je perdais la vie.

— Madame, dis-je, je suis béant! Si j'ai laissé faire mon écuyer, c'est que je connaissais l'infaillibleté de sa main. Et d'un autre côté, si j'avais accepté le barguin de ce truand, vous eussiez, à coup sûr, perdu votre bien, et se peut ensuite et l'honneur et la vie.

— Je le décrois, dit-elle. Je doute même que le gautier eût pu aller bien loin avec mon cabinet et moi-même, ce logis étant cerné.

— Nenni, Madame, dis-je roidement assez, il ne l'était point. L'issue de derrière restait libre. Et de toute façon, si Malevault eût été réduit dans sa fuite à sacrifier ou votre coffre ou vous-même, soyez bien assurée qu'il n'eût pas sacrifié le coffre.

— Il vous plaît à dire, reprit Mme de Saint-Paul, d'un air piqué.

— Madame, dis-je après un instant de silence, je vous ai, à vous ouïr, si mal servie jusque-là que j'ose à peine vous dire que j'ai obtenu du duc de Guise que vous quittiez Reims librement, afin que de vous retirer en toute ville que vous choisirez, et dans votre propre coche, avec vos chambrières et sous la protection de mon escorte.

— En bref, je suis chassée! dit Mme de Saint-Paul avec un air d'incroyable hauteur.

— Madame, dis-je en laissant percer dans mon ton quelque ressentiment, je suis raffolé de votre émerveillable voix, mais je ne sais si j'aime beaucoup de présent votre chanson : elle est trop différente de celle qui m'a de prime charmé. Croyez-moi, il eût pu vous arriver bien pis que de partir librement de Reims en emportant votre bien.

— Et en laissant le corps de mon bien-aimé mari gésir nu et sans sépulture sur le pavé de la rue! dit-elle, les yeux au ciel.

— Madame, dis-je, vous paraissez chérir votre mari, mort, plus que vous ne l'aimiez, vif. Soyez toutefois à son égard tout à plein rassurée. Le duc a commandé qu'on embaume son corps, qu'on le mette dans un cercueil, et qu'on le porte dignement dans la ville que vous aurez choisie pour votre retraite.

— C'est, me semble-t-il, dit-elle avec aigreur, le moins que vous puissiez faire après votre lâche assassination...

— Madame ! criai-je, indigné, je n'ai pris aucune part à cette meurtrerie.

— Du moins, dit-elle, y avez-vous été connivent.

— Mais Madame, dis-je à la fureur, ni plus ni moins que vous, qui saviez très bien de quel parti j'étais, quand vous m'avez baillé la clef, laquelle, ouvrant la porte de ma geôle, m'a permis de labourer de toutes mes forces à délivrer Reims, M. de Guise et vous-même d'un tyran.

— Ha ! Monsieur ! dit-elle d'un ton outragé, n'insultez pas un mort !

— Un mort, dis-je les dents serrées, qu'hier vous appelâtes devant moi « un funeste faquin ». Mais Madame, je le vois bien, les paroles volent, et les vôtres ont des ailes tant agiles et s'éloignent de vous si vite que vous en perdez la remembrance, d'un jour à l'autre, comme, de reste, de vos tendres amitiés, de vos ravissants regards, de vos serrements de main... Je vous en tiens donc quitte. Et pour moi, sans vous voir ni vous parler plus qu'il ne sera nécessaire, je vous escorterai demain à l'aube comme je l'ai promis, là où vous voudrez aller.

— A Mézières, dit-elle froidureusement.

— A Mézières, donc, puisque votre bien-aimé défunt y avait une citadelle et quelques troupes. Mais Madame, poursuivis-je, permettez-moi encore un conseil : si le roi prend Laon, le duc de Guise ne peut qu'il ne traite avec lui la reddition de Reims, et Reims rendue au roi, Madame, et avec Reims, la Champagne, que deviendra Mézières, si de vous-même vous ne rendez pas la ville à mon maître à temps ?

— Monsieur, j'y vais rêver, dit Mme de Saint-Paul.

— Madame, en ce cas, rêvez vite. Quant à moi, il ne me déplairait pas que le roi me baille le commandement de la troupe qu'il dépêcherait le cas échéant pour prendre Mézières d'assaut.

Sur cette flèche du Parthe, sans un au revoir, ni un salut, je quittai cette renarde en grinçant des dents et en serrant les poings, et tant ivre de mon ire que c'est à peine si j'avais encore l'usance de mes yeux pour saillir hors la pièce. Cependant, alors que je marchais à pas de charge vers l'huis de l'étage dans une galerie obscure assez, j'ouïs des pas pressés derrière moi et, me retournant tout à trac, mes dagues au poing, je me trouvai bec à bec avec la Louison qui me dit :

— Hé, Monsieur ! Me voulez-vous navrer ? Que vous ai-je fait ?

— Ha ! ma Louison ! dis-je en rengainant. Toi, rien que de bon. Et ta maîtresse, rien que de mal, laquelle, je le jurerais sur mon salut, est la plus hypocritesse et chattemitesse drola de la création.

— Ha ! Monsieur, j'ai tout ouï derrière la porte, dit Louison, en me poussant dans sa chambrifime dont elle clouit l'huis au verrou derrière nous en un tournemain. Et la pécore est bien pis que cela. Vramy, une démone incharnée !

— Incarnée, Louison.

— C'est du pareil au même, dit-elle avec aplomb, à votre prononciation près, laquelle doit être fautive, étant d'oc. Quant à Madame, pendant que vous étiez à l'étage au-dessus à tâcher de rassembler vos bagues, savez-vous à quoi elle s'occupait ? De prime à compter ses écus, ensuite à composer une sanglotante épitaphe pour le cœur de son mari, lequel elle désire bailler à part en relique à l'église de Mézières ! La belle relique ! Et la belle bigote ! Monsieur, croyez-moi ! Il n'y a pas à se fier à sa face de vitrail ! Elle est toute grimace et faux-semblant, tout dessus et rien dessous, hormis la froidure du cœur et l'appétit aux pécunes. Car la chiche-face ne baille rien à personne, ni gratitude à vous, ni à moi mes gages. Elle n'aime rien tant que son petit cabinet ! voilà le vrai ! Ha ! Monsieur ! poursuivit la Louison, je vous avais bien dit de ne pas mettre le doigt dans ces confitures-là ! La friponne vous a bien englué dans ses toiles avec ses yeux fondus et ses serrements de pattes ! Et cela vous fait de présent une belle gambe de lui avoir tant léché le pié ! Que vous voilà maintenant couillasse comme devant ! Et payé en *Carolus* au lieu des beaux *Henricus* que vous attendiez ! Or sus ! Venez-là, Monsieur, que je vous conforte, n'étant point impiteuse. Duchesse point ne suis, ni maréchale, ni bigote, mais ayant moi aussi un service à quérir de vous, je m'en va, moi, vous payer sur l'heure, et comptant, et d'avance.

A cela je ne pus rien répliquer, sa bouche étant jà dans la mienne et nos périssables corps si bien emmêlés sur la coite que je ne reconnaissais le mien qu'au plaisir qu'il me donnait, lequel, fut en effet, immensément confortant dans les dents de ma déconvenue. Quant au susdit service, la Saint-Paul ayant congédié ma Louison sans lui payer ses gages, il n'était que de l'emmener avec moi en Paris et la prendre pour chambrière. Ce que je fis cornedebœuf! Qui qu'en groignât! Et vous pensez bien, lecteur, que M. de La Surie aligna là-contre de fort bonnes raisons, et aussi vives et picagnantes que des puces dans l'oreille d'un chien.

4

LE lendemain, fidèle à ma promesse (tenue les dents serrées) j'escortai la dame jusqu'à Mézières, et encore que l'hypocritesse fît quand et quand la gracieuse à la fenêtre de sa coche, elle n'eut rien de moi, ni mot, ni miette, ni regard, ni adieu au départir, lequel se fit sous les murs de la ville, sans que je consentisse à mettre le bout du pié dans le repaire où la serpente s'allait d'ores en avant lover, enserrant dans ses anneaux son petit cabinet.

Pour moi, ne voulant pas apparaître à Laon (que le roi assiégeait toujours) avec une garce dans mon escorte — ce qui eût fait jaser et gausser la Cour — je décidai de gagner de prime Paris, où dès que nous fûmes dedans mon logis de la rue du Champ Fleuri, buvant des coupes au débotté et mangeant un morcel, ma Guillemette venant à moi, petite et frétillante de la fesse au tétin, tout soudain aperçut Louison et s'arrêta net, tout de gob découvrant ses petits crocs.

— Qu'est-ce cela ? dit-elle, le museau froncé.

— Tu le vois bien, dis-je. Une garce.

— Et d'où sort-elle ?

— De Reims, d'où je l'ai céans amenée, pour être ma chambrière.

— Rien n'en vaut, dit Guillemette. Elle est votre putain.

— Guillemette, dis-je en sourcillant, un mot de plus et je te fais fouetter devant toute l'escorte, et le cul nu.

— Monsieur mon maître, je vous fais mes excusations. La garce n'est point putain. Elle est loudière.

— Pis encore ! criai-je à la fureur.

— Mon maître, pardon, je vous prie. Elle n'est point loudière, elle est folieuse.

— Guillemette, cornedebœuf !

— Vramy, Monsieur, il faut que vous ne soyez pas bien ragoûté pour aller fourrer votre mentulle dans ce gros tas de graisse rustaude, lequel pue encore la crotte de l'étable.

— Monsieur mon maître, dit Louison, laquelle, dominant Guillemette de la tête et des épaules, avait essuyé cet assaut les bras croisés et la face placide, peux-je quérir de vous question ?

— Quiers, Louison.

— C'est-il que vous coqueliquez avec ce brimborion ?

— Point du tout.

— Me le jurez-vous par la Benoîte Vierge ?

— Par la Benoîte Vierge et par tous les saints.

— En ce cas, la chose est simple.

Et marchant sur Guillemette, elle appliqua des deux mains sur ses deux joues deux soufflets si forts et si claquants que la petitime se versa au sol, tout étourdie. La ramassant alors comme elle eût fait d'un paquet d'attifures, la Louison la chargea sur son épaule, et disant d'un ton tranquille qu'elle allait la ranimer sous la pompe, elle s'en alla.

— Ha ! mon Pierre ! dit Miroul, riant à gueule bec, vramy je commence à changer d'opinion sur la Rémoise. Encore que tu ne l'aies pas engagée dans ce dessein, notre bonne Louison aura du moins cette usance de rabattre le caquet de notre petit bec de Paris. La Dieu merci, ce ne sera pas un mal ! Je commençais à me lasser de son effronterie.

Toutefois, *la cara a cara* (1) de nos chambrières eût pu être mésaisée sans la soudaine et inattendue advenue de Lisette et d'Héloïse, lesquelles, Doña Clara Delfín de Lorca ayant quitté tout soudain mon logis de Saint-Denis pour rentrer dans ses Espagnes, ne voulurent point y demeurer seulettes et sans emploi : tant est qu'avec mon agrément, elles vinrent en ma maison de la rue du Champ Fleuri grossir encore mon domesti-

(1) Le tête-à-tête. (Esp.)

que. Et elles m'apportèrent, en même temps que leurs faces fraîchelettes et leurs riantes bouches, une lettre de Doña Clara qui n'était point si gracieuse, il s'en fallait, la fin ne tenant pas les promesses du début.

Monsieur,

Je ne laisserai pas que de vous garder une gratitude éternelle de nous avoir recueillis, mon pauvre défunt enfantelet et moi-même, lors du siège de Paris, faillant hélas à le sauver de la mort, mais me retirant, du moins, des griffes de la faim. Depuis, abandonnée après mon veuvage par ceux de ma nation, je n'ai dû qu'à votre très libérale et très chrétienne hospitalité de survivre en ville et pays étrangers, attentant, quant à moi, de vous être, en retour, de quelque usance, et assurant, maugré mon rang, le ménage et le commandement de votre domestique. A quoi j'eusse mieux réussi, si vous y aviez vous-même tenu la main davantage.

Mais votre excessive indulgence à l'égard de vos gens et en particulier de vos chambrières, les disconvenables familiarités que vous leur laissez prendre avec vous — vous contentant de rire de leurs impertinences au lieu de les châtier —, la connivence que vous montrez sous votre toit au coupable commerce de l'une d'elles avec M. de L'Etoile ; en bref, cette grande amour que vous leur montrez (à elles comme à toutes les femmes) sans le moindre discernement de sang, de rang ni de savoir, ce qui fait que ces sottes caillettes sont de vous raffolées (et pis même, si vous leur en donniez occasion), tout cela m'a à la parfin persuadée que la tâche que j'avais entreprise de régler votre domestique ne pouvait que faillir. J'ose vous le demander, qu'est-ce qu'un logis où le maître est d'avance résolu à ne fouetter personne, et quand il réprimande, le fait avec un sourire aimable et de cajolants regards ?

De ces sourires, de ces regards, de ces compliments, à la vérité, outrés, adressés à mes propres charmes, j'en ai eu, comme d'autres, ma part, et me méprenant, de prime, sur leur sens véritable, ils m'ont fait concevoir pour vous une extraordinaire amitié, qui n'a pu manquer d'être cruellement déçue, quand vous vous êtes tout soudain remparé derrière votre fidélité à Madame votre épouse pour refuser les liens auxquels vous m'aviez, pour ainsi parler, appris à aspirer. Mieux même, quand vous avez retrouvé votre logis de la rue du Champ Fleuri, vous m'avez priée de demeurer en votre logis loué de la rue des Filles-Dieu sous le prétexte que Madame votre épouse pourrait choisir de vous venir visiter en votre maison de ville.

Cette affirmation, hélas, s'est révélée tout aussi fausse et mensongère, je vous le dis sans fard, que votre conjugale fidélité. Votre domestique jase, en effet, et comme il admire vos déplorables vices au moins autant qu'il célèbre vos aimables vertus, comment pourrais-je ignorer vos intrigues, en Paris avec la Montpensier, en Boulogne avec Alizon, en Saint-Denis avec my Lady Markby, en Mespech avec Babille, en Châteaudun avec votre « belle drapière » ! Où donc encore ? En Reims ? Puisqu'il faut qu'en toute ville le souvenir d'une facile amour soit attaché ! Car pour vous, je le déplore derechef, la chambrière, la bourgeoise ou la haute dame, c'est tout un, tant est que, vivant coutumièrement avec moi qui suis si bien née — étant cousine d'un Grand d'Espagne — vous n'avez jamais paru faire la moindre différence entre moi et la dernière de vos servantes. Si l'on était méchant, on pourrait dire de vous que vous brillez pour toute garce équitablement comme le soleil. Mais qui voudrait, ayant l'âme sise en bon lieu, d'une amour prostituée à tout ce que le monde compte de cotillons ?

La paix quasi revenue, j'ai pu rentrer en possession d'un petit héritage qui me permet de rentrer en mes Espagnes, et n'ayant pas le sentiment que je sois pour vous d'ores en avant de la moindre usance, sauf dans la maintenance d'un logis loué, où M. de L'Etoile a ses blâmables habitudes, je me permets de prendre congé de vous, avec mes infinis merciements pour l'émerveillable bénignité qui vous a amené à sauver et préserver ma vie, laquelle, toutefois, risquerait d'être assombrie, si je demeurais céans, me trouvant fort déçue et dégoûtée de vos mensonges, de votre froidure, de votre éloignement. Mais à la parfin, la décision en est prise, et je ne peux que je ne vous dise adieu pour toujours, réveillée à la parfin de cet étrange rêve qui m'avait fait espérer, Monsieur, de demeurer jusqu'à la fin des temps

Votre affectionnée et dévouée servante.

Doña Clara Delfín de Lorca.

— Eh bien, Miroul, dis-je, que penses-tu de ce beau et grave poulet mijoté à la sauce piquante ?

Lequel ayant lu, Miroul, après en avoir deux ou trois fois souri, dit, incapable de résister à un *gioco* :

— Si Doña Clara fut bonne ménagère de votre domestique, en revanche, elle ne vous ménage guère.

— Pour moi, dis-je, je trouve étrange que, blâmant par deux fois L'Etoile de son commerce avec Lisette, elle aspirât à nouer le même avec moi.

— Ce n'est pas étrange, dit Miroul. Nos propres péchés nous pèsent moins sur l'âme que ceux des autres. Mais qu'est cela, mon Pierre ? Vous portez un air quelque peu marmiteux : êtes-vous dolent du départir de Doña Clara ?

— Je ne saurais dire. Il me soulage et il me marrit tout ensemble. J'aimais assez Doña Clara. Elle était belle et j'estimais ses vertus, encore qu'au rebours de ce qu'elle dit des miennes, elles ne fussent guère aimables. Car je ne veux point te cacher, mon Miroul, que j'étais excessivement las de sa haineuse amour et plus encore peut-être de son travers judicatoire. Car elle paraissait porter en elle un perpétuel tribunal pour juger son prochain et le condamner. Ce qui me donne à penser que son prochain ne lui était pas si proche que sa dévotion l'eût voulu.

— Amen, dit Miroul. Mon Pierre, qu'allez-vous faire de votre logis loué de la rue des Filles-Dieu, maintenant qu'il est désert ?

— Y mettre un homme à moi et le garder.

— Pour les commodités de M. de L'Etoile ? dit Miroul avec un sourire.

— Pour ce que ce logis est situé près de la Porte Saint-Denis et que je pourrai, dans les occasions, m'y retirer, revêtir ma déguisure de marchand-drapier et saillir hors la capitale sans avoir à la traverser.

— Quand départons-nous rejoindre le roi à Laon ?

— Demain à la pique du jour. Dis-le à notre escorte

et aux gentilshommes de Quéribus afin qu'ils le désommeillent à temps.

— J'y cours. Mon Pierre, reprit-il sur le seuil de la porte, en se retournant à demi, ce qui fit valoir sa taille, laquelle était tant mince et élégante qu'en sa vingtième année. Doña Clara départie, n'avez-vous point regret de n'avoir pas cueilli ce fruit, quand il s'offrait à votre main ? Après tout, il était fort beau.

— Nenni, Miroul, nul regret, la châtaigne m'ayant piqué les doigts.

— Sans doute êtes-vous apensé, Monsieur, comme Théocrite, que mieux vaut traire la vache la plus proche que courre après celle qui s'enfuit.

— Fi donc, Miroul ! Parler ainsi d'une femme !

— N'est-ce pas, cependant, pitié de perdre une occasion ?

— Toute vie en est pavée.

— Cornedebœuf ! dit Miroul en riant. Que voilà une pensée plaisante ! Et qui vous rebiscoule un homme !

Je me ramentois que lorsque nous arrivâmes sous les murs de Laon, la nuit était jà depuis longtemps tombée, et quasiment la première personne que j'encontrai dans le camp fut M. de Rosny, lequel me fit un accueil plus chaleureux qu'il n'était accoutumé, se voulant le premier à la Cour après le roi, lequel, à vrai dire, il servait depuis vingt ans avec beaucoup d'adresse et de dévouement.

— Ha ! Siorac, me dit-il, sans toutefois me donner une forte brassée, le huguenot en lui répugnant à ces cajoleries de Cour, que je suis aise de vous voir céans ! Le bruit court que Mayenne et les Espagnols de Mansfeld vont incessamment nous tomber sus, soit pour nous défaire, soit à tout le moins pour nous contraindre à lever le siège de Laon. Ventre Saint Antoine ! Nous aurons alors grand besoin de vaillants hommes comme vous, qui serez, j'y compte bien, consentants à servir derechef sous moi, comme à la bataille d'Ivry.

— Monsieur de Rosny, dis-je, rien ne saurait m'agréer davantage, me ramentevant quelle glorieuse part vous avez prise alors à la victoire, compliment qui lui alla dret au cœur, nul n'étant à la Cour plus paonnant que lui (Je le dis sans rien rabattre de ses hautes vertus). Monsieur de Rosny, poursuivis-je, vous me voyez bien marri pour ce que je reviens de Reims, les joues gonflées de nouvelles, et le roi, étant sans nul doute au lit, ne pourra m'ouïr avant demain.

— Cela n'est pas à dire, dit Rosny avec un sourire : le roi est un soldat et si habitué à la vigilance qu'il s'ensommeille et se désommeille à volonté. Tant est qu'il n'est pas de nuit où il ne se réveille d'un coup et va revisiter les tranchées et les batteries.

Il disait vrai, car à peine Quéribus et moi avions-nous fini sous la tente notre repue, qu'un petit page vint me quérir, tout courant, à la nuit noire, pour me mener au roi, que je trouvai se remettant au lit, ayant sailli hors, une heure avant, pour aller inspecter une mine à laquelle il avait donné ordre de labourer nuitamment, afin que les assiégés ne pussent voir la terre que l'on retirait du tunnel.

— Ha ! Barbu ! me dit-il en me donnant à baiser sa main (laquelle sentait l'ail), ton advenue céans est un sourire de la Fortune ! Holà, page ! un carreau ! vite ! Au chevet de mon lit ! Pour le Marquis de Siorac !

Ledit carreau n'était pas assurément de trop, car le sol de la tente se trouvait caillouteux et sans le carreau, fait de bonne bourre revêtu de satin cramoisi, mes genoux eussent beaucoup pâti. Quant au lit, comme se peut on s'en ramentoit, la pompe royale ne s'y montrait guère, étant composé de deux paillasses posées l'une sur l'autre, lesquelles deux planches jointes isolaient de l'humidité de la terre.

— Eh bien, Barbu ! dit le roi avec sa coutumière gaieté, gaillarde et goguenarde, qu'en est-il de mon cousin le duc de Guise et de Saint-Paul ?

Je lui en dis alors ma ratelée, lui en faisant un récit vif et concis, mais sans omettre, toutefois, d'aucuns détails que je cuidais le devoir ébaudir comme mon final repoussis par Mme de Saint-Paul, lequel, en effet, le fit s'esbouffer à gorge rompue.

— Ha ! Barbu ! me dit-il, conforte-toi en cette pensée qu'il en est de cette guerre comme de l'autre ; on n'y peut pas gagner toujours, on y perd même souvent assez, ayant affaire à un adversaire qui se donne le droit de ne pas tenir ses promesses, pour ce qu'il les a faites non par écrit, ni même par paroles articulées, mais par un regard, un sourire, une moue, un battement de paupières ou un serrement de mains — lesquels, ensuite, il peut toujours nier avoir eu le sens que nous y avons lu. Quel homme, reprit-il avec un soupir, n'y a pas été pipé ? Mais Barbu, poursuivit-il avec cet enjouement qui le faisait aimer de tous, pense jà à la prochaine belle qui te fera raison perdre. Il en est de l'amour comme de la guerre : la fortune ne vous clôt jamais une porte qu'elle ne vous en déclôt une autre.

A quoi il rit, mais point aussi gaillardement qu'à l'accoutumée, étant las, à ce que je crois, de son harassante journée et de sa nuit interrompue.

— Barbu, reprit-il, tu as bien labouré à Reims. Le dépêchement de Saint-Paul vaut bataille gagnée, la Ligue perdant en lui un fort bon capitaine, vaillant, rusé, expéditif. Il n'est grosses couilles que de Lorraine, dit la chanson, mais les siennes étaient toutes espagnoles, et d'autant à péril pour nous. Ce n'est pas à dire que le petit Guise, maintenant qu'il a Reims, va me la laisser choir dans le bec sans barguigner, et sans attendre ce qu'il en advient de Laon. Laon, Barbu, est la clef de tout. Si je prends Laon, je n'aurai qu'à tendre ma gibecière pour qu'y tombent les villes de Picardie, et bientôt Reims, et avec Reims les villes de Champagne. Tout réussit à qui réussit.

Sur ces mots il bâilla à se décrocher la mâchoire, étira ses gambes musculeuses et, gai et gaussant jusque dans l'excessive fatigue, il dit avec un sourire :

— Assez jasé ! Mes membres sont de sommeil fort aggravés, et il est temps que ma brève nuit me dorme. Barbu, bonsoir ! Je te verrai demain.

Ayant dit, il ferma l'œil dextre, puis le senestre et son souffle s'alentissant, il s'ensommeilla tant vite qu'on eût dit qu'il avait soufflé chandelle, me laissant émerveillé que son corps, comme le premier de ses sujets, lui obéît si bien.

Si, parlant d'Henri Quatrième, je devais faire l'éloge de la figure de capitaine qu'il taillait à la guerre, je dirais qu'il était par-dessus tout laborieux et vigilant, ne donnait jamais d'ordre qu'il n'eût l'œil sur son exécution, se montrait ouvert à tous avis et conseils que lui pouvaient bailler ses maîtres de camp, et cependant, le moment venu, tranchait avec détermination, agissait avec promptitude, ne perdait pas cœur au milieu des revers, et dans les dents des pires prédicaments, affichait une inébranlable fiance en la victoire.

Au combat, sachant que sa cavalerie s'encontrait meilleure que l'espagnole, il lui donnait la part du lion, chargeant à sa tête avec une intrépide impétuosité, tant est que son exemple multipliait l'audace des gentilshommes qui suivaient sa fortune. Mais il montrait aussi une tête froide et réfléchie dans l'usance qu'il faisait de ses canons, sachant émerveillablement les placer, et dans les sièges, et dans les batailles. Dans l'art de la fortification, et en particulier pour circonder une ville, il était, à ce que j'opine, sans égal, se mettant les pieds en sang, comme on l'a vu, à courre de l'aube à la nuit les tranchées, afin que de les approfondir, corriger les détours et retours, ménager les escarpes et les contrescarpes, creuser les mines et les contremines, hausser les redoutes pour protéger les enfilures, orienter au mieux les embrasures pour bien loger ses canons et les défiler aux vues de l'ennemi ; et enfin, je le dis en dernier, combien que ce ne soit pas là le moindre de ses mérites, autant il était brave dans l'action, autant il était clément dans la victoire, se montrant toujours prêt à prendre langue avec l'assiégé, à lui faire les conditions les plus douces, à laisser saillir hors les affamés (comme il avait fait pendant le siège de Paris) et s'attachant, la ville prise, à passer la bride à ses soldats afin de prévenir les roberies, les meurtreries et les forcements.

Les Grands, accoutumés aux largesses parfois excessives de mon pauvre bien-aimé maître Henri Troisième, affectaient de trouver son successeur ingrat et chiche-face. Ha ! lecteur ! Que cela est faux et malivole ! Henri donnait moins de pécunes, en effet, à ses insatiables Grands (lesquels, tant plus il les obligeait, tant plus ils lui faisaient d'écornes), mais davantage à ses soldats invalides, leur servant pension jusqu'à leur mort pour les conforter d'avoir perdu, qui un bras, qui une gambe, à le servir, étant le roi le plus soucieux de son peuple qu'on vît jamais. J'en veux pour preuve cette très émerveillable remarque qu'il fit le soir de la bataille d'Ivry à un de ses officiers qui quérait de lui s'il était content d'avoir battu la Ligue. Henri, secouant la tête, répondit tristement :

— Nenni, nenni. Je ne peux me réjouir de voir mes sujets étendus morts sur la place : je perds lors même que je gagne !

Comme son prédécesseur, Henri excellait dans la diplomatie, et ouverte, et secrète. La première, je l'abandonne aux chroniqueurs et à ceux qui s'y sont mêlés. La seconde, je n'en peux faire l'éloge sans paraître me rincer la bouche de mes propres louanges. En revanche, je peux dire céans ce que je n'ai vu imprimé nulle part : Henri, pour s'éclairer sur les desseins de ses ennemis, savait admirablement user, et des batteurs d'estrade, et des espions.

Sachant que Mayenne avait établi son camp à La Fère — laquelle ville se trouve à une demi-journée de cheval de Laon — Henri s'obligeait, qui qu'en groignât, à envoyer chaque jour l'un des principaux de son armée battre l'estrade en cette direction avec de très forts escadrons de cavaliers. Mieux même, pour montrer l'exemple aux Grands, il prenait son tour de cette quotidienne reconnaissance, laquelle se donnait pour but de surprendre les surprises de l'adversaire. A quoi, nous ne faillîmes pas, repoussant par deux fois des troupes ligueuses qui, parties de La Fère, attentaient de jeter dans Laon des hommes, des viandes, et des munitions.

Quant aux espions, non seulement Henri savait les choisir, mais les dépêchant en même lieu à l'insu l'un de l'autre, et au retour leur prêtant l'ouïe séparément, il excellait à confronter leurs témoignages, afin que de trier le vrai du faux, ou à tout le moins, le probable de l'incertain.

Tandis que j'écris ces lignes, belle lectrice, je sens derrière mon épaule votre présence, hélas, impalpable et voici que me poussant du coude, vous me dites d'une voix plaintive :

— Hé quoi, Monsieur ! Encore un récit guerrier ! Vous savez bien, pourtant, que la guerre, où mon doux sexe, la Dieu merci, ne figure point...

— Sauf, dis-je, dans les prises de ville comme innocentes victimes des forcements...

— Monsieur, de grâce, ne me coupez point ! La guerre, dis-je, n'a pas le même attrait pour moi que vos aventures personnelles. Je ne vous cacherai pas qu'elles ragoûtent peu mon très sensible cœur, lequel s'émouvant jà d'un souriceau déchiré par la griffe d'un chat, se détourne avec dégoût du dépêchement de tant d'hommes.

— Hé ! Madame ! dis-je, bien le sais-je et bien marri vous m'en voyez ! De grâce, toutefois, considérez que le portrait que j'attente de faire de notre temps ne saurait être peint aux couleurs de la vérité, si j'omettais ces moments où la fortune de France, que dis-je ? son existence même, furent jetées dans la balance en une seule bataille.

— Monsieur, vous êtes un régent rabâchant ! Vous m'avez mille fois expliqué l'état de ce royaume. J'en ai l'oreille tympanisée, la tête farcie et l'entendement gourd. Je sais, je sais, par tous les saints ! Si Henri ne prend pas Laon, Paris est ouverte à l'invasion étrangère !

— Et vous-même, Madame, aux brutalités espagnoles ! Hé ! Madame ! Maugré mes faiblesses pour vous, laissez que je vous tance à la parfin ! Ne prenez pas, de grâce, le présent prédicament tout à l'étourdi ! Il en serait à tout jamais fini de vos aises en Paris, de vos bonnes repues, de vos commodités, de votre quiétude, de votre honneur aussi, si le roi et une poignée de ses sujets loyaux n'arrachent la victoire à l'ennemi sous les murs de Laon...

Tout se traîne à la guerre et tout, soudain, se précipite. Nous fûmes trois mois à poursuivre le siège, à nous tenir en aguet, à dépêcher nos espions à La Fère, à battre l'estrade à l'alentour de Laon, laquelle ne se rendait pas, espérant l'advenue de Mansfeld, mais de Mansfeld point. Il est vrai que depuis le règne papelard et paperassier de Philippe II, l'Espagne, de vive qu'elle était, s'est beaucoup alentie : non qu'on ait su pourquoi Mansfeld délayait tant. Se peut qu'il attendait une lettre de son maître et que cette lettre n'arrivait point. Se peut que Mansfeld, ayant un œil sur les gueux de Bruxelles, ne voulait point ficher l'autre sur Laon, de peur de loucher — ou de perdre une ville sans gagner l'autre. Se peut aussi qu'ayant reçu l'ordre de Philippe II, il espérait que Laon capitulerait, avant qu'il se mît en marche, ce qui lui dispenserait d'obéir. Se peut aussi qu'il n'était point tant pressé de s'aller mesurer avec Henri IV, tout bon général qu'il fût, et toute brillante qu'on réputât l'infanterie espagnole, assurément la meilleure du monde.

En juillet, mais je ne saurais dire le jour, le roi nous appela sous sa tente, à un conseil auquel je ne dus d'assister qu'au fait que M. de Rosny m'avait pris dans sa suite. Il y avait là le maréchal de Biron dont il a été jà question en ces Mémoires, le brave Givry qui devait laisser la vie sous les murs de Laon, quelques jours plus tard, Saint-Luc, ex-mignon du roi Henri Troisième, mais respecté de tous pour sa vaillance, le charmant Marivault (qui avec Givry commandait la cavalerie) et enfin le rude Vignolles dont, se peut, le lecteur se ramentoit qu'il avait occupé, par précaution, le château de Plessis-lez-Tours lors de la très fameuse encontre et réconciliation de Henri Troisième et du futur Henri Quatre.

— Messieurs, nous dit le roi en marchant qui-cy qui-là dans sa tente sur ses gambes sèches et musculeuses (lesquelles paraissaient toujours impatientes de courre ou de bondir), je viens de m'entretenir en privé et séparément avec trois de mes espions, lesquels ne savent rien l'un de l'autre, ni que je les ai employés en même lieu et en même mission, à savoir à La Fère, afin que d'attenter d'apprendre ce qu'il en était des desseins de l'ennemi. Or, il appert de leur triple et concordant témoignage que Mansfeld a fait jonction avec Mayenne, et qu'ils se sont résolus, avant que de tenter un combat général, de lancer derechef un coup de main avant que de jeter dans Laon un très grand renfort de cavalerie et d'infanterie, en même temps que quantité de munitions, et de guerre et de bouche, cette expédition devant être forte assez en hommes et en cavaliers pour submerger les pelotons de batteurs d'estrade qu'elle pourrait encontrer.

— Ils y failliront ! s'écria le maréchal de Biron, lequel était un homme de moyenne mais vigoureuse stature, très brun de peau et de poil, et l'œil noir fort perçant.

Il en eût dit davantage, étant grand jaseur en sa jactance, et parlant plus haut et plus longuement que n'importe qui, si le roi n'avait donné la parole à Vignolles.

— Sire, dit Vignolles, se peut le plus expérimenté capitaine hormis Biron de tous ceux qui se trouvaient là, d'où vient que Mansfeld ne nous attaque pas tout de gob avec toutes ses forces ?

— D'après mes espions, dit Henri avec un petit brillement de l'œil, la raison qu'il en donne, c'est que ses forces sont harassées du chemin qu'elles ont fait des Flandres à La Fère, et qu'elles se doivent de prime rafraîchir avant le combat général. Mais, en mon opinion, la véritable raison, c'est que Mansfeld est fort ménager de ses forces, n'ayant pas deux armées — l'une pour maintenir sous le joug les Flandres et l'autre pour tâcher de nous y mettre — mais, à la vérité, une seule. C'est pourquoi il attente à me faire lever le siège de Laon aux moindres frais en jetant vivres, hommes et munitions dans la place.

— Et s'il échoue, dit Marivault, croyez-vous, Sire, qu'il se résoudra à un combat général avec toutes ses forces et celles de Mayenne ?

— Se peut que non, dit le roi à sa manière gaussante, mais l'œil fort aigu. Se peut que oui. Se peut qu'il tâche à recommencer la très adroite manœuvre du duc de Parme qui, se présentant avec de grandes forces devant Paris pendant que je l'assiégeais, m'amena à lever ledit siège, jeta alors dans la ville hommes et munitions en quantité, après quoi, se dérobant devant moi sans combattre, fit retraite dans ses Flandres.

— J'entends bien, dit le brave Givry, qui, ayant étudié la mathématique, n'était jamais content qu'on n'eût mis clairement à plat que deux et deux faisaient quatre, que vous ne lèverez en aucun cas le siège de Laon ?

— En aucun cas ! dit le roi avec force. Entendez aussi que même si Mansfeld est très ménager de son armée, et n'y va que d'une fesse, gardant l'œil constamment sur ses Flandres, toute bataille où se bat l'infanterie espagnole est pour nous redoutable. C'est à Biron, poursuivit le roi sans laisser les esprits s'attarder trop longtemps sur ce péril, que je confie l'exploit d'embûcher l'expédition de Mansfeld et de l'emberlucoquer. Maréchal de Biron, vous aviserez de prendre telles troupes en tel nombre que vous jugerez le meilleur, et départirez, dès que prêt.

A un certain air de fugitive tristesse dont je saisis le reflet sur sa face au moment de quitter sa tente, j'entendis que le roi, aussi fougueux et aventureux qu'en sa vingtième année, était bien marri de ne pas prendre lui-même le commandement de la contre-expédition et, qui plus est, de la laisser aux mains de Biron, lequel, s'il y réussissait, outrecuiderait jusqu'aux nues sa naturelle outrecuidance, et l'enflerait au point où, son esprit d'intrigue et brouillerie aidant, il deviendrait un danger pour le trône. Mais le roi savait où était sa place : à la tête du gros de son armée devant Laon, d'où il ne voulait à aucun prix déloger — et pas même à courre cueillir des lauriers dans une embûche.

M. de Rosny voulut être à toutes forces de ce combat, et le roi le lui refusant de prime pour ce que M. de Rosny, revenant de Paris, avait encore beaucoup de choses à lui apprendre, Rosny revint à la charge trois fois, et la troisième fois, l'emporta, m'entraînant dans son sillage, comme étant de sa suite, sans que j'y eusse, de reste, le moindre appétit, n'estimant pas que ma meilleure usance au service du roi fût à brandir l'estoc. Pour M. de Rosny, outre qu'il était naturellement affamé de gloire, il ne pouvait qu'il n'y allât point, le roi lui ayant promis la charge de grand-maître de son artillerie. Ce qui fait que s'il n'avait pas intrigué pour être de la partie, toute la Cour eût dit qu'il avait les ongles un peu pâles pour un grand maître. Ainsi en va-t-il de la vaillance de nous autres gentilshommes : il faut bien que nous la fassions apparaître, puisqu'on l'attend de nous. Et moi-même qui n'ai pas la tripe chattemitesse, j'arborai toutefois un front riant devant mes gens, tandis que, revenu sous ma tente, je m'armais en guerre.

Biron, qui, maugré ses insufférables fanfaronneries, connaissait bien le métier des armes, choisit pour son embûche le dessus du panier : Mille deux cents hommes de pied à l'élite et huit cents Suisses, ce qui faisait deux mille fantassins et, pour la cavalerie, trois cents chevau-légers, deux cents hommes d'armes et cent gentilshommes pour être près de lui, la plupart de la maison du roi.

Nous départîmes vers les six heures du soir et prîmes le grand chemin de Laon à La Fère, lequel passe par une forêt que nous traversâmes de bout en bout, nous arrêtant, d'ordre de Biron, à son orée, à deux ou trois lieues de La Fère, et nous établissant là, hors vue et sans noise aucune, Biron détachant seulement quelques vedettes sur ses ailes et en avant pour nous éclairer.

Ha ! lecteur ! Quelle mortelle attente ce fut ! Et quel prodigieux rongement d'ongles et grattement de tête que ce métier des armes qui, pour une minute d'action, vous contraint à cinquante minutes d'ennui ! Vingt heures, je dis bien ! vingt heures ! nous demeurâmes en embûche à cette orée de bois, sans gloutir rien que de froid, sans déclore le bec, sans nous décuirasser, dormant d'un œil, mâchant des brindilles arrachées aux arbres pour nous occuper, ou tâchant de faire battre entre elles les fourmis de deux fourmilières. Nous y faillîmes, de reste, les unes et les autres ayant leurs provinces, leurs itinéraires et leurs souterraines citadelles, tant est que dès qu'on les mettait face à face, elles s'en retournaient, plus sages que nous, en leur respectif logis, refusant obstinément de s'affronter. Il est vrai que les fourmis n'ayant pas de religion, et partant pas d'hérétiques, elles n'ont aucune raison de se vouloir exterminer.

A la parfin, à quatre heures du soir, nos éclaireurs accoururent nous dire qu'ils avaient découvert sur le grand chemin de La Fère à Laon une si longue file de gens de guerre qu'ils cuidaient que c'était là toute l'armée ennemie qui nous venait faire le poil. A cette nouvelle, d'aucuns de nous — que je ne nommerai point — chuchotaient jà qu'il fallait faire retraite, mais M. de Biron opiniâtra au rebours, et dépêcha à reconnaître le judicieux sire de Fouqueroles, lequel revint à brides avalées nous dire que ce qui faisait une si longue file n'était point une armée qui marchait en corps, mais quantité de chariots portant vivres, poudres et munitions, lesquels étaient escortés par environ seize cents piquiers et lansquenets, tous portant sur le chef la salade espagnole, et précédés, à ce qu'il s'apensait, par quatre cents chevaux pour le moins.

Les nombres étant, semblait-il, égaux à peu près, il fut décidé d'attaquer mais il y eut grande dispute entre nos chefs sur la manière de l'attaquement, les uns opinant qu'on laissât entrer les ennemis dans la forêt, afin que de leur couper retraite et de leur taper sur la queue, les autres voulant, avant qu'ils entrassent, les charger à la tête, à laquelle marchait leur cavalerie, pour ce que, arguaient-ils non sans raison, une charge de chevaux à travers l'entrelacis d'une forêt ne se pouvait accomplir.

Ceux qui argumentaient de la sorte se nommaient Givry, Montigny et Marivault et commandaient nos chevaux, et leurs raisons étaient si évidemment bonnes qu'elles persuadèrent à la parfin le maréchal de Biron ; il fut donc fait comme ils avaient dit. A l'orée du bois où nous nous trouvions cachés, on se mit en selle silencieusement assez, et tout soudain on déboucha à découvert, on se mit au grand galop, l'estoc pointé, sus à leurs cavaliers et les surprit, alors qu'ils cheminaient au pas. Toutefois, ils vinrent au combat bravement, et la mêlée fut âpre, mais peu longue, non par défaut de vaillance, mais parce que leur adresse à cheval ne valait pas la nôtre, tant est qu'ils se débandèrent, mais sans fuir véritablement, se repliant des deux côtés de leurs chariots, leur infanterie, à cette vue, se mettant en ordre avec une promptitude admirable, et tirant si furieusement et si bien qu'elle nous força à nous mettre hors portée.

M. de Biron, écumant de colère, et son œil noir jetant des flammes, nous commanda d'enfoncer cette infanterie par le flanc gauche, et que quant à lui, Tudieu ! pour nous montrer le chemin du devoir, il l'allait avec ses chevaux enfoncer sur le flanc droit : éperonnés par ses reproches et son exemple, nous chargeâmes alors, et si bien que le reste de la cavalerie ennemie se mit à vauderoute, mais non les hommes de pied qui se retirèrent entre les chariots, secondés par les piquiers et les mousquetaires, lesquels se mirent en hérisson et tirèrent tant de salves et si meurtrières qu'à la parfin nous n'en voulûmes plus manger.

Voyant quoi, M. de Biron fit avancer son infanterie, qui suisse, qui française, laquelle attaqua vaillamment ledit hérisson et fut de lui si bravement reçue qu'elle ne le put forcer du tout, le chamaillis se prolongeant tant et tant que M. de Biron, craignant que la longueur de l'attaquement permît au gros de l'ennemi de nous tomber sur le dos avec des forces supérieures, décida de faire démonter toute sa cavalerie — tu as bien lu, lecteur ! — et de la faire combattre à pied, le pistolet dans un poing, et l'estoc dans l'autre.

Ce que nous fîmes, M. de Biron donnant le premier l'exemple, tout maréchal de France qu'il fut, et l'inouïe nouveauté de la chose nous exaltant et frappant de stupeur les Espagnols, nous les attaquâmes à six cents avec une telle impétuosité et de tant de côtés à la fois que, leurs piques devenant inutiles, on en vint au corps à corps, nous battant pour ainsi dire de collet à collet, et avec tant de fureur qu'à la parfin ils se débandèrent et s'ensauvèrent dans le bois, et tant la tuerie fut grande alors, en cette désordonnée retraite, qu'ils laissèrent douze cents des leurs sur le terrain.

M. de Biron, remontant à cheval, et craignant toujours que le gros de l'ennemi, prévenu, nous submergeât si l'on se dispersait, hucha que personne ne poursuivît les fuyards sous peine de vie et réussit à rassembler son monde, mais faillit à empêcher la pillerie des chariots, ni que la plupart des vivres ne fussent enlevés, gâtés et gaspillés par nos gens, lesquels en firent en quelques coups de glotte des ventrées incroyables. Entre autres images qui demeurent en ma remembrance de cette picorée, je me ramentois mon gros Poussevent dont le sang pissait sur le front et le nez du fait d'une entaille au cuir chevelu et qui, insoucieux de cette navrure (à vrai dire peu griève, mais fort saigneuse), s'était emparé d'une énorme motte de beurre, et y crochant ses deux mains noires de poudre, la gloutissait à gueule bec, sans même l'accompagner de pain (lequel, pourtant, ne manquait pas en ces chariots) tant est qu'il s'en tantouilla tout à plein la face, laquelle devint en un battement de cil, un assez peu ragoûtant mélange et de beurre et de sang.

A la parfin M. de Biron réussit à nous rameuter et à nous ramener en bon ordre au camp où nous entrâmes, fort contents de nous, la queue droite comme chiens courants de retour de curée, et par le roi, à notre advenue, accolés, caressés, cajolés et loués, comme lui seul le savait faire, n'étant pas chiche de cette monnaie-là. Il est vrai que l'autre lui faillait fort, son trésorier, M. d'O (demeuré en Paris tant parce qu'il en était gouverneur que parce qu'il pâtissait d'une rétention d'urine), ne lui envoyant ni pécunes ni vivres. Vous pensez bien, lecteur, que M. de Biron fit au roi devant nous tous un conte épique, où il rafla pour lui tous les lauriers et mêla à sa ratelée tant de vanités, vanteries, forfanteries et jactances qu'il apparut qu'il avait quasiment vaincu l'ennemi à lui seul : ce qui fit sourciller plus d'un (et d'autres de rire sous cape) et, encore qu'il se gardât de le montrer, donna de l'humeur au roi, qui commençait, comme j'ai dit jà, à s'inquiéter de l'outrecuidance de son maréchal.

— Eh bien, Madame, avez-vous tant langui à ce récit guerrier, lequel, à dire le vrai, n'est pas fini ?

— Non, Monsieur. Toutefois, le cœur me point au pensement de tous ces morts, et en particulier de ce millier d'Espagnols.

— Cornedebœuf, Madame ! Pourquoi eux, en particulier ?

— Pour ce qu'ils ont laissé leurs bottes si loin de leur patrie, et par surcroît de honte abandonnent leurs pauvres corps en pâture aux corbeaux.

— Madame, la faute n'en est pas à nous, qui leur défendons notre sol, mais au roi d'Espagne, qui, ayant mis, grâce à la Ligue, le doigt dans le pâté France, le voudrait maintenant tout gloutir.

— Je vous entends, mais en revanche je n'entends pas si bien votre parladure de soldat. Qu'est-ce que cette *estrade* que *battent* vos éclaireurs ?

— L'estrade, Madame, est la *strada* italienne francisée. Nos éclaireurs *battent l'estrade* quand ils parcourent les chemins à l'alentour pour découvrir l'ennemi.

— La grand merci. Monsieur, un petitime reproche, pourtant, pour finir.

— *In cauda venenum* (1).

— Ce venin-là n'est point méchant. Monsieur, pourquoi tant flattez-vous notre aimable sexe ? Pour ma part, on ne laisse pas de me persuader que je suis loin d'être vilaine, mais cuidez-vous vraiment que toutes vos lectrices soient belles ?

— Oui, Madame. Je l'affirme : elles sont belles, au moins le temps qu'elles me lisent.

— Comment l'entendez-vous ?

— Mais, Madame, comme vous.

— Babillebahou ! Est-ce répondre que cela ? Mais de grâce, un mot encore. Pourquoi parlez-vous si peu de présent de votre Angelina ? Et pourquoi ne vous vient-elle pas visiter en Paris ?

— Hé ! Madame ! Vous touchez là un point sensible !

Le lendemain de ce victorieux combat, le roi me fit appeler un peu avant son conseil, et à sa manière mi-gaussante mi-sérieuse me tança d'avoir pris part à l'action.

— Barbu, me dit-il, tu es étourdi comme un hanneton : qu'avais-tu à te fourrer dans cette échauffourrée ? Belle gambe cela m'eût fait que tu te fasses tuer sous Laon, ayant pour toi meilleure usance que d'échanger des buffes et torchons avec les Espagnols ! D'autant que j'ai le dessein de te dépêcher en Paris, dès que je n'aurai plus Mansfeld sur le poil.

— Hé quoi, Sire, dis-je, Mansfeld ? Après qu'il a perdu tant de monde et un si grand convoi, Mansfeld en veut-il encore manger ?

— Il se pourrait, dit Henri, l'air soucieux assez.

Et là-dessus, comme les membres de son conseil pénétraient sous sa tente, et que je faisais mine de me retirer, il me fit signe, à mon très grand étonnement, de demeurer.

— Messieurs, dit-il, ce matin, à la pique du jour, j'ai ouï, séparément, deux de mes espions et leurs informations concordent : tant s'en faut que Mansfeld et Mayenne aient perdu cœur de leur revers. Ils veulent, bien au rebours, s'en revancher, en leur dépit, marcher contre nous avec leur gros et nous faire lever le siège de

(1) — Dans la queue le venin. (Lat.)

vive force, n'attendant plus pour cela que l'advenue de quelques troupes qui sous peu les doivent joindre et renforcer.

A cela, je vis bien que les vaillants capitaines dont j'ai jà parlé — Biron, Givry, Marivault, Saint-Luc, Vignolles et deux ou trois autres encore dont je ne me ramentois pas les noms — furent béants et quasi incrédules, cuidant en avoir fini avec Mansfeld, n'osant toutefois contredire le roi, ses espions l'ayant jà, à deux reprises, si bien averti de ce qui se tramait à La Fère. Mais le maréchal de Biron, quasiment offensé en sa superbe de ce que l'Espagnol ne se tînt pas pour vaincu par lui, leva haut la crête, et dit avec un air d'insufférable hautaineté :

— Sire, vos espions sont des marauds qui puisent leurs rapports dans le vin de leurs coupes. Raison pourquoi je les décrois tout à trac, l'Espagnol a été battu par moi, Biron, sur le grand chemin de Laon à La Fère, et quiconque est par Biron battu, ne s'y revient pas frotter.

Il y eut à cela qui-cy des sourcillements, qui-là des sourires, les autres capitaines voyant leur part dans la victoire réduite à néant par cet outrecuidant, et quant à moi, tant plus je voyais Biron et tant moins je l'aimais, et en particulier ses yeux, lesquels s'encontraient extraordinairement enfoncés dans l'orbite. On eût dit qu'il les avait voulu reculer et cacher le plus qu'il se pouvait, afin qu'on n'y pût pas lire ce qu'il avait dans l'âme, et qui n'était jamais bien beau, en mon opinion. Cependant, en toute justice, je voudrais dire qu'avant d'être décapité, huit ans plus tard, à la Bastille pour avoir trahi le roi et la Nation, Biron recommanda qu'on donnât à une garce qu'il avait engrossée une maison qu'il possédait près de Dijon et une somme de six mille écus pour élever son fruit. Preuve qu'il y avait encore quelques coins blancs en sa noirceur...

Pour en revenir à la présente dispute, le roi fut assurément fort rebroussé par la présomption de Biron, mais ayant pris de longtemps la mesure de son maréchal, il ne sourcilla ni ne sourit, et dit, la face imperscrutable :

— Je voudrais néanmoins en avoir le cœur net.

Givry, prenez trois cents chevaux. Prenez-les des plus rapides et des mieux reposés de l'armée. Courez battre l'estrade aussi près que pourrez de La Fère et ne revenez que vous ne soyez assuré des desseins de l'ennemi.

Le roi avait choisi le pauvre Givry (lequel, comme tu sais, lecteur, n'avait plus que deux semaines à vivre) pour ce qu'il était le maître de camp de la cavalerie légère, en outre très aimé et très estimé de Sa Majesté, étant fidèle, modeste, industrieux, bien fait de sa personne, la face belle, plein d'esprit, sachant le grec et le latin, et fort versé aussi dans les mathématiques : rare mérite, cette science étant tombée en France quasi en désuétude, la Sorbonne la tenant en grand déprisement.

M. de Givry partit trois heures après avoir reçu le commandement du roi, et revint trois jours plus tard, assurant qu'il n'avait vu aucun ennemi au-delà de la rivière d'Oise, ce qui laissait conjecturer que Mansfeld inclinait plutôt soit à demeurer à La Fère sans attaquer, soit plutôt à reprendre la route des Flandres. Quoi oyant, le roi se relâcha quelque peu de sa vigilance et à midi décida d'aller visiter en Saint-Lambert une métairie qui, si loin qu'elle fût du Béarn, faisait néanmoins partie du domaine de Navarre, et dans laquelle, enfant, il s'était régalé de fruits, de fromage et de crème, Sa Majesté se délectant, en outre, dans le pensement qu'il allait revoir les lieux qu'il avait tant chéris en ses vertes années.

Le roi n'amena pas avec lui plus de trente chevaux, mais accompagnant M. de Rosny, je fus de la partie, et je m'ébaudis fort à voir Sa Majesté parcourir les étables, les écuries, les potagers et les vergers, s'exclamant avec bonheur qu'il reconnaissait tout. Il prit sa repue avec les bonnes gens qui ménageaient cette métairie, mais une fois qu'il eut glouti son frugal repas, et combien qu'on fût à peine dans le milieu du jour, il se jeta tout botté sur un lit et s'ensommeilla en un clin d'œil, étant las de s'être réveillé, la nuit précédente, pour visiter les tranchées et les batteries.

Pour M. de Rosny, trouvant les rais du soleil, en cette fin de juin, âprement chaleureux, il décida de se remettre en selle, moi-même le suivant, et d'aller chercher l'ombre au plus touffu et au plus frais de la grande forêt de Laon à La Fère. Et là, cheminant au pas entre les arbres, les brides lâches sur le cou de nos chevaux, nos fraises défaites, et nos pourpoints déboutonnés, et sans dire mot ni miette, tant la chaleur, même sous le couvert du feuillage, nous accablait, tout soudain nous ouïmes un grand bruit de voix confuses, entrecoupées de huchements de personnes qui paraissaient s'entre-appeler, lesquels cris étaient entrecoupés de hennissements de chevaux. Craignant que les nôtres ne leur répondissent, nous démontâmes et, confiant nos montures aux valets, nous avançâmes à pas de chat dans la direction de cette grande noise, laquelle grandit comme nous approchions, tant qu'enfin nous aperçûmes en contrebas, à travers le feuillage (sous le couvert duquel nous cheminions) le grand chemin de La Fère à Laon, et sur ce chemin progressant en bon ordre une interminable colonne de fantassins, portant sur le chef la salade espagnole, lesquels marchaient très à la silencieuse, j'entends sans bourdonnements de tambours ni fanfarements de trompettes. Toutefois, il s'en fallait que l'artillerie qui suivait fût aussi discrète, les charretiers criant « hay » à gorge rompue et faisant claquer leurs fouets, lesquels claquements retentissaient haut et fort dedans le bois.

— Tudieu, Siorac ! s'écria M. de Rosny (seule occasion, à ma connaissance, où ce bon huguenot jura le saint nom du Seigneur), il est plus que temps que nous nous tirions de ce bois, si nous ne voulons point y laisser nos bottes ! Et le roi, tudieu ! Le roi qui ne se doute de rien ! Courons, Siorac, courons !

Là-dessus, tant lentement que nous étions venus, tant lestes nous fûmes à détaler, nous mettant en eau à courre jusqu'aux chevaux, puis nous jetant en selle, galopant à brides avalées jusqu'à la métairie de Saint-Lambert où nous trouvâmes au verger le roi bien réveillé, en train de courber de la main un prunier et d'en cueillir les fruits dont il avait plein les joues, plein les mains et à ce que je crus voir aux bosses de son pourpoint, plein les poches.

— Pardieu, Sire ! s'écria Rosny, en jurant tant il était hors de lui, nous venons de voir passer, venant de La Fère, des gens qui nous préparent bien d'autres prunes que celles-ci, et bien plus dures à digérer !

— Qu'est cela ? Qu'est cela ? dit le roi qui considérait avec étonnement notre aspect échevelé et déboutonné, tandis qu'il nous distribuait comme machinalement les prunes qu'il venait de cueillir, lesquelles, tant nous mourions de soif, nous nous mîmes tous, maugré la gravité de l'heure, à gloutir à belles dents, le jus nous dégoulinant des lèvres, et lecteur, à ce jour encore, j'en sens encore le goût délicieux dedans ma bouche, ces prunes-là étant assurément les plus belles et les plus savoureuses que j'aie jamais mangées.

— Qu'est cela ? répéta le roi, nous voyant tous réduits au silence par le machellement des fruits. Qu'est cela ? dit-il en saisissant M. de Rosny par le bras.

— Ha ! Sire ! dit M. de Rosny avalant la prune qu'il avait en bouche (et aussi le noyau, à ce qu'il me dit plus tard), nous venons de voir passer sur le grand chemin de La Fère à Laon, à tout le moins, toute l'armée ennemie !

— Ventre Saint Gris ! s'écria le roi, en êtes-vous sûr ?

— Sire ! Certains ! crièrent d'une seule voix Rosny et moi-même. Nous l'avons vue de ces yeux que voilà !

— Ha ! Givry ! Givry ! cria le roi ! Ha ! mes batteurs d'estrade ! Faillir à ce point en leur mission ! Sans vous j'étais surpris ! Holà ! Des chevaux ! Des chevaux !

Sur quoi, sa monture lui étant amenée, il bondit en selle, mit au grand galop dans la direction de son camp, criant à tous ceux qu'il encontrait de s'armer et de le joindre à son quartier. Il allait si vite qu'il distança toute sa suite, hormis Rosny, moi-même et quelques autres dont les montures valaient la sienne et qui vinrent le flanquer de dextre et de senestre, afin qu'une arquebusade, tirée de côté, ne pût l'atteindre. Nous voyant, et toujours galopant, mais point si vite, le roi ramassa les rênes en une seule main, et tirant de la pochette de son pourpoint un papier sur lequel il avait inscrit les logements de son armée, il dépêcha Rosny, Quéribus, Saint-Luc, Vignolles, La Surie et moi-même, chacun en un quartier différent, pour commander qui à la cavalerie de se mettre à cheval, armée en guerre, qui à son infanterie de se former pour le combat.

Nous départîmes tous comme fols, chacun dans une direction différente, et quand je revins au quartier du roi — j'y observai la plus grande confusion de chevaux et de fantassins qu'on pût imaginer, accompagnée de huchements à pleine gorge, de jurements, de trompettes sonnant le boute-selle, et de roulements de tambour — et ce qui me donna une appréhension quasi désespérée de la situation, je découvris à l'horizon, fort visible, la cavalerie ennemie qui se formait jà en escadrons, à mesure que les colonnes advenaient sur le terrain. Le roi, assurément, ne faillit pas de la voir aussi, mais il n'était jamais plus admirable de sang-froid, de fermeté et de promptitude que le cul sur selle et l'estoc au poing, allant et venant, l'œil à tout, rameutant son monde, le rangeant en bataille, l'éperonnant et l'encourageant par ses gausseries, ses gasconnades et sa bonne humeur, et ranimant tous les courages par l'inébranlable fiance en soi (et en ses armes) qui se lisait sur sa face enjouée.

J'opine, toutefois, que si Mansfeld avait attaqué, alors que notre armée était encore en son premier tohu-vabohu, toute pêlemêlée et confondue, il eût eu les plus grandes chances de nous rompre. Mais Mansfeld faisait toutes choses à l'espagnole : lentement et lourdement. Et comme l'observa un jour M. de Rosny devant moi, on gâte autant d'avantages à la guerre par la circonspection la plus raisonnable que par la plus folle impétuosité.

On sut plus tard que Mansfeld ne voulut attaquer que toutes ses troupes ne fussent là, et qu'il souffrit de grands délaiements et retardements du fait que son artillerie, dans le grand chemin de La Fère à Laon, avait buté contre les chariots rompus et les chevaux morts qu'y avait laissés notre dernier combat. Tant est que lorsque son armée fut prête, complète, et rangée en bataille, la nôtre l'était aussi, et le soir tombant jà, ni la leur ni la nôtre ne voulant engager une action que la nuit eût interrompue, les deux camps s'entreregardèrent, chacun faisant fanfarer ses trompettes et bruire ses tambours à la mode de sa nation. Et pour moi qui trouvai quasi ébahissant ce pacifique face à face, j'imaginai qu'Homère, s'il avait dû le raconter en son *Iliade*, y aurait ajouté deux discours en forme de défi et challenge, l'un de Mansfeld à Henri, et l'autre d'Henri à Mansfeld, lesquels, étant prononcés en la langue des deux généraux, n'eussent été entendus ni de l'un ni de l'autre...

Le lendemain, M. de Biron, toujours bouillant et brouillon, ne parlait que d'aller chatouiller les moustaches de Mansfeld, afin que de le décider à branler.

— Je ne vois pas, dit le roi avec un fin sourire, ce que je gagnerai à le forcer à se battre.

Toutefois, sur le midi, Mansfeld dépêcha quelques arquebusiers pour s'emparer d'un petit boqueteau qui, Dieu sait pourquoi, était resté isolé entre les deux camps, se peut parce que sa possession eût été de petite conséquence pour celui qui s'y serait établi. Marivault, qui avec Givry commandait la cavalerie légère, vint aussitôt quérir d'Henri la permission de les chasser de là.

— Nenni, nenni ! dit le roi. Si j'avais eu appétit à ce boqueteau, je t'y eusse dépêché avec deux cents cavaliers. Et c'est ce que Mansfeld n'entend pas faire, ne voulant pas frotter ses cavaliers contre ma cavalerie, laquelle il connaît pour meilleure que la sienne, étant toute composée de noblesse française.

Ce mot, aussitôt répété, fit le tour de nos cavaliers, et leur mettant la crête haute, et la queue droite, les rendit encore plus impatients d'en découdre. Mais le roi leur fit défenses expresses de ne rien engager sans son commandement, et se contenta d'ordonner un feu nourri de mousqueterie contre les Espagnols qui s'approchaient du boqueteau. Ce qui fut fait, mais notre feu provoquant le feu de l'ennemi, un tir d'une intensité incrédible s'installa et se poursuivit quasiment jusqu'à la nuit, dans une noise et vacarme à déboucher un sourd. Un de nos deux capitaines (M. de Parabère, si bien je m'en ramentois) me dit qu'en son opinion, on avait tiré là des deux parts, pas loin de cinquante mille coups, sans beaucoup d'effet à la vérité, les deux armées étant à la limite de portée des mousquets, les leurs comme les nôtres.

La nuit suivante, à la sourdine et en catimini, Mansfeld décampa et reprit le chemin de La Fère.

Dès qu'on le sut, on courut désommeiller le roi, Biron quérant de lui de poursuivre l'ennemi dans sa retraite et de lui tailler des croupières.

— Nenni, dit Henri, à la guerre, il est bon de gagner, mais imprudent de gagner trop. Mansfeld a tous ses crocs intacts. Voulez-vous le contraindre à vous mordre ? La victoire est à nous, puisqu'il s'ensauve. Cela suffit.

A un gentilhomme qui dit alors avec quelque déprisement que Mansfeld avait bien montré qu'il avait les ongles pâles, le roi répliqua aussitôt :

— Mais point du tout. Le comte de Mansfeld n'est pas couard. Il est bien avisé. Il avait jà perdu un millier de bons soldats dans notre embûche. S'il nous avait attaqués, il eût sacrifié la moitié de son armée sans être du tout assuré de nous vaincre. Et comment eût-il poursuivi, après cela, la pacification des Flandres ? Dans la réalité des choses, Mansfeld n'avait qu'un dessein en venant céans : étaler sa force pour nous amener à lever le siège. Raison pourquoi, n'en voulant pas vraiment manger, il n'a pas livré une bataille. Il l'a seulement simulée...

Le roi dit cela avec un de ces sourires dont il était coutumier et qui donnait à entendre qu'en ne branlant pas plus que Mansfeld, il avait été connivent à cette simulation, s'en accommodant fort bien, quant à lui, puisqu'elle lui donnait la victoire sans coup férir.

Tout décoiffé qu'il fut, quand on lui annonça le décampement de Mansfeld, et quasi nu qu'il était, n'ayant aux pieds que ses mules et sur le dos sa robe de chambre — pour ce qu'il venait à peine de se lever de ses paillasses — le roi, écartant de sa main le pan de sa tente, saillit hors, se peut attiré par la nuit qui s'encontrait fraîche après la touffeur du jour et brillante aussi, étant suavement illuminée par une pleine lune qui montrait en contours fort bien définis les murailles et tourelles de Laon. Sur lesquelles tournant les yeux, Henri, appuyant la dextre sur l'épaule du soldat qui le gardait, dit :

— Arquebusier, comment te nomme-t-on ?

— Jean Savetier, Sire.

Henri rejeta la tête en arrière, inspira l'air à gueule

bec, et s'étant ainsi gorgé de la brise fraîche de la nuit, il dit gaiement :

— Savetier, tu es bien nommé. Car la victoire meshui me chausse. Laon est pour me tomber comme prune dans le bec. Et les villes picardes. Et Reims, et la Champagne...

Laon, en effet, capitula le 26 juillet et, entraînés comme le pensait le roi par son exemple ou craignant de subir un siège semblable, sans que Mayenne et Mansfeld pussent leur venir à rescous, Château-Thierry, Doullens, Amiens et Beauvais vinrent à composition et se rendirent au roi. Le petit Guise, pour les mêmes raisons, prit langue avec Sa Majesté pour lui rendre Reims, et quasi sans attendre la conclusion de ces pourparlers, Rocroi, Saint-Dizier, Joinville, Fisme et Montcornet se donnèrent à elle. Le duc de Nevers alla reprendre possession de Rethel et de son duché du Rethelois pour son fils. Et moi-même, très puissamment accompagné, je traitai avec Mme de Saint-Paul, lui assurant, outre le pardon du roi, sa vie, son logis et son bien, et aux manants et habitants les franchises qu'ils demandaient. Je fis ce barguin avec les députés de la dame et quand il fut en principe conclu, elle me manda par eux qu'elle avait grand appétit à me voir, mais n'attendant de cette chattemitesse que feintise et fallace, je noulus tout à plat.

Je dis que le barguin ne fut conclu qu'en principe, parce que la dame demandait pour livrer Mézières au roi une somme énorme, non point pour prix de sa reddition — mais, belle lectrice, ouvrez bien vos mignonnes petites oreilles à cette exorbitante condition — pour prix des fortifications dont son ligueux de mari avait entouré Mézières. Ainsi Henri devait payer à la dame les remparements que ledit mari avait fait élever contre lui !... Avez-vous jamais rien ouï de plus impudent ? En outre, ledit prix n'était point du tout petit : Mme de Saint-Paul, s'encontrant fort étroite pour donner, mais fort large pour se faire donner, l'avait fixé à quatre-vingt mille écus. Vous m'avez bien lu : quatre-vingt mille écus ! Raison pourquoi je ne voulus pas signer tout de gob le traité avec elle et galopai à Laon en informer le roi, à qui je conseillai de refuser tout à plat, me faisant fort de prendre la ville de force en quinze jours.

— Barbu, dit le roi, en me donnant une petite tape affectionnée sur le gras de l'épaule, tu n'es qu'une bête : prendre Mézières par force me coûterait beaucoup plus que quatre-vingt mille écus sans compter les pertes en hommes. Sous Laon, j'ai perdu bon nombre de bons soldats, y compris Givry, ce qui m'affligea prou. Vais-je te perdre aussi sous Mézières ?

A cette remarque qui me mit la larme au bord du cil et me noua le gargamel, je fus un moment avant de répondre d'une voix étranglée :

— Mais, Sire, ces gens-là ne vous rendent pas votre royaume. Ils vous le vendent !

— Ha bah ! tels sont les hommes ! Et les femmes aussi, dit le roi, à qui la belle Gabrielle, à elle seule, coûtait davantage que toutes les villes qui, moyennant pécunes, venaient à composition. Cependant, Barbu, reprit Henri, si cela te chagrine de jeter tant de beaux écus dans l'escarcelle de la Bigote, j'enverrai Frémin conclure le barguin à ta place.

Ce qui fut fait, et la tractation, tant la dame fut âpre, dura jusqu'en octobre, Frémin obtenant, cependant, que les quatre-vingt mille écus couvriraient aussi les frais d'entretien de la garnison.

Même avec tant de villes se rendant à lui au Nord et à l'Est, il s'en fallait, toutefois, que le roi fût jà en possession de la totalité de son royaume, pour ce que lui faillaient encore la Bretagne que tenait le duc de Mercœur, la Provence qu'occupait le duc d'Epernon, et la Bourgogne, fidèle à Mayenne, sans compter bon nombre de villes ligueuses, petites ou grandes, qui-cy qui-là.

Dans les jours qui suivirent le décampement de Mansfeld, et Laon n'étant pas encore rendue, M. de Rosny m'invita à dîner avec lui dans sa tente, et en sa grande condescension, étendit l'invitation à M. de La Surie, encore que ce dernier ne fût qu'écuyer, ce qui lui baillait un bien petit rang pour s'asseoir à la table d'un si grand homme. Car M. de Rosny se contemplait jà dans le miroir de sa grandeur future, bien persuadé que la charge de grand-maître de l'artillerie que le roi lui avait promise ne serait que le premier barreau d'une échelle qui le mènerait jusqu'au deuxième rang dans l'Etat : ce qui, de reste, advint, combien tu sais lecteur, quand il fut nommé par le roi duc de Sully et pair de France.

Plus jeune que moi de neuf ans, Rosny avait alors trente-quatre ans, mais son cheveu, blond et duveteux, jà se retirait prou de son front ample si semblable à un dôme. Au-dessus de ses larges pommettes, son œil était bleu, vif, rieur et pénétrant, mais ne laissait pas que d'être bon, maugré la hautaineté de son déportement. J'ai ouï blâmer à la Cour son humeur paonnante par quoi, à la vérité, il ne le cédait à personne, hormis à Biron. Mais Biron poussait la présomption jusqu'à la folie et à la trahison, tandis que Rosny, toujours réglé et raisonnable, mettait tout son être au service du roi et de l'Etat, y compris sa vanité, dans laquelle, comme dans son ambition, il puisait les forces nécessaires à ses indéfatigables labours.

— Qu'est cela, Siorac? me dit-il, tandis que nous gloutissions notre frugal repas, je vous vois la face marmiteuse, alors que les affaires du royaume vont si bien. Pâtissez-vous de l'estomac, comme le roi?

— Sa Majesté, dis-je, souffre de son gaster, pour ce qu'elle mange trop, trop vite, n'importe quoi et n'importe quand. En outre, comme Henri Troisième, elle abuse des massepains et des dragées. Le Révérend Docteur Dortoman devrait régler Sa Majesté davantage.

— Bah! dit Rosny, le roi n'entend guère raison. Il fait marcher son corps à la cravache, malmène son estomac à trop gloutir, ses piés à trop marcher, son cul à trop galoper...

Je vis à un petit pétillement de son œil bleu que Miroul brûlait d'envie de compléter cette phrase coquinement. Toutefois Rosny lui en imposant prou par son grand air, il se brida.

— Mais vous, Siorac, poursuivit Rosny, à envisager votre rose face, vous voilà sain et gaillard, comme pas un fils de bonne mère en France. Assurément, vous n'avez nulle raison de porter cet air rechignant.

— Sauf, dis-je, que le roi m'a promis il y a huit jours de me dépêcher en Paris et qu'il n'y paraît plus songer.

— Il y songe, dit M. de Rosny avec un sourire qui

remonta ses larges pommettes jusqu'à ses yeux rieurs. Mais n'ayant pas une minute à lui parce qu'il est fort occupé de présent à harceler et harasser ceux de Laon tout en prenant langue avec eux, il m'a chargé de vous en dire ce jour le quoi, le qu'est-ce et le comment.

— Voilà qui va mieux, dis-je en me redressant sur mon escabelle et en jetant un œil friand à mon Miroul.

— Siorac, reprit Rosny, avez-vous ouï parler de l'attentement de Barrière contre la vie du roi en 1593, lequel attentement, la Dieu merci, faillit ?

— Oui-dà, dis-je, je l'ai ouï, mais m'encontrant alors en Paris et la ville étant au pouvoir des *Seize* je n'en connais point le détail.

— Les détails et les circonstances, Siorac, ne manqueront pas de vous édifier. Le 26 août de l'an dernier, un gentilhomme italien, Ludovic Brancaléon, vint trouver le roi à Melun et lui dit qu'il avait été témoin à Lyon d'un entretien entre un nommé Barrière et un jacobin du nom de Séraphin Bianchi, au cours duquel ce Barrière avait quis du jacobin s'il était licite de tuer le roi, celui-ci ayant été excommunié par le pape. Le religieux (qui, se peut, voulait relever l'honneur de son ordre, fort terni, du moins chez les royalistes, par l'assassinat de Henri Troisième par le jacobin Jacques Clément) avait caché Brancaléon dans sa chambre pour qu'il pût rapporter l'entretien au roi, ayant quelque idée jà du conseil que Barrière lui allait demander. Quoi fait, il détourna le mieux qu'il put ledit Barrière de son funeste entretien, mais, lui sembla-t-il, sans le persuader, et celui-ci le quittant en disant qu'il allait consulter un grand docteur en Paris, Brancaléon avait galopé jusqu'à Melun pour avertir Sa Majesté et fit bien, pour ce que le jour même, qui était comme j'ai dit le 26 août, il aperçut Barrière qui rôdait dans la rue devant le logis du roi. Il en avertit le lieutenant de la prévôté, lequel arrêta Barrière, le serra en geôle, et l'ayant fait tout de gob fouiller trouva sur lui un couteau long d'un bon pied, tranchant des deux côtés, fort effilé de la pointe, et la lame fraîchement aiguisée.

— Cornedebœuf, dis-je, pensant à Jacques Clément. Un cotel encore !

— C'est arme de truand, dit M. de La Surie, et pas

une n'est meilleure pour une meurtrerie, car elle est facile à cacher, facile à saillir, facile à manier, et à tous les coups fatale, du moins si la victime ne porte point de chemise de mailles sous son pourpoint.

— Hélas ! dit Rosny, encore que le monde entier lui dise que depuis qu'il est converti, il est devenu *tuable*, le roi ne veut ouïr parler de ces précautions-là : « Suis-je tortue ? dit-il, pour me " carapaçonner " ? » Mais, je poursuis : on soumit Barrière à la question ordinaire et extraordinaire, et il fit des aveux, lesquels, Marquis de Siorac — oyez-moi bien, je vous prie — touchent à la moelle de votre mission.

— Je vous ois. J'aurais dix oreilles que je ne vous oirais pas mieux.

— Barrière déclara qu'ayant perdu la belle qu'il aimait, il avait résolu de mourir, mais ne voulant pas porter la main sur soi de peur d'être damné, il avait résolu de tuer Henri de Navarre que tous les prêches qu'il avait écoutés lui présentaient comme un tyran, un faux converti et un hérétique. A Lyon, où il s'encontrait, il consulta à ce sujet un prêtre, un capucin et un carme qui tous l'encouragèrent dans son dessein. Mais un jacobin (il s'agit, je l'ai dit jà, de Séraphin Bianchi) ayant opiné au rebours, Barrière fut par lui ébranlé, mais non point convaincu et, pour trancher le point, il partit pour Paris consulter la plus docte personne qu'il pût encontrer. Une fois dans la capitale, et ayant quis d'un marguillier quels étaient les prédicateurs les plus zélés de la Ligue, il fut par lui adressé à M. Aubry, curé de Saint-André-des-Arts, lequel l'ayant de prime affermi dans son projet, le dépêcha au « grand docteur » qu'il avait tant appétit à voir.

— Et qui était-il ?

— Le Révérend Père Varade, recteur du collège des jésuites.

— Tiens donc ! Un jésuite !

— Lequel est un homme, en effet, très docte...

— Et très zélé, dit M. de La Surie.

— Ha certes, très zélé, dit Rosny. Mais n'est-ce pas tautologie et redite que d'affirmer que Varade est jésuite *et* zélé ? Mais je poursuis. Vous allez voir, de reste, à quels incrédibles excès son zèle porta ledit jésuite. Car dès qu'il eut ouï Barrière lui exposer son projet, il le loua chaleureusement d'envisager une action si belle et si sainte, l'exhorta à rester ferme en son courage et pour ce, lui recommanda de se confesser et de communier, l'assurant que s'il était pris et mis à mort, il recevrait au ciel la couronne du martyre.

— Ventre Saint Antoine ! dis-je, envoyer un homme à la communion pour l'engager à commettre un régicide ! Quelle perversion horrible de la chrétienne religion !

— Il est de fait, dit M. de La Surie, que ce détail-là est si odieux qu'on hésite à le croire.

— Il n'est pourtant pas possible de le décroire, dit M. de Rosny. Il figure noir sur blanc dans les pièces du procès criminel. Pasquier, De Thou et Condé l'y ont vu. Eh bien, Siorac, poursuivit-il, vous vous accoisez ?

— Monsieur, dis-je, c'est que je songe à ce que vous avez dit au début de votre récit : à savoir que, depuis sa conversion, le roi est devenu *tuable*. Comment l'entendez-vous ?

— C'est que depuis sa conversion, il vole de victoire en victoire et bat la Ligue et l'Espagnol chaque fois qu'il l'encontre, tant est que rien ne pouvant arrêter l'irrésistible reconquête de son royaume, de bons esprits ligueux commencent à dire...

— Qu'il ne leur reste plus que le cotel, dit Miroul.

— Vous croyez donc, dis-je, que les jésuites...

— Les jésuites, dit M. de Rosny en levant le sourcil, ou les carmes, ou les capucins, ou les jacobins ! Il y a, en ce pays, tant de moines de tous poils, de tout ordre, et de toute bure ! Et tant d'abbayes où même le roi ne peut mettre le pié sans la permission de l'abbé.

— Et comment, dis-je au bout d'un moment, se va définir ma mission, les choses étant comme vous les décrivez ?

— Cela dépend.

— Cela dépend ? dis-je, étonné.

— De qui la définit. Car je ne vous cèlerai pas plus longtemps, mon cher Siorac, que le roi l'entend d'une certaine guise, et moi d'une autre.

— Eh bien, dis-je en souriant, avec tout le respect que je dois au futur grand maître de l'artillerie, peux-je connaître de prime les intentions du roi ?

— Vous dépêcher comme observateur à un procès qui est pour se plaider devant le Parlement de Paris entre la Sorbonne et les curés de la capitale d'une part, et les jésuites de l'autre.

— Voilà qui est étrange ! La Sorbonne attaquer les jésuites ! Elle qui fut si ligueuse !

— Simple jaleuseté de boutique à boutique, dit Rosny avec un sourire plein d'irrision. Les révérends docteurs de la Sorbonne trouvent que les jésuites, par leur collège, leur robent trop d'élèves.

— Et les curés ?

— Que les jésuites leur robent trop de confessions et, partant, trop de dons et de legs.

— Et qu'attendent Sorbonne et curés de ce procès ?

— Le bannissement des jésuites hors de France.

— Amen, dis-je.

— Voire !

— Voire, Monsieur de Rosny ? Que dit le roi ?

— Le roi est neutre.

— Après le rôle joué par le jésuite Varade dans l'attentement de Barrière, je l'eusse cru plus intéressé.

— C'est que la chose, Siorac, n'est point si simple, dit Rosny qui marqua bien à son ton qu'il n'avait pas appétit à en dire davantage.

— Si le roi, dis-je, est neutre, que vais-je faire en Paris ?

— Connaître plus précisément le déroulement de ce procès.

— Ceci, dis-je avec un sourire, est la mission à moi baillée par le roi. Et la vôtre, Monsieur de Rosny ?

— Connaître plus précisément les buts que se donnent les jésuites.

— Tâche énorme ! dis-je en écartant les bras, les deux sourcils levés.

— Mais circonscrite aux seules sûretés du roi.

— Ha ! Monsieur ! dis-je comme effrayé, comment l'entendez-vous ?

— Comme je le dis. D'aucunes gens contrefeignent de douter de la conversion du roi et prêchent toujours sa mort.

— Mais pourquoi, pourquoi ? s'écria M. de La Surie, si ému qu'il saillit de sa coutumière réserve.

— Pour ce qu'ils savent bien que Henri vivant, ils ne

pourront jamais obtenir de lui l'éradication des huguenots de France par le fer et le feu. Ils ont conçu ce projet sanguinaire sous François Ier ; et encore que quasi un demi-siècle se soit écoulé depuis, ils s'y tiennent encore. D'aucuns de ces gens d'Eglise, élevés pour la plupart dans la barbarie des collèges, y prennent un caractère dur et féroce. Ils ne le perdent jamais.

— Moussu, dit Miroul, dès que nous fûmes revenus sous notre tente et l'un et l'autre étendus sur nos paillasses, tout rêveux et songeards. Qu'êtes-vous apensé de ces deux missions ?

— Que je me serais bien passé de la seconde.

— Moussu, dit Miroul, vous êtes au roi, et non à M. de Rosny. Rien ne vous enjoint donc d'accepter celle-là.

— Hormis les obligations d'amitié et de gratitude que j'ai à l'égard de M. de Rosny. Hormis aussi le fait que je crois qu'il a raison de craindre : qu'on a jà attenté de tuer le roi, qu'on l'attentera encore, et même si le pape lui donne l'absolution. M. de Rosny n'est pas le seul à le dire et le croire.

— Cependant, vous n'allez à cette mission-là que d'une fesse.

— Nenni, j'irai des deux, mais le cœur dans les talons.

— Le cœur dans les talons ? Ha ! Moussu ! Voilà qui ne vous ressemble guère !

— Ce n'est pas la vaillance qui me manque, mon Miroul. C'est, je le crains, l'adresse et la finesse qu'il y faudrait.

— Ha ! Moussu, vous n'en manquez point !

— Pour l'ordinaire de la vie, oui-dà ! Mais en ai-je assez, crois-tu, pour surjésuiter les jésuites ?

Lecteur, puisque me voilà de retour en Paris, je ne te veux point celer que je me sentis fort aise, après de longs jours passés sous la tente dans le camp de Laon, de retrouver mon logis du Champ Fleuri, lequel j'aime à proportion que j'en ai été privé si longtemps par les *Seize* et par Bahuet. Assurément, Henri Quatrième ne fut pas plus heureux de recouvrer sa capitale que moi de me remettre en la tranquille possession de mes lares domestiques.

Le lièvre, j'imagine, se plaît au terrier qu'il a de soi creusé, dont il connaît les tours, les recoins, les deux ou trois sorties sous des fourrés dissimulés. Il y dort, il y mignonne sa compagne, il y élève ses petits, il s'y sent remparé contre ses ennemis. Ainsi en va-t-il de nous, puisque de tous nos biens périssables, c'est assurément à notre maison que nous nous attachons le plus au cours de notre brève vie.

S'il t'en ramentoit, lecteur, j'avais acquis mon clair et beau logis de ville, grâce aux libéralités dont mon bien-aimé maître le roi Henri Troisième m'avait comblé pour me mercier de mes missions. Et ce logis possède, à vrai dire, toutes les commodités qu'on peut attendre en Paris d'un hôtel de la noblesse, et notablement sa proximité du Louvre que dans les plus grands embarras de charroi je peux atteindre, à cheval, en une demi-minute, et à pié en cinq. Et, belle provinciale qui lisez ceci avec une moue, si vous quériez de moi pourquoi pour un trajet si court je fais seller ma monture, je répondrais qu'assurément ce n'est ni paresse ni pompe, mais pour éviter de me crotter jusqu'aux genoux dans les rues fangeuses de la capitale.

La rue du Champ Fleuri à l'ouest et la rue du Chantre à l'est délimitent mon petit Etat, la première comprenant l'entrée principale, laquelle donne sur une cour pavée, où à dextre et à senestre se dressent mes écuries, et la remise pour ma coche et mon chariot. Et au-dessus desdites écuries, la grange pour le foin et les logements pour mes valets. Le lecteur se souvient peut-être que j'avais fort rehaussé le mur qui donne sur la rue du Champ Fleuri, pour ce que je craignais, m'encontrant très haï de la Ligue, d'être attaqué en ma demeure. Ce qui advint. Pour la même raison, La Vasselière y ayant aposté un mauvais garçon pour m'arquebuser, je loue, de l'autre côté de la rue, la maison vide de l'ancienne Aiguillerie, afin que de l'occuper par mes gens.

A la suite de la cour pavée que je viens de dire s'élève ma demeure, laquelle est distribuée, à peu de chose près, comme celle de Mme de Saint-Paul à Reims avec un escalier central qui dessert le premier et le deuxième, et un viret dans une tour d'angle qui dessert ces deux étages, mais aussi le troisième qui comporte les piécettes soupentées où dorment les chambrières. Chacune a la sienne, ce qui est tenu par elles à grand luxe et délices pour la raison qu'il est des hôtels de la noblesse où elles couchent à trois dans le même lit. Je vous laisse à penser la sorte de sommeil que les pauvrettes y trouvent !

Comme toutes les salles du deuxième étage sont en enfilade, j'ai choisi au deuxième pour ma chambre celle qui donne sur le viret, afin que d'en pouvoir saillir hors, sans avoir à passer par la chambre qui jouxte la mienne et qui est occupée par M. de La Surie. J'ai logé Louison juste au-dessus de moi au troisième étage, afin qu'elle puisse jouir du même viret, commodité que nous partageons, comme aussi parfois nos sommeils.

Sur l'arrière de la maison se trouve un jardin grandelet assez (pour Paris s'entend) entouré de murs et j'ai fait rehausser celui qui donne sur la rue du Chantre pour la raison que j'ai dite plus haut. Quant à la petite porte piétonne en plein cintre qu'on y voit, je l'ai fait façonner en chêne très épais, et si bien aspée de fer qu'il faudrait au moins un pétard de guerre pour en venir à bout.

Le jardin est très bien cultivé en potager. Et en appentis sur le côté du mur mitoyen exposé au sud, on trouve un poulailler, des clapiers, un bûcher, une remise pour les outils et un logement pour le jardinier. Au plus près de la maison, on découvre la margelle d'un inépuisable puits qui donne une eau fort claire et fort bonne, sans laquelle je n'eusse jamais acquis cette maison pour la raison que je tiens pour un dangereux poison l'eau de la rivière de Seine dans laquelle les riverains de la capitale déchargent bren, pisse et immondices, sans compter les cadavres des gens traîtreusement occis qu'on y voit quotidiennement flotter.

Le maître de ce jardin, et aussi des feux de la maison — car c'est lui l'hiver qui garnit les cheminées en bûches, les allume, les entretient et les nettoie — est le « pauvre Faujanet » (prononcez Faujanette à la mode périgordine) qui était à Mespech notre tonnelier. Mon père me l'a donné, quand l'âge a commencé à lui rendre malaisée la pratique de son métier, et j'oserais dire qu'il est fort heureux chez nous, sauf qu'il ne met jamais le pié hors, étant fort effrayé par une ville si grande et si vacarmeuse. Le « pauvre », dans l'expression « mon pauvre Faujanet » est une traduction du *paure* occitan et contient une nuance d'affection à laquelle l'intéressé est fort sensible, à telle enseigne que, l'ayant un jour par mégarde appelé « Faujanet » tout court, le « pauvre » quit de moi, l'œil inquiet et la lèvre trémulante : « Moussu, vous aurais-je en rien offensé ? »

Faujanet a peu à se glorifier dans la chair, étant noiraud de peau, blanc de poil, petit, estéquit et louchant quelque peu d'une gambe, une balle à Cerisole ayant couru plus vite que lui : raison pourquoi, étant ancien soldat des armées de François Ier, il est respecté assez, maugré son âge, par Pissebœuf et Poussevent qui parlent d'oc aussi, quoique un oc un peu différent, étant gascons et je les ai ouïs se livrer à trois, assis en rond au jardin, pétunant dans de longues et noires pipes, à des joutes de récits épiques.

Faujanet est aimable comme on ne l'est qu'en Périgord, et dès qu'une chambrière s'approche du puits pour remplir une bassine, il accourt à rescous en clopinant, et mettant en branle la pompe de la main dextre, il pastisse de la main senestre les arrières de nos mignotes — ce que celles-ci souffrent sans rebéquer, tant il leur paraît honnête de permettre cette petite privauté à qui les soulage d'un labour.

J'ai balancé à lui permettre d'élever des poules comme quasi le font tous les Parisiens, pour ce que je craignais d'être désommeillé à la pique du jour par le coq, mais ayant observé que je l'étais de toute guise par ceux de mes voisins, et au surplus dès six heures, par toutes les cloches des églises avoisinantes, tintamarrant l'une après l'autre en la plus infernale noise, j'ai cédé à sa prière, à condition que le poulailler et les clapiers aux lapins fussent bâtis au fin bout du jardin.

Encore que je les aime prou, j'eusse préféré, en raison de leurs incessants aboiements, me passer des dogues, mais tant d'hôtels de la noblesse en Paris ont été nuitamment attaqués et pillés par les mauvais garçons de la cour des miracles (parfois avec mort d'hommes et forcement de filles) que, pour donner l'éveil, j'en ai acquis trois qui sont grands quasi comme des veaux et féroces assez. Je les tiens à l'attache le jour, mais les détache la nuit, un dans la cour pavée, et deux dans le jardin. Pour les mêmes raisons, mes gens, moi-même et M. de La Surie, ne dormons jamais que nous n'ayons à notre chevet armes blanches et pistolets chargés.

Quand j'ai bouté hors mon logis le funeste Bahuet, j'ai gardé à mon service son cuisinier, l'Auvergnat Caboche, lui trouvant bonne face, bonne lippe et bonne bedondaine. Le rôt et le pot qu'il nous cuit ont tenu les promesses de son apparence, et dès qu'il fut certain que je l'allais garder, il a quis de moi d'engager sa femme, Mariette, pour l'aider et l'aiser, et aussi pour « aller à la moutarde », comme on dit en Paris. A quoi elle excelle, étant fort bonne barguigneuse et ménagère de mes pécunes, autant qu'elle l'est des siennes. Mariette est petite assez, mais l'épaule carrée, le poitrail profond, le tétin dur, l'œil noir, la dent belle et la bouche fort large, dont jaillit un torrent de paroles véhémentes quand elle querelle un chaircutier ou un boucher sur sa pesée.

J'ai peu l'usance de ma coche, mais prou de mon chariot, le dépêchant quand et quand pour quérir du fourrage au proche *quai au foin* (ainsi nommé parce que de grandes barques venant des villages d'amont et descendant la rivière de Seine apportent quotidiennement leur provende aux cent mille chevaux de Paris). Et Caboche, me faisant observer que pour dégager mon chariot sans dol ni dommage des épouvantables embarras de Paris, il me fallait un bien autre homme qu'un cocher de bric, de broc et de raccroc comme Poussevent, je ne manquais pas d'en tomber d'accord, tant est qu'il me présenta un sien cousin nommé Lachaise, fraîchement advenu de son village d'Auvergne, lequel, étant grand et herculéen, menait ses lourds chevaux de trait, me dit Caboche, « comme un attelage de papillons », et claquait son fouet avec une émerveillable adresse, et pas seulement sur ses chevaux : talent précieux en Paris où les cochers sont de fort querelleux coquins. J'engageai Lachaise, dès que j'eus jeté l'œil sur lui.

La Montpensier ayant par caprice ou méchantise (ou les deux à la fois) jeté à la rue son géantin laquais lorrain Franz (dont le lecteur se ramentoit qu'il m'avait sauvé des sanguinaires attentements de sa maîtresse, en merciement de quoi je l'avais nourri durant le siège de Paris), je l'engageai incontinent, ainsi que sa *liebchen*, Greta. Il fait pour moi quasiment office de *majordomo*, mais uniquement en ma demeure, son autorité ne s'étendant ni sur le jardin ni sur les écuries, la raison en étant qu'elle ne serait pas acceptée de Faujanet, ni de Pissebœuf ni de Poussevent, pour ce que Franz n'est pas ancien soldat, et ne parle pas d'oc, étant lorrain. Mais il fait merveille avec les chambrières, étant avec elles tout ensemble poli, ferme et incorruptible, sa fidélité à Greta le cuirassant contre les souris, les mines et les moues. Je l'ai logé avec sa femme dans l'ancienne Aiguillerie, laquelle fait face, comme j'ai dit, à ma porte cochère dans la rue du Champ Fleuri, et à la nuit, il se rempare fortement, étant bien garni par mes soins de mousquets et d'armes blanches. En outre, mes deux pages couchent au rez-de-chaussée de la même Aiguillerie, et l'un et l'autre, tout béjaunes qu'ils sont, ont prouvé sous les murs de Laon combien ils étaient vaillants et expéditifs.

Il leur faudra l'être prou, et Franz aussi, si les marauds nous donnent une nuit l'assaut pour nous piller, car l'ancienne Aiguillerie me tenant lieu, pour ainsi parler, de poste avancé, c'est eux qui prenant ces vaunéants à revers échangeront avec eux les premières mousquetades.

Guilleris ayant encontré la mort en la bataille d'Ivry et Nicolas m'ayant quitté peu après pour assister sa mère, devenue veuve, dans le ménage de sa terre, ces deux pages que j'ai dits, Thierry et Luc, sont nouveaux en mon emploi, et pour la beauté, la turbulence, l'effronterie et l'appétit au sexe, ils valent bien leurs prédécesseurs. M. de La Surie a sur eux la haute main, laquelle, à l'occasion, s'appesantit sur eux et les amène à subir et le fouet public, et le cachot. Comme j'ai dit jà, je ne soumets pas mes gens à ces châtiments-là. Mais Thierry et Luc sont de bonne maison, étant issus de parents nobles, lesquels me sauraient fort mauvais gré de leur épargner la baguette. Interdiction étant faite à nos deux coureurs de cotillons de faire les zizanieux avec nos chambrières, ils volètent en leurs moments de loisir dans la rue du Champ Fleuri et les rues circonvoisines. Et j'ai ouï dire qu'ils ne laissent pas d'y trouver qui-cy qui-là d'accueillantes corolles.

Puisque nous sommes sur ce chapitre, j'aimerais avouer ici que je n'ai jamais bien entendu pourquoi notre sainte religion attachait un tel prix à la chasteté, laquelle est si éloignée des voies de la Nature qu'il est quasi impossible de se soumettre à ses exigences. Tant est qu'à la parfin, il y a deux morales, l'une que l'on professe dedans l'Eglise, et l'autre que l'on pratique hors l'Eglise, et parfois sans aller plus loin que le presbytère...

J'ai toujours observé que la continence rend les gens amers et marmiteux, griffus souvent, impiteux parfois au prochain. Aimant, quant à moi, être entouré de faces gaies, je ferme l'œil sur bien des choses qui eussent fait sourciller l'oncle Sauveterre. Mais quoi ! comme disait Cabusse, « c'est par trop brider la pauvre bête ! ».

Le lecteur, se peut, se ramentoit qu'Héloïse s'étant présentée à moi pendant le siège de Paris quasi mourante de verte faim, j'avais cédé aux sollicitations de Pissebœuf, Poussevent et Miroul qui avaient autant appétit à elle qu'elle avait appétit à partager notre pain. Cependant, Miroul, la paix revenue, étant anobli par le roi et devenu M. de La Surie, avait estimé que M. de La Surie ne pouvait, comme Miroul, se contenter de grappiller la même grappe que ses valets. Et dès notre retour de Reims, Guillemette étant inconsolée de l'advenue de Louison, il avait su la persuader qu'à défaut d'un marquis, elle se pouvait contenter d'un écuyer. Quant à Lisette qui, comme on s'en ramentoit, fut pendant le siège en grand danger d'être forcée, égorgée, rôtie et mangée par des lansquenets, je ne l'ai prise à mon service, comme bien sait le lecteur, et comme Doña Clara me le reprochait souvent, que pour accommoder mon grand et intime ami, Pierre de L'Etoile.

Si le lecteur veut bien faire avec moi le compte de mes servantes, il arrivera au chiffre de six : Héloïse,

Lisette, Guillemette, Louison, Mariette et Greta. Et pour les hommes au chiffre de huit : Faujanet, Pissebœuf, Poussevent, Franz, Caboche, Lachaise et mes deux pages, Thierry et Luc. J'entends bien que mon lecteur va trouver que mon domestique, montant à peine à quatorze personnes, est assez peu étoffé pour un marquis. Cela est vrai. Mais j'ai souvent observé que tant plus un gentilhomme avait de serviteurs, tant plus mal il était servi. Et je m'encontre fort hérissé, quant à moi, de voir dans les hôtels de la noblesse ce pullulement de laquais effrontés qui ne sont là que pour la montre et la vanité, et qui, loin de contribuer au bon ménage du service, ne font, bien au rebours — comme les inutiles bourdons d'une ruche —, que le gêner par leur nombre, leur balourdise et leur paresse.

Chacun, en mon logis, a son office, ses devoirs et son capitaine. Franz commande en ma demeure aux serviteurs du dedans. M. de La Surie aux serviteurs du dehors. Pour moi qui suis le roi en ce petit royaume, je juge, en dernier ressort, les délits. Mais ma clémence est à la mesure de mon pouvoir qui est immense, puisque je peux, en désoccupant ces pauvres gens, les condamner quasiment à la famine. C'est pourquoi Franz ou M. de La Surie ayant parlé aux délinquants, avec de grosses dents et un front sourcilleux, je peux me permettre, moi, quand ils comparaissent devant moi, pâles et trémulants, de les réprimander, comme disait non sans exagération Doña Clara, avec « un sourire aimable et de cajolants regards ».

Il est vrai qu'elle n'avait en l'esprit que les chambrières, dont sa jaleuseté avait pris ombrage. Mais encore qu'affectant un autre ton avec les hommes, je ne suis pas avec eux plus escalabreux, opinant comme le roi mon Maître « qu'on attrape mieux les mouches avec une cuillerée de miel qu'avec vingt tonnes de vinaigre ». Je n'ai, de reste, pas observé que la baguette et le cachot, exigés de moi par leurs parents, aient beaucoup tempéré mes pages. Tout le rebours. Michel de Montaigne me dit un jour à Blois que, visitant un collège, il n'y avait ouï que « cris, et d'enfants suppliciés, et de maîtres, enivrés en leur colère, les guidant d'une trogne effroyable, les mains armées de fouets ». Pas plus que lui je ne crois en la vertu du bâton. Et quant à mes enfants en Montfort l'Amaury, plutôt que de les jeter en ces infernaux collèges, je les ai fait nourrir aux lettres en ma demeure par des régents humains.

Je ne donne pas à mes gens des gages plus élevés que dans d'autres maisons mais je les en garnis au moins tous les mois, tenant pour un infâme abus de ne leur pas verser un liard des années durant, comme font en ce royaume tant de hauts seigneurs et de chrétiennes dames, arguant qu'il n'est pas besoin de leur graisser le poignet, puisqu'ils se le graissent de soi en nous volant. Mais n'est-ce pas justement les pousser aux quotidiens larcins que de les réduire à cette extrémité que de ne pas avoir un seul sol en l'escarcelle, leur donnant au surplus l'exemple du malfait en ne leur baillant pas leur dû ?

Ce qui me rebèque et m'aggrave, touchant mes gens, ce n'est point tant leurs gages, que je tiens à petit débours, ni leur envitaillement en munitions de gueule (faisant venir celles-ci pour la plus grande part de ma seigneurie du Chêne Rogneux) mais l'obligation où je suis de les vêtir en ruineuses livrées à mes couleurs, galonnées d'or et chamarrées, et de me faire suivre d'eux partout et en particulier au Louvre, où je serais fort déprisé si je venais seul. Le roi me donne-t-il jour pour un entretien qui va durer cinq minutes, je ne peux que je n'aille jusqu'à sa porte avec M. de La Surie, Thierry et Luc, Pissebœuf et Poussevent, Lachaise et Franz, tous en leurs rutilantes vêtures. Et encore ne serait-ce que bien peu pour un marquis qu'une suite de sept hommes, si par bonheur Franz et Lachaise n'étaient si géantins qu'ils compensent, pour ainsi parler, en hauteur ce que mon escorte défaut en longueur.

Voici, lecteur, le portrait de ma maison de ville, la nomenclature de mon domestique, et je l'ose ainsi appeler, la philosophie de mon ménagement. Je ne suis pas sans apercevoir que ce tableau serait plus touchant si mon épouse et mes enfants y figuraient. Leur éloignement a été de prime voulu pour leurs propres sûretés pour la raison que depuis l'établissement de la tyrannie des *Seize* en Paris, je n'y ai pu mettre le pié que sous une déguisure. Mais l'entrée du roi en Paris, encore qu'elle rendît possible son retour, n'a pu engager Angelina à revenir en la capitale, se peut parce que l'estrangement qui s'est creusé entre nous après la mort de Larissa n'a pu se combler tout à plein — le doute subsistant en moi, et le ressentiment en elle —, se peut aussi pour ce que mes continuelles missions m'appelant hors Paris, Angelina, en mes absences, se sent moins solitaire à la campagne qu'à la ville, aimant fort ma seigneurie du Chêne Rogneux, et l'affection dont Gertrude, Zara et mon gentil frère Samson quotidiennement la confortent.

Quand mon amour s'est déclose en sa première fleur, elle me parut si forte que je n'ai jamais pensé en arriver à ce prédicament. M'y voici, cependant. J'en ai de prime immensément pâti jusqu'au jour où le pâtiment lui-même a cessé, me laissant comme étonné de sa disparition. Encore que la vie que je mène soit fort éloignée de celle que je m'étais donnée pour but, ou pour rêve, je me suis accommodé à elle. Cependant, combien que mon âge ait passé quarante ans, je ne sais si je dois dire encore comme le poète Marot : *Je résigne ce don d'amour, qui est si cher vendu*, puisqu'il se peut bien que sa cherté — j'entends tout à la fois les délices et le dol — en fasse tout le prix aux yeux des hommes. Je me suis parfois apensé que ma vie serait morne et resserrée, si mon cœur ne devait plus jamais toquer en mon poitrail que dans les surprises de l'action, ou les petites licences que l'action paraît traîner après soi.

La première personne que j'avais appétit à voir en Paris était mon cher et vieil ami le révérend docteur médecin Fogacer — lequel avait été, en mes vertes années, mon régent en l'école de Médecine de Montpellier, m'y ayant nourri, comme il aimait à dire, « aux stériles mamelles d'Aristote ». La raison en était que Fogacer, quoique athéiste et sodomiste, et par là promis deux fois au bûcher, s'il n'avait été si prudent, remplissait auprès de Mgr Du Perron l'office de médecin particulier, et encore que sa principale mission consistât à régler le flux et l'obstruction des difficiles digestions de l'évêque, il avait l'œil trop aigu et l'oreille trop dardée pour ne pas faire sa provende de tout ce qui se disait et murmurait en son entourage.

Je m'enquis de sa demeure à la Cour où il comptait de nombreux amis, ayant été (comme moi-même) un des médecins d'Henri Troisième, et apprenant qu'il avait son logis en la rue de la Monnaie — laquelle est sise derrière l'église de Saint-Germain-l'Auxerrois —, je lui dépêchai mon page Thierry avec un billet quérant de lui qu'il voulût bien me recevoir après la repue de midi. A faire le *vas-y dire*, Thierry mit bien deux heures là où une demi-heure eût suffi, mais je n'eus pas le cœur à le tancer, tant le poulet qu'il me rapporta était délectable et fogacérien.

Mi fili (1)

Que si tu me viens visiter sur le coup de trois heures (ma *siesta* comme celle de mon *ancilla formosa* (2) étant quasi sacrée) tu me trouveras tout ouïe ou plutôt toute langue, ta curiosité, je gage, autant que ton amitié, t'amarrant à mon bord. Or, tu le sais, *mi fili*, me solliciter pour jaser, c'est *piscem natare docere* (3), tant ma constitution m'y dispose. Accours donc, fils. Tu me trouveras et m'oiras *dicenda tacenda locutus* (4) et meshui, comme toujours, ton très fidèle et affectionné serviteur.

Fogacer.

Ayant lu ce poulet, je le tendis, riant, à Miroul qui, à son tour, s'en ébaudit, tant il ressemblait à celui qui l'avait écrit, lequel « sur le coup de trois heures » nous accueillit en son petit, mais commode, logis de la rue de la Monnaie, long, mince et gracieux en sa vêture noire, le bras arachnéen, la gambe interminable, et quant à la face, encore que les années eussent mis en son cheveu plus de sel que de poivre, juvénile encore par je ne sais quel air folâtre qui se jouait dans son sourcil relevé diaboliquement vers les tempes et son lent, connivent et sinueux sourire.

— *Ha mi fili !* dit-il, c'est pitié que tu sois si vaguant

(1) Mon fils. (Lat.)
(2) Une belle servante. (Lat.)
(3) Apprendre à nager à un poisson. (Lat.)
(4) Disant les choses qu'il faut dire et celles qu'il faut taire. (Lat.)

et voguant par monts et vaux à courre qui-cy qui-là à faire le commandement du roi, car cela me robe trop souvent le plaisir d'envisager ta claire face ! Monsieur de La Surie, serviteur ! Prenez siège, de grâce !

— Révérend Docteur médecin, dit La Surie, de grâce appelez-moi Miroul, puisque vous m'avez sous ce nom connu.

— Et estimé prou, Miroul, dit Fogacer avec un gracieux salut. Holà, Jeannette ! Apporte-nous un flacon de ce bon vin de messe que le sacristain de Monseigneur t'a baillé !

— Mais est-ce la même Jeannette que j'ai vue chez vous à Saint-Denis ? dis-je, fort étonné.

— Point du tout, dit Fogacer, c'est une autre. Le mauvais des Jeannettes, c'est qu'elles vous doivent quitter, dès qu'elles ont plus de barbe au menton que leur cotillon n'en peut honnêtement souffrir.

— Mais n'est-ce pas crève-cœur, dit M. de La Surie, la face imperscrutable, de se séparer d'une bonne chambrière ?

— C'est grand dol, assurément, dit Fogacer en haussant son sourcil noir, effilé et comme peint au pinceau, mais qu'y peux-je ? Je n'ai pas fait le monde, lequel, en revanche, m'a fait tel que je suis — et tel, ajouta-t-il en rejetant la tête en arrière avec un air de défi, je m'accepte ! Mais assez là-dessus ! *Mi fili,* j'ai ouï sur toi d'étranges choses.

— A savoir ?

— Que tu fus connivent à la meurtrerie de Saint-Paul par le Guise.

— Connivent est trop dire ! Mais je n'ai pas gêné l'épée du petit duc.

— On dit aussi que Mme de Saint-Paul, dont tu avais pourtant sauvé et la vie et les biens, t'a cruellement rebuffé.

— Vrai.

— Mais qu'elle a, pressée par toi, rendu Mézières au roi.

— Vrai encore !

— Et qu'enfin, tu lui as enlevé la plus accorte de ses servantes.

— Ventre Saint Antoine ! m'écriai-je, béant, comment sais-tu cela, Fogacer ? La nuit tombait, quand j'ai avec Louison atteint Paris, et nul à la Cour ne connaît son advenue céans.

— L'Eglise, dit Fogacer gravement, sait plus de choses que la Cour. Et je suis en quelque sorte d'Eglise, veillant de près sur les saints boyaux d'un évêque.

— Il se peut Moussu, dit La Surie en me jetant un œil, qu'un homme de votre escorte ait jasé, et que cette jaserie ait été ouïe, les oreilles de nos prêtres étant si longues.

— Les miennes aussi sont longues, dit Fogacer avec son sinueux sourire. Et ma langue le peut devenir aussi, si mes amis la sollicitent. Parle, *mi fili*. Je te vois les joues quasi gonflées de questions.

— D'une seule, Fogacer! dis-je en souriant. D'une seule, mais de taille! Qu'es-tu apensé des jésuites?

— Benoîte Vierge! dit Fogacer en levant le sourcil, les jésuites! Dans quel nid de frelons te vas-tu derechef fourrer?

5

QUOI disant, Fogacer, haussant haut le sourcil, leva au ciel ses bras arachnéens, et les laissant retomber gracieusement sur les accoudoirs de son cancan, dit de sa voix flûtée :

— Les jésuites, mon Pierre, sont comme les langues d'Esope : ce qu'il y a au monde de meilleur et de pire.

— De meilleur ? dis-je béant.

— Assurément. Ce sont de prime des gens merveilleusement instruits, parlant un latin cicéronien, qui ferait mourir de honte, si seulement ils le pouvaient entendre, tous nos curés. Mieux même : ils s'entendent aux langues étrangères et n'ont pas plus tôt mis le pié en terre lointaine qu'ils apprennent diligemment l'idiome des indigènes car l'étude où ils emportent la palme ne les satisfait pas. Ils s'avèrent voyageurs intrépides que rien n'arrête, ni les pirates, ni l'océan, ni le désert. Ils tirent l'épée mieux que quiconque, et qui le sait mieux que toi, *mi fili*, qui as croisé le fer avec Samarcas, lequel a tâché d'apprendre ta botte de Jarnac, sans t'enseigner la sienne : cette fameuse botte des jésuites, qui mit à mal le pauvre Mundane et tant d'autres. Là où le fer serait sans force, toutefois, leur langue bien affilée excelle et personne ne les surpasse dans les finesses et les adresses des négociations. Leur foi est adamantine. Ils se montrent prosélytes impavides, et bravent pour convertir les Indiens à la vraie foi — ou ce qu'ils tiennent pour telle, parenthésisa Fogacer avec un sourire sinueux — les supplices et le bûcher. Et à la vérité, ils y périssent bien souvent, non point affligés, mais bien au rebours la joie au cœur de recevoir de leurs bourreaux la couronne de martyr...

— Sans doute, dis-je, tout cela est admirable...

— Mais n'est rien encore, dit Fogacer. Car les jésuites brillent d'un éclat incomparable — je dis bien incomparable — dans les deux activités qui leur valent aujourd'hui la jaleuse haine des curés et de la Sorbonne...

— Et qui sont ? dit M. de La Surie, voyant que Fogacer ménageait un silence.

— La confession et l'école.

— La confession ? dit M. de La Surie, son œil marron pétillant et son œil bleu resté froid, voilà qui m'étonne. Je me confesse une fois l'an, et c'est toujours la même routine — mon fils, quels sont vos péchés ? — Mon père, ils sont tels et tels. — Mon fils, ce sont de gros péchés. — Mon père, je me repens. — Mon fils, vous réciterez dix *Pater* et dix *Ave*. Vous n'oublierez pas non plus l'offrande pour mes pauvres. — Mon père, la voici. — Mon fils, je vous absous.

— Ha ! dit Fogacer en riant, cela s'appelle en italien *caricare lo rittrato* (1) ! Et qui parle ainsi sinon le huguenot qui *cale la voile* et qui *va à contrainte*. Ce n'est point qu'on ne trouve, en effet, chez les curés parisiens des gens de cette farine, mais leurs confessions sont à celles des jésuites ce qu'est au sublime David dû au ciseau de Michel-Ange le bâton sculpté du berger ! *Mi fili crede mihi experto Fogacero* (2) ! car j'en voulus faire un jour l'essai et, m'adressant à un jésuite que j'avais vu passer et repasser chez Mgr Du Perron tout oreilles et tout yeux, quis de lui, s'il serait assez bon pour m'ouïr en confession. Il y consentit, et prenant, du moment que je fus avec lui au bec à bec, toutes les couleurs de l'amitié la plus intime, il fut avec moi si facile, si suave, si accommodant, et même si cajolant, me posant des questions si bienveillantes et sur moi, et sur mes amis, et sur mon Maître Du Perron qu'en un clin d'œil, moi qui le voulais jauger, je me retrouvai sondé jusqu'au tréfonds et, en un mot, si possédé par son art et ses enchantements qu'à peu que je ne lui

(1) Charger le portrait.
(2) Mon fils, crois en Fogacer qui en a fait l'expérience.

avouasse à la parfin que j'étais sodomite. Je te laisse à penser, *mi fili*, ce que le serpent eût fait de ce secret et quelle épée il eût pu de ce jour balancer au-dessus de ma tête, afin que de me faire sa créature et son espion en la maison de Mgr Du Perron. Je trémulai de peur dès qu'il eut quitté mon logis et défendis à Jeannette, si elle l'apercevait, par le judas, de lui jamais déclore, que je fusse ou non au logis, ayant observé qu'à l'advenue et au départir, il avait, en outre, fort curieusement envisagé la pauvrette, et en particulier ses pieds et ses mains, lesquels sont, en effet, un peu trop grands pour une femme.

— Voilà une aventure qui me laisse rêveur, dis-je, car il m'en faudra bien tâter, moi aussi, si je veux m'éclairer sur eux.

— Dieu te garde, alors, *mi fili !* dit Fogacer. Car ils ont poussé la confession à un tel art que, non contents de crocheter l'âme, ils te rendent quasi contents de leur intrusion en ton for et quasi appétants à s'ouvrir à eux davantage. Raison pourquoi, délaissant leurs curés et leur paroisse, tous les gens de bon lieu en Paris se ruent chez eux pour leur avouer leurs péchés, à telle enseigne qu'aucun meshui ne se croit bien confessé s'il ne se confesse à un jésuite.

— Voilà, dit M. de La Surie, qui doit enrager contre eux les curés, d'autant que c'est un très grand pouvoir que celui de la confession, puisque par elle le confesseur s'insinue *sensim sine sensu* (1) dans le sein des familles.

— Et d'autant qu'ils dirigent jà les enfants, dit Fogacer, en leurs écoles, dont vous n'êtes pas sans connaître l'excellentissime réputation. Mais là-dessus qui pourra vous en dire davantage que Jeannette, laquelle a été élevée en Paris en leur collège de Clermont rue Saint-Jacques ?

— Hé quoi ! s'écria M. de La Surie en faisant l'étonné et en parlant avec un sourire du coin du bec, une garce admise au collège de Clermont par les bons pères ! Au milieu des garçons ! je crois rêver !

— Monsieur l'Ecuyer, dit Fogacer, jouant le colérique, ses sourcils se relevant vers les tempes, si je

(1) Quasi imperceptiblement. (Lat.)

n'avais de longtemps troqué l'épée contre le scalpel, vous me rendriez compte de cette effronterie.

— Messieurs ! Messieurs ! m'écriai-je, contrefeignant l'inquiet pour entrer dans le jeu, laissons, de grâce, les épées au fourreau ! Ventre Saint Antoine ! Se courroucer pour le sexe d'une garce, laquelle, de reste, n'en peut avoir, étant un ange.

A quoi nous rîmes.

— Holà, Jeannette ! Holà mon ange ! s'écria Fogacer, viens céans à ces Messieurs dire ce que tu opines du collège de Clermont où tu fus ces deux années écoulées.

— Rien que de fort bon, dit Jeannette, qui vint se planter devant nous les deux gambes écartées et les deux mains — à vrai dire grandes assez — croisées sur son ventre. Autant, poursuivit-elle de sa voix basse, rauque et grave, je fus cruellement traitée par mes régents en Sorbonne, étant fouettée par eux aussi quotidiennement, autant je fus caressée par les bons pères.

— Je n'en doute pas, dit M. de La Surie.

— Je le prends dans le bon sens, dit Jeannette, en rosissant, ses cils longs et noirs jetant une ombre sur sa joue.

— Il ne peut y avoir de mauvais sens au verbe caresser ! dit Fogacer avec onction.

— Je m'entends, dit Jeannette. Mais vramy, Messieurs, puisque vous le quérez de moi, je vous dirai que pour la science, la patience, la suavité et la paternelle affection, rien n'égale les pères du collège de Clermont, sinon se peut mon bien-aimé maître, le révérend docteur médecin Fogacer.

— Que voilà un galant compliment ! dit M. de La Surie en riant, et bien tourné, et qui sied au révérend Fogacer comme une robe de jésuite.

— Paix-là, Miroul ! dis-je. Jeannette, poursuis, je te prie.

— Ha ! Monsieur ! dit-elle, autant l'université avait été un enfer pour moi, autant le collège de Clermont fut un paradis. Pour la raison qu'à l'université, on labourait de l'aube à la nuit, sans jeux, ni desports, ni récréation aucune, et fouettés pour un oui pour un non par des régents furieux, sans jamais recevoir d'eux le moindre mot affectionné, la moindre récompense. Ma fé ! Je crus rêver en entrant rue Saint-Jacques chez les bons pères, lesquels étaient bons, assurément, fort attentifs à chacun, et véritablement paternels. A telle enseigne qu'ils aimaient mille fois mieux encourager que punir, le fouet étant fort rare chez eux et donné non par eux-mêmes mais par le bedeau, duquel ils modéraient les coups, et souvent en raccourcissaient le nombre, s'attirant par là la gratitude de ceux-là mêmes qu'ils avaient punis. Mais dès qu'on faisait mieux, ha ! Monsieur, que d'éloges, que de doux regards et que de distinctions : des rubans d'honneur, des croix, des médailles. Et toute une hiérarchie de grades empruntés à l'armée de la Rome antique, dont nous étions à vrai dire fort friands *decurion, centurion, primipile, imperator !*

— Jeannette, dis-je en souriant, fus-tu jamais imperator ?

— Ha ! Monsieur, pour l'être, il fallait au moins emporter la palme du collège en vers latins, mais je fus une année *centurion*, ce qui jà était prou. Et pour jeux et desports, ès quels j'excellais, je fus un jour *primipile*.

— Quels jeux ? Quels desports ? fit Miroul, étonné.

— Mais tous ! Au collège de Clermont, faute de place, on ne pratiquait que l'escrime.

— L'escrime ? dis-je, l'escrime qui était bannie de l'université !

— Mais elle ne l'était pas chez nous. Nous avions un bon père qui était un maître en fait d'armes excellentissime, et si tel fils de noble montrait de prime quelque hautaineté l'épée au poing, il avait vite fait, pour le ramener à la modestie, de lui faire sauter ladite épée hors la main, en lui disant d'un ton courtois : « Hélas ! pour le coup, mon fils, vous étiez mort ! » Quant aux autres desports — paume, équitation et nage — nous les pratiquions dès le printemps en leur maison des champs, laquelle, pour nous, était un séjour enchanteur. Et comme nous labourions alors pour la mériter ! Tout le latin que je sais vient de là !

— Et qu'y avait-il, dis-je, au collège de Clermont, outre l'escrime ?

— Des jeux et des comédies très ébaudissantes.

— Des jeux et des comédies ? criai-je. Fogacer, l'eussiez-vous cru ?

— Je crois toujours tout des bons pères, dit Fogacer avec son sinueux sourire, et ainsi je ne suis mie étonné par eux.

— Des comédies costumées ? quit M. de La Surie.

— Oui-dà ! dit Jeannette. Avec des vêtures, façonnées de blic et de bloc par nous. Et bien je me ramentois qu'il m'échut de jouer le roi Henri Troisième avec une couronne de carton sur la tête et un bilboquet à la main, lequel, entouré de ses mignons, tous déguisés en diables, se faisait donner du couteau dans le ventre par saint Jacques Clément.

— Saint Jacques Clément ! dis-je.

— Les bons pères l'appelaient ainsi et le vénéraient.

— Poursuis, de grâce.

— Le coup donné, les diables se ruaient sur Jacques Clément, lequel se versait à terre, d'où ceux qui jouaient les anges le relevaient, lui mettaient sur le front la couronne de martyre, et le juchant sur leurs épaules l'emmenaient au ciel. La couronne de martyre était en carton et les ailes des anges aussi.

— Comment figurait-on le ciel ?

— Par le haut des degrés qui mènent à la grand'salle.

— Et le Seigneur Dieu ?

— Par une croix nue dont le bras le plus long était fiché dans le trou d'une escabelle. Et saint Jacques Clément était porté jusque-là par les anges, lesquels l'asseyaient à la dextre de ladite croix sur une autre escabelle.

— Autant dire qu'il siégeait au ciel à la droite de Dieu.

— Oui-dà !

— Cornedebœuf ! dit La Surie. *Che bella ricompensa per un assassino* (1) !

— Les bons pères le voulaient ainsi, dit Jeannette.

— Et qui d'entre vous jouait Jacques Clément ?

— Chacun de nous à tour de rôle, les bons pères ne voulant chagriner personne.

(1) Quelle belle récompense pour un assassin. (Ital.)

— Et Henri Troisième ? Et les diables ?

— Les punis. Et il n'y avait pire attrition pour eux, hormis, ajouta-t-elle en trémulant du chef à l'orteil, *la chambre des méditations.*

— Voilà, dis-je, qui sonne bien bénin à l'oreille.

— Et qui ne l'était point, dit Jeannette en frissonnant derechef, même si les bons pères n'en usaient que fort peu, et jamais plus de vingt-quatre heures. Mais moi qui y fus rien qu'une fois, je peux vous acertainer que j'en saillis tout à plein terrifiée.

— Pourquoi ? T'y a-t-on mise à la question ?

— Point du tout. Dans la *chambre des méditations,* personne ne vous fouette. Et personne ne vous toque, même du bout du doigt. On y est seul, mais les quatre murs y sont peints de haut en bas, en grandeur nature, et avec un émerveillable relief, de diables effrayants, occupés à tourmenter les damnés de l'Enfer, ces personnages, le jeûne aidant, paraissant s'animer de par la flamme dansante des lanternes fichées dans les murs de place en place. Mais le terrible, c'est qu'ils parlent.

— Ils parlent ?

— Oui-dà ! Je les ai ouïs de ces oreilles que voilà ! Je les ai ouïs chuchoter, murmurer, gronder et ricaner. Et quant aux damnés, je les ai entendus se plaindre à fendre le cœur, les voix venant des quatre coins de la pièce en de piteux gémissements. Mais le pis de la chose...

— Quoi ? Pis encore ?

— Oui-dà ! Le pis était que tout soudain, dans le silence revenu, une grande voix s'élevait qui emplissait la pièce d'une effroyable noise et m'admonestait de me repentir si je ne voulais pas subir, moi aussi, jusqu'à la fin des temps, les plus cruels supplices.

— Que voilà, dit La Surie, un aimable sujet de méditation, et aussi de bonnes sarbacanes pratiquées dans les murs pour y porter les voix déguisées des bons pères.

— Holà ! dit Fogacer en levant son sourcil, c'est avoir un vrai cœur de pierre et un esprit impie que de n'être pas touché par les plus évidents miracles.

— Jeannette, dis-je, qu'avais-tu fait pour mériter pareil châtiment ?

— J'avais quis du recteur, *coram populo* (1) pourquoi, dedans le collège, on ne priait pas pour le roi de France, puisqu'il s'était converti et avait recouvré sa capitale.

— Et que te fut-il répondu par le recteur ?

— Que le démon parlait par ma bouche ; que la conversion de ce bouc puant de Béarnais n'était que fallace, duperie et tromperie ; que quand même le Béarnais boirait toute l'eau bénite de Notre-Dame, il n'en pisserait pas plus roide : personne ne croirait à sa sincérité. Que, de reste, le pape ne l'avait pas absous et ne l'absoudrait mie ; que c'était un blasphème seulement de penser que le pape le pourrait jamais recevoir en le giron de l'Eglise, et que, quand bien même un ange de Dieu descendrait du ciel pour dire au pape : « Reçois-le », les gens de bien tiendraient cette ambassade pour éminemment suspecte.

— Sont-ce là ses paroles ?

— *Verbatim* (2).

— Et en fus-tu persuadée ?

— Point du tout, dit Jeannette. Je trouvai étrange que les bons pères prétendissent être meilleurs catholiques que les évêques qui avaient converti Henri Quatrième, mais, trouvant ligués contre moi le recteur, les régents et tous les écoliers, je fus terrifiée à l'idée de retourner dans la *chambre des méditations*. Aussi, je calai la voile, et je confessai mes erreurs.

— Que se passa-t-il alors ?

— Je fus autant fêtée, affectionnée et caressée que la brebis perdue du Saint Livre, mais le charme était rompu pour moi. Ce n'était point que je n'aimais plus les bons pères, leur ayant (et à ce jour encore) une immense gratitude pour leurs bonnes leçons. Mais d'ores en avant, je me sentis épiée et suspecte, et quand le révérend docteur médecin Fogacer, en sa grande condescension, me voulut prendre à son service, je ne fus que trop heureuse de le suivre.

Ayant dit, Jeannette nous fit une révérence empreinte d'une gracieuse gaucherie, et s'ensauva.

(1) En public. (Lat.)
(2) Littéralement. (Lat.)

— Voilà, dit La Surie, une chambrière fort instruite et qui vous baragouine le latin tout comme un clerc.

— C'est son latin, dit Fogacer sans battre un cil, qui de prime m'attacha à elle.

— Je l'ai bien ainsi entendu, dit La Surie, lequel, toutefois, à me voir soucieux et tracasseux, ne poussa pas plus avant ce petit badinage.

— Eh bien, Fogacer, mon ami, dis-je, voyant qu'ils s'accoisaient tous deux en m'envisageant, est-ce là, comme les langues d'Esope, le meilleur et le pire des jésuites ?

— C'est bien le meilleur, dit Fogacer, mais ce n'est là qu'une petite partie du pire. Cependant, pour le pire, ajouta-t-il en arquant ses sourcils, n'espérez point de moi que je m'y attarde plus outre, étant pétri de charité chrétienne et ne voulant penser que du bien de mon prochain. Au demeurant, je ne redoute rien davantage que les dévots, cagots et bigots, les tenant pour gens implacables, et même hors de leurs oreilles et avec mon plus cher, intime et immutable ami, je ne saurais médire d'eux. *Mi fili*, pour le pire, quérez, je vous prie, son opinion de plus fol que moi.

— Pierre de L'Etoile ?

— Que nenni ! Touchant les jésuites, et tout grand *politique* qu'il soit, L'Etoile est prudent assez. Je pensais plutôt à ce grand avocat qui doit plaider contre la sacrée compagnie la cause de la Sorbonne.

— Antoine Arnauld ?

— Celui-là même.

J'avais le propos de visiter Maître Antoine Arnauld dès le lendemain, mais ne le pus, ayant reçu sur le coup de dix heures un impérieux poulet de la duchesse de Guise, lequel était écrit de sa main et couché en sa singulière orthographe :

Meusieu,

Je vou veu mal de mor de me négligé come vou fête. Vouz aite en Paris de troi joure, et de vizite de vou poin ! Que si vou ne vené vou jeté à mé pié ce joure mèm à on zeure, vou ne pouré plus jamé vou dir mon dévouai serviteure.

Catherine,
Duchesse de Guise.

Encore que ce billet fût dans les apparences comminatoire, toutefois, ma vanité y trouva sa provende, la petite duchesse me relançant, sans qu'il y eût la moindre nécessité à notre entretien. Tant de temps, en effet, s'était écoulé depuis que j'avais quitté Reims pour courre guerroyer à Laon qu'assurément elle savait par les courriers à quoi s'en tenir sur ce qui s'était passé entre Saint-Paul et son fils Charles et entre celui-ci et le roi. De reste, Mme de Guise avait dû de soi sentir qu'elle s'avançait prou dans ce mot, si sévère dans sa formulation, mais si doux dans son fond, puisque n'osant pas le dicter à un secrétaire, elle l'avait graffigné de sa main potelée, mais malhabile.

Cependant, c'est, comme bien on pense, avec une contrefeinte humilité et toutes les apparences du remords (dont elle ne fut pas dupe) que je me présentai à elle sur le coup de onze heures (*on zeure,* selon son style) et profitai de l'élan de ma repentance pour me jeter *à sé pié,* lui prendre les deux mains et les couvrir de mes baisers contrits.

— Ha ! Madame ! dis-je, je serais dans la désolation si vous endurcissiez durablement votre cœur contre le plus dévoué et le plus aimant de vos serviteurs.

— Aimant est de trop, Monsieur, dit la petite duchesse avec quelque semblant de hautaineté, mais en ne faisant que des efforts très faibles pour me retirer ses deux mains qu'entre deux paroles je poutounais à la fureur. Allons, Monsieur, reprit-elle, je me vais fâcher à la parfin. Rendez-moi mes mains et, je vous prie, asseyez-vous là sur ce tabouret et expliquez-moi comment il s'est pu faire qu'advenu en Paris ces trois jours écoulés, c'est meshui seulement, et sur mon commandement, que vous me visitez !

— Madame, dis-je, contrit et l'œil baissé, vous m'en voyez au désespoir, mais le roi, à mon départir de Laon, m'a chargé d'une mission secrète qui ne souffrait pas de délaiement. Cependant, je me préparais à vous écrire pour vous quémander un entretien quand votre querelleux billet m'a atteint.

— Querelleux, Monsieur! s'écria-t-elle avec un retour de sa hautaineté, avez-vous le front de l'appeler querelleux ? Ne savez-vous pas que je ne peux quereller que des personnes de mon rang ?

— Madame, dis-je avec un salut, il est bien vrai que je suis né quelque peu en dessous de vous. Mais peux-je dire sans être accusé d'effronterie que ce n'est point tant votre rang qui m'éblouit céans que votre sublime beauté.

Elle fut tout ensemble si étonnée, si offusquée et si ravie par l'audace de ce compliment qu'elle demeura un moment sans voix. Et moi, m'accoisant aussi, laissai mon regard se promener sur ses attraits avec plus d'éloquence que mes paroles. Et à dire tout le vrai, je n'avais guère à me forcer, tant les avances qu'elle m'avait faites me la rendaient aimable. En outre, maugré qu'elle fût petite, elle s'encontrait mince et bien rondie, frisquette et pétulante, l'œil bleu lavande et quasi naïf en sa franchise, une bouche suave, et de très beaux cheveux blonds drus et abondants, descendant en mignardes bouclettes sur son cou mollet.

— Monsieur! s'écria-t-elle sourcillante, mais l'œil beaucoup plus doux que ne l'était son sourcil irrité, à la vérité, je ne sais où vous prenez l'audace de me parler dans cette veine et sur ce ton. N'était que vous avez rendu à mon fils Charles de signalés services en Reims, je vous eusse jà chassé de ma vue !

— Me chasser, Madame ! m'écriai-je à mon tour, me chasser, moi qui vous suis corps et âme dévoué ! Que si vous chassez *qui vous aime*, par qui serez-vous servie ?

Il faut bien avouer que ce « qui vous aime » était le comble de l'effronterie, adressé à une si haute dame. Mais à ce que je voyais, j'avais déjà tant d'amis dans la place que je pouvais, me sembla-t-il, tirer cette bombarde-là contre ses murs, sans craindre une sortie qui me mît à vaudéroute.

— Monsieur, reprit-elle quand elle eut recouvré sa voix, il faut bien confesser que vous êtes un grand fol d'oser me parler ainsi, à moi, duchesse de Guise, qui suis, après la reine douairière, la plus haute dame en ce royaume.

— Madame la Duchesse, dis-je en me levant et en lui faisant un profond salut, nul ne respecte davantage que moi le rang dont vous descendez. Mais plaise à vous de considérer, Madame, que je ne suis pas, pour ma part, de naissance si abjecte que vous me deviez écarter du pié comme un vermisseau. Après tout, ma mère est née Caumont-Castelnau, et les Castelnau, comme bien on sait, furent parmi les croisés du Christ. Quant à mon père, il forgea sa noblesse sur les champs de bataille, ce qui vaut tout autant, ce qui vaut mieux peut-être que s'il l'avait trouvée, toute façonnée, dans son berceau.

— Monsieur, dit la petite duchesse avec une confusion qui était tout à l'éloge de son bon cœur. Je sais tout cela. Je sais aussi que mon beau-père, François de Guise, mettait Monsieur votre père, pour la vaillance et l'esprit, bien au-dessus de tous ses capitaines. Pour moi, je n'ai brandi si haut mon rang, ajouta-t-elle avec une candeur qui me la rendit chère, que pour me mettre, pour ainsi parler, à l'abri de vos déclarations.

— Hé, mon Dieu, Madame! dis-je, sentant avec délice la faiblesse de ses défenses, et qu'au surplus, elle les démantelait de soi, prenant secrètement mon parti contre elle-même, quel mal y a-t-il à ce que je vous dise que je vous aime? Vous êtes veuve. L'honneur d'un mari, pas plus que le vôtre, ne s'en peut trouver offensé. Et si je ne suis pas haut assez pour prétendre à votre main, suis-je trop bas pour vous dire en tout révérend respect la profonde amour que j'ai conçue pour vous?

Je fus moi-même le premier étonné d'avoir prononcé si légèrement des paroles aussi graves. Mais c'est bien là le piège où l'on tombe toujours. Sans le petit billet qu'elle m'avait dépêché (et dont maintenant je chérissais jusqu'à l'orthographe), je n'eusse jamais osé rêver que la duchesse se pût bailler à moi. Mais cette idée nouvelle, me frappant avec une incrédible force dans le désert de ma vie (Doña Clara départie, Angelina si lointaine), m'avait, en un instant, inspiré pour elle un appétit si violent qu'il exprimait, pour la séduire, des sentiments passionnés, qu'assurément je nourrirais pour elle s'il était satisfait. C'est ainsi, belle lectrice, que le langage de l'amour anticipe toujours sur sa réalité, comme bien vous savez, vous qui répondez « Je vous aime » à l'homme que vous agréez, sans être davantage certaine de vos sentiments que de ceux qu'il professe pour vous...

Je vis bien que la petite duchesse, fort rosissante et le tétin houleux, avait peine à reprendre son vent et haleine, et à plus forte raison sa voix, d'autant qu'elle ne savait véritablement plus quoi dire, maugré son usance du monde, ayant dépassé le stade où elle eût pu se prétendre offensée, et n'ayant pas encore atteint celui où elle eût pu s'avouer consentante. Et qu'elle fût, toutefois, à cette pensée-là connivente, je le discernai avec un émeuvement tel et si grand que m'accoisant, moi aussi, je me mis à ses genoux, et lui prenant les mains, je les baisai, toutefois sans la fureur que j'y avais mise de prime, mais avec une douceur révérente, afin qu'elle entendît bien que mon respect pour elle n'était point diminué par l'abandon où je la voyais.

— Monsieur, dit-elle à la parfin d'une voix quasi éteinte et cette fois sans contrefeindre courroux, asseyez-vous de grâce et me dites en quelques détails ce qu'il en est de votre séjour en Reims, mon fils ne m'en ayant mandé que l'essentiel, avec de grands éloges de vous, mais sans préciser le rollet que vous y jouâtes.

Je repris alors ma place sur le tabouret à ses piés et lui en dis ma ratelée, meublant notre embarrassant silence d'un récit auquel ni elle ni moi n'attachions le moindre intérêt, nos regards, l'un à l'autre emmêlés, poursuivant pendant ce temps un dialogue qui nous importait mille fois davantage que mes vaines paroles. Ce fut là un de ces moments si délicieux d'anticipation trémulante qu'un amant voudrait qu'il durât toujours. Vœu étrange, à la vérité, puisque l'anticipation n'a de sens que si les actes en prennent le relais et par là même y mettent fin. Ce qui se fit, et fut délicieux aussi, mais d'une autre sorte de délice qui accomplissait, mais sans la faire oublier du tout, celle que nous avions goûté de prime en ce muet langage.

Nos tumultes apaisés, à peu que je n'en crusse mes yeux de voir la duchesse reposant dans mes bras, nue en sa natureté et sur des draps foulés (lesquels étaient de satin bleu pâle pour faire valoir, je gage, l'azur de ses iris et la blondeur de son cheveu). Et à cet instant, lisant en son bel œil quelque secrète appréhension de l'avenir, je piquai sa belle face de petits poutounes afin que de l'assurer que la tendresse chez moi ne laisserait pas que de prendre le relais des plus furieux transports. Et voyant qu'entendant ce langage par ce subtil sens que les femmes possèdent et qui les fait attentives aux plus infimes détails, et fort habiles aussi à les déchiffrer, et jugeant aussi qu'elle paraissait trouver dans ce déchiffrement assouagement et réconfort, je glissai mon bras senestre sous sa taille et déposai ma joue sur son tétin, lequel était mollet, mais non point défailli, et je demeurai là quelques instants dans une humeur que j'oserais dire très proche de la prière et de l'adoration. Je sais bien que notre religion, qui parle tant de belle amour et qui la pratique si peu, n'envisage véritablement avec faveur que celle que nous nourrissons pour le Seigneur ; mais j'aurais l'audace de le demander à mon lecteur de bonne foi : est-ce aimer le Créateur que de ne pas aimer la créature ? Et n'est-ce pas tomber dans l'aigreur et l'âpreté d'une solitude stérile que de désincarner l'amour au point de ne chérir, sans contact, sans chaleur et sans réciprocité, que des êtres impalpables ?

C'est dans ces dispositions d'esprit que j'ouïs tout soudain la duchesse au-dessus de moi me dire d'une petite voix piteuse et larmoyable :

— Monsieur, l'irez-vous dire partout ?

— Moi, Madame ? dis-je comme indigné, et désengageant mon bras senestre, je me haussai à la hauteur de sa belle face, et appuyé sur mon coude, l'envisageai œil à œil. Madame, dis-je, me croyez-vous si bas ? Irai-je tomber dans ce pernicieux usage de nos muguets de cour, lequel veut qu'ils divulguent aussitôt en public les tendres et mignardes douceurs dont on les a dans le privé nourris ? Ha ! Madame ! Je me couperais la langue plutôt que de souffler mot à quiconque de vos condescensions pour moi !

— Monsieur, me le jurez-vous ?

— Sur mon salut, dis-je avec gravité.

— Ha ! mon Pierre ! dit la petite duchesse. Je vous avais donc bien jugé. Déjà du temps où vous aviez revêtu la vêture de marchand-drapier, je vous tenais pour un homme avisé et point du tout pour ce genre de fol que vous avez décrit.

— Hé quoi, Madame, aviez-vous percé jà ma déguisure ?

— Ha ! De grâce ! dit-elle, au point où nous en sommes, ne me madamez point !

— Mon ange, dis-je, je ferai tout ce que vous voulez, en cela comme en tout.

— Mon Pierre ! s'écria-t-elle tout soudain en riant à gueule bec, n'est-il pas étonnant que vous m'appeliez mon ange dans le moment même que j'ai cessé de l'être !

Je fus ravi de cette pétulante saillie où franchise et naïveté faisaient si bon ménage et, la serrant dans mes bras et me mettant moi-même à m'esbouffer, je lui piquai derechef à la face des poutounes qu'elle me rendit à profusion, tant est que nous riions, si je peux ainsi parler, dans la bouche l'un de l'autre et l'œil collé à l'œil, avec une joyeuseté et une connivence qui, à y repenser plus tard, me rendirent ce moment unique.

— Mamie, dis-je quand nous émergeâmes tout rebiscoulés de cette enivrante gaieté, je vous ai juré de me coudre le bec sur notre beau secret, mais vous-même, n'allez-vous pas déclore le vôtre à votre confesseur, lequel va fourrager du groin dans nos félicités et, se peut, vous commander d'y mettre un terme ?

— Mon Pierre, dit-elle avec un fort joli froncement de son sourcil, j'eusse couru ce péril avec le curé de Saint-Germain-l'Auxerrois à qui je contai mes péchés ces trois ans écoulés. Vramy ! Quel brutal ! et quel tyranniseur ! Comme il ménageait peu ma pauvre petite âme ! Quels coups il m'assenait ! C'était la tenaille, le brodequin et la roue ! Quand je saillais de ses mains rougeaudes, ma fé ! j'étais rompue, brisée, sans appétit à vivre, et laide par surcroît !

— Laide, mamie ! Laide ! Je ne peux que je ne le décroie !

— Je vous le jure, mon Pierre ! reprit-elle avec un petit rire des plus coquinaux. Tant et si bien que mortellement lassée des tourments où il me jetait, je lui donnai son congé, et je fis choix pour diriger ma conscience du révérend père Guignard.

— Quoi ? dis-je en riant. Un jésuite ! Un régent du

collège de Clermont ! Vous aussi, Mamie, vous prenez un jésuite pour confesseur ! Vous succombez à la mode qui trotte !

— Ha ! dit la petite duchesse en me jetant les bras autour du col et en appuyant son doux tétin contre mon poitrail, c'est que le père Guignard — Dieu le bénisse ! — me rend la religion si douce, si facile, et si accommodante que je ne peux plus de lui me passer ! Il est vrai qu'en notre premier entretien, il voulut chanter pouilles à Henri Quatrième. Mais je le bridai net : « Halte-là Monsieur ! dis-je en sourcillant. Pas un mot contre ma famille, ou je me fâcherais ! — Votre famille, Madame ? dit le bon père. Ce Béarnais hérétique, relaps et excommunié est de votre famille ? — Assurément, Monsieur, dis-je, ignorez-vous qu'il est mon cousin germain ? Et qu'il est converti ? — Mais, dit Guignard, sa fallacieuse conversion est de nulle conséquence, le pape ne l'ayant pas reconnue. — Le pape, dis-je, ne faillira pas de la reconnaître, dès que nous l'aurons despagnolisé. »

— Despagnolisé ! criai-je. Mamie, vous avez dit cela ! A un disciple d'Ignace de Loyola ! A un suppôt de Philippe II ! Mamie ! Mamie ! vous surpassez toutes les femmes du monde par l'esprit et par la vaillance ! *Despagnoliser,* cornedebœuf ! Je m'en rameutevrai ! Le pape, despagnolisé ! Et comment Guignard le prit-il ?

— Avec une vilaine grimace, et la crête fort rabattue, mais il s'accoisa et depuis, il devint pour moi le plus délicieux confesseur de la création.

— Délicieux, Madame ! Je vais être jaleux !

— Méchant ! cria-t-elle, ne vous ai-je pas interdit de me madamer !

Et avec sa pétulance coutumière, elle me voulut faire par jeu batterie et frappement de sa main potelée, laquelle je saisis et baisai, puis baisai le bras et le tétin, le poutoune étant, comme tu sais bien, lecteur, une petite bête qui voyage beaucoup. Tant est que notre entretien dans les minutes qui suivirent cessa tout à plein d'être intelligible.

— Mamie, dis-je, quand il le fut redevenu, revenons à nos jésuitiques moutons, et dites-moi pourquoi le père Guignard est si délicieux.

— Je vous l'ai dit, mon Pierre : c'est qu'il a la religion si accommodante.

— Comment cela ?

— Eh bien, dès que nous fûmes en Carême, je ne laissai pas que de me plaindre à lui d'avoir à jeûner. « Madame, dit-il gravement, il faut vous faire violence. — Ha ! mon père, vous ne m'aidez pas le moins du monde. Vous parlez comme le curé de Saint-Germain-l'Auxerrois ! » Cela le piqua prou et il dit : « Madame, ayez toute fiance en moi, de grâce. Je vais relire nos auteurs et j'espère y trouver un moyen de vous soulager sans péché. » Et en effet, il revint le lendemain, la crête haute, un gros livre à la main et me dit : « Madame, est-il constant que vous ne parvenez point à vous ensommeiller quand vous jeûnez pour la raison que votre estomac vous douloit ? — Oui-dà ! dis-je, cela est vrai ! — Alors, dit-il, vous n'avez pas à jeûner : Voyez, c'est écrit là en toutes lettres : *Celui qui ne peut dormir, s'il n'a soupé, est-il obligé de jeûner ? Nullement.* — Voilà, dis-je, qui est émerveillable. Et qui a écrit cela ? — Notre bon père Emmanuel Sa dans ses *Aphorismes des Confesseurs.* — Et, dis-je, est-ce que tous vos pères sont de son avis ? — Point du tout. Beaucoup de nos pères, moi le premier, s'apensent le contraire. — Adonc, dis-je, éberluée, laquelle opinion dois-je suivre ? La leur, la vôtre ou celle d'Emmanuel Sa ? — Celle d'Emmanuel Sa, dit le père Guignard, puisque c'est une opinion probable. — Une opinion probable ! criai-je. Mon père, vous êtes trop profond pour moi ! Qu'est-ce qu'une opinion probable ? — Une opinion devient probable, quand elle est soutenue, fût-ce par un seul docteur, bon et savant. Et lorsque le pénitent suit une opinion probable... — Mon père, dis-je, ravie, le peut-il ? — Oui-dà, dit-il, si elle lui agrée. Dans ce cas, son confesseur doit absoudre le pénitent, même s'il tient une opinion contraire. Ce qui est mon cas, comme bien vous savez, Madame, ajouta-t-il humblement, les yeux à terre, et avec une sorte de soupir. »

— Que j'aime ce soupir ! dis-je en riant.

— Méchant, ne riez pas ! dit la petite duchesse, en levant sa main potelée, laquelle, cette fois-ci, je me contentai d'emprisonner, ne voulant pas interrompre derechef un entretien qui m'apportait tant de lumières.

— Il faut bien avouer, reprit-elle, voyant que j'étais tout à l'écouter, que le père Guignard est un homme très habile, puisqu'il résout toutes mes traverses en un tournemain.

— Et quelles encore ? dis-je, le sourcil levé.

— L'une, notablement touchant mon fils. Car je me fis un souci à mes ongles ronger quand j'appris qu'il avait occis Saint-Paul sans lui laisser le temps de dégainer, me disant que le malheureux étant mort dans la graisse de ses péchés, il serait à coup sûr damné, et mon fils aussi, puisque non content d'occire le corps de son ennemi, il avait, pour ainsi dire, tué son âme. En bref, je fus tant tourmentée de ce doute que je m'en ouvris au père Guignard, lequel me le leva tout à trac. « Madame, dit-il, un de nos pères soutient là-dessus une opinion probable qui est qu'on peut accepter ou offrir le duel quand il s'agit de sauver son bien. Ce qui était, hélas, le cas. — Mais, mon père, dis-je, mon fils Charles a tué Saint-Paul traîtreusement. — Mais point du tout, dit le père Guignard en levant les deux mains. Car voici ce que dit un de nos pères, lui aussi bon et savant : " On appelle tuer par trahison quand on tue un homme qui ne se défie pas. Mais tuer son ennemi par-derrière n'est point le tuer par trahison, puisque étant votre ennemi, il ne peut qu'il ne se défie de vous... " »

— Voilà qui est admirable ! dis-je. Je suis béant de trouver chez les bons pères tant de science ! Je n'eusse jamais cru qu'il y eût, d'un côtel, des guet-apens impies et de l'autre, des guet-apens pieux...

— C'est pourtant bien la vérité, dit la petite duchesse avec un air de naïveté si délicieux qu'à peu que je ne la dévorasse d'autant de baisers que je la mangeai des yeux. Mais, poursuivit-elle, là où j'ai conçu pour le bon père une gratitude infinie, c'est quand il résolut un cas de conscience qui était de grande conséquence pour moi, et touchait à votre personne.

— A ma personne ? dis-je, béant.

— Mon Pierre, dit-elle en battant du cil et en rosissant quelque peu, vous devez savoir que jà sous votre déguisure de marchand-drapier, vous n'étiez pas sans me plaire, alors que vous n'aviez d'yeux, méchant, que pour ma belle-mère Nemours.

— Mamie, dis-je, j'aimais Mme de Nemours comme

une mère, et ce n'était assurément pas comme une mère que je vous envisageais.

— La vérité, Monsieur, dit-elle avec une contrefeinte froidure, c'est que vous envisagez toute femme avec des yeux si doux, si tendres, si admiratifs et si désireux, qu'on ne peut qu'on ne pense que vous êtes d'elle raffolé, jeune ou vieille. Mais passons. Vais-je être jaleuse de Madame ma belle-mère, moi qui vous ai ? Et bien vous tiens-je, reprit-elle avec une petite moue des plus charmantes, vous ayant passé autour du cou le licol de mon bras.

Sur quoi, j'inclinai la tête et baisai ledit bras, sans mot dire, ne pouvant bec ouvrir pour des paroles, ayant trouvé dans les siennes matière à tant d'émeuvement.

— Ha ! mon Pierre, cessez, de grâce, ces baisers ! s'écria-t-elle, ou je ne finirai mie mon propos... Vous entendez bien que je me voulais mal de mort pendant le siège, de me trouver songearde et rêvasseuse au sujet d'un marchand-drapier ! Ce n'est pas que je me donnasse peine pour m'imaginer que votre vêture n'était que déguisure de prince. Peine perdue ! Je me reprochais tout de gob de me mentir là-dessus pour conforter ma conscience. Jugez par là comme je fus aise quand le roi nous vint visiter le jour où il recouvra Paris, accompagné de vous sous votre beau plumage et naturelle face. Encore que je fusse aussi fort rebéquée de vous voir adresser des regards si tendres à Mme de Nemours, et à moi, pas le moindre !

— Mais, Mamie, dis-je, vous étiez avec moi si froidureuse !

— Qui ne l'eût été ? Vous ne me regardiez point ! Sauf toutefois, au départir, où vous me lançâtes tout soudain un œil d'une telle effronterie que j'en restai béante, et fort encolérée.

— Madame, j'en suis confus !

— Et vous avez bien tort de l'être, dit la petite duchesse avec un rire si franc qu'il me ravit. Sans ce regard, il ne se serait rien passé, car il me remit tout soudain dans mes songes et me les rendit un million de fois plus proches. Tant est qu'ayant pris, à la parfin, de certaines décisions, touchant votre personne, mais hésitant encore à les mettre à l'épreuve, je m'en ouvris au père Guignard.

— Quoi, Mamie ! dis-je, comme effrayé ! Vous avez parlé de moi à votre confesseur ?

— Sans vous nommer.

— Et que lui avez-vous dit ?

— Je lui ai dit que j'étais énamourée d'un gentilhomme de bon lieu, lequel ne s'encontrait pas toutefois haut assez pour m'épouser, encore qu'il ne fût pas marié.

— Mais, Mamie, je le suis.

— Ho ! Marquis ! Si peu ! Et allais-je dire la vérité toute nue à mon jésuite, lequel eût incontinent brandi le péché d'adultère. La Dieu merci, j'avais fort affaire jà à désarmer son opposition.

— Car il s'opposa de prime à votre doux projet ?

— Comme fol ! Et même à ce que je vous revoie du tout ! Mais je versai des torrents de pleurs. Je lui dis « Mon père, je mourrai véritablement de votre tyrannie ! Jà je ne dors plus ! Jà je mange à peine ! Et que me chaut que vous m'ayez dispensé de jeûner si plus ne mange ! Ha ! le beau confesseur que voilà ! Qui m'affame par tous les bouts ! Ou qui me désaffame d'un côtel pour m'affamer de l'autre ! »

— Mamie, dis-je en riant à mon tour, lui dîtes-vous cela ?

— Oui-dà ! dit-elle en riant à son tour. Je lui tirai ce trait tout dret de l'épaule ! En pleine face ! Tant est qu'il en resta pantois et accoisé !

— Et que dit-il à la parfin ?

— Qu'il relirait les bons pères qui avaient écrit là-dessus, afin que de voir s'il ne trouverait pas chez eux une *opinion probable* qui pourrait m'accommoder.

— La trouva-t-il ?

— S'il y avait failli, serais-je dans vos bras ?

— Se peut que oui quand même, dis-je en riant.

— Ha ! méchant ! dit-elle en serrant ma main, doutez-vous que j'aie une conscience ?

— Non, mon ange, dis-je. Vous avez tout : et une conscience et un amant.

— C'est bien vrai, cela ! dit-elle avec une simplicité si fraîche et si naïve que je ne pus, cette fois, retenir mes baisers et mes mignonneries. Mais lecteur, j'abrège : je ne voudrais ni te lasser ni te rendre jaleux de notre infantin bonheur, et d'autant plus que je sens bien que te voilà quasi autant énamouré que moi de ma petite duchesse. Et encore, n'est-elle ici que papier, et parole, et remembrance. Que si tu avais pu voir le pétillement de son œil bleu, tu l'eusses proprement adorée.

— Mamie, dis-je à la parfin, vous ne m'avez pas dit l'*opinion probable* à qui je dois d'être où je suis.

— A dire le vrai, dit la duchesse, je ne me souviens plus le nom du bon père qui l'a soutenue. Mais d'après lui, si l'on demeure, oyez-moi bien, dans des occasions prochaines de péché et qu'on ne peuve s'en retirer, sans en recevoir de grandes incommodités, il est permis d'y demeurer, et le confesseur vous en doit absoudre.

— Mon ange, dis-je, il me semble que nous demeurons tous deux dans des occasions plus que prochaines de péché...

— Il me semble aussi, dit la petite duchesse d'un air songeard. Mais qu'y peux-je ? Pourrais-je m'en retirer « sans en recevoir une très grande incommodité ? » Et en conséquence, si j'en crois mon bon père, je ne peux faillir à être absoute. Mais, mon Pierre, s'écria-t-elle tout soudain, que mesquine je suis ! Je ne pense qu'à mon particulier ! Et vous ! Vous, mon Pierre ! Que marrie je serais si votre salut était en péril ! Avez-vous un bon confesseur ?

— Bon ? je ne sais. Il est fort roide.

— Benoîte Vierge ! dit la petite duchesse, il vous en faut changer dès demain !

— Mais point du tout, mon ange, dis-je, avec un sourire.

— Et pourquoi donc ?

— Pour ce que je ne tiens pas que mon salut soit dans la main d'un confesseur, roide ou non, mais dans la main de Dieu.

— Ha ! Le vilain huguenot ! dit-elle, comme indignée. Que peu de respect il a pour l'intercession de notre Sainte Eglise ! Le père Guignard dit bien : grattez le converti, vous trouverez dessous l'hérétique. La caque sent toujours le hareng...

— Madame, dis-je avec une contrefeinte gravité, si je sens ce que vous dites, incontinent je m'ensauve.

— Ha ! le méchant, dit-elle en s'ococoulant dans mes bras. Ne sait-il pas que je suis de lui raffolée ?

Belle lectrice, quelqu'un me met la main sur l'épaule et me souffle à l'oreille que dans cette chronique, j'ai la faiblesse de vous caresser trop. Mais qui dit cela ? Des gentilshommes ! Jamais des dames ! Que si une fois, une seule de mes lectrices — je dis lectrice, car pour celles qui tordent le nez sur mes ouvrages, je peux certes éprouver pour elles quelque chrétienne compassion, mais non point de l'amour — m'écrivait pour me dire qu'elle se trouve incommodée par l'excès de mes prévenances, je ne pourrais que je n'y misse incontinent un terme, bien marri de devoir, de par la susceptibilité d'une seule, me priver d'exprimer à toutes la gratitude que j'éprouve à la pensée qu'elles existent, donnant à notre grisâtre vie chaleur, couleur, frémissement.

Plaise donc à vous, belle lectrice, avant que je reçoive cette lettre que je dis — laquelle j'espère ne recevoir jamais —, de me permettre de poursuivre avec vous ces petits dialogues qui sont pour moi un des plaisirs de mes écritures. Et si à vrai dire, ils ne vous déplaisent point non plus, et quant à moi me charment, qui pourra jamais nous persuader de discontinuer notre innocent commerce ?

Que mon commerce avec la duchesse de Guise fût ou ne fût pas innocent, c'est ce que nous devons laisser, vous et moi, à la seule discrétion du révérend père Guignard, se fondant sur l'*opinion probable* d'un seul docteur, bon et savant, de son illustre compagnie, opinion que, se peut, il ne partageait pas. Laissons donc juger ceux qui assument d'être nos juges ! Qu'ils nous absolvent ou nous condamnent ! A mon avis, leurs décisions ne changent que fort peu de choses, dans cette vie comme dans l'autre. Pour moi, comme je l'ai laissé entendre à la duchesse, il n'y a qu'un juge et, par malheur, jamais personne qui ait devant lui comparu n'est revenu ensuite sur terre nous informer du caractère bénin ou impiteux de ses arrêts. C'est pourquoi je me permets de m'apenser, qu'étant un être parfait, il est parfait aussi en sa clémence, laquelle passe même l'imagination de nos plus indulgents censeurs. Colère, jaleuseté, haine, vengeance : passions humaines. Que pitié ce serait de les retrouver là-haut !

Toutefois, lectrice, devant que nous ayons dépouillé notre mortelle enveloppe, nous sommes vifs, vous et moi. Moi pour écrire ces lignes et vos beaux yeux pour les lire. Plaise donc à vous de me faire la grâce d'être, en ce moment que voilà, mon affectionnée confidente, afin que je puisse impartir à votre oreille la manière et substance de mes plus privés émeuvements.

Si je tâche à faire la somme de mes amours passées, je dirais que si nombreuses assez les dames que j'ai chéries, rares et fugitifs furent mes instants de bonheur. Aussi ai-je peu d'inclination à me les ramentevoir, mes remembrances charriant en elles tant de regrets, d'aucuns poignants : la petite Hélix tuée en son premier bourgeon, ma Fontanette pendue haut et court, ma plus fidèle amie Alizon, que je le dise enfin, emportée d'une fièvre chaude après le siège de Paris. Voilà pour mes pauvres mortes. Mais les vives ne valent guère mieux : Mme de Joyeuse tombée au déclin de sa vie dans la plus âpre dévotion. La Thomassine, percluse de douleurs. Ma belle drapière de Châteaudun, remariée et battue. My Lady Markby serrée en geôle par la reine Elizabeth.

Quant à mon Angelina, ce serait quasi la profaner que d'en parler avec le même souffle dont j'ai usé pour soupirer après mes défuntes amantes. Je l'aime encore. Et m'apense, *nolens volens* (1), que je l'aimerai toujours. Mais quels coups elle m'a portés ! Et que loin, bien loin, nous sommes de présent l'un de l'autre !

— Mais Louison ?

— Ha ! belle lectrice, me devez-vous ainsi parler de Louison, laquelle, si j'ai envers elle quelque obligation de gratitude, me laisse l'âme immensément sur la soif ? Nenni, nenni ! Mon existence, comme j'espère que la vôtre n'est point, s'encontrait plus désertique que le désert de l'Arabie, quand apparut à l'horizon trémulant cette oasis que voilà, parcourue d'une eau si fraîche et si claire que j'en tombai d'un coup plus amoureux que je ne l'avais de longtemps été.

(1) Que je le veuille ou non. (Lat.)

Mais oyez plutôt mon Miroul, quand je revins à la parfin en mon logis de la rue du Champ Fleuri :

— Quoi, Moussu ! Vous voilà ! Votre assiette s'est horriblement ennuyée ces quatre heures écoulées ! La duchesse vous a-t-elle nourri ?

— Point du tout.

— Il a donc fallu que cet entretien fût tout à fait prenant, pour qu'elle y faillît.

— Il le fut.

— Mais, Moussu, de grâce, prenez place. Quatre heures ! quatre grosses heures sans morcel gloutir et sans rien avaler ! Cornedebœuf ! Mangez ! Vous paraissez fort las. Moussu, vous ne dites mot, vous rêvassez ! Ce chapon est excellent, si peu viril qu'il soit. Reprenez-en ! Et tâtez-moi de ce jambon de Bayonne. Est-il assez moelleux ? La Dieu merci, vous mangez comme quatre, étant parti quatre heures. Vramy, je ne m'étonne plus que vous soyez muet devenu. Vous avez dû user votre langue jusqu'à la racine avec votre bonne duchesse.

— Que dis-tu, Miroul ? dis-je roidement.

— Que vous avez dû user votre langue à tant jaser.

— En effet.

— Moussu, suis-je importun ? Désirez-vous rester seul avec votre rôt ? Cuit et confit en votre mijot ? Dois-je entendre, poursuivit-il en se levant, que je ne suis plus votre intime ami et confident ?

— Mon Miroul, dis-je en le retenant promptement par la main. Ami, tu l'es et le seras toujours, et nul plus proche. Mais...

— Mais confident ne puis ! dit Miroul en riant, pour ce que vous l'avez juré. Moussu, c'est assez ! Je vous entends ! A tout bonheur bouche cousue ! Ha ! mon Pierre ! Que je suis félice pour toi de ce silence ! poursuivit-il en se levant et en me venant baiser sur les deux joues (poutounes que je lui rendis sans pleurer pain). Vramy ! Je l'ai vu de prime à votre air ! L'air fort las, mais l'œil fort vif et toutefois rêvasseux, la mine fort épanouie, et je ne sais quoi de bondissant dans la marche, quoique les membres fussent de fatigue reclus ! Et par-dessus tout, le bec clos ! archiclos ! lequel par cette même encharnée clôture racontait des volumes ! Toi, mon Pierre, qui en ton ordinaire es si bien fendu de gueule ! J'ai cru rêver ! Cependant, je m'accoise à mon tour ! Mon silence s'ajoute au tien comme graisse s'additionne à graisse dans la bedondaine de Mayenne ! Nous allons avoir céans des tonnes et des tonnes de silence ! Nul cloître ne sera plus muet ! Toutefois un mot encore, Monsieur le Marquis !

— Monsieur l'Ecuyer, je vous ois.

— Il n'est pas que la bonne duchesse et vous-même n'ayez échangé quelques paroles ces quatre heures écoulées, d'aucunes mêmes dont on pourrait dire qu'elles fussent *ad usum puerorum* (1).

— Je lui ai conté Reims. Conte que tu connais aussi bien que moi. Et elle m'a parlé de son confesseur jésuite.

— Tiens donc ! Voilà sujet fort savoureux !

Là-dessus, à sa répétée prière, je lui en dis ma ratelée, qu'il ouït avec un ébaudissement qui crût à mesure de mon cheminement parmi les *opinions probables*.

— Mon Pierre, dit-il, il faut bien avouer que la coïncidence est rare ! Tandis que notre jolie duchesse vous entretenait de son confesseur, le curé de Saint-Germain-l'Auxerrois est venu céans vous visiter et, fort déçu et chagrin de ne pas vous trouver au logis, a dit qu'il vous reviendrait voir sur le coup de quatre heures.

— Dieu bon ! dis-je en jetant un œil à ma montre-horloge ! Nous y voilà quasiment ! Et du diantre si je sais ce que le bonhomme me veut, sauf toutefois que je ne suis pas aussi assidu aux offices qu'il y a appétit.

J'avais, en effet, à peine fini de gloutir la dernière gueulée de ma repue que Franz introduisit M. le curé Courtil. A sa vue, je me levai, vins à lui le visage riant, et lui serrant la dextre des deux mains, l'assurai de mes bonnes amitiés, tout en scrutant sa face, laquelle me parut, à dire le vrai, excessivement déquiétée.

Je dis « déquiétée » et non inquiète, car le curé Courtil n'avait pas l'apparence d'un homme à nourrir des angoisses métaphysiques, ayant la face large, rouge et luisante comme un jambon, des yeux noirs brillants, une bouche vermeille, de fortes dents, la

(1) A l'usage des enfants. (Lat.)

membrature carrée, et une bedondaine qui rondissait gracieusement sa soutane.

Après les barricades et pendant le siège de Paris, il avait prononcé des prêches ligueux, mais sans les excès d'imprécations, d'injures et d'appels au sang où tant d'autres étaient tombés. Tant est que n'ayant pas suivi à l'entrée du roi les chariots de la garnison espagnole, il avait bénéficié de la clémence de Sa Majesté et, s'inclinant avec bonne grâce, priait et faisait prier pour Elle en sa chaire, attendant sans impatience que le pape la relevât de son excommunication.

— Franz ! dis-je, quand je l'eus fait asseoir, baille à M. le curé Courtil un gobelet de ce bon vin de Cahors, afin que M. de La Surie et moi puissions trinquer avec lui.

— Monsieur le Marquis, dit le curé Courtil, j'accepte du bon du cœur, mais pour l'honneur du trinquement, car pour le vin, j'en bois fort peu, hormis à messe. De reste, il est fort bon, ajouta-t-il en faisant claquer sa langue.

— Franz, dis-je, tu feras porter deux bouteilles au presbytère de Saint-Germain-l'Auxerrois.

— La grand merci à vous, Monsieur le Marquis, dit Courtil. Le procédé est fort honnête.

— Monsieur le Curé, vous n'ignorez pas que vous pouvez compter en toute occasion sur mes bons sentiments à votre endroit.

— Et sur les miens, dit M. de La Surie avec un gracieux salut.

— Monsieur le Marquis, je suis votre serviteur, dit Courtil. Et le vôtre aussi, Monsieur l'Ecuyer.

Quoi disant, d'une seule lampée, il gloutit son vin et ayant ainsi ranimé sa vaillance, il monta tout dret à l'assaut.

— Monsieur le Marquis, dit-il, depuis que vous avez recouvré votre logis du Champ Fleuri, je vous ai vu à messe, mais, si ma remembrance est bonne, jamais à confesse, ce qui me chagrine fort.

— C'est que, Monsieur le Curé, dis-je en jetant un œil à Miroul, je ne me confesse qu'à Pâques, et à Pâques, j'étais à Laon avec les armées du roi.

— Monsieur le Marquis, reprit Courtil après un moment de silence, pendant lequel il parut peser ma repartie dans de fines balances, peux-je quérir de vous en toute simplicité s'il n'y a point eu à votre abstention une autre raison ?

— Et quelle, par exemple, Monsieur le Curé ? dis-je en avançant une patte prudente en ce terrain, pour ce que je me demandais, en mon for, si le bonhomme, comme ma jolie duchesse, m'allait soupçonner de sentir encore le hareng.

— Par exemple, dit Courtil, que vous vous soyez confessé à quelqu'un d'autre ?

Ha ! m'apensai-je, en espinchant mon Miroul de côté, je t'entends enfin, mon compère ! Et ton rôt, à ce que je crois, ne va pas manquer de sel.

— Monsieur le Curé, dis-je gravement et comme enveloppé de ma vertu, hormis quand je voyage, je croirais faillir à mes devoirs de paroissien en me confessant à quelqu'un d'autre que le curé de ma paroisse.

— Ha ! mon fils ! s'écria Courtil, que Dieu et tous les saints vous bénissent de ce sentiment-là ! Et plût à Dieu qu'il fût partagé par tout ce que la Cour et la Ville comptent de conséquent ! Hélas, il n'en est rien ! Et c'est là où le bât me blesse ! Car chaque jour je vois mon confessionnal déserté par les plus hauts de mes paroissiens ! Il me semble que maugré mes prières au Dieu tout-puissant ce flux funeste ne s'arrêtera jamais, et que je suis véritablement sur le chemin de perdre un à un mes meilleurs pénitents, tant se répand parmi eux cette mode — que dis-je —, cette rage de courre aux jésuites pour se confesser.

Le bon curé prononça le mot « jésuites » comme il eût prononcé le mot « hérétique » ou « relaps ». Vous eussiez cru entendre un fouet claquer sur un dos nu.

— Mais, Monsieur le Curé, dit Miroul qui, voyant le curé aller si bon train, le voulait pousser plus avant sur sa pente sans que je m'engageasse dans ce périlleux débat, encore que je partage l'opinion de M. de Siorac sur l'obligation de se confesser à son curé, plaise à vous de me dire en quoi se confesser à un autre que son curé et recevoir de lui communion est pratique si condamnable ?

— Pour ce que, dit Courtil avec feu, le préjudice est immense, et au curé, et au pénitent.

— J'entends bien, reprit Miroul : Le pénitent, s'il n'est point confessé par son curé, sera avec lui moins donnant, réservant ses libéralités, se peut aussi ses legs, à celui qui dirige sa conscience. Mais en quoi le pénitent lui-même subit-il un dommage en la matière ?

— Ha ! Monsieur l'Ecuyer ! dit Courtil d'un air douloureux, le dommage est indubitable ! Sortir de sa paroisse pour aller ailleurs se confesser et communier, c'est laisser le temple de Jérusalem pour aller sacrifier aux montagnes de Samarie.

— Pardonnez-moi, Monsieur le Curé, dit Miroul, si votre comparaison honore votre savoir grandement, elle est plus biblique que convaincante. Pourquoi les sacrements, s'ils sont administrés par un prêtre, seraient-ils moins valables aux montagnes de Samarie ?

— Mais parce qu'on y est seul, Monsieur ! s'écria Courtil en levant les deux mains au ciel. Si ce sacrement s'appelle communion, c'est justement parce qu'il le faut recevoir dedans l'église en l'assemblée des fidèles. Sachez, Monsieur, sachez, poursuivit-il sur le ton de la vaticination, que la rémission des péchés s'obtient principalement par la violence d'une prière commune que toute l'Eglise pousse vers le ciel, le forçant, pour ainsi parler, de s'ouvrir à nos requêtes !

L'extraordinaire naïveté de ce sentiment tout à la fois me consterna et m'ébaudit, tant est que ne pouvant trahir ni l'une ni l'autre de ces humeurs, je demeurai comme devant muet, laissant mon Miroul se débattre comme il pouvait avec l'énorme lièvre qu'il avait soulevé. Ce qu'il fit, avec sa coutumière adresse, son œil marron fort pétillant et son œil bleu restant froid.

— Ha ! Monsieur le Curé ! s'écria-t-il, que cela est beau ! Et que la métaphore me paraît pertinente ! Ce portail du ciel qui reste clos au pénitent solitaire, mais que la poussée conjointe et *violente* de tous les fidèles réussit à *forcer*, voilà qui parle au cœur et à l'imagination ! Monsieur, vous m'avez tout à plein persuadé, et je vous rends les armes !

— Monsieur l'Ecuyer, dit Courtil, l'œil luisant de modestie, je rends grâce au ciel d'avoir trouvé les mots qui vous ont touché. Et puisque vous me faites l'honneur de les trouver idoines, je les répéterai dimanche à mon prêche.

— Auquel, dis-je, je ne faillirai pas d'assister, et au premier rang, désirant, quant à moi, demeurer fidèle à ma paroisse et à mon curé, et sans céder à cette mode qui le robe de ses meilleurs pénitents.

— Monsieur le Marquis, roberie est bien dit, poursuivit Courtil. Pour moi, j'avoue que je ne peux souffrir ces jésuites (derechef le mot claqua comme un coup de fouet) qui font tant de mal à l'Eglise. Et en savez-vous la raison ?

— Quelle ? dis-je avec une avidité point du tout contrefeinte.

— C'est qu'ils ne sont ni séculiers, ni réguliers, en bref ni chair, ni poisson, ni bonne chair, dirais-je, ni honnête poisson ! Ils se disent réguliers, mais où sont leurs bures et leur clôture ? Ils portent la soutane comme nous, vivent dans le siècle, se répandent dans le monde. Mieux même, ils revêtent, à l'occasion, des vêtements laïcs, se ceinturent d'une épée, chevauchent de grands chevaux (et non, comme nous, de modestes mules), voyagent par monts et vaux, traversent des océans... Ils refusent en outre de reconnaître l'autorité des évêques, ne prétendant obéir qu'à leur seul général, lequel est espagnol, et au pape, lequel est italien. Ils violent le privilège de l'Université et ouvrent des écoles où ils séduisent les enfants par une contrefeinte douceur, dans le même temps qu'ils corrompent les parents par des confessions scandaleuses.

— Scandaleuses, Monsieur le Curé ? dis-je en levant le sourcil.

— Hélas, Monsieur le Marquis, je n'en peux plus douter : pour peu que le pénitent soit noble, riche et taille dans le monde une figure notable, les jésuites condolent, pardonnent et absolvent tout : le duel, la parjure, la traîtrise, le vol et, ajouta-t-il d'un air désolé, la bougrerie et l'adultère, je le dis en frémissant. Et les voilà, Monsieur, par ces très damnables pratiques, les voilà honorés et adorés comme des petits dieux en Paris, maîtres des consciences d'un chacun, et immensément enrichis.

— Enrichis, Monsieur le Curé ? Je croyais qu'ils faisaient vœu de pauvreté ?

— Ha ! Monsieur le Marquis, vous ne connaissez pas ces maudits casuistes ! Ils ont deux vœux. Un *vœu simple* qu'ils prononcent, quand ils entrent dans leur compagnie (dite impudemment de Jésus) et qui leur permet de recueillir les successions et les legs. Puis, les ayant reçus, et n'attendant plus rien, ils prononcent un vœu solennel. Quant à moi, j'ose le dire tout net, je ne me fierais pas plus à leur vœu de *pauvreté* qu'à leur vœu de *simplicité*. Pauvres, les jésuites ! Simples, les jésuites ! Dieu bon ! Que faut-il ouïr en cette vallée de larmes ! Sous la haire, les jésuites cachent la pourpre ! Sous les cendres, un feu d'ambition ! Sous les paroles sacrées, une avidité de croque-testaments ! Vous les voyez, ces chattemites, cheminer les yeux baissés, mais s'ils portent la vue en terre, ce n'est que pour y chercher les biens et les honneurs !

Peste ! m'apensai-je, quelle éloquence ! Et que peu sacrée elle me semble ! Qui dirait que c'est là un prêtre parlant d'un religieux ? Que vivaces et violentes sont ces haines d'Eglise, et pas seulement contre les hérétiques !

— Monsieur le Curé, dis-je, l'opinion que vous exprimez là est-elle seulement la vôtre ?

— Mais point du tout ! s'écria Courtil avec véhémence. Elle est celle, vous pouvez m'en croire, de tous les curés et de tous les évêques : les premiers, parce que les jésuites leur robent leurs pénitents. Les seconds, parce que les jésuites déprisent leurs commandements. C'est pourquoi nous sommes partie au procès que la Sorbonne fait à cette maudite secte, afin qu'elle soit chassée du royaume et retourne en ses Espagnes.

Je fus tenté de dire « amen », mais m'accoisai, pour ce que je ne désirais pas que le curé Courtil pût se prévaloir de mon acquiescement. Avançant dans cette affaire à pas de chat, l'oreille dressée et la moustache très en éveil, je ne voulais pas qu'on me tînt pour l'ennemi des jésuites, ce qui m'eût valu de leur part une inimitié qui, à juger par celle que nourrissait pour eux le curé Courtil, ne serait pas petite, et ne pourrait qu'elle ne me gênât dans ma quête. De reste, pour parler ici sans rien déguiser, ni la douceur avec laquelle ils traitaient les écoliers (hormis ceux qui voulaient prier pour le roi), ni leurs méthodes nouvelles d'enseignement, ni l'émerveillable flexibilité de leurs talents de confesseur (dont je venais somme toute de bénéficier) ne me prenaient pas tant à rebrousse-poil. Bien le rebours. Certes, je discernais bien que leur souplesse n'était qu'un moyen. Un moyen, leur richesse. Un moyen, leur étonnante séduction. Mais l'ultime fin que servaient ces moyens ne m'apparaissait pas encore sous de nets contours, encore que je commençasse à en avoir quelque petite idée, laquelle, toutefois, je me défendais même d'articuler, ne voulant pas conclure trop vite.

N'ayant pu, pour ces raisons, donner mon approbation au curé Courtil, je lui baillai derechef quelques bonnes paroles et, qui mieux est, un viatique de dix écus qu'il empocha promptement, me laissant, comme toujours, béant de la profondeur qu'a une poche de soutane, puisque pour en retirer, fût-ce un mouchoir, il faut y fourrer la main et l'avant-bras jusqu'au coude.

— Moussu, me dit Miroul, la lèvre gaussante, dès que Courtil fut departi, savez-vous que de tout ce temps, M. de L'Etoile, ne voulant pas paraître devant le curé, est demeuré serré en geôle dans la chambrifime de Lisette.

— Qui ne voudrait d'une geôle si douce ? dis-je en riant. Cours, Miroul, le délivrer. Je ne voudrais pas que Madame son épouse s'inquiète de son trop grand délaiement à rentrer chez lui.

Comme bien tu penses, lecteur, L'Etoile apparaissant, je tâchai, aussitôt qu'on eut échangé de part et d'autre les coutumiers compliments, de le mettre sur le chapitre de ce grand procès des jésuites dont parlaient la Cour et la Ville, mais étant d'un naturel plus prudent qu'un lièvre, mon bon L'Etoile resta là-dessus fort boutonné, et moralisa comme à l'accoutumée sur la décadence des mœurs, n'étant jamais si sévère en ses censures qu'après s'être ébattu dans les bras de ma chambrière. Toutefois, s'il avait comme toujours la lippe amère et le sourcil récriminant, il me sembla discerner en son œil le reste d'une petite lueur friande qui démentait ses propos.

Il ne laissa pas pourtant de conter sur Ignace de Loyola une anecdote que, chose curieuse, je n'ai retrouvée dans aucune page de son célèbre journal, ce qui me donna à penser qu'il l'avait, je ne dirais pas, oubliée (comment l'eût-il pu, lui qui collectait tout et jusqu'aux miettes de l'histoire) mais censurée et non point j'en jurerais pour la gaillardise — car en ses écrits ce moraliste était fort vert — mais pour ce qu'elle ne montrait pas le fondateur de la compagnie de Jésus sous un jour fort évangélique.

— Mon cher Siorac, dit-il, vous n'ignorez pas que saint Ignace de Loyola était capitaine dans les armées espagnoles. Raison pourquoi il a donné, plus tard, le nom de général (1) au chef suprême de l'ordre qu'il fonda. Et que sa mauvaise, ou plutôt bonne chance, voulut qu'il fût navré à la gambe dextre par un éclat de bombarde en défendant Pampelune contre les Français. Il en conçut de prime une fort mauvaise dent contre nous et, sa navrure l'ayant laissé boiteux, il se sentit dans le même temps illuminé par la grâce et abandonna tout ensemble le noble métier des armes et la vie fort désordonnée qu'il menait jusque-là.

— J'ignorais tout cela, dit Miroul, mais je suis content d'apprendre que sa boiterie l'empêcha de courre comme devant le cotillon. La grâce tient à peu de chose. Un pouce en moins à la gambe dextre et vous voilà projeté sur le chemin de la sainteté...

— Monsieur l'Ecuyer, dit Pierre de L'Etoile, je connais des guillaumes qui, même avec une gambe en moins...

— Ha ! Monsieur ! dit Miroul avec un petit salut, et son œil marron fort pétillant, auquel de nous trois faites-vous allusion ?

Je ris, mais changeai mon ris en souris, dès que je vis que L'Etoile ne s'y associait pas.

— Je poursuis, dit L'Etoile, la face renfroignée. Saint Ignace se rendant à dos de mule après sa conversion à Montserrat pour y étudier la théologie sous Francisco Jiménez de Cisneros, encontra sur son chemin un Maure instruit, avec lequel il fut d'abord content assez de deviser. Mais comme il mentionnait le nom de la Vierge Marie, le Maure s'écria :

(1) Le « général » est une abréviation pour « préposé général » et n'a pas le sens qu'on lui prête ici. (Note de l'auteur.)

— Et d'où tenez-vous, señor, que Miriam (c'est le nom arabe pour Marie) fût vierge ?

— Mais des Saintes Ecritures, dit saint Ignace roidement.

— Je décrois ce qu'elles prétendent à ce sujet, dit le Maure. Passe encore que la conception se soit faite sans l'intervention de l'homme, le Seigneur Dieu étant tout-puissant, mais pour l'enfantement, c'est une autre affaire. Le *niño,* en sortant du ventre de sa mère, ne put qu'il ne brisât l'hymen. Adonc Miriam n'était plus vierge.

— Misérable infidèle ! s'écria alors saint Ignace en tirant son épée, tu seras puni pour cet odieux blasphème !

Et il courut sus au Maure, l'estoc au poing, ce que voyant, le malheureux s'enfuit, poursuivi chaudement par saint Ignace, lequel, toutefois, faillit à l'atteindre.

A quoi nous rîmes.

— Je ne sais, dis-je, si nous devons rire comme nous faisons. Je trouve à la réflexion quelque chose de terrifiant chez un saint aussi guerrier. Il me ramentoit le jésuite Samarcas portant sa fameuse botte à l'Anglais Mundane et lui perçant le poitrail de part en part. Miroul et moi fûmes témoins de l'affaire et c'est meshui seulement que j'apprends et entends que Samarcas, agissant ainsi, pouvait se réclamer du saint Patron de son ordre.

— Pas plus qu'une hirondelle ne fait le printemps, un seul jésuite ne juge pas son ordre, dit L'Etoile, qui voulait bien égratigner en passant la compagnie de Jésus, mais qui, même entre amis, n'entendait pas la critiquer trop.

— De reste, dis-je, il faut bien avouer que ce Maure avait l'esprit trop littéral et chicanier, car l'hymen peut être rompu par accident, et la fille n'en est pas moins vierge.

Miroul sourit et, à ce sourire bien particulier, je sentis qu'il avait encontré un *gioco di parole* et qu'il allait l'épouser.

— C'est la verge qui défait la vierge, dit-il, et rien d'autre. Adonc le Maure errait ! Adonc le Maure méritait la mort !

— Nenni, nenni, dis-je, mon Miroul, ne sacrifions

pas ce pauvre Maure à un jeu de mots. Saint Ignace a donné là, ce me semble, un exemple fort triste d'intolérance.

— On prétend, toutefois, dit L'Etoile, qu'en tant que confesseurs, la tolérance des jésuites meshui va si loin qu'ils absolvent presque tout. Si cela est vrai, peu m'enchanterait qu'ils dirigent ma conscience. La Dieu merci, mon confesseur est un curé à la vieille française. Il me tance ! Il me gourmande ! Il me punit ! Il ne laisse pas de me faire honte inlassablement de mes vices et de mes péchés ! Et il m'objurgue avec violence de me repentir.

— Et vous repentez-vous, Monsieur le Grand Audiencier ? dit Miroul.

— Sincèrement, dit L'Etoile, la lippe amère et la paupière basse. Mais je retombe à chaque fois dans mes errements.

Là-dessus, il envisagea sa montre-horloge et disant qu'il s'excusait de ne pas délayer plus avant en notre amicale compagnie, Madame son épouse l'espérant au logis, il s'en fut, le front soucieux, mais le pas guilleret.

— Il semblerait, dis-je, que notre bon L'Etoile a de grands scrupules à venir céans si souvent.

— Quoi de plus naturel ? dit Miroul en souriant d'un seul côté du bec. C'est question de poids et de contrepoids. L'Etoile pèse sur Lisette et Lisette pèse sur sa conscience.

— Miroul, dis-je, je ne sais pas si j'aime beaucoup ce *gioco*.

Je tâchai le lendemain de voir Antoine Arnauld et lui envoyai un billet par un de mes pages, lequel me revint deux grosses heures plus tard (Arnauld demeurant à cinq minutes de mon logis) avec un billet fort courtois de l'illustre avocat me disant de bien vouloir patienter huit petits jours avant de le visiter, pour ce qu'il était en train de composer sa plaidoirie contre les jésuites et la voulait achever avant que d'encontrer âme qui vive, l'issue de ce procès étant pour le roi et la nation de la plus grande conséquence.

Six jours plus tard, comme après la repue du soir je me dévêtais dans ma chambre, on frappa à mon huis, lequel, si le lecteur se ramentoit, donne sur le viret de la tour d'angle, commodité que je partage avec Louison qui couche dans la chambre au-dessus de la mienne et qui nous permet à elle de descendre, ou à moi de monter, sans déranger personne.

— C'est toi, Louison ? dis-je, étonné de ce toquement.

Et oyant sa voix en réponse, j'allai déverrouiller la porte, laquelle étant déclose, Louison s'avança dans ma chambre, vêtue non point comme à l'accoutumée de ses robes de nuit, mais en corps de cotte et en cotillon. Ce qui ne laissa pas que de me surprendre et, plus encore, l'air résolu que portait la face blonde et colorée de ma grande Champenoise.

— Eh bien, Louison, dis-je, que me veux-tu en cette vêture ?

— Monsieur le Marquis, dit-elle, j'ai encontré hier, en allant à la moutarde avec Mariette, par les rues de cette ville, un marchand-bonnetier de Reims que je connais et qui, retournant en Champagne, bien escorté, serait bon assez pour m'emmener avec lui après-demain et me prendre à son service, s'il plaisait à vous de me donner mon congé.

Ceci fut débité d'une traite et quasi sans reprendre souffle, les deux mains sur les hanches, l'œil décidé et les traits fermes.

— Louison, dis-je, voilà qui requiert quelque explication. Prends place là sur cette escabelle devant moi et me dis pourquoi tu me désires quitter.

— Monsieur le Marquis, dit-elle en s'asseyant roidement assez et en tenant le torse bien dret, les deux mains croisées sur les genoux et le visage comme marbre, ce n'est point tant que je désire vous quitter, c'est que je veux départir.

— Mamie, voilà qui me paraît à moi du pareil au même.

— Point du tout, dit Louison et elle s'accoisa, plus muette et quiète qu'une statue. Et pour moi, je n'osai même pas étendre le bras pour toucher ce monument, tant il me semblait froidureux.

— Louison, repris-je déquiété assez par son attitude, que signifie ceci ? N'aimes-tu plus cette grande Paris ? T'ennuies-tu de ta province ?

— Nenni, Monsieur.

— Quelqu'un t'a-t-il fait peine céans ?

— Nenni, dit-elle avec quelque chaleur. Le monde est bien honnête avec moi en ce logis. Je le regretterai.

— Et Guillemette ?

— Ha ! celle-là ! dit-elle en s'animant, il n'est que d'un bon soufflet, quand et quand, pour lui redresser le respect.

— Mamie, veux-tu que j'augmente tes gages ?

— Fi donc, Monsieur le Marquis ! me croyez-vous chiche-face ? Vous me payez jà bien assez !

Ayant dit non sans quelque véhémence, elle se figea derechef dans sa pierreuse immobilité.

— Louison, dis-je, es-tu en quelque lien d'amitié avec ce marchand-bonnetier, lequel serait fort assez pour que tu désires nous quitter ?

— Monsieur le Marquis doit bien savoir que non, dit Louison avec feu, ni avec ce marchand ni avec personne d'autre.

— Louison, dis-je avec quelque roideur, je suis au bout de mes questions. Et si tu ne veux me dire rondement et à la franche marguerite le pourquoi de ta décision, alors par toutes les cornes du diable ! je ne te baillerai pas ton congé.

— Monsieur le Marquis, dit-elle comme indignée, vous seriez un beau tyranniseur, si vous me le refusiez.

— Je serai donc un beau tyranniseur, ou sanguienne ! je saurai pourquoi tu t'es mis dans les mérangeoises de départir d'une maison où tu ne laboures pas prou, reçois de bons gages, et te trouves bien considérée.

— Point par tous.

— Quoi ? dis-je, point par tous ! Nomme-moi le faquin qui t'ose dépriser !

— Monsieur le Marquis, dit-elle, la plus grande confusion se peignant sur sa belle face, ce n'est pas un faquin, c'est vous.

— Moi ? dis-je béant. Moi je te déprise, Louison ?

— Monsieur, ces cinq jours écoulés, vous me verrouillez au nez votre huis nuit et jour, lequel huis j'ai pris en grande détestation pour m'être à lui tant de fois cognée.

— J'étais las.

— Monsieur mon maître, pardonnez-moi. Vous

mentez un peu. Je ne vous ai jamais vu las, surtout s'agissant de besogner une garce.

— Ou bien quelque souci, se peut, me tracassait.

— Monsieur, pardonnez-moi. Ces trois jours écoulés, tous les jours et sur le coup de midi, je vous ai suivi jusqu'à une certaine porte verte de laquelle vous avez la clé.

— Sanguienne ! Quelle trahison ! criai-je, fort encoléré.

— Monsieur, dit-elle roidement, il n'y a pas trahison. Je ne sais ni ne veux apprendre qui loge là. Ce n'est pas affaire à moi. Je ne quiers que mon congé pour la raison que je me trouve d'être offensée par vous.

— Offensée, Louison ! criai-je, stupéfait.

— Oui-dà, offensée ! Non point tant pour ce que vous allez où bon vous semble que pour ce que vous n'avez plus appétit à moi.

Cela me clouit le bec, et me fit faire sur moi quelque petit retour. Pour ce qu'une chambrière nous vient de la roture, nous sert et se montre à nos désirs ployable, nous oublions qu'elle est femme, elle aussi, et tout aussi jaleuse et tout autant huchée sur son point d'honneur féminin que la plus haute dame. A y rêver un peu plus outre, ma pauvre Louison n'agissait point sans raison, non plus que sans dignité.

— Louison, dis-je doucement en me levant, pardonne-moi, je te prie, de t'avoir sans maligne intention offensée. Il est vrai, je suis raffolé d'une dame et ne peux rêver d'aucune autre. Si tu désires là-dessus t'en aller, libre à toi. Je te baillerai ton congé, et, en outre, un viatique conséquent assez pour te servir de dot quand tu te voudras marier. Toutefois, je voudrais que tu saches que je te verrais départir avec de grands regrets, prisant fort tes bonnes dispositions, et étant à toi très affectionné.

— Et moi à vous ! cria-t-elle en me prenant les mains et les larmes lui jaillissant des yeux. Ha ! Monsieur mon maître, reprit-elle, homme meilleur que vous je ne retrouverai mie en ce monde, large de cœur, libéral de ses pécunes, patient aux fautes, gai et gaussant en son quotidien, et avec moi, pour ce que vous savez, tendre et caressant.

Je fus tant surpris d'être par elle loué comme je loue

d'ordinaire les garces : à la truelle, que je m'accoisai et lui donnai une forte brassée, et des poutounes sur les deux joues, ayant moi-même les larmes au bord du cil et que je le dise enfin, hors du cil et sur les joues coulant, dès que l'huis fut sur elle reclos. Eh quoi ! direz-vous, larmoyer pour une chambrière, pleurer pour cet amourifime ! Eh oui, lecteur, le cœur est étrangement fait. Tant que Louison fut là, il me parut tant aller de soi de la mignonner à chaque fois que j'y avais appétit que je ne faisais quasiment pas de cette commodité autant de cas que j'eusse dû. Et toutefois, dès que le pensement de son absence tout soudain me frappa, je me sentis quasiment veuf en mon logis de mes plus douces habitudes, tout amoureux que je fusse de ma jolie duchesse, et si fidèle que je lui voulusse demeurer.

L'après-lendemain, ma pauvre Louison, lestée de mon viatique, s'en alla, autant à rebrousse-cœur que moi-même à maugré de la voir s'en aller. Et lui ayant remis une lettre missive pour Péricard pour lui souhaiter bonne fortune et succès dans les négociations qu'il menait avec les envoyés du roi touchant la reddition de Reims, je l'accompagnai jusque sur mon seuil avec tout mon domestique. Et pour dire tout le vrai, le logis me parut, à y rentrer, plus vide et plus triste de son département.

Par bonheur, je ne pus y rêvasser longtemps, Franz me remettant un billet de maître Antoine Arnauld qu'un petit *vas-y dire* venait d'apporter, lequel billet changea le cours marmiteux de mes pensées en m'invitant à visiter le grand avocat sur le coup de dix heures. Et qui survint à l'improviste sur le mijot de cette bonne nouvelle pour y ajouter le sel de sa présence, mon arachnéen Fogacer, tout de noir vêtu, le sourcil haut levé et la lèvre sinuante.

— Ha ! *mi fili*, dit-il dès qu'il apprit avec qui j'allais cette matine m'entretenir, vas-y, par tous les diables, mais le chapeau sur l'œil et fort bouché dans ton manteau, encore que ce juillet soit chaud, car c'est là une maison que nos espagnolisants jésuites et leurs amis tiennent en grande détestation, pour ce qu'il s'y marmitonne, dans des marmites d'enfer, une poudre qui ne vise à rien d'autre qu'à les faire escamper de France.

— Et quid du marmiton ?

— Antoine Arnauld ? Ha ! celui-là ! Si les jésuites sont toute souplesse, il est, lui, la rudesse incarnée. C'est un Auvergnat ! Il est taillé dans ce basalte d'Auvergne dont on empierre les routes ! On pourrait marcher dessus cent ans, on ne l'userait pas ! Et pour ce qui est de son talent d'avocat, l'as-tu ouï, *mi fili* ?

— Nenni.

— Un volcan d'Auvergne, mais à l'ancienne. Il bouillonne, rougeoie, crépite, il a l'éloquence cramante, faite de lave et de feu ! Pauvres jésuites !

— Et quid de l'homme ?

— Il a à peine passé trente-quatre ans, mais quel laboureur indéfatigable ! Dieu sait, il n'est pas épargnant de sa sueur ni de la lampe à huile, veillant sur ses plaidoieries jusqu'à la minuit, tôt levé, tard couché et prenant encore sur son sommeil pour engrosser sa femme à qui il a fait jà quatorze enfants.

— Et quid de cette épouse féconde ?

— Oyez ! Oyez ! Messieurs mes amis ! s'écria Fogacer en levant au ciel ses bras arachnéens, oyez la belle histoire que voilà ! L'illustrissime avocat Simon Marion entend un jour notre homme, en son premier bourgeon, plaider au parlement de Paris. Tout de gob conquis, il l'emmène avec lui en sa carrosse, l'invite à sa repue, le juge, le jauge, et lui baille sa fille en mariage ! Quelle émerveillable aubaine pour ce rejeton auvergnat d'être greffé sur cette vieille souche de bourgeoisie parisienne pleine de pécunes et de vertus !

— Antoine Arnauld est-il lui-même si vertueux ?

— *Mi fili* ! Comparée à lui, la droiture elle-même paraîtrait courbe ! Et c'est un homme adamantinement fidèle à sa nation, à l'église gallicane, au roi et à ses opinions.

— L'Etoile aussi, dis-je, et le vieux De Thou aussi, et la Dieu merci, une grande partie de la bourgeoisie de robe.

— Mais De Thou est vieil et mal allant, dit Fogacer avec son sinueux sourire et L'Etoile n'aime pas se brûler les moustaches en s'approchant trop près du feu ! Arnauld, lui, ne craint ni feu ni neige. Outré pendant le siège de Paris par les sermons régicides du curé Boucher, le bien-nommé, et du jésuite Commolet, il écrit et publie un pamphlet écrasant sur les *Seize*, le légat du pape et le duc de Feria, lequel pamphlet il intitule, n'y allant pas que d'une fesse : *l'Anti-Espagnol.* Il ne le signe pas de son nom, mais son talent le signe pour lui, et fort suspicionné par les *Seize*, lesquels aiguisent jà les couteaux pour le dépêcher, il s'ensauve de Paris déguisé en maçon.

— Ha ! Que j'aime ce trait ! dis-je.

— *Mi fili* ! Tu ne pouvais ne pas l'aimer, dit Fogacer, en levant son sourcil, étant toi-même si adonné à la déguisure.

— J'entends, dis-je, que j'aime à la fureur cette vaillance de plume que je tiens pour l'égale de la vaillance d'épée.

— Et, de présent, dit Fogacer, la vaillance remplaçant l'estoc, voilà notre Anti-Espagnol qui, comme Jeanne d'Arc, veut bouter l'étranger hors de France !

— Notre Vercingétorix plutôt, dit La Surie, puisqu'il est né dans un volcan.

Je trouvai le trait de mon Miroul excellent et je le lui dis, ce qui le conforta prou, pour ce que j'avais tordu le nez quelques jours de devant à une de ses saillies, et aussi pour ce qu'il était chagrin de ne pouvoir visiter avec moi Maître Arnauld, chez lequel j'advins, en effet, sur le coup de dix heures et fus reçu, de prime, par Madame son épouse qui me parut aussi vigoureuse que belle, et Dieu sait si vigoureuse il avait fallu qu'elle le soit, pour avoir mis au monde quatorze enfants, à mon avis, queue à queue, car à la voir, elle n'avait guère passé trente ans. Et belle lectrice, à l'heure où j'écris ces lignes, à l'aube du siècle nouveau, j'apprends que le nombre de ses enfants est passé à vingt. Je dis bien vingt, et la mère, à ce qu'on me dit, est toujours aussi saine et gaillarde que je la vis en ce jour de juillet 1594. De quoi je conclus que cette Parisienne, par la force et l'endurance de sa constitution, valait bien son mari auvergnat en le cabinet de qui, incontinent, elle m'introduisit, n'osant pas, quant à elle, y avancer le bout du pié, comme s'il se fût agi du saint des saints.

— Monsieur le Marquis, dit Antoine Arnauld en se levant, je suis votre humble serviteur et plaise à vous que j'achève une phrase qui me pend au bout de la plume, de peur de la perdre, si je ne l'apprivoise tout de gob à mon papier.

— De grâce, de grâce, Révérend Maître! dis-je, n'allons point tant à la cérémonie vous et moi, mon Périgord n'est point tant loin de votre Auvergne que nous ne puissions nous dire pays. Adonc, faisons les choses rondement, à la vieille française.

— Monsieur le Marquis, dit-il en se rasseyant, je vous suis très obligé de votre honnêteté.

Et il se remit « à apprivoiser sa phrase à son papier », comme il avait dit si bien, ce qui me laissa tout le temps de l'envisager. Il ne m'avait pas paru fort grand, quand il s'était levé, mais une fois rassis, je le trouvai fort large, l'épaule carrée, le poitrail bombé, la membrature, à ce que je devinais, sèche et musculeuse, la face, elle aussi, plus large que longue, l'œil noir de jais, le cheveu aile-de-corbeau, la peau d'un gris foncé que je serais tenté d'appeler basaltique, l'homme étant si velu que le poil lui sortait quasiment du nez en touffes, lequel nez était long et la mâchoire forte, les lèvres non point minces, mais fort serrées l'une contre l'autre. Le pourpoint était de velours noir, fort boutonné maugré la chaleur du temps, et la fraise petite et quasi huguenote. Et du reste, Arnauld ne manquait pas que de me ramentevoir l'oncle Sauveterre par une sorte de feu couvant sous sa roideur et son austérité.

Austère, toutefois, le cabinet où il labourait ne l'était point, ayant sur le jardin une suite de quatre fenêtres magnifiquement façonnées, de belles tapisseries sur les deux autres murs et sur le troisième, de haut en bas, et de dextre à senestre, une suite de casiers fermés par de merveilleuses petites portes en marqueterie de bois précieux, dans lesquels, se peut, il mettait à l'abri ses papiers les plus secrets, lesdites portes ne s'ouvrant, j'imagine, que par une mécanique contenue dans la plinthe qu'on actionnait avec le pied. Je l'imagine, pour ce que ces casiers si joliment clos et qui couvraient, comme j'ai dit, tout le mur, je les avais vus dans le petit cabinet de travail de Catherine de Médicis au château de Blois, tant est qu'Antoine Arnauld, étant alors son procureur général, avait dû avoir souvent occasion de les admirer, lui aussi. Et la reine mère défunte, il n'avait eu cesse qu'il ne les reproduisît en son beau logis parisien, y compris dans la plinthe le ressort dérobé. Preuve qu'il ne faillait pas en pécunes. Et qu'il ne les épargnait pas non plus quand il s'agissait d'embellir sa demeure.

— Voilà qui est fait, Monsieur le Marquis, dit Arnauld en posant sa plume, non sans un grand air de contentement sur sa face sévère. Et me voici attentif à vous et tout dévoué à votre service.

— Révérend Maître, dis-je, le roi a quis de moi, en toute confidence, que je m'informe sur le procès que l'Université et les curés font aux jésuites. Je l'ai fait. De cette secte et sur sa double nature, régulière et séculière, séduisante par l'enseignement qu'ils dispensent, sur les absolutions accommodantes qu'ils baillent aux Grands, et sur leur insatiable appétit aux legs, j'ai appris d'aucunes choses déquiétantes assez, mais point assez damnables pour justifier un exil de leur compagnie. Il n'est pas que vous n'aperceviez vous-même, Maître, puisque vous plaidez contre eux pour l'Université, que celle-ci leur garde une très mauvaise dent d'avoir enfreint leurs privilèges et de ruiner ses écoles par l'excellence et la gratuité des leurs. Quant aux curés, ils veulent mal de mort aux jésuites de leur rober leurs plus riches pénitents, et les évêques enragent de voir par eux leurs mandements déprisés. Mais qui ne voit qu'il n'y a là, au fond, dans les deux cas, que jaleuseté de boutique à boutique, et que ce grand remuement contre les jésuites ne s'explique que par elle ?

Ce n'était point sans quelque diablerie que je me faisais ainsi l'avocat du diable. Mais après tout, je n'ignorais pas que de grands personnages — le duc de Nevers, Cheverny, Monsieur d'O, d'Epernon, le procureur La Guesle, Antoine Séguier et une bonne moitié du parlement — raisonnaient là-dessus comme je venais de faire, et poussaient énormément à la roue pour un ajournement du procès. Aussi escomptais-je avoir allumé assez Maître Antoine Arnauld par cette captieuse thèse pour que son ire éruptât en flammes qui pussent m'éclairer. Ce qu'elle ne manqua pas de faire : car sourcillant, cillant, les narines pincées, les lèvres tremblantes, son teint du gris foncé tournant quasiment au noir sous l'afflux du sang irrité, et les deux poings serrés martelant la table qui nous séparait, il s'écria d'une voix tonnante :

— Ha ! Monsieur ! C'est là un propos dont je suis bien assuré qu'au fond de vous-même vous ne le prenez pas à compte ! Car il se trouve tant ignare, insuffisant et inepte qu'il est à la vérité des choses ce que l'écume de la crête est à une vague déferlante : sans épaisseur, sans force et sans substance. Croyez-vous que je serais entré en ce combat corps et âme s'il s'était agi à mes yeux d'une misérable dispute de chiches intérêts ? Nenni, nenni ! L'affaire pèse un bien autre poids, et bien au-delà de l'Université et des curés, elle intéresse la vie du roi, la paix de ce pays et l'avenir de la nation, voire même celui de l'Europe.

— Hé ! Révérend Maître ! dis-je, si elle est d'une telle et capitale conséquence, alors éclairez-moi ! Je ne demande qu'à être instruit et à voir ce procès sous son véritable jour.

— Monsieur le Marquis, poursuivit Maître Antoine Arnauld d'une voix aussi forte que s'il s'adressait au parlement, vous ne pouvez ignorer, ayant servi, à ce qu'on me dit, sous Henri Troisième et Henri Quatrième avec le zèle le plus émerveillable, que Philippe II d'Espagne, se voyant rempli de l'or des Indes, n'a point embrassé de moindres espérances que de se rendre monarque et empereur de l'Occident par ruse et force. Et que la plus grande part de ladite ruse tient à une contrefeinte défense de la religion catholique contre la Réforme, n'ignorant point — ce renard de Madrid ! — combien les scrupules de la religion influencent les esprits. Pour cette raison il gagna la plus grande partie du Vatican par d'opulentes pensions versées aux cardinaux et hormis Sixte-Quint, ne laissa pas d'ores en avant d'avoir les papes à sa dévotion. Mais comme la Cour de Rome était lourde, pesante, procédurière et sédentaire, Philippe II eut besoin d'hommes légers et remuants, disposés en tous lieux et répandus de tous côtés pour avancer les affaires de l'Espagne. Ces hommes furent les jésuites.

— Quoi, Révérend Maître ? criai-je, en êtes-vous bien assuré ? Sont-ils tout à trac dans la main de l'Espagne ?

— Comment en douter ? reprit-il. Le premier et

principal de leurs vœux est d'obéir *perinde ac cadaver* (1) à leur général.

— *Perinde ac cadaver!* dis-je, que sinistre est la métaphore !

— Et plus sinistre encore le fait que ce général est invariablement espagnol, et choisi par le roi d'Espagne.

— Je cuidais que c'était par le pape.

— Point du tout ! Au pape, les jésuites — c'est leur vœu quatrième — font profession d'obéissance absolue, mais c'est Philippe II qui nomme leur général.

— N'y a-t-il pas, dis-je, risque de conflit entre l'obéissance absolue due au pape et l'obéissance de cadavre due à leur général ?

— Le risque, dit gravement Arnauld, n'existe pas pour le moment présent, le pape ayant été élu sous la très pressante influence de Philippe II.

— Adonc, Monsieur mon Maître, dis-je, poursuivons. Vous opinez que les jésuites sont le principal instrument de la domination de Philippe II en France.

— En France et en Europe.

— Pardonnez-moi, dis-je en levant un sourcil d'un air de doute : comment le prouvez-vous ?

— *Primo*, dit Arnauld, par la part très conséquente qu'ont prise les jésuites dans la rébellion des Français contre le pouvoir royal.

— Ha, dis-je, tous ceux qui en France se sont dits ligueurs n'étaient pas de la même farine ; les Grands comme Guise, Mayenne et Nemours n'avaient en vue que la couronne de France, d'autres, qui ne voulaient pas d'un roi huguenot, se rallièrent à lui dès le premier jour de sa conversion. D'autres, enfin, se donnèrent à Sa Majesté, dès qu'il eut pris Paris.

— Mais, dit Arnauld, les jésuites, eux, soutinrent la fraction la plus dure, la plus extrême et la plus inflexible de la Ligue : les *Seize*.

— Comment, derechef, le prouvez-vous ?

— Par cette circonstance, dit Arnauld, que les conciliabules les plus secrets des *Seize* se tenaient non point à l'hôtel de ville que pourtant ils occupaient, mais dans une salle du collège de Clermont, rue Saint-Jacques, et

(1) Comme un cadavre. (Lat.)

en présence du recteur des jésuites. En votre opinion, Monsieur le Marquis, poursuivit rhétoriquement Arnauld en ouvrant largement les bras, laquelle des deux parties influençait l'autre ?

— Les jésuites, dis-je. Cela va de soi, les *Seize* étant un ramassis de trublions grossiers et ignares.

— Et d'autant que les jésuites avaient formulé et répandu une théologie, selon laquelle il était loisible aux sujets de tuer leur roi, dès lors qu'on le pouvait considérer comme un tyran, ou que le pape l'avait excommunié. Voyez-vous qui cela vise ?

— Les princes luthériens d'Allemagne, le prince d'Orange, dit le Taciturne. La reine d'Angleterre, Elizabeth. Henri Troisième après le meurtre du cardinal de Guise, et combien qu'il fût catholique. Et notre présent roi, hélas.

— Or, reprit Arnauld, voyez comment la théologie nouvelle des jésuites sur le régicide trouva miraculeusement dans les faits son application. Le 11 juillet 1584 — mais vous savez cela aussi bien que moi —, un nommé Balthazar Gérard tue à Delft le prince d'Orange d'un coup de pistolet. Ce Gérard avait été fort encouragé dans sa criminelle entreprise par un jésuite encontré par lui à Trèves. La même année un gentilhomme anglais, William Parry, sous l'influence du jésuite Codreto, conspira contre la vie de la reine Elizabeth. Deux ans plus tard, Babington dressa une nouvelle embûche contre la reine Elizabeth : conspiration animée et inspirée par le jésuite Ballard, lequel est arrêté, mis en geôle et dépêché. En 1589, Henri Troisième à Saint-Cloud est tué d'un coup de couteau.

— Mais par un jacobin, dis-je, et non point par un jésuite.

— Signe, dit Arnauld, que leur théologie sur la légitimité du régicide avait inspiré des émules. En revanche, dans l'attentement de meurtrerie contre Henri Quatrième par Barrière nous retrouvons un jésuite, qui fut exécuté en effigie. En ai-je dit assez, Monsieur le Marquis, poursuivit Arnauld d'une voix forte, pour vous persuader que la jésuiterie est une boutique de Satan où se sont forgés tous les assassinats qui ont été attentés depuis dix ans en Europe sur des rois excommuniés, lesquels rois se trouvaient par le plus miraculeux hasard être aussi les principaux obstacles à la domination par l'Espagne de l'Occident. Savez-vous qu'en Paris, au collège de Clermont, les pères jésuites — tous français de souche — refusent de prier et de faire prier leurs fidèles pour le roi de France ?

— Je le sais.

— Mais qu'en revanche, ils prient matin et soir *pro rege nostro Philippo* (1). Et n'est-ce pas une monstrueuse corruption de la religion qu'elle vous fasse perdre votre patrie, non point pour la plus grande gloire de Dieu, mais pour vous en façonner une autre, ennemie de celle où vous êtes né et ne rêvant que de l'asservir ? Les jésuites, Monsieur le Marquis, ne rendent pas à Dieu ce qui est à Dieu, et à César ce qui est à César. Ils rendent à César ce qui est à Dieu...

(1) Pour notre roi Philippe II. (Lat.)

6

CETTE dernière phrase d'Antoine Arnauld résonna en moi toute la journée et toute la nuit qui suivirent notre entretien, la nuit surtout, pour ce que ces heures nocturnes s'encontrèrent tracasseuses et désommeillées, coupées qui-cy qui-là de rêves funestes, où je voyais Henri IV succomber comme son prédécesseur sous les coups d'un moine exalté.

Toutefois, à y réfléchir plus outre, dans mes moments de veille, il ne me parut pas que la phrase d'Arnauld sur les jésuites *qui rendaient à César ce qui appartenait à Dieu* rendît compte tout à plein de la fine vérité, telle du moins que je l'apercevais. Il était assurément constant que la compagnie dite de Jésus avait été fondée en Espagne par un capitaine espagnol et qu'elle obéissait *perinde ac cadaver* depuis sa fondation à un *général* nommé par le roi d'Espagne. Cependant, composée au cours des ans d'une infinité de jésuites dont beaucoup avaient sucé le lait d'autres louves en d'autres royaumes, elle se fût à la longue despagnolisée (pour parler comme ma jolie duchesse) si la Réforme n'était pas venue remettre en cause les fondements mêmes de l'Eglise catholique. Dès lors, et justement parce que la foi des jésuites était si entière, si zélée et si fanatique, ils furent amenés à soutenir en tous ses desseins, fussent-ils les plus sanguinaires, le souverain qui apparaissait en Europe comme le glaive et le bouclier de l'Eglise de Rome.

Mieux même : le bras séculier finit par compter pour eux plus que la tête spirituelle, et le général espagnol choisi par Philippe II, davantage que le pape. N'était-il pas émerveillable que l'évêque de Rome n'ait reçu l'hommage de leur obédience que dans le quatrième vœu de leur ordre alors que le *général* recevait dès leur premier vœu le serment de leur absolue et cadavérique obéissance ? En outre, et selon leurs propres termes *in illo* (à savoir en leur *général*) *christum velut praesentem agnoscant* (1). Etrange idolâtrie, laquelle n'était que la préface d'un étonnant détournement de l'esprit évangélique : l'excommunié était partout tuable, et tuable au nom du Dieu qui prescrivait l'homicide.

Les jésuites, assurément, n'apparaissaient point aussi frustes que le jacobin qui enfonça le cotel dans le ventre de mon pauvre bien-aimé maître le roi Henri Troisième. Ils ne portaient pas eux-mêmes le fer dans les entrailles du roi excommunié. Ils se contentaient de susciter le sacrificateur. Dans leurs collèges, ils enseignaient qu'il était loisible d'occire *le tyran d'exercice.* Du haut des chaires sacrées, ils allaient plus loin. Ils appelaient de leurs vœux un Ahod (2) pour dépêcher ledit tyran. Et dans toute l'Europe, il n'était tête folle qui vînt leur confesser un soudain appétit à tuer un souverain protestant — Guillaume d'Orange, la reine Elizabeth ou Henri IV de France — qu'ils ne l'encourageassent incontinent dans cette voie criminelle par des promesses d'éternelle béatitude. Que Henri Quatrième fût converti, peu leur chalait : ils ne reconnaissaient pas sa conversion.

Je me ramentois que la matine qui suivit cette angoisseuse nuit, je fus fort travaillé par la sinistre prémonition de mes songes, et je disputai longuement avec M. de La Surie si nous ne devions pas courre prévenir le roi — lequel s'attardait à Laon pour recevoir les villes du Nord qui après la capitulation de la susdite ville lui tombaient « comme prunes dans le bec » — car il devenait clair après tout ce qui m'avait été dit sur les jésuites et leurs plus qu'étroites attaches avec Philippe II que le roi d'Espagne, ayant eu ses armées répétitivement battues par Henri à chaque fois qu'elles avaient attenté de l'affronter, ne pourrait plus

(1) Le Christ est comme vivant en sa personne. (Lat.)
(2) *Ahod*, personnage biblique qui tua le tyran Eglon, roi de Moab.

de présent se vouer, pour avoir raison de lui, qu'au démon de l'assassination. Mais M. de La Surie me détourna de ce voyage, me représentant que le roi courait peu de périls dans son camp, entouré d'une armée puissante et de capitaines vigilants et qu'il serait temps de le mettre sur ses gardes dès son retour dedans Paris. Trouvant quelque raison à son dire, je me laissai à la parfin persuader. Toutefois, comme mon Miroul après cela me trouvait coi, songeard et marmiteux, il me dit :

— Moussu, meshui n'est pas, que je sache, jour de deuil et d'affliction. De présent, le roi est sain et gaillard et j'ai ouï dire que dans Laon, où on célébrait sa victoire, il s'ébaudit à la chasse, à la paume, à courre la bague, à coqueliquer sa belle Gabrielle. Moussu, nous n'allons pas larmoyer sur lui, qui rit aux anges, ni noyer sa remembrance sous nos soupirs, alors qu'il est pour lors si vif et si coquineau. Moussu, si vous me permettez de vous bailler mon avisé avis...

— Baille, Miroul, baille !

— Pourquoi n'iriez-vous point, notre repue étant achevée, là où vous êtes accoutumé d'aller toutes les après-midi, et dont vous revenez à chaque fois si joyeux et si rebiscoulé que c'est plaisir de voir votre bonne mine. Jetez au diable, si m'en croyez, le tracasseux souci du présent et allez vous en laver l'âme à la claire fontaine où vous aimez à vous désaltérer.

— Voilà, mon Miroul, qui est délicatement dit, et du bon du cœur. Je suivrai ton conseil.

Hélas, cette visite, bien loin de décroître mes soucis, ne fit que les multiplier. Car à peine eussè-je mis la clef (que Catherine de Guise m'avait confiée) dans la petite porte verte (laquelle donnait sur un jardin qui occupait l'arrière de la maison et me permettait d'entrer discrètement dans l'hôtel de Guise) que je m'aperçus, à ma très grande béance, que si ladite clef pénétrait à suffisance dans la serrure, en revanche elle y restait bloquée sans manœuvrer le moindrement le pêne, quelque branle que je lui donnasse, et quelque force que j'y misse, tant est que de guerre lasse et la sueur couvrant mon front (tant de mon émeuvement que de mes efforts), je retirai la clé, et approchant mon œil de la serrure, discernai clairement, à l'éclat neuf du métal et à de certaines fraîches éraillures du bois, qu'elle avait été changée. Mon cœur me toqua alors si fort dans le poitrail, et mes gambes sous moi trémulèrent si convulsivement que je crus choir à terre et m'appuyai des deux mains contre le linteau de la porte, tâchant de reprendre le commandement de mon corps et de mes esprits, lesquels se trouvaient eux aussi emportés dans un tourbillon sans fin pour ce que je croyais et décroyais dans la même seconde et le témoignage de mes sens et la signification incrédiblement brutale et cruelle de ce changement de serrure. Dans l'égarement où j'étais, j'enfonçai de nouveau ma clef, et exagité par une soudaine rage, l'y secouai avec une telle force qu'elle se brisa net dedans, le panneton demeurant prisonnier et la tige me restant dans la main.

Je me trouvai si sottard et si penaud avec ce bout de clef, de toutes manières sans usance, au bout de mes doigts (lesquels étaient rouges, navrés et dolents de mes insensées saccades) que, le jetant dans le ruisseau et la folie de mon déportement me frappant alors avec beaucoup de force, la vergogne que j'en éprouvai me remit alors en quelque assiette, d'autant que je me découvris en outre, fort envisagé et dévisagé par ces curieux et badauds qui ne manquent jamais dans les rues de Paris et qui, s'arrêtant, s'étaient fort ébaudis de mes infructueux efforts. Je recomposai mon visage du mieux que je pus et regagnai mon logis, branlant quelque peu en mes pas et démarches, et aussi hors de souffle que si j'eusse couru une heure par monts et vaux.

— Moussu ! dit Miroul, dès qu'il me vit réapparaître si peu de temps après que j'eus quitté le logis, vous voilà pâle comme linceul ! Pis : comme le mort lui-même ! Par tous les diables, que s'est-il donc passé ? Moussu, asseyez-vous, de grâce, là ! Sur ce cancan ! C'est à peine si vous tenez debout ! Holà, Franz ! Vite, du vin !

— Ce n'est rien, mon Miroul, dis-je d'une voix éteinte.

Après quoi j'avalai d'un coup la moitié du gobelet que Franz me tendait et qui, assurément, me retira de la syncopise dont j'étais proche.

— Mon Pierre, dit Miroul, me couvant d'un œil plein d'effroi, qu'est cela ? Est-ce une subite intempérie ? Un accès de fièvre chaude ? Ou pis encore ?

— Nenni, nenni, dis-je en faisant quelque effort pour sourire. Rien n'en vaut, mon Miroul. C'est l'esprit qui pâtit, et non le corps.

Et observant que Franz quittait la salle, je contai à mon Miroul ma ratelée de ce qui venait de m'échoir.

— En bref, mon Pierre, dit Miroul quand j'eus fini, la dame vous donne votre congé.

— Cornedebœuf, Miroul ! dis-je avec humeur. Me le dois-tu dire ? Ne m'en serais-je pas aperçu tout seul ?

— Mais il y a congé et congé, dit Miroul, et celui-là est le plus rude, roide et incivil qui soit !

— Assurément, dis-je, et cela me navre plus que tout, vu que la dame qui me le baille est un ange.

— Un ange, mon Pierre ? dit Miroul, son œil marron fort pétillant et son œil bleu froidureux.

— Oui-dà. Un ange ! dis-je avec feu. J'en donnerais ma tête à couper.

— Elle l'est jà, dit Miroul. La dame pourrait en décorer le linteau de sa porte.

— Miroul !

— Mille pardons, Moussu ! Mais à y réfléchir plus outre, il m'apparaît que lorsque femme, d'ange devient démon, c'est qu'elle est contre nous enivrée de male rage. Dites-moi, avez-vous offensé ladite dame ? Lui avez-vous quelque peu froissé ses angéliques ailes ?

— En aucune guise !

— Guise est bien dit.

— Miroul !

— Pardon, Moussu. Tant plus j'y pense, et tant plus je trouve que changer la serrure par où l'amant chez vous et en vous s'introduit est la plus méchante chose qu'on puisse faire à un homme...

— Ne le sais-je pas, *cap de Diou !* Et me le dois-tu encore répéter ?

— Moussu, il ne faut point le dissimuler davantage : la dame vous garde une fort mauvaise dent pour quelque offense qu'elle s'apense que vous lui avez faite et vous tient de présent en grande haine et détestation.

— Mais cornedebœuf ! pourquoi ? m'écriai-je. Pourquoi ? Que lui ai-je fait ?

— Moussu, dit Miroul avec un geste des deux bras, ce n'est pas à moi qu'il faut le demander ! C'est à elle !

— Quoi ! criai-je, irai-je ramper à ses genoux, alors qu'elle m'a fait cette écorne ?

— Moussu, dit Miroul en souriant d'un seul côté du bec, ce n'est pas la première fois que vous irez ramper aux genoux d'une dame, ou même, comme à celle de Reims, lui lécher le pié.

— J'avais grand appétit à elle.

— Il le faut croire, puisque vous commenciez par lui dévorer l'orteil.

— M. de La Surie, cornedebœuf ! Est-ce bien le moment de gausser ! Vous lasserez ma patience !

— Moussu, vous lassez jà la mienne ! A vous le dire tout net, vous êtes un grand fol de ne pas courre visiter votre ange par la grand-porte, et sur l'heure. Il faut battre le fer pour qu'il cesse d'être froid !

— Quoi ? La visiter ? Après l'affront qu'elle m'a fait !

— Moussu, vous savez bien que lorsque les femmes nous ont offensés, elles n'ont de cesse que nous courions leur demander pardon.

— Quoi ! Pardon quérir ! Après ce coup !

— Moussu, n'êtes-vous pas à tout le moins curieux de savoir l'injuste cause de son ire ? N'appétez-vous à vous laver de ses soupçons ?

— Point du tout ! Je déprise qui me déprise !

— Allez, Monsieur ! Vous n'avez point de cœur !

— Moi ?

— Ne voyez-vous point à travers les murs que la pauvrette, à la minute que je vous parle, gît à plat ventre sur sa coite, la tête dans son oreiller, et sanglote son âme ?

— Quoi ? Elle pleure ! m'écriai-je. Ce monstre m'inflige un affreux pâtiment, et il a le front de pleurer ! Le croirai-je ?

— Ha ! Moussu ! Il faut bien avouer que les femmes sont de bien étranges animaux. Elles ne font rien comme nous. Elles se navrent du mal qu'elles nous font. Mais je vous gagerai ma terre de La Surie que lorsque vous irez à la parfin la visiter, vous la trouverez les yeux rouges et la face décomposée.

— Je gage que non ! criai-je, et l'irai voir rien que pour le déprouver !

A quoi mon Miroul sourit et s'accoisa. Et belle lectrice, vous qui par le pimplochement, les atours et les affiquets fourbissez vos armes avant les encontres qui vous paraissent pour vous de la plus grande conséquence, vous pouvez bien penser que, si différents que nous soyons, vous et moi — la logique d'Aristote n'ayant pas fait les mêmes petits dans votre tendre tétin et dans mon rude poitrail —, j'agis, en ce prédicament, tout justement comme vous l'eussiez fait vous-même et recommençai ma toilette de la tête aux pieds, me fis laver à grands seaux d'eau par Guillemette, testonner le cheveu par Lisette, me vêtis d'un autre pourpoint, en bref, lissai mon plumage de haut en bas, et me parfumai, en outre, afin que de chasser jusqu'à la remembrance de cette mauvaise sueur d'angoisse dont cette écorne m'avait inondé. Et montant à cheval (pour ne point me crotter par les rues), le géantin Franz à mes côtés, je trottai jusqu'à l'hôtel de la duchesse devant lequel m'arrêtant, je démontai, jetai la bride à Franz et m'adressant au laquais, lui aussi géantin, qui gardait la porte, je lui dis (le connaissant fort bien) :

— Picard, annonce-moi à ta maîtresse.

— Monsieur le Marquis, dit Picard, sur le roux visage duquel se peignait au plus vif le plus grand embarras, je ne peux : Madame la Duchesse n'est point chez elle.

— Picard, dis-je en parlant très à la fureur mais à voix basse, et m'approchant de lui à le toucher, ne me mens pas, ou sur mon salut je mets ma dague au poing et je fais de la dentelle avec tes tripes ! Elle est chez elle ! Je le sais !

— Monsieur le Marquis, dit Picard, sa face rouge piquée de taches de rousseur pâlissant prou, mais sans qu'il perdît rien de sa rustique dignité, c'est bien malvenu à vous de me menacer : je suis un bon serviteur et je ne dis que ce qu'on me commande de dire.

— A savoir, dis-je, que la duchesse ne sera plus jamais chez elle quand je me présenterai à sa porte ?

A cela Picard, m'envisageant d'un air très effrayé, s'accoisa, mais son silence répondit pour lui, et moi, l'œil collé sur sa face, j'eus bel et bien appétit — je rougis de le confesser ! — de le daguer sur l'heure, comme on dit que faisaient les empereurs de Rome aux messagers des mauvaises nouvelles. Et ce qui me retint alors — dois-je l'avouer aussi, tant la chose est absurde ? — ce furent ses taches de rousseur qui tout soudain me ramenturent mon gentil frère Samson.

— Ha ! Picard ! dis-je d'une voix sans timbre en baissant la tête, il ne serait guère juste, en effet, de te tenir grief de faire ton commandement et de servir au mieux ta maîtresse. Voici une petite obole pour te consoler du déconfort que je t'ai donné.

Quoi disant, je lui mis un écu dans la main et, trébuchant, pour ce que le dol m'enlevait quasiment l'usance de mes yeux, je remontai à cheval et aurais failli, je crois, à regagner mon logis, si Franz, discernant mon état, n'avait pris ma jument par la bride pour la guider.

— Ha ! Miroul ! dis-je en me jetant derechef sur le cancan, au comble du désespoir, tout est perdu ! La duchesse a donné l'ordre à ses laquais de me repousser de sa porte.

— Perdu ! dit Miroul avec un de ses aggravants sourires, fi donc ! Rien n'est jamais perdu, Moussu, hors la vie. Si notre roi Henri avait raisonné comme vous, il n'aurait jamais pris Laon. La belle a repoussé ce premier assaut. Il faut donc en lancer tout de gob un second. Croyez-vous que nous allons vaincre sans coup férir ? Franz, holà ! L'écritoire, je te prie !

— Mais que lui écrirai-je ? dis-je d'une voix sans force.

— Que vous la voulez à toutes forces voir, ne serait-ce que pour qu'elle vous dise la raison de votre disgrâce !

Ce que je fis sur l'heure, et mon Miroul ayant cacheté le poulet, appela un de mes pages (Luc, si bien je me ramentois) et, avec de grands jurements, lui promit de lui rougir le cul et la peau du dos à coups de fouet, s'il n'allait courre porter ce billet en toute diligence, sans languir en route ni muser, ne revenant qu'avec la réponse, mais tout de gob. Auxquelles terribles menaces, j'ajoutai la promesse d'un écu, si je le revoyais réponse en main, en moins d'une demi-heure.

— Ha ! Moussu, dit Miroul, dès que Luc eut disparu, vous m'allez gâter le galapian ! Un écu ! Oubliez-vous que nous lui versons des gages ?

Mais je m'accoisai, la tête dans les mains, comme gourd et paralysé dans mon esprit et dans mes sens, ne voulant pas discuter avec Miroul sur un misérable écu quand ma grande amour était en jeu. Bien l'entendit Miroul qui se tut aussi et s'assit à mon côté, sans piper mot ni miette. Et à dire tout le vrai, au risque de vous donner, belle lectrice, une mauvaise opinion de moi, la seule personne au monde qui eût pu, à cet instant, m'assouager et me conforter, c'eût été ma Louison avec ses bons yeux bleus, sa claire face et ses beaux bras ronds jetés autour de mon cou. Mais la vérité, hélas, était là, âpre comme vinaigre et amère comme fiel. J'avais sacrifié la chambrière à la haute dame, et de présent, j'avais perdu les deux.

La minute me dura année et la demi-heure un siècle, avant que me revînt Luc, le petit misérable restant planté là sans broncher en toute indiscrétion et impolitesse jusqu'à ce que je lui baillasse un écu et Miroul, son pié de par le cul. Mes mains étaient si trémulantes que je mis un temps infini à briser le cachet et à déplier le poulet, lequel était de la main de la duchesse et dans sa bien particulière écriture.

Meusieu,

Vous zaites un maichan. Je le tien pour sure. Et je vous défen dor zanavan et de m'aicrir et de praizenté votre traitreuze fasse à mon uis.

Catherine,
Duchesse de Guise.

L'ayant lu, et quasi privé de parole par son cruel contenu, je tendis le billet à Miroul, lequel y jeta un œil, et à ma grande béance et indignation, s'esbouffa à rire.

— Quoi, méchant ! criai-je. Tu as le cœur à te gausser ?

— C'est que, Moussu, tout méchant que je sois — mais si l'on en croit votre ange vous l'êtes aussi —, je suis content pour vous de ce billet.

— Comment, traître ! Tu te repais de mon malheur ?

— Je me repais de ce billet.

— Et qu'a-t-il donc de si friand ?

— Il témoigne d'une grande amour.

— Ha ! dis-je en lui tournant le dos. C'est assez te moquer, Miroul. Tu es un grand fol. Tais-toi, je te prie ! Tu me fâcherais pour de bon.

— Moussu, dit Miroul, est-il constant que dans l'ordinaire de la vie, vous connaissez bien les femmes ?

— Elles me l'ont dit, du moins.

— Alors, d'où vient que lorsque l'amour vous tient, Moussu, tout soudain vous désapprenez leurs façons. Ne voyez-vous pas l'évidence même ? A savoir que ce billet a été écrit par quelqu'une hors d'elle-même. Et quelle passion peut agiter à ce point une personne du sexe sinon la jaleuseté ?

Quoi oyant, je repris de ses mains le billet, le lus, le relus, et restai coi.

— Moussu, reprit-il, supposez que la duchesse ait contre vous un autre grief qu'un amoureux dépit. Que sais-je, moi ? Qu'elle ait découvert que vous avez encouragé les Rémois à se donner à Sa Majesté en faisant le poil au jeune duc. Elle vous eût baillé votre congé d'une façon tout ensemble plus civile et plus froidureuse. Elle vous eût écrit, me semble-t-il, dans ce style :

Monsieur,

On m'a découvert vos brouilleries avec les Rémois sur le dos de mon fils, et comme je tiens qu'on ne peut être à la fois l'ami de ces rebelles et celui de ma maison, je vous serais très obligée, d'ores en avant, de priver mon logis de votre présence. A cette condition seulement, je demeurerai, Monsieur, à la Cour et à la Ville, votre dévouée servante.

Catherine,
Duchesse de Guise.

— Voilà, poursuivit Miroul, qui est distant, déprisant et irrévocable, alors que les mots « méchant » et « traîtreuse face » que votre ange emploie sentent à vingt lieues la querelle d'amoureux. Observez, de reste, Moussu que vous n'avez pas failli à employer ces mêmes mots à l'instant à mon endroit, quand mes rires vous ont piqué.

— Ha ! mon Miroul ! criai-je en courant à lui et, lui donnant une forte brassée, je lui piquai de grands poutounes sur les joues. Tu es le meilleur des hommes et des amis !

— Hé quoi ! dit-il, mi-riant mi-ému, êtes-vous bien ragoûté de baiser ma traîtreuse face ?

— Ha ! Miroul ! dis-je, n'emploie pas ces mots-là ! Ils me font mal !

Cependant, fort rebiscoulé par ses pertinentes remarques, je me mis à marcher qui-cy qui-là dans la salle, les mains derrière le dos et la crête relevée, sentant bien que, Miroul ayant redressé ma voilure, je reprenais la capitainerie de mon âme, et me trouvais de nouveau à même de diriger ma barque. Et tout soudain, en effet, je me sentis comme indigné contre moi-même d'avoir été jusque-là si larmoyeux et si déboussolé. Aussi bien commençai-je, passé la première désespérance, à me rebéquer contre la suite d'affronts qui m'avaient été faits, et à trouver insufférable le pied fourchu qui avait poussé à mon bel ange à cette occasion. Et comprenant que mon premier billet s'était trouvé se peut un peu trop doux et suppliant pour désarmer l'ire de ma dame, je me résolus à donner un peu plus de roideur et de hauteur à ma voix, afin que d'être par elle davantage écouté.

— Monsieur l'Ecuyer, dis-je avec un affectionné sourire, me ferez-vous la grâce d'oublier que vous êtes de présent M. de La Surie et de prendre une lettre sous ma dictée ?

— Monsieur de La Surie, dit Miroul, aime à se ramentevoir qu'il fut votre secrétaire et ne croit point déchoir en l'étant derechef.

— La grand merci à toi, Miroul. Voici le poulet : Madame.

— Quoi ? dit Miroul. Madame sans queue ? Point de « Duchesse » ?

— Point de duchesse. Je poursuis.

Madame,

Quand Monsieur le Duc de Guise à Reims, ayant enfoncé son épée dans le poitrail de Monsieur de Saint-Paul, la laissa échapper de sa main, le « méchant » dont vous parlez détourna de la sienne la lame du Baron de la Tour et garda un fils chéri à vos affections.

Quant au « traître » auquel vous faites allusion, dès l'instant où vous lui donnâtes votre amitié, il renonça incontinent à tout autre lien pour être adamantinement fidèle à votre personne. Quiconque vous aura dit le contraire aura menti et pour peu que j'apprenne son nom, je lui ferai rentrer sa menterie dans son gargamel.

Je pars demain pour ma seigneurie du Chêne Rogneux, où une intempérie de mon majordome me fait une obligation de me rendre pour surveiller la rentrée de mes moissons. Mais si vous avez appétit, avant mon département, à corriger le soupçon d'ingratitude et d'injustice que j'ai pu à votre endroit concevoir après de répétées et injustifiées écornes, je serai en mon logis jusqu'à la fin de la journée et votre réponse me trouvera tel que je suis toujours et désire demeurer :

Votre humble, obéissant et affectionné serviteur.

Pierre de Siorac.

— Voilà qui est chié chanté ! dit Miroul.

— Je ne sais, dis-je. N'est-ce pas un peu roide ?

— Point du tout. Comment la dame croira-t-elle à votre innocence, si vous ne faites pas quelque peu l'offensé ? Toutefois, si j'étais vous, je rhabillerais cette lettre de votre écriture. La mienne pourrait piquer la duchesse dans une aussi délicate affaire.

J'acquiesçai et, m'attablant devant l'écritoire, je récrivis le poulet de ma main, observant, non sans contentement, qu'elle ne trémulait plus.

— Franz, dit Miroul, appelle-moi Luc.

Ce fut Thierry qui se présenta, lequel, au seuil de ses quatorze ans, mignon blondinet qu'il fût, l'œil azuréen et l'aurore sur ses joues, était dans la rue du Champ Fleuri, et dans les rues circonvoisines, le plus grand coqueliqueur de la création.

— Je n'ai pas demandé Thierry, mais Luc, dit Miroul en sourcillant.

— Monsieur l'Ecuyer, dit Thierry avec un gracieux salut, Luc et moi nous avons opiné en toute justice et raison, que s'il y a une chance derechef de gagner un écu en faisant le *vas-y dire,* c'est bien mon tour de le courir.

— Cornedebœuf ! Quelle effronterie ! gronda Miroul.

— Va, va, Thierry ! dis-je en riant à gueule bec, pour une fois, je te pardonne. Et pour une fois je te baillerai un écu, à toi aussi, pour peu que tu m'apportes réponse en moins d'une demi-heure.

— Monsieur le Marquis, dit Thierry, l'air aux anges, je serai de retour céans dans le quart d'une demi-minute.

Ayant dit, il prit le poulet, voleta dans la pièce comme une hirondelle et s'enfuit.

— Ha ! Moussu ! Moussu ! s'écria Miroul. Vous me gâtez ces galapians !

— Laisse, mon Miroul ! dis-je. Il m'a fait rire.

Mais tandis que les minutes passaient, le rire se gela sur mes lèvres, et marchant qui-cy qui-là dans la pièce, je ne me trouvais même plus assez de salive en bec pour parler.

— Moussu, dit Miroul, qu'est cela ? Vous ne pipez plus mot ?

— Miroul, je ne le peux.

— Moussu, videz votre gobelet. Il est encore plein de vin à demi.

Ce que je fis.

— Moussu, allez-vous mieux ?

— Maigrement.

Quoi disant, je me jetai sur le cancan et dis d'une voix sans force :

— Le cœur me toque et mes gambes trémulent. Miroul, n'est-ce pas étrange de se mettre en tel martel, et si âpre, pour une petite femmelette de femme, laquelle, au surplus, m'a si mal traité. *Cap de Diou !* Me changer la serrure ! Me laisser dans la rue, ma clef sans usance en la main ! Me repousser de sa porte ! M'appeler « méchant » et « traître » ! Un homme serait mort mille fois, s'il m'avait osé faire ces braveries !

— Hé, ce n'est point un homme que vous aimez !

— Vramy ! Vramy ! Mais n'est-ce pas folie de s'attacher tant à une créature de Dieu ! C'est Dieu que nous devrions de prime aimer !

— Et Jésus, dit Miroul l'air dévot et bénin, et le

Saint-Esprit. Et vivre, comme moine, en cellule, dans la prière et la macération. Et n'étreindre, en pensée, que des êtres insubstantiels. Moussu, vous avez raison. Nous aimons trop la créature, et pas assez le créateur.

— Miroul, tu te gausses.

— Point du tout. Fi donc de tout cela qui n'est pas éternel ! Je m'en vais de ce pas retenir pour vous et moi les deux plus dénudées cellules du couvent des augustins. Ha ! Moussu ! Quels délices de ne vivre qu'en pensant à sa mort !

Mais c'est à peine si je l'oyais, n'ayant que mon ange dans l'esprit.

— Ha ! Miroul, comment se fait-il que cette femme que le monde entier et le roi lui-même tiennent pour la dame la plus douce et bénigne du royaume m'ait été si cruelle ?

— Pour ce qu'elle vous aime.

— Quoi ! Aimer, serait-ce donc cela aussi ? Etre cruel ?

— Moussu, vous devriez le savoir.

Mais nous ne pûmes débattre plus outre, Thierry vint se poser sur le seuil, portant un pli, j'allais dire dans le bec, lequel je lui arrachai.

— Moussu, me dit Miroul en oc à l'oreille, ne l'ouvrez pas devant le galapian. Baillez-lui son écu, et qu'il s'en aille.

— Voilà ton écu, alouette ! dis-je en le lui jetant, lequel il attrapa au vol, et tout soudain s'envola lui-même pour l'aller montrer à Luc, j'imagine, et à ce que plus tard j'appris, à tout le domestique.

Je rompis le cachet, et lus le billet dont l'orthographe était damnable et le contenu elliptique :

Je vou zatan
Catherine

— Ha ! Moussu, cria Miroul quand je lui tendis le billet. Nous avons gagné ! Tant elle a hâte de vous voir, elle vous attend ! Elle ne vous fixe même pas une heure. Et qui plus est, elle signe Catherine ! Sans faire suivre son prénom de son titre comme à l'accoutumée. C'est la femme qui vous écrit et non point la haute dame.

Mais jà je ne l'oyais plus. C'est à peine si je pris le

temps de reboutonner ma fraise et de ceindre mon épée, et à l'écurie où je courus, je trépignai d'impatience en attendant que Pissebœuf me sellât mon cheval, et Poussevent, celui de Franz, lequel me dit plus tard qu'à son très grand émoi, je galopai follement sur les pavés ruisselants d'une récente ondée, ma jument Pompée manquant deux fois de glisser et de s'abattre, sans que j'en eusse cure.

La duchesse me reçut, non point comme je cuidais qu'elle le ferait, en la pompe de son salon, mais dans son cabinet, lequel se trouvait, en effet, davantage hors d'oreilles des domestiques, et moins éclairé aussi, n'étant illuminé que par chandelles, tant est que si curieusement que je scrutais sa face, laquelle s'encontrait, en outre, plus pimplochée qu'à l'accoutumée, je n'y trouvai pas les traces que Miroul y avait prédites, et ne pus dire si elle s'était meurtrie assez par ses propres duretés pour pleurer. Ha ! belle lectrice ! Que l'amour est étrange et que de secrètes férocités il recèle ! Moi qui aimais cet ange plus que moi-même, je me trouvais comme déçu qu'elle n'eût pas été, à me quitter, plus malheureuse que les pierres !

Cependant, pimplochement, chandelles et orgueil ne font point tout : il y faut aussi la voix, laquelle paraissait faillir à ma petite duchesse, qui me fit signe de m'asseoir sur une escabelle, et demeura un long temps à m'envisager, le parpal oppressé, et les lèvres ouvertes, mais sans piper, se peut sans en avoir la capacité. Et comme de mon côtel, je m'accoisai, nous demeurâmes un siècle à nous envisager sans dire miette, quoique ayant l'un et l'autre l'esprit plus farci de pensements qu'un chien de puces. Quant à moi, pour te le dire, lecteur, à la franche marguerite : A la revoir si belle, je n'avais qu'une idée en tête, la prendre dans mes bras, la dérober de son corps de cotte et de son cotillon et la vêtir de mes poutounes. Mais hélas, comme tu sais bien, il faut à ces sortes de choses, des préfaces, des paroles et des cérémonies : et je n'ai jamais encore connu de garce — chambrière ou haute dame — qui voulût s'en passer.

— Eh bien, Madame, dis-je à la parfin avec un salut assez roide et d'une voix incertaine, vous m'avez mandé que vous m'attendiez. Je suis là.

— Je le vois bien, dit-elle, d'une voix très froidureuse, quoique trémulante assez.

A quoi, sourcillant tout soudain, elle ajouta :

— Et vous y avez mis un temps infini.

— Madame, dis-je, béant de la criante absurdité de ce grief, je serais venu céans plus vite sans le changement de votre serrure, le repoussis de votre laquais, et la défense expresse de votre premier billet.

— Monsieur, dit-elle, l'œil tout soudain irrité et la flamme saillant tout soudain du marbre, vous eussiez dû passer outre !

— Quoi, Madame, me colleter avec vos laquais ! Les daguer peut-être ! Et forcer votre huis après que vous m'avez — noir sur blanc — traité de traître et de méchant !

— Il fallait courre à moi vous laver de ces affronts !

— Madame ! criai-je, ceci est de la folie toute pure ! J'ai passé ma journée à assiéger votre huis !

— Cela ne suffisait pas, Monsieur, cria-t-elle tout à plein hors d'elle-même et l'œil quasi égaré, si vous m'aviez vraiment aimée, vous auriez traversé les murs !

— Mais je les ai traversés, puisque je suis céans ! dis-je, pensant à part moi qu'il fallait répondre à un fol selon sa folie. Quoi disant, je me jetai à ses genoux et voulus lui prendre les mains, lesquelles elle échappa des miennes et commença à me faire graffignures et frappements — petits jeux par lesquels elle m'incitait souvent à des jeux plus suaves — mais observant que cette fois elle n'y allait pas à la tendresse, je capturai ses petites griffes et les maintenant serrées sur ses propres genoux, ceux-ci étant eux-mêmes emprisonnés par mes coudes, pour qu'elle ne me lançât pas de ruades (ce qu'elle attenta une ou deux fois de faire), je lui dis :

— Madame, trêve de ces jeux de vilain ! Parlons net et rondement, et à la vieille française. D'où, et de quoi, et de qui me vient ce mot sale et fâcheux de traître que vous m'avez jeté à la face ?

— Monsieur ! cria-t-elle. Vous m'emprisonnez ! Ceci est indigne ! Oubliez-vous qui je suis ? Lâchez-moi ou j'appelle mes laquais pour qu'ils vous jettent hors !

— Madame, vous leur avez jà donné l'ordre de me

repousser, puis l'ordre de m'admettre, et si vous leur commandez de présent de me chasser, que vont-ils penser, et dire, et conter, et jaser par tout l'univers ?

— Peu me chaut ! Lâchez-moi ou je crie !

Et moi, m'apensant qu'au degré d'irraisonnableté où elle était tombée il se pouvait bien qu'elle huchât, je laissais aller tout soudain ses mains, mais non sans me lever d'un bond et me rejeter en arrière ; en quoi je fis bien, car ses griffes jetées toutes deux en avant avec une incrédible vivacité manquèrent de peu ma face.

— Madame, dis-je gravement en mettant une bonne toise entre elle et moi et en m'adossant au mur, ces jeux de batterie sont indignes, et de vous et de moi ! Cornedebœuf, Madame ! Le Seigneur vous a donné une langue ! Servez-vous-en ! Elle vous sera de plus d'usance avec moi que vos ongles ! Madame, je le répète encore : qui vous a fait croire que je vous ai trahie ?

— Mais je ne le décrois pas ! cria-t-elle très à la fureur et ses yeux bleus tournant au gris acier, j'en suis certaine, ayant toute fiance en celui qui m'a ouvert les yeux !

— Tiens donc ! dis-je, un gautier, ce me semble, à moi très affectionné ! Et que vous a dit cet artificier ?

— Que vous aviez ramené de Reims une souillon de cuisine, avec qui vous n'avez cessé de coqueliquer comme rat en paille depuis votre retour en Paris.

A quoi je ris à gueule bec, fort soulagé d'apprendre que mes « brouilleries » avec Rousselet et les Rémois derrière le dos du jeune duc de Guise ne faisaient point l'objet de son ressentiment.

— Quoi ! cria-t-elle, décontenancée assez par ma gaîté, vous voilà confondu et vous avez le front de rire !

— Madame, dis-je en me rasseyant sur l'escabelle, mais en la reculant quelque peu, votre artificier a voulu me faire sauter hors les divines faveurs dont vous m'avez comblé. Mais par bonheur, son pétard était mouillé. Il a fait long feu. Oyez-moi, Madame, jusqu'au bout, et de grâce, posez ce joli peigne en ivoire sur votre frivolité : si vous le tourmentez plus outre, vous l'allez à coup sûr casser.

— Parlez, Monsieur, dit-elle les dents serrées, et sachez bien que vous ne prononcerez pas un seul mot que je ne le décroie.

— Madame, dis-je, il ne s'agit pas de mots, mais de faits. *Primo* : Louison, puisqu'il s'agit d'elle, n'est pas une souillon de cuisine, mais une saine et gaillarde Champenoise du plat pays.

— Quoi ! cria-t-elle, vous avez l'impertinence de défendre cette folieuse ?

— Madame, je vous avais prévenue : vous venez de briser net votre joli peigne.

— C'est ta faute, méchant ! cria-t-elle en m'en jetant les morceaux au nez (mais j'avais pressenti ce coup, et me baissai).

— *Secundo,* dis-je, la face imperscrutable, et peux-je vous prévenir, Madame, que c'est le *quarto* qui compte. Il est vrai que la garce m'ayant rendu quelques services, et Mme de Saint-Paul la désoccupant à son département de Reims, je la pris en mon emploi et la ramenai en Paris.

— Quoi ! hurla-t-elle, tu as le front, traître, d'avouer ?

— Madame, dis-je en me levant et parlant avec force, et mon œil collé à son œil, je n'avoue rien de ce qui vous a navré. Et je vois bien qu'il faut sauter mon *tertio* avant que vous me sautiez à la gorge, et que j'en vienne tout de gob à mon *quarto,* par où je vous désarme, Madame, et déshonore votre rusé artificier. Du jour, Madame — oyez-moi bien — du jour, que dis-je de la minute où vous m'avez admis en votre amitié, je discontinuai tout commerce avec Louison, à telle enseigne que fort déconfite d'avoir perdu mes bonnes grâces, elle est départie ce matin même pour Reims avec un marchand-drapier.

— Tout commerce ! cria-t-elle au comble de la rage, tu avoues donc, traître, que tu as coqueliqué avec cette loudière !

Et saisissant le fer à friser sur sa frivolité, elle me le lança à la face. Après quoi, jugeant que le bombardement ne faisait que commencer, je saisis l'escabelle et, tout en retraitant, la tins devant mon visage, parant je ne sais combien de brosses et de pots qu'elle me jeta, ne s'arrêtant, à ce que j'augurai, que faute de munitions. Cependant, cette exercitation l'ayant mise hors son vent et haleine, je l'entendis souffler, et risquant un œil sur le bord de l'escabelle, je la vis à demi étendue sur un cancan, fort épuisée et se mordant furieusement les lèvres.

— Madame, dis-je, posant l'escabelle à terre, et m'avançant à elle, vous ne m'avez pas voulu ouïr ! Du jour où je vous ai connue, je dis et je répète, et je jure, que j'ai discontinué tout commerce avec Louison.

— Et la preuve ? dit-elle faisant exploser le « p » de preuve comme un pétard.

— La preuve, dis-je, mais c'est qu'elle est départie pour Reims.

— Et la preuve, cria-t-elle, plus têtue que dogue allemand, la preuve qu'elle est bien départie pour Reims ?

— Vous la demanderez, Madame, à Péricard, à qui elle doit porter en Reims une lettre de ma main.

Ce dernier trait l'acheva. Pour le coup, elle me crut, se dénoua toute, et sa roideur fondant en un battement de cil, elle m'envisagea, puis envisagea à nos pieds tous les affiquets qu'elle m'avait lancés à la face, et tout soudain elle s'esbouffa à rire si longuement et si fort que je crus qu'elle ne cesserait mie.

Ce qui suivit fut si délicieux et si facile à conjecturer que ce serait, je crois, offenser mon lecteur que d'attenter d'aider à son imagination. Toutefois, dès que l'entretien s'aquiéta et que les paroles articulées prirent le relais des balbutiements, elles furent si dignes d'intérêt et d'une portée qui tant dépassa mon particulier, que je ne peux que je ne les rapporte dans ces pages.

— Mamie, dis-je en me soulevant du coude sur la coite et en envisageant le charmant désordre où nos tumultes l'avaient laissée, vous me devez de présent le nom de ce renardier artificier qui par ses brouilleries creusa entre nous cet estrangement qui faillit nous être fatal.

— Mon Pierre, dit la duchesse, le plus grand mésaise se lisant dans son œil bleu, cet homme ne vous connaît point et vous ne l'avez vous-même jamais encontré. Il a cité votre nom et votre commerce avec cette souillon comme un exemple de la décadence des mœurs, et il n'a pas eu par ce propos, j'en suis sûre, l'intention de vous nuire.

— Mon ange, votre naïveté me ravit, mais je ne serai certain, quant à moi, qu'il n'y a pas eu malévolence que lorsque je connaîtrai son nom.

— Mon Pierre, excusez-moi, mais je n'ai pas l'intention de vous le dire.

— Madame, nourrissez-vous pour ce gautier une si grande amitié ?

— Mais point du tout, dit-elle en riant, et ne me madamez pas, je vous prie. Je n'ai pour lui que le respect dû...

— A quoi, Mamie ?

— A sa fonction.

— Mon ange, si vous craignez qu'au su de son nom, j'aille, comme j'ai dit, lui couper la gorge, chassez cette crainte. Je ne le pourrai faire sans vous compromettre. Adonc, je ne le ferai pas.

— Je n'avais pas cette crainte, dit-elle avec un petit brillement de son œil bleu. Le guillaume appartient à un état auquel votre épée ne peut atteindre.

— Quoi ? Un prince ? dis-je.

— Nenni ! Nenni ! dit-elle en riant, tout le rebours !

— Adonc, dis-je, un roturier dont la fonction vous inspire quelque respect. Se peut un homme de robe ?

Mais voyant qu'elle ne bronchait pas, et me ramentevant tout soudain que Fogacer avait appris des clercs qui entouraient Mgr Du Perron mon advenue en Paris avec Louison dans mes bagages, je collai mon œil au sien.

— Se peut un prêtre ? dis-je d'un air connivent, comme si je savais son nom jà.

— Ha ! mon Pierre ! dit-elle avec une petite mine des plus charmantes, je suis trop simplette, ou vous avez trop d'esprit, pour que je vous peuve rien cacher.

— Mamie, dis-je, vous n'êtes pas simplette. Vous avez plus que votre part de féminine finesse. Votre seul errement est d'être naïve assez pour cuider que le monde entier est aussi bon et bénin que vous. Touchant ledit guillaume, repris-je, taquiné qu'elle ne m'eût pas encore dit son nom, qui vous donne à penser qu'il ne me veut point de mal ?

— Mais, c'est qu'il a parlé tout innocemment et sans du tout connaître mon commerce avec vous.

— Quoi ? dis-je, poussant ma pointe, ne lui avez-vous pas dit en confession ?

Si hasardeuse que fût cette botte, elle ne faillit pas. Ma Catherine se découvrit.

— Ha ! mon Pierre, cria-t-elle comme indignée, me croyez-vous si sottarde ? Pour lui vous êtes « un gentilhomme de bon lieu », et c'est tout.

Tiens donc ! m'apensai-je en baissant la paupière, le pot aux roses découvert, c'est l'épine qui apparaît. Le père Guignard ! Le révérend père Guignard ! Le confesseur des *opinions probables,* si souple et si accommodant ! Mais touchant le marquis de Siorac, tout soudain le censeur austère, m'accablant et comme dit mon ange, innocemment. Innocent, un jésuite ! Dieu bon !

— Mon Pierre, dit-elle, vous voilà bien grave tout soudain.

— Mon ange, c'est que j'ai une question de la plus grande conséquence à vous poser. Avez-vous vu une de vos chambrières conciliabuler avec le père Guignard ?

— Oui-dà, dit-elle en fronçant son mignon sourcil, j'ai vu le père échanger plus d'une fois quelques mots avec Corinne, et ce très à la discrétion. Faut-il la congédier ?

— Mais point du tout, dis-je. Envoyez-la à votre maison des champs. Et faites passer le mot parmi vos gens qu'elle a été trop bavarde. Cela leur mettra puce au poitrail de ne point l'être du tout avec vos visiteurs. Une question encore, mon ange. Qu'opinione le père Guignard sur les négociations entre Monsieur votre fils et le roi touchant la reddition de Reims ?

— Qu'il faut que mon fils soit très ferme sur ses requêtes et que le roi ne peut manquer de lui céder.

— Mamie, savez-vous ce qu'il en est de ces requêtes du prince de Joinville ?

— Nenni.

— Je vous le vais dire : Il exige de recevoir ce que possédaient son père et son oncle, devant que l'un et l'autre fussent occis à Blois, à savoir : *primo,* la charge de Grand-Maître de la Maison du roi. *Secundo,* le governorat de la Champagne. *Tertio*, les bénéfices de l'archevêché de Reims.

— Tout sotte caillette que je sois, dit la duchesse avec un petit air de braverie, il me semble, à moi, que ces demandes sont légitimes.

— Mon ange, elles sont tout à plein légitimes, et tout à plein impossibles à satisfaire.

— Pourquoi cela ?

— Pour les raisons que je vais dire. Après la meurtrerie à Blois de Henri de Guise et du cardinal de Guise, l'état de Grand-Maître de la Maison du roi a été baillé au comte de Soissons ; le governorat de la Champagne au duc de Nevers ; les bénéfices de l'archevêché de Reims (qui revenaient au cardinal) à M. de Bec. Or, M. le comte de Soissons est, comme bien vous savez, le cousin du roi. Le duc de Nevers, le plus ferme soutien du trône. Et M. de Bec, un parent de la belle Gabrielle. Si donc Sa Majesté accédait aux requêtes de Monsieur votre fils, elle se ferait trois mortels ennemis, dont le moindre ne serait pas sa favorite. Adonc, le père Guignard, en recommandant, par votre intermédiaire, une extrême fermeté à votre fils en ses demandes, travaillait, dans la réalité des choses, à faillir la négociation. Et dans le même temps, craignant que mon influence sur vous s'exerçât en sens contraire, il me noircit à vos yeux afin que de nous estranger l'un à l'autre.

C'est peu dire que Catherine écoutait mes paroles à doubles oreilles : elle les buvait. Et je fus moi-même surpris de la célérité avec laquelle elle quitta les thèses de son jésuite pour épouser les miennes.

— Ha ! le méchant ! cria-t-elle, en rougissant de dépit et de colère, mais cette fois contre Guignard. M'avoir navrée et désolée à ce point par ses menteries ! Je le vais chasser meshui de devant mes yeux !

— Ha ! Mamie, dis-je enfin en lui prenant les mains et en les couvrant de baisers. Gardez-vous-en bien ! La confession est un pistolet chargé que le pénitent confie contre soi à son confesseur. Guignard a reçu de vous trop de gages pour que vous puissiez tant hasarder que de vous brouiller avec lui. Recevez-le comme devant mais ne lui confiez que broutilles et décroyez dévotement tout ce qu'il vous dira. Toutefois, faites-lui bonne face !

— Bonne face, moi ! s'écria-t-elle. Ha ! mon Pierre, oubliez-vous que je suis la moins hypocritesse et chattemitesse créature de la création !

— Madame, n'aimez-vous pas votre fils ?

— Si fait !

— Et moi aussi, quelque peu ?

— Quelque peu, dit-elle en souriant.

— Alors, mamie, il faut apprendre à contrefeindre pour protéger ceux que vous aimez.

— Quoi ! dit-elle en riant. Vous protéger ! Passe encore pour mon fils qui est si béjaune demeuré. Mais vous, mon Pierre ! Vous qui êtes si adroit et profond dans la conduite de la vie !

A quoi je ne répondis mot, mais posant ma tête entre ses deux tétins, et y faisant mon nid, en silence je l'envisageai de bas en haut, tandis qu'elle me baignait de son doux regard.

Deux ou trois jours après mon raccommodement avec Catherine — lequel m'avait appris peu sur les femmes, mais prou sur les jésuites et la façon dont ils dirigeaient les naïves consciences qui se confiaient à eux —, j'ouïs dire que lesdits jésuites avaient obtenu du parlement grâce à l'intervention de M. d'O, gouverneur de Paris (lequel les soutenait beaucoup), que leur cause contre l'Université et les curés de Paris fût jugée à huis clos, ce qui ne laissa pas que de me contrarier, pour ce qu'il me fallait à force forcée assister aux débats afin que d'en rendre compte à Sa Majesté et que je noulus dire à M. d'O que le roi m'avait confié cette mission, le sachant sur les jésuites d'un sentiment bien différent du mien.

J'allai donc trouver M. d'O, lequel me reçut couché, souffrant d'une rétention d'urine qui le faisait pâtir prou et n'améliorait pas son humeur, laquelle, de par sa naturelle disposition, était jà difficile et escalabreuse. Et en effet, il me reçut assez mal, et me dit tout à plat que le huis clos serait le huis clos, et que le parlement n'y ferait aucune exception, pas même pour un prince du sang. Là-dessus, comme je me rebéquais quelque peu, il me montra une lettre écrite de Laon par le roi au chancelier de Cheverny, où Sa Majesté espérait que les plaidoyers en cette affaire se feraient *sans éclat qui pût altérer les esprits ni engendrer des altercations entre les peuples.* Phrase sur laquelle Cheverny, autre défenseur encharné des jésuites, s'était fondé pour conforter leur demande du huis clos, proposition que M. d'O n'avait été que trop content d'appuyer auprès du parlement.

Il était trop tard pour en appeler au roi de cette décision, la cause devant être plaidée le 12 juillet et tout à plein inutile, à ce que je vis, d'attenter de faire revenir M. d'O sur le refus particulier qu'il m'avait opposé. Je pris donc congé de lui, le visage riant, mais furieux en mon for, et le laissai à son aigreur atrabilaire et à sa vessie gonflée.

Comme je rentrais chez moi, fort tourmenté de cette traverse, je croisai en le viret de ma tour Pierre de L'Etoile qui s'en revenait de la chambrifime de Lisette, la lippe comme à l'accoutumée amère, mais l'œil toutefois gaillard, et, le faisant entrer dans ma chambre qui se trouvait comme j'ai dit au premier étage, j'exhalai mes griefs sur M. d'O.

— Ha ! dit M. de L'Etoile, peu l'aimè-je, moi aussi. On prête au roi l'intention, si d'O se meurt de ne pouvoir plus pisser, de se nommer lui-même gouverneur de Paris. Il fera bien. Il n'y a rien de plus dommageable au pouvoir royal que ces gens qui gouvernent la capitale, soit comme prévôt des marchands comme Etienne Marcel, soit comme gouverneur comme Nemours pendant le siège, soit même sans titre aucun, comme Henri de Guise après les barricades. Paris est une ville si conséquente, si belle et si rayonnante que quiconque y est en grande autorité devient *ipso facto* une sorte de petit roi qui peut disputer sa capitale et même son royaume au roi de France. En outre, c'est une fonction qui enrichit prou son homme, surtout quand on y joint la charge des finances de l'Etat, comme d'O, lequel, pendant que le roi à Laon manquait de vivres et de munitions faute d'être par lui envitaillé, festoyait avec les dames dont il consommait, poursuivit L'Etoile en hochant la tête avec componction, de grandes quantités. Le révérend docteur Fogacer m'a dit hier qu'on ne guérissait mie d'une rétention d'urine. Si cela est vrai, et si le pauvre d'O meurt par le vit, on pourra dire, hélas, qu'il est mort par où il a péché...

— Si peu que je l'aime, dis-je, je ne lui souhaite pas : on dit que le pâtiment est cruel. Toutefois, je suis bien marri de ne pouvoir assister au huis clos du procès.

— Comment cela ? dit L'Etoile avec un sourire. Ne savez-vous pas, mon cher Pierre, que dans d'aucunes occasions, il vaut mieux s'adresser — au rebours de l'adage — aux saints plutôt qu'à Dieu. Et encore que le lieutenant criminel mérite peu ce nom, il pourra, je crois, vous accommoder.

— Quoi, Lugoli ?

— Lugoli, mon Pierre, est à Henri IV ce que Tristan l'Hermite fut à Louis XI. Je n'ose dire son « âme damnée » pour ne pas anticiper trop, mais à tout le moins, damnable. Il n'est pas de loi que Lugoli ne veuille tourner, ni de huis clos violer, pour peu qu'il soit bien persuadé que cela serve le roi. Et se peut, ajouta Pierre de L'Etoile avec un fin sourire, que vous consentiez à lui en dire davantage qu'à moi-même sur le très vif et très particulier intérêt que vous portez à la compagnie de Jésus...

Incontinent que L'Etoile fut départi, j'écrivis à Lugoli le mot suivant, Miroul le lisant par-dessus mon épaule :

Monsieur le Lieutenant de la Prévôté,

Vous sachant fort affectionné à Sa Majesté, j'aimerais vous voir très à la discrétion pour affaire touchant son service.

Votre bien bon ami

Marquis de Siorac.

— Moussu, dit M. de La Surie en riant, ce « bien bon ami » est véritablement royal par son amicale condescension !

— Eh bien, dis-je, nous allons en voir les effets.

Mais ces effets ne furent que fort tard visibles du fait que Luc mit deux grosses heures à retourner d'une course qui demandait vingt minutes. Tant est qu'à son retour, Miroul, lui prenant la réponse d'une main pour me la bailler, saisit de l'autre le galapian par l'oreille, et lui annonçant à grosses dents que son délaiement lui vaudrait vingt coups de baguette, le conduisit dans la cour du devant pour le livrer à Pissebœuf, notre bras séculier, lequel, rabattant tout de gob les chausses du condamné et le pliant en deux, commença son exécution, non sans que je lui eusse crié en oc en ouvrant ma verrière :

— Seulement jusqu'au rouge, Pissebœuf ! Je ne veux point voir le sang !

Après quoi reclosant la verrière, je lus le poulet de Pierre de Lugoli.

Monsieur le Marquis,

Comme je ne suis pas assez déconnu des manants et habitants de cette ville, pour que je vous aille voir sans faire jaser les grandes langues et branler les longues oreilles de votre voisinage, le mieux, si vous l'avez pour agréable, serait que vous me veniez visiter sur les neuf heures du soir en mon particulier logis, rue Tirechape. Vous reconnaîtrez ma maison à ce que le marmouset de mon heurtoir est un diablotin. Plaise à vous de toquer deux fois.

Dans cette attente, je suis, Monsieur le Marquis, votre humble et dévoué serviteur.

Pierre de Lugoli.

A ce moment, de grands huchements venant jusqu'à moi de la cour de devant, je déclouis ma fenêtre, et criai en oc (pour ne pas être compris de Luc) :

— N'y va pas à la volée, Pissebœuf !

— Moussu le Marquis, dit Pissebœuf. Fait comme je le fais, c'est quasiment une mignonnerie !

Ce qui fit rire tous ceux de mes gens qui entendaient l'oc, à savoir mon autre Gascon Poussevent, le cocher Lachaise, le cuisinier Caboche (tous deux Auvergnats) et le Périgordin Faujanet qui était accouru en boitillant de son jardin pour jouir du spectacle, lequel, à ce que je vis en me penchant, était aussi fort curieusement envisagé des fenêtres du premier et du second par toutes mes chambrières, lesquelles babillaient fort à l'effronté sur cet événement domestique.

— Dévergognées ! leur criai-je du bas, reclosez à

l'instant les verrières et tenez-vous coites, ou je vous vais de ma main fesser toutes !

— A Dieu plaise ! dit Guillemette qui faisait de plus belle l'impertinente, maintenant que Louison n'était plus là pour lui brider la langue.

— Mon Pierre, dit Miroul en me mettant la main sur l'épaule, je te prie, n'abrège point l'exécution comme tu fais toujours. Ces deux vaunéants sont devenus tout à plein ingouvernables, depuis que tu leur as baillé à chacun un écu pour faire le *vas-y-dire*.

— Je te le promets, mon Miroul, dis-je, assez à rebrousse-cœur. Mais à la condition que, le supplice fini, tu fasses oindre et panser Luc par Greta.

— Moussu, Franz ne vous en saurait d'aucun gré, le galapian étant si joli.

— Alors, par Mariette ?

— Moussu, Caboche n'en serait pas heureux.

— Se peut par Héloïse ?

— Moussu, vos Gascons sourcilleraient là-dessus.

— Et pourquoi pas Guillemette ? dis-je avec un sourire.

— Moussu, j'en serais jaleux, dit Miroul en riant.

— Adonc, par qui tu veux.

— Ce sera donc par Lisette, dit Miroul. Ce qui ne poindra pas M. de L'Etoile, puisqu'il ne le saura point.

Le curement se fit sur le tréteau où Lisette était accoutumée à repasser le linge, non sans que j'allasse voir si les « mignonneries » de Pissebœuf n'avaient pas fait saillir le sang, auquel cas il n'eût pas fallu oindre la navrure, mais l'arroser à l'esprit-de-vin. Or, je trouvai mon Luc étendu à plat ventre sur les planches, les chausses abaissées, la face point du tout décomposée et disant à Lisette, comme Miroul et moi entrions :

— Lisette, je me ferais fouetter tous les jours que Dieu fait, si tu me devais masser de tes douces mains.

— Voyez-vous le béjaune ! dit Lisette en nous prenant chattemitement à témoin : Il est à peine déclos de son œuf qu'il court, la coquille encore sur le croupion, et prétend même coqueliquer.

— C'est pitié, dit Luc d'un ton piqué, quand poule cotquouasse plus haut que le coq !

— Paix-là, Luc ! dit Miroul. Veux-tu qu'on te frotte encore ? Ne sais-tu pas qu'on te défend de faire le galant et le zizanieux avec les chambrières ?

— Hé ! Monsieur l'Ecuyer ! dit Lisette qui avait le cœur piteux, je ne voudrais pas qu'on le fouette derechef. Le pauvret est navré assez. Voyez, le sang n'est pas loin. Et hormis que sa fesse, reprit-elle en passant sa main dessus avec langueur, est ronde, dure et musculeuse, il a la peau plus tendre que fillette.

— Cela suffit, dit Miroul, très à la Sauveterre. Lisette, tu l'as oint assez. Luc, remonte tes chausses et t'ensauve.

Si je n'avais été visiter ma petite duchesse dans l'après-repue, le temps se fût traîné avec des pieds de plomb jusqu'à neuf heures du soir, tant j'avais appétit à approcher Lugoli (que je ne connaissais que de loin, de vue, et d'ouï-dire) et à apprendre de lui s'il pouvait m'aider à passer outre au damnable huis clos. Mais n'est-il pas étonnant que l'heure même qui semble si longue devienne briève tout soudain, quand elle est sur le point de finir ? Ainsi en va-t-il de notre vie, j'imagine, quand la mort apparaît au bout.

Lugoli ne me déçut point par sa corporelle enveloppe, étant un homme de stature moyenne, mais bien pris en sa taille, la membrature carrée, les traits découpés comme une médaille romaine, la peau et le poil bruns et l'œil, dans tout ce noir, émerveillablement bleu, aigu, de reste, en ses regards, preste en ses mouvements, vif en sa parole et parlant très à la soldate, sans fard ni pimplochement, mais sa prunelle azur, bien que franche, portant dans le même temps un air de finesse et de sagesse.

Tout ce que j'avais ouï de lui et tout ce qu'il avait ouï de moi nous rendaient l'un de l'autre si proches que, pour ainsi parler, nous nous reconnûmes dès l'instant que nous nous vîmes. Il est vrai qu'il trahit quelque réticence à prime abord — pour ce qu'il craignait qu'en raison du petit estoc de sa maison je fisse le Marquis avec lui — mais sa réserve fondit comme neige, dès que je lui eus donné une forte brassée, Lugoli sentant bien que ce n'était pas là politesse de Cour, mais du bon du cœur, tant j'étais félice qu'un homme de si bon métal veillât de si près, et quotidiennement, sur la vie de mon roi.

— Ha ! Monsieur ! me dit-il, dès que j'eus requis de lui de laisser le Marquis de côté et de m'appeler Siorac, ce qu'il n'osa point de prime, que je suis aise à la parfin de vous encontrer, ayant tant ouï, et plus encore deviné des bons services qu'en vos missions et déguisures vous avez rendus au trône.

— Hé quoi ? dis-je en riant, avez-vous ouï de mes déguisures ?

— Oui-dà ! dit-il en riant aussi et je ne saurais révéler précisément par qui, mais sachez toutefois que pendant le siège, j'avais une mouche à mon service chez une des princesses lorraines, et je me serais fort étonné qu'un marchand-drapier, franchissant nos lignes, eût le front de les envitailler, si Sa Majesté ne m'avait dit que ce marchand-là était à elle. Ce qui m'aquiéta, mais ma mouche continuant à voleter autour des princesses quand le roi entra dans Paris et les alla voir avec vous, je sus alors qui se cachait derrière cette grande barbe. Ce qui me donna pour vous, Monsieur, une grandissime estime, car peu de gentilshommes eussent consenti à cet abaissement boutiquier pour servir le roi.

— C'est que je ne le ressentis pas comme tel, dis-je avec un sourire. Mais bien au rebours, je m'y divertis prou. J'eusse dû naître, je gage, bateleur ou comédien, tant j'aime la déguisure.

— Voilà donc encore un trait qui nous est commun, dit Lugoli d'un air joyeux, car encore qu'à la prévôté ce soit surtout les mouches subalternes qui doivent changer de peau, je ne dédaigne point, à l'occasion, de simuler un personnage. Tenez, dit-il, en ouvrant un grand coffre, vous avez là bon nombre de défroques dont il m'est arrivé de m'habiller pour surprendre la truanderie.

Quoi disant, il sortit du coffre d'un geste vif plusieurs de ces vêtures parmi lesquelles je reconnus, fort ébaudi, une soutane de prêtre.

— Ha, dis-je en riant, vous va-t-elle bien ?

— Tolérablement, dit-il, le difficile, de reste, n'étant pas la soutane, mais la mine qui la doit accompagner. Il faut craindre alors d'en faire trop ou trop peu.

— Monsieur, dis-je, peux-je vous poser question ?

— Oui-dà, dit-il avec un sourire, si du fait de mon état elle ne me trouve pas le bec cousu.

— Vous en jugerez ! Aux alentours de qui votre mouche volette-t-elle de présent ? Mme de Montpensier ? Mme de Nemours ? Ou Mme de Guise ?

— Monsieur, dit Lugoli avec un sourire des plus connivents, vous serez content de moi, j'espère, si je vous dis qu'alors même que je ne peux répondre à votre question, j'entends parfaitement bien pourquoi vous me la voulez poser...

Et à mon tour l'entendant fort bien, je lui contre-souris, parce qu'il m'en avait assez dit pour m'éclairer d'un doute qui m'avait assailli jusque-là, touchant si je devais dire ou non à Sa Majesté, quand je la verrai, ce qu'il en était de mon commerce avec la duchesse. Mais il allait de soi que si le roi, comme Lugoli venait de me le laisser entendre, connaissait jà mes liens avec Catherine, mon serment à Catherine ne me liait plus, du moins en ce qui le concernait.

J'en vins alors à la moelle de l'os et je dis à Lugoli que je me désolais fort de ce huis clos auquel M. d'O et M. de Cheverny, se fondant sur une interprétation très tendancieuse d'une lettre du roi, avaient quasi contraint le parlement.

— Mais, dit Lugoli, ne pouvez-vous pas dire à M. de Cheverny que le roi vous a donné mission de suivre les débats ?

— Je le pourrais, dis-je, si j'étais aussi sûr de ses sentiments que je le suis des vôtres. Mais, comme bien vous savez, le procès des jésuites partage la France en deux camps et étant assuré assez que M. de Cheverny n'est point du même parti que moi, je ne désire pas me découvrir à lui, et d'autant que le roi est neutre en cette affaire.

— Neutre ?

— En apparence, puisqu'il s'agit rien de moins que sa vie.

— Hélas, je le crois, dit Lugoli l'air soudain fort tracasseux. Depuis que j'ai arrêté Barrière à Melun, j'en suis même certain, pour ce que ce scélérat m'en a dit assez pour faire exiler le jésuite Varade, mais point le second jésuite qui avait monstrueusement communié le régicide pour donner cœur à sa meurtrerie. Et combien qu'il fût tout aussi criminel que Varade, celui-là est sain et sauf, se peut en Paris même, se peut au collège de Clermont, se peut même occupé à l'instant même où je parle à façonner une autre mariotte, dont il tirera les fils au moment opportun, et qui, prise, ne prononcera même pas son nom, tant il l'aura bien endoctrinée. Ha ! Siorac ! reprit-il, j'enrage ! Je préférerais mille fois affronter mille truands que ces assassinateurs zélés qui tuent au nom de Dieu ! Car de ceux-là, nous n'en verrons jamais le bout, tant que la secte qui les suscite n'aura pas vidé le royaume !

— Lugoli, dis-je (ayant observé que dans le feu de son indignation il m'avait appelé « Siorac » comme de prime je l'avais quis de lui), croyez-vous que le parlement la va condamner ?

— Ha ! le parlement, dit Lugoli, comme vous savez, après les Barricades, une partie a été rejoindre Henri Troisième à Tours. Et une partie est demeurée en Paris inclinant à la Ligue, et dans cette partie, quoiqu'elle soit maintenant ralliée au roi, les jésuites comptent de nombreux amis, avoués ou non. Que dis-je ? Ils en comptent aussi dans l'autre moitié !

— Celle de Tours !

— Oui-dà ! Et non des moindres ! Pour n'en citer que deux, l'avocat du roi Séguier. Et le procureur général La Guesle !

— La Guesle ! criai-je, incrédule. La Guesle qui tout innocemment amena Jacques Clément à Saint-Cloud et l'introduisit en la présence d'Henri Troisième en ce jour à jamais funeste ! Faut-il donc qu'il soit une deuxième fois aveugle !

— Il n'y a pas à s'étonner, dit Lugoli avec un sourire, que les jésuites aient tant de défenseurs. Ils ruissellent de talents, de vertus, de vaillance, de foi, d'abnégation, et seraient en bref tout à plein admirables, s'ils n'étaient dans le même temps des agents du roi d'Espagne. Mais Siorac, poursuivit-il (et il ne m'échappa pas qu'il prononçait mon nom d'une langue friande, comme s'il était félice de n'avoir pas à m'appeler Monsieur), un pensement me frappe : si vous ne pouvez assister aux débats du procès sous votre vraie face et visage, il suit de là que vous ne pouvez l'ouïr qu'en catimini.

— A savoir ?

— Sous une déguisure.

— Une déguisure ?

— Celle d'un sergent de la prévôté !

— Ventre Saint Antoine ! Mais on me reconnaîtra !

— Le chapeau bien rabattu sur l'œil, je gage bien que non ! Parmi ces membres du parlement si gonflés de leur importance, qui s'aviserait de jeter l'œil sur un petit sergent ? D'autant que je serai entouré d'une bonne trentaine d'entre eux pour rebuter et mettre hors du camp les seigneurs qui voudront se glisser dans l'enceinte de justice pour ouïr les plaidoyers.

— Cornedebœuf ! criai-je en riant. Et ils seraient repoussés par moi ! La farce en serait belle ! Toutefois, je crains d'être d'eux reconnu !

— Derechef, je vous gage que non ! Un sergent de la prévôté ne compte pas davantage pour eux qu'une escabelle ou une tapisserie. Voulez-vous en avoir le cœur net ? poursuivit-il avec un air des plus entendus, soyez demain céans à sept heures. Je vous trouverai une vêture de sergent à votre taille et je vous mènerai avec moi visiter des gens qui ne seront pas fort charmés de me voir. Venez, Siorac ! Venez, de grâce ! Je peux vous assurer que vous ne le regretterez point !

Ayant dit, il fit là-dessus tant de mines, de mimiques et de mystère, avec un œil et un sourire si connivents, qu'à la parfin j'y consentis, et d'autant qu'avant de me mettre au hasard de cette défroque en plein parlement, je trouvai bon d'en faire l'attentement sans courre tant de risques. Quant à Lugoli, il parut si content de mon acquiescement et me jura tant de fois en me raccompagnant à son huis que je ne serais pas déçu qu'il piqua excessivement ma curiosité et que je me demandai bien chez quelle extraordinaire sorte de truands il m'allait le lendemain conduire, pour qu'il en fît tant de façons.

Ma petite escorte m'attendait à la porte, car même pour aller de la rue Tirechape à la rue du Champ Fleuri (ce qui ne fait pas plus de vingt minutes de marche) c'eût été se mettre au hasard de sa vie que de cheminer seul à la nuitée, les mauvais garçons, le soleil couché, devenant maîtres du pavé de Paris. M'attendaient à la saillie devant l'huis de Lugoli Pissebœuf, Poussevent, Franz et le cocher Lachaise, ces deux derniers ayant aussi peu d'expérience du combat que les deux premiers l'avaient prou, mais que j'avais néanmoins choisis pour leur taille géantine, laquelle à mon opinion devait faire reculer les coquins les plus résolus, et d'autant que je les avais revêtus de cuirasses qui élargissaient leur carrure et sur lesquels les torches qu'ils brandissaient jetaient des reflets d'acier. Ainsi Pissebœuf, Poussevent et moi-même, l'épée d'une main et le pistolet de l'autre (en la guise que la cavalerie huguenote avait mise à la mode qui trotte), cheminions très à la piaffe au mitan de la rue (au risque de nous crotter) en faisant sonner haut et fort nos talons, précédés par Pantagruel et suivis par Gargantua. Lecteur, je t'assure que pour qui nous eût vu passer en aussi gaillard équipage la nuit, à la lueur des torches, son cœur serait devenu foie.

En revanche, c'est sans escorte le lendemain et quasiment à la pique du jour que je retournai rue Tirechape en mon pourpoint de buffle et mon plus mauvais chapeau car j'imaginais bien que si le prévôt épiait la Ligue, celle-ci devait contre-épier son logis.

Lugoli, qui me devait espérer quasiment derrière son huis, me l'ouvrit dès qu'il m'aguigna par son judas, et après une forte brassée, me prit par le bras et m'entraîna dans une chambre où je vis, étalée sur une coite, ma vêture de sergent de la prévôté, laquelle incontinent je revêtis, non sans grand ébaudissement et de moi et de lui, et non sans de sa part quelques avisés conseils.

— Siorac, me dit-il, quittez vos belles bagues et cachez vos mains sous des gants de futaine. Elles sont trop soignées pour ne vous trahir point. Otez aussi vos bottes et mettez celles-ci, plus rustiques. Quant à votre chapeau...

— C'est mon plus mauvais, dis-je.

— Toutefois, on sent qu'il a été fort beau. Mettez celui-ci qui est de feutre très commun, et d'un noir quelque peu pisseux. Nenni ! Nenni ! Ne le posez point de côté et à la cavalière. Cela sent trop son gentilhomme. Mais tout droit, à la rustaude, ce qui vous donne l'air un peu simplet d'un laboureur du plat pays. Et quand vous marchez, le pié en dehors et le pas lourd.

— Ha cela ! dis-je en riant, je le sais faire : je l'ai appris du temps où j'étais marchand-drapier.

— Cela va pour le pié, mais non point pour la bedondaine, laquelle chez le marchand se pointe en avant, l'épaule étant en arrière et le poitrail épanoui. Chez le sergent, qui d'ordinaire nous vient dret de son village, l'épaule se porte en avant comme pour pousser l'araire ou la charrue. De reste, mes sergents doivent être rendus de présent devant ma porte. Et je vous crois trop bon comédien pour ne point copier leur *habitus corporis* (1) à la perfection. Mais Siorac, reprit-il en jetant un œil à sa montre-horloge, il est temps d'aller, si je veux prendre nos oisillons au nid.

Et devant son huis, en effet, l'espérant d'un air patient et pesant, je vis six sergents de la prévôté qui n'avaient pour toute arme que l'épée au côté et que je considérai curieusement, afin que d'imiter leur allure pataude. J'observai aussi qu'ils avaient quasiment tous la face et le nez plus rouges que moi, ce qui, à mon sentiment, tenait plus à la dive bouteille qu'au soleil, et je me recommandai à moi-même d'user le jour du procès d'un peu de carmin sur ces parties afin de me faire plus semblable à eux.

— Siorac, dit Lugoli, cheminez de grâce à ma dextre et oyez-moi que j'éclaire votre lanterne en cette présente affaire. En juin 1590, pendant le siège, il fut ordonné par Nemours que pour les pauvres de Paris, on vendrait partie du trésor de Saint-Denis, et c'est ainsi que furent portés à la monnaie un grand crucifix d'or massif et une couronne d'or à peine moins pesante, desquels on tira un petit millier d'écus, maigre soulagement pour un peuple si nombreux. Toutefois, ladite couronne comportait de fort belles pierres qui dans le trajet — le croiriez-vous ? — disparurent, dont un fort grand et gros rubis d'une inestimable valeur, dont j'ai appris de source certaine

(1) Attitude du corps. (Lat.)

qu'il se trouvait en de certaines mains auxquelles j'ai le propos, en ce clair matin, de l'aller arracher.

— Et dans cette périlleuse entreprise, dis-je, béant, vous n'emmenez que cinq ou six sergents à peine armés ?

— C'est que les mains dont je parle, dit Lugoli en m'espinchant de côté avec un petit brillement de l'œil gaussant et entendu, ne sont pas armées, encore qu'elles soient redoutables. Mais, ajouta-t-il d'un air fort taquinant, je n'en dirai pas plus, avant que nous ne toquions à leur porte.

Ayant dit, il s'accoisa et comme au bout d'un moment je trouvais le chemin longuet, je lui dis :

— Et peux-je savoir, Lugoli, comment vous avez su que ledit rubis s'encontrait dans les mains que vous dites ?

— Pour ce que quatre ans après qu'il fut robé, ceux qui le détenaient l'ont voulu vendre hier à un joaillier du Pont au Change, lequel l'ayant examiné à la loupe le reconnut comme étant le rubis d'une des couronnes de Saint-Denis, le plus gros jamais vu en ce royaume. Il en offrit tout de gob un prix fort pansu, mais prétextant qu'il lui faudrait du temps pour assembler tant de pécunes, il remit le barguin à deux jours, fit suivre le quidam à son départir par son petit commis jusqu'au logis et me vint incontinent informer dudit logis, ne voulant point tremper, fût-ce du bout de l'orteil, dans des eaux si noirâtres.

— Mais, dis-je, si vous ne connaissez de ces truands que leur logis, comment savez-vous qu'ils ne sont pas armés ?

— Pour ce que leur logis n'était pas déconnu de moi, et dans une minute, Siorac, ne le sera pas non plus de vous. Nous approchons.

— Quoi ? Ces gueux habitent rue Saint-Jacques ? C'est beau quartier pour des truands !

— C'est qu'ils sont fort étoffés, dit Lugoli avec un petit sourire, et ils le seront à peine moins quand j'aurai repris le rubis. Nous y sommes, dit-il en s'arrêtant devant une belle porte de chêne.

— Nous y sommes ? criai-je, béant. Mais c'est le collège de Clermont !

— Là-même ! dit Lugoli en toquant au heurtoir avec

force contre l'huis. Ne vous ai-je pas dit que vous ne seriez pas déçu ?

Le judas se déclouit et Lugoli dit d'un ton abrupt et militaire :

— Tu me reconnais, portier. Je suis Pierre de Lugoli. Ouvre, je te prie, j'ai pris jour avec le révérend père Guéret.

L'huis s'ouvrit, et dans son aperture s'engouffrèrent Lugoli, moi-même et les six sergents, ce que voyant le portier, qui ne s'attendait pas à tant de visiteurs, il parut quelque peu suspicionneux et disant « je vais prévenir le révérend père Guéret » approcha la main d'une corde qui commandait une petite cloche, mais Lugoli arrêta son bras de la main senestre et lui mettant la pointe de sa dague sur la bedondaine, lui dit avec un sourire aimable :

— Ce n'est point nécessaire. Je connais les aîtres.

Après quoi, sur un signe de lui, deux sergents, beaucoup moins aimablement, se saisirent du portier, lui mirent un bâillon sur la bouche, l'adossèrent à une colonne et derrière elle lui lièrent les mains. Sur un autre signe, un des sergents repoussa le judas, reverrouilla l'huis et, l'épée à la main, demeura à côté du portier pour garder, j'imagine, qu'on le vînt délivrer derrière notre dos. Tout cela étant fait fort vivement, sans donner de la voix, Lugoli nous ordonna de la main de le suivre.

— A cette heure, me dit-il *sotto voce*, les bons pères jésuites sont au réfectoire, et nous allons leur souhaiter bonne pitance et digestion.

Lugoli n'irrupta pas dans le réfectoire. Il y pénétra avec un sourire poli et le chapeau à la main, tandis que ses sergents, avec célérité, mais sans courir, allèrent se poster devant les deux portes et les fenêtres.

— Mes Révérends Pères, dit Lugoli avec un salut, je suis au désespoir de troubler votre collation, mais ayant appris hier de source certaine que vous étiez en possession d'un gros rubis appartenant à celle des couronnes de Saint-Denis qui fut portée à la monnaie en 1590 sur le commandement de M. le duc de Nemours, je suis venu céans quérir de vous de le restituer, cette pierre appartenant au patrimoine de nos rois.

Cette déclaration fut accueillie par un profond silence et sans qu'aucun des pères branlât sur son banc ou même levât l'œil de dessus son écuelle. A mon sentiment, ils étaient environ une trentaine autour de la longue table conventuelle, les uns chauves, les autres chevelus, mais nul d'entre eux tonsuré à la façon des moines et portant tous la soutane comme des prêtres.

— Mes Révérends Pères, m'avez-vous ouï ? dit Lugoli, toujours d'un ton aussi poli, mais avec un petit coup de fouet dans la voix.

— Monsieur, dit un des pères qui, assis au bout de la table, paraissait la présider, votre démarche me surprend assez et j'aimerais savoir de votre bouche si M. d'O en est informé.

— M. le Gouverneur de Paris, dit Lugoli sur le ton du plus grand respect, mais une petite lueur passant dans son œil bleu qui ne me parut pas des plus bénignes, n'a pas eu à en connaître. Je reçois mes commandements du roi. Mes Révérends Pères, reprit-il au bout d'un moment, j'attends votre bon plaisir.

A cela, le père qui avait jà parlé ne répondit ni mot ni miette, mais poursuivit sa repue comme si Lugoli, tout soudain, était devenu transparent. Ce père dont j'appris plus tard qu'il s'appelait Guéret, avait une tête fort belle, longue et fine, les yeux profondément enfoncés dans les orbites et un grand front.

— Touchant ce rubis, dit tout d'un coup un des pères d'une voix rude, nous ne savons pas seulement de quoi vous parlez.

Cette remarque parut donner quelque mésaise au père Guéret qui jeta audit père un œil mécontent et pinça les lèvres.

— En ce cas, mes Révérends Pères, dit Lugoli, force va m'être de vous consigner céans et de fouiller vos cellules une à une.

Encore que les pères s'appliquassent à rester quiets, cois et imperscrutables, l'œil baissé et la face penchée sur leur écuelle, il me sembla discerner en eux comme un frémissement à ces mots, et Lugoli le dut sentir aussi, car loin de briser le premier le silence comme il avait fait jusque-là, il le laissa durer. Et il n'erra point, car après une bonne minute de cette attente — minute qui est courte sur le papier, mais qui me parut longue, vécue dans la tension qui régnait entre les religieux et nous — un des pères, levant le nez, parla ; j'appris plus tard qui c'était dans un prédicament fort dramatique pour lui où sa mauvaise fortune, pourtant bien méritée, ne me laissa pas impiteux, maugré la mauvaise dent que je lui gardais pour avoir tenté de m'estranger de ma jolie duchesse. Ledit jésuite — Guignard, pour l'appeler par son nom — était fort noir de poil et de peau, le teint si bistre qu'il paraissait presque mauresque, l'œil sombre, brillant et plein d'esprit, les traits forts, la physionomie lourde, mais sans rien de bas dans la mine.

— Monsieur le Prévôt, dit-il d'une voix basse et mélodieuse, après avoir consulté de l'œil le père Guéret, celui d'entre nous qui vient de parler n'a péché que par ignorance. Il ne s'encontrait point parmi nous en 1590, quand notre compagnie a acquis, sans en connaître la provenance, un rubis, d'une dame qui se disait veuve, chargée d'enfants et tout à plein impécunieuse. Le barguin que nous avons fait alors s'inspirait d'une intention charitable et notre bonne foi en cette affaire ne saurait être récusée.

— Aussi ne la récusè-je point, dit Lugoli avec sa froidureuse et méticuleuse politesse. Elle a été surprise. Mais dès lors que vous apprenez de ma bouche l'origine indubitable du rubis, vous ne pouvez le garder par-devers vous sans tomber sous le coup de l'Edit de François Ier du 29 janvier 1534 touchant les réceptateurs et recelateurs, lesquels seront, selon l'Edit, frappés des mêmes peines que les larrons et voleurs, s'ils se refusent à la restitution des biens volés.

Le silence qui suivit ces paroles — d'autant plus menaçantes qu'elles étaient articulées d'une voix plus mesurée — me parut des plus lourds. Et à quelque involontaire contraction qui exagitait l'immobilité des religieux, je vis bien qu'ils étaient sur le chemin de perdre le sentiment de leur immunité, et d'autant que l'annonce d'un second procès touchant le célèbre rubis ne serait pas sans influencer défavorablement l'issue du proche huis clos.

— Monsieur le Prévôt, dit le père Guéret, sa belle et noble tête penchée un peu sur le côté, si bien je me ramentois, notre compagnie a payé ce rubis cinq mille écus, et il me paraîtrait équitable que, l'ayant acquis de bonne foi, nous soyons, par M. d'O, remboursés sur les finances de Sa Majesté de ce débours, dès l'instant que nous nous dessaisirions de la pierre.

— Mon Révérend Père, dit Lugoli sans se départir de sa politesse, celui de votre compagnie qui fit ce barguin avec la veuve que vous avez dite fut bien naïf de ne pas s'enquérir plus sérieusement de l'origine de ce rubis, le plus gros qu'on ait jamais vu, mais en revanche, il se montra fort habile en le payant le quart de sa valeur. Vous pâtissez meshui et de cette simplicité et de cette adresse, l'une et l'autre excessives. Si M. d'O consent à vous rembourser vos débours, c'est affaire à lui. C'est affaire aussi à Sa Majesté, qui se peut se fera tirer l'oreille pour racheter son bien. Mais quoi que l'un ou l'autre ultérieurement décide, ce rubis doit m'être dans l'instant remis.

Ces paroles du prévôt, comme toutes celles qui les avaient précédées, produisirent le même effet : le silence. Et rien, à y réfléchir plus outre, n'était plus impressionnant que l'accoisement obstiné de cette trentaine d'hommes qui, le nez sur leur frugale écuelle, tendaient le dos sous l'orage, assurés qu'ils étaient qu'il passerait, et que leurs passagers échecs ne faisaient que paver la voie du triomphe futur de leur cause, lequel était certain, puisqu'ils servaient Dieu. Mesuré à cette aune, rien ne comptait vraiment, ni le martyre de leurs pères aux Indes, ni le supplice du jésuite Ballard à Londres ni l'exil du jésuite Varade — ni même la perte de ce rubis, bien petite addition aux immenses richesses qu'ils avaient amassées, non certes pour leur personnelle usance, leur vie étant si dénudée, mais pour servir à l'accomplissement de leur planétal dessein : le raclement de toute hérésie dans le monde, qu'elle fût païenne ou protestante.

Dans ce silence il m'apparut alors à l'évidence que le père Guéret était le capitaine de ces soldats du Christ, pour ce que dans leur silence, leurs yeux, fixés obstinément sur leurs écuelles, glissaient quand et quand vers sa face à la dérobée, comme pour attendre de son habileté un dernier recours. En quoi, ils ne furent pas déçus.

— Monsieur le Prévôt, dit le père Guéret, sa tête penchée sur le côté et parlant d'une voix douce, notre communauté ne peut décider de la cession d'un de ses biens sans qu'il en soit délibéré et débattu par l'ensemble de ses membres. Or nos pères ne sont pas tous présents, tant s'en faut. D'aucuns sont en mission. D'autres prêchent dans les provinces. D'autres enfin demeurent dans notre maison des champs. Nous devons donc commencer par les assembler, ce qui prendra bien quinze jours.

Et dans quinze jours, m'apensai-je, prodigieusement ébaudi par l'astuce de cet atermoiement, ou bien le parlement aura condamné les jésuites et ils auront pris le chemin de l'exil — avec le rubis — ou bien le parlement les aura faits blancs comme neige, et le rubis se sera dissipé en fumée dans le brouillard de leur innocence.

Je vis à une petite lueur dans l'œil de Lugoli qu'il avait parfaitement entendu le qu'est-ce et le pourquoi de ce délaiement et aussi que sa patience était au bout de sa chaîne, et que celle-là allait rompre.

— Mon Révérend Père, dit-il d'une voix plus décisoire et plus rude, si vous avez besoin d'une assemblée de tous les vôtres pour la restitution — je dis bien la restitution, et non la cession — d'un bien appartenant à la Couronne, je vais vous y aider en vous serrant sur l'heure, tous et un chacun à la Bastille. Après quoi je saurai bien rameuter vos pères dispersés dans les provinces et les mettre avec vous afin que de vous permettre de tenir votre assemblée.

— Monsieur le Prévôt, dit alors le père Guéret comme indigné, vous nous tyrannisez !

— Nenni, nenni, mon Révérend Père, dit Lugoli avec un salut, je remplis les devoirs de ma charge et croyez bien qu'en cette occasion, ils me mettent au désespoir.

Toutefois, ce sentiment n'apparut pas sur sa face, quand le père Guéret ayant fait un signe à Guignard, celui-ci quitta la pièce et revint une minute plus tard portant un petit sac de jute, grossier assez, fermé par une aiguillette. Lugoli l'ouvrit, y plongea la main, et en retira le rubis qu'il tint à la lumière entre le pouce et l'index et qui me parut, en effet, d'une belle couleur cramoisie et d'une émerveillable grosseur. Toutefois,

Lugoli ne s'attarda pas à cette contemplation, mais comme à l'accoutumée, bref, vif et expéditif, il dit aux jésuites avec un petit salut :

— Mes Révérends Pères, le roi sera content de vous.

A quoi, sans rien répondre ils baillèrent le nez, la crête fort rabattue et la mine excessivement chagrine, comme si ce rubis emportait dans ses transparentes facettes tout le sang de leur cœur.

Le portier délié et une fois hors, nous courûmes jusqu'au Pont au Change où Lugoli, tirant le joaillier à part, lui mit le rubis en main pour qu'il acertainât que c'était bien le bon.

— Ha ! Monsieur le Prévôt ! dit l'homme en le lui rendant avec regret, cette pierre est inimitable, et pour moi, ajouta-t-il avec un sourire, je l'eusse payée...

— Rubis sur l'ongle, dit Lugoli en riant.

— Mon cher Lugoli, dis-je dès que nous fûmes hors, à qui allez-vous remettre ce joyau en l'absence du roi ?

— C'est bien là le point qui me poigne, dit Lugoli, car je vous avouerais que de le sentir dans mon pourpoint me brûle la poitrine et que j'aspire au plus vite à m'en défaire. A qui opinez-vous que je le doive confier ?

— Je ne sais, dis-je en cheminant à son côté et ayant quelque peine à le suivre, tant il hâtait le pas. La logique voudrait que ce soit à M. d'O, puisqu'il a la charge des finances du roi.

— M. d'O, dit Lugoli avec une grimace, pâtit jà de sa vessie. Je ne voudrais pas qu'il souffre, en plus, de la pierre...

A quoi nous rîmes.

— Et vous n'ignorez pas, poursuivit-il, que beaucoup entre dans les poches de M. d'O, mais que bien peu en ressort pour le service du roi.

— Eh bien ! dis-je, riant toujours. Que pensez-vous du chancelier Cheverny ? On le dit honnête homme.

— Il l'est, mais il est aussi l'amant de la tante de Gabrielle.

— Quel est le mal ?

— Aucun, mais cuidez-vous qu'il pourra cacher à sa maîtresse qu'il est en possession du plus gros rubis du monde ? Et cuidez-vous que ladite maîtresse ne le dira pas à sa nièce Gabrielle ? Et cuidez-vous que la belle

Gabrielle, pour le posséder, n'ira pas faire, jour et nuit — surtout la nuit —, le siège du roi ? Vramy ! Le siège de Laon ne sera plus que gausserie en comparaison ! Or, Siorac, pour vous parler à la franche marguerite, je n'ai pas arraché ce joyau aux soutanes des jésuites pour qu'il aille orner le tétin d'une favorite.

— Tant beau il est.

— De quoi parlez-vous ? du rubis ou du tétin ?

— Des deux.

— Voire ! Qui sait comme se tient un tétin, quand on le dérobe de sa basquine ?

— Lugoli, dis-je, vous êtes de gaillarde humeur. Loin de vous brûler le poitrail, je croirais que le rubis vous le chauffe.

— Il me chauffe et il me brûle ! Tudieu ! En quelles mains le confier, avant que le roi retourne en sa capitale ?

7

PIERRE de Lugoli confia le rubis de la Couronne au président du parlement, Augustin de Thou, dont on pouvait être assuré qu'un dépôt placé en ses mains ne s'égarerait mie dans les poches de son pourpoint, ni ne ferait retour dans les soutanes des jésuites, ni ne viendrait à parer la gorge d'une belle, De Thou n'étant ni chiche-face, ni ami des jésuites, ni mari infidèle ; au demeurant, grand honnête homme, ayant le sentiment des intérêts de l'Etat, et adamantinement loyal au roi. En un mot, un Français à la vieille française, et non point un de ces Français espagnolisés et papisés, comme nous en comptons tant parmi nous, même à ce jour, maugré les défaites répétées de la Ligue.

Le procès à huis clos des jésuites vint le 12 juillet 1594 devant le parlement et, dans ma déguisure de sergent de la prévôté, je fus un de ceux qui eurent la tâche de bouter hors d'aucuns gentilshommes de Cour qui n'auraient jamais rêvé d'assister à un tel débat, s'il avait été public, mais qui, du moment qu'il ne l'était pas, se fussent tenus pour offensés de n'attenter point de forcer les portes. Ce qu'ils firent au nombre d'une trentaine au moins, que les sergents et moi eurent toutes les peines du monde à refouler, recevant, de leur part, ce faisant, des paroles tant sales que fâcheuses, étant traités de « coquins », de « faquins », de « marauds », de « vaunéants » ou « d'excréments » sans compter de furieuses menaces de nous couper les oreilles, de nous mettre le pié de par le cul et de nous escouiller : injures auxquelles nous ne répondîmes ni mot ni miette, tandis que, poitrine contre poitrine, nous les poussions hors sans ménagement aucun, le piquant de la chose étant qu'à un moment, je me trouvai nez à nez ou plutôt poitrail à poitrail contre mon beau-frère Quéribus, lequel me chantait horriblement pouilles sans me reconnaître du tout, et auquel, dans notre frottis et chamaillis, indigné de sa conduite, j'arrachai en catimini un bouton de son pourpoint, sachant que rien ne se pouvait l'affecter davantage que cette perte. Ce bouton, lecteur, était une perle ovale sertie dans un cercle d'argent, laquelle je lui rendis le lendemain en le mercurialisant sur sa dévergognée conduite.

L'huis étant enfin clos sur ces fâcheux, le procès commença par un discours en latin du recteur de l'Université, Jacques d'Amboise, qui fut peu écouté, non que le latin fût déconnu par les membres du parlement, mais outre qu'il était contraire à l'usage courant de l'employer dans cette enceinte, on attendait trop avidement la plaidoirie d'Antoine Arnauld pour prêter ouïe aux disquisitions du recteur, lequel, d'ailleurs, quoiqu'il attaquât les jésuites, attaquait plus durement encore ceux de ses collègues de l'Université qui avaient pris position pour eux.

— Ceux-là, dit le recteur sur un ton de déprisement infini, sont des transfuges qui sont au milieu de nous, sans mériter que nous les regardions comme étant des nôtres.

A la parfin, Antoine Arnauld se leva et l'Assemblée, qui pendant le discours du recteur avait été inattentive et dispersée en particulières jaseries, tout soudain s'accoisa, l'oreille dressée, et l'œil collé à l'orateur, lequel, non seulement jouissait ès parlement d'une grande réputation, mais en outre, se trouvait, pour ainsi parler, comme l'un des leurs, étant un greffon auvergnat d'une famille de bonne bourgeoisie parisienne de robe, et à ce titre comme en son titre propre, reluisant des vertus et talents dont cet ordre s'enorgueillissait. En outre, son physique, de soi seul, commandait l'attention et quand il se dressa dans ses longues robes d'avocat, je le trouvai tout aussi large qu'en son cabinet, mais plus grand, tandis que son œil noir me parut jeter plus de flammes, et sa voix jaillir plus forte de ses lèvres. Avant, de reste, qu'il ouvrît la bouche, il demeura quelques secondes immobile et la face imperscrutable, attendant que le silence achevât de s'établir, et dans cette immobilité, il donna une telle impression d'inattaquable solidité qu'il me parut que Fogacer n'avait pas erré, quand il avait dit de lui, en notre entretien, qu'Antoine Arnauld « était taillé dans ce basalte d'Auvergne dont on empierre les routes ».

Tout a été dit sur cette célèbre plaidoirie — ou devrais-je dire plutôt réquisitoire — et je ne vais pas lasser le lecteur en le reproduisant tout au long en ces Mémoires, où j'aime à galoper, et non à trotter à l'amble, comme les haquenées de nos dames. De reste, l'auteur ayant pris soin de publier la harangue dès qu'il l'eut prononcée, afin que de détruire les effets d'un détestable huis clos machiné par d'O et Cheverny, en l'absence du roi, je ne sache pas qu'il soit nécessaire de la reproduire en ces pages. Du moins peux-je dire céans l'impression qu'elle fit sur les juges et sur moi, et qui ne fut point tout à fait la même. Car je vis bien que ceux-là, qui étaient orfèvres en rhétorique, étaient à ce point transportés d'aise par l'éloquence vaticinante d'Arnauld qu'ils étaient, pour ainsi parler, soulevés sur leurs sièges par l'enthousiasme, tandis que par les regards, les mimiques et les signes qu'ils échangeaient entre eux, ils communiaient dans une admiration qui, du fait même de cette communion, devenait à chaque instant plus passionnée.

Pour moi, qui, songeant avant tout à l'utilité, voyais les choses plus froidement, j'aimais ce que disait l'orateur davantage que son style. Assurément, me disais-je en l'oyant, c'est là un avocat de très grand et très industrieux talent, nourri en latin dès ses maillots et enfances, et connaissant les plaidoiries de Cicéron sur le bout des doigts. Ici, il imite la harangue contre Rullus, là encore sa philippique contre Verres. Il multiplie l'apostrophe, l'hyperbole, la métaphore. Parlant des jésuites il les appelle « ces trompettes de guerre, ces flambeaux de sédition, ces vents turbulents qui n'ont d'autre travail que d'orager et tempêter continuellement le calme de la France ». Pour moi, belle lectrice, je dois ici vous confesser que j'eusse à la place d'Arnauld sacrifié les *trompettes* et les *flambeaux*, les vents suffisant à l'orage...

Toutefois, je trouvais notre avocat plus persuasif et aussi plus ébaudissant dans l'ironie mordante et le sarcasme : « Les jésuites, dit-il (je cite de mémoire), ne sont pas venus en France à enseignes déployées. Ils eussent été aussitôt étouffés que nés. Mais ils sont venus se loger en notre université en petites chambrettes, où ayant longtemps renardé et épié, ils ont reçu des lettres de recommandation de Rome pour ceux qui étaient grands et favorisés en France, et qui voulaient avoir crédit et honneur dans Rome, et telles sortes de gens ont toujours été fort à craindre pour les affaires de ce royaume. (Je fus ravi, lecteur, pour ne te rien celer, de ce coup de patte, en passant, au duc de Nevers, au duc d'Epernon, à M. d'O, à Cheverny et autres jésuitophiles : trait d'une rare audace chez un bourgeois de robe d'attaquer, fût-ce sans les nommer, ces hauts seigneurs).

Arnauld trouva aussi des expressions très fortes pour dénoncer l'emprise des jésuites sur les jeunes, s'étonnant de prime que « les Français aient connu le temps où celui qui ne faisait étudier ses enfants sous les jésuites n'était pas estimé " bon catholique ", et toutefois qu'est-ce que les jésuites enseignaient à ces enfants, sinon à désirer et à souhaiter la mort de leurs rois, profitant du fait que l'enfance boit l'erreur en même temps que le premier lait (*puerorum infantia primo errorem cum lacte bibit*) et ne lui donnant leurs poisons qu'enveloppés de miel (*nisi melle circumlita*(». « Rien, poursuivit Arnauld, n'est si aisé que d'imprimer en ces esprits faibles telle affection qu'on veut. Rien de plus difficile que de l'en arracher. » Paroles qui, lorsque je m'en ramentus au moment de l'attentement du jeune Chatel contre la vie du roi, firent dans mon esprit un effet singulier.

Quant à l'avidité aux biens terrestres prêtée communément aux jésuites, Arnauld, dédaignant de parler du rubis de la Couronne (qui était la fable de la ville et de la Cour), satirisa en peu de mots l'adresse desdits religieux à happer au vol legs et donations. Dans cet ordre, dit-il « Rien n'en sort et tout y entre — et *ab intestat* (1) et par les testaments, lesquels ils captent tous les jours, mettant d'un côté l'effroi de l'Enfer en ces esprits proches de la mort et de l'autre proposant le paradis ouvert à ceux qui donnent à la Société de Jésus... »

Arnauld fit ensuite observer aux juges que l'Université ne demandait pas la mort du pécheur, mais seulement son département, et il ironisa sur la légèreté de la peine : « Quand vous vous lèverez, Messieurs, pour opiner, souvenez-vous combien sera douce la peine de l'exil à ceux qui ont tant de richesses en Espagne, en Italie et aux Indes. »

Cette allusion aux Indes (2) fit sourire, pour ce qu'on n'ignorait pas que les jésuites, mêlés aux conquistadores, n'étaient pas les derniers à saisir les pauvres Indiens par les pieds et à les secouer, la tête en bas, jusqu'à ce qu'ils eussent raqué leur or.

Quand il vint voir sa Lisette le lendemain chez moi, Pierre de L'Etoile fit sa lippe sur cette plaidoirie du Maître Antoine Arnauld, laquelle il trouva « violente en toutes ses parties », ajoutant que si l'avocat y eût apporté plus de modération et moins de passion, elle eût été trouvée meilleure de ceux mêmes qui, comme lui, n'aimaient pas les jésuites « et les souhaitaient tous aux Indes à convertir les infidèles ».

Je le dis tout dret et tout net : je ne partage pas cette opinion. Ce que je n'aimai point dans le réquisitoire d'Arnauld fut tout justement l'aspect par lequel il ravit le parlement : l'enflure et la rhétorique. Mais quant à la *modération* que L'Etoile lui recommandait, je me demande bien comment il eût été possible de parler *modérément* d'une secte qui voulait la mort d'un roi qui avait bouté l'Espagnol hors de France et travaillait à ramener parmi nous la paix civile et religieuse.

Je trouvai, quant à moi, la péroraison d'Antoine Arnauld en tous points admirable. Quelques mois plus tard, je la trouvais prophétique et meshui, hélas, je ne peux la relire sans qu'un frisson me courre le long de l'échine et me fasse trémuler.

S'adressant à Henri IV, comme s'il eût été présent

(1) Se dit d'une succession qui s'ouvre sans testament. (Lat.)
(2) Nom qu'on donnait alors aux Amériques (note de l'auteur).

dans l'enceinte où se poursuivaient les débats, il lui dit :

— Sire, c'est trop endurer ces traîtres, ces assassins au milieu de votre royaume... L'Espagnol vous est un ennemi patient et opiniâtre qui ne quittera jamais qu'avec la vie ses espérances et ses desseins sur votre Etat. Tous ses autres artifices ont failli, ou se sont trouvés trop faibles. Il ne lui reste donc plus que son dernier remède, qui est de vous faire assassiner par ses jésuites... Or, Sire, il vous reste assez d'ennemis découverts à combattre en France, en Flandres et en Espagne. Défendez vos flancs contre ces assassins domestiques ! Pourvu que vous les éloigniez, nous ne craignons pas le reste ! Mais si on les laisse parmi nous, ils pourront toujours vous envoyer des meurtriers qu'ils confesseront, qu'ils communieront comme Barrière, et nous, Sire, nous ne pourrons pas toujours veiller... »

— Moussu, dit M. de La Surie quand je lui eus dit ma ratelée de cette enflammée diatribe d'Antoine Arnauld, comment se défendirent les jésuites ?

— En toute benoîte humilité. Ils étaient, dirent-ils, disposés à prêter serment de fidélité au roi comme à leur prince naturel et légitime. Ils se conformeraient à l'avenir aux règlements de l'Université. Ils ne se mêleraient plus des affaires publiques.

— Les bons apôtres !

— Quant au passé, il n'était pas juste, dirent-ils, que tout un corps soit puni pour la faute d'un seul.

— Désignant par là le père Varade ?

— Oui-dà ! Lequel selon ce défenseur n'avait mie conseillé à Barrière de tuer le roi.

— Tiens donc ! dit Miroul et pourquoi ledit Varade n'a-t-il pas averti le roi des sanguinaires projets de Barrière ?

— La raison en est belle : le père Varade, jugeant à son visage, regard, geste et parole que Barrière était égaré de son sens, ne prit pas pied et fondement à ses paroles, et l'envoya se confesser à un autre jésuite pour se défaire de lui.

— Adonc, parce qu'il était fou, il n'était pas dangereux ! Etrange raisonnement !

— Et qui en mon opinion parut tel à la Cour.

— Vous opinez donc que le parlement va décider leur exil des jésuites ?

— Oui, je le crois, mon Miroul, et j'en serais immensément soulagé, car plus je les ai étudiés, et plus ces gens m'ont paru redoutables. Ils continuent en leurs écoles à semer le grain du régicide et à attendre patiemment qu'il germe.

— Mais Moussu, qu'avez-vous ?

— Ha ! Miroul ! Depuis que M. de Rosny m'a mis sur le chemin de cette enquête, je me désommeille quasiment toutes les nuits, le corps en eau et le cœur me toquant comme fol. Je vois comme je te vois un autre Clément ou un autre Barrière poignarder le roi, et le royaume tout aussitôt replongé dans cet océan de massacres et de guerres civiles où nous voilà depuis un demi-siècle, et dont nous émergeons à peine.

— J'y songe aussi, dit Miroul en baissant la crête, et la pensée ne m'en ravit pas. N'est-ce pas étrange que la fortune et le bon heur d'un grand peuple tienne à la vie d'un homme, laquelle est si fragile qu'une balle de mousquet à la guerre, ou un cotel en Paris peut tout de gob en couper le fil ?

Le procès en le parlement m'avait tenu deux grands jours éloigné de ma jolie duchesse et dès que les juges eurent mis en délibéré, je courus à son petit cabinet et m'étonnai, comme à chaque fois qu'elle m'espérait, de la voir habillée de cap à pié de ses plus beaux affiquets et parée de ses plus beaux joyaux, puisque enfin il était clair qu'elle ne s'était robée que pour que je la dérobe. Mais j'imagine qu'elle aimait chaque phase de cette habitude : Et le vêtir et le paraître à mes yeux éblouis, et le dévêtir.

— Ha ! mon Pierre ! me dit-elle avec une moue des plus taquines tandis que je lui servais de chambrière (tâche à laquelle, pour parler franc, je n'étais pas rebelute), vous me délaissez ! Deux jours ! Deux grands jours sans me voir ! Un jour de plus et vous tombiez dans la gibecière de mes oublis !

— Cela, Mamie, je le décrois.

— Voyez-vous le grand piaffeur ! dit-elle en me donnant sur le nez une petite tape.

— Mamie, je ne piaffe point. Je juge de votre cœur par le mien.

— Voilà enfin qui est galant ! dit-elle avec un petit rire. Toutefois, pendant deux jours vous avez préféré la compagnie de ces juges bedondainants à la mienne.

— Mon ange, je servais le roi.

— Et quand me servez-vous, moi ?

— Meshui. Et de grâce, mon ange, cessez vos battures et frappements. Comment peux-je, criblé de coups, défaire ces innumérables boutons, si petits qu'il y faudrait des ongles.

— C'est votre punition. Voilà comme je vous aime : à mes piés et trémulant d'impatience !

— Je ne suis pas à vos piés, mais de présent, vos boutons déboutonnés, derrière votre dos à délacer votre basquine, et du diable si j'entends pourquoi il faut tant de nœuds à ce cordon : un seul suffirait.

— Ce sont là des mystères féminins qui échappent au grossier entendement des hommes. Mon Pierre, hâtez-vous de grâce. Cette basquine m'étouffe.

— Elle ne vous étouffait pas, quand on vous y a ligotée.

— C'est que je ne pensais alors qu'à être belle.

— Et dès lors avez-vous un autre pensement ?

— Oui-dà ! Ne le pouvez-vous deviner ?

La basquine ôtée et le dernier cotillon à ses mignons piés tombé, le dialogue cessa et avec lui toute possibilité de conversation utile. Pour moi, je le confesse, j'aime ma petite duchesse quand elle s'encontre joyeuse. Je l'aime quand une traverse l'encolère. J'aime qu'elle passe d'une minute à l'autre de la gaîté à l'ire — selon sa capricieuse humeur. Et bien me ramentois-je que ce jour-là, nos tumultes apaisés, comme je quérais d'elle ce qu'il en était des négociations entre les envoyés du roi et ceux de son fils Charles avec le trône, elle sourcilla fort, serra ses menottes blanches, crispa ses petits poings et hucha :

— Rien n'en vaut ! Rien n'en vaut ! Du côté de mon fils Charles, vous avez Rochette et Péricard, qui sont bons hommes en diable. Mais du côté du roi, vous avez trois des plus grands vaunéants de la création !

— Et quels sont-ils, mamie ?

Elle me les nomma, mais plaise à toi, lecteur, de me

pardonner de ne point céans répéter leurs noms, pour ce qu'ils vivent encore et sont trop honorables pour qu'ils taillent en mes pages la ridicule figure que ma petite duchesse leur graffigna en son discours, lequel elle poursuivit, de prime fort fâchée, et ensuite amusée elle-même, et à demi riant, de la comédie qu'elle me donnait. Car lui ayant demandé pourquoi elle montrait si mauvaise dent contre ces « vaunéants », elle se leva de sa coite, et nue qu'elle était, elle se mit à marcher qui-cy qui-là dans la chambre, en mimant et imitant les malheureux objets de son courroux.

— Ha, dit-elle, mon Pierre, nous ne conclurons jamais rien avec ces trois-là ! Il n'y en pas un pour racheter l'autre tant ils sont mauvais, chacun à sa particulière guise. L'un, à chaque demande de mon fils que Péricard et Rochette transmettent, fait la moue et hausse les épaules d'un air important sans rien dire d'autre que *C'est à voir !* ou *C'est à y regarder de près* ou *A faire autrement on pourrait mieux faire !*.

A quoi je ris, tant je la trouvais drolette, elle qui était si petite et si rondelette, de contrefaire — et en l'appareil où elle s'encontrait — le pompeux personnage que bien je connaissais.

— Ha ! Mamie, dis-je, m'esbouffant toujours, poursuis, je te prie, poursuis ! Qu'en est-il du deuxième ?

— Pis ! Le deuxième, lui, jase interminablement sans que personne ni lui-même entende ce qu'il veut dire. Il répéterait cent fois « abracadabra » qu'on n'en serait pas plus éclairé.

Et prenant l'air grave et profond, la crête haute et le sourcil levé, ma petite duchesse, toujours marchant qui-cy qui-là dans la pièce répéta « Abracadabra, Abracadabra » sur tous les tons une douzaine de fois.

— Et le troisième ? dis-je, toujours riant.

— Ha ! celui-là ! dit-elle, c'est le furieux ! La babine retroussée ! Le poil hérissé, à'steure grondant du fond de son gargamel, à'steure aboyant comme un dogue allemand ! N'oubliez mie, répéta-t-il à Rochette et Péricard, n'oubliez mie que votre duc et vous êtes des rebelles et des maillotiniers ! De mauvais Français ! Des Espagnols ! Qu'on ne devrait pas seulement parler à vous, whouf ! whouf ! Que nous ne vous devons rien du tout, pas un sol ! pas une charge ! et pas un governorat ! Que vous devriez vous tenir heureux que le roi vous reçoive à merci, ou que même, whouf, whouf, il vous accorde la vie sauve !

— Ha ! Mamie ! criai-je, riant enfin, vous m'avez trop ébaudi ! Revenez céans sans tant languir. Votre coite s'ennuie de vous.

Elle fut dans mes bras en un battement de cil et si chagrine et dépite qu'elle fût des remises et délaiements de cette négociation dont dépendait la fortune de sa maison, elle se mit à rire au bec au bec avec moi, tant elle s'était prise au petit jeu de ses satiriques portraits et se trouvait contente de m'en avoir égayé.

— Mon ange, dis-je, « à y regarder de près », comme dirait le premier de vos trois « vaunéants », il m'apparaît que la difficulté tient soit aux demandes de Monsieur votre fils qui, se peut, comme je vous l'ai dit, sont tenues pour excessives, soit à quelque sournois et malicieux mauvais vouloir des négociateurs du roi.

— Ce que je crois plutôt, dit-elle avec fougue.

— Mon ange, dis-je, vous avez une façon très sûre de vous en assurer.

— Laquelle ?

— Dès que le roi sera de retour en Paris, jetez-vous à ses piés, arrosez ses mains de vos larmes, jouez-lui la petite comédie que voilà sur les trois « vaunéants » et demandez-lui un autre de ses serviteurs pour mener à son côté la négociation.

— Ha ! dit-elle en battant des mains, mais toi, par exemple ! mon Pierre, toi !

— Nenni ! Nenni ! Nenni ! dis-je en cachant sous ce triple « nenni » le plus vif embarras. Cela ne se peut, mon ange ! Ni Henri III ni Henri IV ne m'ont jamais confié des missions de cette farine, en toute apparence parce que je n'ai pas le talent qu'il y faut. Dans la réalité des choses, poursuivis-je hâtivement, je pensais à quelqu'un d'autre qui vous touche d'aussi près que moi, bien qu'en tout autre manière.

— Et quel est celui-là ? dit-elle, sa curiosité fort piquée, comme bien j'y comptais, de reste.

— Mais M. de Rosny, dis-je. Cela va de soi !

— Rosny ! dit-elle, levant haut les sourcils. Et pourquoi Rosny ?

— Pour ce qu'il est votre parent et qu'il vous aime.

— Cela est bien vrai, dit-elle avec sa douce, naïve et coutumière bonne foi, en fichant dans le mien son œil azuréen.

— En outre, dis-je, le roi a toute fiance en lui, pour ce qu'il sait bien que Rosny, vous aimant prou, ne refusera rien à votre maison, hormis, poursuivis-je avec prudence, les choses impossibles ou trop dommageables à son Etat.

— Ha ! mon Pierre ! dit-elle, vous me redonnez espoir et vie, au rebours de ce méchant père Guignard qui ne faillit pas une occasion de me répéter qu'il n'y a rien à attendre d'Henri Quatrième sauf...

— Sauf, dis-je en serrant les dents, l'exil pour lui et ses semblables.

— C'est ce qu'il décroit, dit Catherine.

— Mamie, que dites-vous ? Il le décroit ! Après ce procès !

— C'est qu'il n'en a pas du tout la crête rabattue, dit-elle. Tout le rebours ! Il porte dans la tempête un front très assuré et m'a dit, ce matin, parlant à ma personne, que sa compagnie obtiendrait que le présent procès soit joint et confondu à celui qu'on leur a fait jà en 1565, et sans autre décision qu'une non-décision, et surséance indéfinie.

— Quoi ? dis-je, le parlement surseoirait et indéfiniment...

— Il le tient pour assuré, disant et déclarant *urbi et orbi* que le roi n'étant pas intervenu pour peser sur le parlement, celui-là, de son propre chef, n'osera jamais condamner les vrais défenseurs de la foi en ce pays.

— Il dit cela ! Cornedebœuf ! Quelle arrogance ! Et Mamie, puisqu'il explique tout si bien, comment explique-t-il que le rubis de la Couronne se soit encontré en les mains de sa compagnie ?

— Pour ce que M. de Nemours le leur avait donné en gage pendant le siège contre de grandes quantités de vin, de blé et d'avoine qu'ils distribuèrent au peuple.

— Mamie, dis-je, il est bien vrai qu'ils distribuèrent quelques provisions au peuple pendant le siège, mais contraints et forcés par M. de Nemours, lequel ayant fait fouiller leur collège par le prévôt y découvrit des vivres pour un an.

— Pour un an ! Ma fé ! Est-ce la Dieu possible !

Pendant que moi je crevais de verte faim, et en serais morte, assurément, sans votre rescous, mon Pierre...

Quoi disant, et comme atendrézie par cette remembrance, ma petite duchesse s'ococoula contre mon épaule et de son petit bec me piqua mille poutounes dans le cou. Toutefois, l'heure avançant, et Babette sa chambrière toquant à l'huis et disant à travers le bois que Mme de Nemours venait d'advenir pour visiter Madame, il fallut mettre un terme à ces délicieux allèchements, et m'ensauver, vêtu à la diable, par la petite porte verte. Cependant, étant très déquiété en mon for par ce que Catherine venait de me dire quant à la superbe et l'assurance du père Guignard sur l'issue du procès des jésuites, je décidai de pousser jusqu'à la rue Tirechape pour visiter Pierre de Lugoli ; par grande chance, je le trouvai chez lui et entrai dans le vif aussitôt.

— Hélas, Siorac, dit-il, hélas ! Guignard a quelque raison de s'apenser ce qu'il pense. Tant plus les jésuites ont été faibles dans la défense publique, tant plus de présent ils se montrent forts dans la négociation secrète. Ha ! Siorac, vous n'imaginez pas les intrigues, brouilleries et sollicitations de ces gens-là, qui agissant à'steure à visage découvert, à'steure par l'intercession de toutes les âmes jésuites qu'ils ont façonnées en Paris, remuent ciel et terre en faveur de cet ajournement, épouvantant d'aucunes bonnes et naïves personnes parmi nos Grands, comme si c'était Jésus en sa divine personne qu'on allait chasser du royaume et non point la compagnie qui, en sa folle arrogance, a osé usurper son nom — ce nom, Siorac, poursuivit-il, son œil bleu dans son visage sombre lançant des flammes — que le colloque de Poissy leur a interdit expressément de porter, comme étant réservé au Sauveur du Monde.

— Mais, dis-je, comment après tout ce qui s'est dit au parlement contre eux, comment pourrait-on ajourner et surseoir indéfiniment ?

— Mais, Siorac, dit Lugoli, vous oubliez que les magistrats ligueux au parlement l'emportent par le nombre sur les magistrats qui avaient suivi Henri III dans son exil à Tours. Et que même des parlementaires royalistes comme le procureur général La Guesle...

— Quoi ? Lui encore ! Il ne suffit pas à ce fol d'avoir amené Jacques Clément à Henri III, faut-il encore qu'il soutienne les jésuites !

— Et non seulement La Guesle, poursuivit Lugoli, mais de considérables personnages comme l'avocat général Séguier... Et bien d'autres !

— Mais je ne peux croire, dis-je, que ces parlementaires, qui ont tant souffert des *Seize*, ne voient pas le péril que les jésuites font courir à la vie du roi !

— D'aucuns, dit Lugoli avec un sourire plein d'irrision, feignent de ne pas le voir. D'autres ne le voient pas vraiment. D'autres craignent, en prenant partie contre les jésuites, leur lointain ressentiment. D'autres encore sont éblouis par leur gloire. Et ce qui fortifie les uns et les autres dans cette cécité contrefeinte ou vraie, c'est le silence étonnant du roi. On dirait que cette cause, où se joue pourtant sa vie, ne le concerne pas.

— Oui-dà, Lugoli ! dis-je, vous l'avez touché du doigt ! Je suis béant moi-même de cet accoisement du roi, persuadé, comme chacun pense l'être, qu'un mot, un seul mot de lui jeté dans la balance... Ventre Saint Antoine ! Pourquoi ne le prononce-t-il pas ?

— Eh bien, Siorac ! dit Lugoli en me saisissant par le bras et en le serrant avec force, pourquoi n'allez-vous pas le lui demander ? Vous en avez le mobile, l'occasion, le devoir ! Il vous a chargé de suivre le procès : courez lui en rendre compte ! Contez-lui aussi l'histoire du rubis. Mieux même : Portez-le-lui ! Vous me déchargerez d'un grand poids : le président de Thou est vieil et mal allant. Et s'il mourait demain, comment ferais-je pour retirer ladite pierre de sa succession, le dépôt ayant été secret ?

En le quittant, ma décision était prise, mais je n'eus pas trop de la journée du lendemain pour me préparer au départir, prendre congé de la duchesse, et à la nuitée, accompagné de Lugoli et d'une forte escorte, visiter le président de Thou, lequel me parut, en effet, mal en point, et pour cette raison, nous reçût à peu de minutes (mais celles-ci mémorables) car m'ayant remis le rubis (dont il paraissait faire aussi peu de cas que d'un caillou dans son jardin) il nous dit d'une voix faible mais très distincte qu'il voyait bien à quoi menaient tous les remuements des jésuites et qu'il ne doutait pas qu'ils n'obtinssent, hélas, la surséance, si les choses continuaient ce train. Après quoi, closant la paupière, il parut si las que Lugoli et moi quîmes de lui notre congé. Il nous fit alors signe de la main qu'il nous le baillait, mais comme nous nous retirions, il déclouit soudain ses yeux et dit d'une voix tant forte qu'elle nous étonna :

— Les gens du roi (entendant les parlementaires) sont divisés, et la surséance va l'emporter. Crime, Messieurs, crime ! Laisser un tel procès indécis, c'est laisser la vie du roi dans l'incertitude !

Cette phrase, laquelle je me ramentevrai toujours, dussè-je vivre un siècle, nous frappa, Lugoli et moi, d'un tel estoc que nous fîmes tout le chemin jusqu'à mon logis de la rue du Champ Fleuri sans dire mot ni miette.

— Siorac, dit-il quand nous fûmes devant mon huis, quand départez-vous ?

— Demain avant la pique du jour.

— Avec quelle escorte ?

— Celle de Quéribus et la mienne : quarante hommes aguerris et autant de grands chevaux, vifs et bien allants.

— Cela ira, je crois, dit Lugoli, dont l'œil clair sous la lune luisait dans son visage brun. Mais vous dégarnissez votre maison de ville. Voulez-vous que je vous baille pour la garde une demi-douzaine de mes sergents ?

— Dans la maison, nenni. Mais dans l'Aiguillerie, oui-dà ! La grand merci à vous !

— Quoi ? dit Lugoli, l'Aiguillerie ?

— C'est mon châtelet d'entrée.

— Voilà qui est bien avisé, dit Lugoli avec un sourire.

Quoi dit, il me donna une forte brassée et me dit à l'oreille :

— Siorac, pour l'amour de Dieu, persuadez le roi de se prononcer !

Dès mon advenue à Laon, j'appris de M. de Rosny que le roi était en pourparlers avec les députés d'Amiens pour qu'ils rendissent la ville. Je fus reçu par Sa Majesté le lendemain, comme souvent à minuit qui était le moment qu'Elle réservait à ses plus secrets entretiens, pour ce qu'alors les courtisans et officiers qui l'entouraient s'étaient retirés chacun en sa chacunière. Me montrant un visage des plus riants, pour ce que la possession d'Amiens le soulageait d'un grand poids, ses guerres lui ayant appris qu'il ne pouvait mie demeurer en la tranquille jouissance de capitale, l'ennemi étant si proche.

— Ha bien, Barbu ! me dit-il, après qu'il eut ordonné à un valet d'apporter au pied de son lit un carreau pour aiser mes genoux, qu'en est-il de ce fameux procès et comment mes messieurs de robe rouge (par là il entendait les gens du parlement) prennent-ils la chose ?

— Sire, dis-je, pour bien entendre le qu'est-ce et le comment de ce procès, je me suis apensé qu'il serait meilleur et plus expédient de bien connaître la compagnie qui en était l'objet. Raison pourquoi je fis sur elle d'assez proches et curieuses inquisitions.

— Tu t'es bien apensé, Barbu, dit le roi avec un sourire. Le bien comprendre suppose le bien connaître. Parle-moi donc de prime de tes inquisitions, et ensuite du procès.

Ce que je fis, entrant dans tous les détails que le lecteur connaît jà, y compris la superbe assurance du père Guignard quant à la surséance du procès.

— Et de qui tiens-tu, Barbu, dit le roi, que Guignard ait prononcé ces arrogantes paroles ?

— De Madame la duchesse de Guise.

— Ha ! dit le roi, et m'espinchant quelque peu de côté, il poursuivit :

— Vois-tu souvent ma bonne cousine Catherine ?

Cette question apparemment sans malice ne me prit pas sans vert, Pierre de Lugoli m'ayant appris à mots couverts que le roi entretenait une mouche dans les alentours de la duchesse, tant est que persuadé que touchant mon commerce avec elle, je ne lui apprendrais rien qu'il ne sût jà, je m'étais résolu d'avance à user avec lui de la plus naïve franchise.

— Très souvent, Sire.

— Il faut donc, poursuivit-il avec un sourire, que tu sois à elle très affectionné.

— Oui, Sire, dis-je. Immensément. Mais pas au

point que je peuve oublier jamais mes obligations envers Votre Majesté.

— Je ne sache pas, dit le roi, l'œil pétillant, que ta fidélité à moi et ton affection à ma bonne cousine soient contraires. Bien le rebours. Qu'est-elle apensée des négociations entre son fils et moi ?

— Les délaiements l'inquiètent et l'encolèrent, et elle a pris vos négociateurs en telle détestation que je lui ai suggéré de quérir de vous leur remplacement par M. de Rosny.

— Ha ! Barbu ! dit le roi en riant, quel beau coup de moine ! comme disait Charles IX, quand mon esteuf, au jeu de paume, venait mourir à deux pieds de la corde ! Tant plus je t'emploie, Barbu, et tant plus j'admire ton adresse ! ajouta-t-il avec un sourire entendu. Tu es fin jusque dans ta franchise...

Et comme il me voyait, après cette saillie, en quelque confusion, il ajouta mi-moqueur mi-sérieux :

— Quelle pitié, Siorac, que tu sois si tiède en ta foi catholique, et se peut en ta foi tout court. Je t'eusse fait évêque !

— Sire, dis-je, je n'aspire ni au violet ni à la pourpre. En outre, je suis marié.

— Cela est vrai, reprit-il, encore que tu l'oublies souvent...

Mais trouvant sans doute après cette dernière gausserie qu'il m'avait tabusté assez, il reprit d'un ton uni :

— Quant à ma bonne cousine, je ne sache pas non plus que ton affection soit mal placée en elle, ni la sienne en toi.

— Ha ! Sire ! dis-je d'une voix trémulante en lui prenant la main et en la baisant, voilà une parole de Votre Majesté qui me donne plus de joie que si Elle m'avait baillé vingt mille écus.

— Ventre Saint Gris, Barbu ! dit Henri en riant à gueule bec, si chacune de mes paroles valait vingt mille écus, je ne serais pas contraint de jouer à la paume avec une chemise déchirée.

Ce qu'il avait fait la veille, à ce que j'appris dans la suite, au grand ébahissement de la Cour.

— M. d'O, reprit le roi, qui était toujours très amer sur le sujet de ses trésoriers, ne retient pas seulement ses urines : il retient aussi mes pécunes. En outre, il fait quasiment jeûner ma huguenote sœur en Paris, d'aucuns de ses gens osant même dire tout haut que puisqu'elle ne veut pas se faire catholique par mariage, et qu'on ne peut venir à bout d'elle par le bas, ils tâcheront, en l'affamant, d'avoir raison d'elle par le haut.

— Ha! Sire! dis-je, que voilà paroles sales et fâcheuses! Mais Sire, dis-je en mettant la main dans l'emmanchement de mon pourpoint, où j'avais une poche secrète, j'ai là de quoi vous permettre d'acheter pour le moins une ou deux chemises.

Quoi disant, je retirai de sa cache le rubis, et pendant qu'il s'en émerveillait, je lui contai la guise et la manière dont Pierre de Lugoli l'avait recouvré. Et m'apensant alors que, puisque Sa Majesté s'était en cette encontre tant égayée de moi, je pouvais, à mon tour, lui servir une petite malice de mon mijot, je lui dis tout de gob et d'un air fort innocent la raison pour laquelle nous avions préféré confier le rubis à M. de Thou plutôt qu'à Cheverny, n'ayant pas « arraché la précieuse pierre aux soutanes des jésuites pour qu'elle ornât la gorge d'une belle... »

A quoi, loin de sourciller, le roi rit et dit :

— Ha! Barbu, je le vois, ta franchise a plus d'un tranchant! Mais n'aie crainte! Ce rubis fera des petits, qui seront des écus, et ces écus feront des petits, qui seront munitions de bouche et de guerre pour mes soldats, et pour eux des soldes, et pour moi des chemises! Barbu, poursuivit-il en étouffant un bâillement, paraissant quelque peu las de sa longue journée, est-ce tout?

— Nenni, Sire, dis-je, d'une voix que mon émeuvement quelque peu étranglait, le plus important reste à dire : ceux qui dans le royaume ont les yeux grands ouverts opinionent avec le président de Thou que laisser un tel procès indécis, c'est laisser votre vie, Sire, dans l'incertitude ; et qu'au train où vont les choses, on court droit à la surséance, si Votre Majesté ne consent pas à sortir de sa réserve, et à dire les paroles qu'il y faut.

— Lesquelles je ne prononcerai pas, dit le roi en fichant son œil dans le mien d'un air tout à fait résolu, pour ce que ce serait me brouiller avec le pape, et perdre tout espoir qu'il m'absolve de mon excommunication, et reconnaisse ma conversion : reconnaissance, Siorac, qui est la pièce maîtresse de ma politique, elle seule me pouvant permettre de réconcilier durablement les Français.

— Mais, Sire, dis-je non sans quelque flamme, si les jésuites demeurent en ce pays, vous allez courir les plus mortels dangers. Les pouvez-vous sous-estimer ?

— Pas le moindrement du monde, Barbu. Mais ces périls ne sont pas pires que ceux que je cours quotidiennement depuis vingt ans à guerroyer, cousu comme tortue dans ma cuirasse. Barbu, je suis, comme tout un chacun, dans la main de Dieu. Et Lui seul, qui m'a jusque-là sauvé des pires embûches, me protégera un peu plus outre, si tel est son dessein. Barbu, bonsoir ! Il est temps que mon sommeil me dorme !

Je souligne cette phrase, pour ce que ne l'ayant jamais ouïe que dans sa bouche, je m'apense qu'elle n'appartenait qu'à lui, tant est qu'après tant d'années, je ne peux me la ramentevoir sans que ma gorge se noue et sans que ladite phrase résonne à mes oreilles avec la voix drue et gaillarde qu'il avait en la prononçant, car Henri se trouvait tant raffolé des choses physiques qu'il en aimait tout : et le marcher, et le galoper, et le boire, et le manger, et le coqueliquer, et le danser, et le dormir, et le désommeiller ! Que pitié que cette tant belle et pleine vie, si utile aux Français, ait été coupée en la vigueur de l'âge !

M. de Rosny me voulut inviter le lendemain avec M. de La Surie à la repue de midi, et je lui fis de ma quête, du procès des jésuites, et de leurs remuements pour la surséance, un récit qui l'atterra. Mais ayant lui-même tâché de persuader le roi de dire le mot qu'il y fallait, et le roi s'y étant froidement refusé avec les raisons en soi fort bonnes que le lecteur connaît, Rosny ne put qu'il ne me confirmât dans l'impression que j'avais eue, à savoir que le siège de Sa Majesté était fait, et qu'on ne l'en branlerait mie, dût-on s'y mettre à mille.

Le roi eût voulu me garder avec lui, mais ayant reçu, deux jours avant mon département de Paris, une lettre de mon majordome me disant que j'étais espéré en ma seigneurie du Chêne Rogneux pour les moissons, lesquelles ne se pouvaient sans dommage délayer plus outre, je la montrai à Henri et obtins de lui mon congé, non sans qu'il m'eût garni d'un viatique suffisant, ayant heureusement vendu le rubis de la Couronne, barguin dont il ne me parla qu'au bec à bec et en quérant de moi le secret, dans la crainte où il était, à ce que j'imagine, que la Gabrielle l'apprît, ou pis encore que M. d'O, s'il en avait vent, renonçât à lui envoyer pécunes, comme il l'avait promis.

Cependant, de retour en Paris, j'y demeurai quatre jours, opinionant comme on dit dans la Bible « qu'il est un temps pour tout », y compris, ce que la Bible ne dit pas, pour les amours. Toutefois, ces quatre jours écoulés, et ayant reçu un message plus pressant encore de mon majordome, je m'arrachai aux bras de ma Circé, et courus jusqu'à Montfort l'Amaury, où je parvins à la nuitée, fort las, mais fort heureux de me retrouver dans ma maison des champs, qui est à mon âge d'homme ce que Mespech fut à mes maillots et enfances, sauf que, toutefois, je m'y sens moins heureux depuis l'estrangement survenu entre Angelina et moi, car si la navrure avec le temps s'est guérie, et si l'amertume a laissé place à de plus aimables sentiments, la cicatrice est là toujours, et si sensible au toucher que j'évite d'y porter les doigts. Maugré cela, et encore qu'Angelina soit devenue pour moi, avec le temps, davantage une parente qu'une épouse, j'éprouve autant de joie à la retrouver qu'à revoir mes beaux enfants, tous sains et gaillards, la Dieu merci et meshui fort grandelets.

Tout le temps que dura la moisson il fallut que M. de La Surie, moi-même, mon majordome et mon escorte, montés à cheval et armés en guerre, allassent continuellement d'un champ à l'autre pour garder que les moissonneurs fussent attaqués par les bandes de caïmans armés que la grande misère des temps avait jetés sur les chemins. Encore dus-je placer à proximité de chacun des champs un guetteur à cheval avec un cor pour appeler à rescous le gros de nos forces, s'il voyait surgir à l'horizon un groupe suspicionneux.

Mon majordome avait reçu de la part des pauvres gens de Grosrouvre (notre plus proche village) tant de requêtes pour glaner, une fois la moisson faite, qu'il ne savait pas quoi résoudre et s'ouvrit à moi de cette difficulté. Je lui dis de les recevoir tous en la cour de ma seigneurie, et là, étonné moi-même de leur nombre (lequel témoignait à soi seul de la grande faim qui dévorait ce royaume après un demi-siècle de guerres civiles), je fis d'abord inscrire leurs noms sur un registre, puis je leur dis que s'ils voulaient glaner dans mes champs et ceux de M. de La Surie, il fallait qu'ils gagnassent leur glanure, et pour cela, *primo*, avant la moisson, qu'ils gardassent à tour de rôle mes champs, et de jour et de nuit, armés qui de faux, qui de fourches (et les femmes et enfants, de pierres) afin que de rebuter les robeurs, et si ceux-là étaient trop, de me dépêcher un galapian pour me prévenir ; *secundo*, le jour de la moisson, quand ils passeraient après les moissonneurs, qu'ils eussent à mettre leur glanure dans un chariot que je leur prêterais, afin que ladite glanure fût dans ma cour équitablement répartie entre tous par mon majordome, afin d'éviter que les plus forts tondent la laine sur le dos des faibles : après quoi, je leur promis que si j'étais d'eux content, je leur baillerais à chacun une gerbe entière.

Au bec à bec, M. de La Surie sourcilla quelque peu à cette libéralité mais je lui remontrai que non seulement il était chrétien de ne point être impiteux à ces pauvres gens qui nous touchaient de si près, mais qu'ils nous sauraient gré à eux-mêmes d'avoir gagné leur glanure, non point par la charité, mais par un labour qui n'allait pas sans périls.

Toutefois, mes gentillâtres voisins me sifflèrent une bien autre chanson que La Surie, et je leur chantai un bien autre refrain.

— Tudieu, Monsieur le Marquis, me dirent-ils, vous nous gâtez le vilain par vos insensées libéralités ! Tudieu ! Voilà les nôtres meshui qui nous demandent le pareil pour la glanure, et du diable si je ne vais pas distribuer battements et frappures sur le dos et le cul de ces effrontés.

— Messieurs, dis-je, charbonnier est maître chez lui, moi dans mes terres, vous dans les vôtres. Mais je suis prêt à gager avec chacun de vous dix beaux écus nets et non rognés qu'à la guise et manière dont je m'y prends, je serai moins volé que vous !

A quoi, ils m'envisagèrent, l'œil plus rond que corneille.

— Et comment cela ? dit le plus vieux d'entre eux, M. de Poussignot, lequel ne manquait ni de sens ni de renardière ruse.

— Pour la raison, dis-je, que nous n'avons pas assez de gens pour garder nos champs à la nuitée, dans la semaine où les épis sont quasiment mûrs, sans l'être assez pour qu'on les coupe. Mes glaneurs pourvoiront à cette garde...

— Mais ils vous roberont !

— Et que vous chaut qu'ils grignotent un épi qui-cy qui-là : ils vous en glouttiront moins que le blaireau et infiniment moins que feraient les robeurs.

Je ne sais si je les persuadai tout à trac par ce raisonnement, mais du moment qu'ils crurent que j'avais agi par intérêt, ils se retirèrent, rassurés. De reste, ce n'était point de méchantes gens, et du moins vivaient-ils sur leurs terres et au milieu de leurs rustres, au lieu d'être de ces hauts seigneurs qui se mettent leurs blés et leurs bois en satin sur le dos et vont paonner à la Cour, abandonnant à leurs intendants chiche-faces le soin de tondre leurs laboureurs, le plus gros de cette picorée n'allant pas dans la poche du maître, comme bien l'on sait.

Je demeurai en ma seigneurie du Chêne Rogneux jusqu'au 7 septembre, occupé à mettre de l'ordre dans mon petit royaume, à m'ébattre en mes joies familiales, et à goûter le frais de l'été loin de la puante Paris. Mais le 7, la calamiteuse nouvelle nous parvint qu'il s'était trouvé une majorité dans ce parlement de mierda pour voter la surséance dans le procès des jésuites. Autant dire qu'on avait pendu cette affaire au croc pour n'y jamais plus toucher ! Je fus tant marri de cette inique et périlleuse décision par laquelle il me sembla que le roi perdait beaucoup plus que toutes les villes qu'il avait gagnées par la chute de Laon, qu'en ayant conféré avec M. de La Surie, tous deux, la rage nous bouillant au cœur de cette épouvantable écorne, nous résolûmes de retourner incontinent en Paris. Non qu'il y eût à ce retour rien d'urgent, la défaite des vrais Français étant consommée par ce ramassis de Français espagnolisés et jésuitisés, qui au parlement avaient profité du silence de Sa Majesté pour favoriser les débris de la Ligue, mais dans le sentiment du présent malheur et l'appréhension de l'avenir, nous désirions nous rapprocher du centre des choses.

Que me pardonne ma belle lectrice de parler ici très à la fureur et sans ma coutumière courtoisie et modération, mais je retrouve en écrivant ces lignes le courroux et le désespoir qui furent miens à ouïr que le parlement s'était refusé à bouter hors de France cette boutique d'assassins ! Ha ! belle lectrice, derechef, pardonnez-moi, mais après tant d'années écoulées, j'en pleure encore, les ongles enfoncés dans mes paumes !

J'étais en Paris depuis deux jours quand, à la nuitée, Pissebœuf me vint trouver pour me dire qu'un guillaume, le nez très bouché dans son manteau (à ce qu'il avait pu voir à travers le judas) venait de toquer à l'huis, quérant de parler à ma personne et à nul autre. Là-dessus, craignant quelque embûche, j'y allai moi-même, et me tenant dans l'angle du judas afin qu'un coup de pistolet ne pût m'atteindre, je dis au gautier de se découvrir quelque peu afin qu'à la lueur de la lanterne que tenait Pissebœuf je pusse voir qui il était. Ce qu'il fit, dès qu'il eut ouï ma voix, et son manteau retombé révéla à la lumière dansante de la lanterne la bonne face ronde et franche du Rémois Rousselet, le lieutenant du peuple.

Je fus tant aise de le revoir après les traverses que nous avions connues ensemble à Reims, que le faisant passer tout de gob par la porte piétonnière, je lui donnai une forte brassée et, le prenant à l'épaule, l'emmenai en la grand'salle de mon logis, devant qu'il parlât, et le voyant fort décomposé, je lui fis servir une collation de fromage et de jambon sur laquelle, à dire le vrai, il se jeta comme loup dévorant, ayant galopé ces deux ou trois jours écoulés sans presque manger ni dormir afin que d'advenir à temps à Paris.

— Ha ! Monsieur le Marquis ! dit-il, j'ai vergogne à m'empiffrer à grande gueulée comme je fais, avant que de vous dire les choses d'immense conséquence que j'ai à vous révéler touchant Reims et le service du roi, mais il faut bien nourrir la pauvre bête de la provende que je dois à vos bontés, si je veux être suffisant à mettre une idée devant l'autre. Car à dire le vrai, j'ai les membres rompus et la tête vide.

— Mangez, mangez, mon ami, dis-je en souriant et dès que vous aurez repris quelque nerf, je vous oirai à doubles oreilles.

Et ma fé ! Je ne vis jamais gautier plus gaillard à gloutir que ce Rousselet, hormis, s'il vous en ramentoit, le bon Poussevent, quand nous eûmes capturé dans la forêt de Laon les chariots des Espagnols. La Surie et moi ne laissions pas de nous ébaudir des énormes morcels qu'il enfournait dans sa large bouche, lesquels il arrosait d'un flacon de vin de Cahors que Franz lui avait baillé et qui bientôt fut défunt de son contenu. Ledit Franz mettant plus de temps à découper le jambon que Rousselet ne mettait à le gloutir, se trouvait toujours en retard d'une tranche ; intervalle dont notre Rémois usait pour dévorer les rondelets petits fromages frais de chèvre qu'on lui avait servis, et dont il avala une bonne douzaine au moins comme petites friandises de gueule de nulle conséquence.

— Monsieur le Marquis, dit-il à la parfin, s'étant essuyé le bec et les mains à une serviette que Franz lui tendait (ce qui me ramentut le bon Michel de Montaigne en son logis, lequel mangeait si vite, et avec ses doigts, et si malproprement, qu'il lui fallait une serviette après chaque plat pour se débarbouiller la face et la barbe de graisse), la grand merci à vous pour cette petitime collation qui quasiment me sauve la vie et me remet ès veines du sang assez pour que je peuve parler. Monsieur le Marquis, peux-je de prime quérir de vous si la négociation entre le duc de Guise et les gens du roi pour la reddition de Reims a abouti ?

— A ma connaissance, dis-je très à la prudence et en donnant l'impression que j'en savais plus que je n'en voulais dire, pas encore, bien qu'on en soit proche assez.

— Ha ! dit Rousselet avec un gros soupir qui me parut sur sa fin se changer en rot, je suis bien aise de l'apprendre ! La Dieu merci, j'adviens à temps ! Monsieur le Marquis, plaise à vous de considérer que ce n'est pas moi seul, Rousselet, lieutenant du peuple en la ville de Reims qui parle à vous, mais tous les Rémois, qui à vous me dépêchent et délèguent pour vous dire que dès plusieurs mois jà, Reims s'ennuie de la domination turbulente des princes lorrains, qu'elle est lasse d'être placée encore contre son cœur dans le camp de la Ligue, qu'elle sait bien que tant qu'elle sera comptée comme étant de la Ligue, elle ne pourra pas vendre ses laines ès Paris comme elle faisait devant — ce qui pour elle est à grand dol, dommage et ruine — et qu'en conséquence, elle voudrait, par-dessus la tête du petit béjaune de Guise, se livrer au roi, espérant s'avantager par là, non seulement du renouveau de son commerce, mais des immunités, privilèges et franchises que le roi a si libéralement baillées aux villes qui se sont rendues à lui.

Sur quoi, Miroul et moi, échangeâmes des regards connivents et gausseurs tant nous parurent naïvement exprimées les raisons des Rémois, et tant tardivement intéressé leur ralliement au roi.

— Mais mon cher Rousselet, dis-je, pour vous parler rondement et à la franche marguerite, entre le vouloir et le pouvoir il se peut qu'il y ait un abîme. Je ne doute point que vous vouliez vous rendre au roi en bons et loyaux sujets que vous fûtes toujours (disant quoi, j'espinchais Miroul de côté). Mais le pouvez-vous ? Voilà le point. Après tout, le duc de Guise a quelque troupe.

— Mais petite ! dit Rousselet, petite ! Et trop petite pour s'opposer à tout un peuple en armes. Car sachez, Monsieur le Marquis, sachez que nous avons mis la nuit des corps de garde aux principales places et autres lieux forts de la ville, et le jour aux tours, remparts et châtelets d'entrée. Tant est que M. de Guise, s'étant aigri contre nous de ces précautions, nous a défendu de les prendre. Mais il n'en a pas pissé plus roide. Nous avons passé outre, et même refusé de laisser entrer dedans la ville des troupes qu'il avait fait venir pour se fortifier. Voilà où nous en sommes, et prêts, au premier mot du roi, baillé sous sa signature, et sous son sceau et avec les promesses de franchises et privilèges pour Reims que j'ai dites (Ici je jetai un œil à Miroul), soit à contraindre M. de Guise à se donner au roi, soit même à nous saisir de sa personne.

— Ha ! mon ami, dis-je, voilà qui est bel et bon ! Et vous vous ramentez sans doute que je vous avais dit à

Reims de me venir voir dès votre advenue en Paris, pour la raison que je vous mènerai à M. de Rosny, lequel est doublement votre homme en ces occasions, ayant l'oreille du roi, et en outre chargé par lui depuis peu de négocier un accord avec les envoyés de Guise. Tant promis, tant tenu ! Toutefois, M. de Rosny n'étant point en Paris demain, vous ne le pourrez pas voir avant mercredi (phrase qui, à ce que je vis, en l'espinchant du coin de l'oreille, plongea mon Miroul dans la perplexité). Dans l'entre-temps, j'ai l'espérance, mon ami, que vous me ferez la grâce de demeurer mon hôte en mon logis.

— Monsieur le Marquis, dit Rousselet en rougissant et en me faisant un profond salut, vous me faites un immense honneur, mais j'ai laissé mes bagues à l'auberge de l'Ecu, près du Pont Neuf.

— Cela n'empêche. Je les enverrai quérir dès demain.

Là-dessus, sur un signe de moi, Franz, le bougeoir à la main, mena le bonhomme jusqu'à la chambre au-dessus de moi, laquelle était demeurée fort tristement seulette et vacante depuis le départ de Louison.

— Mon Pierre, dit Miroul, dès que Rousselet eut quitté la salle. Quelle brouillerie est cela ? Et pourquoi dire que M. de Rosny sera absent de Paris demain ?

— Pour me laisser du temps.

— Du temps pourquoi ?

— Pour creuser sous cette mine une contremine.

— Et quelle belle gambe me fait cette explication !

— Je t'en dirai demain soir davantage.

— Quoi ? Encore des cachottes ! dit Miroul avec un air de contrefeint chagrin. Mon Pierre, je ne sais si un jour vous réussirez à surjésuiter les jésuites, mais d'ores en avant je vous vois apte à machiavéliser Machiavel.

Le lendemain, dès que le jour fut vieil assez pour que ma visitation ne fût pas indécente, je dépêchai Thierry porter un billet à Catherine de Guise, la suppliant de me recevoir dedans l'heure : ce qu'elle fit.

— Mamie, dis-je, en me jetant à ses pieds et couvrant ses mains de poutounes, je vous dois quelques excusations de devancer l'heure à laquelle vous êtes accoutumée de me recevoir, mais j'ai les joues gonflées d'une nouvelle de grande conséquence concernant la maison de Guise, laquelle vous devez apprendre sans remise ni délai.

— Et quelle ? Quelle ? dit-elle en ouvrant avec effroi son œil azuréen.

— Que les Rémois ont dépêché à Sa Majesté pour lui dire qu'ils étaient prêts à se donner de soi à elle, quitte à faire le poil à Monsieur votre fils et même à se saisir de lui.

— Ha ! les traîtres ! Ha ! les rebelles ! cria-t-elle, son œil bleu enflammé, et se tordant les mains, je les voudrais tous noyés ou péris dans les flammes. Hélas ! C'en est fait, je le vois, de ma maison ! Ha ! pauvre fils ! Ha ! pauvre moi !

— Mon ange, dis-je, me levant et la prenant dans mes bras, il ne faut point désespérer. Vous êtes de présent à égalité avec les Rémois, mais c'est à vous de lancer l'esteuf.

— Mais que faire ? cria-t-elle, les larmes jaillissant de ses yeux et roulant sur ses joues, grosses comme des pois, que faire, mon Pierre ?

— Mamie, dis-je, écrire sur l'heure à Péricard de conclure au plus vite avec M. de Rosny — ce matin même, s'il le peut — en sacrifiant les trois grosses demandes de votre fils qui font le plus de difficultés : à savoir le governorat de la Champagne, les bénéfices de feu le cardinal de Guise et la charge de Grand-Maître de la Maison du roi.

— Mais c'est l'essentiel ! cria-t-elle.

— Nenni, Mamie, nenni ! L'essentiel est un governorat quel qu'il soit et où qu'il soit, la dotation de quatre cent mille écus pour payer les dettes du duc de Guise et la faveur retrouvée du roi. Ecrivez sur l'heure à Péricard : J'irai de ma personne lui porter la lettre, pour être sûr qu'elle lui sera remise en main propre.

— Ha ! méchant ! M'allez-vous jà quitter ? dit-elle.

— Je reviendrai céans après la repue de midi, si vous m'en baillez permission.

— Benoîte Vierge ! dit-elle en se levant et en se jetant dans mes bras, les larmes roulant encore sur ses joues, vous l'ai-je mie refusée ?

Ma pauvre petite duchesse s'assit à son secrétaire, secouée encore par les alarmes que lui donnait l'appréhension de l'avenir, et pour son fils, et pour elle-même et pour sa maison. Et incapable qu'elle était de rassembler deux idées, elle me pria de lui dicter la lettre : ce que je fis, faisant état de tout ce que le lecteur sait jà, mais sans nommer, par prudence, Rousselet. Non que je crusse que Péricard fût homme à le faire assassiner, mais désireux que j'étais que le maillon qui allait conjoindre Rousselet à Rosny ne fût ni connu ni mentionné.

— Belle lectrice, je vous vois froncer votre joli nez et m'espincher d'une façon fort suspicionneuse : que veulent dire ces petites mines ?

— Que je m'apense, Monsieur, avec Miroul, que vous jouez là un rollet très ambigueux ; que je n'entends goutte à vos brouilleries ; et que je me demande bien qui vous servez à la fin des fins : le roi ? La duchesse ? Ou les Rémois ?

— Je sers le roi. Je sers la duchesse. Et maugré les apparences, je ne dessers pas les Rémois.

— Pourquoi de prime avez-vous informé Catherine des intrigues des Rémois contre son fils ?

— Pour qu'elle rabatte les trois exorbitantes demandes qui jusques ores paralysaient la négociation : tant est que, ces traverses levées, le traité, en effet, se conclut.

— Car il se conclut ?

— Oui-dà !

— Vous avez donc desservi Catherine en la contraignant par vos ruses à des concessions ?

— Tout le rebours. L'intérêt de Catherine était que le roi traitât avec Guise, même au prix d'un rabattement, et non pas avec les Rémois.

— Et pourquoi avez-vous par un éclatant mensonge retardé d'un jour l'encontre de Rousselet avec M. de Rosny ?

— Pour que Rosny ne fût pas tenté de conclure avec les Rémois plutôt qu'avec le Guise.

— Vous avez donc desservi les Rémois ?

— Nenni ! Pour la raison que le roi, apprenant leurs louables intentions à son endroit, ne faillira pas à leur accorder les franchises auxquelles ils ont appétit.

— Mais Monsieur, n'était-il pas dans l'intérêt du roi

qu'il traîtât avec les Rémois ? Il aurait épargné à sa cassette un saignement de quatre cent mille écus...

— Bravo, Madame, bravo ! Il ne vous suffit pas d'être belle : vous êtes fine aussi et avez mis le doigt sur la seule circonstance qui m'ait fait quelque peu balancer. Mais point longtemps ! Car observez de grâce, belle lectrice, que quatre cent mille écus, c'est peu, très peu, en comparaison de ce que nous coûte, nous a coûté et nous coûtera la belle Gabrielle, et cela sans autre utilité pour le royaume que de garder Sa Majesté en joie. Mais quant à moi, je vais plus outre et j'affirme que quatre cent mille écus, c'est un très petit prix pour payer le ralliement du duc de Guise au roi.

— Et pourquoi cela ?

— Pour ce que ce ralliement est un acte politique de grande conséquence et de grand effet, et en France, et en Espagne, et au Vatican. Hé, Madame ! songez-y ! Quel soufflet pour Mayenne que son propre neveu le quitte pour se rallier au roi ! Quel soufflet pour Philippe II que Guise — Guise, Madame, ce nom immense, quasi synonyme de Sainte Ligue et d'alliance espagnole ! — se raccommode avec le Béarnais ! Et quel avertissement pour le Vatican de cesser à la parfin de faire trotter le roi avec les carottes de l'absolution...

— Mais, Monsieur, il m'apparaît que vous avez joué là un rollet décisif.

— Moi, Madame, et Rousselet, et Rosny, et Péricard.

— Tiens donc ! Vous voilà tout modeste ! Que la chose est nouvelle !

— Madame, vous me picaniez ! Cependant ma modestie n'est pas contrefeinte. J'entends seulement par là qu'il ne s'encontre si petit acteur dans le progrès de l'Histoire, qui ne puisse, par son esprit, ou son aveuglement, ou tout simplement par chance, s'engager dans un acte qui éclate loin de lui en incalculables conséquences. En voici deux exemples. Une après-midi d'été qu'il avait fait très chaud, Rosny s'alla promener dans la forêt de Laon et, en raison de cette promenade, sauva le roi de France du déshonneur d'être capturé ou tué par Mansfeld, alors qu'il mangeait des prunes. Au rebours, mon pauvre bien-aimé maître Henri Troisième dut sa mort à l'incommensurable sottise du procureur général La Guesle qui amena à lui Jacques

Clément sans songer à le faire fouiller. Et le même La Guesle vient de prouver une deuxième fois son émerveillable stupidité en faisant campagne pour la surséance dans le procès des jésuites ! Cornedebœuf ! Si sa bêtise entraîne la mort de Henri Quatrième, sur cette main que voilà, je tuerai ce sottard !

Ce jurement sanguinaire — si disconvenable et à ma philosophie et à ma naturelle humeur — me fut arraché par l'indignation. Mais je m'en ramentus trois mois plus tard, le jour où le roi revint d'un voyage en Picardie, au cours duquel il avait visité les villes qui s'étaient rendues à lui. Il n'advint en Paris qu'à la nuitée, à la lumière des flambeaux et des torches, accompagné d'une cinquantaine de chevaux et d'autant de gens de pié. M'étant, par le plus grand hasard, trouvé rue de l'Autruche sur son passage, je le suivis jusque dedans son Louvre, où personne, en raison se peut de la nuit, des lumières incertaines, du tohuvabohu, ne me demanda qui j'étais. Tant est que je pénétrai à sa suite jusque dedans une des grandes chambres du Louvre et travaillai à me rapprocher de lui, ce qui n'était point facile, la presse des gentilshommes à ses alentours étant si grande. Jouant des coudes et de la hanche, je n'apercevais le roi que par moments et par-dessus le moutonnement des têtes et des épaules. Toutefois dans un soudain remous qui se fit en cette marée, je le vis de pié, ayant encore ses grandes bottes, et aux mains des gants fourrés (car ce mois de décembre était fort froid) et se gaussant avec Mathurine sa folle — petite *drola* contrefaite, mais de beaucoup d'esprit — qu'il affectait en riant de pastisser. Mais luttant toujours pour le rejoindre, non sans quelques bourrades qui-cy qui-là, et baillées, et reçues, je vis MM. de Ragny et de Montigny s'approcher du roi et se mettre à genoux pour lui baiser les mains, et le roi se baisser avec sa coutumière condescension pour les relever. Ce faisant, il disparut à ma vue, et quand il reparut une seconde plus tard, sa lèvre du côté droit saignait. Le roi porta la main à ladite lèvre, et la retirant pleine de sang, il s'écria, s'adressant à Mathurine :

— Au diable soit la folle ! Elle m'a blessé !

— Nenni, Sire ! Ce n'est pas moi !

Il y eut alors une grande confusion et une grande commotion parmi ceux qui étaient là à voir tout soudain la face du roi toute chaffourée de sang, d'aucuns criant, d'autres muets et fort pâles comme M. de Rosny, mais tous transis de frayeur et comme cloués sur place. Si l'assassin alors, ayant laissé à terre son couteau — ce qu'il fit — était demeuré comme tous immobile — ce qu'il ne fit pas — il eût peut-être réchappé. Mais il voulut s'ensauver, et sa précipitation à saillir hors le perdit. Il fut agrippé à deux pas de la porte par Pierre de Lugoli qui, voyant sa hâte et son trouble, l'interrogea, quit de lui son nom et sa qualité, et encore qu'il niât de prime, le convainquit de l'attentement.

Je vis fort bien le misérable. C'était un galapian qui n'avait pas vingt ans, petit, frêle, estéquit, les lèvres rouges, fort bien vêtu, point vilain du tout, mais, à mon sentiment, gibier de bougre plutôt que de femme. Pressé de questions par Lugoli, il dit, l'œil baissé et la voix basse et trémulante, qu'il se nommait Jean Chatel et qu'il était fils d'un marchand-drapier.

Cependant, le médecin du roi, ayant examiné la navrure, la déclara de nulle gravité, Sa Majesté n'ayant que la lèvre du haut offensée et un peu d'une dent rompue, laquelle dent avait arrêté le couteau. On se rassura mais dans ce rassurement même se nichait une frayeur, car il était clair que l'assassin, croyant que le roi avait sous son pourpoint une chemise de mailles, avait visé la gorge — ce qu'il avoua dans la suite — et qu'il ne l'avait pas atteinte, pour la bonne raison qu'au moment où il portait le coup, le roi s'était baissé pour relever Ragny et Montigny se génuflexant devant lui.

Cependant, les gentilshommes présents ne disaient que peu de paroles, ne sachant pas s'ils devaient se réjouir de voir le roi sauf, ou s'effrayer d'avoir failli le perdre. Mais ce demi-silence se changea tout soudain en silence d'une autre sorte quand Jean Chatel confessa à Pierre de Lugoli qu'il avait été étudier les trois ans écoulés chez les jésuites. J'observais alors que tant plus cet accoisement général se prolongeait, tant plus il devenait menaçant, tant est qu'on n'encontrait partout que regards enflammés, dents serrées, mains crispées sur la poignée des dagues. Et lecteur, que crois-tu que fit le roi au milieu de cette montante ire ? Il gaussa. Et encore que sa lèvre du haut dût lui faire mal quand il parla, il dit d'un ton fort calme et quasi sur le ton de la plaisanterie, mais d'une plaisanterie qui ne laissait aucun doute sur ce qu'il pensait :

— Ce n'était donc pas assez que par la bouche de tant de gens de bien les jésuites fussent réputés ne m'aimer pas. Fallait-il encore qu'ils en fussent convaincus par ma bouche ?...

Quand le roi eut prononcé ces paroles tout ensemble si pleines d'esprit et si lourdes de sens, la tempête parut s'apaiser dans un soulagement général, et pour moi, voyant que Pierre de Lugoli emmenait son prisonnier, je résolus de le suivre, y ayant davantage à glaner pour ma mission, à ce que je supputais, dans le premier interrogatoire du malheureux, qu'à demeurer au Louvre.

Je suivis Lugoli d'assez loin, de prime, ne sachant si dans des occasions secrètes, il me voulait à son côté, mais m'ayant espinché du coin de l'œil, il me dépêcha une mouche pour me dire d'avoir à me rendre chez lui et là, ayant revêtu ma déguisure de sergent de la prévôté, de le rejoindre avec ladite mouche à la Bastille, où, sur son ordre, on me donnerait l'entrant et que je ne courusse point, pour ce qu'il baillerait vin et pain au prisonnier devant que l'interroger.

Ce qu'il fit, en effet, quelques intants plus tard, mais sans déploiement de force, ni de tourments, ni de menaces, mais d'un ton doux et quasi affectionné, ayant jugé, j'imagine, que Jean Chatel répondrait mieux si on lui montrait quelque compassion — laquelle, de reste, j'en jurerais, n'était pas chez Lugoli que calcul, le galapian était si jeune et si frêle, et ayant tant de pâtiments à traverser, et des plus atroces, avant de toucher au repos de la mort.

Voici cet interrogatoire, lequel je transcris à partir de notes que, de retour au logis, je dictai à M. de La Surie qui consentit, à cette occasion, à reprendre auprès de moi son ancien état de secrétaire, pour la raison qu'il écrit plus vite que moi.

Ayant quis du prisonnier de prononcer le serment de ne dire que le vrai — ce que Chatel fit avec docilité —, il lui demanda de prime d'un ton pressant :

— Tu m'as dit au Louvre que le couteau n'était pas empoisonné. Est-ce vrai ?

— C'est vrai. C'est un couteau duquel on se sert en la maison de mon père pour découper les viandes, et je l'ai pris sur le dressoir de la grand'salle, l'ayant caché dans la manche de mon pourpoint, entre chemise et peau.

— Où pensais-tu frapper le roi ?

— A la gorge.

— Pourquoi ?

— Pour ce que le roi étant fort vêtu en raison de la froidure du temps, je craignais que, si je le frappais au corps, le couteau rebouchât.

— Avais-tu jà vu le roi avant ce soir ?

— Nenni. Mais je me trouvai rue de l'Autruche à son retour de Picardie, et le peuple dans la rue criant « vive le roi », j'ai demandé à un guillaume lequel de ces hauts seigneurs était le roi, il m'a dit que c'était celui qui portait des gants fourrés. Je l'ai alors suivi dedans le Louvre.

— Sans que personne t'en interdît l'entrant ?

— Personne. Le guichet était grand ouvert et la presse, fort grande.

— Comment se fait-il que tu voulais tuer un homme que tu n'avais même jamais vu ?

— Je n'avais assurément pas le choix. J'étais assuré d'être damné comme l'Antéchrist, si je ne le faisais pas.

— Comment cela ? dit Lugoli, sur la franche face duquel se peignait la stupéfaction la plus vive.

Ici Jean Chatel s'accoisa fort longtemps et Lugoli attendant patiemment qu'il répondît sans le brusquer ni le contraindre en aucune guise, j'eus tout le loisir d'envisager le malheureux galapian, et observant son œil de biche roulant, effrayé, dans ses paupières, sa lèvre pulsante, son corps transi par de soudaines terreurs, j'augurai par la seule physionomie et inspection de sa personne que c'était là un petit être infiniment peureux, déquiété, exagité, mélanconique, trémulant comme feuille de peuplier à la moindre bise.

— Parle, fils, dit Lugoli doucement.

— Monsieur le Prévôt, dit Jean Chatel d'une voix éteinte et fichant l'œil à terre d'un air désespéré, je me trouve d'avoir commis d'aucuns péchés abominables et contre nature. Et qui pis est, questionné par mon confesseur, j'ai nié faussement le fait. Tant est que mes confessions et communions étant elles-mêmes autant de péchés mortels, je suis certain d'être damné.

— Mais en quoi cela concerne-t-il le roi ?

— En ceci : Dans la désespérance où me jeta le pensement de ma damnation, l'idée me vint de commettre un acte signalé qui serait grandement utile à la Sainte Eglise Catholique. Je raisonnai que je serais davantage puni dans l'au-delà, si je mourais sans avoir attenté de tuer le roi, et que je le serais moins si je faisais l'effort de lui ôter la vie. J'estimais, en effet, que la moindre peine serait une sorte de salut en comparaison de la plus griève.

— Voilà une théologie toute nouvelle, dit Lugoli. Où l'as-tu apprise ?

— Je l'ai apprise par la philosophie, dit Chatel avec une tranquille conviction.

— Et où as-tu appris cette philosophie ?

— Au collège de Clermont sous le père Guéret.

Oyant quoi, Lugoli et moi échangeâmes des regards acérés, et j'observai que Pierre de Lugoli faisait une pause pour permettre au greffier de transcrire tout au long cette remarquable réponse. Pendant que le greffier était ainsi occupé, je m'approchai de Lugoli et lui dis à l'oreille :

— Demandez-lui s'il a été serré au collège de Clermont dans la chambre des méditations.

— Chatel, reprit Lugoli, as-tu été, au collège de Clermont, serré dans la chambre des méditations ?

— Hélas oui ! dit Chatel en tressaillant violemment. Et j'y ai vu plusieurs diables de diverses figures épouvantables et qui menaçaient de me saisir et de m'emporter.

— Comment se fait-il qu'on t'enfermait là-dedans si souvent ?

— Pour ce que j'avais, comme j'ai dit, commis des péchés abominables et contre nature et faussement nié en confession les avoir commis.

— Quels étaient ces péchés ?

— La bougrerie et l'inceste, dit Chatel de sa voix entrecoupée, et les pleurs ruisselant sur sa face. Mais l'inceste seulement en intention.

— Avec qui ?

— Avec ma sœur.

— Est-ce dans la chambre des méditations que l'idée t'est venue de tuer le roi ?

— Je ne sais. J'étais trop terrifié pour penser.

— Par qui, à la parfin, dit Lugoli, as-tu été persuadé de tuer le roi ?

— J'ai entendu dire en plusieurs lieux qu'il fallait tenir pour maxime véritable qu'il était loisible de tuer le roi, puisqu'il était hérétique, relaps, faussement converti, et excommunié.

— Est-ce que ces propos de tuer le roi ne sont pas ordinaires aux jésuites ?

— Je leur ai ouï dire qu'il était loisible de tuer le roi.

— Pourquoi ?

— Pour ce qu'il était hors l'Eglise. Raison pourquoi il ne fallait pas lui obéir, ni le tenir pour roi, tant qu'il ne serait pas absous par le pape, et que de reste, il ne le serait jamais.

On toqua à l'huis et un coureur remit à Lugoli un ordre du parlement d'avoir à conduire le prisonnier à la conciergerie du Palais afin d'y être interrogé par ces messieurs de la Cour. Lugoli, incontinent, commanda à son greffier de faire une copie de l'interrogatoire, afin que celui-ci fût remis au juge par le lieutenant en même temps que Jean Chatel. Puis me prenant à part, il me dit *sotto voce :*

— J'ai fait arrêter les jésuites dès que j'ai su, au Louvre, que Chatel avait étudié sous eux. Et je vais tout de gob me rendre au collège de Clermont. Venez-vous ? C'est bien le tour de ces grands confesseurs d'être confessés.

— Quoi ? lui dis-je sur le chemin, les allez-vous interroger ?

— Sans un ordre du parlement je ne peux. Ils ne sont que suspects. Et de reste, ne sais-je pas bien que je ne tirerais rien d'eux que grimaces, bouches cousues, yeux au ciel, soupirs à cœur fendre, mines de martyrs : « Est-ce leur faute, si ce malheureux enfant avait l'esprit quelque peu déréglé ? »... Etc.

— De reste, c'est vrai, dis-je. Mais avec cette clause que ce dérèglement, il ne le doit qu'à eux. Il faudrait une cervelle plus solide que celle de ce petit galapian pour résister à cette grande moulerie des méninges à laquelle on l'a soumis et dans la classe du père Guéret, et dans la chambre des méditations. Dieu bon ! J'enrage qu'on l'ait persuadé qu'il serait à jamais damné pour quelque bougrerie qu'il n'a pas osé confesser ! Après cela, ce ne fut que jeu d'enfant, terrifié comme il l'était, de lui suggérer qu'il se rachèterait en faisant un « acte signalé » qui servirait la Sainte Eglise !

— Lui suggérer, mais non le lui dire ! dit Lugoli, les dents serrées. C'est là où la jésuiterie est adroite ! On ne lui a pas dit « deux et deux font quatre » ; on lui a laissé faire l'addition. Et nos bons pères, eux, sont blancs comme neige !

— Mais Lugoli, dis-je, comme nous advenions à l'entrée de la rue Saint-Jacques, comment pourrez-vous confesser les jésuites, si vous n'avez pas licence de les interroger ?

— En interrogeant leurs cellules et leurs papiers. Savez-vous le latin, Monsieur de Siorac ?

— Passablement bien.

— Et moi, passablement mal. Vous m'allez donc être d'un grand secours, si la tâche vous agrée.

Ha ! lecteur ! Si elle m'agréait ! J'eusse vidé mon escarcelle jusqu'au dernier sol pour être admis à l'émerveillable privilège de me fourrer aux papiers de ces gens-là !

Toutefois, quant à la cellule du père Guéret, que nous suspicionnions de prime, tant parce qu'il était parmi ces jésuites une sorte de prieur ou d'abbé, que parce qu'il avait enseigné à Jean Chatel la philosophie que l'on sait, nous ne trouvâmes rien qui pût l'incriminer, et rien non plus dans les dix suivantes que deux sergents de la prévôté et Lugoli lui-même examinèrent fort en conscience, sans que j'y misse la main, pour ce qu'il y faut une dextérité que je ne possède point et qui, de reste, n'entre pas dans mon personnage.

— Lugoli, dis-je en le tirant à part. Si nous n'avons rien trouvé chez le colonel, il n'est pas à espérer qu'on trouve provende chez les soldats. Mais se peut qu'on soit plus heureux avec le capitaine.

— Et qui appelez-vous ainsi ?
— Le père Guignard.
— Qui est le père Guignard ?
— Le père qui ici même nous conta cette belle histoire du rubis de la Couronne acheté par charité — mais au quart de sa valeur — à une veuve chargée d'enfants et dans le besoin tombée...
— Et qu'est-ce qui vous fait penser que Guignard est parmi eux une sorte de capitaine ? dit Lugoli, cédant à son invétérée habitude des interrogatoires.
— L'impudence de cette fable. L'audace du personnage. Le fait qu'il a attenté de peser sur Catherine de Guise, dont il est le confesseur, pour retarder le raccommodement du roi et du petit Guise.
— Eh bien ! dit Lugoli, si telle est la bête, voyons son antre !
Et l'antre, en effet, ne nous déçut pas, car c'est là, et dans un tiroir qui n'avait rien de secret, que nous trouvâmes ce que nous cherchions, non pas même écrit en latin, mais en français et en bon français. Car ce Guignard possédait une sorte de talent pour le style et dont sans doute aussi, il avait la faiblesse de se paonner, puisqu'il avait jeté par écrit ce que les autres pères s'étaient contentés de penser et de dire.
Voici cet ours, et le lecteur conviendra qu'il est assez bien léché, encore qu'il soit pestiféré et pernicieux.

1 — Et premièrement que si en l'an 1572, au jour de la Saint-Barthélemy on eût saigné la veine basilique (c'est-à-dire royale : Guignard désignant par là Condé et Henri de Navarre que Charles IX et Catherine épargnèrent, quoiqu'ils fussent huguenots, parce qu'ils étaient princes du sang) nous ne fussions pas tombés de fièvre en chaud mal comme nous avons expérimenté. Pour avoir pardonné au sang, ils (Charles IX et Catherine de Médicis) ont mis la France à feu et à sang.
2 — Que le Néron cruel (Henri III) a été tué par un Clément et le moine simulé (allusion à la dévotion d'Henri III) dépêché par la main d'un vrai moine.
3 — Appellerons-nous rois un Néron Sardanapale de France (allusion aux débauches d'Henri III), un renard de Béarn, un lion du Portugal, une louve d'Angleterre, un griffon de Suède et un pourceau de

Saxe ? (Il s'agit ici de tous les souverains d'Europe que Philippe II d'Espagne tenait pour ses ennemis ; je passe ici les points 4, 5 et 6 qui multiplient les offenses à l'égard de Henri III et exaltent son assassin. Et je reprends au point 7.)

7 — Que la Couronne de France pouvait et devait être transférée en une autre famille que celle des Bourbons.

8 — Que le Béarnais, ores que converti à la foi catholique, serait traité plus doucement qu'il ne méritait, si on lui donnait la couronne monacale en quelque couvent, pour *illic* faire pénitence de tant de maux qu'il a faits à la France.

9 — Que si on ne le peut déposer sans guerre, qu'on guerroie ! Que si on ne peut faire la guerre, qu'on le fasse mourir !

— Vive Dieu ! s'écria Lugoli en brandissant ce feuillet au bout de son bras triomphant, la fortune nous a souri ! Mon ami ! mon ami ! Nous touchons au but ! Ce morceau d'éloquence a deux noms : la mort pour son auteur et l'exil pour sa compagnie ! Monsieur de Siorac, plaise à vous que la fouille se poursuive sans moi et en votre présence ! Je cours porter ceci, qui vaut tous les rubis du monde, au président de Thou pour qu'il aveugle de sa lumière les sottards qui ont voté la surséance.

Il fut hors en un battement de cil, me laissant tout étonné d'un si abrupt départir, et quelque peu embarrassé aussi, car je n'avais aucun titre à poursuivre cette fouille, n'étant là qu'à titre de témoin clandestin et sous l'aile du prévôt. Toutefois, observant que les sergents qui participaient à cette recherche me traitaient, du fait de ma familiarité avec Lugoli, avec quelque respect, je décidai d'assumer sur eux l'autorité qu'ils me reconnaissaient et, les répartissant dans les cellules qui restaient à examiner, je retraçai mes pas jusqu'à celle du père Guignard et m'y enfermai.

Je dis mal en parlant de cellule, ce mot faisant penser à celle d'un moine. Il faudrait plutôt parler ici de chambrette, simple, mais non dénudée, et dont je me serais bien contenté en mes années d'écolier en l'Ecole de médecine de Montpellier. J'y trouvai même une viole, bon nombre de livres, d'aucuns profanes (dont *l'Art d'aimer* d'Ovide), un lutrin, deux épées dont l'une mouchetée pour l'exercitation, une soutane neuve, et à côté, un pourpoint et des chausses (preuve que le bon père se réduisait à l'état laïc pour d'aucunes de ses missions), une rangée de pipes à un ratelier, et une raquette pour le jeu de paume. Et sur le tout, méticuleusement ordonné, flottait une curieuse odeur que je ne saurais définir qu'en disant qu'elle paraît particulière aux chambres de prêtres.

Je dois confesser que, maugré toutes les raisons que j'avais de n'aimer point le père Guignard, et privées et publiques, je ressentis à cet instant quelque compassion pour le sort qui l'attendait, car c'était crime au premier chef que d'avoir conservé des écrits si damnables, le décret d'amnistie d'Henri lui ayant fait une obligation de les détruire, si même ils avaient été couchés sur le papier avant l'entrée du roi en sa capitale. Et s'ils avaient été rédigés après, quelle haine cuite, recuite et rebouillie se lisait dans ces lignes à l'égard d'un souverain qui, par son silence au moment du procès des jésuites, avait jusques ores épargné le bannissement à son Ordre.

Assurément, l'avocat du diable eût pu soutenir, non sans quelque raison, que le père Guignard était lui-même la première victime du façonnement fanatique qu'il avait subi, lequel, obscurcissant en lui les notions de Bien et de Mal, l'avait amené à penser que pour servir Dieu (selon les étroites lumières de sa compagnie) il était licite de passer outre aux « tu ne tueras point » du décalogue ! Formation qui, au surplus, l'avait mis au-dessus et à part des lois du royaume où il était né, le déracinant et le défrancisant pour faire de lui le serviteur zélé et sans conscience d'un souverain étranger.

Mais n'est-ce pas, lecteur, le sort commun et ne devons-nous pas tous porter la personnelle responsabilité de ce que nous sommes, étant constant que si même nous pouvons plaider qu'il n'y va pas de notre faute, c'est toutefois une faute en nous ?

Ce fut là mon pensement, tandis que je prenais un à un les livres de Guignard sur l'étagère qui les portait et en considérais les titres, non point tant pour découvrir quelque chose de damnable, les feuillets de Pierre que Lugoli à'steure courait apporter au président de Thou y étant suffisants (et au-delà), mais parce que j'étais curieux de l'homme qui les avait lus. Et c'est là, parmi eux, que je découvris, relié en veau comme les autres, un livre qui m'intrigua de prime pour ce qu'il n'était pas imprimé, mais écrit à la main, cette main étant la même que celle des feuillets qui allaient faire condamner le père Guignard et avec un titre écrit — pour la beauté, je gage — en lettres gothiques et qui m'intrigua fort :

Le Livre de Vie

Ce qui me donna à penser que c'était là, se peut, quelque méditation théologique sur la vie et la mort. Mais que nenni, lecteur ! Loin de là ! Il s'agissait d'une chose beaucoup moins anodine : d'un compendium, selon une suite chronologique, de toutes les connaissances sur les personnes vivantes de la Cour que Guignard avait acquises en les confessant...

Je pris ce *Livre de Vie*, qui eût dû s'appeler le livre des vies, tant il y en avait là, en condensé, et toutes crues, et toutes pantelantes, parfois infâmes, et n'en lus que deux pages, tant je fus effrayé par ce que j'y apprenais, et horrifié plus encore par l'usance qu'un prêtre sans conscience pouvait faire des révélations qu'il devait aux scrupules de ses pénitents. Je me défendis d'aller plus outre dans ma lecture, ne voulant pas, à mon tour, violer des secrets qui n'étaient dus qu'à Dieu, et d'autant que prénoms et initiales s'encontraient fort transparents pour qui, comme moi, vivait à la Cour. Et m'apensant tout soudain que ma Catherine devait figurer en plein milieu de cette boue, laquelle pourrait sur elle rejaillir, si ledit livre était rendu public, comme il y avait danger qu'il le fût, je l'y cherchais et me ramentevant que le début de notre lien datait de mon retour de Reims, et la chronologie dudit livre étant si précise, je ne faillis pas à l'y trouver et dans ces termes :

« Catherina *la viuda que quiere consolarse* (1), quiert

(1) La veuve qui veut se consoler. (Esp.)

de moi autorisation de coqueliquer *sine peccato* (1), avec un gentilhomme de bonne maison ; menace de se passer de moi, si je n'y consens. Auquel cas je perdrai toute possibilité de peser à travers elle sur la funeste négociation entre G. et le renard de Béarn. Décision : 1° — lui trouver une opinion probable. 2° — tâcher de savoir par Corinne qui est le galant. »

Après cela, et G. désignant de toute évidence le jeune duc de Guise, il n'y avait plus qu'à suivre la chronologie pour me voir moi-même apparaître sous les initiales P. de S. Lecteur, me voici, vu par Guignard :

« Corinna *dixit :* " Rubicon franchi. " Le galant est P. de S., huguenot qui a calé la voile sous Néron Sardanapale, mais la caque sent toujours le hareng. Dans archives de la compagnie, rapport sur lui du père Samarcas, martyr de la foi à Londres. (affaire Babington) : " P. de S. antiligueux encharné, *homo libidinosus* (2), volage, rusé, mais point si inconstant en politique. " D'après d'autres rapports non signés, rollet de P. de S. mal défini du jour des barricades à la prise de Paris. Mais probablement de grande conséquence à en juger par son ascension dans l'ordre de la noblesse. Se confesse meshui une fois l'an au curé Courtil, lequel par malheur est un ennemi juré de notre compagnie. Adonc, point d'approche. Décision : primo — enquêter sur P. de S. pour savoir s'il a *otra mujer.* 2 — L'estranger par ce moyen de la *viuda.* 3 — Engager la *viuda* à demeurer ferme sur les 3 requêtes de G. que le renard ne peut accepter. »

Encore que ce texte m'inspirât de sérieuses pensées, et en particulier sur le principe même de la confession (car il faudrait être un ange plutôt qu'un homme pour résister à la tentation du *pouvoir* que ce *savoir* sur autrui vous donne), deux choses m'y ébaudirent prou. *Primo,* je savais de présent de qui Catherine tenait l'expression : « *La caque sent toujours le hareng* », dont elle avait usé un jour à mon encontre par tabustage et taquinade. *Secundo,* je m'encontrai honoré assez que mon portrait en pied figurât dans les archives de la compagnie dite de Jésus. Et si je n'eusse pas souscrit à

(1) Sans péché. (Lat.)
(2) Homme libidineux. (Lat.)

l'épithète *homo libidinosus*, en revanche le jugement de Samarcas (qui prenait là sa revanche posthume), à savoir « volage, mais point si inconstant en politique » me parut pertinent, et que je le dise enfin, me fit esbouffer à rire.

Je retrouvai P. de S. un peu plus loin, et fort menacé dans ses amours.

« *Otra mujer de P. de S. encontrada trovata* (1) : Louison, chambrière ramenée de Reims dans ses bagues. L'ai dit à la *viuda*, sans y toucher et à titre de caquetage de ruelle : la *viuda* a eu du mal à cacher sa *furore*. J'augure bien de ses bec et ongles. »

Mais deux jours plus tard, la note du *Livre de Vie* trahissait une certaine déconvenue.

« La nasse a failli : P. de S. est passé au travers. Le rusé a renvoyé à temps Louison, laquelle est repartie à Reims dans les bagues d'un marchand-drapier. Ladite garce a porté une lettre de P. de S. à P., secrétaire de G. à Reims. Notre mouche auprès de P. n'a pu connaître son contenu. Louison s'étant fâchée avec son marchand-drapier, est entrée au service de P. : *dixit mosca nostra* (2) qu'elle coquelique avec P. Renseignement sans usance aucune : *P. es un hombre de todas las mujeres* (3).

« Ai pressé la *viuda* une fois de plus à tenir ferme sur les trois demandes de G. Lui ai inspiré aversion et mépris pour les négociateurs du renard. Ai tâché de mettre en elle quelque trouble touchant sa quotidienne fornication avec P. de S. En vain. Dès lors que je l'absous, elle se trouve quitte. Aucune peur de l'enfer. *Nada que hacer* (4) avec des âmes aussi charnelles. »

De toute guise et façon, m'apensai-je, il est plus aisé de façonner un esprit déquiété comme celui de Chatel que celui d'une femme saine, drue et gaillarde comme ma jolie duchesse. Je pris note ensuite en mes mérangeoises de prévenir Péricard qu'une mouche ligueuse voletait dans ses alentours. Mais le croirez-vous, belle lectrice, alors même que je suis si raffolé de Catherine, je sentis une petite piqûre de jaleuseté à ouïr que ma

(1) L'autre femme de P. de S. est trouvée. (Esp.)
(2) Notre mouche a dit. (Lat.)
(3) P. est l'homme de toutes les femmes.
(4) Rien à faire. (Esp.)

Louison avec ce même Péricard... Que l'humaine complexion est donc étrange en ses tours et détours !

Un peu plus loin la déconvenue de Guignard devenait tant amère qu'elle descendait à la misogynie.

« La *viuda* a obtenu du renard de Béarn qu'il renvoie les trois négociateurs et les remplace par... R...! Se peut à la suggestion de P. de S. Le huguenot pur diable recommandé par le huguenot converti ! *Horresco* (1) ! Il est grand temps de porter le fer chez ces monstres, à commencer par le renard. Depuis l'affaire Louison, j'ai hélas ! perdu toute influence sur la *viuda*. Si je nomme devant elle le renard, avec quelque déprisement elle s'écrie : " N'y touchez pas, c'est mon cousin ! " Quand je glisse un méchant mot sur R. : " N'y touchez pas, c'est mon parent ! " Quand je graffigne au passage P. de S., si elle n'a pas le front de s'écrier : " N'y touchez pas. C'est mon galant ! ", mais elle fait la moue, tord le nez, sourcille, son œil bleu m'arquebuse. Les femmes n'ont aucun sentiment de l'Etat. Pour elles ne comptent que les liens du sang et du sexe. L'adage romain dit bien : *Tota mulier in ventro* (2).

Les notes concernant notre affaire n'allaient pas plus loin, et comme j'ai dit jà, je me fis une ferme obligation, maugré que ma curiosité fût au plus haut point titillée, de ne pas lire une ligne de tout le reste, me contentant de supprimer les pages où la *viuda* et *P. de S.* apparaissaient. Mais m'avisant à la réflexion que peu chalait que je ne lusse pas le reste, si d'aucuns le devaient lire et répandre à tout le moins sous le mantel, ma Catherine et tant d'autres voyant alors la malignité publique indélicatement fourrager dans leurs plus intimes secrets, je me résolus en un battement de cil à soustraire ce livre maudit au parlement, et le cachant dans mon pourpoint (entre la peau et la chemise) comme Jean Chatel avait fait pour son couteau, je courus chez ma belle, et l'huis clos sur nous, lui lus cet infâme factum.

Je crus qu'elle allait pâmer, à entendre à la parfin ce qui avait bouilli en ces marmites d'enfer sous le sucre et la cannelle des accommodantes confessions du père

(1) J'en frémis. (Lat.)
(2) Toute la femme est dans le ventre. (Lat.)

Guignard. Mais se reprenant à se voir saine et sauve, en sa coite ococoulée dans mes bras, et le livre en notre possession, je ne sais quel féminin serpent lui siffla à l'oreille de vouloir feuilleter ces vénéneux feuillets. Mais je noulus. Et l'arrachant à ses mains potelées, je jetai incontinent ce livre de mort au feu, où il crama de la première à la dernière page.

Lecteur, ce sera à toi d'opinioner si j'eus raison ou non de soustraire cette pièce aux juges. Non que cela changeât rien à l'affaire. Les jésuites cuisaient jà dans leur mijot. En Paris, le populaire n'était que cris, huées et détestation contre eux pour avoir voulu tuer leur bon roi et le replonger dans les horreurs de la guerre civile et l'humiliation de l'occupation espagnole. A la Cour, ce n'étaient que jurements de les enfermer dans un sac et de les jeter en Seine, eux et les derniers ligueux. Et quant à ceux du parlement qui avaient voté la surséance, il fallait les voir marcher à l'oblique comme crabes, l'œil à terre, la crête rabattue, et la queue basse. Le procureur La Guesle — qui avec Séguier, avait tant travaillé à la surséance — ne recevait, où qu'il allât, que de méchants regards. Tant est qu'à la parfin, ce grand coquefredouille (à qui depuis je n'ai mie adressé la parole) crut bon de s'excuser à Sa Majesté que *sans y penser*, il avait été d'avis de laisser les jésuites en Paris.

— Voilà ce que c'est, Monsieur le Procureur, dit le roi très à la vinaigre. Vous fûtes cause de la mort du roi mon frère sans y penser. Vous l'avez cuidé être de la mienne, tout du même...

Si le roi m'avait dit un mot si cruel, je me fusse aller cacher dans un désert. Mais rien n'a la peau si dure qu'un sottard. La Guesle demeura, endurant tout.

Comme disait le comte de Brissac, orfèvre en la matière, ce n'est pas la faute de la girouette si elle tourne. C'est la faute du vent. Et celui-ci, il faut le croire, soufflait meshui très à rebours. Car jamais, de mémoire d'homme, ces messieurs du parlement ne furent plus prompts en leur décision : le procès des jésuites qu'ils avaient sans conclure pendu au croc quatre mois plus tôt, fut décroché incontinent et, opinant au contraire de ce qu'ils avaient alors opiné, la Cour condamna sans appel les jésuites à vider le royaume.

Emerveillable célérité des juges ! Chatel avait attenté de tuer le roi le 27 décembre 1594. Le dimanche 8 janvier 1595 — douze jours plus tard — les jésuites prenaient le chemin de l'exil.

N'appétant guère au sang, comme vous savez, belle lectrice, je ne voulus pas assister au supplice du petit Chatel, non plus qu'à la pendaison de Guignard. Mais je voulus voir de ces yeux que voilà le département des bons pères, et ayant su par Lugoli qu'il aurait lieu après dîner, sur les deux heures après midi, je me rendis rue Saint-Jacques et, mêlé au grand concours de peuple qui était là — grondant, huant et contenu à grand'peine par les sergents —, je vis avancer l'huissier de la Cour, lequel, armé de sa seule baguette, lut au père Guéret, debout sur le seuil du célèbre collège, l'arrêt condamnant à l'exil perpétuel la compagnie dite de Jésus.

Quand la lecture fut terminée, la porte cochère s'ouvrit, et trois charrettes en saillirent, portant les plus vieils et mal-allants des pères. Le reste suivit à pied, et fermant la marche, le père Guéret monté sur un bidet. Je les comptai : ils étaient trente-sept. Je les envisageai un à un. Tous avaient les yeux baissés et leurs faces étaient imperscrutables. D'aucuns remuaient les lèvres, comme s'ils priaient à voix basse. J'eus le sentiment que c'étaient là des hommes d'un grand zèle, qui avaient peu souci d'eux-mêmes et de leur vie, et que leur foi, somme toute, eût été fort belle, si elle avait été mise à meilleure usance.

8

J'AI omis, dans la narration des événements qui suivirent l'attentement de Jean Chatel, un fait, en apparence minime, mais sur lequel je demande au lecteur la permission de revenir, car il ne se trouve pas sans intérêt ni conséquence touchant la nouvelle mission que le roi me donna en janvier.

Quand j'eus brûlé devant Catherine *le Livre de Vie,* je retournai rue Saint-Jacques pour tâcher de découvrir les archives des jésuites que le père Guignard, on s'en ramentoit, avait consultées à mon sujet. Les sergents de la prévôté, qui fouillaient toujours le collège de Clermont avec le plus grand zèle, les avaient dénichées, mais les oisillons de ce nid-là babillaient en latin : ils n'y entendaient miette et ne savaient si ce monceau de papiers serait pour le procès de quelque usance. Je leur dis que j'allais m'en assurer et, m'enfermant avec lesdites archives dans une cellule, je recherchai sans tant languir les rapports sur moi auxquels le père Guignard avait fait allusion dans *le Livre de Vie,* et grâce au Ciel, et aussi grâce à l'ordre minutieux et militaire que les jésuites avaient hérité de saint Ignace de Loyola, je me trouvai sans peine aucune à la lettre S.

Le rapport du jésuite Samarcas — qui avait joué le rôle que l'on sait dans l'existence infortunée de ma belle-sœur Larissa — brillait, comme on a vu, par sa méchantise, mais touchait davantage ma personne que mon emploi à la cour d'Henri Troisième, lequel emploi il n'avait pu que subodorer avant que de départir pour l'Angleterre et y encontrer, comme salaire de ses intrigues contre la reine Elizabeth, une fin ignominieuse. Suivaient des rapports non signés et assez peu précis qui me présentaient comme un huguenot mal converti et indiquant qu'en tant que médecin de « Néron Sardanapale », celui-ci m'avait employé probablement comme Miron, à sa diplomatie secrète.

Bien plus redoutable était un rapport signé L. V. dont Guignard n'avait touché mot. J'y reconnus tout de gob l'écriture émoulue, effilée et tranchante de Mlle de La Vasselière, laquelle affirmait que j'étais un espion à la solde de la « louve d'Angleterre ». Ce qui était faux et que j'avais — ce qui était vrai — sauvé, guéri et protégé un nommé Mundane, lequel ladite louve avait envoyé au Béarnais dans les bagues de la funeste « ambassade du duc d'Epernon » auprès d'Henri de Navarre. L. V. qualifiait cette ambassade de « funeste » parce que s'y était amorcée, bien avant la rencontre fameuse de Plessis-lez-Tours, l'alliance entre le dernier Valois et le premier Bourbon.

Ce rapport me laissa béant, pour ce que La Vasselière, avant d'être dépêchée de ma main dans un duel bien malgré elle loyal, avait proclamé son appartenance à un ordre religieux, ce que j'avais alors décru. Mais qu'elle ne fût pas sans lien avec les jésuites, son rapport le prouvait assez.

Je relus tous ces textes en pesant chaque mot et décidai de détruire les rapports de Samarcas et de L. V., ne laissant subsister que ceux qui n'étaient point signés et que leur imprécision rendait inoffensifs. Il m'apparut, en effet, que si je ne laissais à mon nom que le vide, ce vide même paraîtrait suspect, dans l'hypothèse où ces archives qui ne concernaient point le procès seraient rendues aux jésuites. Or, Samarcas avait rejoint son créateur. Mlle de La Vasselière aussi et leurs venimeux témoignages détruits, personne ne les pourrait mie reconstituer. Pour moi, ne doutant pas de la pérennité de la Compagnie de Jésus, et que les membres de cette secte, quand même ils seraient chassés de France, continueraient à pousser leurs pions contre mon roi, je ne voulais pas si je croisais leur route derechef qu'ils pussent me situer tout de gob sur l'échiquier.

Je vis le roi peu après le département des jésuites, et à sa guise coutumière, j'entends couché, et vers la minuit. Or, à l'entrant dans la grande chambre, je ne lui trouvai pas l'air si gai et gaussant qu'à l'ordinaire et je me permis de lui dire que je ne lui trouvai pas l'air bien content.

— Content, Barbu ? s'écria-t-il avec véhémence, comment le pourrais-je être de voir un peuple si ingrat envers son roi, qu'encore que j'aie fait et fasse tout ce que je peux pour lui, il me dresse tous les jours de nouveaux attentements ! Ventre Saint Gris ! Depuis que je suis en Paris, je n'ois parler de rien d'autre !

— Mais Sire, dis-je, le peuple, quant à lui, vous aime. Jeudi dernier, quand vous allâtes en votre carrosse jusques à Notre-Dame, il vous a tant acclamé que la noise eût débouché un sourd !

— Ha bah ! dit Henri d'un air triste et songeard en portant la main à la petite emplâtre noire qui couvrait sa lèvre supérieure, si mon plus grand ennemi était passé en telle pompe et carrosse devant lui, il l'eût acclamé plus haut. Ha, Barbu ! répéta-t-il, avec un soupir (et montrant en son œil, à l'accoutumée si goguelu, une expression fort lasse, laquelle me frappa prou, pour ce que ce fut la seule fois où j'y lus un tel désamour et de la vie et de ses sujets). Un peuple est une bête, principalement le parisien, lequel se laisse mener par le nez par les menteux, les conteux et les prédiseux. On l'a bien vu pendant le siège !

— Sire, dis-je, le peuple vous a de la gratitude pour lui avoir apporté la paix.

— En ce cas, dit le roi avec un soudain retour de son habituelle gausserie, il ne l'aura pas longtemps : car dès demain, sera publiée et affichée en Paris ma déclaration de guerre à l'Espagne.

— Ha, Sire ! m'écriai-je, c'est galamment résolu ! Il ne sera pas dit que Philippe continue à mener contre nous cette guerre qui n'ose dire son nom, sans que vous tâchiez de vous revancher sur lui à la parfin de toutes les écornes qu'il a faites à la France, à Henri Troisième et à vous ! De grâce, comptez-moi parmi les premiers gentilshommes qui auront la gloire de combattre à vos côtés.

— Nenni ! Nenni ! Nenni ! Barbu ! dit Henri qui

continuait à m'appeler ainsi, alors même que ma grande barbe de marchand-drapier était réduite au mince collier du gentilhomme. Bien sais-je que tu es vaillant et bien le savent tous ceux qui t'ont vu te battre à Ivry et à Laon. Mais tu es bien trop précieux pour que je hasarde ta vie dans un chamaillis d'épées et de piques.

— Mais Sire, dis-je, qui se hasarde plus que vous au choquement des cuirasses ?

— C'est différent. Il faut bien que je donne l'exemple à ma noblesse, puisque je suis son chef. Mais pour toi, Barbu, si tu te bats à mon service, ça ne sera pas cette fois contre des corselets, mais contre des robes.

— Des robes, Sire ?

— Des robes noires, violettes, pourpres, blanches ! Que sais-je encore !

— Quoi ? Sire ! Des soutanes !

— Des soutanes, et à Rome ! dit-il en se mettant à rire à gueule bec de me voir si béant. Ha Barbu ! poursuivit-il en portant derechef la main au petit emplâtre noir qui couvrait sa navrure, laquelle le devait taquiner ou gêner, j'ai scrupule à t'arracher si longtemps à tes affections domestiques... (Il me fit un petit sourire sur ce « domestique ».)

— Si longtemps, Sire ?

— A Rome, dit-il avec un soupir, mais cette fois plus gaussant que mélanconique, à Rome tout est long, tout est soumis à des canons sans nombre, tout marche à pas de fourmi, tout se fait par degrés. *Primo,* quand j'eus conçu projet de me convertir, j'envoyai le marquis de Pisany à Rome. Mais il ne put l'atteindre, le pape lui défendant de dépasser Florence et noulant recevoir du tout cet envoyé de moi. *Secundo,* quand mes évêques eurent fait de moi un catholique, je dépêchai à Rome le duc de Nevers, lequel on traita d'abord fort mal, mais toutefois il fut reçu, mais comme duc de Nevers et non point comme mon ambassadeur (admire, Barbu, ce beau coup de moine !) Et d'absolution pas question ! A la parfin, et grâce à l'abbé d'Ossat, vrai Français à la vieille française, lequel est la plus industrieuse des abeilles romaines, et laboure infatigablement pour le bien de mon affaire, on touchait au but, et je me préparais à dépêcher

Mgr Du Perron à Sa Sainteté avec de grandes chances cette fois que ma conversion fût par elle acceptée, quand le couteau du petit Chatel m'a contraint — je dis bien, Barbu, contraint — d'exiler les jésuites! Ventre Saint Gris! Quel pavé dans la mare vaticane!

— Je gage, dis-je, que le pape fulmine.

— C'est bien pis! dit Henri avec un fin sourire, il pleure! Il est vrai que Clément VIII a reçu du ciel le don des larmes...

Remarque qui me fit sourire en mon for pour la raison que Henri lui-même n'était pas orphelin de ce don.

— Sire, tout serait donc perdu?

— Point du tout. D'Ossat m'assure du contraire. Mais ne mettant pas tous mes œufs dans le même panier, j'ai besoin d'une contre-assurance avant de hasarder de dépêcher à Rome Mgr Du Perron.

— Mais, Sire, qu'irais-je faire là-bas? D'après ce que j'ai ouï, l'abbé d'Ossat est un grand diplomate, fort dévoué à ce royaume et, en outre, fort bien introduit auprès du pape.

— Mais il est d'Eglise et fort dévoué aussi à son Eglise, et encore qu'à mon sentiment, poursuivit Henri avec un sourire, il y aille autant de l'intérêt de l'Eglise que du mien, de recevoir au bercail la brebis égarée, surtout quand ladite brebis est maîtresse d'un puissant royaume, il se peut que d'Ossat veuille croire ce qu'il désire et se leurre sur mes chances. N'étant pas d'Eglise, tu jugeras plus clair.

— Sire, vous en écrirai-je?

— Pas une ligne. Tu me dépêcheras M. de La Surie et tout se dira de bec à bec de lui à moi. Toi-même, à ton départir, tu ne seras porteur que d'une lettre de la reine Louise à l'abbé d'Ossat.

— La reine Louise? dis-je en ouvrant de grands yeux.

— Sache, Barbu, que la reine Louise, depuis la mort d'Henri Troisième, demande au pape la réhabilitation de son défunt mari dont l'âme est toujours sous le coup de l'excommunication papale. Dans l'apparence des choses, l'abbé d'Ossat ne demeure à Rome que pour défendre les intérêts de la reine. L'abbé, poursuivit-il avec un sourire très connivent, n'est nullement chargé des miens. Ainsi peut-il voir le pape aussi souvent qu'il y a appétit sans donner de l'ombrage aux cardinaux espagnols.

— Je dirais, Sire, que c'est là une très vaticane astuce.

— Astuce dont tu verras à Rome plus d'une preuve, ladite Rome n'étant pas seulement la Ville éternelle, mais l'endroit du monde où il y a le plus de finesse. Tu partiras dans trois jours, reprit-il d'un ton bref et militaire, avec La Surie, l'escorte de Quéribus, et un viatique donné par moi sur ma cassette. Bonsoir, Barbu !

Et le croiras-tu, lecteur ? Je fus comme déçu qu'il n'ajoutât pas : « Il est temps que mon sommeil me dorme », tant cette expression lui était particulière et tant elle m'était chère.

Je retrouvai au sortir du Louvre mon escorte et ce fut la tête fort bourdonnante de ce que j'avais ouï que je courus retrouver mon Miroul en mon logis du Champ Fleuri et m'assis devant la collation qu'il m'avait fait préparer, pressé de lui annoncer l'émerveillable nouvelle de notre départir pour Rome, mais fort content de lui donner à mon heure cet extrême contentement, pour la raison qu'il avait prou rebéqué de n'avoir pu être partie à mes deux visites au collège de Clermont.

— Eh bien, dit-il, observant mon silence et dans l'évident dessein d'amorcer la pompe, comment va le roi ?

— Je l'ai trouvé de prime songeard et marmiteux et, touchant son peuple, fort désabusé, alors qu'il lui est d'ordinaire fort affectionné. Toutefois, quand il s'est animé, il m'a paru reprendre du poil de la bête. Mon Miroul, sais-tu l'origine de cette phrase bizarre ?

— Nenni, dit Miroul qui cuisait dans son mijot, mais sans le vouloir montrer.

— La superstition voulait que lorsqu'un chien atteint de male rage vous mordait, il suffisait pour guérir de lui prendre sur le dos quelques poils !

— Etrange thérapeutique, dit Miroul, dont l'œil marron était présentement aussi froidureux que le bleu.

— Quant à sa navrure à la lèvre, poursuivis-je en machellant mon jambon d'une dent avide, il porte dessus une petite emplâtre noire et hormis qu'il y met souvent la main, se peut parce qu'il se démange, la lèvre me paraît désenflée. Tant est, poursuivis-je en lampant une bonne gueulée de mon vin de Cahors, que dans une semaine, j'augure qu'il pourra baiser sa Gabrielle au bec.

— J'en suis fort aise, dit Miroul qui paraissait être assis sur un cent de clous.

Après quoi, je continuai à manger et à boire, l'œil baissé et sans dire mot ni miette. Voyant quoi, mon Miroul soupira.

— Tu disais, mon Miroul ? fis-je en levant un innocent sourcil.

— *Niente,* dit Miroul, les dents serrées.

— *Niente ! Niente* (1) ! dit Philippe II quand il apprit le désastre de l'invincible Armada. Mon Miroul, poursuivis-je en me levant, *me voy a dormir* (2) : Je suis fort las. Bonne nuit, mon Miroul.

— Bonne nuit, mon Pierre, dit-il en se levant, la face fort chiffonnée.

— Il faudra que ma nuit dépasse de prou le jour, dis-je : mon demain sera tant occupé. Miroul, plaise à toi de m'aider aux matines à faire mes bagues. Je dépars dans trois jours pour Rome.

— Pour Rome !

— Oui-dà !

— Et seul ? cria-t-il d'un air tant désolé que je n'y pus tenir davantage, ressentant même quelque mésaise à l'avoir tourné si longtemps sur le gril.

— Comment seul ! dis-je d'un ton surpris, ai-je dit seul ? Ne va-t-il pas sans dire que tu viens avec moi ?

— Ha, mon Pierre ! cria-t-il, mi-furieux mi-ravi, que tabusteux et taquineux tu es ! Que ne me le disais-tu de prime ?

— Que ne le quérais-tu de prime ? dis-je en lui tournant le dos, et en montant le viret qui menait à ma chambre.

Mais il m'y suivit et, toute vergogne avalée, me pressa de questions, auxquelles, moi couché, et lui assis sur ma coite, je répondis toutes, si las que je fusse,

(1) — Cela n'est rien. (Ital.)
(2) Je m'en vais dormir. (Esp.)

content de voir danser dans ses yeux vairons tant de joie à l'idée de galoper avec moi sur les grands chemins du monde, de bonnes montures entre nos gambes et une gaillarde escorte au cul de nos chevaux.

Toutefois, mon Miroul départi, vous eussiez pu croire, belle lectrice, que j'allais m'ensommeiller tout dret, mais point du tout : le pensement que j'avais si résolument rejeté hors de mes mérangeoises depuis mon entrevue avec le roi, alors même que celui-ci y avait fait clairement (et gracieusement) allusion en regrettant *de m'arracher si longtemps à mes affections domestiques* (ce dernier mot étant prononcé d'un certain air en m'espinchant de côté), me poignit tout soudain avec d'autant plus de force que je lui avais jusques ores refusé l'existence, et qui plus est, me frappa avec une sorte de remords, comme si j'eusse été infidèle à ma grande amour par le fait même que j'avais refusé, dans un premier moment, de m'affliger de cette séparation, tant parce que je bondissais de joie en mon for de pouvoir derechef servir le roi dans une affaire pour lui-même et le royaume de grande conséquence, que parce que l'attrait du voyage et de l'aventure me donnait des ailes, lesquelles, dans mon hypocritesse imagination, n'étaient pas toutes des ailes d'ange, tant s'en fallait...

Et combien que le sommeil à la parfin me vînt retirer de ma vergogne, je la retrouvai intacte le lendemain, et m'en aigris le cœur tout le long du chemin qui conduisait à la petite porte verte, et jusque dans les bras de m'amie, en lesquels de prime j'attentais de la perdre en me gorgeant de ces plaisirs qui, dans deux jours, nous allaient être ôtés, sans qu'elle le sût encore.

— Mon Pierre, me dit-elle quand à nos tumultes succéda cet instant délicieux où les corps étant rassasiés, les cœurs parlent plus librement. Mon Pierre, vos yeux portent, ce me semble, un air songeard et mélanconique. Ne savez-vous pas que si un souci vous point, vous devez à notre violente amour de le partager avec moi ?

Hélas ! m'apensai-je, le partage n'allait point du tout être égal, car sans nul doute, elle allait en porter la part la plus lourde, demeurant délaissée en son logis, tandis que je serais moi sollicité en mon aventureux voyage par une multitude d'objets nouveaux, tant de sites que de villes et de personnes.

Le cœur me toqua rudement aux premiers mots que je prononçai d'une voix quasi étranglée, la parole blèze et bégayante, mais à la parfin, quoique d'une façon fort entrecoupée, je lui dis tout, hormis le lieu où je m'allais rendre — ma mission étant secrète, même pour elle — et aussi le temps que j'y serai, pour ce que je ne le pouvais prévoir, la décision de cette grande affaire étant dans des mains plus importantes que les miennes.

Ha, belle lectrice, j'eus de ma jolie duchesse et au-delà, tout ce que vous avez jà imaginé de cette amour si entière, si passionnée et dans sa vie si tardive : le silence atterré, l'immobilité pierreuse, la puérile décréance, les cris, les insensés reproches, les menaces de ne me revoir mie, les serments de se daguer ou de se serrer dans un couvent, et même selon son infantine guise, les battures et frappements, lesquels tant l'épuisèrent qu'elle retomba dans un silence glacé qui, tout d'un coup, fondit en un torrent de larmes, auxquelles je ne laissais pas de joindre les miennes, me sentant fort tourmenté du pâtiment que je lui donnais, fort impuissant à le lui ôter, et fort coupable, quoi que j'en eusse, d'être la cause de tant de maux.

— Mon Pierre, dit-elle d'une petite voix qui me tordit le cœur, m'écrirez-vous au moins ?

— Hélas non, mon ange, cela ne se peut : vous ne devez pas savoir où je suis. Mais si comme le roi l'a quis de moi, j'ai occasion de lui dépêcher M. de La Surie, celui-ci vous remettra de moi une lettre missive, pour peu que vous me promettiez de ne pas lui faire trop de questions, ni de vous encolérer contre lui s'il ne peut répondre.

Elle me le promit, s'enquit du jour de mon départir, s'effraya tout soudain qu'il fût si proche, et sur la demande que je lui fis de la venir visiter le lendemain, elle me répondit d'un ton las et l'œil désespéré que je fisse comme je voulus, que me voir le lendemain ou ne me voir point, c'était quasi tout un pour elle, tant elle avait le sentiment que j'étais jà et parti et perdu. Cependant, au moment de nous séparer, elle me serra contre soi avec une force que je n'eusse pas attendue de ses bras potelés, et me dit à l'oreille d'une voix basse et larmoyante :

— A demain, mon Pierre.

Et le lendemain, l'œil rouge et la face chaffourée, elle ne voulut de prime ni dérober ses cotillons, ni coqueliquer. Puis elle le voulut ensuite, s'y livra très à la fureur, et quand ce fut fait, elle s'en repentit, et se retournant contre moi, me le reprocha, disant qu'il fallait que je fusse tout à plein sans cœur pour avoir goût à ces jeux, alors que je l'allais quitter; que de reste, elle le voyait bien, et l'avait toujours su, je ne faisais pas de différence entre une haute dame et une souillon de cuisine, qu'il était clair que j'allais fretinfretailler avec toutes les chambrières de toutes les auberges où j'allais gîter, n'aimant rien tant que les amours vénales et publiques, et qu'arrivé à destination, où que j'allasse, je ne tarderais pas à être plus couvert de femmes qu'un chien de puces. Assurément, elle ne serait pas, quant à elle, folle assez pour exiger de moi promesses et serments de lui être fidèle, ma traîtreuse langue étant plus habile à lécher les féminins appas qu'à dire la vérité.

Quoi prononcé — l'œil bleu très étincelant, la parole sifflante, et les griffes saillies — elle s'aquiéta tout soudain, s'éteignit et d'une petite voix et dolente et piteuse, elle exigea de moi ces mêmes promesses et serments qu'elle venait de répudier.

Belle lectrice, ne le savez-vous pas tout comme moi : il en est des jurements de fidélité comme des compliments : il faut les faire, non pas au petit cuiller, mais à la truelle, ou alors point du tout. Et j'eusse été un Turc ou un barbaresque, si, voyant ma petite duchesse dans la désespérance où elle se débattait, je n'eusse pas attenté de l'assouager par toutes les assurances que je lui pouvais bailler et qui, combien qu'elles ne fussent pas sûres, me venaient toutefois du cœur, sentant bien, au moment que je les lui prodiguais, comme elles étaient fragiles et comme elles s'encontraient pourtant nécessaires dans le prédicament où je la voyais.

Toutefois, au milieu même de ces serments, si forts dans leur expression, si faibles dans leurs effets, j'avais scrupule et remords à user, à l'égard d'un être que je chérissais, de ma facile langue, mais en même temps je ne l'aimais que davantage, pour ce que je faisais tant d'efforts pour lui mentir. Et elle, me croyant, me décroyant, me voulant croire, elle lisait dans mes yeux une amour mille fois plus véridique que mes lèvres. Et à la fin, épuisée qu'elle était, elle s'ococoula, quiète, contre moi, et elle pleura des larmes plus douces, me gonflant le cœur quasiment de plus de tendresse que je ne pouvais supporter.

Après avoir étudié les cartes, mon Miroul et moi, nous décidâmes, afin d'éviter en pleine froidure hivernale de traverser les Alpes, de pousser jusqu'à Marseille et là de longer la côte : ce qui fit un voyage longuet, joli, plaisant par la douceur de l'air, mais où l'envitaillement s'encontrait malcommode, car étant donné la stérilité du terroir, on n'y trouvait que fort peu de chair (hormis l'agneau et la brebis), point du tout de lait, de beurre, ni de fromage, et point autant de pain que nous aurions voulu. Toutefois, le poisson abondait, frais et succulent, mais peu aimé de notre escorte, laquelle se plaignait qu'on lui fît « faire maigre » tous les jours de la semaine.

Nous nous apensions être assez forts pour n'avoir rien à redouter des caïmans des grands chemins, lesquels, à l'accoutumée, ne mordent point là où ils se peuvent les dents casser. Cependant, il nous fallut en découdre, car à un mille ou deux après Nizza, qui est un petit port fort joli sur la Méditerranée, nous ouïmes devant nous sur le chemin de grands huchements, les uns de male rage, les autres de détresse, et dans ceux-ci ayant discerné des mots français, nous donnâmes de l'éperon, et mettant nos montures au galop, nous fondîmes au milieu d'un chamaillis confus qui mettait aux prises une vingtaine de vaunéants armés de blic et de bloc et un nombre égal de pèlerins, ceux-là en mauvaise posture, pour ce qu'ils comptaient parmi eux cinq ou six femmes, lesquelles n'étaient armées que de ces poignards que ma belle-sœur, Dame Gertrude du Luc, portait à sa ceinture, mais dont, au contraire de Gertrude, ces pauvres demoiselles n'osaient se servir, s'estimant, se peut, moins menacées dans leur vie que dans leur vertu.

L'embûche était rusée et le site bien choisi, pour ce qu'à cet endroit le grand chemin de Nizza à Genova court entre des rochers fort escarpés à main senestre, et à main dextre un ravin pierreux et précipiteux qui plonge dans la mer. Et cette italienne truandaille, ayant eu la finesse de barrer la route de quelques rochers et d'apparaître sur les arrières des pèlerins, elle leur coupait toute retraite, à moins qu'ils préférassent la noyade à la mort.

Ce n'est pas que d'aucuns hommes dans cette troupe ne se défendissent avec vaillance, en particulier un grand diable de prêtre qui me tournait le dos, et qui, quand nous advînmes, baillait de sa longue épée, brandie au bout de son long bras, de bonnes buffes et torchons à ceux qui osaient l'approcher.

— Cornedebœuf, Monsieur ! Tenez bon ! criai-je en cassant d'un coup de pistolet la tête d'un vaunéant qui le voulait arquebuser de derrière la barricade.

Mais à nous voir, le gros des caïmans, terrifié par notre nombre, nos armes et nos forts chevaux, nous montrait leurs croupières et dévalait avec une émerveillable agilité le ravin pierreux qui menait à la mer, se peut pour embarquer dans une barquette qui se cachait, invisible du chemin, dans une petite crique.

M. de La Surie eût voulu accompagner cette précipitée retraite d'une bonne mousquetade, mais je noulus. Deux pèlerins étaient navrés, l'un d'eux grièvement assez, et quant à la truandaille, elle laissait un mort sur le chemin, sans compter les blessés, car les pierres du ravin qui avaient vu leur fuite, portaient des traces de sang qui brillaient lugubrement sous le chaud soleil. Je pansai les navrés, fis donner de l'eau à tous, et ordonnai qu'on liât le mort sur une des mules afin que de l'enterrer dans le cimetière du plus proche village.

On en était là de ces préparatifs, quand Pissebœuf me dit en oc :

— Moussu, ces vaunéants brandissent en contrebas un torchon blanc.

Et en effet, à mi-chemin du ravin derrière un rocher, je vis une sorte de guenille grisâtre, laquelle était exagitée qui-cy qui-là au bout d'un bras qu'on ne voyait point.

— Que voulez-vous ? criai-je en italien.

— Monseigneur, dit une voix, mais sans qu'une tête apparût, nous quérons de votre grâce la permission de venir chercher celui de nous que vous avez dépêché.

— C'est quelque ruse, dit La Surie en oc. Je ne me fierais pas à ces hommes, même si un ange les accompagnait.

— Venez à deux ! criai-je, et sans armes.

Quoi disant, je fis aligner une dizaine d'arquebusiers le long du ravin, à genoux, et la mèche allumée, et je fis garder aussi la route en amont et en aval par deux groupes d'égale force. Quoi fait, je rechargeai mes deux pistolets et je vis que M. de La Surie faisait de même, l'air fort sourcilleux.

— Monseigneur, cria la voix, ai-je votre parole de gentilhomme et de chrétien de nous laisser repartir sains et saufs avec le corps ?

Ce « chrétien » m'ébaudit fort dans le bec de ce perce-bedaine :

— Tu l'as, criai-je, au nom de tous les saints et de la Benoîte Vierge ! Mais hâte-toi ! Nous ne pouvons délayer plus outre !

Deux hommes alors se détachèrent du rocher, lesquels se mirent à gravir la pente abrupte du ravin avec une adresse et une rapidité qui ne laissa pas de m'émerveiller, alors même que, mes deux pistolets à la main, je gardais un œil, et sur eux et sur les alentours, l'ouïe aussi fort attentive, tandis que Pissebœuf et Poussevent détachaient de la mule le corps du caïman que j'avais dépêché et le déposaient sur le chemin.

Cependant, les deux hommes surgirent au milieu de nous, et celui des deux qui paraissait être le chef, jetant un regard aigu et nullement effrayé autour de lui, vint à moi sans hésitation et se campant sur ses gambes, me salua et dit d'une voix forte :

— Monseigneur, la grand merci à vous de votre magnanimité. Je me nomme Catilina, ajouta-t-il noblement, comme si son nom de brigand ne devait pas m'être déconnu.

— Signor Catilina, dis-je la face imperscrutable, j'eusse aimé vous encontrer en un autre prédicament.

— C'est là le hasard de la guerre, dit Catilina avec le même air de noblesse, lequel il portait avec naturel et sans piaffe aucune.

De son physique, c'était un homme de stature moyenne, fort noir de poil et de peau, mais la face franche et plaisante, et une carrure qui annonçait beaucoup de force. Je m'apensai, en l'envisageant, que l'aristocrate de la Rome antique dont il portait le nom ne devait pas être fort différent de lui en sa corporelle enveloppe, ni se peut en son humeur.

— Signor Catilina, repris-je, vous vous êtes mis très au hasard de votre vie en vous confiant à moi. Il a donc fallu que vous aimiez prou ce compagnon à qui notre chamaillis fut fatal.

— C'était mon frère, dit Catilina en baissant la paupière, et j'eusse manqué prou à l'honneur en ne ramenant point son corps en mon village.

Ayant dit, il s'agenouilla sur la poussière du chemin devant le mort, et, les larmes lui coulant tout soudain, il se mit à faire oraison, les mains jointes, l'air si grave et si chagrin que le silence se fit, tant chez les pèlerins que chez les soldats de notre escorte. Quant à moi, je confesse que je n'arrivais pas à détacher mon œil de ce brigand si parfaitement pieux et poli.

A la parfin, Catilina se releva, et avec le même air d'aisance et de noblesse avec lequel il faisait tout, il se tourna vers moi et me dit :

— Monseigneur, plaise à vous de permettre que l'abbé que voilà récite une brève prière sur ce frère mien qui a passé.

Et de la main, il désignait le grand diable de prêtre que j'avais vu se battre avec une vaillance léonine, et qui, appuyé d'une main à la paroi rocheuse en surplomb, attentait, de l'autre, d'essuyer son épée ensanglantée sur un buisson qui avait trouvé à se loger dans une fissure de la pierre. Ce guillaume devait entendre l'italien, car dressant l'oreille aux paroles de Catilina, il rengaina son arme et dit d'une voix douce et chantante :

— Bien volontiers, mon fils.

Quoi dit, il se retourna. Et béant, je reconnus Fogacer.

Ce ne fut pas sans mésaise que l'on trouva à Genova une auberge assez grande pour loger et notre escorte et les pèlerins, lesquels s'encontraient si terrifiés par l'embûche où ils avaient cru laisser leurs bottes qu'ils nous avaient suppliés de demeurer en notre compagnie jusqu'à Rome, but de leur saint voyage : ce à quoi j'acquiescai d'autant plus volontiers que j'appétai fort à ce que Fogacer demeurât auprès de moi, tant en raison de notre ancienne, intime et immutable amitié que parce que j'ardais fort à savoir le pourquoi de son étrange vêture.

Il en est des alberguières italiennes comme des françaises : avec cinq sols elles vous logent à plusieurs dans la même malcommode chambrette et se peut même, dans le même lit. Avec un écu, elles vous baillent une chambre digne d'un évêque, et une salle à manger à part, loin de la noise vacarmeuse de la table d'hôte. Et si comme moi, vous ajoutez cinquante sols, elles vous feront apporter une cuve à laver et tandis que vous gloutirez votre repue, deux chambrières la viendront remplir, portant au bout de leurs beaux bras rouges des seaux d'eau fumante.

J'étais si las et, après le tohu vabohu de cette journée, si affamé de solitude que j'obtins de la Génoise, une matrone joufflue, mafflue et fessue dont la lèvre se décorait de poils noirs (lesquels avaient essaimé jusque dans l'échancrure de son corps de cotte), j'obtins, dis-je, deux chambres, noulant du tout partager ma coite avec La Surie (le révérend père Fogacer, au rebours de moi, appétant à partager la sienne avec son acolyte). Toutefois, je devais à l'amitié de rompre le pain avec eux dans la petite salle à manger où, de prime, Pissebœuf et Poussevent nous vinrent retirer nos bottes, tandis que carrés et comme épatés dans nos cancans, et le ventre à table, nous nous remplissions gaillardement de viandes et de vin.

Cependant, la nuitée étant jà profonde, l'alberguière nous vint apporter trois bougeoirs qu'elle posa sur la table en nous recommandant de ne point trop délayer à notre repue, car chacun de nous trois devrait emporter sa chandelle en sa chambre, sans espérer qu'elle-même lui pourrait en bailler une autre, se trouvant fort à court.

Et maintenant qu'à cette vive lumière on y voyait davantage, je fus si fort frappé par la physionomie de l'acolyte que je me permis de lui dire :

— Monsieur, j'ai connu en Paris, servant chez un révérend docteur médecin de mes amis, une jeune chambrière prénommée Jeannette qui vous ressemblait prou : même ovale, mêmes yeux, même nez, même bouche fraisière, même imberbe menton...

— Monsieur le Marquis, dit l'acolyte en battant du cil, cela n'est pas pour surprendre. Cette Jeannette est ma sœur jumelle. Mais pour moi, on me prénomme Jeannot.

— Va donc pour Jeannot, dis-je, en espinchant de côté Fogacer, lequel oyait ce dialogue, le sourcil noir arqué sur son œil noisette, mais sans mot piper. Jeannot, repris-je, tant en raison de vos cléricales fonctions auprès de M. l'abbé Fogacer que pour l'amitié que m'inspire votre bonne mine, soyez à ma table, jusqu'à la fin de ce voyage, le très bien venu.

— Monsieur le Marquis, dit Jeannot, la grand merci à vous. Et peux-je dire que votre condescension à mon endroit ajoute à la gratitude que je nourrirai à jamais pour avoir sauvé la vie de M. l'abbé Fogacer et fort probablement la mienne.

— A moins, mon enfant, dit Fogacer avec son lent et sinueux sourire, qu'un sort plus rude que la mort t'eût été réservé...

A quoi Jeannot rougit, et un ange passa, lequel ne trouvant rien d'angélique en le dessous de cette réplique, s'envola tout de gob.

— Monsieur l'abbé, dis-je (Et, belle lectrice, pardonnez-moi, mais tous ces propos se poursuivirent la bouche pleine, la dent machellante, et la gargamelle avalante, pour la raison que j'étais lors tout aussi avide de connaissances que de terrestre nourriture). Monsieur l'abbé, peux-je dire que je suis tant étonné des circonstances de notre encontre que j'ai quelque appétit à questions poser.

— *Mi fili*, dit Fogacer, j'accepte toutes questions, sans toutefois garantir mes réponses, ni leur fidélité au vrai.

— Qu'en est-il — la question arde et brûle mes lèvres depuis trois heures —, qu'en est-il de cette soutane ?

— Pourquoi ? dit Fogacer en levant son sourcil diabolique, la trouvez-vous mal coupée ?

— Je dirais, dit La Surie, que cette soutane soutient fort bien votre personnage. Pour un peu, on vous croirait né avec elle.

— Mon ami, repris-je, je m'entends : cette soutane, la méritez-vous ?

— C'est là, dit Fogacer, une grave question. Pierre d'Epinac, archevêque de Lyon, méritait-il sa belle robe violette, lui qui coqueliquait avec sa propre sœur ? La réponse n'appartient qu'à Dieu.

— J'entends, dis-je, cette soutane est-elle vraie ?

— La soutane des jésuites, dit Fogacer, est-elle vraie, eux qui, étant réguliers, eussent dû porter la robe de bure, la corde et les sandales ?

— Je m'entends, repris-je, cette soutane est-elle un masque ?

— Toutes les vêtures me sont un masque, dit Fogacer dont le ton, cette fois, ne me parut pas si badinant, moi à qui l'on défend de paraître sous mon véritable visage.

— Je m'entends, dis-je : vous y sentez-vous la conscience à l'aise ?

— Ma conscience n'est pas dans ma vêture, dit Fogacer, reprenant son ton léger et son sinueux sourire.

— Eh bien donc, dis-je, voici ma dernière attaque puisque toutes ont été repoussées. Comment trouvez-vous le port de la soutane ?

— Malcommode sur le chemin. Fort commode à destination.

— Votre destination étant Rome, à ce que je crois.

— Où, dit Fogacer, la paupière baissée et les mains jointes sur ses viandes, je vais gagner toutes les indulgences qui jusque-là m'ont fait si cruellement défaut...

— Il se pourrait, dis-je après un instant de silence, que votre flèche et la mienne, bien que tirées par deux archers différents, visent à Rome la même cible.

— C'est plus que probable, dit Fogacer. Vous savez donc qui me tire.

— Je le connais et je l'honore, dis-je gravement. Jamais évêque n'a mieux servi le roi en se servant lui-même.

— Amen, dit Fogacer avec un petit pétillement de

son œil noisette. Ce petit vin italien n'est des pires, reprit-il. Je le bois à la santé de mon bon maître, Mgr Du Perron, au succès de sa grande mission à venir et à son futur chapeau.

— Quel chapeau ? dit Jeannot innocemment.

— Monsieur, dit Fogacer, voudriez-vous qu'un cardinal aille tête nue ?

Sur ces dernières répliques, la conversation était descendue à d'onctueux murmures et, sur un signe que je lui fis, La Surie prit un bougeoir, et tirant vers la porte à pas de chat, l'ouvrit fort brusquement, mais derrière l'huis n'encontra que le viret qui menait à nos chambres. Il le reclouit.

— Voilà qui va bien, dis-je. Si votre cible, monsieur l'Abbé, comme je crois, est un autre petit abbé, et comme de robe à robe on n'est pas sans se connaître, se peut que vous puissiez sur lui éclairer ma lanterne.

— *Mi fili,* qu'appétez-vous à savoir ? dit Fogacer.

— D'où il vient et où il va.

— Il vient de l'obscurité d'une robe noire ; et de là, aspire, s'il ne l'a pas jà, à l'éclat discret d'une robe violette et s'il l'a jà, à la pompe d'une robe pourpre.

— Je n'entendais pas sa particulière fortune, mais son rollet public.

— *Mi fili,* dit Fogacer d'un air mi gaussant mi affectionné car pour lors vous êtes doublement mon fils, et non seulement parce que je vous ai nourri, en vos vertes années, aux stériles mamelles d'Aristote, mais aussi pour ainsi parler, cléricalement, et du fait même de la robe que je porte, sachez de prime que pour défendre les intérêts français à Rome, il y eut de tous temps un ambassadeur français et un cardinal protecteur, lequel, sous le règne d'Henri Troisième, fut d'abord le cardinal d'Este qui, en rendant son âme à Dieu, légua à son successeur, le cardinal de Joyeuse, cette inestimable perle, son très dévoué secrétaire : l'abbé d'Ossat. Duquel, poursuivit-il en levant sa longue et fine main, la réputation d'honnêteté, de fermeté, de loyauté et d'habileté diplomatique était telle, même en France, que lorsque Henri Troisième à Blois, en 1588, renvoya les ministres dévoués de sa mère, il fit appel à d'Ossat pour remplacer Villeroy...

— Cornedebœuf ! criai-je stupéfait, mais je ne l'ai jamais su !

— L'Eglise sait tout, dit Fogacer gravement.

— Et quel émerveillable avancement pour un petit abbé ! dit La Surie.

— Lequel, toutefois, il refusa, dit Fogacer avec son lent, connivent et sinueux sourire.

— Et savez-vous pourquoi ? dis-je.

— Ha ! Comme il serait intéressant de le savoir ! dit Fogacer en levant au ciel ses bras arachnéens. A supposer, reprit-il en arquant son sourcil, que l'Eglise me charge un jour d'écrire l'apologie de l'abbé d'Ossat, je ne manquerai pas d'expliquer noir sur blanc que c'est par humilité chrétienne que ledit abbé noulut devenir le ministre d'un grand monarque de l'Occident. Mais c'est là *mi fili*, une de ces choses que tous les prêtres disent et qu'aucun d'eux ne croit.

— Il n'est mèche qui ne se vende un jour ! dit La Surie en souriant d'un seul côté du bec.

— Mais telle est la crédulité humaine, poursuivit Fogacer, que personne n'achète ladite mèche, même quand elle est à vendre... Je poursuis. Mon cher Miroul, si vous aviez le choix entre être ministre et devenir cardinal, lequel choisiriez-vous ?

— Les ministres passent, mais les cardinaux demeurent, dit La Surie. Adonc, je choisirais le chapeau.

— C'est bien pensé. En outre, ramentez-vous que Henri Troisième, très antiligueux et anti-espagnol, se trouvait en très mauvaise odeur à Rome. Qui plus est, il était bougre. Et encore que la bougrerie ne soit pas déconnue dedans l'Eglise, elle n'y est pas bien considérée, quand elle est scandaleuse. Et enfin, d'Ossat, toujours bien informé, ne pouvait ignorer que la lutte entre le Guise et le roi à Blois avait atteint un point tel que l'un des deux ne pouvait manquer d'être dépêché par l'autre. Or, le roi tué, que serait devenu son ministre ? Mais d'un autre côté, Guise occis, et avec lui son frère le cardinal (crime en horreur à Sa Sainteté), que serait devenu le ministre d'un roi excommunié ? Adonc mon d'Ossat refusa les honneurs en ce combat douteux et demeura sagement à Rome, se chauffant au soleil de la chrétienté...

— Voilà, dis-je, qui parle en faveur de sa prudence.

— Mais voici, en revanche, dit Fogacer en levant sa longue main, qui parle en faveur de son courage et de sa clairvoyance : quand Jacques Clément occit Henri Troisième et que celui-ci, sur son lit de mort, reconnut Henri de Navarre comme son successeur, le cardinal de Joyeuse, notre évêque protecteur à Rome, rejoignit le camp ligueux, et l'abbé d'Ossat, en complet désaccord avec lui, le quitta.

— Il est donc antiligueux ? dis-je, trémulant de joie...

— Et de longue date. Il estime que si la Ligue en France a servi le roi d'Espagne, elle a, dans la réalité des choses, desservi l'Eglise catholique.

— Je commence à aimer ce petit abbé, dit La Surie. Que fit-il quand il se retrouva désoccupé à Rome ?

— La reine Louise l'apprit et le prit à son service. Comme vous savez, elle voudrait obtenir du pape, poursuivit Fogacer avec un petit brillement de l'œil, une messe chantée pour le repos de l'âme excommuniée de son défunt mari.

— *Sancta simplicitas !* dit La Surie.

— Tautologie ! dit Fogacer. Il n'est de sainteté que simple... Savez-vous que d'Ossat, qui est pourtant fin comme l'ambre, conseilla un jour au roi Henri Quatrième, dans une de ses lettres, de renforcer la conquête de son royaume par *l'abstinence des voluptés qui dérobent le temps et détournent des affaires.*

— Et que fit le roi, dit La Surie, à lire cet innocent conseil ?

— Il le répéta à Mgr Du Perron, et ils en rirent tous deux comme fols.

A quoi nous rîmes aussi.

— Messieurs, dis-je en me levant et en saisissant un des trois bougeoirs, plaise à vous d'achever sans moi ce flacon : je me retire.

— Je gage, dit La Surie avec un taquinant sourire, qu'il est temps que *votre sommeil vous dorme.*

— Nenni. Je m'en vais profiter de ce bout de

chandelle pour me laver. Messieurs, je vous souhaite la bonne nuit. Pour moi, une bonne cuve m'attend.

Quoi disant, je m'engageai dans le viret et montai à l'étage, où, à ma grande surprise, je vis sur le palier une forme humaine étendue dans un renfoncement et, me demandant qui dormait là dans cette malcommode posture, et à même le plancher, maugré l'inclémence du temps, je mis un genou à terre, inclinai le bougeoir pour envisager la face du gautier, duquel je ne pus voir que le nez, tant il était bouché dans son manteau. Et ce nez et ces lèvres me paraissant être ceux d'un enfant ou d'une femme, je soulevai de ma main senestre le pan du capuchon dans lequel, en raison de la froidure, le quidam s'était ococoulé. Quoi faisant, à la lumière trémulante de ma chandelle, je découvris, entouré de mignardes boucles noires, le plus joli minois de la création, lequel me parut plus bel encore, quand l'inconnue, se déclosant de son sommeil, ouvrit les yeux, lesquels étaient immenses, d'un noir brillant et ornés de cils touffus.

— Mamie, dis-je, étonné qu'elle ne parût pas plus effrayée de ma soudaine apparition, que fais-tu céans à prendre ton repos et somme sur la dure au lieu que de t'aiser au chaud dans une bonne coite ?

— Monsieur le Marquis, dit-elle.

— Quoi donc ? Tu me connais ?

— Assurément, dit-elle, je suis une de ces pèlerines que vous sauvâtes ce tantôt des caïmans du grand chemin. Je m'appelle, poursuivit-elle avec un battement de cil des plus modestes, Marcelline Martin et suis veuve d'un huissier à verge du parlement de Paris.

— Madame, dis-je sachant bien que rien ne caresse davantage une bourgeoise que d'être « madamée », je suis fort chagrin de voir une personne de votre rang si mal accommodée.

— Ha, Monsieur ! dit-elle, la grand merci à vous de votre compassion. A la vérité, l'alberguière m'a baillé un lit, lequel toutefois il me fallut partager avec deux pèlerines si grosses, si ordes, si sales, si ronflantes et si remuantes que je n'y pus tenir plus de dix minutes et, m'enveloppant de mon manteau, me vins réfugier céans.

— Ha, Madame ! dis-je, je ne peux souffrir qu'une

personne de votre sexe endolorisse ses tant fragiles os à coucher sur un plancher. Plaise à vous de prendre ma chambre et ma coite. J'irai dormir avec mon écuyer.

Là-dessus, il y eut, comme bien vous pensez, belle lectrice, un assaut de civilités dont je sortis vainqueur, et prenant la belle huissière par sa tendre menotte, je la fis lever et l'amenai à ma chambre où je l'allais incontinent quitter, quand elle me dit :

— Quoi, Monsieur ! Une cuve à laver ! Et pleine d'eau claire et tièdelette ! poursuivit-elle en y trempant la main ! Me ferez-vous le sacrifice, et de la chambre, et de la coite, et de ce bain encore ! Ha, Monsieur, c'est trop ! Je ne le peux souffrir ! Il vous faut au moins baigner avant que de départir. Monsieur, de grâce ! Il vous suffira de tirer ce décent rideau entre la cuve et la coite !

— Madame, dis-je, je ne voudrais en rien offenser votre pudeur.

— Monsieur, ce rideau sauve tout. Et si vous noulez, par la Benoîte Vierge, je retourne à mon plancher ! ajouta-t-elle d'un air mutin.

— Madame, vous me tyrannisez !

— Monsieur, de grâce, si vous débattez plus outre, vous n'aurez plus assez de chandelle pour prendre votre bain. Voyez ! Elle faiblit jà !

— Eh bien, Madame, dis-je, me voici subjugué : je fais, à la parfin, votre commandement.

Et me dévêtant, je me plongeai dans l'eau de la cuve, laquelle me parut délicieuse après les poussières et les fatigues de cette longue trotte.

— Monsieur, dit la belle huissière, de derrière le rideau, vous sentez-vous bien ?

— Madame, dis-je, comme dans un paradis.

— Sauf, dit-elle, avec un soupir, que dedans le paradis, Adam n'était pas seul.

— Ha, Madame ! dis-je, ma voix s'étranglant dans mon gargamel, en effet !

— Monsieur, dit-elle, je ne voudrais pas que vous vous mépreniez sur moi. Je suis personne de bon lieu, j'ai quelque réputation de vertu à sauvegarder. En conséquence de quoi, je serais infiniment navrée en mes plus tendres sentiments, si l'on venait à savoir que vous vous êtes baigné nu en votre natureté dans la chambre où je dors.

— Madame, dis-je avec quelque trémulation dans la voix, soyez là-dessus tout à plein en repos : les bontés des dames m'ont de tout temps laissé muet.

Là-dessus, il y eut un silence, pendant lequel je retins mon vent et haleine, doutant en avoir dit assez, craignant d'en dire trop, et nullement assuré de quel côté la balance allait pencher, sachant bien que, lorsque les choses prennent cette prometteuse tournure, un mot, un geste, un regard, à la pénultième minute, peuvent tout gâcher.

— Monsieur, reprit-elle, savez-vous que je vous envie : je n'ai eu, moi, pour me baigner, qu'une cuvette à peine plus grande qu'un gobelet, et j'enrage d'ouïr le ruisselis que vous faites avec cette bonne eau sans en sentir moi-même la caresse.

— Madame, dis-je, cette caresse serait vôtre aussi, si vous me rejoigniez dans cette cuve.

— Hé Monsieur ! dit-elle d'une voix trémulante, y pensez-vous ! Cela serait très disconvenable à une femme de bien !

— Madame, dis-je, sentant le moment venu de la presser davantage, qui vous respecte plus que moi ? Mais nécessité fait loi. Cette cuve est tant grande que vous pouvez y plonger sans que je vous touche du tout. En outre, qui le saura jamais ? Nous sommes à la minuit, le logis est quiet, l'huis bien clos sur nous et bientôt l'obscurité dérobera vos rougeurs, la chandelle jetant son dernier feu.

— Eh bien, dit la belle huissière d'une voix fort faible, mais dans laquelle quelque petit démon se riait à part soi, laissons-la, de grâce, s'éteindre tout à plein. J'en aurai moins vergogne.

— Laissons-la, dis-je.

Et l'œil fiché sur le bougeoir qui reposait sur une escabelle à côté de la coite, la belle huissière l'ayant par-devers soi, et moi l'envisageant à travers le rideau qui était fait d'une cotonnade rouge transparente assez, nous envisagions cette chandelle qui, à dire tout le vrai, prit à mourir un temps infini.

— Moussu, dit mon Miroul tandis que nous trottions au botte à botte en tête de notre escorte, je vous dois des excusations pour avoir irrupté en votre chambre ce matin à la pique du jour pour vous désommeiller : comment pouvais-je savoir que vous seriez infidèle à votre dame trois semaines à peine après l'avoir quittée ?

— Monsieur de La Surie, dis-je froidureusement, le remords me point assez sans que vous y ajoutiez vos piques. Au surplus, es-tu toi-même si vertueux ? Et ne sais-tu pas le pouvoir immense que l'occasion a sur nos tant faibles cœurs ?

— Oui-dà, dit-il d'un air entendu, surtout quand ladite occasion est aidée.

— Aidée ? dis-je avec indignation.

Et à peu de mots, et *sotto voce,* je lui en dis ma ratelée, n'ayant pas scrupules à lui en conter les prémisses, puisque de ses yeux il avait vu la conclusion.

— Moussu, dit Miroul, à ouïr comme vous tournez les choses, il me semble que pour une fois, vous péchez par naïveté. Il me paraît clair comme ciel d'azur que la garcelette, ayant vu par la porte entrebâillée de votre belle chambre les chambrières porter les seaux d'eau dans la cuve, et ayant conclu que vous quitteriez le premier votre repue pour vous baigner, s'est postée tout exprès sur votre passage pour toucher ce que vous nommez votre cœur et partager avec vous, et la chambre, et la cuve, et le lit. Qui veut la cage veut l'oiseau.

— Et qui veut l'oiseau, veut aussi la cage, dis-je roidement. Pour moi, sans vouloir trop paonner, j'oserais dire ici que l'oiselle ne fut point rebelute à mes entreprises. Bien le rebours.

— Se peut, dit Miroul, que vous fûtes une des commodités auxquelles elle avait appétit : la cuve, le lit et vous.

— Ou encore, dis-je en reprenant ma belle humeur, moi, la cuve et le lit. Mon Miroul, te voilà ce matin dépit et vinaigreux comme abbesse au couvent. Pardonne-moi, mais je vais de ce trot entretenir Fogacer.

— Lequel, dit Miroul, n'a pas à chasser après les occasions. Il les amène avec lui. Les bougres, poursuivit-il en baissant la voix, ont bien de la chance. Tout leur est plus facile.

— Quoi ? dis-je, une pique encore ! Fogacer aussi

reçoit son paquet ! Mon Miroul, la chasteté t'aigrit. Je te verrai un peu plus tard.

Et retenant ma monture, j'allai retrouver Fogacer et me mettre au botte à botte avec lui. Toutefois, au bout d'une demi-heure, Miroul nous vint rejoindre, gai et gaussant comme à son ordinaire.

Avant que d'atteindre Rome, nous couchâmes huit nuits encore en chemin ès auberges diverses, les unes bonnes, les autres médiocres assez, mais pour moi, accommodé comme on l'a vu, à ce jour encore je garde une délicieuse remembrance de nos étapes italiennes.

Au contraire de ce que nous avions encontré dans d'autres villes de ce pays dont nous avions demandé l'entrant, la douane papale, aux portes de Rome, fut adamantinement sévère : elle fouilla jusques aux plus petites pièces de nos hardes, fit un dénombrement exact de nos armes, et se saisit de tous nos livres, les miens et ceux de Fogacer, pour les visiter. Ce qui prit deux grands jours, au bout desquels un bon père patelin assez, mais qui sentait à deux lieues l'Inquisition, dit à Fogacer qu'il lui retiendrait son livre d'heures, pour ce qu'il était de Notre-Dame de Paris, et non de Saint-Pierre de Rome, et adonc, par là même, leur était suspect. Ce qui laissa notre pauvre abbé béant, et plus encore, qu'on lui retînt un livre de Simler intitulé *la République des Suisses*.

— Ce n'est pas, dit le père, que nous ayons quoi que ce soit contre Simler qui est bon catholique, ni contre son livre qui est d'une parfaite innocuité. Mais le livre est traduit en français, et son traducteur est hérétique.

— Mais, dit Fogacer, son nom n'est même pas mentionné sur la page de garde.

— Nous savons toutefois qui il est, dit le père, et à quel moulin il va moudre son grain. C'est un huguenot de Genève.

— Mon père, dit Fogacer d'un air modeste, j'admire la science que vous avez des hommes.

— Il le faut bien, dit le père, la crête haute : nous faisons des huguenots, et en particulier de ceux qui se mêlent d'écrire, des dénombrements très entiers, afin d'éviter que leur peste ne vienne contaminer nos ouailles. Pour cette raison, *Signor Marchese*, dit-il en se tournant vers moi, je retiendrai les *Essais* de Montaigne, lesquels ne vous seront rendus qu'à votre département de Rome.

— Mais, dis-je, j'ai ouï dire que Michel de Montaigne avait soumis son livre à vos censures.

— Desquelles, toutefois, il n'a pas toujours tenu compte en rééditant son livre. Ainsi vois-je qu'aux livres I et II, il parle toujours de George Buchanan comme d'un « grand poète écossais ».

— Eh bien, dis-je, où est le mal ?

— *Signor Marchese,* dit le père du ton paternel, patient et supérieur avec lequel il aurait parlé à un enfant, le mal est considérable. Buchanan est un hérétique. Il ne saurait donc être un grand poète.

Ceci me clouit le bec à jamais, hormis toutefois en les pages de ces Mémoires et je fis mon deuil des *Essais,* du moins tout le temps que je demeurai dedans Rome.

— Vous voilà, dit Fogacer, quand nos coffres reclos sur nos hardes, le père nous eut avec sa bénédiction (et non sans que lui ayons graissé pieusement le poignet) baillé l'entrant de Rome, vous voilà, *mi fili,* tristement orphelin de votre Montaigne.

— Lequel, toutefois, dis-je, eut raison de ne pas concéder ce point à la censure papale. Il ne fit qu'en gausser quand je l'encontrai à Blois. Défendre d'écrire que Buchanan est grand poète pour la raison qu'il se trouve hérétique, est, soutient-il, *une façon merveilleusement vicieuse d'opiner.* « Faut-il, ajouta-t-il, *si une garce est putain, qu'elle soit aussi punaise ?* » Par *punaise,* il entendait *puante.*

— Et par *putain* entendait-il *protestant ?* dit Fogacer.

— Nenni, dis-je, ma lame encontrant sa lame à mi-chemin et la toquant, par *putain,* il entendait *bougre...*

— Messieurs ! Messieurs ! dit La Surie, il est de certains mots qu'il est disconvenable de prononcer en ces murs.

Quant à ce qui était dedans les murs, à savoir la Ville éternelle, laquelle ne l'est pas vraiment, mais est faite de villes mortes superposées, j'avais, lecteur, tant appétit à la découvrir, que lassé comme j'étais et à peine nos bagues remisées, et notre escorte accommodée en l'auberge des deux Lions (laquelle s'élève quasiment à main dextre de la *Porta del Popolo* par où nous étions entrés), je décidai, laissant Fogacer au paresseux plaisir de la sieste, d'en faire le tour avec M. de La Surie, ce qui me prit à peu près autant de temps que si j'eusse fait le tour de Paris, les deux enceintes ayant, me semble-t-il, la même circonférence. Mais Rome ne comptant point autant d'habitants ni si grand presse de maisons, ni celles-ci si exhaussées, un tiers au moins de l'espace dans les murs n'était pas bâti. En revanche, je trouvai que les rues et les places publiques étaient plus belles qu'en Paris, les maisons plus palatiales, et je vis, par les rues, quantité de coches et de beaux chevaux témoignant d'une grande richesse. Mais je ne laissai pas que d'être fort déçu de ne trouver aucune rue marchande, alors que les boutiques en Paris, étant toutes merveilleusement achalandées, méritent, tandis qu'on chemine, de bonnes œillées à dextre et à senestre, même si le flux des clicailles en votre escarcelle s'encontre trop bas pour acheter.

La ville s'étend le long de la rivière du Tibre (qui est réputée charrier quotidiennement autant de gens assassinés que la rivière de Seine en Paris) et, au contraire de Londres, elle est plantée autant sur la rive senestre que la rive dextre, mais rien, je dois dire, ne me parut plus beau que la vieille cité, laquelle s'étage dans la partie la plus montueuse. Je vis là de très belles maisons, lesquelles, comme souvent à Rome, avaient un air de pompe, et m'étant enquis d'un passant à qui elles appartenaient, j'appris que la plupart d'entre elles avaient comme heureux possesseurs des cardinaux italiens.

— Mais *Signor*, me dit le gautier, si tant ces maisons vous plaisent, il vous sera loisible d'en louer une, par exemple celle-ci dont les volets sont clos, et qui appartient au cardinal de Florence, lequel préfère loger dans une autre qu'il possède aussi.

A ce nom, je jetai une œillée à Miroul, le cardinal de Florence étant un des rares prélats de Rome à aimer la France et à servir ses intérêts.

— Mais, dis-je, pour louer ce palais, il en doit coûter une fortune ?

— Point du tout, *Signor*, dit le gautier, lequel était un petit homme maigrelet aux yeux tant vifs et fureteurs que ceux d'un écureuil. Dites-moi seulement votre nom et où vous logez, et ce soir même, je vous en porte la clé.

— Je suis le marquis de Siorac, dis-je, et je loge à l'auberge des deux Lions avec mon escorte.

— Ha, *Signor!* dit le gautier en joignant les deux mains, vous êtes marquis et français ! Cela suffira à Mgr de Florence ! Ce soir même, vous aurez la clef !

Je l'eus, en effet, le soir même, et visitai le lendemain la demeure du cardinal en compagnie du gautier de la veille, lequel prenant fort au sérieux son rollet de *cicerone,* m'en chantait les louanges, toutes inutiles, car j'y trouvai, outre de grandes écuries et de spacieux communs pour loger mon escorte et mes montures, un fort beau jardin, quoique marmiteux assez en la froidure de l'hiver et un logis qui me ravit, tout de marbre, de colonnes et de statues, fort orné au surplus, les murs des salles communes, dont il y avait au moins quatre en enfilade, étant tendues de cuir doré, et les chambres tapissées de drap d'or et de soie : magnificence que je n'ai vue qu'au Louvre. Car même en l'hôtel de ma petite duchesse, qui passe pourtant pour un des plus beaux de Paris, je n'ai vu pareille pompe. Mais, belle lectrice, je vous vois froncer votre mignon sourcil. Qu'en est-il de ce sourcillement ?

— Monsieur, je suis béante : Appétez-vous de présent au somptueux, vous que j'ai vu vous encolérer en Paris contre la surabondance des laquais en la maison des Grands !

— Belle lectrice, sur ce point-là en effet, je suis adamantin. J'ai en grande détestation ces pléthores de valets, opinant que n'étant pas mieux servi par vingt que par dix, ces débours-là sont inutiles. En revanche, un vaste logis bien accoutré en toutes ses parties me flatte l'œil à toute heure du jour, et pour peu qu'il ait toutes les commodités que l'usage recommande, j'aime, pour ainsi parler, m'ococouler en sa rassurante luxuriosité.

J'eus cette maison que je dis pour cinquante écus par mois et, quoique La Surie en groignât, j'eus pour bien plus de cinquante écus de bonheur à imaginer au milieu de ces statues, d'aucunes fort dénudées, de ces colonnes, de ce cuivre doré et de ces draps d'or dont les murs étaient tapissés, que j'étais un grand cardinal florentin, vivant au milieu de ces beaux objets, en une sorte de cléricale oisiveté, relevée toutefois, seulement pour le piquant, par quelque fine intrigue politique.

— Je doute, Monsieur, que cette mollesse vous eût plu à la longue ; et d'autant qu'un cardinal se doit à force forcée se passer de femme.

— Hé, Madame ! Croyez-vous cela ? N'avez-vous pas ouï que d'aucuns prélats se croient dispensés de vertus et qu'à Rome même, on répute de mœurs pures ceux qui n'ont eu qu'un bâtard en leurs vertes années ?

J'avais emmené avec moi Luc et Thierry, tant parce qu'ils étaient, maugré leur âge, fort vaillants au combat que parce que je noulus les laisser en mon logis de Paris, doutant que Franz à qui j'avais remis les rênes aurait eu d'autorité assez pour les brider et les garder de faire chez moi les zizanieux. Et dès le lendemain de mon installation en mon palais cardinalice, je dépêchai Luc à M. l'abbé d'Ossat, quérant de lui de me recevoir, ce à quoi il consentit, pourvu que ce fût à la nuitée, et avec une petite escorte, et très à la discrétion. Toutes choses en quoi je lui obéis strictement.

M. d'Ossat habitait dans la vieille ville un logis modeste, mais fort commode, la douillette petite pièce où il me reçut étant fort bien chauffée par un feu éclatant et, ce qui ajoutait encore à la tiédeur du lieu, tendu sur tous les murs de velours pourpre : couleur qui devait ramentevoir, je gage, à l'abbé ses plus secrètes ambitions. Lui-même était assis dans un fort large cancan au creux duquel il me parut fort petit, mais ce ne fut là que la vision d'un instant car dès qu'il m'aperçut, il se leva avec vivacité et, m'assurant avec un profond salut de ses respects, il me pria de prendre place sur le cancan, se contentant quant à lui d'une petite escabelle, revêtue elle aussi de velours pourpre. Je noulus tout à trac. Et nous fîmes assaut, l'un après l'autre, de tant de civilités, de respects et de chrétienne humilité, appétant l'un et l'autre à rien d'autre que d'asseoir la moitié d'une fesse sur ladite escabelle que nous serions encore à en débattre, si l'abbé d'Ossat, qui ne manquait pas de sens commun, n'eût pris le parti de sonner une petite cloche et de commander à ses gens d'apporter un deuxième cancan, sur lequel, l'honneur sauf, je m'assis, et, fouillant dans mon pourpoint, lui remis la lettre-missive à lui adressée par la reine Louise.

Il la lut, me jetant par éclair un œil aigu par-dessus le papier, ce qui me donna tout le temps d'examiner sa corporelle enveloppe, laquelle était petite, menue et maigrelette à n'y pas croire, mais toutefois chargée d'une considérable énergie, comme si les esprits animaux ayant, du fait du peu d'étendue de ses membres, moins d'espace à parcourir et à mouvoir, se fussent davantage concentrés dans le peu qu'il y avait là. Cette extrême vivacité donnait à l'abbé d'Ossat l'aspect d'un oiseau, aspect qui était confirmé par un petit nez en bec d'aigle, et des mouvements vifs et sautillants, non seulement de son corps qui bougeait sans cesse des pieds, des mains et du tronc, mais de la tête qu'il tournait constamment qui-cy qui-là comme à l'affût du moindre péril qui l'eût fait s'envoler.

De sa face, il avait un grand front auréolé de petits cheveux blonds duveteux et angéliques qui tournaient doucement au blanc, des yeux bleus perçants assez, le petit nez en bec de faucon que j'ai dit jà, une bouche fraisière et féminine, et répandu sur cette physionomie aimable, l'air aisé et content d'un homme qui ne se refusait pas ces petites tendretés que dans l'état ecclésiastique on a si souvent pour soi-même.

Il m'envisagea d'un air quelque peu perplexe et interrogateur quand il eut achevé de lire la lettre de la reine Louise, et sans dire mot ni miette, il me fit entendre par sa mine interrogative qu'il se demandait bien pourquoi la reine m'avait mis à tant de frais et de peine de faire ce long voyage et de franchir les Alpes pour lui mander ce qu'il savait jà. Tant est qu'en peu de mots j'éclairai sa lanterne sur le véritable objet de ma mission.

— Ha, monsieur le Marquis ! dit-il, j'entends bien les alarmes de Sa Majesté, laquelle craint que le bannissement des jésuites ait gâté l'affaire de son absolution. Et à la vérité, reprit-il en posant les coudes sur les accoudoirs de son cancan et en joignant ensemble les bouts de ses dix doigts, je confesse que je ne fus pas moi-même sans cette appréhension à la première audience que Sa Sainteté me donna après ce funeste événement.

— J'ai ouï, dis-je, que Sa Sainteté avait pleuré.

— Monsieur le Marquis, dit d'Ossat avec un fin sourire, il faut comprendre que là où un roi s'encolère et sourcille, un pape, à qui ces manifestations peu chrétiennes ne sont pas permises, ne peut que s'affliger, soupirer et pleurer. Son état le veut. Et touchant Clément VIII, je dirais que son humeur l'y dispose aussi.

Je fus ravi de cette analyse et, de ce moment, j'envisageai d'Ossat d'un autre œil, ce qu'il entendit aussitôt car il me fit un second sourire, celui-ci adressé à moi, tandis que le premier l'était à lui-même, pour se féliciter de son esprit.

Je lui contresouris incontinent, et après cet échange qui nous rapprocha prou, il poursuivit un récit auquel il prenait visiblement autant de plaisir que moi-même y attachais d'intérêt.

— Je suis, dit Sa Sainteté, bien marri de ce qui est arrivé... (Observez, monsieur le Marquis, qu'il ne dit pas à qui, le nom de l'hérétique n'étant même pas prononcé.) Mais, poursuivit-Elle, je suis aussi très marri (et si j'ose ainsi parler, ce *très marri* était incomparablement *plus marri* que le *bien marri* qui le précédait) de l'arrêt par lequel le parlement de Paris a chassé les jésuites de France, alors que Chatel n'avait rien dit contre eux...

— Que répondîtes-vous alors, monsieur l'abbé ? dis-je, étonné de l'affirmation du pape.

— Mais naturellement, je me tus, dit d'Ossat. Et quant au pape, il poursuivit en ces termes. Oyez-les bien : ils sont tous bien pesés. « Comme pour aggraver le mal, reprit le Saint Père, le parlement de Paris a déclaré hérétique la proposition des jésuites, selon laquelle le roi ne doit être reçu et reconnu, s'il n'a l'absolution du Saint-Siège. Autant dire, s'écria le pape avec un grand soupir qui paraissait lui venir du profond de son cœur, autant dire que cette absolution qu'on réclame de moi est de nulle importance ! D'Ossat, poursuivit-il en levant les bras au ciel, voyez si c'est là le moyen d'accommoder les choses comme nous désirons et comme elles étaient très bien acheminées... »

— Mais cela ne coupe pas du tout les ponts, dis-je.

— Bien le rebours !

— Et que dit ensuite le pape ? dis-je vivement.

— Il tourna alors à soupirer et à me redire qu'il était infiniment marri.

— Et que répliquâtes-vous, monsieur l'abbé ?

— Mais je me tus, naturellement, dit d'Ossat. Je voyais bien que le pape était trop irrité pour m'ouïr. En lui répondant, je l'eusse exaspéré sans le convaincre. Dans le moment, ajouta-t-il en tournant sa tête fine de dextre à senestre avec la vivacité d'un oiseau et m'adressant tout ensemble une œillée et un sourire, dans le moment où les douleurs sont crues et saignantes, même un pape ne prend pas si facilement la raison en paiement... Attendons que les premières impétuosités soient un peu alenties.

— J'imagine, dis-je, que les jésuites doivent mener grand bruit à Rome sur cet exil de leur compagnie.

— Et les Espagnols plus encore, dit d'Ossat. Mais ces clameurs et ces brouilleries n'auront qu'un temps. Le moment venu, je ressaisirai la navette et referai mon fil. Le succès est au bout.

— Monsieur l'abbé, dis-je, j'admire votre fiance.

— C'est que je vois les choses d'un œil clair et froidureux, dit d'Ossat. Henri Quatrième est un grand capitaine, son armée est puissante et il marche de succès en succès. Or, quand il serait le plus grand catholique du monde, jusqu'à faire un miracle par jour, si toutefois il était malheureux à la guerre, il ne serait jamais reconnu à Rome. Comme au contraire, il ne serait que tolérable catholique, si en revanche il prend le dessus en France par la force de ses armes, Rome lui offrira l'absolution que meshui elle lui refuse. Rome a plus à perdre à ce refus que lui.

— Comment cela ? dis-je, étonné.

— Ne connaissez-vous pas l'adage ? dit l'abbé avec un sourire et un pétillement de son œil bleu : *Si le curé fait tant de difficultés à bénir les œufs de Pâques, les paroissiens les mangeront sans qu'ils soient bénits.*

— Ce qui veut dire ?

— Que le roi a sur le pape un immense avantage : il plaide saisi. Il tient et il possède. Il donne les évêchés et les abbayes, et ceux à qui il les donne en jouissent. Le pape en tout cela demeure dessous, et son autorité gît par terre. En excluant le roi de la religion catholique, il s'exclut lui-même du premier royaume de la chrétienté, et n'y peut rentrer qu'en baillant à Henri l'absolution. S'il s'obstine à ne la point donner, c'est le schisme ! s'écria tout soudain d'Ossat avec une douleur qui ne me parut pas contrefeinte. Et Rome court le risque affreux de voir s'émanciper de sa tutelle l'église gallicane, comme l'a fait jà l'église anglicane sous Henri VIII d'Angleterre.

Ce morceau me parut si plein de sens et de substance que je fus un bon moment à le macheller avant de répondre.

— Dans ces conditions, dis-je, le pape ne pouvant faillir d'apercevoir le danger que vous dites, pourquoi délaye-t-il tant à satisfaire le roi ?

— L'Espagnol ! monsieur le Marquis ! s'écria d'Ossat, l'Espagnol ! L'obstacle, c'est l'Espagnol ! L'Espagnol qui est presque plus puissant à Rome que le pape ! Vous en voyez devant vous la preuve ! Pour me pouvoir donner audience, le Saint Père doit contrefeindre auprès même de ses domestiques, tous achetés par Philippe II, de ne m'entretenir que des requêtes de la reine Louise...

Dès la minute où je fus en mon logis revenu, je dictai à M. de La Surie la relation *verbatim* (1) de cet entretien et comme il quérait de moi, à la fin de cette tâche, s'il lui faudrait l'apporter au roi :

— Nenni, dis-je, mon Miroul, il te faudra l'apprendre par cœur, ainsi que toutes les relations que j'écrirai par la suite de ce que j'aurai glané.

— Afin de les mémoralement réciter au roi ? dit Miroul. C'est jeu d'enfant. Il vous ramentoit sans doute que pour m'enseigner à moi-même le latin, j'ai appris mot pour mot toutes les harangues de Cicéron. Et à la vérité, poursuivit-il avec un sourire qui se gaussait de soi, je crois que je les sais encore. Encore que mon âge ait passé quarante ans, la Dieu merci, mémoire chez moi n'est pas plus rouillée que mentulle.

(1) Mot pour mot. (Lat.)

— Amen, dis-je en riant.

— A ce propos, Moussu, savez-vous de qui la belle huissière est la fille ?

— Nenni.

— D'une autre belle huissière qui mourut un peu avant la Saint-Barthélemy de vénériens excès et sur laquelle M. de L'Etoile vous a lu de certains licencieux petits vers que vous citez souvent.

— Dieu du Ciel ! Sa fille ! Et elle a marié un huissier aussi !

— Un huissier à verge, dit Miroul. Cela allait de soi. Moussu, poursuivit-il, comment se fait que la belle huissière vous quittant demain pour retourner en notre belle France, vous ne soyez pas plus marmiteux. Vous ne l'aimez guère, ce me semble.

— Je ne suis pas d'elle raffolé. Combien que garce avec qui je coquelique me trouve toujours atendrézi, celle-ci, le premier soulas passé, m'ennuie l'âme à mourir. Tant plus son cas est chaud, tant plus son cœur est froidureux.

— Eussiez-vous préféré que ce fût l'inverse ?

— Non plus. Mais je n'encontre pas avec elle ces doux moments qui suivent les plus furieux tumultes. Se parler alors ou ne se point parler, c'est tout un, quand c'est ensemble qu'on s'accoise, au bec à bec, et l'œil à l'œil collé. Ou si l'on devise alors, c'est de ces mille riens qui sur l'instant vous sont plus chers que toutes les philosophies...

Disant cela, je me détournai, les larmes au bord du cil, et marchant jusqu'à l'encoignure d'une fenêtre, j'envisageai mon jardin romain dont les cyprès étaient rayés par la pluie.

— Moussu, dit La Surie après un moment de silence, si telle est votre humeur, vous ne sauriez trop pâtir de ce que j'ai à vous apprendre. Hier soir, quand vous étiez chez M. d'Ossat, j'ai surpris Thierry saillant tout débraguetté de la chambre de notre huissière, et comme je le tançais en le prenant par l'oreille, il m'a dit par manière d'excuse que Luc le premier avait mis la belle au montoir.

— Cornedebœuf ! Dans mon propre logis ! L'insolence est belle ! Le fouet, Miroul ! Le fouet ! Mais toutefois pas jusqu'au sang. Quant à la garce, qu'elle fasse ses bagues dans l'heure et s'en aille au diable de Vauvert, et plus loin encore, si plus loin il y a !

Je refusai de dire adieu à la belle huissière, ni même de jeter l'œil sur elle au départir. Toutefois, sachant qu'elle n'était point très étoffée (à tout le moins, c'est ce qu'elle prétendait), je lui fis porter par La Surie (qui en étouffa quasiment de rage) un viatique de vingt écus, lequel elle accepta, ce que peu de femmes, je gage, eussent fait à sa place, venant d'un bailleur qui ne voulait même pas la voir.

L'oiselle envolée, je demeurai donc seul dans ma cage, toute dorée qu'elle fût. Je ne regrettai pas la belle huissière mais les commodités de son commerce car si elle m'ennuyait l'âme, du moins me contentait-elle le corps, lequel ne tarda pas, devenu orphelin de présence féminine, à se sentir comme un poisson hors l'eau. Et d'autant que je ne laissai pas de m'apercevoir, quand je connus Rome davantage, que les dames italiennes, toutes belles et langoureuses qu'elles fussent, se trouvaient quasi inaccessibles, étant ombrageusement surveillées de l'aube à la nuit par cette race en tous lieux funeste et en Italie plus odieuse qu'ailleurs : les pères, les frères et les maris.

Quinze jours après le département de la belle huissière, Fogacer, qui avait noulu loger dans mon palais cardinalice comme je l'y avais invité, me vint voir pour la repue de onze heures avec son acolyte, et j'appris alors seulement de sa bouche qu'il n'était point, comme je l'avais cru, le berger du pieux troupeau, mais qu'il s'était joint aux pèlerins pour les commodités et les sûretés du voyage : en quoi il avait fort erré, puisque sans notre intervention, il y aurait laissé ses bottes.

Dès que nous eûmes glouti un repas à l'italienne (le cuisinier et le feu m'ayant été loués en même temps que la maison), je quis de lui s'il avait vu d'Ossat.

— Nenni, dit-il, je le conserve pour la bonne bouche. Mais j'ai vu quantité de prêtres très au fait des arcanes du Vatican, et...

Il s'accoisa. Comme il m'envisageait de son œil noisette en arquant son sourcil diabolique, laissant sa phrase taquinement en suspens, bien sentis-je qu'il cherchait, avant d'en dire davantage, de conclure quelque sorte de barguin avec moi.

— Et, dis-je, avant que de jeter vos épis glanés en notre commune charrette, vous voudriez, ce me semble, voir les miens ? Mais supposons qu'ils vous paraissent rares et maigrelets en comparaison des vôtres, n'allez-vous pas vous sentir volé ? Ou ne m'impartir à votre tour qu'une partie de votre glanure ?

— *Mi fili,* foin de cette chicheté ! Dégorgez-moi vos grains ! les miens suivront, sans que je retienne un seul. Foi d'abbé !

Je contai alors ma ratelée à Fogacer de tout ce que d'Ossat m'avait appris.

— La fiance de d'Ossat m'émerveille, dit-il, et assurément, si Clément VIII était aussi clairvoyant et résolu que Sixte Quint, il absoudrait tout de gob Henri, car il y va de l'existence de l'Eglise catholique, et que la France ne quitte pas son giron pour s'ériger en église gallicane, et que l'Espagne faillisse d'ores en avant à tenir la papauté en tutelle. Raison pourquoi Sixte Quint avait noulu aider la Sainte Ligue ni en armes ni en pécunes. Il en est mort.

— Voulez-vous dire qu'il a été assassiné ?

— Il se pourrait. Les poisons ne sont pas sans apparaître qui-cy qui-là dans l'histoire du Vatican. Ramentez-vous comment les prêchaillons de la Ligue attaquaient Sixte Quint en chaire ! Et quant à Madrid, un jésuite ne craignit pas de le dénoncer comme navarriste et fauteur d'hérétique !

— Oh, scandale ! dit La Surie, douter de l'orthodoxie d'un pape !

— Et pire scandale encore, sa succession ! Car Philippe II commanda au conclave de choisir le nouveau pape sur une liste de six noms qu'il lui fit remettre. Or le sacré collège comptait soixante-dix cardinaux ! Soixante-quatre d'entre eux étaient barrés par Philippe du pontificat suprême !

— Tous ces papes me brouillent les mérangeoises, dis-je, qui fut élu ?

— Le pire des six, Grégoire XIV.

— L'horloger, dit La Surie.

— Eh quoi, Monsieur de La Surie ? dit Fogacer en arquant son sourcil. Vous savez cela ! Grégoire XIV nourrissait, en effet, une sorte de passion pour l'état d'horloger. Il passait ses journées à réparer des montres et on lui en apportait de toute l'Italie. Et sans doute, ajouta Fogacer en croisant pieusement les mains, cette occupation le rendit myope au point de ne pas voir les affaires temporelles. De montre en horloge, il n'entendit même pas qu'il avait cessé d'être le chef de la chrétienté pour devenir le chapelain de Philippe. Il fit tout ce que l'Espagnol voulut. Il donna à la Sainte Ligue en France dix mille soldats et sept cent mille écus. Les dix mille soldats moururent presque tous en chemin de maladie et le Vatican fut ruiné. Cependant, Grégoire XIV était bon homme assez.

— Monsieur l'abbé, dit La Surie, je vous trouve bien indulgent pour l'horloger.

— Je suis d'Eglise, dit Fogacer avec son lent et sinueux sourire, et chez un prêtre la bienveillance est une seconde vêture. Plaise donc à vous de me permettre de jeter le manteau de Noé sur la vassalité de Grégoire XIV et celle de son successeur Innocent XI, lequel, trop innocent pour régner en ce monde d'intrigues et de brouilleries, fut rappelé par son créateur trois mois après son élection.

— Et quid de Clément VIII ?

— En mon opinion, c'est cette fois par erreur que Philippe II l'inscrivit sur la liste des *papabili :* il eût dû se ramentevoir que le présent pape avait été fait cardinal par Sixte Quint.

— Ce qui signifie, dis-je non sans un trémulant espoir, que Clément VIII n'est pas acquis à Philippe.

— Il ne lui est pas désacquis non plus, étant un homme prudent et aspirant à mourir vieil. En outre, il est bien seul.

— Seul, le pape ? dit La Surie.

— Oui-dà ! Seul. Oyez-moi bien, La Surie : sur les soixante-dix cardinaux du Sacré Collège, bien plus de la moitié doivent à Philippe ou leur chapeau ou une pension. Tant est qu'à ce jour, si l'absolution de Henri était débattue en consistoire, elle serait écartée par une écrasante majorité de « non ».

— Touchant une affaire de conscience, dis-je, le pape n'est nullement tenu de s'en remettre au consistoire.

— Assurément. Mais une décision qu'il prendrait seul le désignerait seul à la vindicte de Philippe.

— Toutefois, dis-je, Philippe a sur les reins la guerre que Henri lui a déclarée. Que peut-il faire de présent contre le pape ?

— Beaucoup. Philippe possède la moitié de l'Italie, et il peut priver Rome des blés des Pouilles et de la Sicile. Il l'a fait jà. Il peut lancer six cents spadassins sur les terres du pape. Il l'a fait jà. Il peut aussi cesser de combattre les pirates turcs qui dévastent les côtes italiennes. Et enfin, il peut faire pis, comme on l'a vu...

— Je gage, toutefois, dit La Surie, que Clément VIII n'est pas sans quelques petits appuis.

— Oui-dà ! Et non des moindres ! Venise et Florence le soutiennent.

— Pourquoi ces villes-là précisément ? dit La Surie.

— Parce que, étant riches, elles ont beaucoup à perdre. Et elles craignent que l'irrasatiable appétit du roi très catholique pour les possessions de ce monde les absorbe un jour.

— Babillebahou ! dit La Surie. Venise ! Florence ! Petits Etats !

— Un Etat, dit Fogacer en élevant gracieusement le pouce entre l'index et le médius comme s'il prêchait, un Etat n'est jamais petit quand il a des pécunes et une bonne diplomatie. Toutefois, dit-il, touchant l'absolution de Henri, Venise et Florence ne peuvent faire plus que d'épauler et d'éclairer le pape. C'est peu, s'agissant d'un homme aussi timoré que Clément VIII.

— Fogacer, dis-je avec reproche, d'Ossat m'a rempli d'espoir et vous, vous me désespérez.

— Qu'y peux-je ? dit Fogacer en levant au ciel ses bras arachnéens, j'en suis marri tout le premier. Le prédicament est ce qu'il est. Je ne l'ai pas façonné. Je vous ai dit ce qui se dit de présent à Rome parmi les clercs.

— Mais à la parfin, m'écriai-je non sans quelque véhémence, le bon sens, la raison, la simple humanité, l'indépendance du Saint Siège, l'intérêt bien compris de l'Italie, tout commande que le pape absolve le roi de France.

— Ha, *mi fili!* dit Fogacer avec son lent et sinueux

sourire, et depuis quand la raison inspire les hommes et commande l'Histoire ?

Fogacer départi, et la pluie ayant cessé, je jetai mon manteau sur les épaules et j'allai faire quelques pas dans le jardin, lequel comportait, en son centre, une longue allée bordée de cyprès et dallée de marbre, tant est qu'on y pouvait déambuler sans se crotter. La prime fois que j'avais vu cette allée, ce fut par soleil clair et ciel azuréen, et elle m'avait enchanté par sa pompe et sa commodité. Mais en cette marmiteuse après-midi que je dis, les cyprès me parurent fort sombres, les nuages fort noirs et l'avenir peu riant pour mon roi et pour moi. Car je voyais maintenant à cette malheureuse affaire tant de traverses que je ne doutais pas qu'elle traînerait des mois avant de recevoir une solution, si tant est qu'elle en recevrait une, ce dont on pouvait douter, Philippe étant si puissant à Rome, les cardinaux si corrompus, et le pape si faible. Quant à moi, mon séjour à Rome se prolongeant deviendrait ruineux et, qui pis est, une sorte d'exil, et de la France, et de ma seigneurie, et de ma grande amour. Je tombai alors dans un grand pensement de ma petite duchesse, lequel me fit très mal, mais étrangement, me faisait aussi quelque bien, comme si, étant si proche des larmes, je retrouvai dans mon émeuvement quelque trésor enfoui.

La Surie me vint rejoindre, et de prime marcha à mon côté, du même pas, mais sans dire mot, ayant deviné mon humeur, et la voulant assouager par sa muette affection. Tant est que la sentant, maugré son silence, si présente, et pourtant si délicate, je fis quelque effort pour saillir de mes songes.

— Mon Miroul, dis-je en le prenant par le bras, crois-tu de présent que Fogacer soit fait prêtre ou non ?

— Il me semble que oui, dit La Surie. Il ne saurait tromper tous ces prêtres qu'il encontre, s'il ne l'était pas. Mais s'il l'est, je m'étonne qu'il se soit jeté dans les bras d'une Eglise qui persécute séculairement ses semblables.

— Bien le rebours, dis-je, il doit se sentir davantage à l'abri, refugié dans le giron de sa persécutrice. Et quid de son discours et de celui de l'abbé d'Ossat ? Peut-on imaginer cloches plus dissemblables ?

— J'opine, dit La Surie après avoir machellé quelque peu ma question, que d'Ossat, c'est la vue du deçà et du dedans, et Fogacer, celle du delà et du dehors. Adonc ma fiance est en d'Ossat.

— Je voudrais, dis-je, que la mienne aussi soit en lui. Ha ! comme j'aimerais envisager de près la face de ce pape dont tout dépend !

— Vous le pourrez, Moussu, et sous peu. Un petit clerc du cardinal Giustiniani vient de se présenter à notre huis pour dire par parole de bec à bec que Son Eminence nous attend demain à onze heures afin que de nous présenter à *Sua Santita* (1).

— Dieu du Ciel ! Et qui est le cardinal Giustiniani ?

— Mais le maître de ces lieux, Moussu ! L'avez-vous jà oublié ?

(1) Sa Sainteté. (Ital.)

9

D'OSSAT m'ayant donné à entendre que la prudence demandait que je ne le vinsse pas voir trop souvent, et qu'il m'enverrait quérir par son clerc, quand il y aurait un progrès nouveau, je fus bien aise d'encontrer le cardinal Giustiniani, dont je ne pouvais douter qu'étant florentin, et un des agents à Rome du grand duc de Toscane, il ne fût favorable à la cause de Henri et de la France. Toutefois, quand je fus admis en son palais (qui n'avait rien à envier pour la magnificence à celui qu'il m'avait loué), j'y allai de prime très à la circonspection, une patte en avant et l'autre jà sur le recul. Mais Giustiniani, qui, pour faire mentir l'idée qu'en France on se fait des Italiens, montrait des yeux très azuréens, une face claire et quelques cheveux gris-blond s'échappant de sa calotte de cardinal, tira tout dret sur l'épaule et à la cible, me montrant d'entrée de jeu qu'il connaissait parfaitement ma place sur l'échiquier, et de quel roi j'étais le pion. Je sortis donc de ma réserve comme les voleurs du bois, et après les premières civilités — lesquelles il fut bon assez pour abréger — je lui demandai si, en son opinion, l'expulsion des jésuites n'avait pas gâté l'affaire de l'absolution.

— Assurément, dit Giustiniani avec un petit brillement de son œil bleu azur, l'exil des jésuites n'a pas fait du bien à votre cause. Mais il ne lui a pas fait autant de mal que le duc de Sessa et les jésuites l'eussent voulu. Dieu leur pardonne, dit Giustiniani avec l'ombre d'une petite gausserie, leur zèle les a emportés trop loin. Ils ont beaucoup menti au pape pour nuire à votre prince. *Marchese*, j'ai vergogne à répéter ces mensonges, tant ils sont impertinents. Je crains qu'ils ne vous offensent.

— *Vostra Eminenza*, dis-je avec un salut, si j'avais dû être navré par les menteries des prêtres ligueux que j'ai ouïes en Paris durant le siège, meshui je ne serais que plaies...

— *Bene*, dit Giustiniani avec un demi-sourire, je poursuis : Les jésuites prétendent que leur bannissement découle d'une résolution prise par l'assemblée générale des protestants à Montauban.

— Cornedebœuf ! m'écriai-je, mais cette assemblée s'est tenue il y a dix ou douze ans sous le règne de Henri Troisième !

— *Nous le savons*, dit Giustiniani, me laissant entendre par ce « nous » que le pape n'avait pas été dupe de ce propos. Les jésuites, reprit-il, assurent aussi qu'après eux, ce sera le tour des chartreux, des minimes et des capucins à être expulsés de France ; que déjà les bons catholiques, comme Séguier, sont chassés de leur charge ; que le maréchal de Bouillon saccage les églises du Luxembourg et foule aux pieds le Saint Sacrement. Qu'en bref, la religion en France s'en va meshui en pire état qu'en Angleterre...

— Mais tout cela, dis-je, est d'une fausseté à crier !

— Ou à pleurer, dit Giustiniani. Car nous savons bien, en particulier, que les autres ordres religieux en France ne sont nullement menacés, encore que le prince de Béarn (le cardinal n'osait dire le roi, le pape ne l'ayant pas reconnu) soit vivement navré de leur refus de faire oraison à Dieu pour la conservation de sa vie. Mais, *Marchese*, nous avons là-dessus contenté le prince ; *Sua Santita* a permis aux chartreux, minimes et capucins de prier d'ores en avant pour lui, sans toutefois leur en bailler rien par écrit. Mais Elle l'a dit de vive bouche à leurs protecteurs à Rome afin que de le leur faire savoir.

Ceci non seulement me contenta (et je le dis à Son Eminence) mais m'ébaudit aussi en mon for comme un bel exemple de finesse vaticane, une permission donnée de vive bouche étant plus facile à révoquer ou à nier qu'un ordre écrit.

— Quant au maréchal de Bouillon, dis-je...

— Calomnie pure ! dit Giustiniani. Assurément, M. de Bouillon est huguenot, mais nous savons aussi qu'il est un des plus modérés de sa secte, et que saccager une église catholique ne lui viendrait même pas dedans l'esprit. En bref, *Marchese,* ces méchancetés et médisances ont davantage nui à leurs auteurs qu'à la cause de votre prince. Sans doute, poursuivit le cardinal en écartant les bras de son corps et en ouvrant tout grand ses yeux azuréens, *Sua Santita* est très affectionnée aux jésuites et tient à grand scandale que leur ordre ait été expulsé de France. Mais...

Ce « mais », ou plutôt ce *ma* italien, fut très long, le *a* final étant étiré, modulé, et prolongé encore, et par un grand geste de la main et par le silence qui suivit, le cardinal, dans le même temps, fixant les yeux au ciel et haussant quelque peu les épaules. Après quoi, il m'envisagea avec un petit brillement connivent de sa prunelle bleue. Et si je tâche, lecteur, de donner un contenu à ce *ma* qui ne disait rien, mais qui suggérait des volumes, j'avancerais que Clément VIII n'était, se peut, pas très content que le général des jésuites fût nommé par Philippe II et non par lui-même ; que l'obéissance des jésuites au pape ne vînt dans les règles de l'ordre de saint Ignace qu'après leur obéissance à leur général ; que les jésuites eussent combattu bec et ongles son protecteur Sixte Quint, ne craignant pas de l'appeler « Navarriste » et « suppôt d'hérétique » ; et qu'enfin les jésuites, dans leur conduite des affaires, paraissaient avoir davantage à cœur les intérêts espagnols que les intérêts du pape. Toutes réserves assurément qui n'empêchaient point le pape d'être à eux « très affectionné » et de pleurer publiquement sur leur bannissement, mais aussi, comme je l'appris deux jours plus tard, de commander à leur général de dépêcher hors de Rome les auteurs des « menteries et médisances » qui l'avaient affligé.

Après ce *ma* (que je savourai longuement dans le fond de mon cœur) le cardinal jeta un œil à une horloge en bronze doré qui décorait une table en marbre et dit avec un certain air de pompe :

— *Marchese,* il est temps de se rendre chez *Sua Santita.*

Ajoutant aussitôt d'un ton beaucoup plus familier :

— Cette horloge m'a été donnée par Grégoire XIV. Comme vous savez, on lui en apportait à réparer d'Italie, de France, d'Espagne et même de Pologne. Mais comme sa tête était faible assez et qu'il ne se ramentevait plus qui les lui avait baillées et personne, naturellement, n'osant les lui réclamer, il était contraint de les distribuer autour de lui pour ne pas succomber sous le nombre. *Che peccato* (1) ! poursuivit le cardinal à mi-voix, quand son *maggiordomo* se fut retiré après lui avoir posé sa grande cape sur les épaules. *Che peccato* que ce bon pape n'ait pas su raccommoder les morceaux épars de la chrétienté aussi bien que les horloges...

Son Eminence, en son extrême condescension et italienne courtoisie, me fit monter avant Elle dans sa carrosse, laquelle était magnifiquement dorée et sculptée et tirée par quatre beaux chevaux. J'observai que le cardinal ordonnait à un des valets de coulisser les rideaux dans le dedans de la coche, ce qui me donna à penser qu'il ne tenait pas à être vu en ma compagnie, le seul fait d'être français vous faisant, je gage, quelque peu sentir le soufre en la Ville éternelle, sauf si l'on était ligueux ou jésuite.

— *Marchese,* dit Giustiniani en me tapotant le genou de l'index de sa main gantée, la coutume veut qu'un gentilhomme étranger soit présenté au pape par l'ambassadeur de son pays. Mais comme de présent, le pape ne peut recevoir d'ambassadeur français du fait qu'il ne reconnaît pas comme roi le prince de Béarn, je serai celui qui vous introduira à *Sua Santita.*

— La grand merci à vous, *Vostra Eminenza,* mais que lui dirai-je ? repris-je, non sans quelque émeuvement.

— *Ma niente, niente* (2), dit le cardinal avec un sourire : ceci est une présentation, non une audience. Le pape vous bénira et vous dira quelques mots. Quant à vous, sage comme une image, vous serez comme elle, muet.

— Comment me présenterai-je ?

— *Marchese,* reprit le cardinal en me tapotant le

(1) Quel péché ! (Ital.)
(2) — Mais rien, rien. (Ital.)

genou, ne vous inquiétez pas, la chose est fort simple. Vous n'aurez qu'à imiter le marquis espagnol qui passera avant vous.

— Et pourquoi ce marquis espagnol passe-t-il avant moi ? dis-je quelque peu piqué.

— Ha ! *Il puntiglio francese* (1) ! dit Giustiniani avec un rire, *Marchese,* de grâce, rassurez-vous. S'il vient en premier, ce n'est point parce qu'il est espagnol, c'est parce qu'il est Grand d'Espagne. Il se nomme Don Luis Delfín de Lorca.

— Don Luis Delfín de Lorca ! dis-je, béant.

— Le connaissez-vous ?

— J'ai secouru une de ses parentes en Paris.

— *Bene.* Il le lui faudra dire. Ce n'est point parce que Espagne et France sont en guerre, qu'il faut que Espagnols et Français se coupent la gorge à Rome.

— *Vostra Eminenza,* je m'en ramentevrai, dis-je avec un salut.

— *Marchese,* reprit-il après un moment de silence, comment vous accommodez-vous dans mon palais ?

— Emerveillablement bien.

— Vous devez sans doute vous demander, poursuivit le cardinal en m'espinchant de côté, pourquoi j'ai deux palais à Rome ?

— *Vostra Eminenza,* dis-je gravement, je ne me permettrais pas de me poser une question pareille.

— *Bene.* La réponse est simple. Je n'en ai qu'un : celui que vous occupez. Celui que j'occupe appartient à Ferdinando di Medici, lequel y vivait du temps où il était cardinal. Mais comme vous savez, son frère mort, le cardinal devint grand duc de Toscane et, pour assurer sa descendance, il dut dépouiller la pourpre et prendre femme. Ce qui le chagrina beaucoup, ajouta Giustiniani avec un fin sourire.

— Pourtant, dis-je, j'ai ouï dire que Christine de Lorraine était belle comme le jour et bonne comme un ange.

— Elle l'est. Et ce n'est pas l'épouser qui affligea le grand-duc : c'est de renoncer au chapeau.

— Mais n'est-ce pas, dis-je, un immense avantage quand on est grand duc de Toscane, d'avoir été

(1) — Ha ! la susceptibilité des Français ! (Ital.)

pendant des années cardinal à Rome et de connaître à fond les rues et les avenues de la politique vaticane ?

— C'en est un, dit Giustiniani en me jetant un œil entendu. Surtout en le présent prédicament...

Le cardinal me laissa en l'antichambre de la salle d'audience où, me dit-il, le camérier du pape, le moment venu, me viendrait chercher et je demeurai là un assez long moment à me demander ce que penserait le pauvre oncle Sauveterre, s'il pouvait me voir attendant, non sans impatience, le moment, au cœur de la « Babylone moderne », de me prosterner aux pieds de « l'idole papiste », et de baiser sa pantoufle...

Mais je ne pus m'attarder plus outre sur ce pensement pour ce qu'entra dans l'antichambre un seigneur vêtu de velours noir avec une fraise à l'espagnole, lequel avait fort bonne mine et, à mon sentiment, n'avait pas trente ans. Et moi, voyant bien qu'il ne pouvait s'agir que de Don Luis Delfín de Lorca, qui était Grand d'Espagne, je me levai et, me découvrant, je lui fis un profond salut. Il parut comme étonné de prime de cet accueil, venant d'un gentilhomme français, m'envisagea avec gravité et étant content, je pense, de ce qu'il voyait, me sourit et, à son tour, se découvrit : immense condescension de sa part, puisqu'un Grand d'Espagne ne se découvre même pas devant son roi. A quoi, voulant lui montrer que j'étais sensible à cet honneur, je lui contresouris et lui fis un second salut. Auquel il répondit tout de gob et de son sourire, et de son grand chapeau. Nous fîmes ainsi assaut de civilités pendant une bonne minute, les commissures de mes lèvres me doulant à force de sourire et ma dextre fort lassée de remettre et d'ôter ma coiffure. A la parfin, d'un commun accord, nous laissâmes nos chapeaux tranquilles et passâmes au langage articulé.

— *Señor Marqués*, dis-je en espagnol, je suis charmé d'avoir l'occasion de vous encontrer et c'est un fort grand honneur pour moi.

— Monsieur le Marquis, dit-il en français, tout l'honneur est assurément pour ma personne.

Ici, lecteur, je simplifie prou nos phrases, lesquelles s'encontraient, selon la mode qui trotte en nos pays, beaucoup plus ampoulées et j'abrège aussi notre échange qui fut fort long, chacun ayant à cœur de prouver qu'un Français n'est pas moins poli qu'un Espagnol, ni un Espagnol qu'un Français. Et la démonstration, après cinq bonnes minutes, nous paraissant faite à notre mutuelle satisfaction, je passai à un sujet qui me tenait à cœur.

— *Señor Marqués*, dis-je, j'ai recueilli en ma demeure, durant le siège de Paris, une Doña Clara Delfín de Lorca. Est-elle votre parente ?

— Comment ? Comment ? s'écria Don Luis en levant ses sourcils qu'il avait fort noirs et fort arqués (mais sans donner rien de sombre ni de sévère à sa physionomie) et m'envisageant comme s'il me voyait à la parfin, non point seulement dans ma corporelle enveloppe, mais dans ma spirituelle essence : comment, Marquis ? dit-il, ses dents blanches éclatant dans le plus affectionné sourire, vous êtes donc le fameux Siorac dont Doña Clara chante le los des matines aux vêpres ? Il n'est pas une seule chambrière, ni un seul *maggiordomo* dans tout mon domestique (car elle vit avec moi, s'occupant émerveillablement de mes enfants depuis l'intempérie de mon épouse) qui n'ait appris à reconnaître le bruit de votre nom et l'odeur de vos vertus. Car, à l'en croire, de tous les gentilshommes qui peuplent la chrétienté, vous êtes assurément le meilleur, et comme l'*épitomé* de toutes les perfections qui se peuvent encontrer chez un homme.

Je crus de prime qu'il gaussait, et éprouvai à ce pensement quelque mésaise, mais n'épiant pas dans son œil velouté la plus petite parcelle de dérision, je vis bien que sa parole était d'or, et non de cuivre, et m'avisai que le temps, se peut, m'avait, dans l'esprit de Doña Clara, bonifié comme le bon vin, rejetant dans l'oubli l'aigreux et le tanin. Car à la vérité, il y avait bien loin des belles ailes dont meshui elle décorait mes épaules aux pieds fourchus dont elle m'avait diablicule dans sa lettre d'adieu.

— *Señor Marqués*, dis-je, je suis charmé que Doña Clara parle en ces termes de moi et plus qu'enchanté d'ouïr qu'elle s'encontre de présent à Rome dans votre demeure, car touchant le bien qu'elle pense de moi, il faudrait le multiplier par cent pour atteindre à l'estime et à l'affection que je nourrissais pour elle. Je la vis départir de Paris avec un regret infini et si elle consentait à me venir visiter en mon logis romain, j'en serais excessivement heureux.

— Je le lui dirai, assurément, dit Don Luis.

Mais il ne put poursuivre, car à ce moment une clochette tintinnabula et, écartant un lourd rideau de velours pourpre, le camérier du pape apparut et dit :

— Messieurs, il est temps. Don Luis Delfín de Lorca se devra le premier présenter. Et après lui Monsieur de Siorac.

Nous entrâmes l'un après l'autre, mais tandis que je restais debout à côté du rideau, Don Luis avança de deux pas et mit un genou à terre. Mais je ne vais point de gob dire ce qu'il fit, puisque je le refis le moment venu en imitation de chacun de ses gestes, comme le cardinal Giustiniani me l'avait conseillé. Toutefois, mon attention se trouvait divisée, car tout en suivant les mouvements de Don Luis, puisqu'il me les faudrait répéter, j'envisageais en même temps le pape avec une très vive curieusité.

Sua Santita était assis sur une sorte de trône, sans personne d'autre à son côté qu'un seigneur de haute mine, lequel siégeait à sa main senestre, le chapeau à la main, et que je m'apensai être l'ambassadeur d'Espagne, le duc de Sessa, puisque Don Luis allait être par lui présenté au pape. La pièce était vide de meubles à l'exception du trône où se trouvait l'ambassadeur et d'une table qui ne me parut pas avoir d'autre emploi que de mettre une petite clochette à portée du Saint Père. Mais il va sans dire que c'est sur celui-ci que mon œil se collait avec une extrême avidité, me demandant si, à le voir, je pourrais discerner si Sa Sainteté aurait assez de fortitude pour passer outre, le moment venu, aux pressions espagnoles. Et à dire le vrai, je ne sus que décider. Car sa face ne me parut pas, quoique un peu molle, ni sans esprit ni sans bonté. Mais gardant en mémoire la formidable physionomie de Sixte Quint, telle que d'ordinaire la peinture représentait ses traits, avec ses yeux noirs fulgurants et sa lourde mâchoire, il ne me parut pas qu'en comparaison, la face de son successeur portât autre chose qu'une sorte de douce obstination. Mais peut-être cette douceur, du moins si l'on en croit l'Evangile, était-elle suffisante pour vaincre.

Je n'ouïs pas, étant trop loin, ce que dit Clément VIII à Don Luis, mais je compris que la présentation à *Sua Santita* était finie, quand je vis le marquis espagnol se lever et à reculons, et par étapes, revenir à moi. Fort attentif à la façon dont il se retirait, puisque je devais l'imiter, je ne vis pas l'ambassadeur espagnol s'en aller et fus surpris, en jetant un œil, de voir assis à sa place le cardinal Giustiniani. Mon tour était donc venu, mais le camérier me faisant signe d'attendre encore, je demeurai quiet, encore que le cœur me toquât quelque peu, et vis passer à côté de moi, pour disparaître par la portière de velours, me croisant, mais sans m'envisager, la face pâle et grave, l'œil baissé et l'air recueilli comme s'il venait de communier, Don Luis Delfín de Lorca.

Le camérier me tapotant alors l'épaule, j'entendis que le moment était venu pour moi de jouer mon rollet en cette cérémonie. J'avançai de deux pas dans la pièce, mis un genou à terre et attendis que le pape (lequel conversait *sotto voce* avec Giustiniani) me voulût bien voir et bénir. Ce qu'il fit enfin. Je me relevai et marchai alors vers le Saint Père non point tout dret et à travers la pièce, mais comme Don Luis avait fait, en gauchissant et rondissant ma marche le long du mur. Parvenu à mi-chemin, je me génuflexai derechef sur un seul genou et derechef le pape me bénit. Ce qui me permit de me relever et de parvenir jusqu'au pied de son trône où je trouvai un tapis à hauts poils, de sept pieds environ de long, sur lequel je me mis cette fois à deux genoux. Dès qu'il me vit en cette assiette, le cardinal Giustiniani (qui remplaçait en cette fonction, comme il avait dit, l'ambassadeur de France) se génuflexa sur un seul genou et retroussa la robe du Saint Père sur le pied droit, lequel était chaussé d'une pantoufle rouge portant sur le dessus une petite croix blanche. Et cette pantoufle étant ma cible, comme bien je savais, je tirai alors à elle, comme je pus, à deux genoux sur toute la longueur du tapis. Le pis, c'est qu'il fallait arriver au but en cette posture, baisser ma face jusqu'à ladite cible, ce qui m'obligea à laisser mon chapeau de côté et à prendre appui des deux mains afin que de ne pas perdre mon équilibre. Toutefois, je n'eus pas à aller jusqu'à terre, car le Saint

Père, pour m'aider, voulut bien quelque peu hausser le pied, afin qu'il vînt à l'encontre de mes deux lèvres, lesquelles je posai sur la petite croix blanche, sans faillir d'apercevoir qu'elle paraissait fort usée de tous les baisers qu'elle avait reçus.

Le pape m'envisagea alors avec beaucoup de bénignité, m'appela par mon nom, et me dit en français, d'une voix douce, de continuer en la dévotion que je portais à l'Eglise de France et en le service du royaume de France (mais sans mentionner le roi) et quant à lui, là où il le pourrait, il le servirait du bon du cœur. Je ne saurais dire à ce jour si ces phrases avaient, adressées à un Français, une signification politique, ou si elles étaient seulement courtoises et coutumières.

Comme avait dit Giustiniani, « sage comme une image, je restai comme elle muet », et le pape me bailla une troisième bénédiction, laquelle, par le fait, me donnait mon congé. Je me relevai et à reculons — car il me fallait, comme Don Luis, saillir de la pièce sans cesser d'envisager Sa Sainteté au visage — je parvins non sans peine à regagner la portière de velours que je passai, rouge et tout en eau, me sentant hérissé assez et mal à l'aise en ma vieille conscience huguenote. Le camérier me suivit pour me raccompagner jusqu'à l'huis de l'antichambre, sans aucune utilité pour moi, mais non sans quelque profit pour lui, car selon l'us, je lui graissai le poignet au départir, le pensement me venant aussitôt qu'il devait être un des hommes les plus étoffés de Rome, du moins si ce petit ruisseau de pécunes ne coulait que vers ses coffres.

Comme je saillais de l'huis dans la cour, un petit clerc joufflu et zézayant me dit d'attendre le cardinal Giustiniani en sa carrosse pour ce que son Eminence avait dans l'esprit de me raccompagner chez moi. Et y ayant là plusieurs coches, chacune plus dorée que l'autre, parmi lesquelles je me trouvais perdu, le petit clerc me mena jusqu'à celle de son maître, en me faisant observer, dans son joli ramage italien, que les armes de Florence étaient peintes sur sa porte. Je lui baillai quelques sols et le cocher ayant descendu le marchepied, je pris place, non sans soulagement, dans ce petit nid capitonné de velours, où je me trouvai à l'abri de l'aigre bise de ces temps tracasseux.

Je n'eus pas à attendre prou, Giustiniani me venant joindre quasi incontinent, et dès que le cocher eut fouetté, me dit en me toquant derechef le genou, ce qui, je gage, était un geste de familiarité amicale qui était censé m'honorer :

— *Marchese,* à dire le vrai, j'ai longtemps balancé à vous présenter à *Sua Santita*, mais d'une part, il eût paru si étrange de ne pas lui amener un gentilhomme français de votre rang, qu'aussitôt l'attention des Espagnols de Rome, lesquels ont partout des yeux, eût été attirée sur vous. Mais d'autre part, en vous présentant, elle l'est aussi, mais se peut, un petitime moins.

— Et serait-il tant mauvais, dis-je, n'entendant rien à ces finesses, que j'éveille l'intérêt de ces messieurs ?

— Tout au rebours, dit le cardinal, car ils ont eu vent que des négociations se poursuivent entre le prince de Béarn et le Vatican, mais ils ne savent pas par qui. Pour eux, d'Ossat ne voit le pape que pour la messe chantée de la reine Louise. Et il vaut mieux qu'ils vous soupçonnent vous plutôt que lui d'être l'intermédiaire secret.

— Ce qui veut dire, je suppose, que les Espagnols vont m'épier jour et nuit.

— Il se pourrait même, dit Giustiniani, avec un sourire suave, qu'ils tâchent à vous assassiner...

— A parler franc, *Vostra Eminenza,* dis-je d'un ton froidureux (car je commençais à comprendre le rollet que Giustiniani et le pape, en m'accueillant avec tant de bonne grâce, m'avaient assigné), si j'accepte, pour le service de mon roi, de servir de leurre ou d'appât, je n'aimerais pas, par ce temps hivernal, finir dans les eaux glacées du Tibre.

— En ce cas, dit Giustiniani, se peut qu'il faudrait vous garder mieux.

— Me gardè-je mal ?

— Je ne sais. Vincenti me dit que vous n'aviez pas observé qu'il vous avait suivi de la *Porta del Popolo* jusqu'à ma maison.

— Qui est Vincenti ?

— Le petit homme qui vous a loué ma maison. Il est à moi.

— Touché ! dis-je en levant la main comme un duelliste (toutefois assez piqué en mon for). La merci à vous, *Vostra Eminenza,* de cet avertissement. Je vais m'armer.

— *Marchese,* dit le cardinal, peux-je vous ramentevoir que depuis Sixte Quint, il est interdit, sous peine de mort, de se promener dans Rome avec une arme à feu à la main. Toutefois, vous pouvez dissimuler un petit pistolet dans une manche de votre pourpoint.

— Je le ferai donc.

— J'opine cependant, reprit Giustiniani, que la meilleure défense est de ne voir de longtemps ni d'Ossat ni moi-même.

— *Vostra Eminenza,* que devient ma mission si je me prive de mes oreilles ?

— Vincenti vous prêtera les siennes. Et pour le reste, reprit Giustiniani avec un air de gravité qui me laissa béant, il serait bon, pour donner le change, que vous sortiez beaucoup et viviez très à l'étourdi...

Quand Giustiniani me déposa devant la porte de son ancien palais, je trouvai un *mendicante* (1) assis sur une des bornes de ma porte cochère, lequel, le menton pensivement appuyé sur le dos de sa dextre, et celle-ci appuyée sur un bâton, me tendit la main senestre et me dit sur le ton de la gravité plutôt que de la supplication :

— *Signor Marchese, fate ben per voi* (2).

Cette formule que je n'avais jamais ouï un caïman employer en France ne manqua pas de m'ébaudir et, m'arrêtant, je dis au gautier :

— Pourquoi dans mon intérêt ?

— *Quas dederis, solas semper habebis opes* (3).

— Benoîte Vierge ! dis-je. Un *mendicante* qui cite le latin !

— Je fus moine autrefois, dit le guillaume.

— Et pourquoi ne l'es-tu plus ?

— Pour deux raisons : *Primo,* j'aime mieux trémuler de froid dans la gaieté d'une ville que dans un cloître. *Secundo :* je préfère mendier pour moi-même que pour un ordre.

(1) Mendiant. (Ital.)
(2) — Faites-moi du bien dans votre propre intérêt. (Ital.)
(3) — La richesse qu'on donne est la seule qu'on possédera toujours. (Lat.)

— C'est raison, dis-je. Toutefois, tu es très vigoureux. Tes épaules annoncent beaucoup de force. Pourquoi ne fais-tu rien ?

— *Il fare non importa, signor, ma il pensare* (1).

— Et à quoi penses-tu ?

— *All' eternita* (2), dit-il en donnant à ces trois mots italiens une émerveillable pompe.

— Sujet immense ! Et pourquoi le bâton ?

— *Signor Marchese,* dès l'instant où vous m'aurez baillé clicailles, d'autres mendiants ne manqueront pas d'importuner votre porte. Voilà qui fera place nette.

— Qui te rend si assuré que je te baillerai pécunes ?

— Deux raisons, *Signor Marchese.*

— Tes raisons vont-elles toujours par deux ?

— Comme le couple humain.

— Poursuis.

— *Primo :* je vous ai amusé. *Secundo :* vous êtes homme à faire la différence entre *un mendicante di merito e un mendicante di niente* (3).

— Si j'en crois ton proverbe latin, voici donc une richesse que je posséderai toujours, dis-je en lui mettant quelques monnaies dans la main. En outre, je vais te faire porter un vieux pourpoint à moi pour jeter sur tes guenilles. Le temps est froidureux.

— *Grazie infinite, Signor Marchese* (4) ! Mais avec votre permission, je le porterai sous mes guenilles et non dessus. Un mendiant, comme un cardinal, doit avoir l'habit de son état.

A quoi je ris à gueule bec.

— Si je t'entends bien, tu es d'ores en avant mon *mendicante* attitré.

— *Si, Signor Marchese,* dit le gautier gravement, et le premier service que je vous rendrai, c'est que je serai le seul : Fiez-vous à ce bâton.

— Me rendras-tu d'autres services ?

— *Che sarà, sarà* (5), dit-il en levant l'œil, mais à

(1) — Ce n'est pas l'action qui compte, c'est la méditation. (Ital.)

(2) — A l'éternité. (Ital.)

(3) Un mendiant de mérite et un mendiant de rien. (Ital.)

(4) — Merci infiniment. (Ital.)

(5) — Ce qui sera, sera. (Ital.)

vrai dire, étant quelque peu bancal de la pupille, quand il levait l'œil dextre vers le ciel, l'œil senestre demeurait fiché en la terre. *Signor Marchese,* reprit-il, plaise à vous, pour éviter de très déplaisants désaccords, de dire à vos gens qui je suis et que mes guenilles ont droit à cette borne.

— Je n'y faillirai pas. Quel est ton nom ?

— Alfonso della Strada.

— Par tous les saints, dis-je en riant, serais-tu noble ?

— Faux, comme beaucoup à Rome. Je me suis baillé à moi-même ce nom, du temps où je déambulais prou par les grands chemins du monde. Mais de présent, je ne quitte plus Rome, étant devenu, avec l'âge, tant casanier que chat ou que cardinal.

De ce *mendicante* plaisant et joculant, et de tout ce qui m'était échu ce matin, je contai ma ratelée à M. de La Surie, tandis que nous étions machellant nos viandes au bec à bec, à la repue de midi. Et vous pensez bien, lecteur, que touchant le baiser à la pantoufle papale, mon Miroul ne faillit pas de faire une réflexion très à la Sauveterre, se plaignant aigrement qu'on divinisât un homme au point de lui baiser le pied et qu'on rendît ainsi à une créature un hommage qui n'était dû qu'à Dieu.

— Quand on sait, poursuivit-il, comment un pape est élu par ses pairs, quels calculs, brouilleries, pressions et corruptions président au choix qui est fait de lui par les cardinaux, comment peut-on le révérer comme le représentant de Christ sur terre ?

— Babillebahou, mon Miroul, dis-je. Ce ne sont là que coutumières cérémonies. Je me génuflexe bien sur un genou devant Henri pour lui baiser le bout des doigts. Pourquoi ne me mettrais-je pas à deux genoux pour baiser la pantoufle du pape, laquelle, au demeurant, ne sent pas l'ail comme la main d'Henri. Mon Miroul, je ne regretterai pas ce pédestre poutoune, si Clément VIII absout le roi.

— Et crois-tu qu'il le fera ?

— A tout le moins, je ne le décrois pas. Le pape, maugré ses pleurs publics, n'aime pas les jésuites. Et il redoute l'Espagnol, bien plus qu'il ne l'adore.

— Si j'entends bien ton récit, mon Pierre, dit La

Surie, Giustiniani tient le milieu entre la fiance absolue de l'abbé d'Ossat et la désespérance de Fogacer. Mais *quid* de ces menaces qui pèsent sur toi ?

— Elles ne me paraissent pas plus griêves que celles que nous avons encourues en nos missions. Il faudra toutefois aviser.

— Je suis béant, dit La Surie après un moment de silence, qu'un cardinal romain t'ait conseillé, pour donner le change, de vivre à l'étourdi...

— Ce conseil, dis-je, se ressent de la Toscane et de ses deux autres illustres Florentins : Machiavel et Lorenzo di Medici.

— *Quid* de ce Lorenzo ? dit Miroul qui était raffolé de cette tournure latine.

— Un généreux gautier qui, voulant débarrasser Venise de la tyrannie de son cousin, Alexandre di Medici, partagea ses débauches pour capter sa fiance et, à la parfin, l'occire.

— Ventre Saint Antoine !

— La Dieu merci, repris-je, nous n'aurons pas, nous, à dépêcher le duc de Sessa : cela n'entre pas dans notre rollet.

— Mais la paillardise, céans, n'est point non plus si aisée, dit mon Miroul avec un petit brillement de son œil marron, tandis que son œil bleu restait froid. Paillarder à Rome, cornedebœuf ! Mais avec qui ?

Belle lectrice, vous savez jà, par le peu que j'en ai dit, que si le florentin conseil de Giustiniani ne me prenai ni à rebrousse-poil ni à contrecœur, il était plus facile à accepter qu'à suivre, les Romaines vivant à ce point à part des hommes en public, que ce soit en coche, dans les fêtes, au théâtre ou à l'église, qu'on ne pouvait quasiment les approcher sans faire scandale : ce qui est d'autant plus tantalisant qu'elles ne vont pas le visage couvert d'un masque comme nos gentilles femmes en France mais tout à découvert, révélant non seulement des yeux très caressants, mais des traits admirables où se lisent tout ensemble la douceur et la majesté. Ajoutez à cela qu'elles sont vêtues fort richement, leurs vêtures étant semées de perles et de pierreries et qu'elles ne se serrent pas le milieu du corps dans d'inhumaines basquines comme nos élégantes, lesquelles en France ressemblent, ainsi attifurées, à des sabliers, et sont si guindées et sanglées qu'elles en deviennent roides et marchent comme des automates. Nos Romaines, au rebours, laissent libre et lâche le milieu du corps, ce qui donne à leur démarche un arrondi et une mollesse qui parlent davantage au cœur.

C'est une chose bien remarquable que les plus nobles et les plus étoffés des Italiens se vêtent bien plus simplement, et à moins de frais, que nous ne faisons en France, mais qu'en revanche, ils aiment à parer et à orner leurs compagnes comme des idoles. Il n'y a là nul mystère. Ces hommes ne vivent que pour l'amour qu'ils éprouvent pour leurs femmes et le sentiment exaltant que leur beauté leur baille, tandis qu'en France, nous mêlons à notre goût de ce doux sexe beaucoup trop de point d'honneur et de vanité, lesquels introduisent dans ce sentiment je ne sais quoi de sec et de petit. Touchant ce point, je serais, quant à moi, beaucoup plus italien que français, entendant fort bien que les hommes, dans les dispositions que j'ai dites, poussent la jaleuseté où ils sont de leur bien le plus cher jusqu'à défendre aux étrangers d'approcher leurs épouses, de leur parler, de leur toucher la main. Cela, je gage, ne va point pour elles sans quelque incommodité, mais du moins se savent-elles aimées. A en juger, de reste, par leurs effrontés regards, lesquels sont d'autant plus libres que leurs vies sont plus entravées, je ne jurerais point qu'elles soient, en leur for, plus vertueuses que nos Françaises. Mais le moyen d'échapper à la vétilleuse surveillance des pères, frères, oncles et cousins, lesquels ont, comme Argus, cent yeux, dont la moitié est toujours déclose ?

C'est ainsi, belle lectrice, que quoique « sortant beaucoup » (mais fortement accompagné) et visitant quasi quotidiennement les merveilles de la Ville éternelle, je ne pouvais guère « vivre très à l'étourdi », l'étourneau n'ayant aucun accès aux linottes, et se trouvant contraint, depuis le départir de la belle huissière, de vivre dans cette abstinence des voluptés, laquelle, parce « qu'elle dérobe le temps », le charmant petit abbé d'Ossat recommandait si naïvement à Henri Quatrième. Mais du temps, à dire le vrai, j'en avais à revendre, les églises, les tableaux, les vitraux, les sculptures, les anciens monuments dont cette ville regorge ne suffisant pas à l'épuiser, tant est qu'il m'en serait resté assez pour aimer, si l'occasion s'était présentée à moi et que j'eusse pu la saisir, passant à ma portée, par son unique cheveu. Si encore ma mission m'avait, comme à Reims, tout entier possédé à toute heure du jour, mais pour le moment, elle ne consistait qu'à attendre, puisque les négociations dont le sort de mon maître et de la France dépendait se poursuivaient, hors ma vue, hors mes oreilles, et pour une part même, hors mon entendement avec une lenteur de fourmi.

Je passai un long mois dans ce *dolce farniente* (1) qui ne m'était doux le moindre, mais bien au rebours, insufférablement pesant, l'hiver à Rome n'étant point, par surcroît, si bénin qu'on le croit en Paris, mais au contraire, pluvieux, venteux et tracasseux, tant est que dans mon beau palais cardinalice, au milieu de mes colonnes et mes statues et mes marbres, je traînais, trémulant de froidure, une vie languissante, ma cervelle n'étant occupée que de mes seuls souvenirs.

— *Signor Marchese,* me dit mon *mendicante* particulier, tandis que, saillant de mon logis avec La Surie, je lui baillai ma quotidienne obole, il me paraît que votre tant belle face porte *un 'aria imbronciata* (2).

— *Un 'aria imbronciata ?* dis-je, mon italien n'étant point tout à fait à la hauteur de son langage.

— En d'autres mots, *Signor Marchese,* vous voilà triste comme un jour sans soleil.

— C'est que précisément, dis-je, ce jour-ci est sans soleil.

— Nenni, nenni, *Signor Marchese,* c'est en votre âme que le soleil défaille. Dans la réalité des choses, vous pâtissez de la *malattia* (3) des Français à Rome.

— Et quelle est cette *malattia ?*

— Ils voient les belles Romaines et ne les peuvent toucher.

(1) Douce oisiveté. (Ital.)
(2) Un air maussade. (Ital.)
(3) La maladie. (Ital.)

— *E la verita nuda e cruda* (1), dit La Surie. Le marquis souffre de la *malattia* des Français. Et moi aussi.

— Toutefois, il y a remède, dit Alfonso, l'œil fiché au sol et l'air mystérieux assez.

— Alfonso, dis-je, je suis tout oreilles et je t'ois.

— Je connais *una bella ragazza* (2).

— Tiens donc ! dis-je.

— *Una bellissima ragazza.*

— Mieux encore, dit La Surie.

— Avec laquelle, dit Alfonso, vous pourrez dormir toute une nuit pour quatre écus français.

— Pourquoi des écus français ? dit La Surie.

— Pour ce qu'elle les préfère à la monnaie du pape.

— Alfonso, dis-je froidureusement assez, je n'appète pas aux amours vénales et publiques.

— Ha, *Signor Marchese!* dit Alfonso en levant les deux bras au ciel, il y a confusion. Teresa n'est pas une ribaude : c'est une courtisane.

— Quelle est la différence ?

— Teresa n'a point de clients. Elle a des amis. En très petit nombre. Et très choisis.

— Choisis comment ?

— Dans le clergé, elle ne descend pas plus bas que le *monsignore.* Et dans la noblesse, elle s'arrête au *marchese.*

— Pauvre de moi ! dit La Surie.

— Alfonso, dis-je, dois-je te croire ? Quoi ? Point de riche bourgeois ? Point de marchand étoffé ?

— *Si, ma furtivamente* (3), dit Alfonso. Sans cela elle perdrait son rang. Toutefois, elle coquelique ouvertement avec *il Bargello della Corte* (4) encore qu'il soit de petite noblesse, afin que ses amis sachent bien que son logis est très sûr, étant jour et nuit protégé.

— Alfonso, la grand merci à toi ; je vais songer à tout cela.

— *Signor Marchese,* songez aussi au *grande presti-*

(1) — C'est la vérité nue et crue. (Ital.)
(2) Une belle jeune fille. (Ital.)
(3) — Mais en secret. (Ital.)
(4) Le chef de la police. (Ital.)

gio (1) dont vous jouirez à Rome, si la *pasticciera* (2) agrée votre amitié.

— La *pasticciera* ?

— La signora Teresa, avant de s'établir, façonnait les meilleurs gâteaux de Rome.

— Je gage, dit La Surie en français, qu'elle a dû trouver plus profitable, plutôt que de pétrir sa pâte, de se faire pétrir elle-même...

Mais Alfonso l'entendit fort bien et dit d'un air peiné :

— *Signor, col vostro permesso* (3), ne parlez pas irrespectueusement de la *pasticciera*. C'est une grande dame.

— Hélas, trop grande pour moi, dit La Surie, qui suis de petite noblesse, sans être toutefois *Bargello*.

— Mais la Teresa a une cousine, dit Alfonso.

— Je vais rêver à la cousine, dit La Surie en riant.

On se mit en selle et suivis de Pissebœuf, Poussevent et de quatre de nos hommes, et précédés de nos deux pages, tous portant épée et dague, mais point de pistolets, sinon cachés dans les pourpoints, et à dire le vrai, l'œil très attentif, et fixé de dextre et de senestre sur les fenêtres de la rue, et en particulier sur celles dont le volet à claire-voie, clos ou mi-clos, pouvait cacher le mousquet d'un *spadaccino*. Ces précautions, si j'en croyais ce que m'avait écrit d'Ossat, étaient bonnes, mais, pensait-il, inutiles, pour ce que l'assassination en plein jour en la rue, dans le style de la meurtrerie de l'amiral de Coligny, n'était guère dans les mœurs italiennes qui inclinaient à des actions moins découvertes, voire même, souvent assez, au poison.

— Moussu, me dit La Surie, en se venant mettre au botte à botte avec moi, qu'êtes-vous apensé des propositions d'Alfonso ?

— Qu'il y voit son intérêt.

— Cela va sans dire. Mais encore ?

— Que je n'ai pas grand appétit à une ribaude, même dorée sur tranche.

(1) Grand prestige. (Ital.)
(2) La pâtissière. (Ital.)
(3) — Monsieur, avec votre permission. (Ital.)

— Moussu, vous ne faisiez pas tant le difficile en vos vertes années, et je me souviens d'une certaine aiguillerie en Montpellier...

— C'est différent ; je ne payais pas la Thomassine. Et même, si bien je ramentois, c'est elle qui me nourrissait...

— Vous aviez quinze ans alors et portiez l'aurore sur les joues. Mais quand le cheveu grisonne et la barbe barbonne, l'amour coûte davantage.

— C'est faux, dis-je, piqué, la haute dame que tu sais ne me coûte rien.

— Sauf parfois de terribles toquements de cœur.

— Qui peut comparer cœur et bourse ?

— Et vous avez offert je ne sais combien de bagues et bracelets à je ne sais combien de garces.

— Libres dons.

— Pas si libres : ramentez-vous la Gavachette, et Babette et d'autres encore !

— Babioles et brimborions !

— Si l'on en faisait le compte, quel joli avoir ce ferait !

— J'ai eu grand plaisir, Miroul, à ces cadeaux et à la naïve joie qui les recevait. Mais acheter l'usance d'un corps, écus en main, fi donc !

— Donc point de pétrissement de la *pasticciera !* Et pour moi, reprit-il *sotto voce* après un moment de silence, point de cousine !

— Mon Miroul, dis-je, le regrettes-tu ?

— Oui-dà ! dit-il non sans quelque aigreur. Voilà bien le mauvais d'être écuyer ! Mon point d'honneur n'est point tant raffiné que le vôtre !

A quoi je n'eus pas le loisir de répondre, pour ce que Thierry qui portait la crête et la queue fort basses depuis l'écorne que Luc et lui-même m'avaient faite, retint son cheval et le venant mettre à côté du mien, me dit sur le ton du plus grand respect :

— Monsieur le Marquis, plaise à vous de me permettre de vous conduire jusqu'à une certaine rue que j'ai découverte hier en musant...

— En musant ! dit La Surie en lui jetant un œil irrité.

— Et dans laquelle, sur le coup de quatre heures,

les plus belles femmes de Rome se montrent à leurs fenêtres.

— Nous te suivons, Thierry, lui dis-je, mais sans lui sourire et l'œil froidureux, lui gardant fort mauvaise dent d'une offense que j'eusse punie d'un coup d'épée s'il eût été moins jeune. La Surie eût voulu qu'au moins je les renvoyasse tout de gob, Luc et lui, à leurs parents, mais je m'y étais refusé, tant à cause des périls de ce long voyage que parce qu'ils auraient en France caqueté *urbi et orbi* sur la raison de leur disgrâce, ce qui m'eût donné, à la Cour, quelque ridicule, ou comme on dit en italien, « mis un masque sur le visage ».

Bien connaissais-je, dans la réalité des choses, la rue vers laquelle Thierry nous menait, mais il faut croire que je n'y étais jamais passé à l'heure appropriée, car j'y eusse trouvé un grand concours de peuple tant à pied qu'à cheval et en coche (mais en coche dont le dessus, malgré la froidure, était découvert) et presque exclusivement des hommes, lesquels arrêtés, ou cheminant comme tortues, n'avaient d'yeux que pour les fenêtres des maisons, lesquelles, en effet, les quatre heures sonnant à la grande horloge de l'église voisine, s'ouvrirent quasi simultanément, laissant voir des dames assises, le visage découvert, le corps très superbement paré. Et pour dire le vrai, lecteur, je n'ai jamais vu plus de beautés réunies ensemble en un même lieu, tant est qu'ayant parcouru à cheval toute la longueur de la rue avec une lenteur d'escargot, j'étais encore si irrassasié que je la reparcourus en sens inverse à la même allure pour m'emplir l'œil derechef, ébloui que j'étais de tous les charmes que je voyais là et qui, en finesse, douceur, éclat, et grâce dépassaient tout ce que j'avais vu en France.

Cette deuxième fois, je pris garde davantage au grand nombre d'hommes qui se trouvaient là, lesquels, dans une incrédible presse et encombrement, défilaient sans piper mot ni miette, et comme recueillis dans la contemplation de leurs idoles. Et m'arrêtant à la parfin devant celle que je trouvais la plus belle de toutes et la buvant de l'œil, j'observai autour d'elle un bien singulier manège, car si tous les gautiers qui passaient devant sa fenêtre se découvraient devant elle quasi dévotement, je ne la vis répondre, de tout le temps que je restai là, qu'à trois ou quatre d'entre eux d'une œillade ou d'un souris, sa face restant de marbre au salut des autres, lesquels suivaient de l'œil avec envie ceux qu'elle avait ainsi favorisés et, non sans respect, murmuraient leurs noms.

— *Signor*, dis-je à un cavalier qui, de par le grand embarras de la rue, se trouvait soudain au botte à botte avec moi, plaise à vous de me dire le nom de cette belle.

— Comment, *Signor*? me dit-il sans consentir à m'envisager, ne voulant pas d'évidence décoller son œil de l'objet de sa muette contemplation et trahissant même quelque impatience de ce que je lui eusse adressé la parole, vous ne la connaissez pas ? Mais tout un chacun la connaît céans !

— Et d'où vient, dis-je, que si le monde entier la salue, elle ne répond qu'à trois ou quatre ?

A quoi le gautier montrant autant d'humeur que si je l'eusse dérangé en ses prières, se tourna sur sa selle pour me montrer le dos.

— *Signor*, dit alors une petite voix très au-dessous de moi.

Je jetai un œil sur le pavé et découvris à la hauteur de mon étrier senestre un *bambino* d'une dizaine d'années, sa face ronde auréolée de cheveux noirs bouclés.

— Oui-dà ! dis-je.

— Si vous me prenez en selle devant vous, je vous dirai le nom de la belle.

A quoi je ris et me penchant, je le saisis par la main et le hissai jusqu'à moi et l'accommodai comme il l'avait requis.

— Francesco, cria-t-il triomphalement à un autre *bambino*, qui courait quasiment sous le pied des chevaux, tu vois où je suis ?

Puis tournant vers moi ses yeux effrontés et sa face rieuse, il dit avec un air de pompe :

— La belle que vous admirez, *Signor*, est la *pasticciera*, Dieu la bénisse ! et ceux qu'elle salue sont ses amants.

Vincenti, le petit homme aux yeux vifs et fureteurs qui m'avait loué le palais du cardinal, vint me voir le lendemain sur le coup de onze heures, et comme La Surie et moi-même nous préparions à nous mettre à table, je l'invitai à nous y joindre, condescension dont il me mercia avec une abondance de phrases et de formules auxquelles aucun courtisan français, parlant à son roi, n'eût pu atteindre.

Nos viandes nous étaient servies par nos pages, et après que de son petit œil si parlant, Vincenti m'eut demandé s'il pouvait devant eux s'exprimer sans déguisure, il me dit :

— *Signor Marchese,* Son Eminence me prie de vous faire part d'une nouvelle de grande conséquence : Le pape vient de dépêcher à Madrid en ambassade extraordinaire son neveu Giovanni Francesco Aldobrandini.

— Et, dis-je, l'oreille fort redressée, sait-on quel est l'objet de cette ambassade ?

— La diplomatie du Vatican étant secrète, dit Vincenti avec un sourire entendu, c'est l'affaire de conjectures. Je mets un « s » à conjectures.

— Et quelles sont-elles ?

— *Signor Marchese,* il y a soixante-dix cardinaux à Rome, et si vous deviez les interroger tous, et à supposer qu'ils vous répondent, vous obtiendriez des réponses bien différentes.

— Ha, *Signor* Vincenti ! dis-je en souriant, ramentez-vous, je vous prie, que le ciel a imparti aux Français moins de finesse qu'aux Italiens.

— *Signor Marchese,* dit Vincenti avec un salut, à en juger par vous-même et M. de La Surie, je ne peux que je ne le décroie. Mais j'abrège...

— Et plaise à vous d'être assez bon pour simplifier aussi, dit La Surie.

— Je vais l'attenter pour vous plaire, dit Vincenti avec un nouveau petit salut et à moi-même et à La Surie. *Bene.* La conjecture la plus souvent retenue — et se peut, celle que les indiscrétions du Vatican ont voulu favoriser — est que Giovanni Francesco va s'entretenir avec Philippe II de la situation en Hongrie, laquelle afflige excessivement le pape en raison du double péril qu'elle fait courir à la chrétienté.

— Double ? dis-je. N'est-ce pas jà assez que les Turcs occupent la plus grande partie de la Hongrie ?

— Il y a pis, dit Vincenti en croisant les deux mains devant lui. Loin de vouloir y instaurer l'islam, les Turcs, avec une habileté diabolique, ont favorisé le calvinisme dans les provinces qu'ils occupent. Tant est qu'ils ont gagné à leur cause les Hongrois protestants et transformé une guerre d'indépendance en guerre de religion. Machiavel n'eût pas fait mieux.

— Adonc, dis-je, Giovanni Francesco va supplier Philippe II de soutenir par ses armes et son or les Hongrois catholiques.

— *Certamente!* dit Vincenti, *ma non si puo avere il dono dell'ubiquita* (1) : Philippe ne peut pas en même temps lutter contre les pirates anglais dans l'Atlantique, contre les pirates turcs en Méditerranée, contre les Hongrois calvinistes en Hongrie, contre les gueux des Flandres dans les Flandres et contre les Français en France.

— En d'autres termes, dit La Surie, Philippe a mordu dans plus de morceaux qu'il ne peut macheller.

— D'où, dit Vincenti, une autre conjecture.

— Quoi, une autre ? dit La Surie, une autre seulement ? Que sont devenues les soixante-dix conjectures des soixante-dix cardinaux ?

— *Signor,* dit Vincenti avec un sourire, plaise à vous de ne point me reprocher d'avoir, pour complaire au *Signor Marchese,* immensément rabattu de ma florentine subtilise.

— J'avais dit : « italienne », dis-je en riant.

— Mais c'est de Florence que les Italiens tirent leur subtilité, dit Vincenti en riant aussi. *Bene.* L'autre conjecture, c'est que le pape propose à Philippe II un arrangement qui inclurait la Hongrie, mais sans se limiter à elle...

Là-dessus, Vincenti observa une pose dramatique, laquelle incontinent j'abrégeai.

— C'est peu dire, *Signor* Vincenti, que je suis tout ouïe. Je bois vos paroles ! Adonc, versez-les-moi dans l'oreille sans tant languir.

— Voici, *Signor Marchese.* Giovanni Francesco aurait pour tâche d'apprendre à quelles conditions

(1) — Certainement, mais on ne peut avoir le don d'ubiquité ! (Ital.)

Philippe consentirait à faire la paix avec le prince de Béarn, et le pape pèserait alors sur votre Henri pour qu'il accepte ces conditions.

— Moyennant quoi, dis-je en jetant à La Surie un œil stupéfait, le pape l'absoudrait ?

— *Si, Signor Marchese,* dit Vincenti. A condition toutefois que la France renonce aussi à son alliance avec les Turcs, et à ses alliances avec les hérétiques : à savoir avec l'Angleterre, la Hollande et les princes luthériens d'Allemagne.

— Cornedebœuf ! dit La Surie avec un brusque éclat de voix.

— Je n'en crois pas mes oreilles, dis-je, bridant comme je pus ma trémulante indignation. Henri jetterait par-dessus bord toutes ses alliances et il serait bien aise encore que le sourcil espagnol s'abaisse jusqu'à lui faire la loi !

Je ne pus en dire plus : j'en aurais dit trop, et je vis que La Surie était, lui aussi, bouillant de rage, car s'étant levé de table, il marchait qui-cy qui-là dans la pièce, les poings serrés derrière le dos. Quant à moi, tâchant de me recomposer, je voulus prendre le flacon de vin et remplir mon gobelet, mais ma main tremblait si fort du fait de mon ire que j'en versai autant sur la table que dedans.

Cependant, l'œil vif de Vincenti allait de La Surie à moi, et de moi à La Surie, et le pensement me vint que Giustiniani ne lui avait confié la tâche de nous avertir de la mission qu'on prêtait à Giovanni Francesco que pour observer les réactions de gentilshommes français dont le cardinal ne pouvait douter qu'ils ne fussent très au fait des desseins d'Henri Quatrième et de son caractère. Si tel était le cas, Vincenti n'avait pas manqué d'être édifié par la violence de notre émeuvement. Et nous n'avions pas, quant à nous, à ajouter mot ni miette : notre folle colère avait parlé pour nous et serait, à n'en pas douter, décrite à Giustiniani, et par celui-ci au Saint Père.

Dès que Vincenti eut quis de moi son congé, je pris mon Miroul par le bras et l'emmenai au jardin où un rayon de soleil, le premier depuis un mois, paraissait nous appeler.

— Le pape délire ! dit La Surie entre ses dents, dès

que nous fûmes engagés dans l'allée bordée de cyprès. Le pape exigerait d'Henri, pour faire la paix avec Philippe, de se défaire des alliances qui l'aident précisément à se défendre contre lui !

— Nenni, Miroul, dis-je, le pape ne délire pas. Il barguigne. Il tâtonne. Peut-être veut-il faire accepter à Philippe l'idée de l'absolution de Henri en le leurrant de l'espoir d'une paix avantageuse. Mais de toute façon, mon Miroul, je me suis apensé que le temps est venu que tu retournes en France avertir le roi pour la raison qu'il me paraît fort offensant pour Sa Majesté qu'elle dépêche Mgr Du Perron à Rome dans le même temps que Giovanni Francesco est à Madrid.

— Je me le suis apensé aussi, dit La Surie. (Et il portait un air fort marmiteux tant il était réluctant à l'idée de me quitter.) Mais as-tu réfléchi, mon Pierre, que si je dépars de Rome pour Paris dans le même temps que Giovanni Francesco pour Madrid, le duc de Sessa ne pourra qu'il ne rapproche les deux départs et ne se persuade en conséquence que c'est toi le négociateur secret entre Henri et le pape. Et alors, mon Pierre, que tu vives ou non, « très à l'étourdi », tu vas courre de ce fait de grands périls et je ne serai même plus là pour les partager avec toi.

— Ha, mon Miroul ! dis-je en lui donnant une forte brassée, et en couvrant ses joues de poutounes, le cœur me toquant de son adamantine affection pour moi, je me suis dit tout cela ! Mais peux-je me fier à une lettre pour en conter ma ratelée au roi, car outre que cette lettre peut se perdre ou être volée par nos ennemis, comment rendre sur le papier les infinies mouvances, nuances et subtilités de la politique vaticane ? Une lettre, hélas, ne peut répondre aux questions qu'on lui voudrait poser...

Sur l'escorte que La Surie devrait emmener avec lui, il me fallut avec lui débattre longuement, car dans son désir d'assurer mes sûretés, il eût voulu m'en laisser la plus grande part, ce que je noulus de clic et de clac, arguant que, vivant dans une ville policée, je n'aurais pas à affronter une attaque frontale, mais un bien plus sournois attentement contre lequel le nombre des arquebusiers serait sans utilité. Pour la même raison, et parce que dans le plat pays et sur les grands chemins, le salut contre un ennemi supérieur en nombre se doit le plus souvent trouver dans la fuite, j'obligeai mon Miroul à choisir parmi mes chevaux les plus rapides. Je dois ici rendre cet hommage à mon Miroul que, persuadé comme il l'était que son départir, suivant de si près celui de Giovanni Francesco, allait être interprété par l'Espagnol comme la preuve que j'étais bien le négociateur secret, il conçut un plan très ingénieux pour tâcher de déguiser son voyage.

Le voici tel qu'il fut, point par point, par nous exécuté : Je louai une coche et dans cette coche, nous fîmes, claquemurés, tout le voyage de Rome à Florence, où nous séjournâmes huit jours, visitant la ville et les villes circonvoisines de Toscane. Après quoi, à la nuitée, La Surie départit à cheval pour la France, avec la moitié de l'escorte, emportant dans ses bagues une lettre pour Angelina et une autre pour ma jolie duchesse. Je revins moi-même à Rome avec l'autre moitié, toujours dans la coche et les rideaux tirés et sans en saillir avant qu'elle fût entrée dans ma cour, et le portail reclos.

Après quoi j'observai pendant dix jours en mon palais cardinalice une clôture rigoureuse, laquelle fut rendue plus aisée par une interminable et marmiteuse pluie dont un des effets fut de priver la borne de ma porte cochère de mon *mendicante* particulier, comme je m'en aperçus en dépêchant Thierry lui porter mon obole.

Le soleil nous revint enfin et, opinionant qu'ayant donné dix jours d'avance à Miroul sur ses éventuels poursuivants, je pouvais reparaître sans lui au grand jour, je sortis enfin, et la première personne que je vis fut Alfonso della Strada, majestueusement assis sur ma borne en ses guenilles, la main dextre sur son bâton dressé à la verticale, son menton reposant sur le dessus de sa main, et l'œil si occupé à *pensare all' eternita* qu'il ne voyait même pas sa main senestre tendue pour les aumônes. La mienne toutefois ne manqua pas de le surprendre.

— *Signor Marchese,* dit-il avec un air de pompe, permettez de grâce au plus humble de vos serviteurs de vous dire qu'en daignant, dans votre aumône présente, compter les dix jours où les pluies romaines m'ont empêché d'orner et de défendre votre porte, vous avez fait preuve d'une *meravigliosa delicatezza* (1).

— Alfonso, dis-je gravement, je suis heureux tant plus de te revoir que je te croyais pâtissant de quelque intempérie.

— Nenni, *Signor Marchese.* Mais quand il pleut ou que le soleil est trop rude, je préfère méditer couché sur ma coite que dans la rue. Toutefois, poursuivit-il, mardi dernier, mettant à usance quelque assouagement du temps j'ai visité la *pasticciera.*

— Tu la connais donc ? dis-je avec un sourire du coin du bec.

— C'est ma cousine, dit-il, la crête fort redressée, et sur le même ton de simplicité grandiose dont il m'aurait dit que le pape était son oncle.

— Alfonso, dis-je, je te fais tous mes compliments, d'avoir dans ta famille une beauté si accomplie, laquelle j'ai vue à sa fenêtre avec une admiration grandissime (le lecteur observera que moi aussi, peu à peu, je prenais le ton italien).

— *Signor Marchese,* dit Alfonso d'un air tout ensemble grave et entendu, la voir à sa fenêtre, c'est ne pas la voir vraiment... Quoi qu'il en soit, poursuivit-il avec un soupir, je l'ai trouvée dans les larmes, ayant ouï par sa *cameriera* (2) qu'un de ses amants venait de mourir d'un grand dérèglement des boyaux.

— Voilà qui est infortuné.

— En plus d'un sens, dit Alfonso. Car cet amant, dont pour de dignes raisons je ne peux prononcer le nom, était d'une disposition tendre et donnante.

— La *pasticciera,* dis-je sans me permettre un sourire, pleure donc et sa tendresse et ses dons.

— *Signor Marchese,* je ne voudrais pas que vous pensiez que la *pasticciera* est avare, avide et pleure-pain. Tout le rebours. Mais elle a une nombreuse famille à nourrir et aussi un train à soutenir qui soit digne de sa beauté. Cependant, elle aime ses amants du bon du cœur.

— Je le crois, dis-je, encore que ce pluriel me gêne.

— *Signor Marchese,* dit Alfonso d'un ton de discret

(1) Une merveilleuse délicatesse. (Ital.)
(2) Chambrière. (Ital.)

reproche, vous ne serez jamais un bon Romain, si vous n'avez pas l'esprit plus large... La raison pour laquelle la *pasticciera* aime ses amants, c'est qu'elle les a choisis aimables, et c'est la raison aussi pour laquelle, une place étant devenue vacante en son cœur, j'ai osé lui parler de vous.

— Tu as pris beaucoup sur toi, Alfonso.

— Et davantage encore, *Signor Marchese;* jeudi prochain, sur le coup de cinq heures, je vous dois présenter à elle.

— Cornedebœuf ! Sans me consulter de prime ?

— *Signor Marchese,* dit Alfonso avec un petit salut, le cardinal Giustiniani vous a-t-il consulté avant que de vous présenter au pape ?

— Comment ? dis-je béant, tu sais cela !

Mais je ne pus m'étonner plus avant, car un petit page vêtu à l'espagnole, m'ayant demandé si j'étais bien le marquis de Siorac, me tendit un billet et avant même que je pusse lui graisser le poignet, s'ensauva. Je rentrai incontinent dans ma demeure et m'approchant du feu qui brûlait dans la cheminée et tendant vers lui alternativement mes pieds (mon long et immobile entretien avec Alfonso m'ayant fort refroidi) je lus ce poulet qui, dans l'esprit de celle qui l'avait écrit, n'était pas calculé non plus pour me réchauffer prou.

Monsieur,

Mon cousin Don Luis Delfín de Lorca, qui vous a encontré au Vatican, me dit que vous lui avez parlé de moi dans les termes les plus émus et m'a fait part de votre invitation à vous venir visiter. Je suis, à la vérité, touchée assez que vous ayez gardé quelque affection pour moi et n'en suis que plus marrie de me devoir refuser la joie de vous revoir. Mais les mêmes fortes raisons qui ont fait que j'ai quitté votre toit, lesquelles je vous ai exposées tout au long et au large en ma lettre d'adieu, plaident d'une façon pleine, aperte et résolue contre le renouement de nos liens. Il est vrai qu'on me dit que vous êtes de présent solitaire, mais connaissant de longue main vos dispositions, je ne peux que je ne conjecture que cet état de solitude ne durera que le temps des roses, et que vous n'allez pas tarder, à Rome comme ailleurs, à traîner après vous une tourbe de femmes, à laquelle il serait disconvenable à une dame de bon lieu de se trouver, peu ou prou, mêlée.

C'est pourquoi mon amitié pour vous demeurera lointaine, toute vive qu'elle soit, et tout sincèrement que je puisse me dire, Monsieur,

Votre attentionnée et dévouée servante,

Doña Clara Delfín de Lorca.

Il ne m'échappe pas que mes lecteurs et mes lectrices ne laisseront d'apprécier très diversement ce poulet, les premiers disant : « Voilà bien les femmes : faute de pouvoir passer toute sa vie avec lui, elle lui refuse une visite d'une heure ! » et les deuxièmes disant : « Voilà bien les hommes ! Il l'a rebutée à Paris quand elle était à ce point raffolée de lui qu'elle sortait de sa dignité pour le lui faire assavoir, et maintenant qu'il s'encontre à Rome, seul et marmiteux, il se rabat sur elle ! Et chattemite par surcroît ! Car s'il voulait bien mettre devant la tête les idées qu'il a derrière, il avouerait qu'il attendait d'elle bien autre chose que la benoîte amitié dont il lui a tendu la perche !... »

Belle lectrice, ne poursuivez pas, de grâce, ce réquisitoire ; je vous donne tout à plein raison contre moi, à cette nuance près qu'ayant beaucoup plus d'amour pour Doña Clara que je l'eusse voulu, je n'avais cessé de regretter que ma prudence (et la crainte que m'inspirait son humeur griffue) me l'ait fait écarter de mon chemin.

Je confesse aussi, cornedebœuf ! toutes les arrière-pensées qu'on voudra ! Et puisque j'en suis à me rouler dans la poussière à vos pieds, je dirais que la lettre de Doña Clara me rendit à ce point furieux et malheureux, que saillant brusquement de mon logis et retrouvant Alfonso sur sa borne (comme Diogène dans son tonneau), je lui dis d'un ton vif :

— Alfonso, à la réflexion, tu as fort bien agi : dis à la Signora Teresa que je tiendrai jeudi à très grand honneur de lui être présenté.

Le jour suivant, Alfonso me fit demander par Luc de me venir trouver chez moi afin que de me parler au bec à bec sans courre le risque d'être ouï par les passants. Et l'ayant fait entrer tout de gob, l'ayant prié de s'asseoir près de mon feu et ordonné qu'on lui donnât du vin, je trouvai qu'encore qu'il fût vêtu de ses coutumières guenilles, il avait dû faire quelque toilette afin que de ne point offenser mes narines en mon logis. Et assurément, n'étaient les haillons de son état, il eût eu une tête noble assez sans l'infortunée disposition de ses yeux que mon Miroul appelait des yeux « papistes », pour ce que l'un envisageait le ciel tandis que l'autre restait fiché en la terre.

Quand il eut bu, Alfonso me fit un suave discours, me recommandant de prime de ne pas prendre à la légère ma présentation à la *pasticciera* pour la raison que le seul fait d'être présenté à elle — sans même être agréé comme amant — était jà de soi une distinction enviable, que non point mon or, mais mes mérites personnels par lui tout au long décrits, m'avaient valu ; que je devais y rêver à l'avance et me mettre dans les dispositions voulues, car il serait au plus haut point disconvenable à une personne de ma qualité de ne point faire à la signora Teresa une *cour à l'italienne ;* que sans doute il ne faudrait pas omettre de lui apporter un cadeau et un autre à sa mamma, sans compter quelques clicailles à glisser au portier, à la *cameriera*, au valet qui dans les communs prendrait soin de mes chevaux et de mon escorte ; que tout cela, toutefois, n'était que broutilles et que l'important était mon déportement à l'endroit de la *signora* et que si, comme il le croyait, j'étais un homme de primesaut, fort emporté dans mes émeuvements, je devais ne pas craindre de me laisser transporter par sa beauté, mais sans sortir des formes du respect ; qu'il ne fallait rien, de reste, abandonner au hasard, mais me faire suivre d'une nombreuse et magnifique escorte, me vêtir de satin et de perles, porter des armes damasquinées et des bagues de grand prix sur mes gants, non point pour me paonner de ce luxe comme les arrogants Espagnols font d'ordinaire, mais pour en faire honneur à la *signora ;* qu'il ne fallait pas, de reste, que je m'attendisse à ce qu'elle me parlât beaucoup, occupée qu'elle serait à m'ouïr, à m'observer, à peser mes mérites dans de fines balances qui n'appartenaient qu'à elle et qui n'erraient jamais ; qu'à la fin de ma présentation, quand je mettrais un genou à terre pour lui baiser la main, elle me signifierait qu'elle m'agréait ou non en acceptant, ou en refusant mon cadeau ; que si elle me refusait, il serait décent que loin de marquer colère ou dépit, je versasse quelques larmes en m'en allant ; si elle m'agréait, je devais, bien au rebours, modérer mes transports et quérir d'elle, d'un ton modeste et décent, de me fixer un jour avant de me retirer ; que lorsque je serais à la parfin devenu son amant, elle attendrait de moi que le dimanche suivant à dix heures, à Saint-Jean de Latran, je me tienne debout à côté du bénitier, pour lui faire, à son advenue, un profond salut, en lui tendant l'eau bénite, mais, sans mot piper, par révérence pour le saint lieu ; et qu'enfin, je devais, sous peine de lui manquer gravement, passer chaque jour à cheval sous sa fenêtre, sur le coup de quatre heures, afin que de lui faire un profond salut : bonnetade à laquelle elle répondrait par un tendre souris et une connivente œillade, lesquels, observés incontinent et partout colportés, me vaudraient aussitôt à Rome *un grandissimo prestigio*...

— Alfonso, dis-je, ce n'est pas tant le prestige auquel j'ai appétit que le bonheur.

— Chez un gentilhomme, *Signor Marchese*, le prestige est un élément du bonheur.

— Vrai ! Mais pourquoi appelles-tu *à l'italienne* la cour que je dois faire à la *pasticciera ?*

— Pour la raison que j'ai observé que les gentilshommes étrangers, une fois que l'or leur a livré une belle courtisane, s'imaginent qu'ils possèdent tout d'elle, parce qu'ils ont l'usance de leur corps. Les Italiens ont trop de subtilité, *Signor Marchese*, pour tomber dans cette erreur. Aussi font-ils fort galamment leur cour à celles-là mêmes qui à eux se vendent, afin que de conquérir ce qu'elles ne vendent pas : leur affection. Car, par le moyen de cette tendresse — et donnée et reçue — ils espèrent atteindre un plaisir infiniment plus doux.

— Alfonso, dis-je gravement, voilà qui est bien dit et bien pensé. Tu as beaucoup appris chez les moines.

— Nenni, *Signor Marchese,* reprit-il, je n'ai rien appris dans mon cloître, mais prou dans le monde à me frotter aux grands.

— *Id est* (1) aux amants de Teresa ?

— A eux, mais surtout aux cardinaux toscans. Pour ne pas vous le celer davantage, *Signor Marchese,* j'ai été le *mendicante* attitré du cardinal Ferdinando di Medici, lequel, devenu grand duc de Toscane, m'a légué au cardinal Giustiniani, lequel, à votre advenue, m'a légué à vous en même temps qu'il vous a loué son palais. Le cardinal opinionait que je devais, en quelque guise, veiller sur vous.

— Ou m'épier ?

— *Signor Marchese,* dit Alfonso d'un air peiné, je n'avais pas à vous épier, puisque votre prince et le grand duc de Toscane sont amis. Oubliez-vous que je suis florentin ?

Ventre Saint Antoine ! me dis-je, quand Alfonso fut départi, voilà qui me doit inspirer quelque petite réflexion : à peine advenu à Rome, je suis suivi par le sieur Vincenti qui s'encontre céans bien à point pour me louer le palais du cardinal toscan qui l'emploie. Le lendemain, un *mendicante* attitré dudit cardinal « orne » ma porte, comme il dit, et n'a de cesse qu'il ne me conduise à vivre « très à l'étourdi », comme précisément Giustiniani me l'a recommandé, et admet qu'il « veille » sur moi, toutefois s'absentant dès qu'il pleut. Et tout en veillant sur moi, les Toscans, pour protéger d'Ossat, me compromettent aux yeux des Espagnols en me présentant au pape. Or, sachant les liens de mon maître avec eux, qui se reposent sur lui pour les sauver des appétits de Philippe II, je ne peux que je ne croie que leur intérêt pour moi est amical, mais je ne peux manquer de souhaiter que leur déportement à mon endroit soit un petit peu moins tortueux. Rien, du reste, n'est clair en ma mission, de toutes celles que j'ai eues à accomplir, la plus embrouillassée de nœuds et la plus tantalisante aussi : car me voici en ville étrangère avec mission d'observer, sans vraiment comprendre ce que j'observe et courant d'imprévisibles périls sans faire autre chose que d'attendre d'y voir clair, tandis

(1) — C'est-à-dire. (Lat.)

que d'autres que moi tirent les fils de la négociation. Et à la parfin, placé comme je le suis dans la mésaise de cet ambigueux prédicament, me voici, en outre, privé pour deux longs mois au moins de mon Miroul et rebuté par Doña Clara.

Quand je contai, deux mois plus tard à mon Miroul, ma présentation à la Signora Teresa, il voulut y discerner le caractère cérémonieux et théâtral du génie romain. Lequel, dit-il, ne s'est jamais donné plus librement carrière qu'en ces fastes grandioses du papisme, si fascinantes pour la populace, si abhorrées des huguenots. Et à vrai dire, si j'osais comparer — comparaison en soi sacrilégieuse, mais qu'en toute innocence Alfonso n'avait pas manqué de suggérer — ma présentation à *Sua Santita* et ma présentation à cette peu sainte dame, je dirais que la seconde ne fut pas moins rituelle et révérente que la première, et que le théâtre y était tout aussi présent, encore que s'y mêlât pour Teresa un élément de comédie, lui-même si italien et si parodique, que ce jourd'hui même je ne peux me ramentevoir cette scène sans sourire.

Le soir qui avait été fixé pour ladite présentation et qui était la veille du Vendredi Saint, j'ouïs une bonne heure avant l'heure convenue qu'on toquait à mon huis et, dépêchant Thierry, il me revint dire qu'un gentilhomme romain bien vêtu, qui disait se nommer Alfonso della Strada, quérait l'honneur d'être reçu de moi, et moi, n'en croyant pas mes oreilles au bruit de ce nom, et lui disant d'introduire mon tardif visiteur, car il était jà près de six heures, je fus béant de voir apparaître mon *mendicante* attitré, lequel mon page n'avait point reconnu, tant il était somptueusement attifuré dans un pourpoint de velours noir qui valait bien cent fois celui que je lui avais offert. En outre, sa barbe était fort bien taillée, son cheveu blanc coupé avec art et, n'était la fâcherie de ses yeux et le fait aussi qu'il ne portait pas d'épée, il eût taillé une figure fort galante.

— Par tous les saints, Alfonso, criai-je, comment te voilà fait ! Ne crains-tu pas de ruiner ton commerce si on t'encontre si bien accoutré dans les rues ?

— On ne m'y verra point, *Signor Marchese*, puisque je serai en carrosse avec vous, tous rideaux tirés, pour me rendre chez la *pasticciera*.

— En carrosse, Alfonso? Mais je n'ai point de carrosse ! Bien le sais-tu !

— Raison pourquoi je me suis permis d'en louer un pour vous. Il ne vous en coûtera que deux écus la soirée, *Signor Marchese*, et il est digne d'un duc ou d'un cardinal.

— Et pourquoi ce débours ? dis-je, le sourcil haut.

— Pour ce que cette nuit est la veille du Vendredi Saint, que les Romains vont processionner par milliers en se dirigeant vers Saint-Pierre et qu'à notre retour de la *pasticciera*, il nous faudra remonter ce flot. A cheval, on ne nous laisserait mie passer. Mais en revanche, on respectera une carrosse dorée aux rideaux clos, suivie d'une forte escorte.

La carrosse, qui valait bien en effet celle du cardinal Giustiniani, étant magnifiquement sculptée et dorée, et le capitonnage de velours rouge à l'intérieur paraissait neuf : digne écrin pour Alfonso et pour moi-même qui, en ma plus belle vêture, rutilai de tous mes feux, portant même en sautoir le collier de l'ordre du Saint-Esprit que le roi m'avait conféré après Laon.

— Qu'est cela ? dit Alfonso, dès qu'il jeta l'œil sur lui. Peut-on rêver plus galante chose ? Benoîte Vierge, cette concaténation de petits carrés d'or si délicatement ouvragés ! Et cette admirable croix garnie en ses pointes de perles !

— C'est, dis-je, un ordre de chevalerie d'inspiration catholique créé par Henri Troisième. Et le piquant de l'affaire, c'est que le créateur de cet Ordre, qui était lui-même très dévot, fut plus tard excommunié par un pape et occis par un moine.

— Ce collier augmentera prou vos chances, dit Alfonso. Il vous donne une grande dignité et la *pasticciera* y sera fort sensible.

— Mes chances, Alfonso ! dis-je souriant. Cours-je donc le risque de n'être point agréé ? Je confesse que jusqu'ici je nourrissais peu de doutes sur l'issue de ma présentation. J'y voyais une façon de me contraindre à faire cette cour « à l'italienne » qui, à mes propres yeux, comme à ceux, sans doute, de Teresa, devait jeter un pudique voile sur le barguin cru et nu qui allait régir nos rapports.

— *Signor Marchese*, dit Alfonso gravement, plaise à

vous de m'excuser, si je vous dis que vous êtes tombé, là-dessus, en très grande erreur. Vous avez vos chances, assurément, mais pour le remplacement de l'amant défunt, vous n'êtes pas le seul en lice et aucun des champions qui à vous s'oppose n'est à dépriser.

— Tu m'appuies, toutefois, Alfonso...

— Et croyez-moi, *Signor Marchese,* vous êtes le seul que j'appuie. Mais encore faut-il tenir à compte que la *pasticciera* est une femme et que souvent la femme agit *a capriccio* (1). J'ai vu Teresa rebuter un prétendant parce qu'elle le trouvait trop humble. Et un autre, parce qu'elle le trouvait trop arrogant. Elle pèse les mérites d'un homme dans des balances qui n'appartiennent qu'à elle, je vous l'ai dit.

— Je serais au désespoir, dis-je souriant toujours, mais en mon for très alarmé, si la pesée me trouvait quelque peu en deçà des carats qui sont d'elle exigés.

— Vos chances sont bonnes, reprit Alfonso après un moment de silence, la meilleure étant que vous êtes français. Les Italiens ont une ancienne affection et révérence à la France, lesquelles la haine de l'omniprésence espagnole a depuis peu excessivement ravivées.

La maison de la Signora Teresa n'était pas moins palatiale que celle de Giustiniani, et tout aussi bien gardée, car il fallut qu'Alfonso descendît et allât montrer patte blanche au judas de l'huis pour que la porte cochère se déclouît devant ma carrosse. Il va sans dire qu'une fois dedans la cour, je graissai dûment le poignet, et au portier, et à celui qui paraissait être en autorité parmi les valets, et à la *cameriera* qui m'introduisit en la demeure, fort accorte Mauresque, brune de cheveu, d'œil et de teint, mais très blanche de dents et si délicieusement faite, quoique petite, qu'avant même de voir sa maîtresse, l'eau vous en venait à la bouche. A recevoir mon obole, elle me fit, courbe sur courbe, une fort gracieuse révérence, m'espinchant de côté d'un regard connivent, et paraissant tout autant satisfaite de mon œil admiratif que de mes clicailles.

— *Signor Marchese,* dit-elle dans un italien fort

(1) Par caprice. (Ital.)

gazouillé, ma maîtresse est à sa toilette et ne pourra vous recevoir que dans une petite demi-heure. Plaise à vous, en attendant, de vous entretenir avec la mamma.

Quoi disant, elle nous mena dans une petite salle où, quelques instants plus tard, nous vint rejoindre une signora d'une cinquantaine d'années, petite, mais fort vigoureuse, avec un poitrail qui ne devait pas qu'à ses tétins d'être bombé, le bras musculeux, la gambe courte, mais pour ce que j'en voyais, musculeuse aussi, la face pleine, la mâchoire carrée, la lèvre gourmande, le front grand bordé d'une forêt de cheveux noirs quasi crépés et des yeux fort larges soulignés par des cernes. Elle me plut de prime, pour ce qu'elle me ramentut ma bonne nourrice Barberine, paraissant comme elle bâtie à chaux et à sable, se peut comme elle aussi colérique et d'humeur résolue, mais non sans quelque lait de tendresse en sa composition. Je lui fis un grand salut et, avec des phrases fort civiles, la priai d'accepter de moi un modeste présent, à savoir une broche contenue dans un écrin, lequel écrin elle accepta, mais sans le déclore, et posa sur une table en marbre. Après quoi, elle croisa ses deux mains potelées sur son ventre, et d'un œil noir fort aigu, me détailla sans mot dire de cap à pié. Cet examen terminé, elle me pria de m'asseoir, et s'enquit en termes concis de mon âge, de ma santé et de ma religion, désirant surtout savoir si j'avais eu quelque démêlé avec l'Inquisition à Rome.

Quant à cette dernière question, Alfonso répondit pour moi.

— *Il signor marchese*, dit-il, est un protégé du cardinal Giustiniani, et comme j'ai jà eu l'honneur de dire à la Signora Teresa, il loge dans son palais.

— Voilà qui va bien, dit la mamma, et avec un souris et un salut des plus brefs, elle sortit de la petite salle en nous disant qu'elle nous viendrait chercher, quand la Signora Teresa serait prête.

— Cornedebœuf ! dis-je quand elle fut départie, que voilà une formidable matrone, et comme j'aimerais peu être par elle honni !

— *Ma tutt' altro* (1), dit Alfonso. Vous lui plaisez prou, et la preuve, c'est qu'elle vous a souri.

(1) — Mais bien au contraire. (Ital.)

— Petitement.

— La Signora ne baille rien facilement, pas même un souris ; c'est une garce du plat pays toscan, et donc dure comme la vie qu'elle y a menée. Cependant, sous la croûte, la mie est bonne.

Ayant dit, il me salua, me dit qu'il serait présent à mon entretien avec Teresa et, avec ma permission, qu'il désirait se retirer.

La petite salle dans laquelle je restais était tendue de velours rouge, dallée de marbre et ne comportait que deux escabelles et une table, elle aussi de marbre, sur laquelle la mamma avait oublié son écrin, mais cet « oubli » ne voulait-il pas dire que ni sa fille ni elle ne m'avaient encore accepté. Quoi observant, et incapable de rester assis, je marchais qui-cy qui-là dans la pièce, à'steure les mains derrière le dos, à'steure mordillant le bout de mes gants.

La « petite » demi-heure avait pris du ventre, quand Djemilah (c'était le nom de la Mauresque) me vint chercher. Elle avait fait toilette elle aussi, son petit corps étant attifuré très joliment d'un lamé d'argent qui la faisait ressembler à une sirène, hormis qu'on lui voyait les pieds, lesquels étaient nus, pour la raison sans doute qu'elle nourrissait pour les souliers une invincible antipathie. Elle me dit, tout œillades, souris et dents blanches, que la Signora m'attendait, et me précéda, le pas dansant et la hanche ondulante.

La salle où elle m'introduisit et que je veux décrire de prime (encore que je ne la visse du tout à mon entrant, n'ayant d'yeux que pour Teresa) était grande, tapissée de cuir doré, le plafond richement peint et orné, et un fort beau tapis d'Orient jeté sur le sol de marbre. Mon œil étant collé à Teresa, laquelle siégeait, non pas exactement sur un trône, mais sur un cancan en bois doré, ce ne fut qu'au bout d'un moment que j'aperçus debout derrière elle, et ses bras ronds et musculeux appuyés sur le dossier du fauteuil, la mamma ; à la dextre du cancan, Alfonso, noblement assis sur une escabelle ; et à sa senestre, bien qu'il y eût là une deuxième escabelle, Djemilah s'était accroupie en tailleur sur le tapis, l'œil noir fort affûté, et de l'un à l'autre voletant.

Je m'avançai jusqu'au milieu de la salle et, m'arrêtant, j'ôtai mon chapeau et, m'inclinant profondément, je balayai le tapis de mon panache. Au même instant, le pensement me vint, non sans que j'en fusse quelque peu ébaudi, que c'était là le genre de salut qu'un gentilhomme n'adressait qu'à un duc, et encore fallût-il qu'il fût régnant, et qu'il eût droit à « Votre Altesse » pour qu'on en vînt à ce degré de courbette.

Quoi fait, et la Signora Teresa m'ayant répondu par un sourire gracieux et une inclinaison de tête véritablement royale, je dis en italien :

— *Signora*, je suis grandement honoré qu'une personne de votre distinction ait consenti à me recevoir. Et je serai, à la vérité, comblé, si à titre de modeste tribut à votre émerveillable beauté, laquelle fait de vous, sans conteste, la reine de ce pays, vous acceptiez de moi le présent que voilà.

Je tirai alors de mon pourpoint un écrin, lequel, belle lectrice, contenait un bracelet d'or représentant un serpent qui faisait mine de se mordre la queue, ledit serpent ayant pour yeux deux rubis et son corps étant une torsade d'or fin. Toutefois, l'écrin à la main, je n'avançai ni pied ni main, attendant le bon plaisir de la *pasticciera*.

— Prends-le, Djemilah, dit-elle enfin.

Incontinent, Djemilah se dressa, et ondulant elle aussi comme un serpent, me vint prendre l'écrin des mains et le mit dans les mains de sa maîtresse, laquelle, sans le déclore, le bailla à la mamma, laquelle, sans l'ouvrir davantage, le posa sur un coffre de cèdre très ouvragé qui se trouvait à la dextre du cancan, où il eut l'air d'être aussi oublié que l'écrin de la mamma sur la table de marbre de l'antichambre.

— Plaise à vous, *Signor Marchese*, dit alors la *pasticciera* d'une voix douce, basse et musicale, de prendre place sur cette escabelle.

Je m'avançai, m'assis et un long silence s'installa alors pour la raison qu'étant si émerveillé par la beauté de Teresa, je ne trouvai rien à lui dire. Et quant à elle, à'steure m'envisageant, à'steure se regardant en mes regards, elle n'estimait pas que ce fût dans son rollet de parler. Non que je la crusse bornée, car son œil, comme celui de la mamma, était vif et fin, et j'ose même dire que le léger, très léger souris qu'elle laissait flotter sur ses lèvres avait quelque chose de subtil et d'ambigueux, qui me ramentevait la belle et imperscrutable face de cette autre Florentine, Mona Lisa, telle que Leonardo da Vinci l'a peinte : portrait que j'avais souvent admiré dans les appartements du roi au Louvre. Mais là s'arrêtait la ressemblance pour la raison que l'œil de la Teresa était plus noir et plus sombre, et sa chevelure qu'une raie partageait au milieu, infiniment plus opulente. Et alors que la Joconde était assez simplement vêtue, la vêture de la *pasticciera* toute de brocart, d'or, de pierres et de pierreries, dépassait en richesse et splendeur tout ce que j'avais vu à la Cour de France, hormis sur la belle Gabrielle et les princesses du sang. Ce dont je lui fis compliment, louant en passant les dames italiennes de ne pas se sangler et se serrer dans des basquines comme les Françaises, mais de laisser le milieu du corps souple et flottant : ce qui, au surplus, ajoutai-je, parlait davantage au désir et à l'imagination.

A quoi elle sourit, mais sans découvrir les dents, du même souris ambigueux que j'ai jà décrit, et voulut savoir qui était la *Gabriella*.

— *Signora*, dis-je, c'est la favorite du roi de France.

— Je gage, *Signor Marchese*, dit Teresa avec un soupir, qu'elle est fort belle.

— Elle l'est, *Signora*, dis-je, mais quant à moi, je préfère un million de fois votre beauté à la sienne.

— Plaise à vous, pourtant, *Signor Marchese*, de me la décrire.

— Eh bien, *Signora*, les courtisans disent que son visage est lisse et transparent comme une perle ; que le satin de sa robe paraît noir en comparaison de son sein ; que ses lèvres sont couleur rubis, ses yeux d'un bleu céleste et ses cheveux d'or.

— Et vous-même, qu'en dites-vous, *Signor Marchese ?* dit la Teresa d'un air quelque peu amusé.

— Que c'est une beauté du nord, *Signora*, fade, pâle et languissante, qu'elle se fait piqueter les sourcils (ce que je n'aime point), que je préfère un teint plus chaleureux, et qu'enfin, vos propres cheveux, *Signora*, sont comme une forêt dans laquelle on aimerait se perdre.

La Teresa rit à cela, découvrant des dents magnifiques, et tournant le col, elle leva le visage vers la mamma et échangea avec elle quelques mots dans un dialecte qui m'était déconnu.

— *Signor Marchese,* reprit-elle en me jetant un regard doux assez de son bel œil noir, j'aimerais que vous m'encontriez à Saint-Jean de Latran dimanche prochain sur le coup de dix heures pour me donner l'eau bénite. Bien malheureusement, poursuivit-elle avec un sourire des plus charmants, je ne reçois personne céans pendant la Semaine Sainte, mais le mardi qui suivra sa terminaison, je serais heureuse que vous veniez souper avec moi sur les huit heures de la nuitée.

Ayant dit avec son même ambigueux souris, elle me tendit au bout de son bras sa main chargée de bagues, ce qui, j'imagine, avait la même usance que la troisième bénédiction du pape : elle me baillait mon congé. Je me levai et me génuflexant sur un genou devant elle, je lui baisai la main avec tout le respect du monde, puis me relevant, je saluai la mamma, et m'en fus, le cœur me toquant comme fol.

Alfonso me rejoignit dans la carrosse, et à peine eûmes-nous sailli de la cour que nous nous trouvâmes pris dans une grande marée humaine, laquelle se portait vers Saint-Pierre de Rome et s'ouvrant docilement assez devant nous, nous permit de la remonter au pas, la presse étant si grande. Il y avait là tout ce que Rome compte de confréries (et elles sont innumérables), chacune revêtue de sa couleur propre, qui blanche, qui rouge, qui bleue, qui verte, et chacune fort illuminée, un homme sur deux en ces cortèges portant un flambeau au poing. La vacarme était assourdissante, pour ce que chaque confrérie était précédée de son corps de musiciens et tous à l'unisson chantaient des cantiques.

Mû par une ardente curiosité qui me fit quelque peu oublier Teresa (et la tantalisante incertitude où j'avais été à son sujet), j'écartai très à la discrétion la tenture de la carrosse et, tâchant de ne me montrer point, j'envisageai l'interminable procession avec émerveillement, ému assez de voir tant de dévotion à ce grand peuple. Toutefois, oyant des claquements sourds au milieu des nobles psalmodies, et ma carrosse s'arrêtant tout à trac, je fus intrigué de cette noise discordante, et la nuit étant tiède ou se peut réchauffée par toutes ces torches brûlant ensemble, je me penchai par ma vitre baissée, et prenant soin toujours de garder le rideau de velours devant moi, je vis s'avancer et longer ma carrosse une longue théorie de pénitents, la plupart fort jeunes, lesquels marchaient le torse dénudé et, sans discontinuer, se fouettaient cruellement avec des cordes sans un seul cri de dol, et à ce que je vis même, à la lueur des torches, le visage paisible et riant.

D'aucuns présentaient à ces flagellants du vin, lequel ils prenaient en leur bouche, de prime pour le boire, mais ensuite pour le souffler sur le bout de leurs cordes, afin que de les démêler et de les assouplir, pour ce que le sang, en caillant, les avaient agglutinées, la discipline dont ils usaient n'étant pas, à proprement parler, des fouets, mais de gros martinets à manche court, terminés par un bouquet de cordes de chanvre.

— D'où vient, dis-je à Alfonso, qu'ils ne paraissent pas pâtir, mais sautent, crient, s'exclament, tournent, rient et parlent entre eux, comme si de rien n'était, tout en se déchirant à tour de bras l'échine et le poitrail ?

— On dit qu'ils se graissent de quelque onguent, dit Alfonso, mais je ne vois pas que cet onguent puisse leur être de quelque usance, une fois qu'ils ont mis la chair à vif.

Et à vif, assurément, elle l'était, car à la lueur des torches, je ne pouvais voir que des torses ensanglantés, où le sang caillé de couleur foncée servait, pour ainsi parler, de toile de fond aux ruisselets de sang rouge et frais que chaque nouveau coup faisait couler.

Tout discrètement que je les envisageasse, gardant le rideau devant mon visage, et ne laissant passer qu'un œil, je fus aperçu d'un des pénitents, lequel tout en tournoyant et se fustigeant à main vive, me jeta un regard et me sourit. Et moi observant sa face, laquelle était jeune et avenante, et qu'il ne devait pas non plus être fort riche à en juger par ses chausses et ses souliers, je fus ému de son prédicament et lui dis :

— Compagnon, es-tu donc un si grand pécheur devant Dieu que tu te meurtrisses ainsi ?

— *Ma, Signor,* dit-il en souriant d'une oreille à

l'autre, je ne me fouette pas pour mes péchés, bien loin de là...

Cette réplique me déconcertant, et toutefois trouvant fort piteux l'état de son pauvre dos, je lui tendis une piécette en disant :

— Ami, voici de quoi te faire panser par un barbier, dès que tu en auras terminé.

— *Signor,* dit-il en écartant mon obole d'une main ferme, quoique réluctante, je ne peux accepter vos pécunes, vu que je suis jà payé pour faire ce que je fais.

J'en restai le bec bée, mais ne pus poursuivre mon entretien, ma carrosse se remettant en marche et dépassant le gautier.

— *Signor Marchese,* dit Alfonso d'un ton peiné, à quoi cela sert-il que je sois votre *mendicante* attitré, si vous devez bailler vos aumônes au premier venu ? De reste, m'eussiez-vous dit que vous alliez offrir pécunes à ce misérable, je vous en aurais détourné, sachant bien, comme tout un chacun céans, que cette sorte de gens se fait payer pour se flageller.

— Ils se font payer ! dis-je, béant.

— *Certamente !* dit Alfonso avec un petit rire. Etes-vous apensé, *Signor Marchese, cheil signor conte tal dei tali* (1) qui a un gros péché à se faire pardonner par le Seigneur, va lui-même meurtrir ses tendres épaules ? Nenni ! Nenni ! Il paiera un faquin pour le faire à sa place !

— Alfonso, dis-je, au comble de la béance, mais comment est-il Dieu possible de faire pénitence sur le dos des autres ?

Alfonso ne me répondant que par un haussement des épaules et des mains, suivi d'un *ma* (2) qu'il laissa en suspens, je laissai retomber le rideau et, me rencoignant contre le capiton de la carrosse, je demeurai comme étourdi par le tournoiement des torses ensanglantés et les claquements cruels des fouets, les psalmodies, les lumières dansantes des flambeaux et portai mon mouchoir à ma bouche et mon nez, pour ce que je suffoquai presque de la fumée des torches et de l'âcre odeur de sang et de sueur qui émanait de ces milliers

(1) — Que Monsieur le Comte Un tel. (Ital.)
(2) Mais. (Ital.)

de gens qui de tous côtés montaient vers Saint-Pierre de Rome comme vers la source première de la vie et de la vérité. Toutefois, à le regarder de plus près, je ne trouvai pas le spectacle de cette foi populaire aussi émouvante que de loin. Il en était d'elle, j'imagine, comme des plus belles cathédrales qui paraissent très magnifiques jusqu'à ce qu'en s'approchant d'elles assez, on distingue à leurs pieds les autodafés de livres et les bûchers des hérétiques.

10

SI la *pasticciera* m'attira de prime par sa beauté, elle m'attacha à elle par l'émerveillable bénévolence de sa noble et suave nature. Elle portait si peu d'intérêt aux clicailles qu'elle eût baillé tout à tous, et en peu de temps se fût mise en chemise et sur paille, si la mamma n'avait gardé un œil sur le bon ménagement de sa maison. L'étoffe même de Teresa était riche et substantifique, de quelque côté qu'on l'envisageât. Elle nourrissait pour les hommes un extraordinaire appétit et se trouvait si félice d'en avoir cinq ou six en même temps dans sa vie que si elle eût été laide ou riche, elle n'eût pas failli de les payer, pour qu'ils demeurassent en sa coite. Se trouvant jeune, belle et de tout un peuple adorée, elle s'estimait, vivant des largesses de ses amants, doublement leur débitrice, et de celles-ci, et du plaisir qu'ils lui donnaient, comptant pour rien en sa donnante gentillesse de cœur les voluptés qu'elle leur prodiguait.

Non seulement la Teresa aimait ses amants, mais désirant qu'ils s'aimassent entre eux, elle les invitait tous ensemble à souper le dimanche soir, le seul jour où par pieux scrupule elle se voulait orpheline des terrestres félicités. Moi compris, ils étaient six, mais quand je fus admis par elle au nombre de ceux que la reine Elizabeth eût appelé *the happy few* (1) nous n'étions que cinq, le sixième se trouvant être précisément Giovanni Francesco Aldobrandini, neveu du pape, que Sa Sainteté avait envoyé à Madrid pour prendre langue avec Philippe II, et que je prie le lecteur de ne pas confondre avec Cynthio Aldobrandini, autre neveu du pape, lequel était cardinal et secrétaire d'Etat au Vatican.

Parmi les convives du dimanche, le haut clergé n'en était pas moins représenté par deux *Monsignori*, dont « pour de dignes raisons », comme dirait Alfonso, je tairai les noms dans ces Mémoires, et ceux-là, pour ces mêmes raisons, se trouvaient seuls dispensés de passer quotidiennement à cheval devant la fenêtre de Teresa. Toutefois, leurs liens avec la *pasticciera* n'étaient à Rome qu'*un segreto di Pulcinella* (2), et pas un Romain n'eût rêvé penser plus mal d'eux pour cela, bien le rebours.

Le troisième de ces gentilshommes, comme on sait jà, était le *Bargello della Corte* (3), qui se trouvait être un descendant de ce pauvre Della Pace, que le lâche Grégoire XIII, pour sauver sa vie, avait livré à la populace romaine révoltée. Combien que Della Pace fût moins élevé en noblesse et en dignité qu'aucun de nous, il avait grande allure, avec un profil de médaille et un air tout ensemble de douceur et de fermeté en son expression qui prévenait de prime en sa faveur.

Le quatrième était Don Luis Delfín de Lorca que j'avais encontré le jour de ma présentation au pape, gentilhomme de très haut lieu, marquis, prince et Grand d'Espagne, fort bien tourné de sa personne, plein d'esprit, et au surplus, aimable, tant est que dans la composition de son être, on n'eût pu trouver la plus petite parcelle de cette humeur escalabreuse qu'on prête, à l'accoutumée, aux gens de sa nation. Nous nous trouvâmes amis, dès l'instant où nous

(1) L'heureux petit nombre (Angl.). L'expression n'est pas d'Elizabeth, mais de Shakespeare dans un drame historique *(Henri V)* qui fut joué quatre ans après le séjour de Pierre de Siorac en Italie. (Note de l'auteur.)
(2) Un secret de polichinelle. (Ital.)
(3) Le chef de la police. (Ital.)

jetâmes l'œil l'un sur l'autre, et nos fréquentes rencontres chez Teresa ne firent que souder notre lien.

Afin qu'ils ne soient pas reconnus, je n'ai pas le propos de décrire les deux *Monsignori* dans leur chair, encore que la leur, précisément, fût à coup sûr intéressée à l'hôtesse du logis où, chaque dimanche, je les revoyais. Ils étaient l'un et l'autre de très jolis cadets de très bonne et ancienne famille italienne que la nécessité de garder de grands domaines à leurs aînés avait jetés dans les Ordres, où la faveur papale les haussa promptement jusqu'à la robe violette. Ils y accédèrent fort jeunes et sans jamais qu'ils eussent mis le pied en leurs respectifs diocèses, ils vivaient fort bien à Rome des revenus de leurs évêchés, baignant dans cette « cléricale nonchalance » que Fogacer trouvait si désirable. De nous cinq, ou plutôt de nous six, en comptant Giovanni Francesco, ils étaient de beaucoup les plus jeunes, les plus rieurs et les plus fols, étant enclins à vider flacons plus que de raison. Auquel cas, leurs propos trahissaient je ne sais quelle sournoise tendance au sacrilégieux que Teresa, étant fort pieuse, rebutait des griffes et des dents : ce qui incontinent rabattait la crête de nos *Monsignori* et les rendait doux et dociles comme agneaux à la mamelle. Et de reste, c'est bien un peu ce qu'ils étaient pour Teresa. Car encore qu'elle fût plus jeune qu'aucun de nous six, il y avait tant de maternel en elle qu'assis tous ensemble à la table qu'elle présidait, nous avions l'impression d'être les louveteaux qui tétions le lait de la vie au pied de la louve romaine.

En ce qui me concerne, et sans que faiblît aucunement en moi la remembrance de ma jolie duchesse — *tutt'altro* (1) — au bout d'un mois je fus si entiché de la *pasticciera* que, traînant mes jours languissants dans cet insufférable *farniente* que j'ai jà décrit, étant sans nouvelles et de l'abbé d'Ossat, et du cardinal Giustiniani, et toute négociation paraissant comme immobile et suspendue depuis le départir de Giovanni Francesco pour Madrid, je passais le plus clair de mes heures à rêver de la nuit où la coite de Teresa m'allait recevoir, des deux nuits, devrais-je dire, car elle avait

(1) Bien le contraire. (Ital.)

été bonne assez, pendant l'absence de Giovanni Francesco, pour me donner les heures qui lui étaient réservées.

Si on ne voit pas en Rome de belles rues marchandes comme en Paris, les marchands, comme partout où il y a une Cour ou une noblesse impatientes de dissiper leurs pécunes, ne défaillent pas, quoique leurs boutiques, cabinets et échoppes soient qui-cy qui-là disséminés. En mes continuelles ambulations dans la ville, dès que j'apercevais quelque jolie chose à laquelle je m'apensais que Teresa pourrait avoir appétit (ayant fort le goût du beau) incontinent je l'achetais, éprouvant que cet achat me la rendait plus proche par le plaisir que je me préparais à lui donner, tant est que je ne saurais dire qui en recevait le plus de joie : celui qui baillait ou celle qui recevait. Je lui écrivais aussi tous les jours en prose italienne, et que les muses me pardonnent, en vers français, qu'à la revoir, je lui traduisais, cause pour elle d'un grand émeuvement, encore que la poésie n'y gagnât pas beaucoup.

En faisant mes comptes à un mois de là, je fus comme alarmé de la subite enflure de mes débours et découvris avec une extrême mésaise que je ne pouvais continuer ce train sans me mettre tout à trac à sec et devoir en Paris retourner pour me regarnir, ce qui revenait (à grand déshonneur pour moi) à abandonner la mission que le roi m'avait confiée, si peu utile qu'elle me parût depuis le département de Miroul. Je me décidai donc à écrire audit Miroul pour lui mander de vendre un de mes bois qui touchait à la forêt de Montfort l'Amaury et de m'en rapporter le produit. A peine toutefois eus-je dépêché cette lettre que ma conscience huguenote se trouva horrifiée à l'idée d'écorner mon principal, sans compter que je croyais ouïr jà la groigne indignée de La Surie devant mes folles dissipations, dans lesquelles il ne faillirait pas de déceler, comme bien on pense, l'influence de la pompe papiste.

Le soir du jour où j'envoyai cette lettre, je me trouvai dîner seul en sa chambre avec Teresa, cette nuit m'étant par elle consacrée et me trouvant rêveux et songeard à la repue, machellant mes viandes du bout du bec, elle m'en demanda la raison. Je noulus lui dire de prime. Mais elle usa d'une si tendre et insinuante insistance que je finis par lui confier, non sans quelque vergogne, l'objet de mon ennui.

— *Carissimo* (1), dit-elle incontinent, me baignant de la suave lumière de ses grands yeux, cela n'importe ! Je t'aime pour toi et ton bon caractère, et non pour tes cadeaux. Si tu es à l'étroit dans tes pécunes, tu peux ne m'en bailler du tout.

— Mon ange, dis-je en me levant et en me venant jeter à son genou pour lui baiser les mains, tu es la plus libérale et la plus débonnaire des femmes, mais je n'en suis pas là. Et que dirait la Mamma, poursuivis-je en souriant, si je cessais tout soudain d'alimenter ses coffres ? Toutefois, je ne voudrais pas que tu t'alarmes de ce que mes présents se raréfient, me croyant devenu chiche-face ou de toi moins épris. Car à la vérité, je suis de ta beauté aussi raffolé qu'on peut l'être et je ne me rassasie jamais de te voir et de te toucher, à telle enseigne qu'il n'est heure du jour pendant laquelle je ne voudrais laisser un seul pouce de ton corps sans l'avoir baisé à tout bec.

— *Carissimo*, dit-elle, fort trémulante à ce discours et aux images que sa péroraison évoquait, ta parole est de miel et ton cœur aussi.

Quoi disant et appartenant à cette espèce bénie d'inflammable femme chez qui l'action est la sœur du pensement, elle me saisit par la main et, m'entraînant vers sa coite, elle se dévêtit en un tournemain et se livra à mes voyageuses caresses.

Je fus une bonne demi-heure dans les délices de cette pratique-là et comme, n'y demeurant pas moi-même insensible, j'allais me conjoindre à elle afin d'unir à la parfin nos voluptés, on heurta violemment à la porte et, suivie de Djemila, la mamma, l'œil quasi hors l'orbite en sa fureur, surgit, laquelle, sans se soucier le moindrement de mon prédicament, marcha à la soldate vers la coite, arracha du col de Teresa une petite Sainte Vierge en or qui pendait là par un petit ruban de soie noire et hucha à gorge déployée, la bouche quasi écumante en son ire :

— Dévergognée ! Comment oses-tu mêler la Benoîte

(1) — Très cher. (Ital.)

Vierge à l'ordure de ton péché ? Et n'as-tu pas honte à la prendre avec toi dans ta coite, quand tu es ainsi besognée ?

Sur quoi, la médaille portée au creux de ses mains et la baisant et rebaisant sans cesse, en marmonnant des prières, elle s'en fut, Djemila dans son sillage, les mains jointes elle aussi, et la mine affligée. L'huis reclos sur elle, ma pauvre Teresa fondit en larmes et, la mine fort contrite, courut s'agenouiller, nue qu'elle était, sur son prie-Dieu et se mit à faire oraison, le cheveu épars, battant sa coulpe et tout à plein déconsolée.

Demeuré que j'étais sur la coite, je ne la voyais que de dos, ses longs cheveux noirs tombant jusqu'au bas de ses reins et pour dire le vrai, lecteur, je la trouvai charmante en sa pieuse posture, tout en me faisant quelque petite réflexion sur l'aspect tout extérieur et cérémonieux d'un culte où c'est une médaille qu'on outrage, qu'on console et qu'on propitie.

L'oraison de la *pasticciera* dura dix bonnes minutes — ce qui, se peut, est court pour une repentance, mais long assez pour une attente. Après quoi, estimant sans doute qu'elle avait reçu le pardon pour l'offense qu'elle avait commise envers sa petite idole, elle se signa, sécha ses larmes et courut dans sa coite reprendre nos amours au point où nous les avions laissées.

Quand elle se fut à mes côtés ensommeillée — pour peu de temps car elle renaissait, comme le phénix, inlassablement, de ses cendres — je m'avisai que je l'avais vue plus de dix fois, avant que de s'aller avec moi coucher, ôter cette petite médaille de son col, la baiser et la bailler à la mamma, mais sans que j'eusse jamais soupçonné le sens de ce rite, par lequel, je l'entendais enfin ce soir-là, elle se dévêtait de son catholicisme pour redevenir païenne l'espace d'une nuit.

Tout désoccupé et tout inutile que je me sentisse, sans nouvelles de l'abbé d'Ossat, du cardinal Giustiniani et même de Fogacer, et les négociations, comme j'ai dit, étant prises dans les glaces depuis le départir de Giovanni Francesco, je m'étais mis à quelque peine pour me rendre plus sufférable mon *farniente* romain par une conduite réglée de mes jours.

Je me levais sur le coup de sept heures et, après avoir

bu et glouti quoique sobrement assez, je m'appliquais pendant une grosse heure à l'escrime avec le maître en fait d'armes Andrea di Giorgio (disciple du fameux Agrippa...), lequel avait condescendu à m'accepter pour élève sur le bruit que Giacomi avait été mon maître et beau-frère et légué la botte secrète de Jarnac que, depuis le décès dudit, j'étais le seul au monde à posséder.

Après mes assauts avec Andrea, j'allais observer — mais sans m'y mêler que du bout de la langue — les leçons de taille et d'estoc que Pissebœuf donnait à Luc et Thierry : chamaillis simple et fruste où mon arquebusier excellait et qui est bien la seule escrime qui soit de quelque utilité au combat. Après quoi, je gagnais ma cuve à baigner, où je me délassais dans une eau chaude et claire, laquelle, la Dieu merci, n'était pas celle du Tibre, mais de mon puits. Pendant que j'y étais assis, Poussevent, avec cette incrédible légèreté de main qu'on voit souvent aux gros hommes, me taillait mon collier de barbe en rasant fort précisément les poils qui en étaient exclus.

Sur le coup de neuf heures, Fra Filippo, moine fort instruit et mon régent ès langue et belles lettres italiennes, survenait avec la précision d'une horloge de Grégoire XIII, et traduisait avec moi le *Décaméron* de Boccace, ouvrage dont on pouvait, disait-il, « déplorer la frivolité », mais que le bon moine tenait pour la source la plus pure de la prose italienne. Après la traduction, il me posait des questions ébaudissantes assez sur le conte que nous venions de traduire — car le Fra était d'humeur enjouée et gaussante — et corrigeait la grammaire de mes réponses, touchant le plus souvent cette épine dans mon pié : la conjugaison des verbes italiens.

A dix heures, j'avalais un bouillon de légumes que mon cuisinier florentin avait composé tout particulièrement pour moi ; j'écrivais une longue lettre à Teresa et après un tour au jardin, le temps le permettant, je revenais m'asseoir à la même table pour une repue plus substantifique, mais cette fois Pissebœuf nous servant à table, et en compagnie de Luc et de Thierry, qu'en l'absence de La Surie j'avais admis à cet honneur, leur ayant baillé pardon après qu'ils furent venus le quérir de moi à genoux et versant des larmes grosses comme des pois, tant leur longue disgrâce et mon long déplaisir les avaient affligés. Je me ramentois à ce jour que je leur appris à se servir d'une fourchette, pratique qui était tout à plein déconnue de leurs parents, tout grands seigneurs qu'ils fussent.

Après cette repue, je me retirais dans ma chambre, pour lire. Et mon Montaigne, hélas, se trouvant encore dans les mains de la douane papale, je lisais, non sans recourir qui-cy qui-là au dictionnaire, l'*Orlando Furioso* d'Ariosto, m'émerveillant de la façon tant fine que légère avec laquelle cet écrivain raffiné jouait avec son sujet et, tout en l'aimant, s'en gaussait, sans jamais en être l'esclave.

A trois heures, je commençais à m'attifurer et, belle lectrice, je n'ai pas vergogne à confesser que cette toilette durait presque la moitié de la vôtre, puisqu'il me fallait une grosse demi-heure avant que je commandasse à mes pages de m'amener, tout sellé et empanaché, le plus beau de mes chevaux. Déjà, quand j'apparaissais dans la cour, mon escorte était là, ses montures piaffantes, encensantes, hennissantes et se toquant les croupes, mais de prime je saillais à pié, et ce n'est qu'après que j'eus échangé quelques mots avec celui qui « ornait » la borne de ma porte cochère, que Luc m'amenait ma jument, sur laquelle je tenais à honneur de me hausser sans son aide, ne m'aidant que de l'étrier.

Le coup de quatre heures à Saint-Jean de Latran me trouvait dans la rue de la *pasticciera* au moment où sa Djemila déclosait la fenêtre de sa maîtresse et où celle-ci apparaissait, assise, en ses plus magnifiques affiquets, objet de l'adoration de tout un peuple, déesse, à vrai dire, par sa beauté et ses majestueuses proportions. Précédé de mes deux pages, dont la vêture, semée de fleurs, était plus gaie et brillante qu'une prairie en mai, et suivi de mon escorte, je poussais ma monture à travers la presse jusqu'à la fenêtre de Teresa, bridais mon cheval, et dressé sur mes étriers, lui ôtais mon chapeau, celui-ci voltigeant au bout de mes gants et dessinant dans l'air un huit. Sur quoi, elle m'adressait, en même temps qu'un petit brillement connivent de l'œil, ce souris ambigueux, mystérieux et charmant qui m'a fait la comparer à Monna Lisa. Comparaison dont, à y penser plus outre, je me repens un peu, craignant d'avoir donné une fausse impression au lecteur, pour la raison que la Monna Lisa a quelque chose d'inquiétant et se peut de maladif, alors que la *pasticciera*, bien au rebours, respirait la santé et la force, étant beaucoup plus proche, en fait, d'une Junon, par ses épaules larges et pleines, son tétin rond, ferme et puissant et pour le corps, tout au moins, ressemblant davantage qu'à Monna Lisa, à « la jeune femme à sa toilette » du Titien.

Après cette première bonnétade, je poussais jusqu'au bout de la rue et revenant sur mes pas par une rue parallèle, je repassais devant Teresa et cette fois, après lui avoir fait le même voltigeant salut, et reçu d'elle derechef son coutumier et enivrant souris, je tirais de mon pourpoint une lettre missive — celle-là même que je lui venais d'écrire — et je la lui montrais de loin. A quoi me faisant une inclinaison de tête des plus gracieuses, et sans plus sourire, mais m'envisageant de ses beaux yeux tendres, elle disait quelques mots à Djemila accroupie à ses piés, laquelle, saillant hors, l'instant d'après, me prenait la lettre des mains et courait la lui porter. Encore que la conjugaison de mes verbes fût fautive, Teresa était raffolée de mes lettres, et je lui écrivais tous les jours, y compris ceux qui ne se terminaient pas sans que je la visse.

Au retour de cette ambulation et en ma maison revenu, je m'enfermais dans une délicieuse petite salle tendue de velours rouge où le cardinal Giustiniani, j'imagine, avait ses douillettes habitudes et là, ayant fait allumer dans la cheminée un grand feu (la saison étant froidureuse encore) je commençais à rédiger ces Mémoires que voilà, et persévérais dans cette tâche les chandelles allumées et jusqu'à ce qu'il fût temps de souper. Le premier volume, qui traite de mes maillots et enfances au château de Mespech en Périgord fut écrit en son entièreté à Rome pendant cet hiver-là, où le temps pesait si lourd sur mes épaules.

Depuis que M. de La Surie était departi pour Paris, Luc et Thierry ne recevaient plus le fouet pour leurs méfaits et, chose digne de remarque, ceux-ci n'avaient pas augmenté, bien le rebours, tant ils craignaient d'encourir de nouveau mon déplaisir. Je n'eus même pas à les tançer prou pour leur débridée gaillardie, les pères, maris et frères italiens ayant découragé leurs approches, le bâton à la main. Tant est qu'ils se trouvèrent, à la parfin, satisfaits de se partager une veuve accorte qui avait le cœur sensible. Le seul différend qui, beau temps mau temps, surgissait entre eux et moi, touchait à un très vilain et très famélique petit chien jaune qu'ils voulurent adopter, lequel étant trop vieux pour être dressé, courait qui-cy qui-là dans la maison et, maugré les énormes pâtées dont il était nourri par les pages, dévorait tout ce qui lui tombait sous le croc.

Je ne me ramentois pas le jour exact du mois de mars où je faillis disparaître à jamais de ce monde émerveillable de la chaleur et du mouvement que seuls les vifs connaissent, et qui est bien le seul qu'ils connaissent vraiment, car touchant les béatitudes éternelles, il faut bien confesser que nous n'avons sur elles que de bien imprécises informations. Mais je gage que ce fut aux alentours du 23 mars, pour ce que je me fis dans la suite la réflexion qu'entre le jour où j'échappai de peu aux dents de la mort et le retour à Rome de Giovanni Francesco, le 16 avril, trois petites semaines s'étaient écoulées. Et je suis dans tous les cas très assuré que ce fut un mardi pour la raison que la nuit du mardi, comme celle du vendredi, était consacrée aux délices que le lecteur connaît. Tant est que ce matin-là, me ramentevant, à me déclore de mon sommeil, que nous étions un mardi, le monde m'apparut tout soudain plus frais et plus lumineux, et je sautai hors ma coite, bondissant comme un poulain au pré.

Toutefois, je ne faillis pas à mes coutumières exercitations d'escrime et de traduction italienne, mais j'y laissai vagabonder mon esprit ce qui ébaudit prou Fra Filippo, lequel n'était pas sans en deviner la cause, et me fit là-dessus quelques petites gausseries, mais bien au rebours, aggrava prou le maître en fait d'armes Andrea Di Giorgio :

— *Signor Marchese*, me dit-il, m'envisageant du haut de sa haute, maigre et flexible taille, vous n'êtes point à ce que vous faites. Au lieu de parer ma pointe, vous l'avez évitée d'un retrait du corps, ce qui est fâcheuse, malgracieuse et damnable pratique, fort abhorrée des meilleurs maîtres.

— *Maestro*, dis-je, je vais tâcher d'être présent davantage. Je vous fais toutes mes excusations.

Mais ces excusations n'assouagèrent pas Andrea di Giorgio dont les yeux noirs, profondément enfoncés dans sa face ascétique, brûlaient du plus dévotieux des zèles.

— *Signor Marchese*, dit-il gravement en abaissant sa lame, il en est du noble jeu de l'épée comme de la messe pour le prêtre : il vaut mieux ne pas la dire que d'y porter un esprit absent.

— *Maestro*, dis-je en le saluant, je suis tout à vous.

Mais encore que le reste de l'assaut se passât de mon côté, sans « retrait damnable du corps », Andrea di Giorgio me quitta, à la terminaison de la leçon, le sourcil levé et la mine amère, mon hérésie lui pesant encore sur le cœur.

Pissebœuf, lui, n'avait pas cette vue sacramentelle de son chamaillis d'estoc avec mes pages, et outre que tous coups et parades lui parussent bons s'ils réussissaient, sa remontrance était gaillarde, gaussante et goguelue :

— Thierry, huchait-il, à ton âge et léger comme plume que tu es, la meilleure parade est de rompre, cornedebœuf! A peu que mon estoc ne t'ait enfilé le guilleris et navré les bourses!

Lequel huchement le très vilain chien jaune que j'ai dit, et que mes pages appelaient Tibère, accompagnait en aboyant comme fol, et encore que je l'aimasse assez (maugré qu'il m'eût mis une botte en pièces), sa noise me fut si insufférable que j'abandonnai la place, et m'en fus chercher refuge, loin de cette vacarme, dans ma cuve à baigner, où le gros Poussevent me vint raser les poils hors collier, tout en m'abreuvant des fruits de sa sagesse.

— Ma fé, monsieur le Marquis! dit-il avec son terrible accent d'oc, je ne croirais jamais que c'est usance saine que de baigner soi si souvent que vous faites, au grand dol de votre peau qui ne fait que s'amollir au risque de laisser entrer toutes les infections de l'air.

— Mon Poussevent, dis-je, le grand maître Ambroise Paré te donne tort, lequel tenait les quotidiennes ablutions pour bénéfiques et rebiscoulantes.

— Avec votre permission, monsieur le Marquis, dit Poussevent en tirant un soupir de sa vaste bedondaine, je ne croirai jamais que l'eau soit bonne, ni au-dehors ni au-dedans. En outre, j'ai ouï dire dans le plat pays gascon qu'il était disconvenable à quelqu'un de bon lieu de se tant laver, un gentilhomme se devant d'avoir l'aisselle surette et les pieds fumants. Et de reste, à quoi reconnaît-on l'approche de notre bon roi Henri ? A son fumet !...

A quoi je ris à gueule bec, ne voulant débattre davantage, l'exemple venant de si haut. Et Poussevent ayant fini de me faire le poil, je saillis hors, jetai mon peignoir de bain dessus l'épaule et gagnai la grand-salle, où je vis Pissebœuf poser sur la table ma creuse écuelle, contenant un bouillon, ou plutôt une grosse soupasse, le pain y étant mêlé. Toutefois, comme elle était fumante, et que je n'aime point m'ébouillanter le gargamel, j'allai de prime me chauffer devant un beau feu cramant (ce mois de mars à Rome se ressentant davantage de l'hiver que du printemps) et je vis là vautré le chien Tibère, l'eau noirâtre dont son poil dégouttait salissant le marbre du sol.

— Thierry ! Luc ! criai-je, très encoléré, que fait là ce chien d'enfer ? N'ai-je pas défendu de l'admettre dedans la maison ? Et n'y a-t-il pas de place assez pour lui dans les communs ?

— Avec toutes mes excusations, monsieur le Marquis, dit Luc en me faisant un gracieux salut (que Thierry répéta incontinent, cependant sans déclore le bec, n'étant pas des deux l'orateur), mais durant que vous vous baigniez, il a plu comme vache pisse et le Tibère, non content d'être transpercé, se ventrouilla dans une flaque d'eau comme il fait toujours, le résultat étant que nous l'avons trouvé sous le porche, trémulant comme feuille de peuplier et quasi péri de froid.

— Il fallait dès lors le mettre à l'écurie.

— Où, hélas ! il n'y a pas de feu, dit Luc avec un nouveau salut (imité par le muet Thierry).

— Mais où, dis-je, il n'y a pas de dalle de marbre à

salir, mais de la bonne paille bien sèche où il s'eût pu rouler.

— Monsieur le Marquis, dit Luc en faisant une mine fort triste, (que Thierry aussitôt contrefeignit), le faut-il ramener incontinent à l'écurie ?

— Oui-dà, dis-je. Mais observant que le pauvre Tibère grelottait de froid, et l'aimant assez, comme j'ai dit (maugré ma botte dévorée), j'ajoutai : Mais attendez qu'il soit sec.

A quoi Luc et Thierry me firent de concert un troisième salut, et avec un brillement affectionné de la prunelle, lequel me toucha fort — jolis et vifs galapians qu'ils étaient de reste, flattant l'œil par leur vêture prairiale et gaie, tous deux frisés en bouclettes, qui blondes qui brunes mais point du tout agneaux pour cela, étant zizanieux et turbulents en diable — toutefois, tous deux d'un bon métal, et par la vaillance et par le cœur.

Comme s'il eût entendu qu'il ne serait pas exclu de son chaleureux paradis, Tibère remua la queue, et me dirigeant vers la soupasse que j'ai dite, je trempai dedans le cuiller quand un fort toquement à l'huis retentit par la maison. A vrai dire, je ne sais s'il était tant fort que meshui je l'ois résonner dans ma remembrance, mais ayant dit à Luc de courre voir ce qu'il en était, et entendant des éclats de voix et comme une sorte de querelle à l'entrant, j'ajustai sur moi mon peignoir de bain et suivi de Thierry et de Pissebœuf, marchai à l'huis derrière lequel j'ouïs Alfonso crier à voix vibrante : *Vorrei vedere il Signor Marchese ! Vorrei vedere il Signor Marchese !* (1) et Luc lui disant à travers le judas de prendre patience, que j'étais à mon bouillon, Alfonso hucha à gorge déployée : *Pazienza ! Pazienza ! La tua pazienza lo uccide* (2) !

Fort intrigué, je dis à Luc de déclore l'huis sans tant languir, sur quoi Alfonso irrupta dedans la maison, pâle comme un cierge, et sans même me voir, courut jusqu'à la grand-salle (nous quatre sur les talons) où s'arrêtant devant la table, il fit volte-face, m'aperçut, et tombant à genoux, s'écria :

(1) — Je voudrais voir Monsieur le Marquis. (Ital.)
(2) — Patience ! Patience ! Ta patience le tue !

— *Dio mio! Dio mio! Egli e salvo* (1)!

Et me prenant les mains, il les baisa l'une et l'autre.

— Alfonso, dis-je, qu'est cela?

— *Signor Marchese,* dit-il en se relevant, pâle encore et l'œil quasi hors l'orbite, plaise à vous de me laisser vous parler à l'oreille.

Ce que lui ayant permis, je fus si béant de ce qu'il me chuchota que j'en restai sans voix et les pieds comme collés au sol. Mais sentant sur moi le regard étonné des pages, de Pissebœuf et de Poussevent, lesquels venaient d'entrer, attirés par la vacarme, je repris mon vent et haleine et dis :

— Poussevent, va me chercher *il cuoco* (2). Et vous autres, dès qu'il adviendra portez œil et diligence à ce qui se dira et se fera céans.

Ce *cuoco* était un Florentin du nom de Basilio que le cardinal Giustiniani m'avait loué en même temps que son palais, et encore qu'il cuisinât excellemment et fût fort poli avec mon domestique, je n'étais pas à lui aussi affectionné qu'au reste de mes gens pour la raison qui, se peut, paraîtra frivole à mon lecteur : Je n'aime pas qu'un cuisinier soit maigre. Or, Basilio l'était. Et au surplus, la mine triste, la crête basse, la bouche amère, le coin de l'œil tombant et la paupière constamment baissée ou mi-close : raison pourquoi Alfonso l'appelait : *la gattamorta* (la chatte morte) ou comme nous dirions en français, le chattemite.

Moins d'une minute après que je le lui eus commandé, Poussevent revint, sa bedondaine poussant devant lui le maigrelet Basilio, lequel à son entrant m'ôtant son bonnet, jeta un œil, la paupière mi-close, à mes gens et à Alfonso, un autre à la soupasse qui m'attendait sur la table, et dit sans trouble aucun :

— *Signor Marchese,* je suis entièrement dévoué à vos ordres.

— *Bene, Basilio,* dis-je. Assieds-toi à ma place devant la *zuppa* (3), prends le cuiller et mange!

(1) — Mon Dieu! Mon Dieu! Il est sauf!
(2) — Le cuisinier. (Ital.)
(3) — La soupe. (Ital.)

— *Ma, Signor Marchese* (1) ! dit Basilio en tournant plus blanc que craie, et comme transi sur place.

— Basilio, dis-je âprement, qu'est cela ? Tu te dis dévoué à mes ordres et tu n'obéis pas au premier ordre que je te donne.

— *Certamente, Signor Marchese,* mais il ne s'assit pas davantage.

— M'as-tu ouï, Basilio ?

— *Certamente, Signor Marchese.*

— Alors, pourquoi ne t'assieds-tu pas à table comme je l'ai commandé ?

— Pour ce que ce ne serait guère bienséant pour un *cuoco* de s'asseoir devant son maître.

— Foin de l'étiquette ! Assieds-toi, je te prie !

Il s'assit.

— Et maintenant, Basilio, prends le cuiller et mange.

— *Ma, Signor Marchese,* dit Basilio, la lèvre trémulante, je n'ai pas faim.

— Qui aurait besoin d'avoir faim pour manger cette bonne *zuppa* tant savoureuse et odorante.

— *Ma, Signor Marchese,* dit Basilio, jetant un œil à Luc, Thierry et Pissebœuf, qui sans mot dire, s'étaient placés devant les portes, excusez-moi, je vous prie, mais j'ai l'estomac très mauvais.

— Précisément, dis-je, cette *zuppa* est saine et te guérira. Se peut même qu'elle te guérisse à jamais.

Ici, Tibère se leva de devant le feu et faisant face, gronda sans la moindre raison apparente, à moins que ce fût le ton de ma voix qui l'émut. Et Alfonso, à pas de chat, vint se placer derrière Basilio, son bâton tenu des deux mains à l'horizontale.

— *Ma, Signor Marchese,* dit Basilio en jetant un œil derrière lui et en posant les deux mains sur la table à côté de la *zuppa,* je n'ai pas faim du tout. Je n'y peux mais.

Disant quoi, il écarta comme pour montrer son dire les deux mains de son corps et par le plus dextrement malencontreux des gestes il balaya l'écuelle, l'envoya hors la table et la versa à terre. Aussitôt, Alfonso passa son bâton par-dessus la tête de Basilio et le lui plaçant

(1) — Mais, Monsieur le Marquis... (Ital.)

sous le menton, et sur la pomme d'Adam, l'immobilisa, tandis que dans le même temps, Tibère se jetait sur la *zuppa* épandue hors l'écuelle sur le marbre et en trois coups de glotte, l'avala.

— Tibère ! cria Luc en courant à lui, suivi de Thierry, lequel, à ce que je vis, attenta d'ouvrir la gueule du chien tandis que Thierry y voulut plonger la main jusqu'au gargamel pour le faire raquer, mais en vain, le chien le mordant.

— Poussevent, dis-je, donne-moi ton poignard et va quérir une cordelette. Cours, fils !

Cependant, Pissebœuf s'approchait, craignant comme moi qu'Alfonso faillît à maîtriser l'homme en son dernier désespéré sursaut, encore qu'il parût, l'œil mi-clos, la lippe amère et l'épaule affaissée, comme privé de sentiment et demeura ainsi tout le temps que, Poussevent revenu, on le lia et le fouilla. Alfonso retira de la botte du misérable un cotel à manche jaune et de ses chausses un petit flacon vide qu'il me tendit et que j'approchai précautionneusement de mes narines.

— Monsieur le Marquis ! cria Thierry, fort pâle, en courant à moi, que faire ? que faire ?

— Ce que tu as attenté, dis-je, parlant d'un ton vif et décisoire pour l'arracher à son dol. Faillant cela, il y faudrait de la noix vomique, mais je n'en ai pas. Et le temps de l'aller chercher, la pauvre bête sera morte. Poussevent et Pissebœuf, dis-je en tournant la tête tant l'agonie de la pauvre bête était insufférable, portez Tibère à l'étable. Nenni, Thierry, demeure ! Je te veux panser la main. Luc, demeure aussi, mon propos étant de dépêcher sur l'heure au *Bargello*.

— Ha, *Signor Marchese !* dit Alfonso avec un air fort alarmé, plaise à vous de me permettre de vous parler au bec à bec.

Je passai alors dans une petite salle attenante, mon œil lui faisant signe de me rejoindre. Ce qu'il fit, closant l'huis sur nous.

— *Signor Marchese*, dit-il, plaise à vous de laisser le *Bargello* tout à plein en dehors de cette affaire.

— Et pourquoi cela ? dis-je en levant le sourcil.

— Pour deux raisons.

Phrase qui ne me fit pas sourire, tant j'étais en mon

for trémulant et furieux, tout maître de moi que j'eusse voulu paraître.

— La première, reprit Alfonso, c'est que ce bâtard de *cuoco* est un Florentin. Et que se vendant à l'Espagnol, il s'est fait doublement traître et à son maître le cardinal, et à Florence, sachant bien que l'Espagnol n'a rien d'autre en tête que de mettre la main sur notre patrie. Adonc, cette affaire se doit régler entre Florentins, les Romains n'ayant rien à y voir.

— Et la seconde raison ?

— Plus pressante encore, *Signor Marchese.* Que fera le *Bargello,* si vous l'appelez ? Il va serrer ce misérable en la geôle du château Saint-Ange et la justice pontificale lui fera son procès, au cours duquel, pour de dignes raisons, le nom du duc de Sessa ne sera même pas prononcé. Impunité qui ne peut que l'inviter à recommencer ses attentements contre vous... Tandis que nous, Florentins, poursuivit Alfonso, un œil pieusement au ciel et un autre fiché à terre, si nous disposons de ce *cuoco di inferno* (1), nous en ferons une arme contre le duc.

— Adonc, dis-je, mi-persuadé mi-perplexe, tu attends de moi que je te le livre en m'en remettant à ta particulière justice ?

— Si cela vous agrée, *Signor Marchese.*

— Cela m'agrée, mais à une condition, c'est que Basilio étant au cardinal, le cardinal sache ce qu'il en est.

— Le cardinal, dit Alfonso, le saura sans le savoir. Le cardinal est florentin, il sait ce que parler ne veut pas dire, et ce que le silence signifie. En outre, le cardinal, comme il convient à son état, possède une âme qu'il lui faut ménager. Moi qui le sers, je n'ai que faire de cette commodité, étant d'avance absous, et par ma patrie, et par l'Eglise.

— Alfonso, repris-je après un instant de silence, que peux-je dire pour t'exprimer ma reconnaissance ?

— *Niente,* dit Alfonso en secouant la tête.

— Comment, *niente ?* Sans toi ce n'est pas le pauvre Tibère qui serait maintenant à l'agonie.

(1) Cuisinier d'enfer.

— *Niente, niente, Signor Marchese,* dit-il. Je n'ai fait que vous transmettre un message de Teresa, lequel elle m'a fait porter en toute hâte par Djemïla.

— Teresa ! m'écriai-je, béant, mais comment Teresa a-t-elle su que mon *cuoco* était acheté par l'Espagnol et qu'il m'allait empoisonner ?

— Par Don Luis. Comme vous voyez, *Signor Marchese,* il y a plus d'un avantage à vivre « très à l'étourdi »...

Comme dans ces mémoires je ne trotte pas l'amble, mais tâche à toujours galoper, ayant tant à conter, et des inouïes traverses de ma vie, et des grands événements auxquels je fus mêlé, j'ai le propos de sauter par-dessus la nuit que je passai ce mardi-là avec Teresa, laissant au lecteur à imaginer les transports de tendresse et de gratitude qui me jetèrent aux pieds de celle qui, d'ores en avant, et malgré ses vertes années, était non seulement mon amante, mais ma mère devenue, puisque à défaut de me donner la vie, elle me l'avait, à tout le moins, conservée. A quoi, nos tumultes apaisés, je rêvais longuement, ma tête nichée entre ses fermes et puissants tétins et ma main reposant sur son flanc, tandis qu'entendant bien mon émoi, et qu'il était tout à la fois délicieux et très proche des larmes, Teresa me caressait le cheveu d'une main tendre et légère sans mot piper (possédant cette vertu fort rare de savoir se taire au moment opportun). Si la vie que j'ai failli perdre — et que tant plus je chéris — possède une valeur qu'on puisse définir, c'est dans des moments semblables qu'il la faut, à mon sentiment, éprouver.

Le lendemain, ayant dépêché Luc à Fogacer pour lui dire que j'appétais fort à le voir, ce pendard de page ne revint au logis que deux grandes heures plus tard. Crime qui, *Miroulo regnante* (1), eût été puni du fouet, mais qu'en son absence, je sanctionnai d'une peine plus douce et non moins redoutée des intéressés.

— Luc, lui dis-je avec les grosses dents et l'air fort sourcilleux, qu'est cela ? Ne vous ai-je pas dit cent fois, à Thierry et toi, que je noulais du tout que vous musassiez en ville, quand je vous emploie comme

(1) Sous le règne de Miroul. (Lat.)

vas-y dire, beaucoup de choses se pouvant trouver compromises par un délaiement de cette sorte. Luc, pendant deux jours, à midi et à vesprée, tu ne prendras pas tes repues avec moi.

— Monsieur le Marquis, dit Luc avec un gracieux salut, plaise à vous de suspendre votre arrêt jusqu'à ce que vous m'ayez ouï. Car, à la vérité, j'ai les joues gonflées de nouvelles merveilleusement étonnantes.

— Je t'ois.

— Pour courre chez monsieur l'abbé Fogacer, je me suis trouvé que de passer devant le palais où loge Son Altesse le duc de Sessa.

— Ce n'était pas ton chemin.

— Du moins, ce n'était pas le chemin le plus court, dit Luc avec un sourire. Mais ayant ouï, comme je courais, une grande noise et vacarme, je me suis détourné de ma route, non point par frivole curieuseté mais m'apensant, Monsieur le Marquis, que vous aimeriez connaître la cause d'un tel et si grand tohu-vabohu.

— *Si la scusa non e vera, e bene trovata* (1). Poursuis.

— *Ma la scusa e vera* (2), dit Luc qui, étant bien fendu de gueule et ayant l'ouïe déliée, avait mieux profité que Thierry des bonnes leçons d'italien de l'accorte veuve. Et d'autant plus vrai, reprit-il, la tête haute, que la chose, comme vous l'allez voir, se trouve être, en fait, de si grande conséquence pour vous, Monsieur le Marquis, que la justice voudrait que, bien loin de me punir, vous me gratifiiez d'un écu pour l'apprendre...

— La peste soit de ta dévergognée effronterie, galapian ! dis-je, mi-encoléré mi-ébaudi, tu seras bien assez payé, si je lève ta punition. Dégorge, escargot, dégorge ! Et sur l'instant ! Ou je te vais livrer au fouet de Pissebœuf !

— A défaut d'un écu, Monsieur le Marquis, poursuivit Luc avec une de ces bonnétades dont il était prodigue, peux-je espérer votre bénévolence touchant une faveur particulière que je voudrais de vous quérir ?

— Nous verrons. Je n'achète pas chat en poche. Et

(1) — Si l'excuse n'est pas vraie, elle est bien trouvée. (Ital.)
(2) — Mais l'excuse est vraie. (Ital.)

dirait-on pas que je te doive récompenser de ton délaiement ? Parle, béjaune, parle ! Parle sans tant languir !

— Eh bien, Monsieur le Marquis, je courus, suivant mon oreille, jusqu'au palais du duc de Sessa, et je vis là un peuple fort irrité, huchant à gorge déployée contre le duc, l'invectivant, lui, sa parentèle et sa nation, jetant des pierres contre ses verrières, huant les valets qui en toute hâte closaient les contrevents, et molestant même un malheureux page aux couleurs du duc qui saillait du logis, se peut pour quérir secours. Et moi, m'émerveillant de cette émotion...

— Sans lancer toi-même de pierres, j'imagine ?

— Sauf une ou deux, aucune ! dit Luc, l'œil tout innocent, m'étant réfléchi qu'étant connu à Rome pour votre page, il me serait disconvenable de prendre parti en ces querelles...

— Sagesse tardive. Poursuis.

— Néanmoins, touchant la cause de ce grand tumulte, je m'enquis d'un gautier, et celui-là n'ayant pas de voix pour me répondre tant il était occupé à hucher sans discontinuer : *Fuori il duca !* (1) me désigna du doigt un homme que je n'avais pas aperçu de prime, lequel se trouvait adossé à un grand pieu dans un jardin non clôturé qui faisait face au Palais ducal. Tant est que je m'approchai et vis que le guillaume se trouvait du haut en bas attaché par des cordelettes à ce pieu, en quoi on avait bien fait, car sans cela il serait infailliblement tombé à terre.

— Et pourquoi cela ?

— Il était mort.

— Mort ?

— D'un grand cotel qu'on lui avait fiché dans le cœur, lequel à son manche jaune je reconnus tout de gob : c'était celui-là même...

— Cornedebœuf ! *Il cuoco !*

— *Ipse* (2). Et pas plus gai mort que vivant. Et portant en outre autour du col une pancarte infamante.

— Qui disait ?

(1) Dehors, le duc ! (Ital.)
(2) — Lui-même. (Lat.)

— *Pauca verba* (1), mais pertinents :

Basilio,
Cuoco,
avvelenatore al soldo
del duca di Sessa (2)

— Très pertinents, en effet.

— En outre, son avant-bras dextre était replié à l'horizontale et dans sa main close, il tenait, par je ne sais quel artifice, un flacon vide.

— L'artifice, dis-je, n'est rien que la rigidité *post mortem.* Il a suffi de lui serrer la main sur le flacon quand elle était chaude encore. On ne peut nier que ces Florentins aient le sens du théâtre. Et, dis-je, t'a-t-il fallu deux heures pour voir cela ?

— A vrai dire, dit Luc en secouant ses boucles blondes, je voulais savoir comment l'émotion populaire tournerait, et si ces bonnes gens allaient à la parfin se décider à mettre le feu au palais. Toutefois, ils n'en eurent pas le temps, pour ce que le *Bargello* et ses hommes advinrent, point assez vite pour tuer dans l'œuf le tumulte, mais point lentement assez pour qu'il dégénérât.

— Voilà, fils, qui est finement vu. Et que se passa-t-il ensuite ?

— Je détalai, ne voulant pas compromettre les couleurs de votre maison avec ces séditieux coquins.

— Et bien fis-tu, dis-je, en me jetant sur le cancan devant le feu (cette fin mars étant humide et froidureuse). Cependant, ton délaiement m'a aggravé prou et les « deux ou trois pierres » me fâchent.

— *Col vostro permesso* (3), dit Luc, *Signor Marchese,* j'ai dit « une ou deux ».

— Ou deux ou trois. Mais maugré ces trois-là, je suspens mon arrêt.

— *Grazie infinite, Signor Marchese!* Peux-je vous ramentevoir que j'ai une petite requête à présenter à votre bénévolence ?

— Voyons la requête.

(1) — Peu de paroles. (Lat.)
(2) — Basilio, cuisinier, empoisonneur à la solde du duc de Sessa. (Ital.)
(3) — Avec votre permission. (Ital.)

— Durant que j'étais fort occupé à tout espincher pour vous devant le Palais ducal, un chien perdu s'est attaché à mes pas...

— Et tu ne l'as ni appelé, ni mignonné, ni nourri des croûtes de pain dont tes chausses sont pleines ?

— Autant dire pas.

— Et tu voudrais adopter la pauvre bête et l'amener céans ?

— *Col vostro permesso, Signor Marchese,* dit Luc non sans quelque trémulation que je sentis plus que je ne vis, et chez lui et aussi chez Thierry, lequel assis, sage et muet, sur une escabelle à côté du feu, m'envisageait de ses grands yeux noirs.

— J'ai observé, dis-je à la parfin, qu'il y a dans les communs une petite pièce que les hommes de l'escorte n'occupent point, encore qu'elle ait une cheminée. Se peut qu'ils la trouvent trop petite. Mais vous pourriez y loger ce chien et même y faire du feu.

— Ha, Monsieur le Marquis ! s'écria Luc en se jetant à mon genou, pour me baiser la main. Mais il ne put donner libre cours à ses mercis, car on toqua à l'huis et Poussevent ayant poussé sa bedondaine jusque-là me revint dire que le *Bargello della corte* me voulait visiter. A quoi, avant même que j'eusse dit oui, Luc quit de moi son congé, disant qu'il était temps que Thierry et lui allassent s'exercer au chamaillis d'estoc avec Pissebœuf. Toutefois, lisant dans son œil une évidente mésaise, je noulus.

Le *Bargello* entra, suivi de deux hommes, l'un qui me sembla être un greffier pour ce qu'il était vêtu de noir et portait une écritoire, et l'autre, une sorte de sergent de la prévôté dans une déguisure bourgeoise. En quoi je n'errai guère.

— *Signor Marchese,* dit le *Bargello* en me faisant un gracieux salut, mais sans m'accoler, comme il le faisait le dimanche dans le logis de Teresa, vous savez sans doute par votre page ici présent, lequel y a participé, le tumulte qui a pris pour cible le palais du duc de Sessa.

— Il y a participé ? dis-je, jetant à Luc un œil encoléré.

— Passagèrement, ayant jeté trois ou quatre pierres contre les verrières.

— Trois ou quatre ? dis-je en levant le sourcil.

— Ou se peut quatre ou cinq, poursuivit le *Bargello*, sa face de médaille tout à plein imperscrutable, mais une de mes mouches qui se trouvait là et que vous voyez céans en maître-artisan, lui ayant dit à l'oreille de ne point compromettre plus avant dans une sédition les couleurs de votre maison, il cessa tout de gob. Angelo, reprit le *Bargello* en se tournant vers sa mouche, reconnais-tu ce page ?

— *Si, Signor Bargello,* dit Angelo, des deux *ragazzi* (1) que vous voyez-là, c'est le blond.

— *Signor Bargello,* dis-je, si vous désirez que ce galapian épouse quatre ou cinq jours la geôle du Château Saint-Ange, vous n'êtes que de me le dire : il est à vous.

— Cela ne sera pas nécessaire, dit le *Bargello* avec un sourire. Le *ragazzo* n'a pu qu'il n'ait agi avec l'irréflexion de son âge, et ce défaut lui passera en même temps que la jeunesse dont il est le fruit.

Il me fit en prononçant cette phrase élégante un salut des plus italiens, auquel je tâchai de répondre sans trop de lourdeur.

— Quant au Basilio, reprit-il, dont le corps exposé provoqua le tumulte, est-il constant qu'étant votre *cuoco*, il a attenté de vous empoisonner ?

— Il semblerait que oui, dis-je l'air franc et ouvert. Car m'ayant cuit une *zuppa* sur le coup de dix heures, un de mes gens a eu la maladresse de la jeter à terre, où le chien de mes pages l'ayant gloutie, incontinent mourut. Quant au Basilio, il s'enfuit.

— Il s'enfuit ? dit le *Bargello*, l'œil à terre.

— Avant que j'aie pu l'appeler à rendre compte de sa *zuppa*.

— L'avez-vous fait rechercher, *Signor Marchese ?*

— Nenni. Je n'ai pas cru au succès de cette quête.

— D'aucuns y ont cru pour vous, dit le *Bargello*, froidureusement.

— Il semblerait.

— *Signor Marchese,* reprit le *Bargello* après un moment de silence, en fouillant le logis de Basilio, nous y avons trouvé une bourse contenant dix mille doublons, ce qui paraît indiquer qu'il était à la solde d'un

(1) Garçons. (Ital.)

Espagnol. Avez-vous des raisons de penser qu'un seigneur espagnol ait pu acheter Basilio pour vous empoisonner ?

— Aucune, *Signor Bargello,* dis-je promptement, mon œil répondant au sien.

— Marcello, dit le *Bargello* en se tournant vers le greffier, as-tu bien écrit la réponse du *Signor Marchese ?*

— Si, *Signor Bargello.*

— *Signor Marchese,* dit le *Bargello,* je vous remercie infiniment de la patience avec laquelle vous avez répondu à mes questions.

Nous échangeâmes alors les phrases de courtoisie que tout un chacun trouve inutiles, sans que personne songe à s'en dispenser dans les occasions. Après quoi, le *Bargello* s'en fut, suivi de son greffier et de sa mouche.

— Pendard ! dis-je à Luc, dès qu'il fut départi, va t'occuper de ton chien, et ne reparais devant ma face de quatre ou cinq heures : une heure par pierre...

J'eusse pu dire « quatre ou cinq jours » et le lecteur estimera, se peut, que je montrai là bien de l'indulgence à Luc. Mais je n'avais pas le cœur à sévir, étant content assez, et de moi, et du *Bargello,* et des Florentins. De ceux-ci pour avoir eu l'audace de renvoyer au duc de Sessa sa flèche empoisonnée tout en me gardant blanc comme neige ; du *Bargello* pour avoir réussi dans son enquête (avec ma connivence) à incriminer l'Espagnol sans compromettre le duc de Sessa (ce qui eût été fort périlleux et pour lui et pour le pape) et de moi-même enfin, pour avoir imaginé cette fable de la *zuppa* renversée par mégarde par mes gens qui, aux yeux du duc de Sessa, lavait Don Luis du soupçon de m'avoir prévenu.

Quand Fogacer me vint visiter à la nuitée suivi de son acolyte, il me pensa étouffer par ses embrassements.

— Ha, *mi fili !* me dit-il, m'entourant de ses interminables bras comme un serpent de ses anneaux, je ne serais mie consolé si tu avais laissé tes bottes en ce prédicament. La Dieu merci, tu es sauf ! Bien protégé que tu fus, et par le cotillon et par la soutane !

Oyant quoi, je me désenlaçai de ses tentacules et

l'envisageai, étonné, non point tant par la soutane, car bien imaginai-je qu'Alfonso n'avait pu agir comme il avait fait sans l'aveu — au moins tacite — du cardinal Giustiniani, mais par le cotillon, qui désignait si évidemment Teresa que je me tus, craignant d'en dire trop, si je déclouais le bec.

— Eh quoi, *mi fili!* dit Fogacer en riant à gueule bec, son sourcil diabolique se relevant vers les tempes, te voilà plus muet que poisson ! Et plus circonspect que chat devant un hérisson ! Toutefois, *mi fili,* le ciel me soit témoin que ta prudence est inutile ! Puisque je ne suis pas sans connaître le rollet en cette affaire du cardinal Giustiniani, de Teresa et de Don Luis.

— De Don Luis ! dis-je, béant, qu'il sût cela aussi.

— Mais qui d'autre que Don Luis aurait pu savoir que le duc de Sessa te voulait empoisonner ? poursuivit Fogacer avec un petit brillement de l'œil. Quant à moi, si Giustiniani s'arrangea pour te présenter au pape le même jour que Don Luis, et s'il te conseilla ensuite de vivre « très à l'étourdi » j'imagine qu'il voulait que Don Luis et toi vous devinssiez amis chez la *pasticciera.*

— Monsieur l'abbé Fogacer, dis-je en souriant d'un seul côté du bec, y a-t-il encore une chose que vous ne sachiez pas touchant mon passé, mon présent et mon futur ?

— Touchant ton avenir, *mi fili,* dit Fogacer avec son lent et sinueux sourire, je peux prédire que tu ne mourras pas à Rome de la main du duc de Sessa.

— Et pourquoi cela ?

— Pour ce que le *Bargello* a fait son rapport au cardinal-secrétaire d'Etat Cynthio Aldobrandini, que celui-ci, sans lui toucher mot de son affaire, a convoqué le duc de Sessa et lui a appris que Sa Sainteté rappelait Giovanni Francesco de Madrid et qu'il n'allait pas tarder à recevoir à Rome l'envoyé de Henri Quatrième : Mgr Du Perron.

— Nouvelles excellentissimes, assurément ! m'écriai-je. Mais en quoi concernent-elles la protection de ma personne ?

— Si Du Perron vient à Rome négocier l'absolution du roi de France, c'est qu'il n'y a pas ou plus de négociateur secret, et qu'il n'est donc plus utile de t'assassiner.

— Loué soit Aldobrandini ! dis-je en riant. Et loué soit le révérend docteur abbé Fogacer de son omniscience de laquelle, s'il consent à la déclore derechef quelque peu pour moi, j'aimerais savoir pourquoi le pape a rappelé Giovanni Francesco de Madrid ?

— Cela, dit Fogacer avec un soupir, mon omniscience ne le sait pas avec certitude, mais j'augure que d'Ossat a dû convaincre le pape que Henri Quatrième n'enverrait pas Du Perron à Rome tant que Giovanni Francesco serait à Madrid, le roi ne voulant pas en effet, que son absolution à Rome dépende ou paraisse dépendre de quelque barguin de paix avec l'Espagne. Et de reste, *mi fili*, n'est-ce pas précisément contre ce barguin que M. de La Surie est allé en Paris mettre en garde le roi, dès que tu as eu vent du départir de Giovanni Francesco pour Madrid ?

— Touché ! dis-je en levant la main. Fogacer, tu me laisses béant ! Comment par tous les anges de Dieu as-tu appris cela ?

— C'est que, dit Fogacer en relevant son sourcil diabolique, j'appartiens à deux confréries également puissantes et bien informées des choses de ce monde. A la première j'appartiens par ma soutane. A la seconde par mes mœurs. La seconde, qui n'est pas sans quelque lien avec la première, est de beaucoup la plus précisément informée, encore qu'il convienne ici de séparer le bon grain de l'ivraie, et la vérité probable de la malicieuse médisance.

— Eh bien, Fogacer, dis-je, au nom de ces vérités probables, auxquelles ton double état te donne accès, que prédis-tu touchant notre proche avenir ?

— Que Giovanni Francesco sera de retour de Madrid à la mi-avril ; M. de La Surie de retour de Paris à la fin du même mois ; et que Mgr Du Perron avec une lenteur et une pompe toute diplomatique n'adviendra à Rome que fin mai.

Fogacer ne se trompait pas pour Giovanni Francesco et M. de La Surie. Mais il errait fort pour Du Perron qui ne fut dans nos murs qu'à la mi-juillet. Délaiement qui inquiéta excessivement le Saint Père, lequel, après avoir traité le duc de Nevers avec la rudesse que l'on sait, attendait le nouvel ambassadeur de Henri Quatrième avec une bien émerveillable impatience, tant il craignait de présent que le roi, à qui s'étaient ralliés tous les cardinaux français, et plus de cent évêques, ne se contentât de l'absolution de l'église gallicane sans appéter davantage à celle du Vatican, créant par là même un schisme tant funeste à l'unité de la chrétienté que l'avait été celui de l'Eglise anglicane sous Henri VIII. Tant est qu'ayant voulu si longtemps exclure notre roi du giron de l'Eglise, le pape redoutait meshui d'être lui-même exclu de l'Eglise de France...

Je revis mon Miroul avec une grandissime joie, tant cet autre moi-même m'avait manqué, ayant été mon quotidien compagnon ces trente ans écoulés, vaillant, sage, fidèle, et au surplus, dans le coutumier de la vie, si gai et si gaussant qu'il éclairait de son soleil le jour le plus marmiteux. Il arriva, de reste, à Rome en un jour de cette sorte, à l'aube, laquelle, en dépit du proche printemps, se leva de fort maugré sur un ciel si noirâtre qu'on vit peu de différence entre elle et la nuitée, quand celle-ci tomba. Mais moi, pressant mon Miroul d'un bon milliasse de questions, sur Angelina, ma seigneurie du Chêne Rogneux et mes tant beaux enfants, et lui voulant tout savoir de ce qui m'était sans lui advenu, contrariait à chaque détour de phrase ma curieuseté, et moi, la sienne, tant est que nous fûmes tout le jour en cet entretien et toute la nuit, et tout le jour du lendemain.

Je ne fus pas sans verser quelques pleurs auxquels se mêlaient bien quelques petits remords quand il me dit avec quels inouïs transports — et quasi se pâmant — Catherine lut ma lettre et la relut, et lui posa mille questions, condescendant, toute duchesse qu'elle fût, à l'inviter à sa table pour ne lui parler que de moi, voulant surtout savoir quand je serai de retour en Paris, ce qu'il ne put lui dire du tout, ni même lui laisser entendre, de peur de trahir un secret imposé par le roi lui-même, et sur le but de ma mission, et sur le lieu où elle s'accomplissait. Et à la parfin, avec des rougeurs, des mines confuses, et des larmes au bord du cil, elle osa lui demander, en termes à peine voilés, si là où j'étais, je lui demeurais fidèle. A quoi La Surie put protester, en toute sincérité, que c'était bien le cas, puisqu'à son départir, je n'avais pas encore rencontré Teresa.

Mgr Du Perron fut logé, et je m'apense que ce n'est pas par hasard, dans un palais, non point contigu au mien, mais dont ne me séparait que le mur qui s'élevait entre son jardin et le mien, lesquels toutefois communiquaient par une petite porte basse percée dans ledit mur, jusque-là close et dont on retrouva miraculeusement les clés, dès que Du Perron fut là. D'après ce que me dit Alfonso, cette porte discrète avait permis, un siècle plus tôt, à un certain cardinal toscan d'aller aider dans ses dévotions sa voisine la marquise de X, tandis que son mari était à la chasse, où il ne demeurait jamais moins de trois heures, étant un gentilhomme d'une grande douceur de cœur et le cardinal ayant payé ses dettes plus d'une fois.

Moins d'une semaine après que Mgr Du Perron fut installé là avec toute sa suite, qui était nombreuse et brillante, comme il convient à l'ambassadeur d'un grand roi, il me fit dire par un billet porté par un petit clerc, que si je le voulais voir le soir même, je le pourrais visiter « en voisin », en passant par la petite porte basse dont nous avions chacun une clef, et que de son côté, si toutefois cela m'agréait, il se permettrait dans les occasions d'user du même privilège. Du Perron ajoutait que du jour où le roi l'avait destiné à ce voyage italien, il s'était proposé « pour un des plus doux fruits de sa commission le bonheur de jouir de l'entretien et de la conversation d'un bel esprit comme le mien ». Que dire alors du sien qui était un des plus brillants de son temps !

Je lui répondis incontinent avec le plus révérend respect, et avec des compliments tout aussi suaves que, puisqu'il me le permettait, je le viendrais visiter, non point le soir même (c'était un mardi et le lecteur n'ignore pas chez qui je suis accoutumé de souper ce soir-là) mais le lendemain. Dix minutes ne s'étaient pas écoulées que le petit clerc me revint dire que je serai attendu par Monseigneur le mercredi à neuf heures de la vesprée, sur le dernier coup desquelles, en effet, je me présentai à la petite porte basse et trouvai, de l'autre côté, ce même petit clerc qui, prenant des mains de Thierry la lanterne, me pria de renvoyer mon page chez moi. Quoi fait, il referma l'huis à double tour et, traversant devant moi le jardin, me précéda à pas menus jusqu'à une grande salle fort brillamment illuminée de chandelles où, à mon considérable étonnement, je trouvai, non point une, mais trois soutanes. La première pourpre : celle du cardinal Giustiniani ; la deuxième violette : celle de Mgr Du Perron ; et la troisième noire : celle de M. l'abbé d'Ossat.

Tout en faisant à chacun, selon son rang, les salutations et les compliments qui convenaient, je ne laissais pas de sentir en mon for une ébaudissante ironie à l'idée d'être admis au sein de ces lumières de l'Eglise catholique, moi, le huguenot qui, sous Henri Troisième, pour mieux servir mon pauvre bien-aimé maître, avais *calé la voile* pour *aller à contrainte,* et maugré cela, me trouvais toujours soupçonné d'abriter dans mon cœur, mal décrassé du protestantisme, des relents d'hérésie, « la caque sentant toujours le hareng », comme ma jolie duchesse elle-même l'avait dit.

Il est vrai que Mgr Du Perron, lecteur de Henri III dans le temps où j'étais moi-même son médecin, avait lui aussi « calé la voile » en ses vertes années, son père se trouvant être un pasteur calviniste d'origine juive qui s'appelait Davy, le « Du Perron » survenant comme un heureux ajout, ce qui me ramentoit, tandis que j'écris ceci, le cas de mon bien-aimé maître de l'école de médecine de Montpellier, chez qui un « D'Assas » du nom de sa vigne de Frontignan, était venu s'accoler à son patronyme Salomon, et le supplanta à la longue.

Mais encore qu'on pût discerner dans les grands yeux noirs de Mgr Du Perron je ne sais quoi de judaïque, en revanche sa théologie avait si bien lavé la « caque » qu'elle ne sentait plus que la plus pure essence de l'orthodoxie romaine.

Du Perron avait été poète en ses folles avoines, ami de Ronsard et des belles, mais il avait renoncé à la poésie en renonçant au siècle, et son génie coulant avec autant de fougue, mais dans un autre lit, il s'était consacré par ses écrits, ses sermons et ses débats publics, à la tâche de ramener les huguenots au catholicisme : tâche dont il s'était acquitté avec un succès si éclatant qu'on l'appelait en France *le grand convertisseur.*

Il est vrai que Rome ne lui avait su aucun gré d'avoir reçu en le sein de l'Eglise Henri Quatrième, à qui, de reste, Du Perron avait été précisément redevable de l'évêché d'Evreux. Un prélat, fils d'hérétique, nommé évêque par Henri Quatrième (lui-même hérétique et fils d'hérétique) et convertissant ledit Henri en dehors de l'absolution papale, il y avait de quoi faire pleurer les anges, à tout le moins les anges du Vatican.

Mais quand Henri Quatrième s'était emparé de Paris, il avait chargé Du Perron d'accompagner jusqu'à Montargis sur le chemin de l'Italie le cardinal de Plaisance, légat du pape : tâche dont Du Perron s'acquitta avec un tact infini, de touchants égards, et cette suavité dans le ménagement des autres dont il venait de m'administrer une preuve dans sa lettre d'invitation. En chemin, Du Perron persuada doucement le cardinal que tout ce qu'il avait fait à Saint-Denis l'avait été dans l'intérêt de la chrétienté pour ramener par degrés le roi et le royaume dans le giron de l'Eglise catholique. Et le cardinal de Plaisance, séduit par les manières insinuantes de l'évêque français, charmé par ses attentions quotidiennes et persuadé par son éloquence, n'avait pas laissé, une fois advenu en la Ville éternelle, de chanter ses louanges au pape.

On peut donc dire que, quand Mgr Du Perron arriva lui-même à Rome à la mi-juillet, le parfum de ses vertus l'avait précédé, tant est que l'immense et souterrain travail de l'abbé d'Ossat aidant, on pouvait espérer que le *grand convertisseur,* ajoutant un nouveau titre à sa gloire, s'allait muer en grand conciliateur.

Quant à la personne de Mgr Du Perron, si j'ose, quant à moi, huguenot mal repeint et caque encore odorante, me mettre en ses lieu et place et habiter son illustre esprit, je dirais que ce voyage à Rome lui fournissait aussi l'occasion de blanchir son suspect évêché, de servir à la fois ses destinées propres et celles de saint Pierre et d'assurer son avancement parmi les fils de l'Eglise. Car il ne vous échappera pas, lecteur, que si le roi de France pouvait faire évêque Du Perron, seul le pape pouvait hausser l'évêque d'Evreux à la pourpre cardinalice — ce qui advint en effet, neuf ans plus tard (tant Rome chemine toujours avec lenteur) mais point avec une lenteur égale pour tous, puisque le petit abbé d'Ossat, dont ce soir-là l'humble soutane noire paraissait bien modeste à côté de la châtoyante robe violette de Mgr Du Perron, reçut le cardinalat plus de quatre ans avant lui. Il est vrai que l'abbé d'Ossat, après le départir de Du Perron, demeura à Rome pour continuer à défendre les intérêts français et qu'au Vatican, comme dans toutes les autres Cours du monde, les rayons du soleil vous atteignent d'autant plus vite qu'on est plus proche de leur source.

— Monsieur le Marquis, dit Mgr Du Perron après que les saluts et cérémonies furent achevés, je suis charmé de vous encontrer derechef, sachant la grande fiance que Sa Majesté a en vous et quelle part vous avez prise à la présente négociation.

— Aucune, Monseigneur, aucune ! dis-je en souriant, mi-figue mi-raisin, sauf à me faire assassiner et à servir involontairement de bouclier à M. l'abbé d'Ossat.

— *Signor Marchese,* dit avec gravité le cardinal Giustiniani en m'envisageant de son œil bleu azur, vous sous-estimez votre rollet. Car oyant que le Saint Père envoyait Giovanni Francesco à Rome, vous avez dépêché M. de La Surie à Paris pour en avertir le roi, lequel a incontinent retardé le départ de Mgr Du Perron pour Rome ; délaiement qui a tant inquiété le pape qu'il a rappelé de Madrid Giovanni Francesco et s'est relâché quelque peu de sa rigueur touchant l'absolution.

— Cela est vrai, dit modestement d'Ossat qui, assis sur une escabelle, non loin de Mgr Du Perron, lequel comme Giustiniani trônait sur un cancan, paraissait si frêle, si maigre et si estéquit à le comparer à la vigoureuse stature du prélat français qu'il avait l'air d'un petit insecte noir à côté d'un gros bourdon. En outre, le petit d'Ossat était rasé de si près qu'il paraissait aussi imberbe qu'une vierge, tandis que Du Perron, outre des sourcils noirs très arqués et très broussailleux, qui abritaient ses yeux noirs brillants, portait un vrai fleuve de barbe, majestueux et prophétique.

— *Vostra Eminenza,* dis-je en me tournant vers le cardinal Giustiniani, je suis fort heureux d'apprendre que les négociations sont en bonne voie et je sais infiniment gré à Mgr Du Perron de m'avoir invité chez lui en même temps que vous-même, et M. l'abbé d'Ossat.

A cette gratitude qui était en même temps une demande voilée d'explication, Mgr Du Perron répondit promptement et selon le mode suave qu'il affectionnait.

— Monsieur le Marquis, dit-il, il nous a semblé, puisque vous aviez été à la peine au point d'avoir failli laisser la vie en cette affaire, que vous deviez être associé aux espoirs de sa solution, maintenant qu'ils brillent à notre horizon. En outre, poursuivit-il avec un regard à Giustiniani et à d'Ossat, nul de nous trois n'ignore que votre esprit n'est pas dans l'action sans d'infinies ressources, et nous aimerions qu'il puisse, se peut, nous aider à passer par-dessus la traverse à laquelle nous sommes meshui confrontés, et qui ne tient pas tant à la négociation elle-même — le pape paraissant de présent désirer l'absolution du roi aussi fermement qu'il la refusait du temps du duc de Nevers — qu'à l'encharnement que met le duc de Sessa à s'y opposer.

Je n'étais pas du tout assuré, comme dans sa courtoisie Du Perron voulait bien le dire, que mes ressources fussent en rien supérieures, ou même égales, à celles des trois prêtres qui m'entouraient, lesquels présentaient une somme de savoir, de finesse et d'expérience, proprement émerveillable, même au Vatican, où s'encontraient pourtant tant d'esprits hors du commun. Mais pour ne pas alourdir le débat par un assaut de politesses, je pris le parti de dire tout uniment, et très à la soldate :

— Messieurs, je ne sais si je serai de quelque usance et secours à vous, mais s'agissant de Sa Majesté, je ferai tout en mon pouvoir pour prêter la main à ce que notre affaire avance.

— *Bene,* dit Giustiniani, pour rendre courte une histoire longue, l'arête dans notre gorge s'appelle meshui le duc de Sessa. Il avait prédit que Mgr Du Perron n'arriverait mie à Rome, mais depuis que notre bien-aimé ami est advenu céans, le duc de Sessa s'exagite dans la Ville éternelle comme un frelon dans un flacon, répandant partout menteries et fausses nouvelles, et visitant un à un tous les cardinaux, même de nuit, pour les gagner à sa cause.

— Même de nuit ! dis-je, béant.

— Oui-dà ! Même de nuit, on l'a vu courir de porte en porte et de heurtoir en heurtoir, et sans s'attarder à expliquer ses raisons, aux uns il fait miroiter la perspective de la tiare, aux autres il présente des bénéfices pour eux-mêmes ou leurs neveux — et à tous des pensions...

— Des pensions ! dis-je. La ficelle n'est-elle pas un peu grosse ?

— Hélas, dit Giustiniani, plus elle est grosse, mieux elle attache... A l'un, reprit-il, Sessa offre mille écus, à l'autre deux mille, à un autre trois, et il n'y a pas faute de cardinaux qui se vendent, y compris parmi ceux qui avaient de prime parlé en faveur de l'absolution.

Ha ! m'apensai-je, si mon vieil huguenot de père avait pu ouïr ces paroles, comment n'eût-il pas dedans l'esprit et à la bouche cette phrase de La Boétie qu'il aimait tant à citer : *L'Eglise catholique est merveilleusement corrompue d'infinis abus* ?

— En bref, reprit Giustiniani, le duc, se croyant sûr à la parfin d'une majorité docile parmi tous les prélats qu'il avait visités, eut l'incrédible effronterie d'aller trouver le pape, de lui exposer une fois de plus l'hostilité de son maître à l'absolution, et poussa l'irrévérence jusqu'à lui recommander d'agir là-dessus avec prudence et de s'en remettre aux avis du *consistoire.*

— Et que dit le pape ? dit Mgr Du Perron.

— Quoique bouillant en son for d'indignation d'être traité comme le chapelain de Philippe II, le Saint Père écouta tout cela d'un air doux et bénin et avant de donner sa bénédiction et son congé au duc de Sessa, il ne dit qu'un seul mot : *Audivimus* (1).

A quoi un sourire vint à Mgr Du Perron, à l'abbé d'Ossat et à moi-même, suivi d'un échange de regards charmés et malicieux, tant nous étions heureux que le Saint Père eût cloui le bec de l'arrogant Espagnol d'un seul petit mot latin.

Cependant, après que Giustiniani eut envisagé les

(1) Nous avons entendu. (Lat.)

trois Français qui se trouvaient là et, entendant bien leur sentiment, eut à son tour souri, il recouvra d'un coup toute sa gravité et tapotant de l'index et du majeur l'accoudoir de son cancan, comme il avait fait sur mon genou dans sa carrosse, mais cette fois pour donner plus de poids à ce qu'il allait dire, il reprit :

— Touchant une question d'aussi grande conséquence que l'absolution du roi de France, le pape ne peut qu'il ne consulte les cardinaux. Et si dans l'état actuel des choses, il propose l'affaire en *consistoire*, j'en ai fait le compte, elle est perdue ! *Signor Marchese*, voilà l'infranchissable mur que nous trouvons devant nous sans avoir un Moïse pour partager les eaux et nous permettre de passer à pied sec.

Cette déclaration fut accueillie dans un profond silence. Encore qu'il restât muet, Mgr Du Perron trahissait, par le papillotement de ses yeux noirs, une mésaise évidente, tandis qu'il commençait à craindre pour le succès de son ambassade. Quant à l'abbé d'Ossat, tournant sa maigre petite tête à droite et à gauche avec la vivacité d'un oiseau, je gage qu'il était effrayé en son for par l'idée que son immense travail de négociation pourrait se déchirer sur cet écueil.

— Mais, dit Mgr Du Perron quand il eut retrouvé sa voix, le Saint Père ne peut-il, à la rigueur, décider seul et sans prendre l'avis des cardinaux ?

— Je le dis encore, dit Giustiniani, sur un sujet d'une telle conséquence pour la chrétienté, ce ne serait guère possible. Et d'autant plus que la groigne des cardinaux pourrait s'appuyer sur des déclarations fort enflammées que le pape lui-même a faites il y a deux ans contre l'absolution, quand il refusa de recevoir le duc de Nevers.

— *Vostra Eminenza*, dis-je, peux-je quérir de vous quelle était la substance de ces remarques ?

— Offensante, dit Giustiniani en baissant les yeux. Plaise à M. l'abbé d'Ossat de vous les répéter. Dans une bouche française, elles vous choqueront moins.

— D'après ce que j'en ai ouï, dit l'abbé d'Ossat, Sa Sainteté aurait affirmé qu'elle ne croirait jamais à la sincérité de la conversion du roi, si un ange ne descendait tout exprès du ciel pour la lui confirmer.

— Eh bien ! dit Mgr Du Perron rondement, mais

avec l'ombre d'une petite gausserie, il paraîtrait que deux ans plus tard, l'ange soit véritablement descendu...

A quoi, maugré la gravité de l'heure, on sourit, mais très à la discrétion, car cet ange-là avait des ailes que nous n'étions pas sans connaître : celles des victoires que depuis deux ans Henri Quatrième avait remportées sur la Ligue et l'Espagnol. Mais après ces petits souris, on retomba dans le silence, chacun de nous butant en sa tête contre cet obstacle du consistoire qui paraissait infranchissable.

— *Vostra Eminenza,* dis-je au bout d'un moment, me tromperais-je en disant que d'aucuns de ces cardinaux qui, ayant accepté les doublons du duc de Sessa, parlent en public contre l'absolution, le font toutefois non sans quelque intime mésaise, ayant le sentiment que ladite absolution serait fort bénéfique à la papauté.

— *Signor Marchese,* dit Giustiniani en m'envisageant de ses yeux bleu azur, vous touchez là un point très délicat. Si égarés que soient d'aucuns de nos frères, nous devons espérer que leur trop grand attachement aux biens de ce monde n'a point tout à plein obscurci leur conscience.

— Eh bien donc! poursuivis-je, à supposer que le Saint Père, au lieu de laisser les cardinaux opinioner publiquement en consistoire — c'est-à-dire à portée des oreilles du duc de Sessa —, les entende un à un, au bec à bec, et en secret, ne peut-on espérer qu'il recueillera des avis plus sincères sur l'absolution et partant, plus conformes au sien ?...

— Mais que voilà une émerveillable idée! s'écria Giustiniani en levant les bras au ciel. *Signor Marchese!* Mon éminentissime ami! C'est le Saint-Esprit qui vous inspire! Et la sagesse qui parle par votre bouche! A défaut d'un Moïse, nous avons trouvé un Salomon!

Je rougis sous cette avalasse de compliments — auxquels, fort chaleureusement, les deux Français se joignirent —, très chatouillé en mon for qu'on me prêtât la sagesse d'un roi biblique, et plus encore, qu'un cardinal vît dans ma suggestion l'inspiration du Saint-Esprit, en lequel, pour ma part, je dois confesser que j'ai parfois tant de mal à croire...

— Cependant, dit Mgr Du Perron en se caressant la barbe d'un air songeard, il serait à craindre que les cardinaux, après avoir opinioné blanc — au bec à bec avec Sa Sainteté — opinionent noir à l'issue de cet entretien.

— C'est pourquoi, dit l'abbé d'Ossat de sa voix douce et tournant qui-cy qui-là sa tête d'oiseau, (mais qui contenait tant de choses), il faudrait que le Saint Père, entendant à huis clos, et un à un les cardinaux, leur défendît *sous peine d'excommunication* de révéler ce qui s'y est dit.

Cette idée, qui apportait à la mienne une addition fort remarquable, fut déclarée par nous excellentissime, tandis que nous entre-échangions des regards satisfaits et connivents, où ce qui n'était pas dit l'emportait sur ce qui l'était.

Et belle lectrice, si vous quérez de moi ce que j'entends par là, j'oserais vous demander d'user de quelque imagination et de vous mettre, maugré votre doux sexe, à la place du pape : que feriez-vous, dites-moi, si après avoir consulté les cardinaux un à un et à huis clos — et leur avoir fermé le bec par le foudre de l'excommunication —, vous découvriez que votre opinion ne recueille pas tout à fait la majorité des voix, ne seriez-vous pas tentée, alors, dans l'intérêt de la chrétienté, d'user d'un mensonge pieux et — qui donc pourrait y contredire ? — d'inverser les résultats ?

— Monsieur, il me semble que vous vous paonnez prou de votre « émerveillable idée ».

— Assurément, Madame ! Et d'autant plus que l'Histoire en a attribué la paternité au cardinal de Florence, comme elle a attribué à M. de Vic la mort du chevalier d'Aumale. Voilà le mauvais de ces missions secrètes ! On ne peut, sur l'instant du moins, revendiquer ses propres mérites.

— Mais, Monsieur, mettez-vous au rang de ces mérites l'invention d'une petite ruse soufflée dans l'oreille du pape ?

— Madame, en politique, une ruse ne peut être dite petite, quand elle produit de grands effets...

On se ramentoit sans doute qu'à l'advenue de mon Miroul, nous nous fîmes, lui et moi, des récits qui durèrent deux jours. Et comme il m'apporta de France deux nouvelles qui me surprirent prou, dont l'une au moins le touchait de fort près, je voudrais, bridant quelque peu ce galopant récit, revenir à notre entretien, n'ignorant pas que mon lecteur est à mon Miroul très affectionné.

— Eh bien, mon Miroul, lui dis-je alors, as-tu bien vendu mon bois de Montfort l'Amaury et me rapportes-tu les clicailles que j'ai quises de toi ?

— *Ma fé,* Moussu, dit-il avec cet air innocent qui chez lui annonçait tabustage et taquinade, je n'ai miette entendu à ce paragraphe de votre lettre-missive : comment auriez-vous pu, en un petit mois, écorner si pantagruelliquement votre bien ?

— Ha, mon Miroul ! dis-je, non sans quelque mésaise, pour deux raisons, comme dirait Alfonso : *Primo,* tu n'étais pas là. *Secundo,* j'étais à ce point enivré de la beauté de la *pasticciera,* que je ne rêvais, du matin au soir, que de l'orner par des bijoux.

— Moussu, ne vous ai-je pas dit, avant de départir, que lorsque le cheveu grisonne et la barbe barbonne, l'amour coûte prou...

— Fi donc, Miroul ! Ce n'est point quatre écus par semaine qui m'eussent dégonflé l'escarcelle ! Le grand débours que tu sais vient de mes libres dons.

— Et pourquoi cette grande débauche de présents, sinon que vous tâchiez de vous faire aimer de la belle par vos insensées libéralités ?

— Nenni ! Nenni ! Elle m'aimait sans mes cadeaux et la preuve en est qu'elle n'est point du tout avec moi refroidue, maintenant que je ne peux la combler comme devant de mes ruineuses attentions.

— « Ruineuses » est bien le mot ! Ha, Moussu, cela me fâche ! Vous voilà devenu dépenseur et somptueux comme un papiste ! Vous ramentez-vous les folles fêtes en Périgord de M. de Puymartin ? Et comme votre oncle Sauveterre le blâmait de dissiper en une nuit la récolte d'une année ?

— C'est différent. Puymartin agissait par piaffe et paonnade. Mais, moi, quand j'espinchais chez un joaillier romain un pendentif délicatement ouvragé en or et pierreries, j'imaginais incontinent l'émerveillable effet qu'il ferait sur sa divine gorge, et je ne pouvais résister.

— Divine, Moussu ! Par quelle sacrilégieuse idolâtrie un tétin devient-il divin ? Et comment se peut-il que vous soyez à ce point énamouré d'une garce, laquelle vous partagez avec cinq autres gentilshommes !

— Le partage ne fait rien à l'affaire, dis-je, étonné de m'ouïr dire cela. Au moins ne me ment-elle pas ! Et je ne sais point tant si je suis raffolé d'elle ou seulement de sa beauté. Pour moi, je l'envisage comme la « jeune femme à la toilette » du Titien descendu de son cadre pour dérober sa vêture, et m'admettre en sa coite.

— Cornedebœuf, Moussu ! dit Miroul, voilà un chef-d'œuvre de l'école italienne qui vous a beaucoup dégarni ! M'est avis que vous eussiez mieux fait d'acheter le tableau, ou du moins sa copie.

— Tu te gausses ! Ce n'eût été la même usance !

— J'entends bien et je vous trouve, de reste, l'air bien guilleret et gaillard pour un ruiné et un empoisonné !

— Bref ! Bref ! Bref ! m'écriai-je en crescendo, as-tu vendu mon bois ? Combien d'arpents as-tu cédés ? Et combien en as-tu tiré ?

— Nenni ! Nenni ! Nenni ! cria-t-il en écho, je n'ai pas vendu votre bois !

— Et pourquoi ?

— Pour ce que vos voisins, Moussu, qui seuls eussent eu intérêt à l'acheter, sont de gros hobereaux vaniteux qui pètent plus haut que leur cul et dépensent plus gros que leur bourse. Adonc, ils n'ont pas un seul sol vaillant !

— Miroul, dis-je en me jetant sur un cancan, le crête fort basse, je te prie, ne parle pas tant à la légère de mon présent prédicament ! Sais-tu que j'ai des pécunes assez pour quinze jours à peine ? Et qu'il va falloir quitter la place sans voir le dénouement de cette immense affaire de l'absolution ?

— Et quitter Teresa ? dit Miroul, son œil marron fort pétillant, tandis que son œil bleu restait froid. A moins que vous ne quériez d'elle de vous rendre les bijoux !

— Fi donc, Miroul ! Ce serait déshonorant !

— Et plus déshonorant encore d'abandonner votre mission !

— Ha, mon Miroul, dis-je, sur le ton de la plainte plutôt que de l'ire, me dois-tu ainsi cruellement picanier et ma conscience n'y suffit-elle pas ?

— Moussu, dit-il en marchant qui-cy qui-là dans la pièce, pardonnez-moi, mais j'étais, à la vérité, ivre de rage, quand j'ai reçu votre lettre. Ventre Saint Antoine ! Vendre un bois, entamer votre bien, et pour une femme ! Alors que vous êtes adoré par toutes ! Comment concevoir pareille irraisonnableté ? De reste, vous donnez toujours trop, et pas seulement aux garces. A vos pages ! à vos chambrières ! à vos mendiants !

— A toi aussi, dis-je en levant un œil, quand tu étais mon valet.

— A moi aussi, dit-il non sans quelque émeuvement dans la voix et le regard.

Quoi dit, il revint à moi et m'entourant le col de son bras, il me poutouna la joue.

— Mon Pierre, dit-il, nous n'aurons pas à départir de céans avant terme : j'ai informé le roi du reflux de tes clicailles et il m'a baillé vingt mille écus pour toi.

— Vingt mille ! dis-je en me levant d'un bond ! Vingt mille ! Ha, Miroul, que ne le disais-tu de prime ?

— C'est que, Monsieur le Marquis, il vous fallait de prime un peu vinaigrer pour mieux goûter ce miel.

— Cornedebœuf, Monsieur l'Ecuyer, me picanier ainsi ! De tous les mentors, régents et censeurs de ce monde, vous êtes le plus insufférable !

— « Monsieur l'Ecuyer » ? dit Miroul en levant un sourcil, et en souriant d'un seul côté du bec, Monsieur le Marquis, pardonnez-moi, mais vous êtes en retard d'un titre : le roi a tant aimé, et ma personne, et le récit que je lui ai fait de nos affaires romaines qu'il m'a fait chevalier.

— Ha, mon Miroul ! criai-je en courant lui donner une forte brassée et couvrant ses joues de poutounes, voilà qui me fait presque plus chaud au cœur qu'à ma bourse les vingt mille écus !

— Ce n'est pas la même chaleur, dit Miroul, souriant toujours. Et je n'oublie pas à qui, primordialement, je dois d'avoir échappé au gibet et de m'avoir extirpé de ma boue.

C'est le mercredi que j'encontrai en le palais quasi jouxtant le mien les trois soutanes que j'ai dites en cet entretien où mon idée d'une consultation au bec à bec des cardinaux (pardon de m'en paonner encore) fit merveille. Et le dimanche suivant, soupant comme à l'accoutumée chez Teresa, avec mes pairs (qui ne l'étaient que dans notre lien commun avec l'hôtesse), j'eus avec deux d'entre eux des conversations en aparté tout à fait dignes d'être consignées céans.

Les apartés n'étaient point possibles durant le souper pour ce que chacun était alors sous l'œil et sous l'ouïe des autres et autour d'une table ronde qui ménageait les places autour de Teresa, selon un pointilleux protocole, Giovanni Francesco, le neveu du pape, étant assis à sa dextre, le Grand d'Espagne à sa senestre, moi-même à côté d'y-celui, le *Bargello* à côté de Giovanni Francesco, et les deux *Monsignori* à la suite.

Cette hiérarchie avait été finement pesée par la *pasticciera*, comme je m'en rendis compte en la questionnant là-dessus, alors même que chacun des six se trouvait réputé par elle excellent en son genre propre et particulier. Giovanni Francesco étant le plus élevé dans l'Etat; Don Luis le plus haut dans l'ordre de la noblesse; moi-même, le plus instruit; le *Bargello*, le plus beau de face et de membre; les *Monsignori* les plus fols et les plus charmants. Teresa, craignant sans doute de ne m'avoir fait la part belle assez, ajouta à mon oreille que j'étais le meilleur amant, mais je la décrus, ayant conscience de ne lui rien faire, en nos nuitées, qui passât les pratiques communes à toute l'humanité. Il se peut, de reste, que dans sa native gentillesse de cœur, elle adressât le même secret compliment à chacun des *happy few*.

Après le souper, on passait dans une grande salle où, debout, assis, ou marchant qui-cy qui-là, on était libre davantage de s'entretenir avec la personne de son choix, Teresa elle-même allant et venant, mais prenant garde de ne paraître négliger ni privilégier personne. Or, ce dimanche que je dis, m'approchant de Don Luis, qu'elle venait de quitter, je lui dis *sotto voce :*

— Don Luis, je vous confesse que je n'ai pas eu l'audace jusqu'à ce jour de faire allusion devant vous à une affaire où, d'après ce que j'ai ouï, j'eusse laissé mes bottes sans votre intervention.

— *Señor Marqués*, dit Don Luis, la face imperscrutable, on vous a mal renseigné. La personne à laquelle vous devez de la gratitude ce n'est pas moi, mais ma cousine, laquelle, toutefois, vous seriez très imprudent, et pour elle et pour vous, de remercier par lettre ou de vive bouche.

— Mais comment cela s'est-il fait ? dis-je au comble de l'étonnement.

— Il semblerait que Doña Clara, ayant l'ouïe plus fine que moi, aurait surpris une conversation pour vous très menaçante et n'osant se compromettre en allant toquer le heurtoir de votre porte, courut avertir Teresa. Pour moi, je n'appris cela qu'après coup.

— Doña Clara connaissait-elle donc Teresa ?

— *Señor Marqués,* dit Don Luis avec un sourire froidureux assez, vous devez bien imaginer, connaissant le dévotion de Doña Clara, sa hauteur naturelle et de plus, les sentiments qu'elle nourrit pour vous, que le pensement même d'approcher une femme comme Teresa lui faisait horreur. Toutefois, pour vous secourir, elle surmonta cette répugnance.

— Don Luis, dis-je, fort ému, il me semble qu'il y a quelque chose qui tient du sublime dans une action de ce genre. Ne pourriez-vous pas dire à Doña Clara que je n'oublierai jamais ce qu'elle fit là ?

— Je ne lui dirai pas de présent, dit Don Luis avec un sourire tout ensemble poli et distant, mais quand nous serons de retour en nos Espagnes ce qui, selon mon sentiment, ne saurait maintenant tarder prou.

Il me laissa quasi abruptement sur ces paroles, mais il en avait dit assez pour me montrer que le camp espagnol commençait à douter de pouvoir faire obstacle beaucoup plus longtemps à l'absolution de mon roi. En outre, il me donnait une version des faits qui révoquait en doute l'omniscience dont s'était prévalu Fogacer, lequel avait vu dans Don Luis l'instrument de mon salut et supposait que les Florentins m'avaient introduit chez Teresa pour que je devinsse son ami. Double erreur : les Florentins, en me conseillant de vivre très à l'étourdi, n'avaient pas vu si loin, et Doña Clara avait agi seule, à l'insu de son cousin. Ha! m'apensai-je, Fogacer! mon frère! mon très cher ami! Il faudra que d'ores en avant, je ne fasse pas autant fiance en tes dires, lesquels se laissent d'évidence emporter bien au-delà des faits par la folle du logis...

J'en étais là de ce pensement quand Giovanni Francesco Aldobrandini me vint prendre en souriant par le bras, et m'entraîna à part.

Giovanni Francesco, dans l'Etat pontifical, était diplomate et neveu du pape, cette dernière qualité expliquant la première. Car à la vérité, je ne saurais mieux le décrire qu'en disant qu'il n'était ni grand ni petit, ni gros ni maigrelet, ni beau ni laid, ni brillant ni obtus. Cependant, s'il désarmait les méchants par sa médiocrité dorée, il séduisait les bonnes âmes par une bénévolence qui était la seule chose véritablement remarquable en lui.

— *Marchese*, me dit-il en gardant son bras sous le mien, si comme je l'ai ouï, c'est à l'envoi de M. de La Surie à Paris que je dois mon rappel de Madrid, je dois confesser que je vous suis infiniment reconnaissant pour la raison que je m'ennuyais mortellement en ladite ville et plus encore en l'Escorial, qui est moitié monastère moitié tombe, mais une tombe de grandissimes dimensions, l'humeur de Philippe le portant au démesuré. On l'a vu, de reste, pour l'*Invincible Armanda*, et pour toutes les entreprises où il tâche coutumièrement d'avaler plus qu'il ne peut gloutir. Raison pourquoi, malgré qu'il reçoit tant d'or par ses galions des Indes, il est sur le chemin, dépensant plus encore qu'il ne reçoit, d'avoir banque rompue... En plus, il pâtit affreusement de la goutte et sa cataracte menace de le rendre aveugle.

Giovanni Francesco me débita tout cela d'un air ouvert et léger, comme paroles mondaines et de nulle conséquence, toutefois à un petit brillement que je surpris dans sa prunelle noire, il me sembla qu'il n'était pas, se peut, si simple et si étourdi qu'il paraissait et qu'il me communiquait là — *Senza aver l'aria di accernarvi* (1) — des informations fort pré-

(1) Sans avoir l'air d'y toucher. (Ital.)

cieuses sur la « banque rompue » de Philippe, laquelle, si elle se confirmait, voudrait dire qu'il ne pourrait, faute de pécunes, continuer beaucoup plus longtemps la guerre contre mon roi.

Cependant, Giovanni Francesco, m'entraînant par le bras à marcher qui-cy qui-là dans la salle (non sans que Don Luis ne nous jetât de loin quelques suspicionneux regards), j'entendis bien, quand il baissa la voix, qu'il avait une nouvelle à m'impartir qui passait, se peut, en importance même ce qu'il venait de me dire et tout soudain, je me sentis fort trémulant, l'oreille dressée et l'esprit en alerte.

— Votre idée, *Marchese,* poursuivit-il *sotto voce,* d'entretenir les cardinaux un à un, au bec à bec, sous le sceau du secret a ravi Sa Sainteté, qui en a vu aussitôt tous les avantages (il sourit en prononçant ces mots) et ayant hier convoqué les cardinaux en congrégation générale — je dis bien, en congrégation, et non en consistoire, pour la raison qu'en congrégation les cardinaux ne délibèrent ni ne votent — il leur exposa tout du long quelle avait été son attitude à l'égard du prince de Béarn depuis les débuts de son pontificat, l'inutilité de ses efforts pour contrarier son ascension, ledit prince marchant de succès en succès. De guerre lasse, et comme ce prince continuait à solliciter son absolution, il avait décidé de recevoir son ambassadeur. Assurément, reprit le Saint Père en poussant un soupir, il s'agissait là de la plus grande et tracasseuse affaire que le Saint Siège ait eu à résoudre depuis plusieurs centaines d'années. Il priait donc et conjurait les cardinaux d'y donner toutes leurs pensées ; de mettre à part, et de côté, toutes sortes de passions et d'intérêts humains (ici Giovanni Francesco se permit un sourire), de ne regarder qu'à l'honneur de Dieu, à la conservation de la religion catholique et au bien commun de toute la chrétienté. Il ne s'agissait pas ici, reprit le Saint Père, en poussant un nouveau soupir et en envisageant les cardinaux d'un air très entendu, d'un homme privé, mais (sa voix s'enfla sur ces mots) *d'un grand prince qui commandait à des armées et à plusieurs peuples ;* il ne fallait donc pas tant considérer sa personne que sa puissance ; ni tenir une si grande rigueur en absolvant des censures qu'en remettant des péchés. « Vos Eminences, conclut le Saint Père, auront donc à me dire sans brigue, sans crainte, sans faveur, et chacun l'un après l'autre, et en particulier ce qu'ils opinionent là-dessus, sans pouvoir communiquer ladite opinion à quiconque, sous peine d'excommunication. »

J'ouïs ce discours en frémissant de la tête aux pieds, tant il me sembla qu'il nous rapprochait des grands effets que mon roi attendait de cette absolution depuis deux ans si ardemment recherchée par lui : la soumission de la Ligue, et la pacification de la France. Et M. le chevalier de La Surie, à qui j'en contai ma ratelée dès que je fus revenu le soir même au logis, dans sa chambre, sur sa coite assis, un bougeoir à la main, ressentit le même émerveillable émeuvement.

— Ha, mon Pierre! dit-il : nous touchons au but! Nous triomphons! Nous avons à la parfin chat en poche! Et à moins qu'une *zuppa* espagnole vienne avant terme à bout du Saint Père, nous repartirons de Rome en emportant dans nos bagues l'absolution d'Henri IV!...

Disant quoi, incapable de demeurer en repos, il se leva, et jetant sa robe de chambre sur ses épaules, il se mit à marcher d'un pas vif dans la pièce en enserrant son poitrail de ses deux mains, comme s'il se donnait à lui-même une forte brassée.

— Mon Pierre, dit-il avec une sorte de soudaine tristesse dans la voix : Vois comment va le train des choses en ce monde que l'on peut bien, en effet, appeler bas, les hommes étant ce qu'ils sont : le roi abjure, et après plusieurs années de barguin, le pape l'absout. Or, ni dans cette abjuration, ni dans cette négociation, ni dans cette absoute, il n'y eut rien, absolument rien de religieux. Et quant à la pauvre reine Louise, qui, elle, n'est qu'une femme, et ne commande *ni à des armées ni à plusieurs peuples*, je gage qu'elle n'obtiendra même pas sa messe chantée!

— Chevalier, dis-je, votre colombine innocence m'étonne. Le souverain pontife est un souverain. Il a un Etat, une armée, des finances. Et ne va-t-il pas de soi que dans ses rapports avec un autre souverain, il ne *considère pas tant sa personne que sa puissance...*

Quittant mon Miroul, je me fis toutefois cette

réflexion que le sentiment religieux tenait, se peut, à mon cœur par moins de fibres qu'au sien : raison pourquoi je n'étais pas tant scandalisé que lui par ces terrestres tractations. Toutefois, quand j'appris que le 30 août, le pape avait réuni les cardinaux en consistoire pour leur déclarer, après avoir recueilli les voix dans les entretiens particuliers, qu'il les avait « presque toutes » trouvées favorables à l'absolution du roi de France, ce *presque toutes* me fit sourire. Et d'autant que lorsque les cardinaux les plus acquis aux doublons espagnols — et ils n'étaient pas peu — tâchèrent alors de prendre la parole pour discuter des conditions de l'absolution, espérant y faire naître des épines et des retardements, le pape, disant qu'il y avait pourvu, leur imposa silence.

Le duc de Sessa, à travers eux, livra un dernier combat, en leur faisant suggérer au pape de faire porter l'absolution par un légat à Paris au lieu de la donner à Rome. La ficelle était grosse, et le cardinal Giustiniani, que j'encontrai le soir même chez Mgr Du Perron, me dit à l'oreille avec un sourire très florentin qu'il n'aimerait pas être ce légat, *tant de choses pouvant lui arriver en chemin...*

— Eminence, dis-je, pensez-vous que Philippe oserait dépêcher un cardinal ?

— Assurément. Pensez à tous les moines que le roi très catholique a fait massacrer dans sa conquête du Portugal.

Encore que le pape fût tenté par l'envoi d'un légat et encore plus par l'idée (qu'on lui avait soufflée) d'aller lui-même en Avignon porter l'absolution à Henri, d'Ossat et Du Perron l'en dissuadèrent, fort aidés en cela par le peuple romain qui, fort friand de voir en Rome même cette grande cérémonie, s'indignait des manœuvres de retardement du duc de Sessa (tout se sachant à Rome), insultait ses pages dans les rues, lapidait ses verrières, et comme il avait failli faire lors de l'affaire du *cuoco*, menaçait de bouter le feu à son palais.

Les Romains, hommes, femmes et enfants, furent donc dans les délices et accoururent en nombre innumérable sur la place Saint-Pierre le dimanche 17 septembre, cette date ayant été fixée pour l'absolution du roi de France. Spectacle, de mémoire d'homme, sans précédent, car le pardon du pape Grégoire VII à l'empereur d'Allemagne Henri IV avait eu lieu à Canossa.

Après une longue attente, le pape apparut dans toute sa pompe, entouré de tous ses cardinaux (sauf un (1)), des évêques présents à Rome et des officiers de sa maison. Je n'avais pas failli, en distribuant pécunes qui-cy qui-là, de me trouver au premier rang du public, et je vis bien que les cardinaux, comme je l'avais jà observé, en d'aucunes fêtes solennelles où un grand nombre d'entre eux était réuni, ne montraient en aucune guise une face grave et recueillie, mais parlaient entre eux, souriaient, et même riaient comme des écoliers, paraissant contents d'avoir une occasion de se dissiper, le magister étant occupé. Et occupé, le Saint Père l'était, puisque c'était sur lui (et secondairement sur Mgr Du Perron et l'abbé d'Ossat) que reposait le poids de la cérémonie.

Un hérault vêtu aux couleurs pontificales s'avança alors (j'allais dire sur le devant de la scène), lequel me parut avoir trois vertus : celle d'entendre le latin, d'être en sa stature et membrature herculéen, et de posséder une voix stentorienne. Il réclama le silence et, à mon étonnement, si innumérable que fût le peuple qui se pressait là, il l'obtint. Trompettes et tambours retentirent alors mais brièvement, et davantage pour encourager le silence que pour le rompre. Quand cette éclatante noise cessa, le Saint Père fit un signe, et Mgr Du Perron en sa robe violette s'avança, seigneurial et majestueux, flanqué à sa dextre du petit abbé d'Ossat en sa soutane noire, mais personne n'eut le temps de sourire de la disproportion de leur taille, et de leur volume, car ils s'agenouillèrent, tête nue, devant le Saint Père, sur un petit tapis qu'on avait placé à cet effet devant son trône.

Un dialogue s'engagea alors en latin entre le pape et les deux Français que le hérault, après chaque réplique, traduisait en italien, traduction qui fut

(1) Le cardinal Alessandrino.

écoutée dans un silence que l'on peut bien qualifier de religieux, puisque même les cardinaux l'observèrent, se contentant de quelques mimiques qui-cy qui-là.

— Qui êtes-vous ? dit le pape dont c'était le rollet de poser cette question, alors même qu'il connaissait fort bien la réponse.

— Très Saint Père, dit Mgr Du Perron de sa belle voix suave et grave, nous sommes les humbles sujets de Sa Majesté Henri Quatrième, roi de France, e nous avons reçu d'Elle procuration de requérir en son nom d'être absous par Votre Sainteté du péché d'hérésie et d'être reçu par vous comme fils obéissant de l'Eglise catholique, apostolique et romaine, nous-mêmes promettant en son nom d'exécuter les commandements qui lui seraient par Votre Sainteté intimés.

La traduction italienne de cette requête fut accueillie avec des « amen » et des murmures joyeux par la foule romaine, laquelle, comme bien on sait, aimait les Français à proportion qu'elle abhorrait les Espagnols. Il me sembla que le hérault, qui devait partager ces sentiments, eût volontiers laissé croître et débrider cette effervescence par sa passivité, mais sur un signe du secrétaire d'Etat, le cardinal Cynthio Aldobrandini, il cria d'une voix qui, sans effort, retentit à travers l'immense place Saint-Pierre : « Silence ! », et le silence se fit.

Aldobrandini remit alors au Saint Père un parchemin orné en son bas d'un ruban rouge et d'un cachet de cire. Le décret d'absolution dont tous les termes avaient été mûris et pesés par les deux parties avait été rédigé selon la tradition pointilleuse de la diplomatie vaticane, et Clément VIII en donna la lecture en latin, d'une voix ferme assez, mais trop faible pour porter plus loin que le troisième ou quatrième rang de la foule, insuffisance qui se trouva tout de gob palliée par la voix et la traduction italienne du hérault, et bien me ramentois-je que lorsqu'au commencement du décret, il était dit (sans ménagement aucun) que *la prétendue absolution donnée à Henri par un prélat de France était nulle et non avenue,* quelques remous parcoururent les robes pourpres des cardinaux et quelques sourires gaussants, accompagnés de regards ébaudis apparurent, adressés à Mgr Du Perron, agenouillé devant le pape, car c'était lui *le prélat de France* dont l'absolution donnée à Henri était *nulle et non avenue* (1), tant est qu'on pouvait même se demander si Mgr Du Perron avait bien la qualité d'évêque, puisque c'était Henri qui l'avait élevé à cette dignité.

Cependant, après avoir décousu, Sa Sainteté recousit aussitôt, refermant d'un baume confortant la navrure qu'il venait d'ouvrir, en déclarant : « Nous voulons, cependant, que les actes de religion, d'ailleurs catholiques et dignes d'approbation, qui ont été accomplis en vertu de cette absolution soient et demeurent valides, comme si Henri de France avait été absous par nous. » Phrase qui amena de nouveau de très entendus sourires sur les lèvres des cardinaux, car le pape n'incluait que par prétérition dans cette validité les actes de religion accomplis *avant* la pseudo-absolution donnée par le prêtre français, et parmi lesquels il fallait compter, précisément, l'élévation dudit prêtre à la robe violette...

D'Ossat et Du Perron, toujours aux genoux du pape, prononcèrent alors au nom du roi la formule d'abjuration et la profession de foi catholique. A la suite de quoi, rendant à son neveu le secrétaire d'Etat Aldobrandini le décret d'absolution, le pape lui commanda de donner lecture des conditions imposées au roi comme actes de pénitence, lesquelles me parurent bénignes assez, et d'autant que le pape s'en remettait à la bonne volonté d'Henri pour leur application. D'Ossat et Du Perron ayant dit oui à tout, un greffier avec une écritoire s'approcha d'eux et leur tendant tour à tour une plume, leur fit signer au nom du roi ledit décret.

Quoi fait, un chœur de moines qui étaient massés derrière les cardinaux entamèrent le chant du *Miserere*, leurs voix puissantes et harmonieuses emplissant toute la place. Le chant commencé, Aldobrandini remit à Sa Sainteté la baguette du pénitencier, laquelle, pour autant que je pus voir, me parut être en coudrier, et à l'aide de cette baguette — qui était censée remplacer

(1) Bien que Mgr Du Perron fût la cheville ouvrière de la conversion du roi, c'est l'évêque de Bourges, Primat des Gaules, qui la reçut. (Note de l'auteur.)

les fouets dont on accablait autrefois les dos nus des hérétiques repentis — le pape, tout le temps que dura le *Miserere*, toucha d'une main douce et légère alternativement les épaules de d'Ossat et Du Perron : ce qui derechef fit sourire quelques cardinaux, lesquels, se peut, se ramentevaient que Du Perron, ayant lui-même en ses vertes années abjuré le protestantisme, subissait cette pénitence pour la deuxième fois, mais cette fois-ci au nom d'un roi.

Le *Miserere* fini, le pape rendit la baguette à Aldobrandini, se leva et dans un silence où l'on eût pu ouïr la chute d'une feuille, prononça, la face grave et imperscrutable, les paroles de l'absolution. Ayant dit, il se rassit, et aussitôt les trompettes et les tambours éclatèrent en triomphants accents, en même temps qu'un cri immense de joie, des bravos et des applaudissements sans fin s'élevaient du peuple rassemblé là, lequel non seulement remplissait l'immense place Saint-Pierre au point de n'y pouvoir loger une épingle, mais bouchait de son infranchissable flot les rues circonvoisines. Et assurément, ni le chevalier de La Surie ni moi-même n'aurions pu regagner notre palais, si le cardinal Giustiniani ne nous avait gracieusement raccompagnés dans sa carrosse, devant laquelle, comme devant Moïse (pour emprunter sa métaphore), ce flot s'ouvrit. Tout le temps du trajet, je m'accoisai, le cœur me toquant et le nœud de la gorge serré, effaré que j'étais par l'immense importance de l'événement que nous venions de vivre.

— Eh bien, dis-je, quand, rendu au logis, je me retrouvai avec La Surie, qu'en es-tu apensé, mon Miroul ? N'est-ce pas là un merveilleux avancement des affaires de France ? La Ligue réduite à néant, Mayenne et les Grands rentrés dans le devoir, le royaume pacifié...

— Oui-dà, dit La Surie pensivement, le bénéfice immédiat est grand. Mais il se peut que sans l'absolution, le bénéfice, à longue échéance, eût été plus grand encore. Car l'Eglise gallicane, devenue par force forcée indépendante de la papauté, eût incliné davantage aux réformes des protestants, et les esprits des Français en eussent été se peut profondément modifiés.

— Mais, dis-je, au prix de la rallonge, quasi indéfinie, de nos guerres civiles.

— Certes, dit La Surie (reprenant le « certes » huguenot), le coût eût été très élevé. Mais...

Il s'accoisa sur ce « mais » et je ne poursuivis pas, sentant bien qu'il y avait en moi aussi quelque « mésaise » touchant cette victoire, qui se trouvait être dans le même temps un reniement, dont les conséquences auraient d'incalculables effets sur l'avenir du royaume.

11

JE départis de Rome dès le lendemain des cérémonies de l'absolution et sans attendre les réjouissances qui les prolongèrent, Mgr Du Perron me chargeant d'une lettre pour le roi dont il me voulut bien donner lecture, et dans laquelle, à ce que j'entendis, il se défendait d'avoir fait trop de concessions au Saint Père, sachant bien que c'était là le reproche que les huguenots français lui allaient faire à son retour et d'autant plus aigrement qu'il avait été des leurs et avait, selon leurs dires, *troqué la religion contre l'ambition.*

Je me souviens que dans cette lettre à Sa Majesté dont j'étais porteur, Du Perron usa d'une expression qui m'ébaudit fort. Parlant des négociateurs — c'est-à-dire de lui-même et de d'Ossat — il écrivit que dans leurs tractations avec le Vatican, *ils ne dépendirent pas un seul poil de l'autorité temporelle du roi.*

Mon soudain départir ne laissa pas d'encolérer prou la Teresa, mais m'étant remparé derrière l'ordre de Sa Majesté, et lui montrant autant de tristesse et de tendresse que j'en éprouvais, je fis si bien que son ire le céda au chagrin, et nous pleurâmes dans les bras l'un de l'autre, non sans chercher, en nos coutumières pratiques, un réconfort mélanconique. J'ai observé, à cette occasion, que si le deuil de la séparation détourne, de prime, de ces appétits-là, ceux-ci, sur la pensée qu'il reste si peu de temps pour s'y livrer, ne tardent pas à se réveiller, et d'autant plus intenses et délicieux que vous point davantage la brièveté du moment où on pourra les satisfaire.

Je traînais le plus âpre de cette mélanconie jusqu'à Florence, où le grand-duc de Toscane, fort réjoui de l'absolution du roi de France, et de l'écorne essuyée par Philippe II, me fit le grandissime honneur de me recevoir à sa table et de me présenter — non se peut sans quelque arrière-pensée — à sa nièce, Marie de Médicis, au pied de laquelle je me génuflexai en lui baisant la main, me doutant fort peu que cette princesse, dont l'humeur escalabreuse et maussade durant la repue me frappa, deviendrait un jour reine de France. Mais assurément, le grand-duc, lui, y pensait jà, appétant à fortifier son petit Etat par l'alliance d'un grand roi.

Je ne dirais point qu'en mettant derechef le pied sur le sol de France, je perdis la remembrance de la *pasticciera*, car à ce jour, après tant d'années écoulées, elle est vivace encore, et je n'ai pas failli à entretenir avec elle une correspondance qui ne s'amenuisa que par l'excessive difficulté qu'elle trouvait à écrire. Toutefois, combien que je gardasse mon attachement pour elle en un coin tendre et chaleureux de mon cœur, elle parut, la frontière franchie, soudain reculer dans mon passé, comme Rome elle-même, où il était fort peu probable que je revinsse un jour. Craignant qu'on me reproche de nouveau la versatilité de mes inclinations, à tout le moins en ce qui touche ce suave sexe, j'ai quelque vergogne à confesser qu'à partir de Nizza, laissant l'Italie à jamais derrière moi, ma pensée ne fut de prime habitée que par la joie trémulante et bondissante de revoir ma jolie duchesse, mes affections domestiques ne venant prendre le relai de mes songes qu'à la réflexion, et non sans quelque petit remords de ne les avoir plus tôt envisagées.

Le lendemain de mon advenue à Paris, alors que la fesse me doulait encore d'avoir trotté si longtemps par les grands chemins du monde, le roi me reçut en son Louvre. Il était jà en sa coite couché, et après avoir lu à la chandelle la lettre de Du Perron et d'Ossat, exigea de moi un récit complet des intrigues vaticanes touchant l'absolution, du moins à partir du moment où Giovanni Francesco était revenu de Madrid, ce qui précédait lui ayant été conté par Miroul. Récit que je tâchai de lui faire le plus concis, clair, vif et ébaudissant que je pus, sachant combien Sa Majesté détestait les phrases. Lesquels récits étant terminés, Elle me posa sur cette grande affaire quelques petites questions si précises et si aiguës qu'elles me donnèrent à penser qu'il avait eu en Rome, dans le temps que j'y étais, d'autres informateurs que moi-même, La Surie ou d'Ossat. Je n'en fus pas autrement navré, sachant que Henri, dans les affaires civiles comme dans les militaires, tâchait toujours d'ouïr plus d'un son de cloche.

Je lui contai aussi la très gracieuse réception que le grand-duc de Toscane m'avait faite à Florence, sans omettre l'insigne honneur de ma présentation à Marie de Médicis, dont je louai l'apparence fraîchelette et rondelette. Mais le roi m'écoutant avec un certain souris, toutefois sans me poser questions sur son caractère, je me tus prudemment là-dessus. Il ne m'échappait pas que Sa Majesté s'étant de présent accommodée avec le pape, elle pourrait lui demander de rompre sa très désunie union avec Margot afin que, se remariant, il pût donner un héritier au trône. Le bruit courait qu'il avait eu la faiblesse de promettre mariage à la belle Gabrielle, mais l'opposition à cette mésalliance s'encontrait jà si forte dans l'Etat qu'il était à supposer que Henri n'aurait pas le front de passer outre et qu'en ce cas il devrait, dans les Cours d'Europe, chercher princesse à son pied, laquelle devrait être catholique, sans être espagnole ni autrichienne, ce qui rétrécissait prou le choix. En outre, les Florentins, en raison de l'aide grandissime qu'ils nous avaient apportée dans l'affaire de l'absolution, reluisaient meshui excessivement dans l'estime du roi.

Henri m'ayant avec des paroles très aimables remercié de mes bons services me dit que son trésorier m'allait verser sur son commandement 10 000 écus, mais il me fallut attendre deux ans pour que cette promesse fût tenue, le roi ne m'ayant derechef employé qu'en mars 1597.

Bien me ramentois-je qu'au début de ce mois-là, je fus chez *Madame*, sœur du roi, pour ce que celle-ci étant souffrante, j'avais appris que la duchesse de

Guise — avec laquelle mon commerce, loin de se discontinuer, s'était à ce point approfondi que je ne concevais même plus le désir de lui être infidèle — la devait aller visiter à la vesprée, et combien que j'eusse joui de la compagnie de ma belle toute l'après-midi, j'étais encore tant irrassasié de sa présence que, même contraint par celle des autres, j'aspirais à la revoir. En outre, je respectais infiniment *Madame*, laquelle, si elle n'avait pas beaucoup de beauté (ayant ce long nez courbe et bourbonien qui chez une femme étonne), brillait en ce trouble siècle des plus claires vertus, dont la moindre n'était pas son adamantine fidélité à la religion réformée, dans laquelle elle était demeurée ferme comme roc, après la conversion de son frère, et dans les dents d'une terrible pression du clergé, du pape, de la noblesse, des grands corps de l'Etat et du populaire.

Comme je l'avais jà observé lors de l'agonie de mon bien-aimé maître, le roi Henri Troisième, tout est public chez les princes : leur naissance, leurs intempéries et leur mort. Et si la décence ne le défendait point, à peu que les courtisans ne demeurassent la nuit en la chambre de leur roi pour s'assurer qu'il travaillait diligemment à donner un dauphin au royaume.

C'est dire que dans la chambre de *Madame*, ce soir-là, je trouvai une cohue d'une quarantaine de seigneurs et de dames, pour la plupart huguenots, et m'étant génuflexé au chevet de la princesse, laquelle reposait pâle et languissante sur sa coite, je baisai la main de Mme de Guise qui occupait l'unique cancan de la pièce à la dextre de *Madame*, et lui glissai chattemitement un seul regard, aussi vite retenu que lancé, mais qui disait des volumes, et qu'elle reçut, la face imperscrutable, avec un petit brillement de l'œil dérobé par un battement de cil. Après quoi, me retirant, je me postai de façon à la pouvoir envisager quand et quand en la balayant de mes yeux distraits.

Tous ces gens, mis à tas dans une chambre qui n'était pas si grande, ne faisaient, à mon sentiment, que dérober à la pauvre intempérée l'air et le repos dont elle avait besoin. Et d'autant que chacun, après son hommage à *Madame*, parlait qui à l'un, qui à l'autre, de ses affaires particulières, et si bas qu'ils s'entretinssent, produisait une sorte de continu brouhaha aussi lassant à ouïr qu'une conversation à tue-tête. Et ce tohu-vabohu ne laissant pas, à ce que je crois, de fatiguer *Madame* tant par sa noise que par sa mondaine futilité — car elle vivait l'œil fixé sur le Maître du Ciel —, elle leva une main longue et pâle pour réclamer le silence, et dès qu'elle l'eut obtenu, elle dit d'une voix faible, mais fort bien articulée :

— Vaumesnil, je te prie, joue-moi ce que tu sais.

Oyant quoi, Vaumesnil saisit le luth qu'il portait dans son dos, et ayant accordé sa chanterelle et ses cordes graves, joua avec des accents fort mélanconiques le psaume 79, dont le second couplet se trouvait, en effet, très approprié à quelqu'une qui se croyait quasi enfournée jà dans les mâchoires de la mort (et qui, par la bonne heur, se trompait là-dessus). Or, dès que ces accents retentirent (qui étaient si familiers aux huguenots qui s'encontraient là) *Madame,* sans chanter vraiment, n'en ayant pas la force, murmura distinctement les paroles qu'ainsi encouragés, les huguenots entonnèrent à sa suite à voix haute :

Oh ! que n'ai-je la voix de l'ange
Et la harpe du séraphin
Pour chanter comme eux ta louange,
Seigneur, mon rédempteur divin ?...

Psaume auquel les quelques catholiques de cette société, une bonne douzaine au moins, sans faire tout à plein grise mine — ce Dieu après tout étant le même que le leur —, ne joignirent pas leur voix, et encore que l'envie m'en démangeât, connaissant fort bien ces vers que mon père et Sauveterre psalmodiaient si souvent, et tant de douces remembrances de Mespech, à défaut de vertu poétique, y étant attachées, je n'y joignis pas la mienne non plus, ma petite duchesse m'ayant jeté un œil pour me prier d'être prudent, et de ses deux mignonnes lèvres, sans le prononcer, articulant le mot « caque ». Et moi, atendrézi par cette coutumière et connivente gausserie, et de reste lui donnant raison, car il eût suffi, en effet, que je chantasse pour être tenu à jamais en suspicion par les papistes qui se trouvaient là — moi aussi, comme eux, je m'accoisai, quoique animé en mon for de sentiments bien différents des leurs.

Le roi entra en ce moment pour visiter sa sœur, à laquelle il était très affectionné, suivi de Gabrielle qu'il avait depuis peu faite marquise de Montceaux — avancement dans l'ordre de la noblesse plus rapide que le mien, mais à la vérité, j'entendais bien que les petits services qu'elle rendait au roi lui parussent incomparables. Et c'est tout juste, de reste, si je ne lui donnais pas raison, tant la mâtine était belle, merveilleusement attifurée dans une robe de satin bleu pâle et son long cheveu blond rutilant des diamants et des fils d'or dont on l'avait cousu. Or, le roi, surseoyant à poutouner *Madame*, la voyant occupée, comme j'ai dit, à chantonner à voix basse, et soit qu'il fût touché par les souvenirs de leur commune enfance que ce psaume évoquait, soit qu'il voulût quelque peu conforter les huguenots que sa conversion et son assidue recherche de l'absolution papale avaient prou décomposé, soit que craignant une issue fatale à l'intempérie d'une sœur tant aimée, il eût voulu assouager ses dernières angoisses, se mit tout soudain, Vaumesnil continuant à toucher le luth, à entonner avec les autres, non sans un visible émeuvement, le refrain second du psaume :

Je veux célébrer ta tendresse
Tant que ma bouche s'ouvrira.
Je veux bénir ton nom sans cesse
Tant que mon pauvre cœur battra.
Et quand ma voix perdra l'essor,
Mes soupirs parleront encore.

Pour le coup, je vis bien que les catholiques présents et Mme de Guise s'alarmèrent beaucoup. Les uns parce qu'ils se demandaient si le roi ne prenait pas sournoisement le chemin de retourner à son hérésie, la duchesse, parce qu'elle craignait le retentissement que les ennemis du roi — lequel était son proche cousin et qu'elle aimait prou — donneraient *urbi et orbi* à cette petite écorne au rite catholique. Et Mme de Montceaux qui ne manquait pas d'esprit, et désirait d'autant plus ménager le pape et le clergé qu'après le divorce du roi d'avec Margot, elle entendait bien devenir reine, dès lors qu'elle observa le scandale muet du clan catholique à voir le roi chanter un psaume, se déganta promptement, et comme elle seule en tout le royaume se le pouvait permettre, posa sa belle main sur la bouche du roi. Il se tut. Et *Madame* voyant son frère s'accoiser, n'alla pas plus outre dans son pieux murmure, tant est que les huguenots , à la fin, cessèrent de chanter, mais indignés, mais frémissants, jetant plus d'un œil courroucé à cette Dalila qui, sous leurs yeux, faisait le poil à leur pauvre Samson, d'aucuns d'eux laissant échapper ces paroles qui ne furent dites si bas que tous ne les entendissent :

— Voyez-vous cette vilaine qui veut engarder le roi de chanter les louanges de Dieu ?

Et cornedebœuf ! Je ne leur donnai pas tort ! Quoi ! Des vers si naïfs ! Des paroles tant innocentes ! Faut-il que les catholiques s'en offusquent ! Le duc de Mayenne au roi réconcilié par sa conversion, Joyeuse rallié, la Ligue ne battant plus que du quart d'une aile, et la France (hormis la Bretagne) quasi toute pacifiée, les épées doivent-elles encore démanger dans les fourreaux, parce qu'un Français oit la messe et un autre chante les psaumes ?

Le 11 de ce même mois de mars qui faillit, comme je vais dire, être si funeste à la France, je m'encontrai au Louvre, m'entretenant avec M. de Rosny, quand un gentilhomme appartenant au maréchal de Biron vint nous dire que son maître donnait un ballet en l'honneur de l'enfantelet qui était né à Mme la duchesse de Montmorency-Damville et que le roi avait tenu le 5 sur les fonts baptismaux. Or, il ne s'était trouvé pour le moment que treize galants (le maréchal compris) et pour échapper à ce chiffre, le maréchal quérait M. de Rosny de faire le quatorzième.

— Je ne peux tout de gob, dit M. de Rosny (qui pour être huguenot n'était point pisse-froid le moindre et aimait baller autant que fils de bonne mère en France), ayant encore à m'entretenir avec le roi, mais si M. de Siorac consent à être votre homme jusque vers la minuit, je le viendrai relever alors.

A quoi je tordis quelque peu le nez, car depuis ce

fameux baptême, ce n'était à la Cour que momeries, déguisures, pantomimes, jeux innumérables, festins à vous éclater le gaster et ballets ensuite jusqu'à la pique du jour, puisqu'on sait bien qu'après la panse vient la danse. Mais M. de Rosny me disant qu'étant moi-même si bon cavalier et si raffolé des dames, je ne pouvais leur faire à elles tant d'injure et à M. le maréchal tant d'affront que de me dérober, et le gentilhomme dudit maréchal me pressant à son tour, à la parfin je cédai.

— Siorac, me dit M. de Rosny quand le gentilhomme fut departi, vous avez bien fait d'accepter, fût-ce à rebrousse-poil. Vous eussiez peiné prou Biron. Et d'autant que vous savez bien pour qui et pour quoi il veut donner ce ballet.

Bien savais-je en effet, belle lectrice, que le maréchal, qui avait alors trente-trois ans et jetait tout son feu aussi bien au combat qu'au déduit, se trouvait follement épris d'une des plus belles dames de la Cour (1), laquelle avait un mari vieil que pour de dignes raisons je ne veux pas nommer céans, et sous le prétexte de cet enfantelet dont, de reste, il se souciait comme d'une guigne, il n'avait improvisé cette danse que pour encontrer ladite dame, lui parler au bec à bec et avancer, se peut, ses petits bataillons.

A peine fus-je entré dans l'hôtel de Biron, tout scintillant de mille chandelles, que je cherchai des yeux Mme de Guise, et ne la trouvant point, aussitôt le monde grisailla à mes yeux et les chandelles elles-mêmes me parurent moins vives. Toutefois, ayant quelque réputation à soutenir, je me mis à quelque

(1) Il s'agit de Louise de Budos et le « mari vieil » qui l'avait épousée en secondes noces et dont Pierre de Siorac parle avec tant de discrétion n'était autre que le connétable de Montmorency, l'heureux père de l'enfantelet, âgé alors de soixante-trois ans. Il était fort vert et mourut de reste à quatre-vingts ans, en 1614, survivant de douze ans au soupirant de son épouse, le maréchal de Biron, qui perdit la vie en 1602 ayant la tête tranchée pour trahison. L'enfantelet dont le baptême fut célébré avec tant de faste le 5 mars 1597 devait, à la mort de son père, devenir à son tour connétable sous le nom de Henri II de Montmorency. Pas plus heureux dans l'intrigue politique que le galant de sa mère, il fut comme lui exécuté, comme lui pour trahison, en 1632, sur l'ordre de Richelieu. (Note de l'auteur.)

peine pour faire le galant auprès des dames qui s'encontraient là, mais sans pousser le jeu au-delà d'un coutumier et courtois badinage, cependant n'attendant que l'advenue de Rosny pour prendre congé de mon hôte. Il vint enfin, comme il avait dit, sur la minuit, et sans tant languir, je m'esquivai et au logis revenu, prenant à peine le temps de me dévêtir, je me jetai sur ma coite.

Cependant, juste comme je m'ensommeillai, les deux dogues allemands que je lâche la nuit dans ma cour de devant se mirent à aboyer, et tirant la sonnette pour appeler Franz et connaître la raison de cette noise et vacarme, Franz, à demi vêtu, apparut après un temps qui me parut fort long et me dit que M. de Beringuen avait toqué à l'huis comme fol ; que l'ayant reconnu à travers le judas, et M. de Beringuen lui disant qu'il venait de la part du roi, il avait mis les dogues à l'attache et donné l'entrant à ce seigneur qui paraissait tout à plein hors de lui, se tordait les mains sans discontinuer, et avait le visage tout chaffouré de chagrin et d'épouvante.

Fort alarmé moi-même, je sautai dans mes chausses et mes bottes et sans prendre le temps de boutonner mon pourpoint, je descendis le viret en courant au risque de me rompre le col, et trouvai Beringuen, pâle comme un cierge et les traits décomposés.

— Ha, mon ami ! cria-t-il en se jetant dans mes bras, quel malheur ! Quel affreux malheur ! Hélas, pauvre roi ! Tout est perdu !

— Quoi, dis-je, qu'est cela ? Le roi est-il à l'agonie ?

— Nenni ! nenni ! dit Beringuen, la voix entrecoupée, la Dieu merci, il est sain et gaillard !

— Alors, rien n'est perdu, mon ami ! criai-je avec force. Mais parlez, parlez ! A la parfin, éclairez-moi ! Quel est donc cet affreux malheur qui vous fait trémuler, vous que je sais si vaillant ?

— Ha ! Monsieur, dit-il, pardonnez-moi ! Mais le roi m'a défendu d'en toucher mot et entend vous le conter à vous-même, parlant à votre personne, vous priant de le venir voir sur l'heure en son Louvre ainsi que M. de Rosny, lequel, par la male heur, je n'ai pas trouvé au logis.

— Mais moi, je sais où il est ! criai-je.

Et appelant Franz, je lui commandai d'apporter mes armes, et aussi du vin pour Beringuen, pour qu'il se confortât quelque peu, pendant que j'achevais de passer ma vêture.

— Mais quoi, Beringuen, dis-je, vous n'êtes pas armé, avez-vous une escorte ?

— Nenni ! nenni ! Je n'ai pas pris le temps de la réunir tant le roi me parut pressé.

— Cornedebœuf ! dis-je, en Paris, à une heure du matin, sans escorte ! C'est folie ! Chevalier, dis-je à La Surie qui venait d'entrer, rassemblez à la hâte nos gens et me suivez à cheval. Nous allons chez Biron.

Je fis donner deux pistolets à Beringuen et deux encore à son cocher, et sans attendre l'escorte que La Surie s'affairait dans la cour à rassembler, je montai dans la carrosse, dont les chevaux, dans ma rue du Champ Fleuri, qui est étroite assez, prirent le tout petit trot, mais dès que nous eûmes passé dans la grand'rue Saint-Honoré, laquelle était beaucoup plus large, Beringuen passa la tête par la portière et cria au cocher d'aller au galop. Cependant, parvenu à la rue de la Ferronnerie, la carrosse dut mettre au pas derechef, tant la rue, déjà si étroite, était rétrécie par toutes les boutiques qui, en violation des arrêts royaux, s'étaient construites en appentis du mur du cimetière des Innocents et empiétaient sur la chaussée, laissant à peine la place à une charrette ou une coche.

C'est là — et lecteur, je te prie de bien vouloir en croire ma parole, si étrange que paraisse la coïncidence —, c'est là, dis-je, juste au moment où je m'apensai que c'était l'endroit rêvé pour une embûche, que la carrosse s'arrêta.

— Tudieu ! cria Beringuen, qu'est cela ?

— Monsieur, dit le cocher, deux petites charrettes à bras entrecroisées barrent le passage. Je les vais ôter.

— Garde-t'en bien ! dis-je, prépare tes armes, descends et ouvre-nous.

Ce qu'il fit, et une fois que nous fûmes sur le pavé tous les trois, je découvris, derrière les charrettes, quelques ombres que les lanternes de la carrosse éclairaient d'autant plus confusément qu'il pleuvait. Et voyant que Beringuen, dans sa folle impatience, me paraissait prêt à en découdre, je le priai, à voix basse, de me laisser diriger l'affaire.

— Messieurs de la truandaille ! criai-je d'un ton gaussant et goguelu, sachant bien combien nos Français, qu'ils soient ou non truands, adorent ce ton de fanfaronne bonne humeur : Que voulez-vous ?

— Peu de chose, dit un grand vaunéant qui surgit en même temps qu'une bonne douzaine de coupe-jarrets de derrière la barricade, mais à ce que j'observais sans s'avancer vers nous, se peut parce qu'ils avaient distingué les pistoles dans nos poings. Peu de chose, reprit le gautier sur le même ton que moi : la carrosse, les chevaux, vos bourses et pour peu que vous résistiez, vos vies.

— Compagnon, dis-je, voulant gagner du temps assez pour que notre escorte nous pût rejoindre et renforcer : ta nasse est habilement dressée, mais tu y as pris un gibier un peu trop gros pour toi. La carrosse est au roi, les chevaux aussi, et à qui pourrais-tu les revendre, étant si connus de tous ?

— Bah ! dit le gautier, de prime les bourses, nous verrons ensuite !

— C'est raison, dis-je.

Et saisissant une petite poignée d'écus dans mon escarcelle, je la jetai à la volée sous les charrettes à bras : stratagème qui m'avait si bien réussi contre les truands de Montpellier en mes vertes années. Et en effet, à peine les piécettes eurent-elles tintinnabulé sur le pavé que les vaunéants se mirent à croupetons pour se les disputer.

— Rien n'en vaut ! dit le grand gautier qui seul avait dédaigné de se baisser. Je veux tout !

— Tout ?

— L'une et l'autre bourse.

Et voyant Beringuen mettre un de ses pistolets sous le bras pour saisir son escarcelle, je lui glissai à l'oreille :

— N'en faites rien. Dès qu'ils auront nos pécunes, ils exigeront davantage.

— Compagnon, repris-je tout haut, c'est à voir. Ta situation est moins félice que tu crois. Notre escorte ne va pas tarder à nous rejoindre. Et d'un autre côtel, si le chamaillis des pistolets commence, la noise ne faillira pas d'attirer les pages et valets de l'hôtel de Biron dont je vois briller les verrières à moins de vingt toises derrière ton dos.

— Raison pourquoi il nous faut terminer ce barguin, dit le grand gautier. Allons, Messieurs, vous avez délayé assez. Baillez vos bourses ou nous vous courons sus.

— Tudieu, Siorac, dit Beringuen entre ses dents, ouvrons le feu ! Ils crieront moins fort quand ils auront avalé nos prunes.

— Beringuen, dis-je à voix basse, il pleut. Pouvons-nous avoir fiance en les amorces de nos pistolets ? Il est vrai que j'ai en mon pourpoint des amorces sèches. Mais aurons-nous le temps de les fixer ? Et si nous faisons long feu, nous n'aurons plus que nos deux épées contre une douzaine de droles.

— Mais par la sang Dieu, que faire ? dit Beringuen au désespoir.

— Ceci, dis-je à voix basse d'un ton résolu. Jetez-leur à votre tour une poignée d'écus et dès qu'ils se baisseront, courons, Beringuen ! Courons nous remparer derrière la carrosse.

— Et moi ? dit le cocher la voix trémulante.

— Toi aussi.

La poignée d'écus de Beringuen fut plus grande que la mienne, soit qu'il eût la main plus large, soit que le sentiment huguenot de l'économie, même dans les dents du péril, lui fût tout à plein déconnu. Et les vaunéants derechef se disputèrent si joyeusement la provende répandue sur le pavé que notre prompte retraite derrière la carrosse laissa le grand gautier sans vert.

— Compagnon, dis-je du même ton gaussant, laisse-nous le passage. Vous avez maintenant la quasi-totalité de nos bourses. Allez-vous hasarder un mortel chamaillis pour le peu qui nous reste ? Et pis est, contre des gens dont vous ne voyez que le nez à l'angle de la carrosse ? Cependant, dis-je, nos pistolets sont toujours là : six purs diamants qui, le cas échéant, peuvent jeter beaucoup de feu.

Beringuen, qui pointait et le nez et un pistolet à l'autre angle de la carrosse, fit mine de me parler, mais je lui soufflai à l'oreille de s'accoiser, désirant ouïr ce qui se disait derrière la barricade. Et il me sembla en effet que les vaunéants, ayant le sentiment d'avoir bien gagné leur vie avec nos écus, n'étaient plus si chauds pour courre offrir leurs tripes à nos balles. Toutefois le grand gautier, à ce que je crus entendre, ne branlait pas, lui, dans sa résolution. Il voulait la coche et les chevaux, moins se peut par appétit du lucre que pour l'honneur d'avoir volé une carrosse au roi et de s'en pouvoir paonner jusqu'à la fin de ses jours.

— Cocher, dis-je à voix basse, couche-toi entre les deux roues arrière de la carrosse et tire sur quiconque voudra toucher à tes chevaux.

— Monsieur, dit le cocher, entre les roues arrière coule justement le ruisseau du mitan de la rue, et avec votre respect, il est brenneux et pisseux.

— Faquin, dit Beringuen, as-tu ouï le commandement du marquis de Siorac ?

— Avec respect, Monsieur, dit le cocher. Mais avec votre respect, Monsieur le Marquis, je ne suis pas à vous, mais au roi.

— Cocher, dis-je, c'est raison. Voici donc deux écus pour te faire nettoyer ta livrée.

— Monsieur le Marquis, dit-il, à ce prix, je me vautrerais dans le bren et la pisse une heure durant.

— Va donc, dis-je.

Quoi disant, je tendais l'oreille pour distinguer ce qui se disait derrière la barricade, et aussi pour tâcher d'ouïr derrière nous les sabots de notre escorte sur les pavés. Ventre Saint Antoine, m'apensai-je, Miroul me faillir en tel désespéré péril ! A ce moment, la pluie redoubla, et je recommençai à trembler pour nos amorces.

— Monsieur, dit le cocher, à voix basse, les voilà qui retirent les charrettes à bras du passage !

— C'est qu'ils veulent se saisir des chevaux et amener la carrosse à eux. Sais-tu tirer ?

— Passablement.

— De la main droite ?

— Oui-dà.

— Appuie ta main droite sur ton bras gauche et ne tire qu'à coup sûr. Tâche de ne pas atteindre les chevaux.

— Oui-dà !

Suivit alors des deux parts un silence si profond qu'on entendit distinctement les musiques de l'hôtel de Biron et un grand rire de femme, clair et joyeux. Cornedebœuf ! m'apensai-je : ils dansent et on nous assassine !

— A moi, Biron ! criai-je à gorge rompue.

— Monsieur, dit le grand vaunéant en ricanant, vous ne croyez donc plus à votre escorte que vous appelez Biron !

— Compagnon, dis-je, tu verras bien...

— Moi, se peut, mais vous point, Monseigneur. Car alors, nous aurons fait de la dentelle italienne avec vos tripes.

— Voire !

— Tant promis, tant tenu !

— Monsieur, dit le cocher à voix basse, je distingue une paire de gambes entre les deux chevaux.

— Tire !

Son chien claqua et son coup fit long feu. Je me baissai promptement pour lui bailler une autre amorce, doutant fort en mon cœur trémulant qu'il aurait le temps de la fixer.

— Voilà, dit le grand gautier, un mignon petit pistolet qui a failli ! Compagnons, reprit-il d'une voix forte et déprisante, qu'avez-vous devant vous ? Je vais vous le dire ! Des amorces mouillées et des poules qui baissent les ailes. Finissons-en, mes gentils loups ! Courons sus à ces couards ! Et réservez-moi ce grand jacasseux de merde ! J'ai besoin de sa gorge pour aiguiser mon cotel !

Deux coups éclatèrent alors simultanément, celui du cocher qui faucha l'homme qui tâchait de saisir la bride des chevaux et le mien qui, la Dieu merci, ne me fit pas défaut et atteignit le grand gautier. Au même instant, on entendit derrière nous un grand galop de sabots sur le pavé et des huchements à gueule bec si épouvantables que le reste de nos beaux coqs s'égayèrent comme poussins de basse-cour, laissant deux hommes sur le pavé, l'un mort, l'autre promis à la corde.

— Cornedebœuf, chevalier ! criai-je. Pourquoi si tard ?

— Et par tous les démons ! cria La Surie hors de lui, pourquoi départir du logis si vite et sans escorte ?

A quoi, combien que je fusse bouillant de rage, je ne

répliquai rien, ne voulant pas offenser Miroul devant Beringuen, à qui je demandai de me bien vouloir permettre de pénétrer seul chez Biron, pour la raison que si on le voyait, lui qu'on savait être au roi, venir troubler un ballet à deux heures du matin pour quérir Rosny et l'amener à Sa Majesté, Biron le voudrait de force forcée accompagner, ce qui ne manquerait pas de contrarier Henri qui l'aimait peu, n'ayant guère fiance en lui.

Beringuen consentit et pour moi, prenant un dehors riant et nonchalant, quoique le cœur me serrât prou de cet « affreux malheur » qui avait à ce point décomposé Beringuen, j'entrai chez Biron et l'allai de prime saluer, sachant combien il était pointilleux sur les attentions qu'on lui devait.

— Eh quoi, Siorac, dit-il, de retour ? Est-ce vous qui tirez au pistolet à deux pas de chez moi ?

— Des vaunéants, monsieur le Maréchal, dis-je en souriant, qui m'ont voulu faire une écorne.

— Que ne m'avez-vous dépêché un de vos gens ? Tudieu ! J'aurais moulu menu ces coquins ! dit-il paonnant et piaffant comme à son accoutumée, étant grand capitaine et vaillant, mais ne pouvant qu'il ne s'en vantât *urbi et orbi,* et plus que jamais ce matin-là, sa belle n'étant pas loin.

— Ha, monsieur le Maréchal ! dis-je faisant le bon courtisan pour en avoir plus vite fini avec lui, c'était là petit gibier indigne de votre glorieuse main !

A quoi il paonna plus encore, si plus se pouvait et, souriant, se tourna vers la dame dans les douces faveurs de qui il appétait d'entrer. Et pour moi, dois-je dire que si j'avais appartenu à ce suave sexe, je n'eusse guère aimé Biron, avec son nez en bec d'aigle et ses yeux noirs, durs et faux, profondément enfoncés dans l'orbite.

Jetant un œil à l'alentour, je passais de couple en couple, salué qui-cy qui-là par un « Hé quoi, Siorac ? De retour ? » à quoi je répondais par un sourire, jusqu'à ce que parvenant jusqu'à Rosny, et toujours souriant des lèvres mais non de l'œil, je lui jetai un regard connivent, et lui disant à l'oreille « Deux mots de grâce ! ». Je passai sans m'arrêter et, la musique reprenant, allai me poster dans l'encoignure d'une fenêtre où j'attendis Rosny, m'apensant, à envisager ces seigneurs de si haute mine et ces dames si belles, ballant indéfatigablement sous les chandelles brûlant à profusion dans les lustres vénitiens, que si « l'affreux malheur » touchait à notre guerre contre l'Espagne, c'en était bien fini de ces jeux et de ces danses.

Rosny me rejoignant enfin, je lui dis *sotto voce* que le roi le réclamait très urgemment en son Louvre, que je ne pouvais en dire plus, n'en sachant pas plus, et que je l'allais attendre dehors dans une carrosse avec Beringuen. A quoi voyant Rosny pâlir quelque peu, j'ajoutai que le roi se portait comme un charme, que ce n'était pas là le point, que quant à lui, il se hâtât de se tirer de là, Beringuen et moi ayant jà perdu beaucoup de temps à nous dégager d'une embûche de la truandaille.

Au Louvre, nous encontrâmes, nous attendant au guichet, M. de Vic avec une face longue comme un carême qui, nous faisant à voix basse le reproche d'avoir tant délayé, nous dit que le roi se trouvait dans la petite chambre qui faisait suite à son cabinet aux oiseaux. Nous y courûmes, Rosny rouge et suant d'avoir tant dansé, et nous vîmes le roi vêtu de sa seule robe de nuit, marchant qui-cy qui-là à grands pas, les mains derrière le dos, l'air chagrin et songeard ; et, assise sur un cancan, son blond cheveu dénoué et sa vêture laissant voir la moitié d'un tétin, la marquise de Montceaux, laquelle pleurait des larmes grosses comme des pois ; et enfin appuyés tout droit contre les murailles, sans branler ni piper, une demi-douzaine des conseillers les plus écoutés de Sa Majesté ; mais ce qui me frappa le plus à l'entrant, ce fut le profond silence qui dans la petite pièce régnait, lequel n'était troublé que par le bruit des bottines de nuit de Henri sur le parquet.

— Ha, Rosny ! Ha, Siorac ! dit-il en s'arrêtant, mais il n'en dit pas plus, son vent et haleine paraissant lui manquer.

Et nous, nous génuflexant à tour de rôle devant lui, tout soudain il retint la main de Rosny dans la sienne, et posant son autre main dessus, il lui dit :

— Ha, mon ami ! Quel malheur ! Quel affreux malheur ! Amiens est prise !

— Amiens ! s'écria Rosny. Hé, vrai Dieu, Sire ! Une

si grande et puissante ville ! Laquelle est quasi le boulevard de Paris et met la capitale à deux doigts d'être elle-même assiégée ! Mais, Sire, comment cela s'est-il pu faire ?

— Hélas ! Hélas ! dit le roi. C'est un coup du ciel ! Ces pauvres gens d'Amiens, pour avoir refusé une petite garnison que je leur ai voulu bailler, se sont si mal gardés qu'ils se sont tout à plein perdus.

Le roi n'en dit pas plus alors, mais ce que j'appris plus tard, je te le vais dire ici, lecteur, pour éclairer ma lanterne.

Quand Amiens, qui était ligueuse, se rendit au roi, elle mit, en effet, comme condition à sa reddition qu'on ne lui mît point dans ses murs de garnison royale, tant par chicheté (ne voulant pas pourvoir à l'entretainement de cette troupe) que par cette jaleuseté de franchise municipale que l'on retrouve partout en ce royaume, nos bons bourgeois voulant être tout ensemble très protégés du roi et n'en pas payer le débours. Qui pis est, nos dits bourgeois d'Amiens, n'étant pas fort friands d'assurer eux-mêmes les peines et les fatigues des gardes, avaient délégué à cette lassante, ingrate et monotone tâche les plus pauvres de la ville. Mais hélas ! on ne fait pas d'un misérable un soldat en lui mettant un morion sur la tête et une pique à la main. La suite bien le prouva.

Or, le cardinal Albert, qui commandait l'armée espagnole des proches Flandres, n'ignorait rien de ces faiblesses par les ligueux peu repentis qui s'encontraient dedans la place, et le capitaine Hernantello recevant de lui cinq mille hommes de pied et sept cents chevaux dudit cardinal, chemina toute la nuit de Doullens à Amiens et dépêcha à l'aube quelques soldats vêtus en paysans, lesquels conduisaient un chariot plein de viandes et de fruits, et demandèrent l'entrant à la porte de Monstrecut et l'obtinrent. Et comme ledit chariot était engagé sous la herse relevée, un des soldats qui portait un sac de noix sur sa tête en délia la gueule si dextrement que nombre de noix churent à terre. Quoi voyant, les pauvres hères qui gardaient la porte, ne pouvant à cette aubaine résister, se mirent à croupetons pour les ramasser et en remplir leurs poches. En même temps, le soldat qui conduisait le chariot coupa les traits des chevaux, tant est que, ceux-ci s'égaillant, le chariot resta sous la herse et quand on la voulut clore, la bloqua. Les malheureux gardes furent promptement dépêchés et le gros des Espagnols, accourant de tous les replis de terrain où ils s'étaient cachés, en moins d'une demi-heure se saisirent des portes, tours, forteresse, églises, places et carrefours, faisant une immense picorée de canons et de munitions et mettant si impiteusement les bourgeois d'Amiens à rançon pour racheter leurs vies que les coquefredouilles, pour avoir voulu s'éviter les débours d'une petite garnison, en un battement de cil perdirent tout.

Le roi ne gâcha pas de temps à jérémier, ni à conter le menu de l'histoire comme je viens de faire : il dit le fait tout brut et s'accoisa, attendant que Rosny et les conseillers qui étaient là baillassent leur opinion, se peut pour ce qu'il voulait tâter à quel degré s'encontraient encore leur fermeté et leur fidélité à lui après ce terrible coup. En quoi, s'agissant du moins de Rosny, il ne fut pas déçu.

— Or bien, Sire ! dit-il d'une voix haute et claire, il n'est remède ni dans le blâme d'autrui ni dans la plainte sur soi. Amiens est prise. Il faut la reprendre ! A quelque prix que ce soit, il nous la faut reprendre ! Or donc, Sire, ne vous mélancoliez point ! Rassemblez le ban et l'arrière-ban de votre bonne noblesse et mettons-nous le cul sur selle et l'arme au poing !

Je fis chorus, et avec un temps de retard, les conseillers qui s'encontraient là, et dont deux ou trois que je ne veux nommer se trouvaient être des ligueux mal repentis et se peut, en leur for, point trop mécontents de cette male heur de la France (tant leurs cœurs corrompus s'attachaient encore à l'Espagne), concoururent à leur tour à l'avis de Rosny. Oyant quoi, le roi ayant jeté de l'un à l'autre son œil aigu, et paraissant satisfait de cette unanimité (dont il n'était pas toutefois sans saisir les nuances), il dit de cette façon vive et gaillarde qui n'était qu'à lui :

— Mes amis, merci ! Dès la pique du jour, je monterai à cheval et partirai parer au plus pressé : rassurer les villes circonvoisines d'Amiens, lesquelles doivent être terrifiées à l'idée de subir sa fortune.

Puis se tournant vers la marquise de Montceaux qui, assise sur son cancan, sanglotait son âme, toutefois dans la plus gracieuse des poses, et un tétin à demi dévoilé, il lui dit :

— Mamie, j'ai assez fait le roi de France : Il est temps de faire le roi de Navarre.

Allusion aux temps où, cousu comme tortue dans sa cuirasse, il passait plus de temps sur son cheval que dans son lit, pour autant qu'il eût même un lit, courant par monts et vaux pour échapper aux embûches. Suivit un long silence pendant lequel il parut songeard et dois-je confesser ici que le quart d'une seconde mon œil vagabond tomba sur celle des beautés de la Gabrielle qui était à découvert et qu'elle n'avait peut-être pas conscience de laisser voir, car sitôt qu'elle eut saisi mon regard à travers les larmes qui obscurcissaient le sien — et de par ce sixième sens qu'ont les femmes et qui les fait se retourner quand on envisage les mouvements de leurs dos —, d'un geste vif et sans discontinuer ses sanglots, elle couvrit l'objet de mon indiscrétion, ce qui n'eut d'autre effet que d'attirer sur lui l'attention de tous et du roi.

— Ma maîtresse, dit-il de ce ton enjoué et goguelu qui plaisait tant à ses sujets, il nous faut quitter nos douces armes, vous et moi. Et quant à moi, monter à cheval pour faire une autre guerre.

Cependant, avant que de départir pour faire « une autre guerre », Henri prit le temps de nous voir en particulier, Rosny et moi, et décision de très grande conséquence et pour ladite guerre, et pour l'avenir du royaume, il confia la haute main de ses pécunes à Rosny, étant profondément dégoûté de la façon dont M. d'O et ses autres financiers avaient empli leurs poches à ses dépens. Or, ayant calculé qu'il lui faudrait cent cinquante mille écus par mois pour nourrir l'immense armée qu'il allait rassembler sous les murs d'Amiens, et le trésor royal étant à sec — ses trésoriers lui coûtant plus que la marquise de Montceaux —, Sa Majesté permit à Rosny d'user à la parfin de tous moyen et entreprise pour tirer le plus d'argent possible de la nation. On recourut alors à ce vieil, à ce très vieil expédient que Henri III avait condamné, mais auquel il avait lui-même recouru dans la suite, lequel expédient, que je le dise enfin, consistait à vendre pour trois ans tant à Paris que dans les provinces et généralités, les offices et les charges du royaume au plus offrant. Déplorable abus qui généralise la corruption d'un bout à l'autre de l'Etat et gangrène de proche en proche ses membres, puisqu'il va sans dire que le gautier qui a payé fort cher, par exemple, une charge de juge pour trois ans, n'aura de cesse qu'il ne se soit repayé sur le dos des justiciables !

Pour moi, les artilleries, munitions, vivres et pécunes étant amassées, mon fort délicat rollet était de les voiturer chaque mois ou demi-mois de Paris à Amiens, soit que j'eusse à diriger l'escorte, soit seulement à seconder Rosny.

Or, belle lectrice, s'il plaît à vous de me prêter votre mignonne oreille, j'y vais verser un conte touchant ces pécunes qui non seulement vous ébaudira mais, se peut, vous éclairera aussi sur les étranges mœurs des puissants de ce royaume.

Madame (qui, se rebiscoulant de son intempérie, s'était résignée à s'absenter, pour quelques années encore, des félicités éternelles) nous invita fin mars, M. de Rosny et moi-même à sa table — grand honneur, certes, mais petite repue, la chère de la princesse étant si spartiate.

Pour moi, je confesse que j'aimais prou Catherine de Bourbon (maugré le long nez qui l'enlaidissait) pour la raison que sa naïveté me laissait atendrézi. Il est vrai qu'elle avait d'assez beaux yeux qui n'étaient pas sans rappeler ceux du roi son frère, mais moins vifs, étant comme embués de ses vertus, lesquelles lui tenaient lieu de mari. En dépit en effet de son rang, qui faisait d'elle le parti le plus enviable de la chrétienté, à quarante-trois ans, elle restait fille encore, ne voulant pas d'un seigneur catholique et les Français ne voulant pas pour elle d'un prince protestant (1). Le ciel l'en consolait et aussi cet avantage qu'elle avait de ne rien connaître des turpitudes de ce monde, ne voyant

(1) Madame épousa en janvier 1599 le duc de Bar, prince de Lorraine, qui était catholique et ne réussit pas à la convertir. (Note de l'auteur.)

jamais le mal et rougissant comme nonnette : comparaison qui l'eût, de reste, affligée, se trouvant si roide huguenote.

La repue finie, qui nous laissa Rosny et moi sur notre faim (nos petits animaux étant plus grossiers que ceux de la princesse), et la table de la dînée étant encore dressée entre nous, son *maggiordomo* lui vint annoncer qu'un certain Robin, qui se disait homme d'argent, la suppliait très humblement de le bien vouloir admettre en sa présence. Ce à quoi M. de Rosny, étant fort occupé à vendre, comme j'ai dit, pour trois ans, les offices du royaume, pressa *Madame* de consentir, s'apensant que ce Robin désirait se rendre acquéreur d'une charge.

Je crains, belle lectrice, que ce Robin-là n'aille fâcher vos yeux, car il avait peu à se glorifier dans la chair, clochant d'une gambe et louchant d'un œil. Il fit de prime à *Madame* des compliments à l'infini, lesquels il répéta à M. de Rosny et à tout hasard à moi-même (encore que je gage qu'il ne sût même pas mon nom) et me parut présenter en sa petite et contrefaite personne un mélange d'humilité abjecte et de sournoise impudence qui ne me parut guère parler en sa faveur. En outre, quel que fût celui des deux yeux qu'on envisageât, le torve ou l'autre, l'impression de fausseté qu'il vous laissait était la même et paraissait irrémédiable.

— Votre Altesse, dit-il, pardonnez-moi, de grâce, de ne point me génuflexer devant vous mais (ajouta-t-il avec un soupir à vous fendre le cœur) ma pauvre gambe en est la cause.

— Robin, dit *Madame* roidement et lui coulant le long de son grand nez un assez froidureux regard, je n'appète pas à ces génuflexions, lesquelles, à mon sentiment, ne devraient s'adresser qu'au Maître du Ciel. Mais de grâce, venez-en au point. Le temps que nous passons en cette vallée de larmes est bref. Ne le gaspillons pas en courbettes. Dites-nous votre affaire, sans tant languir.

— Votre Altesse, dit Robin, puisqu'il faut vous obéir, voici : j'ai l'espérance d'obtenir des Messieurs du Conseil du roi l'affermement des offices de

Tours et d'Orléans pour la somme de soixante-quinze mille écus.

— Rosny, que signifie « l'affermement » ? dit *Madame*, laquelle, quand elle était ignorante, avait de l'esprit assez pour le dire sans vergogne et tâcher de s'instruire.

— Robin, dit Rosny la face imperscrutable, désire recevoir du Conseil du roi l'autorisation de vendre, à notre place, les offices de Tours et de Poitiers.

— Et quel intérêt Robin a-t-il à cela ? dit *Madame* avec son naïf bon sens.

— Immense, dit Rosny dont l'œil se mit à briller.

— Comment cela ?

— La différence entre le prix qu'il obtiendra en vendant lesdits offices et la somme globale qu'il offre meshui au Conseil du roi, cette différence, dis-je, sera pour lui.

— Avec votre respect, monsieur, dit Robin, l'air incrédiblement faux, cette somme ne sera pas immense. Elle me paiera tout justement mes peines.

A quoi M. de Rosny sourit, mais ne dit rien.

— Mais, Maître Robin, dit *Madame*, qu'avons-nous à voir en cette affaire ?

— Votre Altesse, dit Robin, ayant ouï dire que M. de Rosny avait reçu la haute main sur les finances du roi, j'aimerais qu'il n'empêchât pas, ou que vous-même le priiez de ne pas empêcher l'affermement à ma personne des offices de Tours et d'Orléans, lequel affermement je me fais fort, sans son obstruction, d'obtenir du Conseil du roi.

— En avez-vous touché mot audit Conseil ? dit Rosny.

— Pas encore, dit Robin en baissant les yeux.

— Si j'entends bien, dit Rosny avec un imperceptible souris, vous me considérez comme le principal obstacle à vos projets. Eh bien, Robin ! reprit-il, vous qui êtes, semble-t-il, plein de ressources, dites-moi comment vous comptez faire pour ôter cet obstacle de devant votre chemin ?

— Monsieur le Baron, dit Robin, en se tortillant

quelque peu, et l'œil à nouveau baissé, j'aimerais que Madame, et vous Monsieur, me fassiez le très grand honneur d'accepter de moi, en gage de mon respect pour vous, ces deux humbles présents.

Ayant dit, il tira de son pourpoint deux diamants et les déposa sur la table de la dînée et comme le hasard le voulut, devant moi.

— Qu'est cela, Siorac ? dit *Madame*, qui avait la vue un peu courte.

— Deux diamants, Votre Altesse.

— Et lequel est pour qui, Robin ? dit Rosny, qui devant une si dévergognée impudence me parut hésiter entre l'indignation et le rire.

— Le plus petit, dit Robin, d'une valeur de deux mille écus est pour Son Altesse, et le plus gros, d'une valeur de six mille écus, est pour vous, monsieur le Baron.

— Robin, dit Rosny qui parut cette fois tout près de rire, vous n'êtes guère galant. Vous eussiez dû offrir le plus gros à Son Altesse.

— Monsieur le Baron, dit Robin gravement, avec tout le respect que je dois à Son Altesse, Son Altesse n'est pas chargée des finances du roi.

A quoi, *Madame* et Rosny s'étant entre-regardés, s'esbouffèrent à rire, mais en bref et froidureusement, et davantage dans la dérision que dans la gaieté.

— Robin, dit enfin Rosny d'un ton fort déprisant, sachez que céans nous n'acceptons pas les gants.

Expression bizarre qui m'étonna dans sa bouche, étant empruntée à l'Espagne, où elle voulait dire « accepter un pourboire ».

— Et à la vérité, reprit-il d'un ton sévère, le roi perdrait prou à votre barguin. Sachez, en effet, Maître Robin robeur, que j'ai jà vendu à des particuliers la moitié des offices de Tours et d'Orléans pour la somme de soixante mille écus, tant est que j'ai espérance de vendre l'autre moitié pour la même somme, ce qui fera en tout cent vingt mille écus au lieu des soixante-quinze mille écus que vous proposez pour l'affermement. La différence est belle ! Et je préfère, quant à moi, qu'elle serve à munitionner et à nourrir l'armée du roi sous Amiens qu'à remplir votre poche ! Reprenez vos diamants, Maître Robin, poursuivit-il en se levant et en parlant d'une voix forte et encolérée, et portez-les à ceux qui acceptent les gants. A d'autres, Maître Robin, à d'autres ! Céans, c'est du roi seul que nous acceptons les présents !

Le Robin, l'œil faux et la tête basse, reprit ses diamants avec une dextérité qui montrait bien que l'empochement lui était plus naturel que le dépochement et, balbutiant des respects et des compliments, s'escampa en reculant, faisant autant de demi-courbettes que sa gambe clochante le lui permettait. Toutefois, je suis bien assuré que si, à cet instant, on eût pu lui ouvrir le crâne, on n'eût trouvé dans ses mérangeoises ni confusion ni vergogne, mais un grand déprisement pour ces maudits huguenots qui voulaient se mêler d'être honnêtes à la tête de l'Etat.

Pour moi, prenant promptement congé de *Madame*, je saillis quasi sur ses talons et, tirant Luc à part, je lui commandai de suivre le Robin très à la discrétion et de tâcher de savoir ce qu'il allait faire là où il se rendait. Et comme je savais qu'étant grand joueur de dés au moins autant que grand coureur de cotillons, Luc était toujours à court de clicailles, je lui glissai à l'oreille : « Luc, deux écus pour toi, si tu ne faillis. » Promesse qui lui donna des ailes.

Revenant alors auprès de *Madame*, je trouvai Rosny prenant congé d'elle, mais sur le su de la mission que j'avais confiée à Luc, et *Madame* le priant de demeurer pour attendre le retour de mon page, il se rassit. Et nous fûmes ensemble une grosse heure à deviser, avant que mon Luc revînt hors de souffle, mais l'œil fort animé. Prenant à peine le temps de se génuflexer devant *Madame*, tant il sentait l'importance de ce qu'il allait dire, il commençait à bredouiller quand *Madame* lui dit, non sans bonté, mais d'un ton ferme :

— Mon enfant, prenez le temps de retrouver votre vent et haleine. Parlez en articulant et tenez-vous droit !

Quoique Luc eût le cheveu en bouclettes blondes et l'œil azuréen, il fallait avoir la vue aussi courte que la princesse pour l'appeler « mon enfant », ce qui tout ensemble flatta Luc et l'ébaudit, pour ce qu'il allait vers ses seize ans et avait toutes les raisons de penser qu'il était un homme.

Néanmoins, n'étant pas la sorte de béjaune à être pris sans vert, il fit à la princesse un fort gracieux et profond salut, se redressa et dit en parlant haut et clair :

— Votre Altesse, je suis entièrement dévoué à vos ordres.

— Bref, dit Rosny, qui avait la patience brève.

— Le gautier, reprit Luc, en saillant d'ici, a couru tout dret chez Mme de Sourdis.

— Tiens donc ! dit Rosny en échangeant un regard avec moi.

— Que veut dire ce « tiens donc » ? fit *Madame*.

— Que Mme de Sourdis n'est pas sans lien avec le chancelier de Cheverny.

— Sans lien ? dit *Madame*.

— Madame, dit Rosny, Votre Altesse n'ignore pas qu'il y a trois ans, quand le roi et la marquise de Montceaux furent compère et commère au baptême du fils de Mme de Sourdis, la marquise s'étant plainte, au moment où elle tenait l'enfantelet sur les fonts qu'il était presque trop lourd pour elle, un plaisant qui se trouvait derrière la marquise vint à dire qu'il ne fallait pas s'étonner qu'il fût si pesant, puisqu'il avait des sceaux pendus au cul...

— Et que voulait-il dire par-là ? dit *Madame* en ouvrant de grands yeux.

— Mais que le chancelier de Cheverny, garde des Sceaux, était le père de l'enfançon.

— Mon Dieu ! dit *Madame* en rougissant, quelle horreur ! Un adultère ! Il est vrai, ajouta-t-elle, que mon pauvre frère lui-même...

Elle laissa sa phrase en suspens, soupira et reprit :

— Qui pis est, on dit que s'il divorce, il épousera une princesse catholique.

Ce « qui pis est » amena un demi-souris sur les lèvres de Rosny, tout huguenot qu'il fût.

— Votre Altesse, avec tout le respect, je n'ai pas terminé, dit Luc.

— Parle donc, dit Rosny.

— Je sais aussi qui était avec Mme de Sourdis et ce que le gautier fit en sa demeure.

— Ventre Saint Gris ! s'écria Rosny qui avait

emprunté ce jurement à Henri, du diable si j'entends comment tu as pu le savoir !

— C'est que, dit Luc d'un ton très chattemite, je ne suis pas sans connaître la chambrière de Mme de Sourdis.

— Et d'où la connais-tu, mon enfant ? dit *Madame.*

Je jetai une prompte œillée à Luc, laquelle ne fut pas utile, le galapian voyant bien à qui il avait affaire.

— Votre Altesse, dit-il avec un de ces gracieux saluts, il se trouve que la garcelette a servi dans ma famille et qu'elle est à moi très affectionnée.

— En bref, dit Rosny.

— En bref, Monsieur le Baron, j'ai appris que Mme de Deuilly était avec Mme de Sourdis...

— Ha ha ! fit Rosny.

— Monsieur, pourquoi ce « ha ha » ? dit *Madame.*

— Parce que Mme de Deuilly n'est pas sans lien avec M. de Fresnes.

— Dieu du ciel ! dit *Madame* en rougissant derechef, dans quel monde vivons-nous !

— Poursuis, Luc, dit Rosny.

— D'après la garcelette, dit Luc, le gautier donna un gros diamant à Mme de Sourdis et un autre, plus petit, à Mme de Deuilly.

— Et elles les acceptèrent ? dit Rosny.

— Oui-dà ! dit Luc, mais ce qui se dit ensuite, la chambrière ne l'ouït pas, tant le gautier parlait à voix basse.

— Seigneur ! dit *Madame,* on m'eût fait ce conte il y a huit jours que je l'aurais décru et je le décroirais encore meshui si je n'avais vu, de ces yeux vu, et ce Robin, et ces cailloux.

— Nous verrons demain les effets sur d'autres de ces *gants,* dit Rosny, avec l'air d'un homme qui touchait à son triomphe.

Le lendemain, alors que je débattais avec Rosny en son logis des façons et manières de voiturer en toute sûreté jusqu'à Amiens tout l'or qu'il avait par-devers lui ramassé, le chancelier de Cheverny envoya à mon hôte un huissier pour le prier de venir incontinent au Conseil. A quoi Rosny dit qu'il irait et, l'huissier départi, se remit fort tranquillement en affaire avec moi, tant est que je finis par lui dire :

— N'irez-vous point au Conseil ?

— Babillebahou ! dit Rosny avec un sourire du coin du bec, qu'ils m'espèrent ! Ils ont davantage besoin de moi que moi d'eux !

Toutefois, l'huissier revenant lui dire que la compagnie le réclamait instamment pour résoudre une affaire où le roi toucherait, si elle était conclue, soixante-quinze mille écus comptant, Rosny, me lançant un regard connivent, se leva, et me glissant à l'oreille qu'il me conterait à son retour le sel, le suc et la saveur de son entretien avec ces Messieurs, me pria de l'attendre.

Ce que je fis, ayant à rêver sur ce voiturement de l'or jusqu'à Amiens sur lequel d'aucunes truandailles en ce royaume eussent aimé prou abattre les pattes avant que le roi en eût vu la couleur. Mais je ne pus penser très longtemps au meilleur moyen de parer à ces périls, parce que Rosny revint une demi-heure à peine après qu'il fut départi et, s'excusant de prime qu'il eût à écrire une lettre au roi, au lieu que d'appeler un de ses secrétaires, l'écrivit de sa main, ce qui me donna à penser qu'elle était fort secrète. Après quoi, ses larges pommettes relevées par un rire à belles dents qui faisait étinceler aussi son œil bleu, il mit la lettre dans son pourpoint et me dit :

— Siorac, vous n'avez jamais ouï pareil Conseil que celui-là et je peux vous jurer que c'est bien le dernier où Cheverny et Fresnes auront attenté de me chanter pouilles. Ventre Saint Gris ! je leur ai cloui le bec ! Le chamaillis commença dès mon entrant, le chancelier Cheverny m'envisageant froidureusement et disant en toquant de deux doigts sur la table :

« — Monsieur, il y a beau temps que nous vous attendons ! Et je vous ai envoyé deux fois un huissier ! Nous avons reçu d'Amiens des lettres du roi qui ne chantent qu'argent et ne pleurent que pécunes, et pourtant, vous que le roi croit si diligent à lui rechercher des monnaies, vous voilà le dernier céans !

« — Monsieur, dis-je quelque peu mutiné à ouïr ce langage et à observer ce toquement de doigt sur la table — comme d'un régent tançant un écolier —, quoique je sois le dernier céans, si n'y suis-je pas le moins utile. J'ai fait des affaires ce matin pour soixante mille écus.

« — Qu'est cela ? dit M. de Fresnes, nos affaires valent bien les vôtres ! Nous avons vendu ce matin des offices pour soixante-quinze mille écus et tout en argent comptant.

« — Et quels sont ces offices, Monsieur ? dis-je.

« — Ceux des généralités de Tours et d'Orléans, dit alors le chancelier de Cheverny d'un ton tout à fait paonnant, desquels nous avons trouvé bon d'accorder l'affermement au sieur Robin de Tours pour ladite somme de soixante-quinze mille écus.

« — Ho ! Ho ! Monsieur ! dis-je alors en le regardant œil à œil. Je vois bien ce qu'il en est ! Que si j'eusse accepté les *gants*, d'autres ne les eussent pas eus !... Mais pour moi, s'agissant d'un siège si important pour la France où le roi risque quotidiennement sa vie, ainsi que tant de bons Français, je pense qu'il ne faut rien bailler à vil prix.

« — Or bien, Monsieur ! reprit le chancelier Cheverny, en pâlissant quelque peu, que voulez-vous dire avec ces gants ?

« — Je ne veux dire autre chose, Monsieur, sinon que j'avais jà refusé ce que ce Robin vous a offert, pour la raison que j'espère vendre la totalité desdits offices pour une somme quasi presque le double de ce qu'il offre.

« — Mais ce n'est qu'une espérance ! dit alors M. de Fresnes, acide comme un citron. Et ce n'est que trop disputer. Il faut voir si le Conseil se tiendra à ce qu'il a décidé, ou si nous laisserons changer notre arrêt par un particulier... »

— A quoi, reprit Rosny, le particulier dont il était question se leva, fit un large salut à ces Messieurs du Conseil, et tout de gob se retira, les laissant tous béants. Et vous allez voir, Siorac, que l'on ne va pas tarder à relancer l'ours dans sa tanière pour tenter de le plier. La vérité est que le Conseil n'aime guère que je vende les offices sans passer par lui, d'aucuns d'entre ces Messieurs voulant se graisser le poignet au passage, comme ils ont fait toujours. Mais rien n'en vaut ! Le roi m'a confié ses finances et pas un écu n'ira s'égarer dans une poche, ni un diamant sur la grasse gorge d'une belle.

Il achevait à peine quand son *maggiordomo* vint lui annoncer le secrétaire Fayet.

— Siorac, dit Rosny, plaise à vous de passer dans ce petit cabinet en laissant la porte entrebâillée, afin que d'ouïr des deux oreilles ce qui se dira céans.

Le secrétaire Fayet que bien je connaissais était si frêle qu'un souffle l'eût versé à terre, la face fort estéquite se rétrécissant triangulairement vers le menton, le poil gris fort rare, tant sur ladite face que sur le crâne, le nez long, mince et pointu, la voix aiguë, l'air chafouin et une curieuse habitude de marcher les fesses serrées et les cuisses frottant l'une contre l'autre comme s'il eût été escouillé. Ce qui n'était nullement le cas, le gautier ayant engendré dix enfants par le moyen de trois successives épouses.

— Monsieur de Rosny, dit-il de sa voix de fausset, le Conseil du roi me dépêche à vous afin que vous signiez, comme les autres membres du Conseil, les minutes de l'arrêt qui dévolue à Maître Robin l'affermement des offices de Tours et d'Orléans.

— Rien n'en vaut ! dit Rosny.

— Comment, rien n'en vaut ? dit Fayet, l'œil écarquillé et la bouche bée. Qu'est cela ? Qu'est cela ? Monsieur, voulez-vous dire que vous ne signerez pas les minutes ?

— Vous m'avez bien ouï.

— Mais, Monsieur, l'arrêt ne saurait être valable, si vous ne le signez pas.

— Il ne sera donc pas valable.

— Monsieur, pardonnez-moi, mais vous violez les formes !

— Adonc, je les viole.

— Monsieur, que dira le roi ?

— C'est justement ce que je lui demande, dit Rosny, dans une lettre que je viens de lui écrire touchant cette affaire.

— Ho ! Ho ! Monsieur ! s'écria Fayet, sa voix partant dans les aigus. Pourriez-vous écrire une lettre à Sa Majesté qui puisse être dommageable à d'aucuns membres du Conseil ?

— C'est selon.

— Monsieur ! Monsieur ! s'écria Fayet en agitant devant sa face ses petites mains, ne serait-il pas équitable que lesdits membres connaissent le contenu de cette lettre avant qu'elle départe pour Amiens ?

— Je ne sache pas, dit Rosny roidement, que je doive faire lire au chancelier de Cheverny et à M. de Fresnes les lettres que j'écris au roi...

— Mais, Monsieur, dit Fayet (qui était la créature de Cheverny) vous pourriez me la lire à moi et je leur en dirai le contenu.

— Et quel bien en tirerons-nous ? dit Rosny.

— Se peut nous redresserons entre nous ce que vous trouvez tordu sans toutefois ennuyer le roi avec ces pointilles !

— Eh bien, Monsieur, dit Rosny (qui ne demandait que cela), votre gracieuse importunité a eu raison de ma résistance. Voici.

Ha, lecteur ! Que je regrettai de ne pouvoir envisager la face de ce Fayet quand Rosny, d'une voix forte et claironnante, lui lut la lettre où il contait tout à plat comment *Madame* et lui-même ayant refusé les diamants de Robin, celui-ci les avait portés à Mme de Sourdis et à Mme de Deuilly avec les effets que l'on sait sur les décisions du chancelier et de M. de Fresnes touchant l'affermement des offices à Robin...

— Monsieur ! Monsieur ! s'écria Fayet, c'est peu de dire que dans cette lettre vous n'épargnez pas les personnes...

— Ni la vérité, dit Rosny roidement.

— Mais, poursuivit Fayet la voix blèze et bégayante, deux dames y sont nommées...

— Lesquelles ont eu le tort d'accepter les diamants de Robin, ne pouvant ignorer qu'on ne donne rien pour rien.

— Assurément ! Mais, Monsieur, Monsieur ! Vous ne pouvez point ne pas savoir que Mme de Sourdis est la tante de la marquise de Montceaux !

— Laquelle, dit Rosny froidureusement, a des diamants assez pour en donner un à sa tante, s'il lui plaît, et plus gros et plus beau.

— Mais, Monsieur, à la parfin, n'y a-t-il pas remède ? dit Fayet, la voix fort trémulante.

— Si fait, vous l'avez formulé vous-même : si ces

Messieurs redressent ce qui est tordu, devant vous je jetterai cette lettre au feu.

— Mais, Monsieur, n'allez-vous pas la récrire une fois consumée ?

— Fayet, dit Rosny avec hauteur, je n'ai, moi, qu'une parole. De reste, ce n'est là que pointille, comme vous avez dit si bien.

Là-dessus, Fayet s'en fut, fort exagité, et revint une demi-heure plus tard, portant une lettre de Cheverny où il était dit que le Conseil avait cassé l'arrêt en faveur de Robin et s'en remettait entièrement à Rosny du soin de vendre à l'avenir les offices, puisque aussi bien tel était le bon plaisir du roi.

— Auquel ces Messieurs se plient bien tardivement, dit Rosny.

Ayant lancé cette flèche du Parthe, il poursuivit :

— Me voici donc satisfait. Voyez, Fayet, à vous donner vous-même du contentement en brûlant cette lettre dans le feu flambant que voilà.

Ce que fit Fayet non sans s'être de prime assuré en lisant la lettre qu'elle était bien celle qu'on lui avait lue.

Quand, à mon retour au logis, je contai toute l'affaire au chevalier de La Surie, il rit de prime à gueule bec et tout son saoul, et son esbouffade finie, me dit :

— Je gage, mon Pierre, que tu conteras toute l'affaire au roi, quand nous voiturerons l'or à son camp sous Amiens.

— Nous, Monsieur le Chevalier? dis-je en levant le sourcil. Vous ai-je dit que vous êtes pour m'accompagner ?

— Fi donc, mon Pierre! dit La Surie, trêve de tes tabustages et taquinades! Je sais par Pissebœuf que tu as le propos de lui confier l'arrière-garde de l'escorte et à moi l'avant-garde...

— La peste soit de la langue de ce Gascon! m'écriai-je en riant. Et de reste, pouvais-tu en douter, mon Miroul ? Mais pour répondre à ta question, oui-dà! je conterai l'histoire au roi et d'autant qu'elle fait reluire la vertu de Rosny et ternit celle des Fresnes, des Cheverny et autres conseillers de raison sans raison qui ne rêvent que de se remplir l'escarcelle en Paris, pendant que le roi et sa bonne noblesse se mettent au hasard de leur vie sous Amiens.

— Toutefois, dit Miroul d'un air songeard, Rosny a promis le secret à Fayet.

— Il l'a promis pour lui, et non pour moi. Et pourquoi, à ton sentiment, m'a-t-il fait retirer dans ce petit cabinet, la porte entrebâillée, sinon pour que je porte témoignage de cette scène à Henri ?

— Cornedebœuf ! dit La Surie, j'y vois clair enfin ! Rosny baille sa parole à Fayet et s'arrange pour que tu y manques pour lui... Il faut bien avouer que ton Rosny est un grand Machiavel.

— Mon Rosny est un grand honnête homme, mais, mon Miroul, ne le sais-tu pas comme moi ? Même une bonne politique ne se fait pas innocemment...

Mon département pour Amiens fut délayé d'une semaine encore pour ce qu'une partie de l'or que Rosny avait amassé devait être par lui changée en munitions et en vivres. Quant à moi, je n'avais pas trop de ces huit jours de grâce pour rassembler une escorte que je voulais puissante assez pour affronter une embûche et toutefois suffisamment rapide pour lui échapper, si l'embûche se trouvait elle-même trop forte pour que je la pusse balayer en un tournemain, l'important étant non pas de se battre, mais que le précieux envitaillement que je transportais pût atteindre le roi. Raison pourquoi je ne voulus pas de gens de pié qui m'eussent beaucoup alenti, mais des cavaliers et non point de lourdes charrettes, mais des coches de voyage, lesquelles, même chargées aussi lourdement que leurs essieux le pouvaient souffrir, s'avéreraient infiniment plus roulantes.

Au beau mitan de cette fébrile activité, je ne laissais pas que d'être fort irrité par l'extraordinaire mobilité, légèreté et crédulité de l'esprit français. Amiens pris, on crut le roi perdu, la monarchie défaite, le royaume occupé, chacun ne songeant plus qu'à son particulier, les Grands recommencèrent leurs infinies brouilleries, la noblesse protestante ne rejoignit pas le roi sous Amiens, et les débris de la Ligue reprirent vie tout soudain. Les nouvelles les plus fausses dont l'origine n'était assurément pas innocente se mirent à ébranler

Paris et à exagiter le populaire. Il n'était point de jour qu'on n'annonçât qu'une grosse ville avait été capturée par l'Espagnol et comme si Amiens ne suffisait pas, on annonça la prise de Poitiers... La sournoise méchantise des Ligueux alla plus loin encore. Ils firent courir le bruit que le roi était frappé d'une maladie mortelle, tant est que, ses jours étant comptés, on creusait jà sa tombe...

Trois jours avant mon départir pour Amiens, Pissebœuf me vint trouver et me dit, grinçant quasi des dents, qu'ayant vidé à la nuitée un flacon avec Poussevent à la taverne de l'Ecu, il avait ouï à la table voisine une demi-douzaine de gautiers porter une tostée à la santé et à la victoire du roi d'Espagne. Après quoi, ayant piqué leurs dagues sur la table, ils avaient, avec jurons et menaces, exigé du tavernier et de ses pratiques qu'ils en fissent autant. Ce dont Poussevent et lui-même tenaient très à cœur de se revancher et, ayant appris par le tavernier que lesdits gautiers venaient chez lui chaque jour à la même heure vider leurs gobelets, il avait le propos, avec ma permission, d'y aller avec Poussevent et quatre ou cinq de mes gens afin que de frotter quelque peu ces Français espagnolisés.

Pour moi, ne voulant ni refuser cette permission ni l'accorder sans réserves, craignant qu'il y eût mort d'homme, je pris le parti de commander de ma personne ce chamaillis et d'introduire dans sa préparation quelques petites précautions dont la première fut d'avertir Pierre de Lugoli du lieu et de l'heure. La seconde de faire revêtir à tous mes gens sous leurs pourpoints une chemise de mailles, et enfin, de faire préparer par Faujanet quelques bons gourdins, lesquels enveloppés dans une couverture, furent portés par un de mes gens dans le coin le plus sombre de la caverne, un peu avant l'advenue de nos croquants. Pour moi, je revêtis ce pourpoint de buffle épais qui m'avait été de bonne usance quand j'avais délogé le Bahuet de ma maison après la prise de Paris.

Nous entrâmes aux chandelles à l'auberge de l'Ecu, et bien avant ces fols que j'ai dits et qui, dans l'aveuglement de leur zèle fanatique, préféraient vivre sous le joug et l'Inquisition de l'Espagnol que sous la très débonnaire loi d'un souverain dont ils étaient les sujets naturels. La taverne était quasi vide encore, et m'installant seulet à une table voisine, celle dont le tavernier m'avait dit qu'elle était la préférée de ces faquins, je plaçai le gourdin dont je m'étais muni entre mes gambes, de façon à le dissimuler. Le reste de ma compagnie, qui s'attabla à une autre table derrière moi, chacun tenant son gourdin caché comme j'avais fait moi-même et le chapeau très rabattu sur l'œil, comprenait le chevalier de La Surie, le grand et maigrelet Pissebœuf, le bedondainant Poussevent et enfin, mon majordome Franz et mon cocher Lachaise, lesquels j'avais préférés à Luc et Thierry, combien qu'ils fûssent bien plus médiocres combattants maugré leur taille géantine, pour la raison que je ne faisais pas fiance à la raisonableté de mes pages, pour peu que l'ivresse du chamaillis leur lâchât la bride.

Une grosse demi-heure s'écoula avant que nos ligueux advinssent, laquelle je passai à boire un demi-gobelet en taquinant la servante, laquelle était une accorte brunette d'une vingtaine d'années dont le corps de cotte peu étroitement lacé laissait voir l'arrondi d'un tétin.

— Mamie, lui dis-je égarant ma main légèrement sur ses arrières, mais en prenant garde toutefois que son maître ne me vît pas, apporte-moi une deuxième chandelle, je n'y vois goutte.

— *Ma fé!* dit-elle, comme inattentive à ma main, craignez-vous que votre gobelet ne trouve pas votre bec ? Et qu'avez-vous à voir céans ?

— Mais toi, dis-je *sotto voce,* et ton coquin tétin !

— Benoîte Vierge ! dit-elle en riant, le beau galant que voilà qui se contente de voir et mange son rôt à la fumée !

— Mignonne, dis-je, le voir est le frère du toucher. Un sol pour une deuxième chandelle et un écu pour délacer ton corps de cotte !

— Monsieur mon maître, dit-elle, les yeux ronds devant tant de largesse, gaussez-vous ?

— Nenni, voici le sol et l'écu, dis-je en les faisant tintinnabuler sur la table.

— Las ! dit-elle à voix basse, je ne peux prendre que le sol qui paye la chandelle : le tavernier est de moi fort jaleux. Mais pour peu que vous me nommiez l'arbre, la branche et la feuille, l'oiselle saura bien retrouver l'oiseau, avec ou sans écu.

Après ce badinage et d'autres chalands survenant en même temps que nos ligueux, la belle me quitta pour les désassoiffer, mais sans omettre en catimini en passant près de moi, quelques torsions de torse, balancements de hanches, tendres souris, conniventes œillades et les mille autres petits manèges par lesquels ce doux sexe est accoutumé à appâter le nôtre.

A la parfin les gautiers que nous espérions advinrent, lesquels s'attablèrent quasi devant moi, au nombre de sept : gens, à ce que j'augurai, à leur vêture et dégaine, de basoche et de boutique, portraits crachés et raqués de ces *Seize* qui, ayant chassé Henri Troisième de sa capitale, étaient montés, comme l'écume dont ils avaient la consistance, jusqu'à l'ambition de commander Paris, voire même le royaume avec l'appui des prêchaillons et de l'Espagnol, les fols s'imaginant que Philippe II, mettant la main sur la France, les eût soufferts plus du quart d'une minute à la tête des affaires ; grands chattemites, au surplus, qui faisant trotter devant eux la prétendue défense de la religion contre l'hérésie, n'appétaient, dans la réalité des choses, qu'aux places et aux pécunes, devrais-je dire plutôt aux doublons dont l'Espagnol n'était pas chiche pour acheter ces créatures. Et que je le dise tout net à la parfin, traîtres, oui-dà ! fieffés traîtres ! A qui Henri Quatrième avait noblement pardonné après la prise de Paris et qui, ayant naturellement l'âme basse, le haïssaient à proportion de sa clémence, se réjouissaient de son malheur et croyaient le moment venu de fonder une nouvelle fortune sur les débris de la France.

Ces sottards étaient assis à une table rectangulaire, trois faisant face à trois, et un gros gautier à gros cou (lequel me parut promis à une cravate de chanvre) se trouvait assis au haut bout de la petite table, et sourcillant, la lèvre arrogante, la face écarlate et le verbe haut, exerçait, ou assumait, une sorte d'autorité sur ses compagnons. J'observais qu'il portait, en plus d'un fort coutelas (comme le reste de ses compagnons), un pistolet passé à la ceinture, ce qui ne laissa pas que de m'inquiéter, car il n'est pas chemise de mailles qui soit à l'épreuve d'une balle.

— Compagnons, dit le gros gautier d'une voix trompettante à ses commensaux, puisque nos affaires vont si bien, foin de la chicheté boutiquière ! Vidons deux flacons par bec ! Et couard qui s'en dédit ! Que s'il y a parmi vous, compains, une âme trop molle ou une couille trop pendante pour gloutir un pot d'un bon petit vin de Montmartre, qu'ils aillent au diable de Vauvert ! Vive Dieu ! Restons entre hommes ! Jaquette ! Jaquette ! reprit-il en huchant à gorge rompue, sept flacons, là ! sur cette table ! Tout de suite ! Sans tant languir, friponne ! Ou de cette bonne lame, tudieu ! (dit-il en tirant un fort coutelas de sa gaine et en le brandissant) je te fends le gras du ventre des génitoires au gargamel !

— Monsieur, ce sont là paroles sales et fâcheuses, dit Jaquette, redressée comme une petite chatte, les deux pattes en avant, et les griffes sorties. Et quant au vin, il faut le temps qu'il faut pour le tirer. Et si n'ai-je encore que deux mains pour vous apporter sept flacons !

— Tavernier ! cria le gros gautier, clos le bec de ta pécore, ou par le cul de la putain du roi, je vais suspendre ses tripes autour de ton cou !

— Va, Jaquette, obéis, et promptement, dit le tavernier en bridant sa colère, mais en laissant filtrer à l'adresse du maraud sous sa lourde paupière un peu amène regard.

Jaquette se dirigea sans promptitude aucune vers le cellier, mais au moment d'en franchir le seuil, se tourna et sans envisager personne dit d'une voix dangereusement douce :

— Ma mère disait bien : tel qui fait le fendant à la beuverie et parle d'étriper les honnêtes gens, montre sa croupière au combat.

— Tudieu ! hurla le gros guillaume, ces flacons tout de suite, tavernier ! Ou je mets le feu à ton bordeau !

— J'y vais, dit le tavernier qui, sachant fort bien pourquoi mes compagnons et moi-même étions là, aimait mieux que le chamaillis tombât sur nous que sur lui.

Je me retournai, dès qu'il fut parti, et dis *sotto voce* à La Surie :

— *Cave hominem cum pistola* (1).

A vrai dire, je ne sais comment « pistolet » se dit en latin, cette arme raffinée étant inconnue des Romains. Mais mon Miroul m'entendit fort bien et, sans mot dire, battit du cil.

Là-dessus, le tavernier remonta de son cellier, suivi non de l'accorte brunette, mais d'une vieille fabuleusement flétrie qui portait, appuyés contre son tétin desséché, trois flacons, le tavernier s'étant chargé du reste.

— Or sus, tavernier ! dit le gros gautier, qu'as-tu fait de cette sotte embéguinée de crapaude de merde ? Elle est dans mes dettes : je lui dois quelques bons soufflets.

— Elle les a reçus de ma main, dit le tavernier, la paupière baissée sur son œil noir, et je l'ai pour son insolence dépêchée à sa coite, avec promesse de la désoccuper demain.

— Rien n'en vaut ! dit le gautier en se levant. Montre-moi sa chambre, tavernier ! Je lui veux faire incontinent batture, frappement et coup de pied de par le cul pour la punir de son caquet !

— Dans ma taverne, dit le tavernier d'une voix ferme, vous êtes chez vous, Monsieur mon maître. Mais dans mon logis, je suis chez moi.

— Bah ! Bah ! Maître Martinet ! dit un des ligueux, il sera toujours temps de corriger la sottarde quand nous aurons vidé flacons. Buvons de prime ! La batture n'en sera que meilleure, quand le vin nous aura échauffés !

— C'est raison ! C'est raison ! hucha le reste de sa compagnie et le Martinet, après avoir un moment balancé, se rassit, grondant et grommelant comme un dogue à l'attache, soit qu'il eût plus soif de vin que de vengeance, soit que l'œil noir du tavernier lui eût donné à penser. Mais à sa face écarlate, et à son petit œil rouge de goret, on pouvait voir que son cuir, tout épais qu'il fût, lui cuisait encore de la flèche de la servante et du rebutement du maître.

Tout le temps de ces escarmouches, j'étais demeuré coi comme souris, le chapeau fort rabattu sur l'œil et le nez dans mon gobelet, mes gens derrière moi ne pipant pas davantage, et la pratique qui était qui-cy qui-là

(1) — Prends garde à l'homme avec un pistolet. (Lat.)

attablée dans la petite salle voûtée et enfumée (d'aucuns des buveurs pétunant dans de petites pipes de terre cuite) ne disant mot non plus, peu soucieux de se frotter à ce gros et tonitruant gautier qui dégainait si facilement son coutelas et paradait un pistolet sur la ceinture de sa bedondaine.

Ledit Martinet me parut se plaire à l'espèce d'empire et de domination que l'accoisement de la pratique lui donnait sur la taverne. Car ayant vidé son flacon, il en commanda incontinent un second et une main sur la hanche, il but d'un air de défi en promenant à la ronde ses petits yeux porcins.

— Ça, tavernier! hucha-t-il à gorge rompue, apporte-moi une croûte de pain rôtie et le plus gros gobelet qui se pourra trouver céans, afin que je porte une tostée pour égayer la compagnie, laquelle me paraît aussi morne meshui que le pet d'un âne mort!

Le tavernier devait être accoutumé à cette exigence du Martinet, car il apporta quasi dans l'instant un grand hanap (lequel pouvait contenir assurément les deux tiers d'un flacon) et une tostée, laquelle Martinet jeta au fond du hanap devant que de remplir celui-ci de vin. Après quoi, il se mit debout.

— Compagnons! cria-t-il d'une voix tonnante, à qui allons-nous porter cette tostée?

— Au roi! dit en répons un de ses compagnons qui paraissait jouer le rollet de l'acolyte en cet étrange rite.

— Mais quel roi? cria Martinet d'une voix triomphale. Appellerons-nous roi ce bouc puant de Navarre, hérétique et relaps? Fils bâtard de cette putain de Jeanne d'Albret?

— Nenni! Nenni! hurlèrent d'une seule voix ses compagnons.

— Adonc, je répète : à quel roi? reprit le Martinet.

— Au roi très catholique, dit en répons l'acolyte.

— Et qui est le roi très catholique, dernier rempart de la foi, pieux et vaillant défenseur de la Sainte Eglise catholique, apostolique et romaine?

— Philippe II d'Espagne! cria l'acolyte.

— Adonc, dit Martinet en dégainant son coutelas et en le plantant devant lui sur la table, je bois cette tostée à la santé et prospérité de Philippe II d'Espagne, à sa victoire sous les murs d'Amiens et à sa proche entrée en Paris !

Ayant dit, il but une gorgée de vin et tendant le hanap à son voisin de dextre, il hucha :

— A toi, compain ! Et ne sois si soiffeux que tu en boives plus d'une petite gorgée ! Il en faut pour toute la compagnie céans ! Et le dernier qui fera cul sec mangera la tostée au fond du hanap, et, foi de Martinet, si je ne lui baille pas alors un flacon pour soi seul, je veux bien être croqué vif par tous les diables de l'Enfer !

Une telle offre, qui eût déchaîné d'ordinaire les acclamations, encontra chez la pratique un silence mortel, étant assortie d'une santé si traîtreuse. A quoi Martinet ne fit que rire, confiant dans l'étalage de sa force.

— Bah ! Bah ! dit-il tandis que ses compagnons buvaient au hanap une gorgée de vin, chacun ayant bravachement planté son cotel devant lui sur la table. Bah ! Bah ! reprit-il en promenant ses petits yeux rouges mi-goguelus mi-menaçants, sur la pratique : d'aucuns, céans, sont comme les garces. Pour leur donner contentement et soulas, il faut de prime les forcer...

Ce qui fit esbouffer ses séides « comme un tas de mouches » — encore qu'il faille l'imagination d'un Rabelais pour avoir vu des mouches rire. Mais comme on sait, la dive bouteille anime prou la folle du logis, avant que de l'endormir toute.

— Compain ! dit le Martinet au dernier qui avait bu, passe le hanap à ce gautier qui gloutit son vin en Suisse à sa petite table. Tudieu ! Je ne suis pas moi chiche-face ni pleure-pain ! Quand je bois, je veux que tout le monde ait soif ! Quand je pète, j'appète à ce que tout le monde pète ! Tudieu, petit compagnon ! poursuivit-il en attachant sur moi ses petits yeux fouineurs et méchants, foin de ta solitude de merde ! Prends ce hanap, porte la santé à qui tu sais, et bois !

A cela, je jetai de prime un coup d'œil derrière moi et fus fort rassuré de ne pas voir avec mes gens mon Miroul, sachant bien qu'il était fort bien en poste où qu'il fût. Puis, me tournant vers le Martinet, je dis d'une voix suave :

— La grand merci à vous de me donner l'occasion de porter une tostée à un roi que j'admire et vénère.

Et me levant, je saisis le hanap de la main senestre, la dextre étant appuyée sur mon gourdin.

— A la bonne heur ! dit Martinet, encore qu'il parût en même temps déçu de n'avoir point à me terroriser. Le gautier, poursuivit-il, en se tournant vers ses compagnons, est des nôtres. Il a bonne tripe. Il pense bien. Il sait ce qui se murmure présentement dans les couvents et dans les sacristies...

— Adonc, dis-je, en me dégageant de la table et en venant à eux, tenant le hanap comme j'ai dit, et affermissant ma dextre sur mon gourdin, je bois !

Puis changeant tout soudain et de ton et d'attitude, je me campai sur mes gambes et fort redressé, je fis mine de tremper mes lèvres dans le hanap et le reposant, je m'écriai d'une voix forte :

— J'ai bu à la santé, prospérité et victoire de mon roi et souverain naturel, Henri IV de France !

Après cet éclat qui frappa ces faquins de stupeur, je pris mon bâton des deux mains et dis sur le ton de la conversation la plus ordinaire :

— Messieurs, il serait dangereux que l'un de vous saisisse le coutelas, qu'il a si gaillardement piqué sur la table. Il aurait le poignet cassé.

Les six ligueux envisagèrent alors leur chef, comme pour attendre son commandement et celui-ci, qui avait de prime pâli à ma brusque attaque, me voyant seul, mes gens n'ayant branlé mie de leur table, reprit quelque fiance et assiette et contrefeignant un gros rire, s'écria :

— Tudieu, compagnons, nous sommes six ! Et ce suppôt d'hérétique en sa folie est seul ! Seul avec un gourdin contre six coutelas et un bon pistolet ! Je rêve ! Le temps de le mettre en joue et de lui enlever son bâton de berger, il est à nous ! Et par tous les diables, j'aimerais qu'on s'amusât entre nous à l'escouiller quelque peu, avant que de le daguer et de lui faire épouser la Seine.

— Monsieur mon maître, dis-je du ton le plus uni, je crois que tu te gausses ! Tu me dépêcherais pour avoir porté, moi Français, la santé du roi de France ! Ce serait assassination lâche et honnie !

— Bah ! Bah ! dit Martinet en riant, tuer un suppôt d'hérétique n'est point tuer ! J'ai fait bien pis en les jours et les nuits bénis de la Saint-Barthélemy ! Et je ferai pis encore, quand Philippe II aura pris Paris. Je te le dis, pauvre fol ! Pas un royaliste n'en réchappera ! Tu ne fais que les précéder un petit !

— Eh bien donc, dis-je en le regardant œil à œil, tâche de me mettre en joue, Maître assassinateur, si tu le peux !

— Assurément, je le peux, dit Martinet, et il porta la main à son pistolet mais ne put le saisir : Miroul surgit derrière lui, et lui prenant le cou dans l'étau de son avant-bras lui piqua ladite main en disant :

— Tu as la dextre épaisse, Maître piaffeur, mais mon cotel est effilé et la percera comme beurre en motte si tu branles !

Un des séides — un seul sur six, tant ils avaient du cœur ! — attenta de venir en aide à son chef et de saisir son coutelas, mais sa main n'alla pas plus loin que le bord de la table : comme j'avais dit, je lui cassai le poignet. Le reste de ces pleutres se laissa désarmer et attacher par mes gens comme bœufs à l'étable. Ce que voyant les chalands, ils se levèrent tous et se mirent à hurler qu'il fallait pendre ces vaunéants sur l'heure sans tant languir. Mais Franz et Lachaise les ayant refoulés de leurs gourdins, je ramenai ces tardifs vaillants à des sentiments plus chrétiens en disant que j'offrais un flacon à chacun sur l'escarcelle du Martinet, pour peu qu'ils voulussent bien porter la santé du roi, ce qu'ils firent à la fureur.

Là-dessus, *deus ex machina* (1), Lugoli irrupta dans la taverne, et contrefeignant de ne reconnaître ni La Surie ni moi-même, s'enquit avec le plus grand sérieux de la grande noise et vacarme qu'il venait d'ouïr en passant par la rue. Nul ne fut plus prompt que le tavernier à lui conter l'affaire ni plus encharné que la pratique à faire Martinet plus noir encore qu'il n'était.

Quand il fut départi, ses hommes emmenant nos ligueux, lesquels avaient la queue fort basse et la crête fort rabattue, se voyant jà au gibet, la compagnie

(1) Se dit d'un Dieu qui descendait sur terre à l'aide d'une machine, comme dans le théâtre antique. (Lat.)

voulut que je busse avec elle, ce que je fis, tous criant « Vive le roi de France » à se rompre le gargamel, et buvant comme soulier percé.

Qui eût pensé, lecteur, que dans une ville forte de trois cent mille habitants comme Paris, la male fortune de Martinet et ses acolytes se répandît en un éclair, du quartier Saint-Denis à la Cité et de la Cité au quartier de Hulepoix, et dès le lendemain me revint deux fois, la première par Fogacer et la seconde par Pierre de L'Etoile, lequel se réjouit grandement que le bon peuple, dans une taverne, eût « de soi » rabattu le caquet et l'arrogance de ces indéracinables ligueux qui repoussaient comme chiendent sur le fumier de nos malheurs. Toutefois, lecteur, si vous avez le cœur piteux, ne vous alarmez pas, la farce ne finit pas en tragédie. Ni le Martinet ni les siens ne jetèrent par le nœud d'une corde leur dernier regard vers le ciel (dont ils se disaient inspirés), mais pour emprunter son image audit Martinet, « épousèrent » quelques mois la Bastille qui, bien que dure et revêche garce, n'est point tant froidureuse que la rivière de Seine à laquelle il me voulait marier.

12

QUE le lecteur me pardonne de l'avoir amusé par cette affaire de la taverne dont il s'apense sans doute que ce n'était que broutille dans le péril inouï de l'heure. Il est vrai, mais bonne leçon aussi pour ces traîtres ligueux de Paris qui voulaient jà nous mettre à la broche espagnole avant que de nous avoir attrapés et plumés, imitant en cela les Grands, comme le comte de Soissons à qui le roi avait, en vain, écrit deux fois de venir le retrouver sous Amiens ; comme le comte d'Auvergne, lequel quittait la Cour sous le prétexte qu'on ne l'avait pas encore fait duc ; ou le vicomte de Tavannes qui, sous Amiens, reprochant à Sa Majesté avec les grosses dents de ne lui avoir point encore baillé le maréchalat qu'Elle lui avait promis, déserta incontinent, courut intriguer à Paris où M. de Vic tout de gob l'embastilla.

Pour revenir au comte d'Auvergne, le lecteur connaît jà ce fils bâtard de Charles IX, sous le nom de Grand Prieur qui était le sien à la mort de Henri Troisième. Etrange seigneur, resplendissant de talents, de beauté, d'esprit et de vaillance ; en bref, la perfection même, s'il n'eût été si voleur. Oui-dà ! Et jusqu'à envoyer ses laquais dépouiller les passants dans les rues à la nuitée ! Henri Quatrième, en sa gaussante clémence, l'appelait « l'enfant prodigue », et prodigue il l'était sans doute, mais homme aussi, si son père avait tué le veau gras pour lui, à lui rober au réveil tous ses autres veaux, gras ou maigres.

Quant aux robeurs, précisément, je n'avais pas en

mes voiturements de Paris à Amiens, épargné les précautions, jugeant bien que transporter un monceau d'envitaillement en pays affamé et cent cinquante mille écus au beau mitan d'un royaume ruiné, et qui pis est, sur une distance de quarante lieues (1) — ce qui ne se pouvait faire en une seule étape, ni même en deux — c'était véritablement tenter le diable. Comme j'ai dit jà, j'avais voulu une escorte plus rapide que forte, sans piétaille, qu'elle fût suisse ou non, et uniquement composée de cavalerie, mais de cavalerie légère (toutefois abondamment garnie en armes à feu) et, pour la même raison, j'avais remplacé les charrettes par des coches, me contentant d'en faire renforcer les essieux et d'emmener avec moi un charron au cas où j'aurais quelque embarras de ce côté.

Et encore que la meilleure Porte parisienne pour départir fût la Porte Saint-Denis, je ne l'empruntais quasiment jamais, pas plus que je n'empruntais le chemin le plus court qui passait par Clermont et Montdidier, sauf au retour où, n'ayant rien à convoyer, je n'avais pas d'embûche à craindre. Je pris garde, bien au rebours, de décider l'itinéraire au dernier moment et de le varier à chaque fois, et au lieu de gîter en une ville à l'étape, je préférais retirer mes voitures dans un château qui présentait quelques sûretés et encore n'en prévenais-je le possesseur (s'il n'était pas sous Amiens) qu'au dernier moment, en lui assurant, toutefois, qu'il ne lui coûterait pas un sol.

Je divisais mon escorte (qui était forte de deux cents cavaliers) en trois, l'avant-garde, forte de cinquante chevaux, étant placée sous le gouvernement de M. de La Surie, convoyait les coches les plus légères, c'est-à-dire celles qui contenaient l'envitaillement. Le gros des forces que je commandais comptait cent chevaux et avait la charge de l'or. Et enfin l'arrière-garde, de cinquante chevaux, commandée par Pissebœuf (qui se faisait donner du capitaine par ses hommes), protégeait la partie la plus lourde du convoi, étant toute en munitions, boulets, et même canons sur leurs affûts, lesquels hélas ! ne se pouvaient mettre en coche. Mes

(1) La lieue dont la longueur variait avec les régions équivalait environ à quatre kilomètres (note de l'auteur).

deux pages gardaient les liaisons et articulations entre l'avant-garde, l'arrière-garde et moi, et s'ébaudissaient fort à ce trajet continuel d'avant en arrière et d'arrière en avant qui faisait dire à Pissebœuf que ce n'était pas merveilleux qu'ils fussent tant zizanieux que des moustiques : ils zigzaguaient comme eux.

Un peu avant que nous advînmes au château de Liancourt qui devait être notre gîte d'une nuit, Thierry, qui à l'arrière-garde trottait au botte à botte avec ledit Pissebœuf, me vint dire que la carrosse d'une haute dame qui courait derrière eux sur le chemin avait perdu une roue et gisait, à demi renversée, sur le bas-côté du chemin, la dame étant sauve, mais dans les larmes et, ayant appris mon nom, m'appelait à son secours. Je dépêchai aussitôt Luc à mon avant-garde pour dire à La Surie d'arrêter le voiturement et pour moi, en sens inverse, je courus conforter l'infortunée.

Je fus béant de reconnaître la belle Mme de Sourdis, laquelle me parut fort décomposée, mais sans navrure aucune. Le moment qu'elle me vit, elle me jeta de prime ses bras autour du col, se serra contre moi (mais ai-je bien raison de dire « contre » ?) avec une force que je n'eusse point attendue de ses airs dolents, de ses soupirs, de ses larmes, et des assurances qu'elle me donna aussitôt, d'une voix entrecoupée, de sa gratitude éternelle. Et j'entends bien que la dame avait dû éprouver une fort grande frayeur quand sa carrosse avait versé, mais, à mon sentiment, se trouvant de présent saine et sauve, le gros de son émotion était passé : elle n'en prolongeait la queue que pour en jouir, et en jouir en la compagnie d'un homme, elle qui les aimait tant.

— Madame, dis-je, quand elle me voulut bien désenlacer, j'ai jeté un coup d'œil à votre roue. Elle est intacte, et comme seule a cédé la partie qui la fixe au moyeu, mon charron vous la remettra en place en une heure ou deux.

— Une heure ou deux ? s'écria-t-elle, ses larmes redoublant, mais le jour sera tombé jà ! Et vais-je demeurer seule céans dans une nuit d'encre avec ma petitime escorte ? Monsieur mon ami, m'allez-vous de présent dans le noir abandonner ? Et ne m'avez-vous sauvé la vie que pour la laisser au hasard des grands chemins ?

— A Dieu ne plaise, Madame, dis-je promptement. J'ai céans, parmi mes chevaux, une haquenée toute sellée, cadeau du roi à la marquise de Montceaux, et s'il vous plaît de la monter, le château de Liancourt n'est qu'à une lieue d'ici et nous y galoperons de compagnie. Quant à votre carrosse, vos femmes et votre escorte — laquelle je renforcerai d'une vingtaine de mes gens —, elles nous rejoindront dès que mon charron aura remis votre roue.

A ces mots, les femmes de Mme de Sourdis qui n'étaient qu'au nombre de trois — ce qui montrait qu'en voyage la marquise savait se contenter de peu — se mirent toutes ensemble à criailler, jacasser et coquasser, toutes plumes rebroussées.

— Hé, Madame ! s'écrièrent-elles, la voix plaintive et trémulante, allons-nous rester seulettes, la nuit, au milieu de ces soldats barbus, lesquels, dès que vous serez départis, se jetteront sur nous pour nous soumettre à leurs volontés ? Benoîte Vierge, Madame ! Ne nous avez-vous emmenées si loin que pour être troussées cul par-dessus tête sur le revers d'un talus ?

— Paix, paix, sottes caillettes ! cria Mme de Sourdis d'une voix aiguë, pour dominer le chœur des jérémiades. Le capitaine que voilà, poursuivit-elle en désignant Pissebœuf, tiendra la bride à ses soldats.

Mais là-dessus, ayant envisagé Pissebœuf et les yeux luisants qu'il tournait vers ses femmes, elle parut nourrir quelque doute sur la solidité de cette bride-là et, partant, hésiter sur le parti à prendre, n'étant ni insensible ni impiteuse avec ses gens, bien loin de là. Je la tirai de cet embarras en faisant quérir par mon page le chevalier de La Surie, qui accourut à brides avalées et, au su de sa mission, et au premier coup d'œil qu'il jeta aux chambrières, ne parut se déplaire ni à elles ni à son rollet.

Je laissai donc mon Miroul en gardien de leurs vertus et, suivi de mon escorte et de mes coches, m'en fus trottant de concert avec Mme de Sourdis jusqu'au château de Liancourt dont le maître, se trouvant avec le roi sous Amiens, avait laissé mot à son *maggiordomo* d'obéir en tout à mon commandement.

Je fis bailler à Mme de Sourdis la plus belle chambre et, apprenant de sa bouche que le château de Liancourt était hanté par plusieurs spectres des plus malicieux, je choisis, afin que de la rassurer, la chambre contiguë à la sienne et lui fis la proposition gaussante de l'aider à se déshabiller en l'absence de ses femmes, suggestion qu'elle refusa, mais qui la ravit. Et ayant allumé de ma main je ne sais combien de chandelles, battu le briquet pour faire un beau feu dans sa cheminée, et tiré devant les fenêtres des rideaux si épais que même le plus délié des fantômes aurait eu peine à les traverser, je la laissai, fort touchée des soins que je prenais d'elle, et me disant que j'étais le plus merveilleux des hommes et, d'ores en avant, « beaucoup plus qu'un ami » pour elle.

Titillé assez, et par sa pliable humeur, et par des propos si tendres, je gagnai la cour du château où mon Pissebœuf jà avait fait ranger toutes nos coches en rond, allumé des petits feux çà et là sur le pavé, et distribué des tours de garde la nuit, à raison de trois hommes par coche. Après quoi, j'allai voir ce qu'il en était de la nourriture de mes cavaliers, car nous tirions tout de notre fonds, ne voulant pas mettre à la charge de nos hôtes, fût-ce pour une nuit, l'entretainement de deux cents affamés. Je passai ensuite une revue de nos montures aux écuries, où se déployait, à la lumière chiche des lanternes (la proximité du foin excluant les torches), une émerveillable activité, les chevaux étant pansés, nourris, désassoiffés, et les maréchaux-ferrants courant de l'un à l'autre pour remplacer les fers manquants, la forge brûlant de tous ses feux. Comme on sait bien, je n'aime pas la guerre, mais en revanche, je confesse que j'aime à la fureur, surtout la nuit, qui y ajoute je ne sais quel mystère, ces scènes de camp et de bivouac, où l'on sent qu'hommes et animaux sont pareillement heureux, après tant de peine et labour, de se rebiscouler.

Je revins à la cour du château, juste au moment où la carrosse de Mme de Sourdis y pénétrait avec « sa petitime escorte » et mes hommes, et à la lueur d'une torche, j'en vis descendre les trois chambrières passablement décoiffées, et qui ? sinon M. de La Surie qui, ayant confié sa monture à Poussevent, avait sans doute jugé qu'il ne saurait mieux protéger les garcelettes qu'au plus près.

Je dépêchai lesdites incontinent à la chambre de Mme de Sourdis sous la conduite de Luc, suivi de quatre hommes — il fallut bien cela ! — qui portaient les bagues de la marquise dont le nombre montrait que si elle avait épargné, en ce voyage, sur le domestique, elle n'avait pas été chiche sur les vêtures et les affiquets. Au *maggiordomo* qui s'approcha alors de moi pour s'enquérir de l'heure à laquelle je voulais mon souper, je répondis, l'œil toujours fixé sur les bagues, et non sans un soupir, qu'au train où allaient les choses, nous ne serions pas prêts avant neuf heures à gloutir notre repue, mais qu'en attendant, je boirais, avec le chevalier de La Surie, un flacon de vin avec une croûte de pain et un bout de fromage. Et apercevant, comme je traversais la cour, mon charron, lequel était plus chauve qu'un moyeu, je lui fis un mot de compliment sur la célérité avec laquelle il avait remis en place la roue de la carrosse.

— Hé, Monsieur le Marquis ! dit mon charron, avec son aimable accent périgordin, le compliment est bien gracieux, mais il n'y a pas eu grand mérite à cela. L'ajustement s'est fait en deux coups de maillet. Toutes les pièces étaient là, sans rien de tordu ni de faussé. A croire qu'il n'y a pas eu accident le moindre, mais qu'on a enlevé la roue, la carrosse arrêtée, et les dames dehors. Sûrement que si la roue avait sauté en marche, et les dames dedans, on leur aurait compté plus de bosses par le corps que leur seul faux cul...

— Oyez-vous cela, La Surie ? dis-je en prenant mon Miroul par le bras et en le serrant avec force.

— J'ois, dit La Surie.

— Maître Charron, repris-je, as-tu fait la réflexion que voilà à quiconque avant moi ?

— Que nenni, Moussu ! dit le charron en secouant sagacement devant son nez une main aussi velue que son crâne l'était peu : A bonne oreille, fine remarque. A male oreille, pas une puce. Et que si on veut m'en faire accroire, à moi maître charron, j'en accrois, et m'accoise.

— Cornedebœuf ! dit La Surie, pour un qui s'accoise, le drole est bien fendu de gueule !

— Mais il a l'idée fine, dis-je. Maître Charron, un flacon de plus, ce soir, pour toi et tes aides. Dis-le à Pissebœuf. La bonne nuit à toi, Charron.

— Bonne nuit, Moussu lou Marquis.

— Dieu sait pourquoi, dit La Surie, la belle a voulu, à force forcée, se joindre à nous. Si c'était l'ex-Vasselière, je craindrais pour votre vie, sinon pour votre vit.

— Babillebahou ! dis-je en riant, la Sourdis n'a pas la tripe sanguinaire ! Elle aime trop les hommes pour en occire un seul ! Mais il crève les yeux qu'elle entend fourrer son joli nez dans nos affaires.

Je dépêchai Luc à la demie de huit heures pour dire à la belle que nous l'attendions à neuf, mais il fallut encore une heure avant qu'elle fît son apparition, pimplochée à ravir, magnifiquement attifurée en satin bleu pâle et plus chargée de bijoux qu'un âne de reliques. Il faut bien avouer que pour une dame qui avait passé trente-cinq ans, elle était fort alléchante encore, le tétin pommelant, le cou délicatement rondi, pas un menton de trop, et encore qu'elle fût très brune, la peau laiteuse. En outre, elle usait à merveille de ses grands yeux noirs, je ne dirais pas avec art, tant ses œillades saillaient de sa chaleureuse nature, et la trahissaient sans cesse, au-delà de ses paroles, tant est que ses prunelles ardentes vous baignaient de tant de caresses et promesses qu'on s'étonnait, après dix minutes de compliments, de ne se point trouver jà en sa coite. Je remarquai sur sa gorge — qui même sans cela eût attiré mon attention — un superbe diamant serti en une sorte de résille d'or, et, jetant un œil à Miroul, je lui fis entendre que c'était là le caillou baillé par Robin, à qui on s'était bien gardé de le rendre, l'affermement refusé. Il est vrai que cette sorte de personnage avait dû trouver un accommodement avec le chancelier de Cheverny, étant tous deux hommes de même farine.

La chancelière — comme de méchantes langues appelaient Mme de Sourdis en Paris — réclama, à peine assise, qu'on doublât le nombre des chandelles, afin que de mieux voir, dit-elle, « les beaux gentilshommes qui la recevaient à table ». A quoi, sachant bien que ce *voir* n'était que le frère jumeau d'*être vue*, je me hâtai de lui dire, maniant la truelle comme c'est mon us avec les personnes du sexe :

— Hé, Madame ! je n'aurais, quant à moi, point assez de toutes les chandelles du monde pour que mes yeux puissent dévorer à leur aise, et j'ose dire, insatiablement, vos incomparables beautés.

A quoi La Surie ayant ajouté une pierre ou deux au maçonnement de l'hyperbole, Mme de Sourdis, comblée de ce côté-là, commença à se combler elle-même d'un autre côté, et se mit à gloutir une quantité de viandes et de vins qui eût suffi à une demi-douzaine d'hommes.

— Monsieur mon ami et sauveur, me dit-elle quand elle fut quelque peu rassasiée, j'imagine que ce n'est pas sans affres ni trémulations que vous convoyez, jusque sous Amiens, un chargement si précieux.

— Assurément, Madame, dis-je, la paupière mi-close. Mais si devons-nous, hélas ! procéder, tant qu'on n'aura pas trouvé le moyen de faire tirer les arquebuses sans balle, ni de faire marcher les soldats sans pain.

— Ni sans solde, dit-elle en me jetant un œil vif.

— Ha, pour les soldes ! dis-je, en l'envisageant de l'air le plus innocent, je n'en suis pas porteur, M. de Rosny devant assurer seul le convoiement de l'or qu'il recueille et ramasse par tous les moyens.

Disant quoi, je mentais avec la dernière effronterie et ma belle lectrice entend bien pourquoi.

— Nenni, Monsieur, excusez-moi, mais je ne l'entends pas.

— Hé ! Madame ! Vous me lisez mal ! Je sais bien que ces mémoires abondent en péripéties et en personnages, et sur ceux-là en détails infinis, mais ce détail-là, l'avoir oublié, vous, une femme ! Plaise à vous toutefois de me permettre de poursuivre mon récit, le temps que la remembrance vous en revienne.

Je ne sais comment, après cette petite inquisition sur l'or, on en revint, comme par une pente naturelle, sur le sujet de la beauté de Mme de Sourdis, mais on y revint, à ce que je crois me souvenir, parce que les chandelles advenant à ce moment-là, la belle voulut savoir si nous la voyions mieux qu'auparavant.

— Mieux, Madame ! Comment se pourrait-il ?

m'écriai-je. Etant jà si belle, le soleil lui-même ne vous embellirait pas !

Mais j'abrège, on devine la suite. Toutefois, quand Mme de Sourdis eut lapé derechef tout ce lait (La Surie faisant chorus), la mignote me dit, avançant la patte :

— Marquis, est-ce véritablement bien commode de travailler comme vous faites avec M. de Rosny ?

— Passablement.

— On dit qu'il est abrupt assez.

— Je n'y contredirai pas.

— Toutefois on vous tient à la Cour pour son intime ami.

A quoi je ris.

— Pourquoi riez-vous ? dit-elle en levant un sourcil.

— Pour la raison que personne n'est l'ami de M. de Rosny, sinon lui-même : M. de Rosny ne se connaît pas d'égal.

— Hé ! Hé ! dit-elle, voilà qui est bien vu !

— Cependant, je l'estime fort.

— Qui ne l'estime ? dit-elle en reculant la patte. Cependant, il est si roide !

— Il l'est, mais en revanche, sa parole est d'or. Tant promis, tant tenu.

Cela, comme j'y comptais bien, ne faillit pas à faire rêver notre jolie renarde, laquelle, je gage, se ramentut que Rosny avait promis au secrétaire Fayet de ne rien dire au roi sur l'affaire des diamants. Toutefois, encore que, tout en musant, elle ne cessât de boire et de gloutir comme quatre, je vis bien à ses yeux troublés qu'elle était encore là-dessus en proie au doute.

— Je suis bien assurée, reprit-elle, revenant à moi, que vos belles amies à la Cour vous ont voulu charger de quelques lettres missives, qui pour son mari, qui pour son amant.

— Elles l'ont voulu et je l'ai voulu. Mes devoirs propres me suffisent. Je ne désire pas remplacer la poste.

— Hé quoi ! Si j'avais désiré vous confier une lettre pour la marquise de Montceaux, ou M. de Rosny une lettre pour le roi ?...

— J'eusse refusé tout à plat, mais en ce qui vous concerne, Madame, en y mettant des formes.

— Hé, Monsieur ! dit-elle, voilà bien le bon de votre

nature : vous mettez des formes à tout et vous êtes, en outre, d'une discrétion qui me ravit.

— Discret, Madame ? Comment l'entendez-vous ?

— Que personne n'a jamais su, à la Cour, quelle était votre maîtresse.

— C'est que cette maîtresse n'existe point : je suis marié.

— Et fidèle ? dit Mme de Sourdis. Avec des yeux comme les vôtres ? A jamais dardés sur les dames ? Je me suis laissé dire qu'à Rome...

— A Rome, Madame, cela ne m'engageait pas.

— Monsieur mon ami, me dit-elle avec une œillade assassine, peux-je vous dire que plus je vous connais, plus je vous trouve accompli ? J'aime qu'un homme sache se taire sur les complaisances qu'on a pour lui, et qu'il ne nous croie pas engagées à lui, au lendemain d'une faiblesse passagère...

Ce tournant de la conversation ne me prit pas sans vert et je vis bien que ma convive, pour lors, ne pensait plus à la mission, quelle qu'elle fût qu'elle s'était baillée, mais à elle-même.

— Madame, repartis-je, entrant dans le jeu, vous êtes un inestimable exemple tant pour votre sexe que pour le mien. Je trouve, moi aussi, disconvenable, qu'on ne se puisse bailler en voyage quelques petites commodités en n'ayant pas le bon goût de les oublier au matin. Combien plus aimable serait la vie, si l'on pouvait, sur le chaud de l'instant, s'abandonner à d'aimables appétits, sans pour autant remettre en question l'arrangement de sa vie !

— Hé, Monsieur ! dit Mme de Sourdis, voilà qui est excellemment dit et vous ne sauriez croire combien je suis félice que votre philosophie côtoie de si près la mienne.

La Surie oyait ces propos sans dire mot ni miette, son œil marron jetant quelque brillement, tandis que son œil bleu restait froid. Cependant, comme la belle s'accoisait, se peut à contempler en son for le côtoiement de nos philosophies, il se leva en disant, avec un salut :

— Madame, plaise à vous d'avoir la bonté de me bailler mon congé. Je suis fort las et ma coite m'appelle.

— Chevalier, dit Mme de Sourdis, avec un fort charmant souris, je vous souhaite la bonne nuit.

A quoi La Surie lui fit un nouveau salut et dit :

— Madame, vous rendre le souhait serait superflu. Quand on est aussi belle que vous, Morphée (1) a de particulières douceurs.

Cela fut prononcé avec le plus grand sérieux et à peu que notre belle chatte, en l'oyant, ne se mît à ronronner. Toutefois, en passant derrière elle pour se retirer, La Surie me fit de la main un geste, assurément inutile, qui m'incitait à la défiance.

— Monsieur mon ami, dit Mme de Sourdis dès que nous fûmes seuls, en advenant de prime dans ma chambre, j'ai observé, en passant devant la vôtre, où vous n'étiez pas encore, que votre cheminée flambait plus allégrement que la mienne et qu'on avait disposé sur votre table un flacon de vin. Me permettez-vous, dès que mes femmes m'auront délacée, de venir vider avec vous un gobelet amical en chauffant ma petite personne à votre feu d'enfer ?

— Cet enfer, Madame, se fera à votre vue paradis. Mais peut-être aimeriez-vous me devancer quelque peu pendant que je monte à l'étage ?

— Monsieur, encore un coup, votre discrétion m'enchante. Et j'admire en vous cet être si rare : un gentilhomme qui sait, en toute occasion, garder les distances, les convenances et les apparences...

Après que je lui eus, en tout respect, baisé la main, la belle saillit donc seule de la salle, précédée d'un géantin laquais qui portait un candélabre, car il allait sans dire qu'il fallait bien tout un bouquet de chandelles pour éclairer une si haute dame.

Je ne saurais vous cacher que le gobelet amical se prolongea pendant trois grosses heures, et plaise à vous, belle lectrice, tandis que je suis ainsi occupé, de me permettre de laisser mon corps à Mme de Sourdis (qui n'avait cure de mon âme) et de revenir à vous, car j'ai fort sur le cœur que vous m'ayez soupçonné d'avoir menti sans nécessité à ladite dame au sujet de l'or que je voiturais. Mais il se peut qu'après avoir ouï mon entretien avec elle, vous commenciez jà à vous apenser

(1) Dieu des Songes, fils de la nuit et du sommeil.

que les intentions de la belle — à en juger par son accident contrefeint, les questions insidieuses qu'elle venait de me poser, et sur l'or, et sur les lettres missives qu'elle supposait confiées à mes soins — n'étaient pas, par quelque bout qu'on les prît, tout à fait innocentes. Et il se peut aussi que de présent, vous vous ramenteviez que si Pierre de Lugoli avait refusé de confier à M. de Cheverny le rubis des jésuites, ce n'était pas uniquement parce que le chancelier était l'amant de Mme de Sourdis, mais parce que celle-ci était la tante — assurément une tante fort jeune — de la marquise de Montceaux, dont elle favorisait avec tout le zèle du monde la fortune, laquelle n'était pas sans avantager la sienne. Si donc Mme de Sourdis avait appris de moi que je voiturais cent cinquante mille écus au roi sous Amiens, elle n'eût failli d'en prévenir Gabrielle, laquelle incontinent eût fait le siège du roi pour prélever sa dîme. Ce que je noulais du tout, n'étant pas le seul à penser que la mignote coûtait prou au royaume, surtout quand la pécune pour faire la guerre était si dure à racler.

Raison aussi pourquoi, me ramentevant ses questions sur les lettres missives et montant dans ma chambre une minute après que Mme de Sourdis eut gagné la sienne pour se livrer au dérobement de ses femmes (lesquelles, je gage, en l'attendant, avaient dû bâiller de sommeil et d'ennui), de prime je fermai doucement au verrou la porte qui me séparait d'elle, et ouvrant mon coffre de voyage, y pris la lettre que M. de Rosny m'avait confiée pour le roi et, me haussant sur la pointe des pieds, la posai sur le ciel de mon baldaquin : entendez à une hauteur à laquelle Mme de Sourdis, étant petite assez de sa taille, ne pouvait en aucun cas atteindre.

Cela fait, je me mis en robe de chambre et fis flamber mon feu.

La belle aimait les hommes, comme j'ai dit, et encore que sa visite chez moi ne fût qu'un moyen dont je savais bien le propos, toutefois le moyen lui devint, au moins pour un temps, une fin, tant elle s'y livra avec naturel, avec élan. Toutefois, je sentis fort bien le moment où, rassasiée, mais contrefeignant de ne pas l'être, elle voulut poursuivre nos tumultes autant pour raviver son propre plaisir que pour m'épuiser et m'amener au sommeil. Je me piquai au jeu et, me faisant un malicieux point d'honneur de ne pas céder si vite et de reculer les limites de ma résistance, et par conséquent la sienne, je crus bien que j'allais emporter la palme dans cette sournoise lutte, quand, contrefeignant de m'assoupir, je vis, sous le bord baissé de ma paupière, qu'elle dormait vraiment, fort charmante en le désordre de ses longs cheveux. Mais telle était pourtant la force du vouloir chez cette femme apparemment faible, qu'elle réussit à saillir de son heureux engourdissement au moment où je faillis céder au mien. Et à vrai dire, je dormais bel et bien quand le branle, pourtant léger, qu'elle imprima à la coite en se levant, et surtout, se peut, la privation subite de la douce chaleur que son corps jusque-là m'apportait, me réveillèrent, et ouvrant l'oeil à demi, je la vis, le bougeoir à la main, accroupie devant mon coffre de voyage, en examiner avec soin le contenu.

Elle me parut infiniment soulagée de n'y point trouver la lettre de Rosny au roi dont elle craignait, je gage, qu'elle expliquât à Sa Majesté l'histoire des diamants. Elle dut conclure de cette absence que Rosny n'avait point menti à Fayet en promettant le silence, ni moi à elle en lui disant que je n'étais point porteur d'une lettre de lui. Sa belle face qui, l'instant d'avant, se fronçait de souci me parut se déplisser et se rasséréner. Elle reclosa doucement le coffre et avant de rejoindre sa chambre, s'approchant de moi à pas feutrés, me vint déposer un poutoune sur la joue, lequel, joint à un léger soupir qui lui échappa, ne laissa pas que de m'émouvoir. Et pour dire toute la vérité des choses, encore que nous ne fussions plus jamais aussi proches qu'en cette nuit, Mme de Sourdis me fut, dès lors, très affectionnée, et moi à elle, à telle enseigne, qu'après en avoir longtemps débattu avec moi-même, je décidai que la dame ayant été avec moi si charmante, il serait peu gracieux de ma part de la noircir aux yeux du roi, en contant à Sa Majesté l'histoire des diamants. Et d'autant que le conte n'aurait rien appris à Sa Majesté sur Cheverny qu'Elle ne sût déjà, se défiant prou de lui, et ne lui ayant baillé les sceaux que pour se concilier le Vatican.

Toutefois, ayant le lendemain imparti ma décision à M. de La Surie, comme je trottais avec lui au botte à botte, il la prit fort mal.

— Voilà bien encore de vos foucades ! Et faut-il donc toujours que n'importe quelle Eve vous fasse croquer n'importe quelle pomme ! Tant vous êtes raffolé du moindre cotillon !

— Lequel, toutefois, Eve ne portait pas, dis-je en riant.

Mais La Surie n'entendait pas tourner la chose en gausserie et la froidure de son œil bleu me le montra assez.

— Oubliez-vous qu'elle vous a trompé, dit-il, et qu'elle a fourragé dans votre coffre ?

— Je lui ai, moi, menti deux fois. Nous sommes donc quittes là-dessus. Et je lui dois bien quelque petite compensation pour avoir si bien enchanté mon gîte.

— A plaisir reçu, plaisir baillé : vous ne lui devez rien.

— Si fait : ce petit poutoune sur la joue au départir, alors qu'elle me croyait endormi...

— Bah ! Même un chat ronronne, dès lors qu'on le caresse.

— Mais un chat ne ronronne pas au souvenir d'une caresse. Il m'a semblé là que la dame y mettait du cœur.

— Un tout petit bout de cœur, dit La Surie très à la vinaigre.

— N'empêche : c'était touchant...

— Mais, cornedebœuf ! Oubliez-vous que la Sourdis appartient à ce rapace clan des Cheverny et de la Gabrielle, lequel croque au roi autant de pécunes d'honneurs et de places qu'il le peut.

— Il est vrai, dis-je avec un soupir, mais le roi me donne premier le mauvais exemple : il se laisse croquer.

Lecteur, je ne croyais pas si bien dire. Car Rosny advenant avec moi en juillet avec un autre voiturement d'or, le roi se laissa persuader de prélever là-dessus une part, et non des moindres, pour la Gabrielle ! Mais j'en vais dire le qu'est-ce et le pourquoi.

Un jour de juillet sous Amiens (mais je ne saurais dire précisément lequel), celle qui n'était encore que la marquise de Montceaux me fit dire par un de ses pages qu'elle me priait de la venir visiter sous sa tente. Étonné assez de cette prière dont la galanterie me faisait un ordre, je revêtis mon plus emperlé pourpoint et me présentai incontinent chez elle.

Que ma belle lectrice n'aille pas s'imaginer qu'en quittant Paris pour le camp d'Amiens, où maugré la guerre et la canonnade, elle se sentait plus en sécurité qu'au milieu de ces Parisiens pour elle si déprisants, la Gabrielle avait troqué un palais pour une masure. Bien loin de là ! Sa tente n'avait rien de spartiate ni de militaire, étant immense et caparaçonnée du haut en bas de cuir doré. Un parquet avait été jeté sur la terre battue et sur le parquet un grand tapis afin que d'isoler du sol ses pieds mignons. Une soie d'un vert tendre drapait son lit pliant qu'on n'eût osé appeler « de camp », tant il était riche en coussins et fourrures, et en outre, vaste assez pour que deux personnes y pussent manœuvrer à l'aise. La toilette, qui venait en second pour l'importance de ses proportions et le luxe de sa décoration, était garnie de toile d'or et de satin de Bruges, et présentait, devant un fort beau miroir, une redoutable armée de crèmes, de pots, d'onguents, de parfums et de brosses de soie, le tout fort bien rangé en ordre de bataille. Sur le côté le plus long de la tente se tenaient, comme en faction, deux rangées de coffres chamarrés qui contenaient, je gage, les armes avec lesquelles ce doux sexe est accoutumé de meurtrir nos tant pauvres cœurs : j'entends les soies, les velours, les damas, les basquines, les corps de cotte, les bas et les vertugadins, sans compter les grands cols en dentelle de Venise, les affiquets et, pour les maigres, les faux culs. Mais la Gabrielle n'avait rien à se rajouter de ce côté-là, étant « grasse et fraîche », comme disait le roi, toutefois la taille mince et le flanc élancé.

Deux cancans, si ouvragés et dorés qu'ils ressemblaient à des trônes, se dressaient, non point de chaque côté d'une table pliante, mais l'un sur le petit et l'autre sur le grand côté, afin que le roi, tout en mangeant, pût être proche assez de sa belle pour lui tenir continuement la main — ce qui faisait que tout le temps de la repue, l'un et l'autre se trouvaient manchots et ne pouvaient découper leurs viandes. Mais le *maggiordomo* y veillait, comme bien on pense.

Cette tente, à l'entrant, était la seule de tout le camp à ne sentir ni le cuir, ni la sueur, ni le cheval, ni la poudre de canon, mais une *odor di femina*, enrichie de doux parfums, et d'autant que voletait qui-cy qui-là, affairé à des tâches diverses, un escadron de chambrières que la Gabrielle, forte de ses inégalables attraits, avait eu la coquetterie de choisir tant jeunes que jolies. Ha, lecteur ! Quel baume, quelle drogue, quel magique philtre pourront jamais valoir la simple vue de tout le féminin qui débordait de cette tente comme le miel d'une ruche ! A mon advenue, j'en perdis pour un temps mon vent et haleine, et restai sur le seuil, transi et comme privé de voix.

Toutefois, la marquise de Montceaux, qui était assise à sa toilette (une de ses femmes testonnant ses cheveux d'or avec un peigne de nacre), m'aperçut dans son miroir et sans se retourner, me tendant sa main à baiser, me dit d'une voix douce et caressante :

— Ha, Monsieur de Siorac ! que je me sens avec vous fautive d'avoir tant délayé à vous présenter le million de mercis que je vous dois pour avoir si courtoisement aidé ma tante de Sourdis en sa détresse. Ce n'est pas faute qu'elle n'ait chanté vos louanges pendant le temps qu'elle me fit l'amitié de demeurer céans avec moi, disant de vous que vous étiez, à son sentiment, le gentilhomme le plus accompli de la création.

— Madame, dis-je, je suis très touché que Mme de Sourdis parle si bien de moi, encore qu'elle y mette trop de bonté. Car, à la vérité, je n'ai fait pour elle que ce que tout un chacun eût fait à ma place pour une personne du sexe.

— Nenni, Monsieur, nenni ! Elle m'a conté les soins, les grâces et les attentions dont vous l'avez entourée. Monsieur, reprit-elle en riant, vous n'en sauriez réchapper : Vous voilà oint et sacré d'ores en avant le gentilhomme le plus obligeant du royaume. De reste, Mme de Guise en dit tout autant de vous et vous loue très hautement du très signalé service que vous avez rendu à son fils Charles en Reims.

— Madame, dis-je très à la prudence, si fort que

j'estime Mme de Guise, je n'eusse mie accepté cette mission en Reims, si Sa Majesté n'y avait été consentante.

— Monsieur, dit Mme de Montceaux en faisant un geste à sa chambrière de laisser là ses cheveux, et pivotant gracieusement sur son escabelle, elle me fit face : Monsieur, je l'ai bien entendu ainsi, et si jamais je recours moi aussi à votre serviciableté, ce ne sera pas sans m'être assurée, au préalable, de l'assentiment du roi.

Quoi disant, elle m'envisagea, non sans gravité, de ses grands yeux azuréens, me laissant comme étourdi de sa beauté, et en particulier de l'extraordinaire transparence de sa carnation. Au surplus, j'avais trouvé sa repartie tant prompte que fine, et sa finesse m'étonnait, et plus encore la douceur de ses traits, laquelle, si j'en croyais ma petite duchesse, n'était pas qu'une apparence.

— Madame, dis-je avec un petit salut, croyez bien que dans ces conditions je me sentirais très félice de vous rendre tout service, grand ou petit, que vous pourriez quérir de moi.

— Ha, Monsieur ! dit-elle, que voilà une parole aimable et qui achève à merveille le portrait que m'ont peint de vous ma tante et Mme de Guise !

Quoi disant, elle sourit, et je fus très frappé alors par la lumière de sa belle face. Tout y était clair : le sourire, le teint, l'œil, le cheveu...

Suivit un silence, pendant lequel m'envisageant, et voyant à quel point j'étais tout ensemble ébloui par sa beauté et conquis par sa gentillesse, elle comprit qu'elle pouvait quérir de moi le service qu'elle avait dedans l'esprit sans crainte d'être rebutée.

— Hé bien, Monsieur ! dit-elle avec l'esquisse d'une contrefeinte timidité, maintenant que je vous vois dans ces bonnes dispositions à mon endroit, j'ose vous prier de vous entremettre auprès de ma bonne amie Mme de Guise pour qu'elle me vende un grand domaine dans le Champenois près du village de Beaufort que, faute de moyens (sa maison étant fort appauvrie), elle laisse quelque peu à l'abandon.

Je fus béant de cette étrange prière, et dans l'embarras où elle me jetait, n'étant disposé ni à la rebuter ni à l'accepter, je demeurai coi un assez long moment, sans que la Gabrielle me tendît la moindre perche pour me sortir de ma mésaise, se bornant à me considérer d'un air doux, amical et paisible comme si elle ne doutait pas de mon acceptation.

— Madame, dis-je à la parfin, je serais fort enclin à être en l'espèce votre personnel ambassadeur auprès de Mme de Guise pour peu que Sa Majesté veuille bien me dire qu'elle m'agrée, elle aussi, dans ce rollet.

— Monsieur, dit la Gabrielle avec un rire clair, il l'agrée d'autant plus que c'est lui qui m'a suggéré votre nom, ayant toute fiance en vos talents de persuasion.

Ha ! m'apensai-je, le rusé Béarnais ! Comme il s'entend à tirer parti de tout ! Etant le seul à la Cour à connaître, par sa *mouche*, mon lien particulier avec Mme de Guise, il m'emploie à la convaincre d'une vente où, pour des raisons évidentes, il ne veut pas lui-même apparaître.

— De reste, poursuivit la marquise de Montceaux, le roi vous le dira lui-même, quand vous irez prendre congé de lui, puisque je lui ai ouï dire que vous êtes sur votre départir pour la capitale.

— Madame, dis-je, le plus gracieusement que je pus, je ne sais si Mme de Guise consentira à cette vente, les Grands de ce royaume étant fort attachés à leurs terres, même quand ils n'en tirent rien. Mais, croyez bien que je n'épargnerai aucun argument pour qu'elle vous satisfasse. Toutefois, ajoutai-je...

— Toutefois ? dit-elle, voyant que je laissai ma phrase en suspens.

— Il me semble, dis-je, en me donnant les gants d'hésiter, que si vous consentiez à donner à la duchesse de Guise une marque de votre particulière amitié pour elle, elle ne faillirait pas que d'y être très sensible, ce présent pouvant, de prime, disposer son esprit à être davantage pliable à vos volontés, quand on en viendra au nœud de l'affaire.

Ceci la laissa songeuse, mais peu de temps.

— Monsieur, dit-elle en souriant, j'augure bien de votre ambassade : vous connaissez si bien les femmes. Louison, reprit-elle avec promptitude, donne-moi ma cassette.

Ladite cassette eût davantage mérité de s'appeler

coffre, étant si grande et si lourde que c'est à peine si deux des plus robustes chambrières purent la porter jusqu'aux pieds de Mme de Montceaux, laquelle, tirant d'une escarcelle un trousseau de quatre clés étrangement dentelées, les employa l'une après l'autre, en des serrures distinctes, à déclore le couvercle.

Il se rabattit enfin et, belle lectrice, à défaut de voir ce que je vis de ces yeux que voilà, oyez ! Ce coffre était divisé en deux compartiments distincts dont l'un, à mon sentiment, contenait — que l'enfer sur l'heure m'enfourne si je mens ! — une bonne centaine de diamants et l'autre, un bon millier de perles ! Ventre Saint Antoine ! De quel Orient brillaient ces perles ! Et que de feux jetaient ces diamants mis à tas !

— Choisissez, dit la Gabrielle.

— Hé, Madame !

— Choisissez, Monsieur ! dit la Gabrielle, de l'air de quelqu'un qui veut être obéi.

C'eût été faire, je crois, injure à la libéralité de la dame de préférer une perle à un diamant et, à mon sentiment, c'eût été tout aussi disconvenable de se contenter chichement du diamant le plus petit que de mettre indélicatement la patte sur le plus gros. J'optai donc pour le moyen terme.

— Celui-là ? dis-je en levant un sourcil.

— Va pour celui-là, dit la Gabrielle rondement, il est beau assez pour une duchesse.

Ce mot « duchesse » qu'elle savoura sur sa petite langue résonna en moi de si précise guise et évoqua à mon esprit avec une telle force la dernière marche d'un escalier qui pouvait mener jusqu'au trône, qu'en prenant congé de la marquise de Montceaux, je lui dis avec un salut devant que de lui baiser la main :

— Madame, faites-moi la grâce de croire qu'après que vous m'avez apazimé mes scrupules, je suis infiniment honoré de servir une haute dame qui règne, non seulement sur le roi, mais sur tous ses sujets par son incomparable beauté.

A quoi elle rosit un peu, non pas tant du compliment que de ce « règne » dont, au départir, je l'avais couronnée.

Le roi fut plus rond, goguelu et expéditif. Et si je m'étais question posée sur la cassette qui devait payer l'achat de la terre champenoise — la sienne ou celle pourtant fort grasse de la Gabrielle —, sa réponse m'ôta d'un doute.

— Quoi ? dit-il en levant un sourcil, déjà ! Déjà ! Avant qu'Amiens soit prise et que j'aie guerre gagnée ! Et alors même que je suis si serré en mes pécunes ! Ventre Saint Gris ! Comme les femmes sont promptes à battre monnaie d'une promesse !

Et m'apensai-je (ayant toujours sur le cœur, mais non point dans mon escarcelle, les dix mille écus qu'il m'avait annoncés à mon retour de ma mission romaine), comme les rois sont peu prompts à promesse tenir ! Mais Henri dut lire cette pensée-là sur ma face, car, me tournant le dos, il me dit par-dessus son épaule :

— Et comment la marquise de Montceaux t'a-t-elle reçu ?

— Sire, avec une bonne grâce infinie.

— La voilà bien ! dit-il d'un air content. Douce, bonne, débonnaire et se faisant aimer de tous.

— En outre, elle m'a baillé un fort joli diamant pour Mme de Guise.

— Ce qui t'a ravi, je gage, dit-il en me jetant un regard de côté, et qui ravira davantage ma bonne cousine de Guise. Or sus, Barbu ! reprit-il d'un ton vif. Il n'y a remède ! Le vin est tiré. Il le faut boire ! Cours jeter un œil sur cette terre et tâche de l'avoir de Mme de Guise au meilleur prix.

— Comment l'entend Votre Majesté ? osai-je dire alors, mais prenant mon air le plus innocent. Au plus juste prix ou au prix le plus juste ?

A quoi, voyant bien que je n'étais pas du tout décidé, en cette ambassade, à faire tort d'un seul écu à sa « bonne cousine », il rit à gueule bec puis, sans répondre, me donna sa main à baiser et, à pas rapides, saillit de la tente.

Je laissai La Surie ramener le gros de l'escorte et des coches vides en Paris et, avec une trentaine d'hommes, je gagnai le Champenois, et jetai plus d'un œil sur le domaine convoité par notre belle, lequel, dans l'état de délaissement où je le vis, ne me parut pas valoir plus de cent mille écus. Toutefois, un notaire de Troyes dont je voulus me couvrir, ayant avancé qu'à son sentiment ce ne serait pas un mauvais barguin que de l'acheter à cent vingt mille écus, c'est cette somme que je persuadai ma petite duchesse de demander. Et bien fis-je, car ledit notaire ayant reçu après moi un émissaire de la marquise de Montceaux, lequel, comme moi, prétendit agir en son nom propre, estima, à voir tant d'acheteurs se presser à sa porte, qu'il était de l'intérêt de Mme de Guise (et peut-être du sien) de porter l'enchère à cent quarante mille écus. Tant est que la marquise et le roi furent fort heureusement surpris de la modestie de mon offre et l'acceptèrent sans tant languir.

Cette terre s'appelait Beaufort, du nom du plus proche village, et dès que la marquise l'eut « achetée », le roi l'érigea en duché et la Gabrielle en prit le nom.

Sur mon rollet en cette affaire, La Surie voulut groigner et chamailler. Et quand la duchesse de Beaufort m'envoya du camp d'Amiens une fort jolie lettre-missive en Paris pour me mercier de mes bons offices, il me dit :

— Il n'empêche. Voilà bien la première mission à vous confiée qui ne sert qu'un intérêt particulier au lieu de servir la nation.

— Ha, mon Miroul, dis-je, cela est vrai, mais qu'y peux-je ? Comment refuser ? Et est-ce ma faute si la duchesse de Beaufort mène sa petite guerre à l'intérieur de la grande ? Et comment irais-je, moi, à moi seul, changer un monde où les hommes gouvernent les choses et les femmes gouvernent les hommes ?

Le vendredi 19 août, ayant voituré l'avant-veille un très gros chargement, je me présentai, sur l'ordre du roi, à sa tente, vers les six heures du matin, autant dire à la pique du jour, et l'y trouvai couché, fort las de deux alarmes qui l'avaient la nuit désommeillé deux fois avant de se révéler fausses, et comme il me confiait, me sachant au départir, un message oral et confidentiel pour M. de Vic, gouverneur de Paris, il se fit tout soudain quelque bruit et noise à l'entrant de sa tente. Henri ayant dépêché un page pour en connaître la cause, celui-ci lui revint dire qu'un carabin, tant sale que poussiéreux, réclamait à grands rugissements de le voir, prétendant avoir aperçu un fort parti de cavaliers au village de Quirieu. Et encore que Sa Majesté fût incrédule — y ayant eu jà, comme j'ai dit, deux fausses alarmes durant la nuit — le nom de Quirieu lui fit dresser l'oreille, ledit village étant à deux lieues à peine de son propre quartier.

Le carabin fut donc introduit dans la tente et comme, à ce nom étrange de carabin, je vois ma belle lectrice froncer son mignon sourcil, je lui veux dire qu'en nos armées, on appelle ainsi une sorte d'arquebusier à cheval, dont la cuirasse se trouve échancrée à l'épaule droite pour lui permettre de mettre en joue la longue et lourde escopette qu'il porte dans son dos en bandoulière. Le carabin dispose aussi pour sa défense rapprochée d'un pistolet et d'un fort coutelas, lequel, toutefois, ne lui serait d'aucune utilité contre un lancier si son pistolet venait à faire long feu.

On emploie ces carabins pour battre l'estrade et dresser des embûches. Et parfois au combat, on les place comme les « enfants perdus », disséminés en petits paquets en avant du gros de l'armée. Et il faut bien avouer qu'en ces diverses tâches, les carabins n'ont pas toujours bonne réputation, étant tenus par d'aucuns pour de fieffés maraudeurs, picoreurs et aventuriers.

Tous ces noms eussent pu fort bien convenir à ce long et dégingandé escogriffe qui avait eu le front de désommeiller le roi sur le coup de six heures pour lui dire qu'il avait vu l'ennemi à Quirieu. Et pour le lui dire très mal, car, étant originaire de la Hesse, il parlait un français baragouiné de patois allemand. Mais il jura tant de *Mein Gott* qu'il disait vrai, ajoutant que s'il mentait, il souffrirait, le cœur léger, d'être pendu, que le roi, à la parfin, le crut, et tout de gob, las comme il était, monta à cheval, suivi de M. le Grand Ecuyer, de moi-même et de quelques-uns de sa noblesse qui se trouvaient là. Prenant incontinent le chemin de Quirieu, il passa par le logis des carabins et, les réveillant, leur donna l'ordre de monter à cheval et de le suivre. Puis encontrant, comme il poursuivait sa route, deux camarades de celui qui l'avait de prime averti, ceux-là confirmèrent les dires du premier. Henri dépêcha aussitôt un seigneur pour recommander au connétable de Montmorency de prendre ses dispositions pour réveiller son monde, et tenir ferme partout où il serait attaqué, et un autre à Biron et à Montigny pour leur dire d'accourir avec quelque autre troupe de cavalerie légère. Tant est qu'à leur advenue, le roi se trouva fort de cent cinquante carabins et de deux cents chevaux tant de cavalerie légère que de la noblesse qui l'avait rejoint. Et comme Montigny lui faisait remarquer que c'était peu, le roi lui dit :

— C'est assez pour reconnaître jusqu'où ces gens-là ont reconnu.

Car alors il ne pensait pas avoir à combattre, pour la raison que le tohu-vabohu et remue-ménage de notre armée se mettant en état d'alerte avaient fait tant de noise et vacarme que Henri s'attendait à ne plus trouver la queue d'un Espagnol en arrivant à Quirieu. Mais c'était compter sans la légendaire lenteur de l'ennemi, laquelle fut cause en ce siècle de tous ses déboires, et sur mer et sur terre.

— N'est-il pas proprement incrédible, dit Montigny après l'attaque, qu'Amiens prise, ils aient attendu cinq mois pour la secourir, donnant à Henri le temps de ranimer les courages, de raquer les pécunes et de rassembler une puissante armée ?

Il disait vrai, car lents à attaquer, lents à exploiter leurs avantages, lents à venir reconnaître nos positions, ils ne furent pas moins lents, une fois qu'ils les eurent reconnues, à se retirer. Lecteur, ois bien ceci, qu'on a peine à imaginer : entre le moment où le carabin que j'ai dit les reconnut, et le moment où le roi et sa faible troupe atteignirent Quirieu, une grosse heure s'écoula et, à notre advenue, ils étaient encore là !...

— Ventre Saint Gris ! dit le roi, ils ont été bien paresseux à se retirer, étant si proches d'une armée aussi éveillée que la nôtre !

Et aussitôt, sur le chaud du moment, se trouvant lui-même tant vif que les Espagnols étaient lents, il leur tomba sus comme la foudre. Croyant avoir affaire à toute l'armée française, et de reste, à ce que dirent plus tard les prisonniers, ayant reconnu le roi à son panache et ne pouvant imaginer qu'il les attaquât avec une troupe aussi faible, ils tournèrent bride et le roi les courut jusqu'à Encre où, ayant à passer un ruisseau, ils furent rattrapés par les carabins, lesquels, se sentant soutenus par le roi, et lui voulant prouver qu'ils étaient bons à autre chose qu'à la maraude, les engagèrent à la fureur et firent peu de quartier à ceux qui, n'étant pas des mieux montés, ne passèrent pas le ruisseau à temps.

Cette action changeant la prompte retraite de l'ennemi en déroute, il se rompit et s'égailla, poursuivi à brides avalées par le roi qui les courut jusqu'à une lieue de Bapaume, et ne s'en revint qu'il n'eût mis hors de combat cinq cents cavaliers, tant morts que prisonniers. Et encore ne fut-ce là pour l'Espagnol qu'une partie de ses pertes, les paysans, mus par l'appât d'une bonne picorée, ayant pourchassé et massacré les éclopés et les navrés qui s'étaient réfugiés dans les bois.

Si fort que j'admire la vivacité des nôtres, qui les avait si bien servis dans cette affaire, je crains toutefois qu'elle ne comporte, en contrepartie, une sorte de légèreté que je ne fus pas sans observer, quand j'assistai, sans y participer, au conseil de guerre qui, dans la tente du roi, suivit ce brillant combat. Il y avait là le connétable de Montmorency, le maréchal de Biron, M. de Montigny, le joli et sémillant Saint-Luc qui était le grand maître de notre artillerie — et je le mentionne en dernier, bien qu'il ne fût pas le moindre, le duc de Mayenne, lequel, rallié au roi, pardonné et pensionné par lui, le servait loyalement depuis l'absolution du pape, moins se peut à cause d'elle qu'en raison du dégoût que l'alliance peu sûre de Philippe II lui avait inspirée : service qui n'était pas négligeable au roi, Mayenne, maugré qu'il fût goutteux, podagre et bedondainant, s'avérant à la guerre un habile capitaine, point tant impétueux que Biron, mais rusé et prudent.

Le roi ayant quis de ces Messieurs ce que chacun augurait de la poursuite des opérations, Biron, toujours piaffard et paonnant, prit la parole le premier — avant même le connétable — et sur le ton de la plus arrogante certitude, s'écria, le sourcil levé et la voix claironnante :

— Tudieu, Sire ! M'est avis que nous avons taillé de telles croupières à l'Espagnol qu'il ne reviendra pas s'y frotter de si tôt, et que le siège se terminera sans que nous en revoyions la queue d'un !

— J'opine au rebours, dit le connétable, qui non seulement avait trouvé insufférable la discourtoisie de Biron, mais au surplus, lui gardait une fort mauvaise dent des attentions qu'il avait prodiguées à Paris à sa jeune et belle épouse. Il me semble que M. de Biron, qui est orfèvre, devrait mieux entendre la piaffe espagnole. Le cardinal Albert a trop d'orgueil pour rester sur cet échec. Il voudra s'en revancher.

— Je le crois aussi, dit le roi. Mais, apparaître et attaquer, cela fait deux. Sous Laon, après la première défaite essuyée par le convoi qu'il voulait jeter dans la ville, le duc de Parme est apparu pour montrer sa force, mais n'a pas attaqué.

— On peut douter, en effet, que le cardinal Albert veuille véritablement livrer bataille, dit Saint-Luc, de sa voix gentille et zézayante (dont nul ne s'eût voulu gauller au camp, tant sa bravoure était connue). Nous disposons céans de trente-deux canons et couleuvrines ! Et le cardinal Albert ne peut en amener la moitié des Flandres.

— Je doute aussi qu'il veuille vraiment en découdre, même s'il apparaît, dit Montigny. Sire, ne m'avez-vous pas dit que le prince d'Orange était convenu avec vous de lancer de sa Hollande une vive attaque contre une place flamande, si le cardinal faisait mine de faire mouvement sur Amiens ? Qui aimerait s'engager à plein contre vous avec cette menace dans son dos ?

— Mayenne, dit le roi, qu'en êtes-vous apensé ?

Le gros duc, qui jusque-là s'était accoisé, sa lourde paupière voilant à demi un œil qui paraissait ensommeillé, dit d'une voix lente et sourde :

— Le cardinal dispose en Flandres de beaucoup de troupes et de bons généraux. Il peut en laisser une partie dans les Flandres, sous le commandement, par exemple, du comte de Berghe, et attaquer avec le reste.

— Cela est vrai, dit le roi. Cependant, ni sa cavalerie ni son artillerie ne valent les nôtres. Et il ne laisse pas de le savoir.

— Toutefois, Sire, dit Mayenne, nous n'avons pas fortifié le côté d'Amiens qui regarde l'intérieur de la France.

— Pour la raison, dit Biron avec sa coutumière arrogance, que ce côté est défendu par la rivière de Somme.

— Laquelle se peut toutefois franchir, dit Mayenne.

— Mais, dit Montigny, comment amener des Flandres les bateaux et les pontons qu'il y faudrait ?

— Sur des chariots, dit Saint-Luc.

— Lesquels, dit Biron, seraient un considérable alentissement de la marche...

La disputation se poursuivit ainsi quelque temps, sans que Sa Majesté en tirât conclusion : l'impression, cependant, qui s'en dégagea pour moi, auditeur muet et respectueux, debout avec quatre ou cinq autres contre le mur de la tente, fut que tous, sauf se peut Mayenne — mais il avait été lent et lourd à exprimer son opinion — s'apensaient que si même le cardinal Albert survenait, ce serait, comme le duc de Parme sous Laon, pour montrer sa force, mais non pour l'employer. Et encore me sembla-t-il que les réticences de Mayenne tenaient au fait qu'il commandait les quelques troupes disposées sous les murs d'Amiens du côté de la France, lesquels étaient juste fortes assez pour s'opposer aux sorties des assiégés, mais ne s'appuyaient sur aucun élément de tranchée, d'ouvrages de terre, de palissades et autres fortifications. Omission fort surprenante, à y bien réfléchir.

Quand je relatai à La Surie l'essentiel de ce débat, il en fut frappé aussi, comme de la croyance assurée où les hommes de guerre étaient que le cardinal Albert n'attaquerait point, comme si à force forcée, le siège d'Amiens devait répéter le siège de Laon, et le cardinal, se comporter en tous points comme le duc de Parme.

— A mon sentiment, dit La Surie, c'est faire preuve de légèreté de se forger des certitudes, là où on ne devrait hasarder que des hypothèses. Et gravissime erreur de n'avoir pas poussé l'encerclement d'Amiens jusqu'au bout, et de ne pas avoir fortifié le côté qui regarde la France, sous le prétexte que la rivière de Somme est une barrière, et qu'amener bateaux et pontons des Flandres alentirait la marche du cardinal. Comme si l'Espagnol, qui a attendu cinq mois pour attenter la première escarmouche, redoutait d'être lent !

En compagnie de M. de Rosny, je fis un voiturement de Paris à Amiens le premier jour de septembre et le lendemain de notre advenue, nous apprîmes que le capitaine espagnol Hernantello — celui qui six mois plus tôt s'était saisi d'Amiens, et qui pour cette raison avait reçu du cardinal Albert la Toison d'or, honneur suprême de la couronne espagnole — s'était fait tuer par un des nôtres d'un coup d'arquebuse dans un endroit très découvert, où pour dérober à nos yeux la vue de ses soldats en faction, l'ennemi avait tendu des toiles. Idée malencontreuse, ces toiles devenant aussitôt la cible de nos escopettes. La mort d'Hernantello, à ce que nous sûmes (car nous avions des intelligences dans la place), déconcerta excessivement les assiégés. D'après ce qu'on me dit plus tard, c'était un petit homme doué d'un grand esprit et d'un grand courage.

Chose véritablement étrange, cette description s'appliquait fort bien à M. de Saint-Luc, lequel avait été, en ses vertes années, un des mignons de Henri III et, depuis la meurtrerie du roi, avait servi vaillamment et fidèlement son successeur, au point de recevoir de ses mains cette charge de grand maître de l'artillerie dont M. de Rosny avait rêvé de prime, et que, d'ailleurs, il reçut plus tard, mais sans abandonner les finances du roi.

M. de Saint-Luc, qui avait mon âge mais ne l'avouait pas, était un fort délicieux compagnon, beau et brave comme l'archange saint Michel, l'esprit fin et délié et fort aimé de tous.

Ce quatre septembre, encontrant dans le camp d'Amiens M. de Rosny et moi-même, il nous dit avec les jurons précieux et l'élocution zézayante qui, chez les mignons comme chez Quéribus, étaient restés à la mode qui trotte, qu'il allait faire le tour des tranchées pour inspecter ses canons.

— En ma conscience ! dit-il, les deux mains sur sa taille de guêpe, on ne saurait en avoir plus, ni les mieux disposer ! Il en faudrait mourir !

Expression qui, chez les mignons, voulait dire que la chose dont on parlait était le *nec plus ultra*.

— Monsieur de Rosny, poursuivit-il, vous qui vous intéressez à l'artillerie, aimeriez-vous m'accompagner ?

Et M. de Rosny acquiesçant, il ajouta :

— Viens-tu, Siorac ?

Mais je ne pus, le roi m'attendant dans sa tente. Toutefois, les ayant quittés, je dus aller apaiser une querelle qui s'était élevée entre Pissebœuf et ceux des cavaliers dont il était le capitaine. Je passai une bonne demi-heure à entendre la raison de ce chamaillis et, l'ayant entendue, à l'assouager. Et comme enfin je gagnai la tente du roi, j'y trouvai tous ceux qui étaient là fort décomposés et la face fort chaffourée de chagrin : M. de Saint-Luc venait d'être tué dans une tranchée d'un coup d'arquebuse tiré des remparts d'Amiens. Et voyant M. de Rosny fort pâle parler au roi, je m'approchai et vis le roi tout à fait hors ses gonds, à'steure pleurant Saint-Luc et le louant, à'steure tançant Rosny de s'être exposé sans nécessité, alors que sa vie était si précieuse au royaume et à la poursuite de la guerre.

Ce jour-là, on vit des larmes dans tous les yeux, mais le lendemain, quand on sut par qui le roi avait remplacé le grand maître de l'artillerie, colère et groigne chez les grands officiers avaient quasi remplacé le deuil.

— Tudieu, Siorac ! me dit le maréchal de Biron, son œil dur et faux étincelant dans sa creuse orbite, avez-vous ouï la nouvelle ? M. d'Estrées est nommé grand maître ! Autant dire le plus pleutre et le moins suffisant ! Voilà ce que c'est que d'avoir cette garce dans sa tente dorée au milieu de nous ! Nous servons le roi et elle se sert de lui pour avancer sa dévergognée famille ! Il faudrait mettre tous ces d'Estrées en sac et les noyer en la rivière de Seine !

Montigny, quoique moins violent, ne fut pas moins aigre, quand je l'encontrai.

— Vertudieu, Siorac ! Quel choix est cela ? M. d'Estrées ! Le plus sottard de tous !

— Ha ! dis-je, pour sottard, il ne l'est pas.

— Mais vertudieu, Siorac ! Vous savez comme moi qu'il a les ongles trop pâles pour cette charge, et que son cœur lui devient foie, dès qu'il s'agit de mettre un pied dans les tranchées. Par bonheur, le pauvre Saint-Luc a bien formé ses capitaines. Sans cela, je ferais bon marché de ce siège ! Vertudieu, j'enrage ! Est-ce la couchette qui meshui gouverne les charges? Et sommes-nous commandés céans par le con d'une garce?

Le connétable, parce qu'il était vieil et bien avisé, et Mayenne, parce qu'il était trop récemment rallié, n'allèrent pas au-delà de la moue et de la grise mine. Quant à M. de Rosny, il se contenta de dire avec un sourire du coin du bec :

— Voilà un grand artilleur qui ne descendra pas souvent dans les tranchées. Et une femme qui, tant plus on lui baille, tant plus elle demande...

Dans l'après-midi, l'aimable objet de cette grande groigne me fit appeler dans cette « tente dorée » qui eût beaucoup moins irrité Biron, si elle avait servi d'écrin à la haute dame en l'honneur de laquelle il avait donné son grand bal en mars.

J'attendis quelques minutes dans une sorte d'antichambre ménagée à l'entrant, prêtant l'oreille à travers la toile qui me séparait de lui au gazouillis des femmes qui servaient Gabrielle, et j'observai non sans quelque ébaudissement, que les « Madame la Duchesse » surgissaient dans ce grand caquetage tous les deux ou trois mots.

— Ha, Monsieur de Siorac! dit Gabrielle quand je lui eus baisé la main en me génuflexant devant elle, que je suis aise de vous dire de vif bec les millions de mercis que je vous dois pour m'avoir si bien servie dans l'achat de Beaufort, ayant eu ce beau domaine au prix de cent vingt mille écus, au lieu des cent quarante mille qu'on en demandait de prime.

— Mais, Madame la Duchesse, dis-je (sentant bien que son duché lui était trop neuf encore pour qu'elle n'aimât mieux être « duchessée » plutôt que « madamée »), vous avez eu l'extrême bonté de m'en écrire jà en Paris, et je suis plus que comblé par la bonne grâce avec laquelle vous avez désiré répéter de vive voix votre merciement.

— Mais, Monsieur, dit-elle avec un ravissant sourire, cela ne me suffit. Je serais bien ingrate si je n'attentais pas de vous servir à mon tour, pour peu que vous me disiez en quelle capacité, auprès de Sa Majesté.

— Madame la Duchesse, dis-je, prenant cette offre,

toute courtoise qu'elle fût, pour eau bénite de Cour, je n'ai rien à demander au roi que de me continuer la très grande joie de lui être utile.

— Quoi ! dit-elle avec un petit rire des plus clairs. Vous n'avez rien à quérir du roi ? Vous seriez bien le seul à la Cour ! Cherchez bien, Monsieur, en votre remembrance ! Eh bien, reprit-elle en me voyant intrigué et quasi confus de son insistance, je vais vous y aider ! Sa Majesté ne vous a-t-elle pas promis dix mille écus, il y a deux ans, à votre retour de Rome ?

— Hé, Madame ! dis-je béant, c'est la vérité nue ! Mais de qui la tenez-vous ?

— De qui, dit-elle avec un nouveau rire, sinon de la duchesse de Guise, laquelle m'en a écrit, comme en passant, dans une lettre où elle se réjouissait fort pour moi que le roi ait érigé en duché ma terre de Beaufort ? Ha, Monsieur ! reprit-elle, on peut dire que vous avez là une bien bonne amie, et qui vous aime prou...

Quoi disant, elle eut un petit sourire qui me donna à penser que le roi, touchant mes liens avec la duchesse, n'avait pas été avec sa favorite aussi discret qu'il l'eût dû. Toutefois, la Gabrielle n'en dit pas plus, une sorte de gouvernante lui étant venue dire que le roi l'allait visiter dans un petit quart d'heure. Je me levai incontinent, et à la brièveté avec laquelle elle voulut bien me donner mon congé, sans rien décider de ce qui avait été entre nous débattu, j'entendis qu'elle trouvait ce petit quart d'heure trop court pour se bien préparer.

Quand de cette entrevue je contai ma ratelée à mon Miroul, bien loin de prêchi-prêchailler, mi-sérieux et mi-goguelu, comme il faisait à l'accoutumée, il s'esbouffa à rire.

— *Ma fé !* te voilà quasiment devenu, mon Pierre, le favori d'une favorite ! Quant aux pécunes, cornedebœuf, la caille est à nous ! Du nid au bec ! Et bien à pic ! Car j'ai reçu hier une lettre-missive de ton majordome m'apprenant qu'il y a, jouxtant ma seigneurie de La Surie et ton domaine du Chêne Rogneux, une bonne grand'terre à vendre pour la somme de douze mille écus. En barguignant, je ne doute pas que nous l'ayons pour dix mille. Pour ce que le vendeur s'est ruiné aux dés et a banque rompue. Tant est qu'au lieu d'écorner ton patrimoine, comme tu pensas le faire à Rome,

Teresa regnante (1), tu le vas arrondir. Ventre Saint Antoine ! Il y a là une sorte de justice ! Une garce vous a failli couler. Une autre vous renfloue...

Cet entretien eut lieu le quatorze de septembre et le lendemain au rebours de l'opinion du roi et de tous ses grands capitaines, le cardinal Albert apparut en bel ordre devant Amiens avec une bellissime armée, dix-huit canons, des chariots attachés ensemble par des chaînes de fer pour clôturer son camp et, sur ces chariots, des bateaux et pontons pour jeter un pont sur la Somme. Puis contournant nos fortifications, qui au nord entouraient Amiens, il s'avança du côté du sud et se rendit maître d'une hauteur sur le chemin du village de Long Pré. Ce qui ne laissa pas de nous jeter dans de grandes alarmes, pour ce que ledit village n'était aucunement remparé, pour les raisons que j'ai dites, et comportait, en outre, en amont, un pont de bois que nous avions nous-mêmes jeté sur la rivière de Somme. On pouvait donc craindre que si le cardinal s'emparait de Long Pré, non seulement il pourrait passer la rivière quasi sans coup férir, mais ne trouverait aucun obstacle qui valût entre Long Pré et la ville, pouvant alors fort aisément jeter dedans les murs tous les secours du monde et rendre notre siège quasi interminable et pour nous, épuisant.

Nous en étions là de nos angoisses, quand on sentit la vérité de cette maxime militaire que M. de Thou a si bien énoncée : à savoir que si chacun des deux partis adverses connaissait bien les dispositions de l'autre, ils se feraient grand mal. Il apparut en effet que le cardinal Albert, faute d'avoir bien été renseigné par ses batteurs d'estrade, ignorait que Long Pré n'était point du tout fortifié. Il crut, en fait, le rebours, car sur le tard de la vesprée, étant pris à parti par le canon du roi, au lieu que de continuer hardiment sa marche jusqu'audit village — qu'il aurait alors infailliblement emporté — il s'arrêta sur la hauteur que j'ai dite et ne songea plus qu'à se mettre à l'abri de notre artillerie pour y passer la nuit.

Cette nuit fut fatale à son entreprise, car le duc de Mayenne qui commandait à Long Pré travailla toute la

(1) Sous le règne de Teresa. (Lat.)

nuit à fortifier le village, et le roi fit couler de ce côté-là deux mille hommes et du canon en quantité, tant est qu'au matin, le cardinal s'y cassa le nez.

Il attenta bien de jeter un pont de bateaux et de pontons un peu plus haut sur la Somme, mais il fut refoulé, le pont rompu, partie des assaillants tués ou noyés. Le cardinal ne songea plus alors qu'à se retirer vers les Flandres, ce qu'il fit en bel ordre, avec lenteur et méthode, et s'arrêtant pour montrer les dents quand les nôtres le serraient de trop près, faisant ferme, cinq heures durant, sur la montagne de Vignacourt, mais sans attaquer. Et Henri ne l'attaqua pas non plus, son conseil l'ayant à juste titre persuadé qu'il ne fallait rien hasarder, puisque la retraite de l'Espagnol nous livrait Amiens. Et en effet, trois jours après, Amiens se rendit. Le roi, à notre indicible liesse, avait guerre gagnée...

13

ALORS que ses envoyés, à Vervins, négociaient la paix de Philippe II, le roi, dont la mémoire sans nul doute fut gracieusement aidée, se ramentut tout soudain qu'il m'avait promis, à mon retour de Rome, dix mille écus, lesquels il commanda à M. de Rosny de me bailler le 3 janvier 1598, la veille du jour où, en l'église des Augustins, Sa Majesté décerna l'ordre du Saint-Esprit à dix des Seigneurs qui l'avaient le mieux servi en ses guerres. Raison pourquoi M. de Rosny, le jour où il me fit compter par un aide ces pécunes, me parut porter un air mélanconique, non qu'il me les plaignît, opinionant, bien au rebours, que je les avais bien mérités (comme il voulut bien me le dire), mais parce qu'il savait qu'il ne serait jamais, lui qui était à son souverain si fidèle, parmi les chevaliers qu'annuellement le roi recrutait pour cet ordre qui rassemblait l'élite de ses serviteurs. Ladite chevalerie était en effet catholique, et de nom et d'inspiration, créée par Henri Troisième et associée par lui aux rites de son Eglise, encore que son but, à la création, eût été précisément de le protéger de la haine, des embûches et des entreprises des dévots.

M. de Rosny, si grand homme qu'il fût, était, dans le même temps, si puérilement paonnant et si insatiablement avide d'honneurs que, ne pouvant porter autour de son col, étant huguenot, cette admirable chaîne de l'Ordre, faite d'une concaténation de petites plaquettes d'or fort bien ouvragées, lesquelles soutenaient une fort jolie croix ornée de perles (qui certes n'évoquait en rien celle sur laquelle le Christ avait souffert) et se trouvant inconsolable d'être privé, sa vie durant, de cet émerveillable collier (qu'il vit plus d'une fois orner mon poitrail, ou quand je ne portais que la croix, mon flanc, sur un fond de ruban bleu ciel) il avait imaginé de s'en fabriquer une, qui lui fût unique et particulière, et qui était composée d'une grande médaille d'or à l'effigie de Henri IV que celui-ci lui avait donnée, laquelle il portait au bout d'une chaîne de même métal, se peut moins travaillée que celle des chevaliers du Saint-Esprit, mais sans conteste plus massive et plus lourde...

Peu après le 4 janvier, le roi, qui voulait battre le fer pendant qu'il était chaud, et tandis que la victoire d'Amiens résonnait encore dans l'Europe entière, départit avec 14 000 hommes pour faire dégorger la Bretagne au duc de Mercœur. Et comme je n'avais jamais mis le pied en cette belle province du royaume, je résolus, dès que j'eus employé mes clicailles à acheter la terre sise entre La Surie et le Chêne Rogneux, de suivre Sa Majesté, le chevalier m'accompagnant et une troupe de trente cavaliers, fort bien montés, me servant d'escorte.

L'avance du roi désola les ligueux bretons et ranima le zèle du maréchal de Brissac qui était censé les combattre. Mais le lecteur connaît jà ce renardier gentilhomme qui, gardant l'œil toujours sur son particulier, ne demeurait fidèle à un camp que si sa victoire lui paraissait probable. C'est ainsi que, ligueux confirmé, il avait livré Paris au roi. Et envoyé par Sa Majesté pour réduire la Bretagne, il n'avait combattu Mercœur que d'une fesse, surtout après la prise d'Amiens par les Espagnols : le pouvoir de Henri IV chancelant, il avait lui-même oscillé. Mais dès lors que le roi avait triomphé de l'Espagnol, Brissac, éperonné, partit à l'assaut de Dinan et en un tournemain saisit la ville et le château.

Rien ne réussit comme le succès. Après la reprise d'Amiens, le renom d'invincibilité de Henri était tel qu'en sa marche vers la Bretagne, il n'eut pas une seule fois à sortir l'épée du fourreau. Au fur et à mesure de sa progression, les villes, bien avant qu'il ne les atteignît, lui dépêchaient des députés pour le prier très humblement de les vouloir bien reconnaître pour ses humbles sujettes. J'en donnerai entre cent un exemple : le roi n'était encore qu'à Angers que jà Douarnenez se donnait à lui...

A Angers, précisément, il reçut la visite de la duchesse de Mercœur — ou comme on l'appelait, du nom de son glorieux père, la princesse Marie de Luxembourg — que le duc avait vaillamment dépêchée de Rennes au roi pour négocier un accord avec Sa Majesté. Comme le roi, avant de quitter Paris, avait dit qu'il réduirait Mercœur *par la force ou par l'amour*, le duc avait été bien inspiré de lui déléguer sa femme, encore que la princesse, qui était belle encore, maugré qu'elle eût jà trente-six ans, n'eût pu supporter la comparaison avec la Gabrielle. Le roi lui fit un accueil gracieux, gaussant et goguelu, et convint avec elle que le duc renoncerait à son gouvernement de Bretagne contre la somme de 4 millions 295 000 livres, mais comme, en même temps, le duc s'engageait à marier sa fille unique au petit César (le fils que le roi venait d'avoir avec la Gabrielle), on pouvait espérer que cette énorme fortune reviendrait un jour à un Bourbon, puisque l'enfantelet avait été légitimé, et créé duc et pair de France.

Je vis plus d'une fois à Angers Marie de Luxembourg, laquelle avait d'émerveillables yeux bleus dans un visage tirant quelque peu sur le jaunâtre. Et, est-ce en raison de coloris malheureux ou de l'expression pincée de ses lèvres, je confesse qu'elle ne me plut guère : je lui trouvai de la morgue et je ne sais quel encharnement à suivre en tout son intérêt. Je doute que le roi l'aimât davantage, et voici pourquoi.

Un jour que Sa Majesté s'ébaudissait, les ciseaux à la main, à faire les cheveux du petit César, elle survint, se mit à rire, et demanda au roi en dérision :

— Ha, Sire ! Comment cela est-il possible ? Un grand roi comme vous faire le barbier ?

— Et pourquoi non, ma cousine ? dit le roi aussitôt. C'est moi qui fais la barbe à tout le monde ici. Voyez-vous point comme je l'ai bien faite, ces jours passés, à M. de Mercœur, votre mari ?...

La Cour s'égaya fort de cette bonne buffe, et moi tout le premier, n'ayant pas été sans apercevoir, à mille détails, que la dame était plus chiche-face et pleure-pain que pas une fille de bonne mère en France, et la soupçonnant fort, la rusée sachant bien que le roi aimait mieux bailler pécunes que verser le sang de ses sujets en fratricide combat, d'avoir poussé son mari à demander au roi, pour prix de son ralliement, quatre millions de livres, lesquels, plus j'y pensais, plus ils me restaient au travers de la gargamelle.

Un an plus tard, j'eus, hélas, la preuve, en une circonstance fort chagrine, que la dame, en sa chicheté et avarice, passait les bornes du convenable au point d'avoir toute honte bue et toute vergogne avalée. En avril 1599, la pauvre duchesse de Beaufort, alors enceinte, étant prise tout soudain de convulsions qui lui ôtèrent sa connaissance, fut trois petits jours à agoniser. Or, le troisième jour, alors que l'issue ne faisait plus de doute, y compris pour la pauvrette qui avait lors tous ses esprits, et se lamentait de ce que sa belle face fût fort gonflée et défigurée par son intempérie, Mme de Sourdis, Mme de Guise et Mme de Nemours demeurant à son chevet et pleurant à chaudes larmes, il se trouva que Mme de Mercœur s'approcha de la coite, un chapelet dans ses mains chattemites, et se mit à prodiguer de pieuses consolations à la mourante, lui recommandant de se vouer aux saints, aux saintes et aux anges, et dans le même temps, lui prenant la main comme par compassion, elle lui retirait subtilement ses bagues et anneaux des doigts et les enfilait sur son chapelet. Par bonheur, la serpente fut décelée par une des chambrières, laquelle avertit Mme de Sourdis, qui lui fit sur l'instant dégorger sa picorée, lui disant avec les grosses dents qu'elle était comptable au roi de ces anneaux.

Ma petite duchesse, qui me fit ce conte affreux, les larmes, à cette remembrance, lui coulant encore sur les joues, me dit que la pauvre Gabrielle, qui pouvait à peine parler, mais avait encore sa conscience, sentit fort bien quand sa tante lui remit aux doigts ses bagues — lesquelles, même sur la coite de ses agonies, elle n'avait pas voulu quitter — et, jetant alors à sa parente un regard d'humble gratitude, elle murmura un merci. Peu après, elle réclama derechef un miroir, et y ayant jeté un œil, elle dit d'une voix faible et entrecoupée que si elle avait sa beauté perdue et le roi, autant valait perdre la vie. Là dessus, elle se pâma, et quoi qu'on fît, ne put être ranimée.

D'aucuns ne faillirent pas de dire qu'elle avait été empoisonnée — rien au monde ne pouvant retenir les Français de bavarder à tort et à travers, l'ignorance leur tenant lieu de savoir —, mais en ayant parlé avec Fogacer et les médecins qui avaient soigné la malheureuse, j'opinionai que le mal qui l'avait emportée ne pouvait qu'il ne fût lié à sa grossesse, le cas n'étant pas rare de femmes enceintes prises de convulsions, de terribles affres gastriques, et la face quasi défigurée par un gonflement soudain. Quelques mois avant la Gabrielle, la belle Louise de Budos, grosse, elle aussi, de son mari le connétable, était morte de la même intempérie. Ha, lecteur ! C'est pitié quand le fruit de la grande amour dont nous sommes pour nos épouses raffolés les fait ainsi succomber dans la fleur et beauté de leur âge.

Mais pour en revenir au printemps 1598 et à la Bretagne, je noulus la quitter sans en faire le tour et la trouvai aussi belle, en toutes ses parties, qu'elle était réputée l'être, en particulier le long de sa côte, sauvage au nord, douce et tempérée au sud. J'observais, dans mes chevauchées, que les gentilshommes y étaient fort attachés à leur terre, très déprisants des fastes de la Cour, proches assez de leurs paysans, et guère plus riches qu'eux, lesquels en de certains endroits sont tout à plein misérables, toutefois fort dévotieux à leurs prêtres ; avec l'étranger, j'entends avec le français (dont peu parlent la langue), abrupts et escalabreux ; cependant, à mieux les connaître, bons et droits, quoique souvent d'une humeur qui tire sur le mélancolique. De toutes les villes bretonnes, Vannes me parut, sinon la plus belle, du moins la plus charmante, enfermée dans ses remparts au bord de son golfe parsemé d'îles riantes, l'air même qu'on y respire ayant, plus qu'en n'importe quel coin de France, je ne sais quelle prenante douceur.

Ma bonne fortune voulut que, les auberges étant pleines, et alors que je me voyais jà à la rue, la nuit tombée, sous une petite pluie fine, une noble dame, passant en sa carrosse et me voyant dans quelque embarras, s'arrêtât pour s'en enquérir, et, sur le vu de ma seule bonne mine, me recueillît dans sa maison avec le chevalier, mon escorte logeant dans une de ses fermes, à quelque cent toises de là. Cette noble dame se nommait Catherine de Rollin, et, étant veuve, vivait là avec sa sœur, celle-ci appartenant à une sorte d'ordre religieux qui n'imposait pas la clôture, et toutes deux si bonnes, si aimables, le cœur si ouvert et la main si large que je me pris en peu de temps pour elles d'une extraordinaire affection, en particulier pour Catherine qui avait en sa complexion je ne sais quoi de rieur et de naïf qui me laissait atendrézi. Je restai quinze jours avec les deux sœurs, plus heureux que coq en pâte, et les quittai avec des larmes, en jurant de leur revenir toujours — ce que dans la suite je ne laissai pas de faire —, étant attaché à elles par tant de fibres que les noms de Catherine et de Bretagne, encore à ce jour, demeurent quasi synonymes en ma remembrance.

Je revins à Nantes, où se trouvait le roi, à la mi-avril, et y trouvai la Cour fort en effervescence, Sa Majesté venant de promulguer un édit qui accordait aux huguenots une pleine liberté de conscience (la liberté de culte étant restreinte à deux villes par baillage), l'accès aux charges publiques et une centaine de places de sûreté. A vrai dire, cet édit reproduisait quasi mot pour mot celui de mon bien-aimé maître le roi Henri Troisième, la différence étant que celui-là n'avait valu que son poids de papier, le dernier Valois ne disposant pas de la force qu'il eût fallu pour le faire appliquer, alors qu'on sentait bien que notre Henri, débarrassé de la prétendue Sainte Ligue, vainqueur de l'Espagnol et maître incontesté du royaume, y tiendrait fermement la main. Pour moi, je le dis tout net, dussent d'aucuns de mes lecteurs zélés me honnir pour cela, je tiens cet Edit, monument de sagesse et de tolérance, pour le plus important du siècle. Oui-dà ! Et j'aimerais, si j'étais riche assez, entourer d'une balustrade d'or le château où il fut signé...

Il est bien vrai qu'en ce qui me concerne, je me suis accommodé avec le temps à la religion catholique, gardant l'espoir que ses « infinis abus », comme disait La Boétie, seront un jour « rhabillés ». Mais je n'ai point pour cela tourné casaque ; la huguenoterie me tient au cœur par toutes les fibres de mon enfance, et je me sens immensément félice, et que les persécutés cessent de l'être, et que cette aurore de paix, annoncée par l'Edit, luise enfin au ciel de France après les effroyables troubles de nos guerres religieuses.

J'étais de retour en Paris depuis vingt-quatre heures à peine, quand M. le curé Courtil me dépêcha un de ses clercs pour quérir de moi si je le voulais bien recevoir. Et sur la réponse que je lui fis tenir que je l'accueillerai avec plaisir sur le coup de trois heures, je l'attendis, étonné assez de cette démarche insolite, car encore que je fusse avec lui en bons termes, je ne le voyais qu'une fois l'an pour me confesser et lui bailler mon denier.

— Or sus ! me dit Miroul en riant, rien n'est plus simple : c'est cela qu'il vient avec vous barguigner : son denier et votre absolution !

— Je ne sais. D'ordinaire, il m'espère et ne m'appelle pas. Voilà qui est étrange !

Et à vrai dire, quand le bonhomme survint, il me parut déceler chez lui l'ombre d'un embarras. Je dis « il me parut », car sa face ne faisait point partie de celles où s'inscrivent soucis, scrupules et tracas, étant large, rouge et luisante comme un jambon, sa bouche en outre tirant sur le vermeil, et une mâchoire forte et carrée, mieux faite, à mon sentiment, pour mordre des viandes que pour macheller des oraisons.

Il me fit de prime de grands compliments, auxquels je répondis d'un air poli et tranquille, toutefois en mon for intrigué assez, puis il poursuivit en direction du chevalier ses civilités, mais d'un poil moins profuses et moins humbles puisque, de toute évidence, il y a entre les chrétiens des degrés à ménager, surtout quand l'un d'eux porte sur sa poitrine le collier de l'Ordre du Saint-Esprit — lequel, de reste, témoigne moins de sa haute spiritualité que de la faveur du roi.

— Monsieur le Marquis, dit-il à la parfin, Pâques approche, et comme je n'ignore pas que vous êtes accoutumé à vous confesser à cette époque de l'année, j'ose quérir de vous si vous êtes toujours dans ces mêmes dispositions.

— Comment ? dis-je béant. Dans ces mêmes dispositions ? Et pourquoi donc en aurais-je changé ?

Le curé Courtil rougit quelque peu à la vivacité de

mon ton et éleva en l'air ses deux mains, courtaudes et trapues, comme pour m'apazimer.

— Ha ! dit-il, ce n'est que façon de dire ! Je ne me suis pas véritablement apensé qu'elles s'étaient modifiées. Monsieur le Marquis, je vous fais toutes mes excusations si ma gaucherie a pu vous offusquer. A vrai dire, je suis de présent dans une grande confusion, ne sachant plus, dans le trouble des temps, qui est bon catholique et qui ne l'est plus.

A quoi, commençant à voir clair enfin dans ce grand « trouble » et dans cette « confusion », je répondis rondement :

— Monsieur le curé, rassurez-vous. Tel vous m'avez vu l'an dernier, tel je suis cette année. Et puisque vous voilà chez moi, afin que de vous éviter d'y revenir, nous allons passer dans mon oratoire, et je vais tout de gob me confesser à vous.

Je m'attendais à quelque courtoise résistance, mais le curé Courtil n'en fit pas l'ombre d'une et accepta mon offre avec tant d'empressement que tout en lui récitant, dans mon oratoire, la litanie de mes péchés — lesquels, pour ne rien te celer, lecteur, étaient toujours les mêmes —, je me torturais fort les mérangeoises pour deviner quel petit serpent se cachait sous sa visite. Je m'avisai à cet instant que si j'avais eu en face de moi, non pas un prêtre, mais ma propre conscience, ce n'est pas tout à fait des mêmes fautes dont je me serais accusé. Ainsi, au lieu de regretter de m'être livré à l'œuvre de chair hors mariage (regret qui était de pure routine) j'aurais dit mes remords de ne pas écrire davantage à mon Angelina quand j'étais loin d'elle ; et quand j'étais à Paris, de ne pas l'aller voir aussi souvent que je pouvais.

Ma confession terminée, j'observai une fois de plus que lorsqu'on attend une surprise et qu'elle survient, elle ne laisse pas pour autant de vous étonner. Celle-ci, toutefois, était de taille : le curé Courtil ne me donna pas l'absolution. Au lieu de cela, il posa à plat ses deux mains sur ses genoux et me dit avec gravité :

— Monsieur le Marquis, peux-je vous poser quelques questions ?

— Assurément, dis-je froidureusement assez. Et j'y répondrai si je ne les juge pas contraires à mon honneur.

— Bien le rebours, dit le curé Courtil. Monsieur le Marquis, j'ai ouï dire que vous fûtes autrefois de la religion prétendue réformée.

— Pour être plus exact, dis-je, j'ai été élevé par ma mère dans la religion catholique, converti de force par mon père au culte calviniste à l'âge de dix ans, et sur mes vingt ans je décidai de revenir à la religion maternelle.

— Et fûtes-vous tenté, ces vingt ans écoulés, d'être relaps ?

— Nullement.

— Monsieur le Marquis, avez-vous lu le livre de M. Duplessis-Mornay sur la messe ?

Comme le lecteur, se peut, se ramentoit, Duplessis-Mornay était le « pape » des huguenots : surnom qu'il eût eu en grande horreur s'il l'avait connu.

— Nenni.

Et décidé de m'ébaudir un peu aux dépens du bonhomme, je l'envisageai de mon œil le plus bleu et demandai innocemment :

— Pourquoi ? Faut-il le lire ?

— Gardez-vous-en bien ! s'écria le curé Courtil d'un air effrayé, avec un geste saccadé des deux mains, comme s'il repoussait de lui cette pensée diabolique. Si vous l'aviez lu, je ne pourrais pas vous donner, de présent, l'absolution.

Nous y voilà ! m'apensai-je. Je subis là une sorte d'inquisition ! Et de mon curé même !

— Monsieur le Marquis, reprit-il après un moment de silence, hantez-vous habituellement des huguenots ?

— Je sers le roi, dis-je avec un sourire. Je ne peux donc faillir d'encontrer les huguenots qui le servent aussi. Par exemple, M. de Rosny.

— Et *Madame ?*

— En effet, j'ai vu *Madame* deux fois cette année. La première fois durant son intempérie. La seconde fois, pour ce qu'elle m'a convié à souper avec M. de Rosny.

— Il semblerait que durant ladite intempérie, d'aucuns huguenots à son chevet aient chanté un psaume.

— Cela est vrai.
— Et l'avez-vous chanté aussi ?
— Nenni, dis-je.
— On m'a assuré le contraire.
— On vous a donc menti, Monsieur ! dis-je très à la fureur. Et si vous consentez à me dire le nom de ce dévergogné menteur, j'irai lui rentrer ses menteries dans la gargamelle !
— Monsieur ! Monsieur ! Monsieur le Marquis ! s'écria le curé Courtil, blanc comme craie, de grâce, apaisez-vous ! J'en crois votre parole !
— Son nom ! huchai-je à gorge rompue en me levant, et non sans contrefeindre plus d'ire que je n'en ressentais vraiment.
— Je ne saurais le dire, dit Courtil en s'agitant sur son cancan, j'ai ouï cette personne en confession. Monsieur le Marquis, reprit-il, je suis bien marri de vous avoir tant déquiété. Mais du moins suis-je de présent tout à fait satisfait en ma conscience, et si vous voulez bien reprendre place sur votre prie-Dieu, je m'en vais vous bailler votre absolution.

Ce qu'il fit, et ce que j'ouïs, je n'oserais dire, en toute repentance, ma pensée étant bien loin de mes péchés à cet instant.

— Monsieur le curé, dis-je quand il eut fini, à mon tour ! Qui vous a inspiré les questions que vous m'avez posées ?
— Qui, sinon mon évêque ? dit le curé Courtil en baissant les yeux.
— Quoi ? dis-je, nous en sommes là ! L'Eglise de France descend à ces inquisitions et se veut toute espagnole, alors même que Philippe II est bel et bien battu !
— Ha, Monsieur le Marquis ! s'écria le curé Courtil, entendez, de grâce, que notre malheureuse Eglise vit de présent des épreuves excessivement douloureuses. Savez-vous que le pape, en apprenant ce qui a été décidé à Nantes, s'est écrié : « Ha ! Voilà qui me crucifie ! Cet Edit est le plus mauvais qui se pouvait imaginer. Il permet la pire chose au monde : la liberté de conscience ! »

Cette confession inquisitoriale du bon curé Courtil ne fut qu'une bulle à la surface du bouillonnement que je vis ensuite trémuler et tressauter dans les marmites des églises, des couvents, des sacristies, de la Sorbonne et même du Parlement, où il se trouva tout soudain une foule de rebelles — à commencer par le président Séguier — pour entrer en ébullition et dire que ce calamiteux édit ne serait jamais par eux enregistré et resterait lettre morte. Quant aux prêchaillons, n'osant s'en prendre ouvertement au roi de peur de recevoir un billet leur commandant de quitter Paris, ainsi que leurs bonnes et grasses cures, ils redoublaient d'attaques contre les hérétiques, ne parlant de l'Edit que par prétérition. D'aucuns à' steure tâchaient de soulever le peuple, laissant entendre, par une allusion transparente à la Saint-Barthélemy, qu'il fallait à la France, de vingt-cinq ans en vingt-cinq ans *une bonne saignée*, qui lui tirât du corps son sang pourri ; à' steure s'efforçaient de ranimer les débris de la Ligue et d'émouvoir le duc de Mayenne à en reprendre la tête, ce qu'il noulut du tout ; à' steure même, osaient taxer le roi, mais à paroles chattemites et couvertes, disant que *la caque sentait toujours le hareng* : expression que le lecteur bien connaît pour l'avoir ouï appliquée à moi-même, mais à titre de tendre gausserie, par ma petite duchesse.

Mais il y avait bien pis. Et jà il n'était bruit à la Cour comme à la ville que de certains gautiers ou guillaumes qui, la cervelle aiguisée d'un faux zèle, montaient de province à Paris avec le propos de gagner le ciel d'un coup par l'assassination du roi.

La résistance encharnée du Parlement à l'Edit — dont Séguier était l'âme et qui lui valut plus tard d'être dépêché par Henri à Venise comme ambassadeur de France, exil doré qui le dépita fort — animait cette fronde parisienne, faite de méchants mots, de pasquils, de placards et de brocards, dont nos bons Français sont raffolés, lesquels, quand même ils aiment leurs rois, n'acceptent jamais leur pouvoir du bon du cœur. Ces remuements qui embarrassaient d'autant plus Henri qu'il sentait bien que s'il ne passait pas outre, les huguenots, eux aussi fort échauffés, reprendraient les armes, et cette fois contre lui, se prolongèrent pendant le printemps entier — lequel se ressentait davantage de l'hiver que du beau mois de mai, étant venteux, pluvieux et tracasseux, ce qui, au dire des médecins, causa coqueluches et catarrhes et, l'été venu, une grande rareté de fruits. Toutefois cet été-là, je ne le passai pas en France, Henri m'ayant envoyé comme ambassadeur extraordinaire auprès de Philippe II d'Espagne, mais comme bien on imagine, pour des raisons tout autres que celles qui devaient éloigner de la Cour le président Séguier.

La paix avec l'Espagne avait laissé une épine dans le flanc de la France : l'affaire du marquisat de Saluces, sur lequel le duc de Savoie, profitant des inouïs périls qui, aux Etats de Blois en 1588, pesaient sur le pouvoir, voire même sur la vie de Henri Troisième, avait en tapinois traîtreusement abattu la patte, le confisquant sans autre forme. Nous avions rugi alors, mais nos dents, dans la décennie qui suivit, étant si fort occupées à nous déchirer nous-mêmes, le duc de Savoie, qui savait n'avoir pas à craindre nos morsures, avait gardé l'oreille sourde et la griffe sur le marquisat. Après la reprise d'Amiens, nos envoyés ne faillirent pas de soulever le problème de Saluces en négociant la paix avec ceux de Philippe II à Vervins, mais faute de le pouvoir résoudre, ils s'en remirent à l'arbitrage du Saint Père, lequel, fort embarrassé de cette pomme de discorde qu'on lui jetait dans les mains, mais plus prudent que le berger Pâris, refusa de trancher. Le duc de Savoie, il est vrai, faisait figure de roitelet, comparé au roi de France. Mais ce roitelet ne laissait pas que d'effrayer Clément VIII, étant de sa complexion belliqueux, et son duché proche assez des Etats pontificaux. En outre, Philippe II était son beau-père.

Ma mission s'ancrait là. Car on pouvait penser qu'en l'état de faiblesse où se trouvait alors Philippe II, goutteux, à demi aveugle, et ses finances ruinées, il pourrait conseiller à son gendre — faute de le pouvoir soutenir dans une guerre contre la France — de rétrocéder paisiblement à Henri le marquisat de Saluces, ou à tout le moins de lui bailler, en compensation, quelques possessions frontalières. En toute guise, que ma mission échouât ou non, elle ne laisserait pas que d'être dans les deux cas utile, puisqu'elle montrerait d'évidence s'il faudrait ou non tirer l'épée pour faire rendre gorge au duc. Pour la première fois depuis que je servais nos rois, ma mission n'avait rien de secret, bien le rebours, sa publicité même servant d'avertissement au vautour de Savoie.

Après avoir traversé la France en toute sa longueur et vu de mes yeux ses ruines et ses misères, je franchis les Pyrénées, et je gagnai Madrid, chevauchant en une pompe qui ne m'était pas coutumière, étant accompagné d'une suite nombreuse, brillante, fort galamment montée, et disposant, pour l'entretenir, d'un viatique conséquent. Le chevalier était avec moi, et aussi le révérend abbé Fogacer que j'avais arraché, avec son empressé consentement, et avec l'aide du roi, à Mgr Du Perron, pour qu'il fût, au moins nominalement, mon chapelain (qui m'eût pris au sérieux en Espagne sans un chapelain ?) et, dans la réalité des choses, mon interprète, non pas que je ne fusse capable d'entendre et de baragouiner l'espagnol, mais pour la raison que j'avais en Italie observé que le truchement d'un tiers avait ceci de précieux qu'il vous baillait pour répondre le temps de la réflexion.

Deux lieues avant qu'on atteignît Madrid, Don Fernando de Toledo, un des chambellans de Felipe II (puisqu'il le faut, d'ores en avant, appeler par son nom ibérique), vint avec une nombreuse suite au-devant de moi me souhaiter la bienvenue au nom de son maître, avec une gravité et une courtoisie tout espagnoles. Et avec joie, tandis qu'il discourait ainsi, je reconnus à sa dextre le visage long et mat, les yeux sombres et les sourcils arqués et noirs de Don Luis Delfín de Lorca. Toutefois, la réception du chambellan, aussi plaisante qu'elle fût, paraissant si gourmée et bridée, je refrénai ma française vivacité et au lieu de me jeter au cou de Don Luis, comme j'eusse fait en France, je me contentai de l'envisager avec un petit brillement de l'œil et de lui glisser à l'oreille, dès que je le pus approcher, que j'aimerais l'entretenir en particulier.

Don Fernando de Toledo me dit qu'il avait préparé un logis pour moi-même et mon escorte au Palais, mais que je n'y verrais pas Felipe II, lequel était jà départi pour l'Escorial, sa résidence d'été, où dès le lendemain il me dit qu'il me conduirait sur le coup de neuf heures. Mais à huit heures, ma toilette à peine achevée, et comme je m'attablais pour une collation, on m'annonça la visite de Don Luis, lequel, dès qu'il fut seul avec moi, La Surie s'étant incontinent retiré, me bailla une forte brassée, et je ne sais combien de frappements et de toquements sur les épaules et dans le dos ; accueil qui me chauffa le cœur, ayant aimé dès la prime Don Luis et m'étant trouvé déconforté prou de sa froidure quand, chez la *pasticciera*, je lui avais posé questions sur l'attentement d'empoisonnement dont j'avais failli être victime à Rome. Mais il s'expliqua là-dessus tout de gob :

— Ha ! Monsieur mon ami, dit-il, que je suis aise de vous voir céans et de vous pouvoir dire enfin que si vous m'avez trouvé si distant le dernier dimanche que je vous ai vu chez la *pasticciera*, c'est que je n'osais parler trop librement avec vous, l'un de nous six étant pensionné par le duc de Sessa.

— Tiens donc ! dis-je. Le pouvez-vous de présent nommer ?

— Oui-dà, c'était un des deux *monsignori*...

— Benoîte Vierge, lequel ?

— Pierre.

— Mais ils s'appelaient tous deux Pierre.

— *Algo va de Pedro à Pedro !* dit Don Luis (1). Celui-là était le plus blond.

— Dieu du ciel ! Qu'avait-il besoin d'être acheté : on le disait fort riche !

— Il l'était, mais d'aucuns guillaumes n'en ont jamais assez.

— Ce beau sire a-t-il jamais su que Doña Clara avait osé courre prévenir la Teresa de l'attentement contre moi ?

— Nenni.

Après ce « nenni », il y eut un silence que je rompis en disant d'un air naturel assez :

— Comment se porte Doña Clara ?

— Vous la verrez à l'Escorial. Elle est devenue une des dames d'honneur de Son Altesse Royale l'Infante Claire-Isabelle-Eugénie.

— Je gage qu'elle est félice du grand avancement de sa fortune.

(1) Il y a une différence entre Pierre et Pierre. (Esp.)

— Point du tout. Tant plus elle voit le monde, tant plus elle l'abhorre. Elle parle de se retirer dans un couvent. D'aucuns disent : *es de vidrio la mujer* (1). Mais je dirais, quant à moi, que Doña Clara est faite d'un acier bien trempé.

A quoi je souris et m'accoisai, n'ayant que trop à dire sur ce métal-là.

— J'imagine, repris-je, que la Cour de Felipe II est bien différente de la nôtre en Paris.

— Une Cour, dit Don Luis avec un sourire, est un caméléon. Elle prend la couleur de celui qu'elle sert. En Paris, à ce qu'on m'a dit, elle est gaie et gaussante. En Madrid, elle est austère et mortuaire. Chaque jour que Dieu fait en cette vallée de larmes, Felipe II est vêtu de noir... On dirait qu'il porte le deuil de sa propre existence. Il tient, du reste, de son père cette manie funèbre, Charles Quint, peu avant sa mort, ayant tenu à organiser la répétition générale de son propre enterrement.

— Je commence à croire, dis-je, que j'ai eu tort de revêtir ce jour d'hui ce pourpoint de satin bleu pâle.

— Je n'osais vous le dire, dit Don Luis, mais en notre sombre Escorial, cette claire couleur paraîtrait folâtre... Prenez plutôt ce pourpoint et ces chausses de velours bleu de nuit que je vois étalées sur ce coffre.

— Du velours ! En juillet !

— Vous n'étoufferez point : l'Escorial est à cinq cents toises d'altitude (2) et rafraîchi encore par le vent du nord. Et pendant que j'y pense, dit-il en portant sa belle et longue main sur la Toison d'or qu'il portait sur sa poitrine, rien ne vous donnerait à notre Cour plus de poids et de conséquence que ce beau collier terminé par une croix que je vous ai vu chez la *pasticciera*.

— Vous voulez parler de l'Ordre du Saint-Esprit ?

— Cela même, dit Don Luis. Le Saint-Esprit, vous ne pouviez trouver mieux ! Faites sonner ce Saint-Esprit haut et clair ! En Espagne, comme vous savez, nous sommes si catholiquement catholiques que le pape lui-même nous paraît par moments hérétique...

(1) La femme est faite de verre. (Esp.)
(2) Environ mille mètres.

Monsieur mon ami, je vous laisse changer de vêture et je reviens à vous.

J'appelai Luc pour m'aider à m'habiller, et quand je fus prêt de cap à pied, je l'envoyai quérir Don Luis, lequel, à ma vue, s'écria :

— *Marqués*, par ma foi, vous voilà presque espagnol en votre sombre et sobre velours ! Et ce collier vous fait quasi d'église ! Cependant, vous ne portez pas tout à plein la mine qui conviendrait à votre vêture. Vous avez l'air heureux de vivre.

— Mais je le suis.

— A tout le moins, s'écria Don Luis en riant, ne l'avouez jamais ! Céans, il est bien entendu que la vie est un calvaire, le corps, une guenille, et qu'il n'y a de sérieux dans la vie que la mort. Votre air doit exprimer cela par une gravité dévote mêlée de quelque morgue.

— Pourquoi de morgue ?

— Il va sans dire que vous tenant vous-même pour rien, vous tenez les autres pour moins que rien. De reste, tous les dévots sont déprisants : Ne l'avez-vous pas observé ? Peux-je aussi vous aviser, Monsieur mon ami, de prendre garde à ne pas darder des regards à la française sur les dames que vous pourrez encontrer à la Cour ?

— Mon cher Don Luis, m'écriai-je, ne me dites pas qu'il n'y a pas d'histoire d'amour à la Cour d'Espagne !

— Il y en a, mais fort souterraines et la plupart finissent sinistrement. Ha ! Un mot encore ! Ne présentez pas M. l'abbé Fogacer comme votre chapelain, mais comme votre confesseur. Les Grands qui comptent à la Cour ont tous un confesseur, lequel ne les quitte jamais, prêts à tout instant à passer l'éponge sur leurs âmes pour les nettoyer des impuretés qu'y dépose la vie. Le roi est suivi en tous lieux par Fray Diego de Yépès ; le prince héritier, par Fray Gaspar de Cordoba, l'Infante Claire-Isabelle-Eugénie par Fray Garcia de Santa Maria. Moi-même étant Grand d'Espagne, je ne peux que je n'aie un confesseur, lequel de présent m'attend en votre antichambre et doit se faire un souci à ses ongles ronger à la pensée que tous les péchés que vous apportez de la Cour de France vont me contaminer...

— Don Luis, dis-je en riant, vous m'étonnez et vous

me ravissez ! A Rome, vous ne parliez pas si librement de ces choses...

— A Rome j'étais environné d'espions et sous l'étroite et sourcilleuse tutelle du duc de Sessa.

— Et qu'est devenu le duc ?

— Il a failli à empêcher l'absolution de votre roi par le pape : Il est donc en disgrâce. Et vous-même, Monsieur mon ami, poursuivit-il avec l'ombre d'un sourire, risquez-vous l'exil, si votre mission céans échoue ?

— Point du tout.

— Ha ! dit Don Luis, vous me voyez infiniment soulagé, car il est fort probable qu'elle faillira.

— Comment cela ? criai-je fort alarmé ; Felipe II est-il si contraire à nos vues ?

— Je dirais que la vie est contraire aux siennes : Il se meurt...

— Quoi ? Ne pourra-t-il même pas me recevoir ?

— J'en doute fort.

— Mon Dieu ! dis-je, atterré. Ai-je fait pour rien cet immense voyage ?

— Pour rien ? dit Don Luis, et levant d'un air altier son sourcil noir et arqué, il enfla subitement la voix avec une emphase espagnole en laquelle il me sembla toutefois qu'il mettait une pointe de dérision. Est-ce rien, reprit-il, que d'être là quand ce grand roi expire en même temps que finit le siècle qu'il dominait ?

Si j'avais été seul, je serais départi à la pique du jour de Madrid et aurais atteint l'Escorial entre chien et loup, car le palais n'était distant de la capitale que de sept lieues. Mais c'était compter sans la lenteur de Don Fernando, les départs tardifs, les arrêts fréquents et le petit trot nonchalant que sa suite et lui imposaient à des montures pourtant pleines de sang. Tant est que la nuit nous surprenant en chemin, nous dûmes coucher dans un village.

Si fort que j'en groignasse le soir, peu le regrettai-je le lendemain, tant le paysage où, au lever du soleil nos montures mirent le sabot, me parut étrange : des deux côtés d'un chemin rocailleux s'étendait une immense plaine sèche, désertique, pierreuse, couverte d'une herbe rare, piquée qui-cy qui-là de buissons. Toutefois, cette *llanura*, comme Don Luis me dit qu'on l'appelait, n'était point si plate qu'elle paraissait. En avançant, on encontrait des plis dans son étoffe, et, dans ces plis — comme des oasis dans un désert —, des petites vallées verdoyantes, des cultures, des hameaux et le bruit confortant d'un ruisseau.

Vers les neuf heures, le vent du nord se mit à souffler, et si aigre et si fort en pleine face que, maugré le soleil, je cessai de déplorer mon pourpoint de velours.

— *Señor Marqués*, me dit Don Fernando en poussant son cheval à côté du mien, comment trouvez-vous le vent ?

— Emerveillablement fort.

— Il décroîtra, dit-il d'une voix étouffée, à proportion qu'on sera plus proche de la Sierra de Guadarrama dont vous voyez à l'horizon les montagnes noirâtres. Les moines de l'Escorial disent de ce vent qu'il est le souffle du démon.

— Y a-t-il des moines à l'Escorial ?

— Une bonne centaine, dit Don Fernando.

— Une centaine ?

— L'Escorial est avant tout un monastère, dit Don Fernando gravement.

A cet instant le vent redoublant de violence empêcha toute conversation utile, et Don Fernando put à peine me dire qu'on allait s'arrêter dans le proche village, lequel, étant sis dans un des plis de la *llanura*, nous protégerait quelque peu de l'haleine du diable.

— A en juger par la force de ladite haleine, me chuchota La Surie à l'oreille tandis que nous démontions, la forge de l'Enfer ne doit pas manquer de flammes, du moins du côté espagnol.

— *Señor Marqués*, me dit Fernando qui, ayant démonté lui aussi, tenait sa monture par la bride et lui caressait le chanfrein de sa longue main osseuse, plaise à vous de m'excuser d'arriver tardivement à table, mais j'ai à faire de prime en ce village. Don Luis vous tiendra compagnie.

A cet instant, tournant la tête vers lui et lui répondant courtoisement, je fus frappé de la ressemblance de son profil avec celui de son cheval, la différence étant qu'il avait les joues creuses, étant un gentilhomme fort maigre dont le torse estéquit se trouvait emmanché sur de longues jambes de coq.

La collation, à vrai dire, s'avéra, elle aussi, maigrelette, mais les convives — Don Luis, Fogacer, La Surie et moi-même — ne laissaient pas d'avoir entre eux quelque amicale connivence.

— J'ai appris de la bouche de Don Fernando, dis-je, en machellant une plaque de jambon qui me parut tout aussi dure et sèche que la *llanura*, que l'Escorial, que je croyais être un palais, est surtout un monastère.

— Point du tout, dit Don Luis, sur le ton de pompe contrefeinte qu'il ne quittait jamais. L'Escorial, dans la réalité des choses, est un caveau.

A quoi nous l'envisageâmes, bec bée.

— Un caveau, que Felipe a construit pour son père, pour lui-même et pour la famille royale. Les moines ne sont là que pour dire des messes sur les cadavres royaux dans les siècles des siècles, afin que de leur déclore à la parfin le ciel par la force de leurs prières.

— Cependant, dis-je, Felipe II réside à l'Escorial pendant l'été.

— En effet, dit Don Luis. Felipe est le premier roi au monde à avoir fait d'un caveau une résidence d'été : les pharaons eux-mêmes n'y avaient pas songé. Il est vrai que l'Escorial est de grandes dimensions, puisque deux côtés sur quatre ont plus de cent toises de long (1).

Avec l'advenue de Don Fernando, l'entretien changea de ton, mais non de sujet, La Surie voulant savoir pourquoi le roi avait dédié le monastère à San Lorenzo.

— Je demande pardon, dit Don Fernando, de le ramentevoir au *Señor Marqués* de Siorac, mais en 1557, les Espagnols battirent les Français à Saint-Quentin et s'emparèrent de la ville le 10 août. La fête de San Lorenzo tombait ce jour-là, et pour remercier le ciel de sa victoire, Felipe II décida de bâtir un monastère qui porterait son nom.

Comme nous remontions à cheval après cette petitime repue, La Surie se glissa à mon côté et me dit à l'oreille :

— Mon Pierre, sais-tu quels sont les saints qui

(1) Deux cents mètres.

présidèrent à nos victoires de Laon, de Fontaine-Française et d'Amiens sur les Espagnols ?

— *Ma fé,* je ne saurais dire.

— Que pitié ! Nous aurions pu suggérer à notre Henri de bâtir trois monastères pour les mercier...

A ce « trois » je souris, mais très à la discrétion, et comme Don Luis et Don Fernando s'entretenaient en *aparte* derrière nous, je pris quelque avance avec La Surie et Fogacer, et me trouvant au botte à botte avec ce dernier, je lui dis :

— Monsieur mon confesseur, plaise à vous de me dire ce qu'il en est de la vie de saint Laurent.

— Pauvre caque, dit Fogacer avec un soupir, il est temps que je vous décrasse des relents de votre ignorance. Tout catholique sait, quasi à la naissance, que le plus intéressant dans la vie de saint Laurent, ce n'est point sa vie, c'est sa mort.

— Et comment est-il mort ?

— Sur le gril.

— Un gril ?

— Oui-dà ! Un grand gril porté au rouge !

— Et qu'avait-il fait ?

— Il avait adressé à un gouverneur romain une réponse pleine de *bravura* (1). Il faut dire qu'il était espagnol.

— Est-ce la raison pour laquelle, à Saint-Quentin, il a donné la victoire à Felipe ?

— C'est du moins ce qu'a cru Felipe.

— Superstition toute pure !

— Monsieur mon confessé, dit Fogacer, peux-je vous ramentevoir que nier le pouvoir ou le bon vouloir d'un saint, c'est jà retomber dans le cloaque de l'hérésie ?

— Mais vous-même avez exprimé un doute.

— Je me confesserai de ce doute, dit Fogacer la face imperscrutable.

— Céans ?

— Nenni ! Nenni ! Suis-je homme à aller taquiner les moustaches de l'Inquisition ?

Don Fernando m'en avait prévenu : Au fur et à mesure qu'on s'approchait de la Sierra de Guadarrama

(1) A la fois bravoure et bravade. (Esp.)

dont les monts noirâtres et sinistres barraient notre horizon, l'aigre vent du nord, qui jusque-là balayait la *llanura* avec tant de violence, soulevait en nuages la poussière du chemin et courbait de dextre et de senestre les herbes rares et les maigres buissons, perdait de sa force, et la tracasseuse bise une fois calmée, on vit venir devant nous, au détour du chemin, une pente raide assez pour que les montures se missent d'elles-mêmes au pas, hormis toutefois ma jument, laquelle, d'humeur jaleuse et escalabreuse, ne pouvait qu'elle ne fût partout la première. Tant est que parvenu le premier au sommet de la côte, le premier aussi je vis l'Escorial, et ce que j'en vis, à cette distance du moins, me laissa pétrifié et quasi hors mes sens.

Jusque-là, on m'avait davantage parlé de l'Escorial que de Felipe II, comme si la carapace eût eu plus de prix que la tortue. Ce qui, se peut, n'était pas faux. Je ne pouvais douter non plus que tout ce qu'on m'en avait dit fût vrai : que l'Escorial fût tout à la fois un monastère, un caveau royal, un palais d'été et une stèle à la victoire espagnole, je le voulais bien croire. Mais personne ne m'avait pipé mot de ce qui m'apparut, du moins à cette distance, comme sa principale vertu : son émerveillable beauté.

Que je le redise enfin, vu à cette distance et dans la lumière de ce clair matin, ce qui me frappa dans l'Escorial, ce fut tout ensemble ses proportions grandioses et sa blancheur immaculée, laquelle ressortait d'autant plus qu'elle tranchait sur les monts noirâtres du Guadarrama, qui au nord le protégeait du vent. Chose étrange — après tout ce qui m'avait été dit de l'humeur mélanconique et macabre de celui qui l'avait bâti —, l'Escorial, non seulement par sa blancheur mais avec ses dômes, ses tours, ses flèches (et les boules dorées qui les terminaient), m'apparaissait comme un immense palais oriental qu'aurait construit pour ses plaisirs, ou pour sa favorite, un vizir passionné.

— Eh bien, *Señor Marqués,* dit Don Fernando qui venait de me rejoindre et dont la face longue, chevaline et grave parut trahir quelque contentement à me voir tant ébahi, nous appelons l'Escorial la huitième merveille du monde. Qu'en êtes-vous apensé ?

— Je n'ai pas jeté l'œil sur les sept autres, dis-je, mais, à la vérité, je ne vois rien, ni à Londres, ni en Paris, ni à Rome, qui puisse lui être comparé.

— Il est certain, dit Don Luis avec un sourire, que vu d'où nous le voyons, l'Escorial fait un très grand effet...

Son sourire et sa réticence eurent du moins le mérite de me préparer à la désillusion qui fut la mienne quand, après une heure de trot, je fus le premier encore au pied de l'édifice. Ha, lecteur ! L'Escorial était grand, en effet, il était même immense, mais sa façade implacablement rigide et monotone où s'ouvraient des centaines de fenêtres, toutes semblables, accablait l'œil par sa morne géométrie. En outre, il n'était pas blanc, mais d'un gris funèbre, micacé de points noirs. Ha, lecteur ! Que j'étais loin de mon beau palais oriental, de ses plaisirs, de ses amours, de ses favorites, de la fantaisie et de la grâce de ces palais mauresques dont on m'avait dit qu'en cette Espagne il y en avait de si beaux ! Pas un ornement, pas un motif, et à part une géantine statue de saint Laurent, pas de statues non plus, mais un alignement rigide et maussade qui tenait de la prison ou de la caserne : lieux que personne n'a jamais attenté d'orner, puisque personne n'y peut aimer la vie. A mon sentiment, je ne pourrais mieux comparer cet édifice aride qu'à une dalle mortuaire de granit qu'un tyran morose aurait eu la fantaisie d'élever à la verticale.

— *Señor Marqués*, observez bien le plan de l'Escorial, me dit Don Fernando en bridant son cheval à côté du mien, il est révérentiel : C'est un quadrilatère, les quatre tours représentant les pieds et ce petit bâtiment en saillie figure le manche. Devinez-vous ce que l'Escorial a le dessein de symboliser ?

— Nullement, Don Fernando.

— Mais un gril, *Señor Marqués !* dit Don Fernando en caressant sa moustache avec gravité. Un gril ! Le gril sur lequel San Lorenzo mourut, consumé dans d'atroces souffrances...

— Est-ce Sa Majesté Felipe II, dis-je, qui a concu l'idée de choisir le gril de San Lorenzo pour modeler sur lui le plan de l'Escorial ?

— Assurément, dit Don Fernando en levant le sourcil, comme s'il était étonné de ma question.

Je branlai la tête deux ou trois fois pour signifier combien cette invention m'édifiait, mais en mon for, je me trouvai béant qu'un grand roi eût cette trouvaille étrange de s'inspirer, pour célébrer un saint, de l'instrument qui l'avait torturé.

Dès que je fus logé à l'Escorial, à vrai dire petitement assez, mais avec cette commodité que je n'étais pas séparé de mes compagnons, Don Luis me vint voir et sur le ton de l'amical abandon qu'il avait avec moi depuis Madrid, me dit :

— *Marqués*, j'espère que vous n'êtes pas trop déconforté par l'aspect monacal de votre chambre. Mais Felipe lui-même n'a pour se loger qu'une cellule. Nous pensons, poursuivit-il en appuyant sur le « nous » avec une gravité pleine de dérision, que le corps n'est rien et que l'âme est tout ; et qu'à mortifier le corps, l'âme la plus noire fait son salut, pourvu qu'elle ait à portée de la main moines, messes, oraisons et reliques.

— L'âme la plus noire ? dis-je doucement en levant le sourcil.

— Savez-vous qui loge à votre dextre, dit Don Luis à voix basse en détournant la tête.

— Le révérend abbé Fogacer.

— Et à votre senestre ?

— Le chevalier de La Surie.

— Au-dessous et au-dessus de vous ?

— Mes Gascons.

— Fort bien, dit Don Luis en allant à la fenêtre grande ouverte sur la Sierra de Guadarrama et en me faisant signe de l'y venir rejoindre. Sachez, reprit-il en me parlant au bec à bec, et en italien, que l'âme la plus noire loge dans un corps qui se défait, pourrissant de son vivant même...

Il parla ainsi avec un petit brillement de haine dans son œil sombre qui m'éclaira sur le ton d'ironie déprisante que j'avais observé chez lui dès nos retrouvailles à Madrid. *Marqués*, reprit-il, avez-vous ouï parler de Don Juan d'Autriche ?

— Oui-dà, j'ai ouï dire de lui par mon bien-aimé maître, le roi Henri Troisième, qu'il était, de tous vos princes, le plus beau, le plus brillant, le plus vaillant et le plus assoiffé de vie.

— En bref, dit Don Luis en serrant les dents, tout le rebours de l'âme noire, dont il était le frère naturel et qui fut le Caïn de cet Abel.

— Ha, Monsieur mon ami ! dis-je, que dites-vous ? En êtes-vous sûr ?

— Certain ! Don Juan avait éveillé la jalousie et la défiance de son demi-frère en négociant secrètement son mariage avec Mary Stuart. Cette faute, si c'en était une, ne lui fut mie pardonnée. L'âme noire fit tuer de prime par son secrétaire, Antonio Perez, l'homme de confiance de Don Juan : Escovedo. Puis, se retournant contre Perez, il l'accusa de ce crime commandé par lui-même. Et comme l'affaire ne paraissait pas tourner à son avantage, il accusa Perez d'hérésie et le livra à l'Inquisition, avec la suite que vous devinez. Quant à Don Juan, pour le mercier de lui avoir conservé les Flandres par la victoire de Gembloux, il le fit empoisonner.

— Le fait est-il constant ? dis-je, stupéfait.

— Aussi constant, dit Don Luis en baissant la voix davantage, que l'empoisonnement que l'âme noire fit de son propre fils, Don Carlos, et de sa deuxième femme, Elisabeth de France. Je compte quasi pour rien, parce qu'ils furent politiques, les massacres effroyables qu'il commanda en Aragon, dans les Flandres et au Portugal — où le roi très catholique fit tuer deux mille moines — et l'horrible autodafé de Valladolid par lequel il commença son règne. Observez toutefois, *Marqués*, que ce fut dans ce même temps qu'il commit l'adultère avec l'épouse de son ami, Ruiz Gomez. Je gage, quant à moi, poursuivit Don Luis en me prenant le bras et en le serrant avec force, que l'autodafé fut fait pour propitier le Seigneur et obtenir de lui son pardon pour le péché de chair. L'âme suivait ainsi les traces de son illustre père, Charles Quint, lequel, à Ratisbonne, immola à sa luxure la pauvre Barbe Blumberg (1), et le lendemain se lava de son stupre en ordonnant, pour plaire à Dieu, que les femmes protestantes des Flandres fussent enterrées vives... Pour moi, poursuivit Don Luis, son œil sombre

(1) De cet amour commandé, elle eut un fils : Don Juan d'Autriche (note de l'auteur).

étincelant, moi qui étais l'ami de Don Juan, si je n'ai pas de cette main poignardé le tyran, ce n'est point par peur de la mort, mais parce que je n'ignorais pas qu'en cas d'échec, il tuerait mes enfants, comme il a fait pour d'aucunes familles nobles que je pourrais citer...

J'étais comme transi à ouïr ces horreurs et, sans mot piper, envisageai œil à œil Don Luis, lequel, la face pâle, la lèvre trémulante et les poings crispés, paraissait avoir peine à brider la colère et le dégoût qui le poignaient.

— Pardonnez-moi, dit-il à la parfin d'un ton plus doux, mais j'étouffe depuis vingt ans à contrefeindre à la Cour la vénération et la dévotion dont ce monstre est entouré. La Dieu merci, vous êtes français. Je n'eusse pas articulé le quart de ce que je viens de dire à un Espagnol, fût-il mon propre frère : tout en sachant bien que je ne mens pas d'une ligne, il eût affecté de me tenir pour fol, ou par le démon possédé. Je ne sais si vous pourrez voir Felipe. A vrai dire, je le décrois, mais, Monsieur mon ami, poursuivit-il en me jetant un bras par-dessus l'épaule, et en me serrant à soi, je voudrais que vous sachiez que, quoi qu'il vous dise, quelque promesse qu'il vous fasse touchant son gendre et le marquisat de Saluces, le fourbe n'en fera rien. Ami, ennemi, favori, serviteur, il a toujours tout trahi...

Il achevait, quand on toqua à l'huis et, étant seul avec Don Luis et celui-ci me recommandant tout de gob de ne faire qu'entrebâiller qu'un petit la porte (et quant à lui, debout à la fenêtre, il tourna le dos), je lui obéis, et vis par la fente que j'avais pratiquée un petitime page, si fluet et imberbe que je le pris de prime pour une garcelette en déguisure, lequel me dit d'une voix claire et chantante :

— *Señor Marqués, puede Usted acoger mi amo el Gran Chambellán Don Cristobal de Mora ?*

— *Quando ?*

— *Ahora, Señor Marqués.*

— *Con gusto y honor* (1).

(1) Monsieur le Marquis, pouvez-vous recevoir mon maître, le grand chambellan Don Cristobal de Mora ?
— Quand ?
— Maintenant, Monsieur le Marquis.
— Avec plaisir et honneur.

Quoi dit, je lui voulus graisser le poignet d'une piécette, mais il me rebuta d'un geste fier tout en me baillant un sourire éclatant et s'en fut. A mon sentiment, il était si noir de peau et d'œil qu'il paraissait plus mauresque qu'espagnol.

— Qui est ce Don Cristobal, dis-je, dès que j'eus recloui l'huis sur lui ? Et qu'a-t-il de plus grand que Don Fernando de Toledo ?

— Rien, dit Don Luis en se retournant, hormis qu'il est le favori, mais à mon sentiment, sa faveur, depuis peu, décline. Il est fort heureux pour lui que la santé de son maître décline plus vite encore. Il eût, se peut, subi le sort d'Antonio Perez...

— Quelle sorte d'homme est-ce ?

— Une sorte de rossignol. Quand Felipe ne médite pas sur sa propre mort, ou sur la mort des autres, il est raffolé des roses et des oiseaux. Le mièvre se marie chez lui au macabre.

Ayant dit à sa coutumière déprisante façon, Don Luis me donna une forte brassée et s'en fut d'un pas vif, craignant sans doute d'être encontré en ma compagnie par Don Cristobal.

Don Cristobal, quand à la parfin je le vis apparaître chez moi — car je le dus espérer pendant une grosse demi-heure, tout en Espagne étant plus lent qu'en France —, ne me parut pas vêtu très différemment de Don Fernando, le noir ou le foncé étant les seules couleurs en cette Cour, mais sa face qui avait l'air d'un marbre poli, ses manières, qui étaient suaves, et surtout sa voix qui évoquait de petites billes de verre s'entretoquant doucement dans un bain d'huile, me parurent justifier le surnom que Don Luis lui avait baillé. Toutefois, à son plumage de corbeau, et à son ramage rossignolant, Don Cristobal joignait une onction dévote qui me parut être de règle en cette Cour, où l'on encontrait plus de prêtres et de moines qu'en aucune autre.

Le lecteur entend bien que Don Cristobal de Mora n'était pas homme à abréger les civilités, lesquelles, pendant un bon quart d'heure, il me roucoula cristallinement en pur castillan et auxquelles je tâchai de répondre en français du mieux que je pus, encore que je sentisse bien que ma langue natale n'était pas aussi éloquente que la sienne, ni ma courtoisie aussi minutieuse. On n'ignore pas, de reste, que notre française politesse est imitée de la leur, et que c'est aux Espagnols que nous devons, entre autres choses, le baisemain aux dames, us que je trouve charmant, à tout le moins quand ladite main est bien décrassée, ce qui n'est pas toujours le cas, même chez les princesses du sang.

Après ce long et lent préambule, Don Cristobal en vint à la parfin aux faits et me dit :

— Mon vénéré Maître et Seigneur Felipe II désire vous voir sur l'instant, doutant de le pouvoir faire s'il attend davantage, n'étant venu dans ce lieu béni que pour préparer sa mort et son cercueil. Sa Majesté se portait déjà si mal en Madrid, pâtissant prou et de jour et de nuit, qu'au su de son projet de venir céans, je me jetai à ses pieds pour la supplier de n'en rien faire, craignant qu'il y allât de sa vie. Mais il me ramentut qu'il avait consacré trente ans de son existence à la construction et à l'aménagement de l'Escorial, afin que le monastère reçût un jour son tombeau, comme il avait déjà reçu ceux des siens : « Puisque c'est pour mourir, ajouta-t-il, personne n'y portera mes os plus honorablement que moi. »

Encore que ce propos me parût teinté de cette *bravura* qu'on reproche d'ordinaire aux Espagnols, je fis entendre quelques murmures indistincts et dévotieux. Après quoi, l'oreille attentive — car il était fort disert —, je suivis Don Cristobal dans le dédale de l'Escorial, mais observant que nous traversions une cour intérieure pour diriger nos pas vers la Basilique, je quis de lui si c'était là que l'entretien devait avoir lieu.

— Pas exactement, me dit-il, mais dans la sacristie où Sa Majesté vient de se faire porter en litière pour admirer les reliques des saints qu'il a ordonné qu'on lui envoie des Pays-Bas et de l'Allemagne, ayant l'ambition de les rassembler toutes, ou quasiment toutes, à l'Escorial. Vous n'ignorez pas, *Señor Marqués*, le culte particulier que rend le roi très catholique aux saints et aux reliques des saints comme pour mieux affirmer sa détestation du dépris diabolique où les tiennent les protestants. Et il semble, ajouta Don

Cristobal en assourdissant son suave roucoulis, que par cette visite à la sacristie, où ces reliques nouvellement advenues sont rassemblées, Sa Majesté veuille prendre congé de tous les saints, ses amis, qui se trouvent céans, et leur dire adieu en attendant de les retrouver dans la gloire...

Derechef, je fis entendre un pieux murmure, encore que je trouvasse très aventurée l'assurance de Don Cristobal touchant la « gloire » de Felipe II dans l'éternité, sa vie terrestre ayant été ce que l'on sait.

Dès que j'eus pénétré dans la sacristie, Don Cristobal me toucha légèrement le bras et me dit à l'oreille en un murmure suave de ne pas avancer plus outre, lui-même ne pouvant aller au roi sans que le roi l'aperçût et l'appelât. Pour moi, bien que dardant partout des yeux avides, je n'aperçus nulle part Sa Majesté, tant est que Don Cristobal, devinant ma déception, me dit à l'oreille :

— Vous ne pouvez pas voir le roi. Il est sur sa litière et celle-ci vous est cachée, comme à moi, par les gens qui l'entourent.

Tout aussitôt révérencieusement, il me les nomma. Les trois prêtres en étole et surplis étaient les confesseurs de Sa Majesté et ses enfants. Fray Diego, Fray Gaspar et Fray Garcia. Le petit homme en noir, le médecin de la chambre : Don Juan Gomez de Sanabria ; le prélat en ses robes violette : Don Garcia de Loyosa, archevêque de Tolède, lequel était aussi le grand aumônier du souverain. Et à côté de lui, le prieur du monastère, lequel, au moment où Don Cristobal le nommait, dit à Felipe :

— Sire, comment se porte Votre Majesté ?

— Je ne vais pas mal, dit Felipe que je pouvais ouïr, mais non pas voir, et qui me parut avoir parlé d'une voix faible, mais très soigneusement articulée. A tout le moins, mes mains vont mieux. Les plaies se sont refermées. Je peux derechef ouvrir un livre et le feuilleter.

A ce moment, l'archevêque de Loyosa dont la haute taille et la forte membrature me cachaient le patient, s'écarta, étant appelé par un de ses prêtres, et je pus enfin apercevoir le roi qui, soulevé sur ses oreillers, feuilletait, en effet, un livre, quoique non sans dol, de ses mains gonflées et raidies par la goutte. Sa face, où brillait fiévreusement des yeux bleus très pâles et quasi inhumains dans leur transparence, me parut fort creuse et le haut de son corps que dessinait sa robe de nuit, quasiment décharné. Mais il n'y avait pas à se tromper sur son menton prognathe et ses deux lèvres très serrées l'une contre l'autre : sa volonté ne lui faillait pas. Et encore qu'on m'eût parlé de sa demi-cécité, son regard ne me parut pas avoir perdu quoi que ce soit de son acuité, car il dit tout soudain d'une voix sévère :

— Monsieur le prieur, je n'en crois pas mes yeux : Il y a une araignée sur le mur de la sacristie ! Détruisez-la !

Il y eut dans l'assistance un murmure consterné, nul n'ignorant la propreté maniaque et fanatique du roi, et le prieur, pâlissant comme si le souverain l'eût déjà condamné au garrot, courut lui-même comme fol à l'insecte, la main levée.

— Ne l'écrasez pas ! dit Felipe vivement, vous tacheriez le mur !

L'araignée dut se sentir elle-même hérétique sur la blancheur dudit mur, car elle tâcha de s'enfuir vers le haut, mais avant qu'elle n'atteignît le plafond, un grand diable de moine fut félice assez pour la saisir prisonnière dans sa main. Après quoi, il saillit incontinent de la sacristie et, j'imagine, attendit d'être dans la cour pour livrer sa proie aux puissances des ténèbres.

Cette scène, qui fut longuette assez, provoqua une sorte de scandale effrayé auprès des assistants, et tout le temps qu'elle dura, je ne vis sur aucune face l'ombre d'une gausserie ou d'un sourire.

— Sire, dit le prieur comme pour se racheter de la faute qu'il avait commise en ne gardant pas sa basilique aussi propre et impollue qu'elle eût dû l'être, nous venons de recevoir une relique de saint Vincent Ferrer et une autre de saint Sébastien. Désirez-vous les voir ?

— Avec joie et vénération, dit Felipe d'une voix faible, l'indignation qu'il avait ressentie à la vue de l'araignée l'ayant d'évidence fatigué.

Le prieur apporta alors un paquet étroitement ficelé qu'il entreprit avec tant de gaucherie d'ouvrir qu'un des gentilshommes du roi, voyant l'impatience de Sa

Majesté, voulut l'y aider. Mais Felipe, d'un sourcillement terrible, l'arrêta, comme s'il allait commettre un sacrilège et, d'un geste, ordonna à son confesseur de suppléer à la maladresse du prieur. A la parfin, le paquet fut déclos et un os apparut, long et jaunâtre qui, à la distance où j'étais, me parut être un humérus.

— Sire, dit le prieur avec un profond salut adressé mi au roi mi à la Sainte Relique, ceci est le bras de saint Vincent Ferrer.

— Droit ou gauche ? dit le roi, en tournant et retournant l'humérus avec respect dans ses mains tordues par la goutte.

— A la vérité, Sire, je ne saurais le préciser, dit le prieur d'un air infiniment penaud.

— Don Juan Gomez ? dit Felipe en se tournant vers le médecin de la chambre...

Don Juan Gomez s'approcha de l'humérus et, l'ayant inspecté mais sans oser y porter la main, dit avec un certain air de pompe :

— Droit, Sire.

J'eus le sentiment qu'il se trompait et, dans la suite, quand je vis la relique de plus près, j'en fus certain.

— Sur l'étiquette, dit Felipe, perpétuant l'erreur de Don Juan Gomez dans les siècles des siècles, marquez bien, de grâce : « Bras droit de saint Vincent Ferrer. »

La seconde relique était plus petite : c'était l'os du genou de saint Sébastien : Saint que Sa Majesté tenait en particulière vénération pour ce qu'il lui semblait — d'après ce qui me fut dit — avoir ressenti dans ses membres, en raison de sa goutte, des lancinements aussi doulants que ceux du saint percé par les flèches impies.

— Monsieur le prieur, dit-il, veillez à ce que ces deux reliques fassent partie du reposoir que je veux avoir sous mes yeux dans ma cellule... Je vous dirai la place précise qu'il vous faudra attribuer dans chaque chapelle de la basilique aux autres reliques que j'ai vues céans...

Ayant dit, il aperçut, ou contrefeignit d'apercevoir pour la première fois Don Cristobal et moi-même et, de sa main déformée, fit signe à son grand chambellan de s'approcher, lui parla à l'oreille et, sur un hochement de tête de celui-ci, lui commanda à voix haute de m'aller chercher. Je m'approchai alors de la litière, la tête inclinée, le visage révérend, les yeux baissés, et je me génuflexai, Felipe s'excusant de ne pouvoir me donner sa main à baiser, celle-ci étant si douloureuse.

— *Marqués,* me dit-il d'une voix faible, mais très précisément articulée, êtes-vous dépêché auprès de moi en tant qu'ambassadeur permanent ou ambassadeur extraordinaire ?

— Extraordinaire, Sire, n'ayant reçu de pouvoir que pour vous présenter le point de vue de mon maître le roi Henri Quatrième sur l'affaire du marquisat de Saluces.

— Je vous ois, dit Philippe, ses yeux pâles ne quittant pas ma face.

Je lui fis alors, en termes succincts, l'exposé de la question que j'avais eu tout le temps, aidé par Fogacer, de polir et de repolir en bon castillan.

— *Marqués,* dit Philippe II quand j'eus fini, le marquisat de Saluces, depuis sa création, en 1142, n'a pas cessé d'être une pomme de discorde entre l'Autriche, le duché de Savoie et le royaume de France, ayant été successivement vassal de ces trois pays jusqu'au jour où le roi de France, Henri II, l'annexa. Mon gendre, le duc de Savoie, peut donc prétendre qu'il a rétabli sur le marquisat les droits de la Savoie en l'occupant en 1588. Raison pour laquelle, *Marqués,* on n'a pu s'entendre sur ce point en négociant avec votre pays le traité de Vervins.

Combien que Felipe s'exprimât d'une voix faible et d'un air fort las, je fus très frappé de constater qu'il avait conservé ses mérangeoises intactes et aussi, sans nul doute, ses haines, car il avait parlé du *royaume de France* et *votre pays* sans jamais nommer mon maître, que même l'absolution papale n'avait pas à ses yeux lavé du péché d'hérésie.

— En outre, reprit Felipe, on a requis Sa Sainteté de trancher et elle s'y est refusée, preuve sans doute que le Droit en cette affaire lui est apparu douteux.

— Sire, dis-je alors, il serait infiniment navrant que le marquisat devînt un *casus belli* entre mon maître, Henri Quatrième, roi de France et de Navarre (je ne manquai pas, comme bien on pense, de lui donner tous ses titres avec une *bravura* digne d'un Espagnol) et Son

Altesse Charles Emmanuel premier, duc de Savoie (je ne pouvais faire moins, en contrepartie, pour ce petit vautour), alors même que mon maître propose au duc de lui laisser le marquisat contre quelques petits territoires à leur frontière commune.

— *Marqués*, dit Felipe en fermant les yeux, nous en reparlerons plus à loisir, si du moins Dieu m'en laisse le temps.

Cette réplique de Felipe II m'embarrassa fort, car tout en me laissant prévoir un rejet des propositions françaises, il ne les rebutait pas tout à trac, fidèle en cela à cette manie prudente et temporisatrice qui lui avait valu tant de déboires dans sa politique européenne. J'en étais céans la première victime. Car dès lors que Felipe m'avait dit : « Nous en reparlerons », je ne pouvais plus le quitter pour retourner en France, tout assuré que j'étais qu'il ne changerait pas d'avis et doutant de reste, à considérer l'état dans lequel je l'avais vu, qu'il aurait jamais la force de me recevoir à nouveau. Je me trouvais donc condamné à demeurer inutilement à l'Escorial — dans ce lieu par essence funèbre — jusqu'à la terminaison de son agonie.

Je n'ai pas vu la Cour espagnole en Madrid et je ne peux donc dire si elle s'y ébaudissait, mais je l'ai vue à l'Escorial et je peux assurer qu'elle s'y ennuyait à ses ongles ronger, les dévotions étant si accaparantes et nul jeu ni desport ne venant prendre le relais. En outre, la rigidité de l'étiquette corsetait à ce point les esprits qu'elle rendait la conversation difficile ; et d'autant que les dames ne jouent pas céans le même rollet qu'en France où, tout en étant dans le principe sujettes, elles sont reines de fait. Elles ne paraissent être ici que pour la montre, bien parées, mais dérobant le bas du visage, non point comme les Mauresques par un voile, mais par un éventail (derrière lequel elles échangent des murmures entre elles) et qui ne laisse voir que leurs yeux, lesquels sont superbes et très parlants. Les miens scrutaient souvent les leurs dans l'espoir de distinguer, parmi elles, Doña Clara. Mais j'y faillis toujours : d'où je conclus que ce n'est pas, comme nous croyons, par le regard qu'une femme se reconnaît, mais par sa bouche.

Aux gentilshommes qui, comme moi, n'aiment guère la chasse (sauf dans ma seigneurie pour écarter les nuisibles du poulailler et des récoltes) il ne restait plus que les galopées sur la *llanura*, l'escrime et les repues. Et pour celles-là, lecteur, les moines les faisaient bi-quotidiennement pantagruéliques, avec melons, chapons rôtis, brochettes de foie, salmis d'oiseaux, langue de bœuf, gigot fumé, sans compter les gelées et confitures dont ils avaient en leurs armoires d'innumérables variétés. Voilà qui va bien pour les religieux qui n'ont que ce plaisir-là, mais comme mon maître Henri Quatrième, j'enrage de voir des hommes se condamner eux-mêmes à devenir bedondaineux ou podagreux en engloutissant ces monceaux de viande. Je sais bien que d'aucuns médecins tiennent que la podagre est héréditaire et j'ai ouï dire à l'Escorial que si Felipe II avait la goutte, c'est que son père, Charles Quint, l'avait eue avant lui. Ce que je décrois, tenant pour probable que Felipe aurait pu échapper à cette malédiction s'il avait été plus frugal en sa diète, je n'ose dire « monacale », après ce que j'ai vu céans...

Pour moi, ces énormes repues, dont pourtant je n'avalais pas le dixième, m'alentissaient, m'alourdissaient et me mélancoliaient. Et je ne vois pas très bien à quoi elles me rendaient propre, sinon à sommeiller à demi sur mon siège à vêpres dans la basilique tandis que, fasciné par les chandelles de l'autel, abêti par l'encens, et l'oreille bercée par les psalmodies des choristes, je me sentais benoîtement vide de toute pensée et volition. J'ai toujours imaginé, quant à moi, que si les stalles des chanoines, dans les chœurs des cathédrales, avaient un dossier et un accoudoir, c'était pour les empêcher, au moins par trois côtés, de se verser à terre quand le sommeil les gagnait.

M'encontrant de présent dedans la basilique à mes assoupies dévotions et les vêpres terminées, je n'eus que peu de pas à faire pour descendre (avec Don Luis qui voulut bien me servir de *cicerone*) dans une crypte qu'on appelle *el Panteon de los Reyes* (1) et qui est composée de trois salles : l'une où, par une curieuse hiérarchie, sont enterrés les infants et infantes qui n'ont pas eu de descendance couronnée. L'autre qu'on appelle *el pudridero*, en français, mais plaise à ma belle

(1) Le panthéon des Rois. (Esp.)

lectrice de ne s'effrayer pas de ce vocable réaliste : le pourrissoir, où les cadavres reposent pendant cinq ans. Après quoi, rendus putrides, ils sont dignes d'être admis dans la troisième salle. Ces morts royaux ne sont ni autopsiés ni embaumés, pour la raison, j'imagine, qu'il serait sacrilège d'y porter la main et d'attenter, en outre, de les préserver de leur sort puisque, étant poussière, ils doivent retourner à la poussière...

— On eût pu croire, dit Don Luis, lequel, combien que nous fussions seuls en la crypte, me parlait en italien et *sotto voce,* qu'étant lui-même poussière, Felipe, pénétré d'humilité chrétienne, allait désirer pour lui et les siens les plus modestes tombes, mais tout le rebours ! Voyez, poursuivit-il avec un mouvement circulaire de sa main gantée, ces tombeaux magnifiques, où le marbre le dispute au jaspe et le jaspe au porphyre, ces ors ! ces bois précieux ! ces cristaux ! ces lustres vénitiens ! et au-dessus de cette crypte, cette basilique qui n'a été construite que pour elle, et autour de cette basilique, cette abbaye qui n'a été bâtie que pour assurer aux cadavres royaux des messes perpétuelles : trente ans d'efforts démesurés, des dizaines de milliers d'ouvriers, des millions d'heures de labeur, des milliers de doublons et pour quoi ? Pour un caveau !

— Mais, dis-je, l'Escorial n'a été terminé, comme vous me l'avez dit, qu'en 1574. Où se trouvaient donc ces corps avant qu'on les mît là ?

— Ha, *Marqués !* Rassurez-vous ! Ils n'étaient pas à la rue ! On les avait déjà fort bien logés ! Charles Quint reposait au monastère de Yuste ; sa femme Isabella, et son second fils Don Fernando, dans la cathédrale de Grenade ; sa mère, Jeanne la Folle, au château de Tordesillas ; sa sœur, la reine de Hongrie, et son troisième fils, Don Juan, à Valladolid ; son autre sœur en Estramadure. Il fallut donc céans les transférer de tous les coins du royaume et, *Marqués,* si vous vous êtes apensé que cela se fit discrètement, vous ne connaissez point le roi ! La mort, pour Felipe, c'est la grande affaire de la vie ! Il régla cette translation funèbre avec la plus exquise minutie et elle s'accomplit avec pompe, avec faste, dans des litières tendues de deuil, empanachées de noir, au milieu d'une armée de prêtres et de moines, de clercs, de dignitaires, de cavaliers, de soldats en armes, lesquels il fallut, en chemin, reposer et nourrir...

— Assurément à grand débours, dis-je.

— Mais dont Felipe, étant aussi chiche que fastueux, noulut porter le poids. Raison pourquoi il fit à deux évêques et à deux Grands d'Espagne l'immense honneur de leur confier ces convois, à charge pour eux d'en assumer les frais... Pour lui, il ne paya de ses deniers que l'énorme catafalque drapé de velours noir et de brocart d'or qu'il fit dresser devant l'Escorial.

— Et pourquoi devant, et non dedans ?

— Mais pour que la multitude pût venir prier devant les cercueils royaux sans entrer pour autant dans l'Escorial qu'elle eût souillé de sa crasse. Vous savez comme nous aimons la propreté céans...

— Et la multitude vint ?

— Assurément ! Qui aime davantage la pompe que le peuple ? Les cloches sonnant le glas ! Les escopettes tirant des salves ! Les messes chantées ! Les messes pontificales ! Les messes basses ! Cette journée où, à la parfin, tous les cadavres royaux furent rassemblés, vit une orgie de *requiem !* Par le malheur, le diable gâta tout...

— Le diable, Don Luis ?

— Ou son souffle, si vous préférez. Car tout soudain, à la vesprée, le vent du nord s'éleva, si féroce que même la barrière du *Guadarrama* faillit à l'arrêter. En un clin d'œil, l'immense catafalque devant le monastère fut arraché ! Les velours, les brocarts déchirés et dispersés ! les bois qui les soutenaient cassés et effondrés !...

Ayant dit, Don Luis m'envisagea œil à œil et rit, mais silencieusement, ses lèvres s'écartant sans noise sur ses dents blanches, et un brillement de dérision apparaissant dans son œil noir.

— Il se peut, reprit-il, que je me trompe et que le diable n'y fût pour rien. Que fit le vent du nord, après tout, sinon dépouiller le catafalque de sa pompe et de sa gloire ? Or, qui nous enseigne le dépouillement, sinon le Christ ?...

Dans les jours qui suivirent, je n'eus de nouvelles du royal malade que par Don Luis et elles furent mauvaises assez pour m'ôter le dernier espoir d'une nouvelle entrevue, aiguisant d'autant plus mon appétit à fuir l'Escorial et à regagner une France qui, ni en Angleterre du temps de ma mission avec le pompeux Pomponne ni en Italie dans mon palais cardinalice, n'avait paru si douce à ma remembrance. En bref, je me languissais à périr dans ce mausolée, d'où toute vie, toute joie paraissaient exilées, orphelin, au surplus, que j'étais de ce commerce féminin qui s'encontre pour moi tout aussi nécessaire que le pain et le lait. Mais, lecteur, les grandes dames étant si bien gardées par l'étiquette et par leur éventail, l'idée même qu'une *pasticciera* pût vivre dans ces funèbres murs était de soi d'une improbableté parfaite, maugré le culte que le maître des lieux vouait à Marie-Madeleine. Mais il l'aimait morte, repentie, sanctifiée, et non pas vive et chaleureuse...

Quant à Doña Clara, dont le nom, à mon advenue céans, n'avait pas été sans réveiller en moi un désir inassouvi, j'avais tout de gob tué dans l'œuf en moi cet oisillon, avant même qu'il brisât sa coquille, me disant que si la dame avait voulu me voir à Rome où elle l'eût pu si commodément, à plus forte raison s'y refuserait-elle meshui sous l'œil émoulu des moines : Cent Argus ayant cent yeux chacun ! Et d'autant que la pauvrette, à qui, semblait-il, le palatial caveau de l'Escorial ne suffisait pas, appétait de présent à s'ensevelir plus profond encore dans un couvent.

A la parfin, l'envie de quitter à jamais l'Escorial me démangea si fort que je m'en ouvris à Don Luis.

— Gardez-vous, me dit-il *sotto voce*, de départir avant que le roi rende à Dieu l'âme que vous savez. Vous offenseriez mortellement et le roi et le prince héritier et les Grands de la Cour, car votre départir voudra dire que vous préjugez de sa mort : ce que nul n'ose faire céans, sauf dans le secret de son cœur.

La Surie et Fogacer confortant l'avis de Don Luis, je renonçai à rebroussecœur à ce projet qui, pour en parler à la franche marguerite, ne m'était pas paru à moi-même fort sage dans l'instant même où je le caressais. Don Luis ne m'ayant rien su dire de très précis sur l'état de Felipe, pour la raison qu'il ne connaissait l'évolution de son intempérie que par le rapport de son valet de chambre, je dressai l'oreille, quand Fogacer me vint annoncer un soir que le médecin de la chambre, Don Juan Gomez, qui avait étudié à l'école de médecine en Montpellier, l'avait reconnu pour son *procurator studiosorum* (1) et l'avait appelé peu après en consultation auprès du roi.

— Ha, dis-je, mon ami ! Eclairez-moi, de grâce ! Comment va-t-il ?

— Fort mal. La fièvre est forte. Les membres sont raidis, tordus, gonflés, doulants. Une tumeur est apparue à la cuisse senestre un petit au-dessus du genou. On l'a ouverte et du pus s'en écoule continuellement. En outre, la curation est stupide : On lui a interdit de boire. Ces médicastres sont de ceux qui opinent que tant plus on fait du mal au patient, tant plus on lui fait du bien. Comme si ses maux propres ne lui suffisaient pas, on a administré à Felipe un bouillon sucré qui lui a donné une irrépressible diarrhée. Et comme chaque fois qu'on le touche, il pousse des huchements déchirants, on a renoncé à changer ses draps et il demeure étendu sur le dos au milieu de son pus et de ses matières... M'est avis que maugré ses cris, il eût fallu le soulever pour le changer de coite. Mais personne ne l'ose. Il est le roi encore et s'y refuse obstinément. Ce qui chez un homme si propre ne laisse pas que de me surprendre.

— Pourquoi fait-il cela, à votre sentiment ?

— J'imagine qu'il se veut mortifier par sa propre puanteur. Il est tout à son salut, prie sans cesse, exige de tous des prières, se fait porter à tour de rôle devant les yeux toutes les reliques de ses saints, commande qu'on lui lise tous les textes sacrés où il est question de pardon et il se délecte d'ouïr, récitées par son confesseur, les plaintes de Job sur son fumier. *Mi fili*, les connaissez-vous ?

— Je les ai sues.

— Homme sans mémoire, oyez : « L'humeur ardente de mes plaies a dévoré les jointures de mes doigts, de sorte qu'ils se sont anéantis. Le Seigneur m'a

(1) Procurateur des étudiants. (Lat.) (Voir *En nos vertes années*.)

percé dedans mes os et mes veines n'ont point de repos. Ma chair est couverte de vermine, ma peau se crevasse et se dissout. Il m'a jeté dans la boue et je ressemble à la poussière et à la cendre. » Mais quant à la poussière et à la cendre, poursuivit Fogacer, l'image ne se trouve guère appropriée, le sec n'étant guère odorant, alors que la putréfaction de la coite de ce malheureux est si forte que clercs et médecins pensent pâmer en l'approchant et que lui-même pâtit de perpétuelles nausées.

— Tout grand criminel qu'il soit, dis-je à la parfin, j'éprouve de présent pour lui je ne sais quelle compassion.

— Moi aussi, *mi fili*, dit Fogacer, mais en même temps, c'est un sentiment dont j'ai vergogne, tant la somme de morts, de meurtres, de dols et de souffrances que le pouvoir absolu de cet homme a introduits en Europe et aux Amériques me paraît plaider contre lui.

— Lui a-t-on révélé qu'il était perdu ?

— Tant est grande la terreur qu'il inspire encore, aucun des médecins n'ose prononcer ces mots terribles et ils en ont chargé son confesseur, Fray Diego de Yépès, et celui-là, que pourtant protège sa robe, hésite encore...

Cinq ou six jours, je crois, après cet entretien (ma remembrance étant là-dessus imprécise assez), on toqua à mon huis sur les dix heures de la nuitée et, l'allant déclore, je vis devant moi un moine encapuchonné qui me parut fort jeune et me dit en français, d'une voix douce et murmurante :

— Monsieur le Marquis, voulez-vous me faire la grâce de me recevoir ?

— Entrez, mon père, dis-je, intrigué assez.

Le moine entra et ayant reclos l'huis sur lui, je le pris par le bras (qui me parut fluet), l'amenai à l'unique cancan de ma chambre — ou devrais-je dire plutôt de ma cellule ? —, l'y fis asseoir non sans quelque forme de respect, mais observant qu'il gardait son capuchon et dérobait sa face à la lumière de l'unique chandelle, laquelle brûlait sur une petite table à côté du cancan, je conçus de lui quelque défiance, et d'autant que j'observais qu'il gardait les deux mains dans ses larges manches. Tant est que je m'apensai tout soudain qu'il eût pu en faire jaillir à volonté un cotel comme Jacques

Clément. A vrai dire, je ne voyais de présent aucune raison pour laquelle on voudrait m'assassiner, mon ambassade étant découverte et publique, mais depuis la meurtrerie dont fut victime à Saint-Cloud mon pauvre bien-aimé maître, le roi Henri Troisième, je confesse que je ne peux voir une robe de bure sans quelque mésaise. Aussi bien reculai-je jusqu'à ma table de nuit et, m'appuyant de ma main senestre, je saisis derrière mon dos un pistolet (que je tiens là toujours en réserve et rescous) mais sans le montrer, ni volonté de m'en servir, sauf aux fins d'intimidation, me disant que si ce moine n'avait d'autre arme qu'un cotel, je le pourrais toujours arrêter d'un coup de botte dans le poitrail s'il se jetait sur moi.

— Mon père, dis-je, voyant que le moine ne pipait mot, la tête baissée sur la poitrine, mais respirait toutefois avec force, comme si une vive émotion le poignait, mon père, dis-je, si vous avez affaire à moi, je vous écoute.

— Ce n'est pas aisé à dire, commença enfin le moine d'une voix douce, basse et murmurante.

Ayant dit, il se leva et fit un pas comme pour gagner la porte, puis comme ayant vergogne de sa couardise, il se rassit, mais oppressé et trémulant.

— Ha ! J'étouffe ! dit-il enfin, et sortant d'un coup les mains de ses larges manches, il rejeta en arrière le capuchon qui lui couvrait le chef.

— Doña Clara ! dis-je, béant.

— Dieu soit loué ! dit-elle avec un grand soupir en s'affaissant sur son cancan, le plus dur est fait ! Je n'eusse pas cru en venir à bout ! Monsieur, dit-elle, je vais pâmer... De grâce, donnez-moi un peu d'eau...

Ce que je fis et l'aidai à boire, tenant le gobelet à son bec et lui soutenant la nuque, laquelle était inerte dans le creux de ma main senestre. Toutefois, dès qu'elle eut bu, ses paupières se mirent à parpaléger et un peu de couleur lui revint. Je voulus alors reposer sa tête sur le dossier du cancan — Nenni ! nenni ! dit-elle d'une voix faible et entrecoupée, laissez là votre main : elle me conforte prou. Je suis heureuse de vous voir, poursuivit-elle en m'envisageant de ses yeux d'un bleu profond, bordés de cils noirs. Il me semble qu'il y a un siècle que je n'ai jeté l'œil sur vous. Baillez-moi encore un peu d'eau, de grâce ! Savez-vous, reprit-elle, ce que cela me ramentoit ?... Quand vous m'avez recueillie pendant le siège de Paris alors que je mourais de verte faim : Vous m'avez baillé du lait coupé d'eau et donné à la becquée au petit cuiller. Ha, Pierre, que bon et bénin vous fûtes !

Et d'une voix fort ténue, tout en buvant qui-cy qui-là une gorgée d'eau, Doña Clara se mit à débiter la litanie de mes « aimables vertus » avec autant de feu qu'elle l'avait fait en Paris dans sa lettre d'adieu, ce qui me donna à craindre que cette litanie laissât place, comme dans ladite lettre, au rappel de mes « déplorables vices », lesquels, de reste, se réduisaient à deux : J'avais refusé les liens auxquels mon amicale disposition lui avait « appris à aspirer », et qui pis est : chambrière, bourgeoise ou haute dame pour moi « c'était tout un » : j'étais le mari de toutes les femmes...

Toutefois, à mon grand soulagement, elle s'arrêta au seul chapitre de mes bonnes qualités, sans ajouter pour une fois du vinaigre à son miel, ni du griffu à ses caresses, et me jetant, par-dessus le gobelet que je tenais à ses lèvres de tendres et chaleureux regards, elle me laissa quasi incrédule de sa pliable humeur, elle dont j'avais essuyé à Rome de si roides rebuffades dans le temps même où elle me sauvait la vie. Je balançai à lui en dire ma gratitude de vif bec, mais m'avisant que je ne le pourrais faire sans lui ramentevoir qu'elle avait, pour ce faire, ravalé sa dignité jusqu'à courre chez la *pasticciera,* je craignis que ce rappel vînt ranimer sa coutumière jaleuseté, et je me contentai de l'entourer d'un petit nuage de mots affectionnés, tout en lui caressant doucement la nuque de ma main senestre puisque, aussi bien, elle n'avait pas voulu que je la retirasse. Toutefois, au bout de trois à quatre minutes de ce manège chattemite, elle me fit signe qu'elle ne voulait plus boire et, pâlissant à nouveau, elle me dit d'une voix mourante :

— Eh bien, Monsieur, je vous ai vu, enfin ! Cela est assez, je m'ensauve !

Quoi disant, elle se leva, mais chancelante et trébuchante au point qu'elle se serait versée à terre si je ne l'avais retenue dans mes bras et serrée contre moi.

Etreinte où il me parut que son corps fondait et s'amollissait au point de m'ôter toute envie — si j'avais pu concevoir une telle envie — de la laisser aller. J'étais alors tout à fait hors mes sens. Toutefois, au milieu même de mon emportement, l'idée me vint que c'était bien la première fois de ma vie que je serrais contre moi une robe de bure, et avec un tel émeuvement. Mais ayant été si souvent graffigné par Doña Clara, je n'osais encore lui poutouner les lèvres quand, de soi, elle me tira de cette hésitation en baisant les miennes à la fureur. Ha, lecteur! Je me demande si je connais les femmes aussi bien que je le crois! Elles me surprennent toujours...

Les minutes qui suivirent m'ôtèrent cette surprise en même temps que toute autre pensée. Mais nos orages apaisés, Doña Clara allongée contre mon flanc, nue en sa natureté, elle revint de soi en mon esprit et avec tant de force que je résolus de m'en éclairer. Toutefois, ne voulant pas réveiller ses griffes, je commençai mon inquisition fort doucement et par le plus anodin côté.

— Mamie, dis-je, d'où vient cette robe de bure dont je vous vois déguisée?

— De mon confesseur, dit-elle. Elle était déchirée. Je lui ai dit que s'il voulait me la faire apporter par un frère convers, mes femmes lui feraient une reprisure, et au lieu de cela, lui voulant faire un cadeau, je lui en ai offert une neuve. Toutefois, j'ai gardé la vieille que voilà, trouvant impie de la jeter.

— Mon ange, dis-je après un long silence, je ne m'attendais pas à ce que vous me vinssiez voir céans à l'Escorial après les deux lettres que j'ai reçues de vous, l'une à Paris et l'autre à Rome.

Quoi disant, je me soulevai sur mon coude pour l'envisager œil à œil.

— En effet, dit-elle, la face imperscrutable, elles étaient roides assez.

Et là-dessus, voyant qu'elle ne dirait rien de plus, je résolus de battre un autre bastion de cette citadelle.

— Don Luis m'a dit que vous aviez résolu de prendre le voile.

A cela elle ne répondit de prime ni mot ni miette, les paupières baissées et son profil de médaille gardant une immobilité pierreuse, qui ne laissa pas que de m'étonner après les transports où je l'avais vue.

— Ce qui est de conséquence dans cette décision, dit-elle enfin d'une voix détimbrée, ce n'est pas tant la décision elle-même que le moment où je l'ai prise.

— Et quand l'avez-vous prise ?

— Au moment où j'ai su que vous veniez céans.

— Mamie, dis-je, voilà qui est étrange. Qu'ai-je à voir avec votre vocation ?

— Hélas, dit-elle, ce n'est pas tant une vocation qu'une aride nécessité. Mon Pierre, poursuivit-elle, les larmes lui coulant tout soudain sur les joues, vous devez savoir que dans le temps où je vous écrivais à Rome cette lettre brutale, il ne se passait pas de jour où je ne fus dévorée d'un poignant appétit à vous allez voir et à me donner à vous. Tant est qu'épuisée par la lutte que je menais contre moi-même, je m'en ouvris à mon confesseur, lequel se récria que, ne pensant qu'à gaillarder hors mariage avec un homme marié, j'avais péché doublement en intention, et de façon si répétitive que cette intention valait l'acte, et qu'en conséquence, j'avais perdu d'ores en avant la grâce sanctifiante et ne pouvais échapper à l'enfer qu'en passant le reste de ma vie dans la prière et la mortification... Je décidai alors de m'ensevelir dans un couvent, mais puisque le prix à payer pour mes damnables pensées était si lourd, je pensais que je ne l'aggraverais pas davantage en allant avec vous jusqu'au bout de mes rêves dans le peu de temps que je resterais dans le monde...

Je ne sais ce qu'en l'oyant je trouvais le plus hors du sens commun : la barbare outrecuidance de son confesseur qui, en raison de règles quasi arithmétiques, avait pris sur lui d'anticiper sur le jugement de Dieu, ou la folle créance qu'elle avait attachée à son propos. Et belle lectrice, vous pouvez bien croire que, pris de pitié pour la jeune vie qu'elle se préparait à mutiler sur la parole de ce moine ignare, je fis l'impossible pour la détourner de son inhumain projet, mais rien n'y fit. Il y avait en Doña Clara une roideur de volonté et une *bravura* héroïque qui s'accommodaient mal de la raison et lui fermaient l'oreille. Pendant les semaines que je passai encore à l'Escorial elle me vint voir en catimini tous les soirs, et tous les soirs, après nos passionnés ébats, je tâchai de la persuader. J'y perdis mon labour, ne faisant qu'égratigner ce roc sans jamais l'ébranler.

Combien qu'il fût mon voisin, je n'avais vu Fogacer de quatre ou cinq jours, et un matin que je prenais ma repue en ma cellule avec La Surie, je fus ravi de le voir surgir, interminablement long dans sa soutane noire, et encore que sur les tempes son poil fût plus sel que poivre, le sourcil d'un noir de jais et plus diabolique que jamais. Ce qui ne laissait pas de m'étonner, pour ce qu'il n'avait jamais été, à mon sentiment, plus proche de l'état qui était le sien, n'ayant pas osé emmener avec lui en Espagne son acolyte, par crainte, j'imagine, de l'Inquisition. Je l'invitai tout de gob à partager ma repue, laquelle conçue pour deux eût suffi à dix, à tout le moins en quantité. Mais disant qu'il s'était jà rempli, il noulut et tirant de la poche de sa soutane une petite pipe, il quit de moi la permission de pétuner, habitude que je ne lui connus ni avant ni après son séjour à l'Escorial et par lequel, je gage, il attendait de remplacer sa Jeannette.

— *Mi fili,* dit-il, arquant son sourcil, voilà qui est fait à la parfin : Fray Diego de Yépès a osé annoncer à Felipe qu'il était mourant.

— Et comment le patient l'a-t-il pris ?

— *Mi fili,* reprit Fogacer avec son sinueux sourire, voulez-vous à votre question une réponse de prêtre ou une réponse humaine ?

— Les deux.

— Voici donc la première : Ce grand roi accueillit l'annonce de sa mort prochaine avec un visage serein et quasi joyeux.

— Réponse édifiante. Voyons l'autre.

— Felipe, oyant de la bouche de son confesseur qu'il allait mourir, lui dit : « Mon père, vous tenez ici la place de Dieu. Je proteste devant lui que je ferai tout ce que vous me direz être nécessaire à mon salut. De la sorte, ce que je ne ferai pas sera à la charge de votre conscience... »

— Autrement dit, murmura La Surie, « si je suis damné, ce sera votre faute ». C'est aberrant !

— A tout le moins, dis-je, c'est un travers papiste que de se décharger du poids de sa conscience sur le dos d'un autre.

— Il me semble, dit Fogacer, que je renifle céans une odeur de hareng. Messieurs, si elle doit persister et contaminer ma robe, j'abandonnerai la place...

— Nous souffrons bien, nous, votre tabac, dit La Surie.

— Les vraies navrures se font à l'âme, dit Fogacer en bâillant. On gloutit beaucoup trop céans, dit-il en se frottant le poitrail : le gaster me douloit.

— *Y después*, dis-je, *que pasó* (1) ?

— Felipe se confessa.

— Ce n'est point miracle.

— Mais ce qui l'est, reprit Fogacer, c'est la durée de la confession. Elle occupa trois jours...

— Trois jours ?

— Dieu bon ! dit La Surie, trois jours ! C'est long, même pour une conscience royale !

— L'homme est fort tatillon, dit Fogacer. Il a dû ranger dans un coin de ses mérangeoises le rouleau de ses crimes, et il a voulu le dévider tout entier devant Fray Diego de Yépès, sans en omettre un seul, de peur que cette omission précisément lui valût l'enfer.

— *Y después* (2) ?

— Sa confession terminée, il a fait ouvrir un petit coffret contenant le crucifix que Charles Quint tenait dans ses doigts quand il est mort, disant qu'il le voulait tenir aussi dans les siens à l'heure de sa fin. Puis il commanda aux religieux dépositaires des clés dans *el Panteon de los Reyes...*

— Quoi ? dit La Surie, les cercueils ont des clés ?

— Assurément ! Et Felipe a commandé auxdits moines d'ouvrir celui de son père et de lui dire la manière de son ensevelissement, désirant être enseveli en même guise.

— Macabre méticulosité, dit La Surie.

— Et qui lui vaut de présent quelque tourment, dit Fogacer, car il désire aussi qu'on fasse son cercueil dans le reste du bois qui a servi à sculpter la grande

(1) — Et après que se passa-t-il ? (Esp.)
(2) — Et ensuite ? (Esp.)

croix du maître-autel, et encore qu'on soit sûr que ce reste n'a point quitté l'Escorial, on a failli jusque lors à le retrouver.

Fogacer départi, La Surie tira vers la verrière, jeta un long coup d'œil à la *Sierra de Guadarrama* (vue qu'il disait aimer prou pour sa grandeur et sa sauvagerie) et se retournant, accoté à ladite verrière, m'envisagea d'un œil songeard. J'avais dû de force forcée lui dire ce qu'il en était de mon commerce avec Doña Clara, pour la raison que mon huis ne comportant pas de verrou (les moines se défiant de la nature humaine) je ne voulais point le voir surgir chez moi à l'improviste.

— Mon Pierre, dit-il enfin, à bien vous examiner, je dirais comme notre *mendicante* Alfonso à Rome que votre « tant belle face porte *un' aria imbronciata* (1) ».

— Je ne vois pas, dis-je, qui porte un autre air en ce caveau...

— Mais c'est que vous, Moussu, vous avez au moins une bonne raison d'être félice.

— Par malheur, ce bonheur-là me donne une bonne raison de ne pas l'être.

— J'entends bien que l'avenir couventin de la dame vous désole, mais vous n'en êtes pas la cause.

— J'en suis l'occasion. Cela suffit à me déconforter. Ha, mon Miroul ! Il faut croire qu'il y a dans l'Escorial je ne sais quel souffle qui pourrit tout ! Pour la première fois de ma vie, je fais l'amour tristement...

La touffeur en cette fin d'août était si écrasante qu'il m'arriva, quelque temps après cet entretien, d'aller aux heures chaudes de l'après-repue chercher la fraîcheur dedans la basilique. Ce lieu, de reste, me plaisait, étant le seul en l'Escorial qu'on eût consenti à orner, et sans les officiants ni les choristes, il y régnait un silence propice aux songes, je n'ose dire aux méditations, ce terme me paraissant ambitieux, encore que, dans ce désert de la *llanura*, et cette aridité du monastère, je me suis souvent questions posées sur la finalité de ma vie. Il eût assurément fallu une foi plus simplette ou plus robuste que la mienne pour croire que l'enfer et le paradis réglaient tout. Le premier me semblait mal accordé à l'infinie bonté de Dieu et

(1) Un air maussade. (Ital.)

j'eusse voulu que personne ne s'y encontrât, pas même Felipe II qui le redoutait si fort. En outre, je n'ai jamais nourri grande estime pour ces prêtres et ces moines qui, pour rendre leurs pénitents plus dociles ou plus donnants, ajoutaient à la peur naturelle de la mort la peur des flammes éternelles et dessinaient à leurs yeux terrifiés la peu plaisante image d'un dieu vengeur. Quant au paradis, de quelque couleur qu'on nous le peigne, il me paraissait impossible à concevoir et même à imaginer, dès lors que disparaissaient, avec notre poussière, l'esprit et le corps qui l'avaient animé (1).

J'en étais là de ce pensement quand, à deux bancs devant moi sur ma dextre, dans la basilique, je vis Don Fernando de Toledo — le *chambelán* qui, de prime, m'avait accueilli à Madrid — agenouillé sur un prie-Dieu, la face dans ses mains. Je trouvais émerveillable qu'oyant deux offices par jour, la messe et les vêpres, il éprouvât encore, dans l'intervalle, le besoin de venir prier en ce lieu. Cela me toucha, je ne saurais dire pourquoi. Et quand il se leva, je me levai aussi et le saluai sans piper mot, par respect pour le lieu saint, salut auquel il répondit de l'œil, mais non de la tête et du bec, ayant encore, j'imagine, ses oraisons aux lèvres. Toutefois dès que nous fûmes hors, il me salua maigrement et gravement à l'espagnole, mais avec un petit brillement amical de l'œil, comme s'il eût été surpris et ravi de me trouver à cette heure dedans l'église, les Français en Espagne ayant la réputation d'être de tièdes catholiques.

Comme nous étions debout sur le parvis à échanger ces salutations, nous fûmes croisés par deux moines qui entraient dans la basilique.

— C'est la relève, dit Don Fernando.

— La relève ?

— Vous avez observé, *Señor Marqués*, deux moines qui priaient dans le chœur. Ceux-là vont sortir, relevés par ceux-ci. Ils sont seize en tout, choisis parmi les plus pieux et les plus saints et, trois heures durant, ils prient par deux pour le salut de Sa Majesté.

(1) Ce passage fut omis lors de la première édition des Mémoires de Pierre de Siorac (Note de l'auteur).

— Si j'entends bien, la prière dure jour et nuit ?

— Oui-dà, *Señor Marqués.*

— Et qui l'a ordonné ainsi ?

— Mais qui sinon le roi ? dit Don Fernando, l'étonnement se peignant sur sa face chevaline.

— Et combien de temps se prolongera cette oraison ?

— Je ne sais, dit Don Fernando : Sa Majesté ne lui a pas assigné de limite. *Señor Marqués*, reprit-il, avez-vous ouï la bonne nouvelle ? Dans l'affre, la peine et l'affliction où se débat Sa Majesté, Elle va éprouver un grand contentement. Plaise à vous de me suivre, *Señor Marqués*, je vais vous en montrer l'objet.

L'Escorial se compose d'un enchevêtrement de quadrilatères et d'un dédale de cours intérieures qui communiquent entre elles, et Don Fernando m'y entraîna, passant de l'ombre au soleil et du soleil à l'ombre, faisant un pas sur ses maigres gambes de héron, tandis que j'en faisais deux. A la parfin, nous advînmes à un lieu bizarre où je vis des guillaumes pauvrement vêtus assis sur un gros madrier au soleil et mangeant une soupe fumante, leurs écuelles sur les genoux.

— Felipe, dit Don Fernando, d'un ton pieux et atendrézi, est excessivement charitable et il a voulu que le monastère accueille et nourrisse quelques pauvres, dont les moines prendraient grand soin. Cette bonne soupe est payée sur ses deniers.

— Voilà qui est louable, dis-je en envisageant ces *happy few* et songeant aux légions d'affamés et de mendiants qu'en ma chevauchée de la frontière française à Madrid, j'avais partout encontrés.

A ce moment, un moine qui paraissait être en autorité en ces lieux s'approcha de Don Fernando de Toledo et le *chambelán* lui ayant dit quelques mots à mi-voix, le religieux fit lever les pauvres, lesquels, leur écuelle à la main, allèrent s'accroupir un peu plus loin, le dos appuyé contre le mur.

— La poutre sur laquelle ces pauvres gens étaient assis, dit Don Fernando, nous la cherchons depuis trois jours, d'ordre de Sa Majesté. Elle provient d'un galion portugais, lequel galion avait pour nom *les cinq plaies* (par où il faut entendre les cinq plaies de notre

Seigneur Jésus-Christ). Ayant été dévasté par un incendie, le galion s'échoua dans la vase du port de Lisbonne, où Felipe le vit et s'étonna de l'imputrescibilité de sa quille. L'arbre qui avait fourni son bois était, lui dit-on, originaire des Indes orientales et s'appelait, dans lesdites Indes, *l'arbre du paradis*. Ce nom, le nom du galion, et l'incorruptible qualité du bois tant frappèrent le roi qu'il ordonna qu'on emmenât ce madrier de Lisbonne à l'Escorial. On y tailla le crucifix du maître-autel de notre basilique. Le reste qu'on avait égaré, vous l'avez devant vous. Il servait de banc. Et Sa Majesté a commandé que, dès qu'on le trouverait, on le transportât dans sa cellule, afin qu'il l'ait constamment sous les yeux avant que, le moment venu, on en tire les planches de son cercueil...

— Mais, dis-je, pourquoi ce bois plutôt qu'un autre ? Parce qu'il est imputrescible ?

— Ha, *Señor Marqués*, dit Don Fernando en rejetant sa longue face en arrière comme s'il allait hennir, point seulement ! point seulement ! Il y a dans cette histoire des coïncidences si émerveillables que Felipe II n'y peut voir que la main de Dieu. *Primo*, l'arbre dont est tiré ce bois s'appelle *l'arbre du paradis*. *Secundo*, le galion dont il était la quille avait pour nom : *les cinq plaies*. *Tertio :* on en a fait une croix pour le maître-autel de la basilique. *Quarto :* les pauvres de Jésus-Christ étaient assis dessus...

— J'entends bien, dis-je, qu'il paraît sanctifié et par les noms auxquels il paraît associé et par l'usance qu'on en a faite.

— C'est cela même, dit Don Fernando avec un air de contentement.

— Mais, dis-je, ce gros madrier ne sera-t-il pas trop encombrant dans la cellule de Sa Majesté, laquelle, à ce qui me fut dit, comporte jà un grand reposoir sur lequel sont placées les reliques de sa prédilection...

— Lesquelles sont changées tous les jours, dit Don Fernando non sans quelque piaffe, Sa Majesté voulant les voir toutes l'une après l'autre. Pour l'encombrement du madrier, poursuivit-il, cela est vrai, mais le moyen de faire autrement ! Comment désobéir à Sa Majesté ? Et comment lui refuser une dernière joie ?

— Une joie ? dit La Surie, quand je lui eus dit ma

ratelée de cette conversation. Quel homme est-ce là qui peut contempler avec joie le bois de son futur cercueil ? Et quelle sorte de religion est la sienne qui se nourrit de reliques, d'idoles, de brimborions et de morceaux de bois ?

Comme dés au jeu, l'*arbre du paradis* roula sur le tapis deux jours plus tard, Fogacer étant présent. Et La Surie répétant à la fureur ses aigres propos, l'abbé les releva.

— Hé, Chevalier ! lui dit-il, si ce madrier console le roi, laissez-lui sa consolation ! Ce malheureux agonise depuis cinquante jours dans un atroce pâtiment. Il pourrit et se putréfie de son vivant même, tourmenté par des médecins ignares qui lui défendent de boire et auxquels il obéit.

— Mais pourquoi leur obéit-il ? criai-je, puisqu'il se sait perdu ?

— Parce que, *mi fili,* cet archiduc autrichien a toujours obéi à son père, à ses régents, à ses confesseurs. En outre, il a peu d'esprit, mais il en a assez pour savoir qu'il en a peu, et de crainte d'errer, il a mis ses pas dans les pas de ses maîtres. A cela s'est borné son propos. Il a voulu tout scrupuleusement conserver : l'empire de Charles Quint et l'Eglise catholique...

— Mais, cornedebœuf ! dit La Surie, quelle Eglise est-ce là ! Des reliques, des madriers, des oraisons récitées sur ordre !

— Chevalier, dit Fogacer avec une gravité qui ne me parut pas contrefeinte, observez, je vous prie, que le christianisme n'a pu survivre qu'en devenant politique. Et en devenant politique il n'a pu que...

— Se corrompre ? dit La Surie.

— Se modifier, car de source claire et pure qu'il était de prime, il est meshui un grand fleuve.

— Qui charrie beaucoup de choses, dit La Surie : des abus, des superstitions, des pratiques douteuses...

A cela, Fogacer hocha la tête à deux ou trois reprises.

— Mais qui dira, murmura-t-il à la parfin, ceux qui ont le plus perdu ? les huguenots qui les ont ôtées ou les catholiques qui les ont voulu conserver ?

— Je ne sais, dis-je. A Rome, le papisme ne m'a pas offusqué. Certes, j'y ai encontré une religion plus cérémonieuse que fervente. Cependant, le pape était bon homme assez. Mais céans, juste ciel, je n'ai vu que la pure ponte du poulailler de cagoterie !

— Preuve, dit Fogacer, s'il en était besoin, qu'il n'est de bonne religion que de bonnes gens. Et encore, touchant Felipe, vous ne savez pas tout. N'était que je n'ose ajouter à l'odeur de hareng qu'on renifle céans...

— A laquelle, dit La Surie, vous n'êtes devenu sensible qu'en devenant prêtre. Il doit y avoir un charme dans cette robe !

— C'est bien pourquoi je tiens à grand honneur de la porter, dit Fogacer d'un ton quelque peu piqué.

— Voulez-vous dire, dit La Surie, que de source claire et pure que vous fûtes de prime...

— Mais je ne fus jamais une source claire et pure, dit modestement Fogacer.

Toutefois, en baissant les yeux, il arquait son sourcil diabolique.

— Paix là, mon Miroul ! dis-je. Ces griffes-là sont de trop ! Fogacer, vous alliez nous apprendre une chose de nous tout à plein déconnue.

— Oui-dà, une disposition du testament de Felipe...

— Et comment la connaissez-vous ? dis-je béant.

— Ma robe, dit Fogacer, en faisant un petit salut de la tête à La Surie.

— Je vous ois.

— C'est que je ne sais si, après ce qu'a dit M. de La Surie, je vais ajouter au scandale où je le vois.

— Fogacer, vous le tabustez !

— Et par la bonne heur, *mi fili,* meshui comme toujours, je suis *dicenda tacenda locutus* (1). Ha donc, pour vous plaire et pour me plaire, oyez : « J'ordonne » a dit Felipe — oyez bien ceci, *mi fili* — « j'ordonne que le plus tôt possible après mon décès, dans les monastères de religieux où il apparaîtra à mes exécuteurs testamentaires qu'elles se puissent dire le plus dévotement, trente mille messes soient dites pour le repos de mon âme... »

(1) — Je dis les choses qu'il faut dire et celles qu'il ne faut pas dire. (Lat.)

— Trente mille messes ! Ai-je bien ouï ? Trente mille ?

— Oui-dà ! Trente mille ! Pas une de moins et « le plus tôt possible ! »

— Faut-il, dit La Surie, qu'il s'apense en son for avoir l'âme bien noire pour ordonner après sa mort cet immense blanchiment !

— Il est de fait, dis-je, que Felipe n'y est pas allé au petit cuiller, mais bien à la truelle : trente mille messes, ventre Saint Antoine ! On dirait qu'il voudrait forcer les portes du Ciel par la quantité.

— Mais il appète aussi à la qualité, dit La Surie, car pour lui-même et son salut, il ne veut que des messes dites « le plus dévotement qu'il soit ». Foin donc de ces messes baragouinées du bout des lèvres par des moines ensommeillés ! Felipe dicte jusqu'au degré de ferveur qu'il y faut !

— Eh bien, dis-je, Fogacer, vous vous accoisez !

— C'est que, dit Fogacer avec un émeuvement qui me surprit, mon état m'oblige à plus de compassion. Dans cette disposition du testament de Felipe, je lis le désespoir d'un roi tout-puissant d'obtenir jamais son salut, mais dans le même temps je vous confesse que son outrecuidance démesurée m'afflige. Mobiliser pour soi trente mille moines ! Se vouloir déclore la porte étroite à coup de messes ! Où est l'humilité ? Où est la repentance ?

Le bon d'écrire ces Mémoires, c'est qu'on y peut accomplir ce qu'on ne peut faire dans la vie : Raccourcir le temps quand il vous pèse, et Dieu sait si le temps me pesait à l'Escorial où tout m'était tourment, même Doña Clara qui en nos nuits, dès lors que nos tumultes étaient apaisés, paraissait présider un éternel tribunal où mes fautes étaient interminablement ressassées. Pour finir, elle ne me cachait pas combien elle tenait en dépris nos corps périssables, en dérision le plaisir que nous en tirions et avec quelle impatience elle attendait mon département pour se laver l'âme des salissures de mon commerce. Toutefois, le soir suivant, à dix heures, elle toquait à mon huis. Pour moi, à'steure adoré, à'steure abhorré, je me sentais comme un esteuf, si ballotté d'une raquette à l'autre, que l'envie me démangea plus d'une fois de lui interdire ma porte. Mais je ne pus m'y résoudre, tant à cause de la grande compassion que j'éprouvais pour le malheureux sort qu'elle se préparait à elle-même que parce que dans les moments où les paroles laissaient la place aux actes, je ressentais l'unique assouagement d'une journée aride à parcourir de mes doigts et de mes lèvres son corps « poli, suave et caressant (1) ».

Felipe II mourut le 13 septembre et, quatre mois plus tard, j'étais au logis. Si j'ai usé de mon pouvoir en abrégeant les semaines que j'ai passées à l'Escorial, plaise à toi, lecteur, de me permettre d'en user encore et de survoler d'une phrase ce long voyage de l'Escorial au Périgord (où je retrouvai mon père sain et gaillard), du Périgord à Montfort l'Amaury et de Montfort l'Amaury en la capitale. Ce fut, dès qu'on eut traversé la frontière, une pérégrination plaisante en la douce France retrouvée, tant est que me sentant plus heureux, je devins à mes compagnons plus attentif, La Surie, d'aigreux qu'il était souvent à l'Escorial, redevenant enjoué et gaussant et Fogacer mouchetant ses pointes. Toutefois, des deux, Fogacer m'étonnait le plus, et à le bien observer, je me sentis de lui moins proche, quoique l'aimant toujours. Car si sa robe, comme je le supposais, n'avait été de prime qu'un bouclier pour lui, elle me paraissait peu à peu devenir l'enveloppe même de son âme. Il mettait dans ses propos moins d'ironie et plus de gravité, et je voyais bien que son cœur adhérait de présent à l'Eglise bien plus qu'il ne consentait à le dire.

Le jour même de mon advenue en Paris, le 7 janvier 1599, avant même que d'aller visiter ma petite duchesse (mais je lui fis porter un mot par Luc), je courus voir le roi au Louvre, où je le trouvai en pourpoint, jouant avec le petit César, la face toutefois fort froncée d'ire et de soucis, son procureur général lui étant venu dire que deux jours avant, le capucin Brûlard (lequel était le frère du conseiller de Sillery) avait dit, prêchant à Saint-André des Arts, que les juges qui consentiraient la publication de l'Edit de Nantes seraient damnés... J'appris cela par Pierre de

(1) François Villon.

Lugoli que j'encontrai dans l'antichambre et fus béant d'ouïr, en outre, que maugré les neuf mois qui s'étaient écoulés depuis sa signature, l'Edit n'avait pas encore été vérifié par un Parlement rebellé, soutenu par les clameurs du clergé, les cris d'orfraie du Vatican et le remuement des moines, le thème de ces prêchailleries étant que bailler la liberté de conscience aux huguenots était la pire chose au monde — comme Clément VIII lui-même l'avait proclamé — et que si on avait la male heur de leur céder là-dessus, on verrait bientôt les huguenots se multiplier, pulluler partout, envahir les charges publiques, grouiller comme des vers sur le cadavre de l'Etat, et miner la chrétienté...

Je contai au roi ma ratelée de tout ce que j'avais vu à l'Escorial, récit qu'il écouta en marchant qui-cy qui-là dans la chambre sur ses gambes maigres et musculeuses, sa tête penchée un petit comme entraînée par le poids de son long nez courbe, et ses yeux vifs m'espinchant de côté.

— Felipe, dit Henri, avait d'immenses moyens, mais il en a mal usé, tout industrieux qu'il fût, car il était tout ensemble tatillon et brouillon. Il entreprenait trop, il ne finissait rien. En outre, ayant peu d'esprit, il régnait par la terreur au lieu de gouverner par la persuasion. Quant au duc de Savoie, Barbu, nous allons lui fixer très gracieusement une date pour la restitution du marquisat de Saluces et si à cette date il ne nous l'a pas rendu, nous le secouerons par les pieds pour lui faire rendre gorge. Eh bien, Barbu, mon Parlement m'attend ! Je veux lui parler avec les grosses dents ! Et je voudrais que tu voies comment je m'y prends avec mes messieurs de robe rouge...

Là-dessus, il saillit si promptement de la chambre que ses officiers et moi-même eurent du mal à le suivre, et sans être annoncé du tout, il entra le premier dans la salle où les gens du Parlement se tenaient debout, serrés assez les uns contre les autres, et à ce que je vis agités et coquassants comme volaille en basse-cour. Ils se bridèrent court à l'apparition du roi, effrayés assez. Et lui, les mains sur les hanches, et campé devant eux (mais point pour longtemps, sa marche pendulaire le reprenant par intervalle), il parut les envisager un à un d'un air à la fois gracieux et autoritaire... Je suis bien assuré, quant à moi, qu'il avait réfléchi avec soin sur sa harangue, encore qu'il eût l'air, lorsqu'il la prononça, de parler à bâtons rompus et sur le ton vif et de prime saut qui était celui de sa conversation.

Il commença par une *captatio benevolantiae* (1) des plus habiles prononcée sur un ton franc et familier qui, tout en lui donnant l'apparence de condescendre prou, lui donnait en réalité l'avantage de tout dire, même les choses les plus roides. Et celles-là ne manquèrent pas dans son discours...

— Messieurs, dit-il, vous me voyez en mon cabinet où je viens parler à vous, non point en habit royal, comme mes prédécesseurs, ni avec l'épée et la cape, mais vêtu comme un père de famille, en pourpoint, pour parler franchement à ses enfants...

Après ce miel, ses « enfants » (dont d'aucuns avaient la barbe blanche) s'attendirent à la baguette et elle ne leur faillit point.

— Ce que j'ai à vous dire, poursuivit le roi d'un ton vif et décisoire, et piquant droit au but, est que je vous prie de vérifier l'Edit que j'ai accordé à ceux de la religion. Ce que j'en ai fait est pour le bien de la paix. Je l'ai faite au-dehors. Je la veux au-dedans. Vous me devez obéir, quand il n'y aurait d'autre considération que de ma qualité, et de l'obligation que m'ont tous mes sujets, et particulièrement vous tous de mon Parlement...

Ici, belle lectrice, je me permets d'interrompre à nouveau le roi, pour ce que je voudrais que vous entendiez bien les deux phrases qui suivirent et qui demandent, pour être savourées à pleine bouche, quelques éclaircissements.

— J'ai remis les uns, dit le roi en dardant son œil sur les parlementaires, en leurs maisons dont ils étaient bannis, les autres en la foi qu'ils n'avaient plus.

Par « les uns », le roi désignait les parlementaires qui, fidèles à Henri III, l'avaient suivi à Tours après les barricades qui l'avaient chassé de sa capitale. Les *Seize*, après le département de ces fidèles, s'étant saisis de leurs maisons parisiennes, le roi les leur avait fait

(1) Une captation de bienveillance. (Lat.)

dégorger quand il avait repris Paris. Par « les autres », Henri désignait les parlementaires qui, infidèles au roi, à Henri III de prime, à lui-même ensuite, étaient demeurés en Paris, prenant peu ou prou le parti de la Ligue et recevant de Sa Majesté leur pardon lors de la prise de Paris. A mon sens, on ne pouvait évoquer ce pardon avec plus de tact et d'exquise ironie que ne faisait le roi en disant qu'il les avait « remis en la foi qu'ils avaient perdue ».

— Si l'obéissance, reprit le roi d'une voix forte, était due à mes prédécesseurs, elle m'est due autant à moi, et avec plus de dévotion, pour ce que j'ai rétabli l'Etat, Dieu m'ayant choisi pour me remettre en ce royaume, qui est mien par héritage et par acquisition. Je sais bien qu'on a fait des brigues au Parlement, qu'on a suscité des prédicateurs séditieux, mais je donnerai bien ordre contre ces gens-là. C'est le chemin qu'on a pris pour faire les barricades et venir par degrés à l'assassination du feu roi. Je me garderai bien de tout cela ! Je couperai la racine à toute faction, à toute prédication séditieuse et je ferai accourcir tous ceux qui les susciteront !

Je fus à la fois béant et content de la rudesse de ce propos et, jetant un œil à ceux qui, comme moi, se tenaient derrière le roi, je vis, maugré les faces imperscrutables qu'ils tâchaient de garder, qu'ils jubilaient eux aussi de cette fermeté.

— J'ai sauté sur des murailles de ville, reprit le roi (faisant allusion à la prise de Laon et d'Amiens), je sauterai bien sur des barricades qui ne sont pas si hautes. Ne m'alléguez point la religion catholique. Je l'aime plus que vous. Je suis plus catholique que vous. Je suis fils aîné de l'Eglise. Vous vous abusez, si vous pensez être bien avec le pape. J'y suis mieux que vous.

Ici, le roi fit quelques pas qui-cy qui-là dans la salle et sentant bien que ces affirmations — qui même à moi me parurent très aventurées — ne persuadaient pas son auditoire, il s'en tira par une mordante gausserie :

— Ceux qui ne voudraient pas que mon Edit passe veulent la guerre : je la déclarerai à ceux de la religion et vous irez la faire, vous, avec vos robes ! Il vous fera beau voir !

Ayant laissé ce persiflage pénétrer sous la peau de

nos chats fourrés et y laisser son dard, il reprit d'un ton roide et sérieux :

— Quand vous ne voudrez passer l'Edit, vous me ferez aller au Parlement (pour faire un lit de justice et les y contraindre). Vous serez ingrats, quand vous m'aurez créé cet ennui ! La nécessité me fit faire cet Edit. Par la même nécessité, j'ai fait autrefois le soldat et n'en ai pas fait le semblant. Je suis roi maintenant et parle en roi et veux être obéi. A la vérité, la justice est mon bras droit, mais si la gangrène s'y prend, la gauche le doit couper...

Ici il fit une pause, marcha qui-cy qui-là dans la salle et, sentant bien qu'après avoir parlé d'*accourcir* et de *couper*, il ne pouvait guère aller plus loin, il reprit tout soudain un air bonhomme et dit sur le ton de la conversation la plus ordinaire, mais jetant en même temps sur le tapis son dé le plus fort en laissant entendre aux séditieux que s'ils voulaient ressusciter la Ligue contre lui, il leur manquerait un chef.

— La dernière parole que vous aurez de moi sera que vous suiviez l'exemple de M. de Mayenne ; on l'a incité à faire des menées contre ma volonté. Il a répondu m'être trop obligé, et tous mes sujets aussi, parce que j'ai rétabli la France, malgré ceux qui l'ont voulu ruiner. Et si le chef de la Ligue a parlé ainsi, combien plus, vous que j'ai rétablis, tant ceux qui m'ont été fidèles que ceux que j'ai remis en foi !...

Les envisageant alors œil à œil de la façon la plus cajolante, et adoucissant encore le ton, il conclut :

— Donnez à mes prières ce que vous ne voudriez donner à mes menaces. Vous n'en aurez point de moi (ce qui était plaisant après tout ce qu'il leur avait dit !). Faites seulement ce que je vous demande, ou plutôt dont je vous prie. Vous ne le ferez pas seulement pour moi, mais aussi pour vous, et pour le bien de la paix.

Ayant fini comme il avait commencé, j'entends sur une petite cuillerée de miel, le roi fit à ses gens du Parlement une petite inclinaison de tête et, tandis qu'ils le saluaient profondément, il quitta la salle à pas rapides.

Quand je contai à La Surie l'essentiel de cette émerveillable harangue, il ne sut s'il devait pleurer ou rire tant il se sentait félice de la ferme résolution qu'avait montrée notre Henri de faire passer l'Edit, qui qu'en groignât en ce royaume.

— Ha, mon Pierre ! me dit-il, que je me sens heureux d'être vif, sain et gaillard en cette année-là, la dernière du siècle ! Assurément, il n'est pas donné à tout un chacun de voir finir un siècle ! Et de le voir finir si bien par la mort du despote qui entendait écraser l'Europe sous la tyrannie de l'Inquisition, et par un Edit qui accorde la liberté de conscience aux huguenots. Ventre Saint-Antoine ! Mon Pierre ! Il faut boire à cette nouveauté sans précédent dans l'histoire du monde ! L'obligation faite par un grand roi à deux religions de vivre côte à côte dans le même royaume sans se déchirer...

Bien me ramentois-je, lecteur, que cette nuit du 7 janvier 1599, soit que je fusse encore trémulant de l'excès de ma félicité, soit qu'à l'incitation de mon Miroul, j'eusse bu davantage qu'à l'accoutumée, je faillis à m'endormir. Mais au lieu de sauteler de dextre et de senestre sur ma coite comme font d'ordinaire les insomnieux, je me contraignis à m'aquiéter. Et me prenant alors à m'apenser dans le silence de la nuit qu'avec la paix à la parfin revenue, le chapitre héroïque de ma vie était clos, j'entrepris de peser et balancer en ma tête les choses de mon passé, afin que de séparer les bonnes de celles qui me furent à perte.

Au moment où le roi prononçait ce discours qui mit un terme à la fronde du Parlement, j'avais quarante-huit ans, et la Dieu merci, le poil grisonnant à peine, la membrature musculeuse et le teint clair, j'avais assurément davantage à me glorifier dans la chair que notre bon roi Henri, pourtant de deux ans mon cadet, mais usé par les fatigues d'une guerre incessante. A vrai dire, je n'avais pas non plus, en mon humble sphère, épargné mes peines ni évité les périls. Vingt-sept ans d'encharné labour au service du trône séparaient du marquis de Siorac, Chevalier du Saint-Esprit l'impécunieux cadet périgordin qui, en 1572, osait promener à la Cour un pourpoint reprisé. Il est constant que d'autres sont montés plus vite, plus haut, et à moindres frais. Mais sans vouloir jeter la pierre à d'aucuns mignons d'Henri III, si le progrès de ma fortune a été moins rapide que le leur, il fut acquis par des moyens dont mes descendants n'auront pas à rougir, ni mes pairs, à se gausser sous cape.

Mes belles lectrices n'ignorent pas, puisque je leur en ai fait plus haut la confidence, que je ne tiens pas ma vie privée pour aussi achevée que ma carrière publique. Mais quoi ! Homme ou femme, dès lors que nous nous marions, nous devenons l'otage de la fortune, étant évident qu'à nos propres faiblesses s'ajoutent, sans les corriger, les fragilités d'un conjoint. De ce côté, j'eus comme d'autres mes épines, et n'en veux pas jérémier plus outre.

Il n'est pas donné à tout un chacun d'être le Philémon d'une unique Baucis, et si, sans être le seul fautif, j'ai failli là tout à trac, il m'arrive parfois de distinguer, dans la variété de mes subséquentes amours, une connaissance et une consolation.

En cette nuit désommeillée que j'ai dite, je pris la décision de n'abandonner ni la Cour — où je pourrais être encore de quelque service au roi — ni mon logis du Champ Fleuri, ni ma petite duchesse. Mais la paix me désoccupant de mes missions lointaines, je me suis proposé aussi de demeurer davantage dans ma seigneurie du Chêne Rogneux, tant pour la mieux ménager que pour veiller à l'établissement de mes enfants, conforter mon Angelina, que la venue de l'âge terrifiait, et s'il se peut, désengourdir mon bien-aimé Samson de son conjugal assoupissement.

J'ai conçu aussi le ferme propos de me rendre au moins une fois l'an dans le Périgord et de passer le juin et le juillet dans mes « douces retraites paternelles ». En février 1599, alors que ces messieurs de robe rouge, la mort dans l'âme, vérifiaient l'Edit, le baron de Mespech entrait dans sa robuste quatre-vingt-cinquième année. Je ne sais qui j'en dois remercier — Dieu ou le Diable — pour la raison qu'il me répète à chaque fois que je le vois que, s'il est demeuré vert et gaillard, il le doit autant à la pratique assidue des garces qu'à de saines excitations. Encore qu'il ait bâti prou de sa mort, il parle peu de ma mère, mais beaucoup de Sauveterre, à qui il lui arrive de s'adresser comme si son vieux compagnon marchait encore à ses côtés, claudicant et récriminant. Au curé de Marquays, qui osait lui demander si, l'âge venant, il deviendrait un jour, comme le veut le proverbe, « plus sage et plus triste », il répondit qu'il serait bien fol de devenir sage si, en chemin, il devait perdre sa gaîté.

Comme il faut, dans l'existence d'un homme, un grand projet qui lui puisse occuper l'esprit et lui donner chaque jour que Dieu fait une fraîche raison de vivre, j'ai conçu à Rome, pressentant la proche terminaison des malheurs de la France, l'idée d'écrire les Mémoires que voilà. Et ce quatrième jour du mois de mai 1610, sur le coup de midi, je les achève, l'Edit de Nantes et la paix retrouvée se présentant à moi comme les bornes naturelles de mon entreprise. Mes jours étant devenus depuis l'Edit si vides d'aventures et partant, des traverses où elles m'ont entraîné, il me paraît peu probable que je requière Franz derechef de m'apporter mon écritoire sur les huit heures du matin, comme j'ai fait quotidiennement ces quinze ans écoulés.

GLOSSAIRE
DES MOTS ANCIENS OU OCCITANS
UTILISÉS DANS CE ROMAN

N.B. Bien que la plupart des lecteurs n'aient pas eu, me dit-on, à recourir au glossaire des précédents volumes, tant le contexte rendait évident le sens des vocables anciens ou occitans qui leur étaient « déconnus », néanmoins j'ai consacré quelque temps à grossir ce petit lexique des termes de même origine que j'ai employés dans le roman que voici, pensant qu'il n'était peut-être pas mauvais d'éclaircir ces mots par des définitions précises afin qu'y trouvent pâture ou amusement ceux que passionne l'évolution de la langue.

A

acagnarder (s') : paresser.
acaprissat (oc) : têtu (chèvre).
accoiser (s') : se taire (voir *coi*).
accommoder : mal traiter, ou bien traiter, selon le contexte.
accommoder à (s') : s'entendre avec.
affiquet : parure.
affronter : tenir tête, braver.
agrader (oc) : faire plaisir.
aigremoine : plante de la famille des rosacées, que l'on rencontre à l'orée des bois, et qui était utilisée pour guérir l'ulcère de la cornée.
alberguière : aubergiste.
alloure (oc) : allure.
algarde : attaque, mauvais tour.
alpargate (oc) : espadrille.
amalir (s') (oc) : faire le méchant.
amour (une) : amour. Féminin au XVIe siècle.
anusim (les) (hébr.) : les convertis de force.
apaqueter : mettre en paquet.

apazimer (oc) : apaiser.
aposthume : abcès.
apparesser (s') : paresser.
appéter : désirer.
appétit (à) : désir, besoin de (ex : appétit à vomir).
arder : brûler de ses rayons (le soleil).
assouager : calmer.
aspé (e) : renforcé (en parlant d'une porte).
à'steure, à'steure : tantôt... tantôt.
atendrézi (oc) : attendri.
attentement (de meurtrerie) : tentative (de meurtre).
aucuns (d') : certains.
avette : abeille.
aviat (oc) : vite.

B

bachelette : jeune fille.
bagasse (oc) : putain.
bagues : bagages (vies et bagues sauves).
se bander : s'unir (en parlant des ouvriers) contre les patrons. Voir *tric.*
banque rompue : banqueroute.
baragouiner : parler d'une façon barbare et incorrecte. Selon Littré et Hatzfeld, le mot daterait de la Révolution française, les prisonniers bretons de la chouannerie réclamant sans cesse du pain, *bara,* et du vin, *gwin.* Je suis bien confus d'avoir à apporter le démenti à d'aussi savants linguistes, mais le mot baragouin est *antérieur* à la Révolution, et se rencontre dans de nombreux textes du XVIe siècle (Montaigne : « *Ce livre est bâti d'un espagnol baragouiné* »).
barguigner : trafiquer, marchander (qui a survécu dans l'anglais *bargain*). *Barguin* ou *bargouin :* marché.
bas de poil : couard.
bastidou (oc) : petit manoir.
batellerie : imposture, charlatanerie.
bec jaune : jeunet (par comparaison avec un jeune oiseau, dont le bec est encore jaune). Plus tard : béjaune. *Bec :* bouche (voir gueule). *Prendre par le bec :* moucher quelqu'un qui a proféré une sottise ou une parole imprudente.
bénignité : bonté.
bestiole : peut désigner un chien aussi bien qu'un insecte.
billes vezées : billevesées.
biscotter : peloter.
blèze : bégayant.
de blic et de bloc : de bric et de broc.
bonnétade : salut.

bordailla (oc) : désordre.
bordeau : bordel.
bougre : homosexuel.
bourguignotte : casque de guerre.
branler : ce mot, qui s'est depuis spécialisé, désignait alors toute espèce de mouvement.
brassée : accolade.
braverie (faire une) : défier, provoquer.
braveté (oc) : bonté.
brides (à brides avalées) : nous dirions : à bride abattue. Le cavalier « abat » la bride (les rênes) pour laisser galoper à fond le cheval.
buffe : coup, soufflet (français moderne : baffe).

C

caillette : voir *sotte.*
caïman : de « *quémant* » : mendiant devenu voleur de grand chemin.
calel (oc) : petit récipient de cuivre contenant de l'huile et une mèche.
caque : petit baril.
caquetade : bavardage.
carreau : coussin.
cas : sexe féminin.
casse-gueule : amuse-gueule.
catarrhe : rhume.
céans : ici.
chabrol : rasade de vin versée dans le reste de la soupe et bue à même l'écuelle.
chacun en sa chacunière : chacun en sa maison.
chaffourrer : barbouiller.
chair, charnier, charnure : chair, au XVIe siècle, désigne la viande. Les « *viandes* » désignent les mets. *Charnier :* pièce d'une maison où l'on gardait la « chair salée ». *Charnure :* les contours d'un corps de femme.
chamaillis : combat, le plus souvent avec les armes.
chanlatte : échelle grossièrement faite.
chattemite : hypocrite.
chatterie, chatonie : friponnerie.
chaude (à la) : dans le feu de l'action.
chiche-face : avare (voir *pleure-pain*).
chicheté : avarice.
chié chanté (c'est) : c'est réussi ou c'est bien dit.
circonder : entourer.
clabauder : bavarder. *Clabauderie :* bavardage.
de clic et de clac : complètement.
clicailles : argent.

coi : silencieux (*s'accoiser :* se taire).
col : cou.
colloquer : conférer, donner (colloquer en mariage).
colombin (e) : blanc, pur, innocent.
combe : vallée étroite entre deux collines. « *Par pechs et combes* » : par monts et vaux.
combien que : bien que.
commodité : agrément. Faujanet (sur le mariage) : « La commodité est bien courte et le souci bien long. »
compain : camarade (celui avec qui on partage le pain).
conséquence (de grande ou de petite) : importance (de grande ou de petite importance).
constant : vrai.
coquardeau : sot, vaniteux.
coquarts : coquins.
coquefredouille : voir *sotte.*
coqueliquer : faire l'amour.
corps de ville : la municipalité.
en correr (oc) : en courant.
cotel (oc) : couteau.
côtel : côté (d'un autre *côtel*).
courtaud : petit cheval de chétive apparence.
courre : courir.
cramer : brûler (ex : putain cramante).
cuider : croire.

D

dam, dol : dommage.
déconforter : désoler.
déconnu : inconnu.
déduit : jeu amoureux.
dégonder : déboîter.
délayer : retarder.
demoiselle : une demoiselle est une femme noble, et ce titre se donne aussi bien aux femmes mariées qu'à celles qui ne le sont pas.
dépêcher : tuer.
dépit (substantif pris adjectivement) : courroucé.
déporter (se), *déportement :* se comporter, comportement.
dépriser, déprisement, dépris : mépriser, mépris.
dérober : enlever sa robe à.
désoccupé : sans travail.
dévergogné : sans pudeur.
diagnostique : l'usage, au XVIe siècle, était de l'employer au féminin.
domestique (le) : l'ensemble des domestiques, hommes et

femmes. S'agissant d'un prince, le « domestique » peut inclure les gentilshommes.
doutance : doute.
driller : briller.
drola ou drolette (oc) : fille.
drolasse : mauvaise fille (oc).
drole (oc) (sans accent circonflexe, comme Jean-Charles a bien voulu me le rappeler) : garçon.
drolissou (oc) : gamin.

E

embéguinée : voir *sotte.*
embufer (oc) : contrarier, braver.
emburlucoquer : embrouiller (emburlucoquer une embûche).
émerveillable : admirable.
émeuvement : agitation, émoi.
emmistoyer (s') (marrane) : faire l'amour avec.
émotion (une émotion populaire) : émeute. On dit aussi un « tumulte ».
esbouffer (s') à rire : éclater de rire.
escalabrous (oc) : emporté.
escambiller (s') (oc) : ouvrir voluptueusement les jambes.
escopeterie : coups d'arquebuse tirés en même temps.
escouillé (oc) : châtré.
escumer (s') (oc) : transpirer.
espincher (oc) : lorgner.
estéquit (oc) : malingre.
esteuf : balle ou jeu de paume.
estranciner, s'éloigner de.
estrapade : supplice qui se donnait pour fin la dislocation des épaules.
étoffé (des bourgeois étoffés) : riche.
évangiles : le mot s'emploie au féminin. Ex. : « leurs belles évangiles » (François de Guise).
évicter : faire sortir.

F

fallace : tromperie.
fault (ne vous) : ne vous fait défaut.
fendant (l'air assez) : fier.
fétot (oc) : espiègle.
fiance : confiance.
fils : « Il n'y avait fils de bonne mère qui n'en voulût

tâter » : Il n'y avait personne qui... (la connotation favorable s'étant perdue).
folieuse : prostituée.
for (en son) : en lui-même.
forcer : violer, *forcement :* viol.
fortune (la fortune de France) : le sort ou le destin de la France.
friandise (par) : par avidité. Ce mot est aujourd'hui passé du mangeur au mangé, le mangeur gardant « friand ».
frisquette : vive.
front (à... de) : en face de.

G

galapian (oc) : gamin.
galimafrée : ragoût.
gambette : jambe.
garce : fille (sans connotation défavorable).
gargamel (le ou la) : gorge.
gausser (se) : plaisanter, avec une nuance de moquerie (d'où gausserie).
un gautier, un guillaume : un homme.
geler le bec : clouer le bec.
gens mécaniques : ouvriers.
godrons : gros plis ronds empesés d'une fraise. Il y avait fraise et fraise, et celles des huguenots étaient austèrement et chichement plissées à petits plis.
goguelu(e) : plaisant, gaillard.
gouge : prostituée.
gripperie : avarice.
grouette : terrain caillouteux.
gueule : rire à gueule bec : rire à gorge déployée. *Baiser à gueule bec :* embrasser à bouche que veux-tu. *Etre bien fendu de la gueule :* avoir la langue bien pendue.
guilleri : verge.

H

haquenée : monture particulièrement facile qu'on peut monter en amazone.
harenguier : marchand de poissons.
hart : la corde du gibet.
haut à la main : impétueux.
heur (l') : le bonheur.
hucher : hurler (Colette emploie plusieurs fois le mot dans ses « *Claudine* »).
hurlade : hurlement.

I

immutable : fidèle, immuable.
incontinent : immédiatement.
intempérie : maladie.
ire : colère.
irréfragable : qu'on ne peut pas briser.

J

jaser : parler, bavarder.

L

labour, labourer : travail, travailler.
lachère : qui donne beaucoup de lait.
lancegaye : lance petite et fine.
langue (bien jouer du plat de la) : avoir le verbe facile.
lauze : pierre taillée plate dont on fait des toitures en Périgord et dans les provinces voisines.
lécher le morveau (péjoratif) : baiser les lèvres.
lecture : le cours d'un professeur.
léthal : mortel.
loche : branlant.
louba (oc) : louve.
loudière : putain (de *loud :* matelas).

M

maloneste (oc) : mal élevé.
marmiteux : triste.
maroufle, maraud : personne mal apprise.
mazelier, mazelerie : boucher, boucherie.
membrature : membres et muscles.
ménage : la direction et gestion (d'une maison, d'un domaine). L'anglais use encore de ce mot dans son sens français ancien : *management.*
ménine (oc) : vieille femme.
mentulle : verge.
mérangeoises : méninges (?).
merveilleux, merveilleusement : extraordinaire. La connotation n'est pas nécessairement favorable. Ex. : « L'Eglise

romaine est merveilleusement corrompue d'infinis abus » (La Boétie).
meshui : aujourd'hui.
mie : pas du tout.
mignarder : voir *mignonner.*
mignonner : caresser.
mignote : jeune fille (ou mignotte).
milliasse : millier (dans un sens péjoratif : un milliasse d'injures).
miserere : appendicite.
mitouard : hypocrite.
montoir (mettre au) : saillir ou faire saillir.
morguer : le prendre de haut avec.
morion : casque de guerre.
moussu (oc) : monsieur.
muguet : galant, jeune homme à la mode.
mugueter : faire la cour.
musarde : flâneuse, rêveuse.

N

navrer : blesser.
navrement, navrure : blessure.
nephliseth (hébr.) : verge.
niquedouille : voir *sotte.*

O

occire : tuer.
ococouler (s') (oc) : se blottir.
oncques : jamais.
orde : sale.
oreilles étourdies (à) : à tue-tête.
osculation : baiser.
oublieux : marchand de gaufres.
outrecuidé : qui s'en croit trop.

P

paillarder : faire l'amour (probablement de « paille », par allusion aux amours rustiques).
paillardise : lubricité.
paonner (se) : se pavaner.
Paris : le nom est féminin au XVIe siècle.
parladure (oc) : jargon.

parpal (oc) : sein.
pasquil : épigramme, pamphlet.
pastisser (oc) : peloter.
pastourelle : bergère.
pâtiment : souffrance.
patota (oc) : poupée (Espoumel dit : *peteta*).
paume : jeu de balle qui se jouait d'abord à mains nues mais qui, au XVIe siècle, incluait déjà l'usage du filet et de la raquette (ronde ou carrée).
pauvre (mon) : emprunte à *paure* (oc) son sens affectueux.
pech (oc) : colline, le plus souvent colline pierreuse.
pécune : argent.
pécunieux : riche (cf. français moderne : *impécunieux :* pauvre).
pensamor (oc) : pensée amoureuse.
pensement (oc) : pensée (dans le sens de : penser à quelqu'un).
périgordin : employé dans cette chronique de préférence à périgourdin.
peux-je ? : n'avait pas encore été vaincu par *puis-je ?*
piaffe (la) : étalage vaniteux. *Piaffard :* faiseur d'embarras.
picanier (oc) : taquiner, quereller. *Picanierie :* querelle, taquinerie.
picorée : butin.
pile et croix (à) : à pile ou face.
pimplader (se) (oc) : se farder.
pimplocher (se) : même sens.
piperie : tromperie.
pique (la pique du jour) : l'aube.
pisser (n'en pas pisser plus roide) : n'y avoir aucun avantage.
pitchoune (oc) : enfant.
pitre (oc) : poitrine.
platissade : coup de plat d'une épée.
plat pays : campagne.
pleure-pain : avare.
plier (oc) : envelopper (la tête pliée : la tête enveloppée).
ploros (oc) : pleurnicheur.
ployable : souple, flexible.
poilon : poêlon.
pointille : affaire de peu d'importance.
pouitrer (oc) : pétrir.
poutoune (oc) : baiser.
prédicament : situation.
prendre sans vert : prendre au dépourvu.
proditoirement : traîtreusement.
prou : beaucoup (peu ou prou).
provende : provision.

Q

quand (quand et quand) : souvent.
quenouillante : qui file la quenouille.
quia (mettre à, réduire à) : détruire, anéantir.
quiet : tranquille (quiétude).
quinaud : penaud.

R

ramentevoir (se) : se rappeler.
raquer (oc) : vomir.
rassotté : sot, gâteux.
ratelée (dire sa) : donner son opinion ou raconter une histoire.
rebelute : à contrecœur.
rebiquer, rebéquer (se) : se rebeller.
rebiscoulé (oc) : rétabli (après une maladie).
rebours : hérissé, revêche.
réganier : repousser.
religionnaires (les) : les réformés.
remochiner (se) (oc) : bouder.
remuements : manœuvres, intrigues.
remparer : fortifier.
reyot, ou *reyet* (oc) : (de *rey*, roi). Petit roi, dans un sens péjoratif. Charles IX, après la Saint-Barthélemy, devint pour les réformés du Midi : « ce petit reyet de merde ».
rhabiller (un abus) : porter remède à un abus.
ribaude : putain.
rober : voler.
robeur : voleur.
rompre : briser (les images et statues catholiques).
rompre les friches : labourer les friches.
rufe (oc) : rude, mal dégrossi.

S

saillie : plaisanterie.
saillir : sortir.
sanguienne : juron (sang de Dieu).
sarre (impératif) : fermez. Ex. : Sarre boutiques !
serrer : garder prisonnier.
sotte : les insultes courantes à l'époque, surtout lorsqu'elles s'adressaient aux femmes, mettaient l'accent sur la niaiserie et l'ignorance plus encore que sur la sottise. Ex. : sotte caillette, sotte embéguinée, niquedouille, coquefredouille, etc.

soulas : contentement.
strident : aiguisé, vorace *(l'appétit le plus strident).*
sueux : suant.

T

tabuster : chahuter.
tant (tant et tant) : tellement.
tantaliser : faire subir le supplice de Tantale.
tas (à) : en grande quantité.
testonner : peigner.
téton : le mot « sein » est rare dans la langue du XVIe siècle, du moins au sens féminin du mot. On dit aussi *tétin.*
tire-laine : larron spécialisé dans le vol des manteaux.
tirer (vers, en) : aller dans la direction de.
tortognoner : biaiser, hésiter.
touchant : en ce qui concerne.
toussir : tousser.
tout à plat (refuser) : refuser catégoriquement.
tout à plein : complètement.
tout à trac : tout à fait.
tout de gob : tout de go.
trait (de risée) : plaisanterie.
trantoler (se) (oc) : flâner.
travaillé (de) : subir ou souffrir (la guerre dont la France était durement travaillée).
trestous : tous.
tric : l'arrêt de travail concerté (puni alors des plus lourdes peines).
truchement : interprète.
tympaniser : assourdir de ses cris, et aussi mettre en tutelle (au son du tambour : *tympane*).
de tric et de trac : complètement.

U

ugonau (oc) : huguenot.
usance : usage.

V

vanterie : vantardise.
vauderoute (mettre à) : mettre en déroute.
vaunéant : vaurien.
ventrouiller (se) : se vautrer.

viandes (les) : voir *chair.*
vif : vivant.
vilité : mode de vie bas et vil (ribaude vivant en vilité).
vit : verge.
volerie : chasse fauconnière.

Achevé d'imprimer en octobre 1986
sur les presses de l'Imprimerie Bussière
à Saint-Amand (Cher)

8, rue Garancière 75285 Paris Cedex 06 Tél. : 46.34.12.80

N° d'Édit. 2292. N° d'Imp. 1837.
Dépôt légal : octobre 1986.

Imprimé en France